大般若波羅蜜多經
唐三藏法師玄奘奉詔譯

清刻龍藏佛説法變相圖

大般若波羅蜜多經卷第三十一

唐三藏法師玄奘奉　詔譯

初分教誡教授品第七之二十一

善現汝復觀何義言即八解脫若淨若不淨增語非菩薩摩訶薩即八勝處九次第定十遍處若淨若不淨增語非菩薩摩訶薩耶世尊若八解脫淨不淨若八勝處九次第定十遍處淨不淨尚畢竟不可得性非有故況有八解脫淨不淨增語及八勝處九次第定十遍處淨不淨增語此增語既非有如何可言即八解脫若淨若不淨增語是菩薩摩訶薩即八勝處九次第定十遍處若淨若不淨增語是菩薩摩訶薩善現汝復觀何義言即八解脫若空若不空增語非菩薩摩訶薩即八勝處九次第定十遍處若空若不空增語非

菩薩摩訶薩耶世尊若八解脫空不空若八勝處九次第定十遍處空不空尚畢竟不可得性非有故况有八解脫空不空增語及八勝處九次第定十遍處空不空增語此增語既非有如何可言即八解脫若空若不空增語是菩薩摩訶薩即八勝處九次第定十遍處若空若不空增語是菩薩摩訶薩善現汝復觀何義言即八解脫若有相若無相增語非菩薩摩訶薩即八勝處九次第定十遍處若有相若無相增語非菩薩摩訶薩耶世尊若八解脫有相無相若八勝處九次第定十遍處有相無相尚畢竟不可得性非有故况有八解脫有相無相增語及八勝處九次第定十遍處有相無相增語此增語既非有如何可言即八解脫若有相若無相增語是菩

薩摩訶薩即八勝處九次第定十遍處若有相若無相增語是菩薩摩訶薩善現汝復觀何義言即八解脫若有願若無願增語非菩薩摩訶薩即八勝處九次第定十遍處若有願若無願增語非菩薩摩訶薩耶世尊若八解脫有願無願若八勝處九次第定十遍處有願無願尚畢竟不可得性非有故况有八解脫有願無願增語及八勝處九次第定十遍處有願無願增語此增語既非有如何可言即八解脫若有願若無願增語是菩薩摩訶薩即八勝處九次第定十遍處若有願若無願增語是菩薩摩訶薩善現汝復觀何義言即八解脫若寂靜若不寂靜增語非菩薩摩訶薩即八勝處九次第定十遍處若寂靜若不寂靜增語非菩薩摩訶薩耶世尊若八

解脱寂靜不寂靜若八勝處九次第定十遍處寂靜不寂靜尚畢竟不可得性非有故況有八解脱寂靜不寂靜增語及八勝處九次第定十遍處寂靜不寂靜增語此增語既非有如何可言即八解脱若寂靜若不寂靜增語是菩薩摩訶薩即八勝處九次第定十遍處若寂靜若不寂靜增語是菩薩摩訶薩善現汝復觀何義言即八解脱若遠離若不遠離增語非菩薩摩訶薩即八勝處九次第定十遍處若遠離若不遠離增語非菩薩摩訶薩耶世尊若八解脱遠離不遠離若八勝處九次第定十遍處遠離不遠離尚畢竟不可得性非有故況有八解脱遠離不遠離增語及八勝處九次第定十遍處遠離不遠離增語此增語既非有如何可言即八解脱若遠離若不遠離增語是菩薩摩訶薩即八勝處九次第定十遍處若遠離若不遠離增語是菩薩摩訶薩善現汝復觀何義言即八解脱若有為若無為增語非菩薩摩訶薩即八勝處九次第定十遍處若有為若無為增語非菩薩摩訶薩耶世尊若八解脱有為無為若八勝處九次第定十遍處有為無為尚畢竟不可得性非有故況有八解脱有為無為增語及八勝處九次第定十遍處有為無為增語此增語既非有如何可言即八解脱若有為若無為增語是菩薩摩訶薩即八勝處九次第定十遍處若有為若無為增語是菩薩摩訶薩善現汝復觀何義言即八解脱若有漏若無漏增語非菩薩摩訶薩即八勝處九次第定十遍處若有漏若無漏增語非菩薩

摩訶薩耶世尊若八解脱有漏無漏若八勝處九次第定十遍處有漏無漏尚畢竟不可得性非有故況有八解脱有漏無漏增語及八勝處九次第定十遍處有漏無漏增語此增語既非有如何可言即八解脱若有漏若無漏增語是菩薩摩訶薩即八勝處九次第定十遍處若有漏若無漏增語是菩薩摩訶薩善現汝復觀何義言即八解脱若生若滅增語非菩薩摩訶薩即八勝處九次第定十遍處若生若滅增語非菩薩摩訶薩耶世尊若八解脱生滅若八勝處九次第定十遍處生滅尚畢竟不可得性非有故況有八解脱生滅增語及八勝處九次第定十遍處生滅增語此增語既非有如何可言即八解脱若生若滅增語是菩薩摩訶薩即八勝處九次第定十遍處若生若滅增語是菩薩摩訶薩善現汝復觀何義言即八解脱若善若非善增語非菩薩摩訶薩即八勝處九次第定十遍處若善若非善增語非菩薩摩訶薩耶世尊若八解脱善非善若八勝處九次第定十遍處善非善尚畢竟不可得性非有故況有八解脱善非善增語及八勝處九次第定十遍處善非善增語此增語既非有如何可言即八解脱若善若非善增語是菩薩摩訶薩即八勝處九次第定十遍處若善若非善增語是菩薩摩訶薩善現汝復觀何義言即八解脱若有罪若無罪增語非菩薩摩訶薩即八勝處九次第定十遍處若有罪若無罪增語非菩薩摩訶薩耶世尊若八解脱有罪無罪若八勝處九次第定十遍處有罪無罪尚

畢竟不可得性非有故況有八解脫有罪無罪增語及八勝處九次第定十遍處有罪無罪增語此增語既非有如何可言即八解脫若有罪若無罪增語是菩薩摩訶薩即八勝處九次第定十遍處若有罪若無罪增語是菩薩摩訶薩善現汝復觀何義言即八解脫若有煩惱若無煩惱增語非菩薩摩訶薩即八勝處九次第定十遍處若有煩惱若無煩惱增語非菩薩摩訶薩耶世尊若八解脫有煩惱無煩惱若八勝處九次第定十遍處有煩惱無煩惱尚畢竟不可得性非有故況有八解脫有煩惱無煩惱增語及八勝處九次第定十遍處有煩惱無煩惱增語此增語既非有如何可言即八解脫若有煩惱若無煩惱增語是菩薩摩訶薩即八勝處九次第定十遍處若有煩惱若無煩惱增語是菩薩摩訶薩善現汝復觀何義言即八解脫若世間若出世間增語非菩薩摩訶薩即八勝處九次第定十遍處若世間若出世間增語非菩薩摩訶薩耶世尊若八解脫世間出世間若八勝處九次第定十遍處世間出世間尚畢竟不可得性非有故況有八解脫世間出世間增語及八勝處九次第定十遍處世間出世間增語此增語既非有如何可言即八解脫若世間若出世間增語是菩薩摩訶薩即八勝處九次第定十遍處若世間若出世間增語是菩薩摩訶薩善現汝復觀何義言即八解脫若雜染若清淨增語非菩薩摩訶薩即八勝處九次第定十遍處若雜染若清淨增語非菩薩摩訶薩耶世尊若八解脫雜染

清淨若八勝處九次第定十遍處雜染清淨尚畢竟不可得性非有故況有八解脫雜染清淨增語及八勝處九次第定十遍處雜染清淨增語此增語既非有如何可言即八解脫若雜染若清淨增語是菩薩摩訶薩即八勝處九次第定十遍處若雜染若清淨增語是菩薩摩訶薩善現汝復觀何義言即八解脫若屬生死若屬涅槃增語非菩薩摩訶薩即八勝處九次第定十遍處若屬生死若屬涅槃增語非菩薩摩訶薩耶世尊若八解脫屬生死屬涅槃若八勝處九次第定十遍處屬生死屬涅槃尚畢竟不可得性非有故況有八解脫屬生死屬涅槃增語及八勝處九次第定十遍處屬生死屬涅槃增語此增語既非有如何可言即八解脫若屬生死若屬涅槃增語是菩薩摩訶薩即八勝處九次第定十遍處若屬生死若屬涅槃增語是菩薩摩訶薩善現汝復觀何義言即八解脫若在內若在外若在兩間增語非菩薩摩訶薩即八勝處九次第定十遍處若在內若在外若在兩間增語非菩薩摩訶薩耶世尊若八解脫在內在外在兩間若八勝處九次第定十遍處在內在外在兩間尚畢竟不可得性非有故況有八解脫在內在外在兩間增語及八勝處九次第定十遍處在內在外在兩間增語此增語既非有如何可言即八解脫若在內若在外若在兩間增語是菩薩摩訶薩即八勝處九次第定十遍處若在內若在外若在兩間增語是菩薩摩訶薩善現汝復觀何義言即八解脫若可得若不可得增語非

菩薩摩訶薩即八勝處九次第定十遍處若可得若不可得增語非菩薩摩訶薩耶世尊若八解脫可得不可得若八勝處九次第定十遍處可得不可得尚畢竟不可得性非有故況有八解脫可得不可得增語及八勝處九次第定十遍處可得不可得增語此增語既非有如何可言即八解脫若可得若不可得增語是菩薩摩訶薩即八勝處九次第定十遍處若可得若不可得增語是菩薩摩訶薩復次善現汝觀何義言即空解脫門增語非菩薩摩訶薩即無相無願解脫門增語非菩薩摩訶薩耶具壽善現答言世尊若空解脫門若無相無願解脫門尚畢竟不可得性非有故況有空解脫門增語及無相無願解脫門增語此增語既非有如何可言即空解脫門增語是菩薩摩訶薩即無相無願解脫門增語是菩薩摩訶薩善現汝復觀何義言即空解脫門若常若無常增語非菩薩摩訶薩即無相無願解脫門若常若無常增語非菩薩摩訶薩耶世尊若空解脫門常無常若無相無願解脫門常無常尚畢竟不可得性非有故況有空解脫門常無常增語及無相無願解脫門常無常增語此增語既非有如何可言即空解脫門若常若無常增語是菩薩摩訶薩即無相無願解脫門若常若無常增語是菩薩摩訶薩善現汝復觀何義言即空解脫門若樂若苦增語非菩薩摩訶薩即無相無願解脫門若樂若苦增語非菩薩摩訶薩耶世尊若空解脫門樂苦若無相無願解脫門樂苦尚畢竟不可得性非有故況有

空解脫門樂苦增語及無相無願解脫門樂苦增語此增語既非有如何可言即空解脫門若樂若苦增語是菩薩摩訶薩即無相無願解脫門若樂若苦增語是菩薩摩訶薩善現汝復觀何義言即空解脫門若我若無我增語非菩薩摩訶薩即無相無願解脫門若我若無我增語非菩薩摩訶薩耶世尊若空解脫門我無我若無相無願解脫門我無我尚畢竟不可得性非有故況有空解脫門我無我增語及無相無願解脫門我無我增語此增語既非有如何可言即空解脫門若我若無我增語是菩薩摩訶薩即無相無願解脫門若我若無我增語是菩薩摩訶薩善現汝復觀何義言即空解脫門若淨若不淨增語非菩薩摩訶薩即無相無願解脫門若淨若不淨增語非菩薩摩訶薩耶世尊若空解脫門淨不淨若無相無願解脫門淨不淨尚畢竟不可得性非有故況有空解脫門淨不淨增語及無相無願解脫門淨不淨增語此增語既非有如何可言即空解脫門若淨若不淨增語是菩薩摩訶薩即無相無願解脫門若淨若不淨增語是菩薩摩訶薩善現汝復觀何義言即空解脫門若空若不空增語非菩薩摩訶薩即無相無願解脫門若空若不空增語非菩薩摩訶薩耶世尊若空解脫門空不空若無相無願解脫門空不空尚畢竟不可得性非有故況有空解脫門空不空增語及無相無願解脫門空不空增語此增語既非有如何可言即空解脫門若空若不空增語是菩薩摩訶薩即無相無願解脫門

若空若不空增語是菩薩摩訶薩善現汝復觀何義言即空解脫門若有相若無相增語非菩薩摩訶薩即無相無願解脫門若有相若無相增語非菩薩摩訶薩耶世尊若空解脫門有相無相若無相無願解脫門有相無相尚畢竟不可得性非有故況有空解脫門有相無相增語及無相無願解脫門有相無相增語此增語既非有如何可言即空解脫門若有相若無相增語是菩薩摩訶薩即無相無相解脫門若有相若無相增語是菩薩摩訶薩善現汝復觀何義言即空解脫門若有願若無願增語非菩薩摩訶薩即無相無願解脫門若有願若無願增語非菩薩摩訶薩耶世尊若空解脫門有願無願若無相無願解脫門有願無願尚畢竟不可得性非有故況有空解脫門有願無願增語及無相無願解脫門有願無願增語此增語既非有如何可言即空解脫門若有願若無願增語是菩薩摩訶薩即無相無願解脫門若有願若無願增語是菩薩摩訶薩善現汝復觀何義言即空解脫門若寂靜若不寂靜增語非菩薩摩訶薩即無相無願解脫門若寂靜若不寂靜增語非菩薩摩訶薩耶世尊若空解脫門寂靜不寂靜若無相無願解脫門寂靜不寂靜尚畢竟不可得性非有故況有空解脫門寂靜不寂靜增語及無相無願解脫門寂靜不寂靜增語此增語既非有如何可言即空解脫門若寂靜若不寂靜增語是菩薩摩訶薩即無相無願解脫門若寂靜若不寂靜增語是菩薩摩訶薩善現汝復觀何義言即

空解脫門若遠離若不遠離增語非菩薩摩訶薩即無相無願解脫門若遠離若不遠離增語非菩薩摩訶薩耶世尊若空解脫門遠離不遠離若無相無願解脫門遠離不遠離尚畢竟不可得性非有故況有空解脫門遠離不遠離增語及無相無願解脫門遠離不遠離增語此增語既非有如何可言即空解脫門若遠離若不遠離增語是菩薩摩訶薩即無相無願解脫門若遠離若不遠離增語是菩薩摩訶薩善現汝復觀何義言即空解脫門若有爲若無爲增語非菩薩摩訶薩即無相無願解脫門若有爲若無爲增語非菩薩摩訶薩耶世尊若空解脫門有爲無爲若無相無願解脫門有爲無爲尚畢竟不可得性非有故況有空解脫門有爲無爲增語及無相無願解脫門有爲無爲增語此增語既非有如何可言即空解脫門若有爲若無爲增語是菩薩摩訶薩即無相無願解脫門若有爲若無爲增語是菩薩摩訶薩善現汝復觀何義言即空解脫門若有漏若無漏增語非菩薩摩訶薩即無相無願解脫門若有漏若無漏增語非菩薩摩訶薩耶世尊若空解脫門有漏無漏若無相無願解脫門有漏無漏尚畢竟不可得性非有故況有空解脫門有漏無漏增語及無相無願解脫門有漏無漏增語此增語既非有如何可言即空解脫門若有漏若無漏增語是菩薩摩訶薩即無相無願解脫門若有漏若無漏增語是菩薩摩訶薩善現汝復觀何義言即空解脫門若生若滅增語非菩薩摩訶薩即無相無願解

脱門若生若滅增語非菩薩摩訶薩耶世尊若空解脱門生滅若無相無願解脱門生滅尚畢竟不可得性非有故況有空解脱門生滅增語及無相無願解脱門生滅增語此增語既非有如何可言即空解脱門若生若滅增語是菩薩摩訶薩即無相無願解脱門若生若滅增語是菩薩摩訶薩善現汝復觀何義言即空解脱門若善若非善增語非菩薩摩訶薩即無相無願解脱門若善若非善增語非菩薩摩訶薩耶世尊若空解脱門善非善若無相無願解脱門善非善尚畢竟不可得性非有故況有空解脱門善非善增語及無相無願解脱門善非善增語此增語既非有如何可言即空解脱門若善若非善增語是菩薩摩訶薩即無相無願解脱門若善若非善增語是菩薩摩訶薩善現汝復觀何義言即空解脱門若有罪若無罪增語非菩薩摩訶薩即無相無願解脱門若有罪若無罪增語非菩薩摩訶薩耶世尊若空解脱門有罪無罪若無相無願解脱門有罪無罪尚畢竟不可得性非有故況有空解脱門有罪無罪增語及無相無願解脱門有罪無罪增語此增語既非有如何可言即空解脱門若有罪若無罪增語是菩薩摩訶薩即無相無願解脱門若有罪若無罪增語是菩薩摩訶薩善現汝復觀何義言即空解脱門若有煩惱若無煩惱增語非菩薩摩訶薩即無相無願解脱門若有煩惱若無煩惱增語非菩薩摩訶薩耶世尊若空解脱門有煩惱無煩惱若無相無願解脱門有煩惱無煩惱尚畢竟不

可得性非有故況有空解脫門有煩惱無煩惱增語及無相無願解脫門有煩惱無煩惱增語此增語既非有如何可言即空解脫門若有煩惱若無煩惱增語是菩薩摩訶薩即無相無願解脫門若有煩惱若無煩惱增語是菩薩摩訶薩善現汝復觀何義言即空解脫門若世間若出世間增語非菩薩摩訶薩即無相無願解脫門若世間若出世間增語非菩薩摩訶薩耶世尊若空解脫門世間出世間若無相無願解脫門世間出世間尚畢竟不可得性非有故況有空解脫門世間出世間增語及無相無願解脫門世間出世間增語此增語既非有如何可言即空解脫門若世間若出世間增語是菩薩摩訶薩即無相無願解脫門若世間若出世間增語是菩薩摩訶薩善現汝復觀何義言即空解脫門若雜染若清淨增語非菩薩摩訶薩即無相無願解脫門若雜染若清淨增語非菩薩摩訶薩耶世尊若空解脫門雜染清淨若無相無願解脫門雜染清淨尚畢竟不可得性非有故況有空解脫門雜染清淨增語及無相無願解脫門雜染清淨增語此增語既非有如何可言即空解脫門若雜染若清淨增語是菩薩摩訶薩即無相無願解脫門若雜染若清淨增語是菩薩摩訶薩善現汝復觀何義言即空解脫門若屬生死若屬涅槃增語非菩薩摩訶薩即無相無願解脫門若屬生死若屬涅槃增語非菩薩摩訶薩耶世尊若空解脫門屬生死屬涅槃若無相無願解脫門屬生死屬涅槃尚畢竟不可得性非有故

況有空解脫門屬生死屬涅槃增語及無相無願解脫門屬生死屬涅槃增語此增語既非有如何可言即空解脫門若屬生死若屬涅槃增語是菩薩摩訶薩即無相無願解脫門若屬生死若屬涅槃增語是菩薩摩訶薩善現汝復觀何義言即空解脫門若在內若在外若在兩間增語非菩薩摩訶薩即無相無願解脫門若在內若在外若在兩間增語非菩薩摩訶薩耶世尊若空解脫門在內在外在兩間若無相無願解脫門在內在外在兩間尚畢竟不可得性非有故況有空解脫門在內在外在兩間增語及無相無願解脫門在內在外在兩間增語此增語既非有如何可言即空解脫門若在內若在外若在兩間增語是菩薩摩訶薩即無相無願解脫門若在內若在外若在兩間增語是菩薩摩訶薩善現汝復觀何義言即空解脫門若可得若不可得增語非菩薩摩訶薩即無相無願解脫門若可得若不可得增語非菩薩摩訶薩耶世尊若空解脫門可得不可得若無相無願解脫門可得不可得尚畢竟不可得性非有故況有空解脫門可得不可得增語及無相無願解脫門可得不可得增語此增語既非有如何可言即空解脫門若可得若不可得增語是菩薩摩訶薩即無相無願解脫門若可得若不可得增語是菩薩摩訶薩復次善現汝觀何義言即陀羅尼門增語非菩薩摩訶薩即三摩地門增語非菩薩摩訶薩耶具壽善現答言世尊若陀羅尼門若三摩地門尚畢竟不可得性非有故況有陀羅尼

門增語及三摩地門增語此增語既非有如何可言即陀羅尼門增語是菩薩摩訶薩即三摩地門增語是菩薩摩訶薩善現汝復觀何義言即陀羅尼門若常若無常增語非菩薩摩訶薩即三摩地門若常若無常增語非菩薩摩訶薩耶世尊若陀羅尼門常無常若三摩地門常無常尚畢竟不可得性非有故況有陀羅尼門常無常增語及三摩地門常無常增語此增語既非有如何可言即陀羅尼門若常若無常增語是菩薩摩訶薩即三摩地門若常若無常增語是菩薩摩訶薩善現汝復觀何義言即陀羅尼門若樂若苦增語非菩薩摩訶薩即三摩地門若樂若苦增語非菩薩摩訶薩耶世尊若陀羅尼門樂苦若三摩地門樂苦尚畢竟不可得性非有故

況有陀羅尼門樂苦增語及三摩地門樂苦增語此增語既非有如何可言即陀羅尼門若樂若苦增語是菩薩摩訶薩即三摩地門若樂若苦增語是菩薩摩訶薩善現汝復觀何義言即陀羅尼門若我若無我增語非菩薩摩訶薩即三摩地門若我若無我增語非菩薩摩訶薩耶世尊若陀羅尼門我無我若三摩地門我無我尚畢竟不可得性非有故況有陀羅尼門我無我增語及三摩地門我無我增語此增語既非有如何可言即陀羅尼門若我若無我增語是菩薩摩訶薩即三摩地門若我若無我增語是菩薩摩訶薩善現汝復觀何義言即陀羅尼門若淨若不淨增語非菩薩摩訶薩即三摩地門若淨若不淨增語非菩薩摩訶薩耶世尊若陀羅尼門

淨不淨若三摩地門淨不淨尚畢竟不可得性非有故況有陀羅尼門淨不淨增語及三摩地門淨不淨增語此增語既非有如何可言即陀羅尼門若淨若不淨增語是菩薩摩訶薩即三摩地門若淨若不淨增語是菩薩摩訶薩善現汝復觀何義言即陀羅尼門若空若不空增語非菩薩摩訶薩即三摩地門若空若不空增語非菩薩摩訶薩耶世尊若陀羅尼門空不空若三摩地門空不空尚畢竟不可得性非有故況有陀羅尼門空不空增語及三摩地門空不空增語此增語既非有如何可言即陀羅尼門若空若不空增語是菩薩摩訶薩即三摩地門若空若不空增語是菩薩摩訶薩善現汝復觀何義言即陀羅尼門若有相若無相增語非菩薩摩訶薩即三摩地門若有相若無相增語非菩薩摩訶薩耶世尊若陀羅尼門有相無相若三摩地門有相無相尚畢竟不可得性非有故況有陀羅尼門有相無相增語及三摩地門有相無相增語此增語既非有如何可言即陀羅尼門若有相若無相增語是菩薩摩訶薩即三摩地門若有相若無相增語是菩薩摩訶薩善現汝復觀何義言即陀羅尼門若有願若無願增語非菩薩摩訶薩即三摩地門若有願若無願增語非菩薩摩訶薩耶世尊若陀羅尼門有願無願若三摩地門有願無願尚畢竟不可得性非有故況有陀羅尼門有願無願增語及三摩地門有願無願增語此增語既非有如何可言即陀羅尼門若有願若無願增語是菩薩摩訶薩即三摩地門

若有願若無願增語是菩薩摩訶薩善現汝復觀何義言即陀羅尼門若寂靜若不寂靜增語非菩薩摩訶薩即三摩地門若寂靜若不寂靜增語非菩薩摩訶薩耶世尊若陀羅尼門寂靜不寂靜若三摩地門寂靜不寂靜尚畢竟不可得性非有故況有陀羅尼門寂靜不寂靜增語及三摩地門寂靜不寂靜增語此增語既非有如何可言即陀羅尼門若寂靜若不寂靜增語是菩薩摩訶薩即三摩地門若寂靜若不寂靜增語是菩薩摩訶薩善現汝復觀何義言即陀羅尼門若遠離若不遠離增語非菩薩摩訶薩即三摩地門若遠離若不遠離增語非菩薩摩訶薩耶世尊若陀羅尼門遠離不遠離若三摩地門遠離不遠離尚畢竟不可得性非有故況有陀羅尼門遠離不遠離增語及三摩地門遠離不遠離增語此增語既非有如何可言即陀羅尼門若遠離若不遠離增語是菩薩摩訶薩即三摩地門若遠離若不遠離增語是菩薩摩訶薩善現汝復觀何義言即陀羅尼門若有爲若無爲增語非菩薩摩訶薩即三摩地門若有爲若無爲增語非菩薩摩訶薩耶世尊若陀羅尼門有爲無爲若三摩地門有爲無爲尚畢竟不可得性非有故況有陀羅尼門有爲無爲增語及三摩地門有爲無爲增語此增語既非有如何可言即陀羅尼門若有爲若無爲增語是菩薩摩訶薩即三摩地門若有爲若無爲增語是菩薩摩訶薩善現汝復觀何義言即陀羅尼門若有漏若無漏增語非菩薩摩訶薩即三摩地門若有漏若

無漏增語非菩薩摩訶薩耶世尊若陀羅尼門有漏無漏若三摩地門有漏無漏尚畢竟不可得性非有故況有陀羅尼門有漏無漏增語及三摩地門有漏無漏增語此增語既非有如何可言即陀羅尼門若有漏若無漏增語是菩薩摩訶薩即三摩地門若有漏若無漏增語是菩薩摩訶薩善現汝復觀何義言即陀羅尼門若生若滅增語非菩薩摩訶薩即三摩地門若生若滅增語非菩薩摩訶薩耶世尊若陀羅尼門生滅若三摩地門生滅尚畢竟不可得性非有故況有陀羅尼門生滅增語及三摩地門生滅增語此增語既非有如何可言即陀羅尼門若生若滅增語是菩薩摩訶薩即三摩地門若生若滅增語是菩薩摩訶薩善現汝復觀何義言即陀羅尼門若善若非善增語非菩薩摩訶薩即三摩地門若善若非善增語非菩薩摩訶薩耶世尊若陀羅尼門善非善若三摩地門善非善尚畢竟不可得性非有故況有陀羅尼門善非善增語及三摩地門善非善增語此增語既非有如何可言即陀羅尼門若善若非善增語是菩薩摩訶薩即三摩地門若善若非善增語是菩薩摩訶薩善現汝復觀何義言即陀羅尼門若有罪若無罪增語非菩薩摩訶薩即三摩地門若有罪若無罪增語非菩薩摩訶薩耶世尊若陀羅尼門有罪無罪若三摩地門有罪無罪尚畢竟不可得性非有故況有陀羅尼門有罪無罪增語及三摩地門有罪無罪增語此增語既非有如何可言即陀羅尼門若有罪若無罪增語是菩薩

摩訶薩即三摩地門若有罪若無罪增語是
菩薩摩訶薩

大般若波羅蜜多經卷第三十一

大般若波羅蜜多經卷第三十二

唐三藏法師玄奘奉　詔譯

初分教誡教授品第七之二十二

善現汝復觀何義言即陀羅尼門若有煩惱若無煩惱增語非菩薩摩訶薩即三摩地門若有煩惱若無煩惱增語非菩薩摩訶薩耶世尊若陀羅尼門有煩惱無煩惱若三摩地門有煩惱無煩惱尚畢竟不可得性非有故況有陀羅尼門有煩惱無煩惱增語及三摩地門有煩惱無煩惱增語此增語既非有如何可言即陀羅尼門若有煩惱若無煩惱增語是菩薩摩訶薩即三摩地門若有煩惱若無煩惱增語是菩薩摩訶薩善現汝復觀何義言即陀羅尼門若世間若出世間增語非菩薩摩訶薩即三摩地門若世間若出世間增語非菩薩摩訶薩耶世尊若陀羅尼門世間出世間若三摩地門世間出世間尚畢竟不可得性非有故況有陀羅尼門世間出世間增語及三摩地門世間出世間增語此增語既非有如何可言即陀羅尼門若世間若出世間增語是菩薩摩訶薩即三摩地門若世間若出世間增語是菩薩摩訶薩善現汝復觀何義言即陀羅尼門若雜染若清淨增語非菩薩摩訶薩即三摩地門若雜染若清淨增語非菩薩摩訶薩耶世尊若陀羅尼門雜染清淨若三摩地門雜染清淨尚畢竟不可得性非有故況有陀羅尼門雜染清淨增語及三摩地門雜染清淨增語此增語既非有如何可言即陀羅尼門若雜染若清淨增語是菩薩摩訶薩即三摩地門若雜染若清

淨增語是菩薩摩訶薩善現汝復觀何義言
即陀羅尼門若屬生死若屬涅槃增語非菩
薩摩訶薩即三摩地門若屬生死若屬涅槃
增語非菩薩摩訶薩耶世尊若陀羅尼門屬
生死屬涅槃若三摩地門屬生死屬涅槃尚
畢竟不可得性非有故況有陀羅尼門屬生
死屬涅槃增語及三摩地門屬生死屬涅槃
增語此增語既非有如何可言即陀羅尼門
若屬生死若屬涅槃增語是菩薩摩訶薩即
三摩地門若屬生死若屬涅槃增語是菩薩
摩訶薩善現汝復觀何義言即陀羅尼門若
在內若在外若在兩間增語非菩薩摩訶薩
即三摩地門若在內若在外若在兩間增語
非菩薩摩訶薩耶世尊若陀羅尼門在內在
外在兩間若三摩地門在內在外在兩間尚
畢竟不可得性非有故況有陀羅尼門在內
在外在兩間增語及三摩地門在內在外在
兩間增語此增語既非有如何可言即陀羅
尼門若在內若在外若在兩間增語是菩薩
摩訶薩即三摩地門若在內若在外若在兩
間增語是菩薩摩訶薩善現汝復觀何義言
即陀羅尼門若可得若不可得增語非菩薩
摩訶薩即三摩地門若可得若不可得增語
非菩薩摩訶薩耶世尊若陀羅尼門可得不
可得若三摩地門可得不可得尚畢竟不可
得性非有故況有陀羅尼門可得不可得增
語及三摩地門可得不可得增語此增語既
非有如何可言即陀羅尼門若可得若不可
得增語是菩薩摩訶薩即三摩地門若可得
若不可得增語是菩薩摩訶薩復次善現汝

觀何義言即極喜地增語非菩薩摩訶薩即離垢地發光地焰慧地極難勝地現前地遠行地不動地善慧地法雲地增語非菩薩摩訶薩耶具壽善現答言世尊若極喜地若離垢地乃至法雲地尚畢竟不可得性非有故況有極喜地增語及離垢地乃至法雲地增語此增語既非有如何可言即極喜地增語是菩薩摩訶薩即離垢地乃至法雲地增語是菩薩摩訶薩善現汝復觀何義言即極喜地若常若無常增語非菩薩摩訶薩即離垢地乃至法雲地若常若無常增語非菩薩摩訶薩耶世尊若極喜地常無常若離垢地乃至法雲地常無常尚畢竟不可得性非有故況有極喜地常無常增語及離垢地乃至法雲地常無常增語此增語既非有如何可言即極喜地若常若無常增語是菩薩摩訶薩即離垢地乃至法雲地若常若無常增語是菩薩摩訶薩善現汝復觀何義言即極喜地若樂若苦增語非菩薩摩訶薩即離垢地乃至法雲地若樂若苦增語非菩薩摩訶薩耶世尊若極喜地樂苦若離垢地乃至法雲地樂苦尚畢竟不可得性非有故況有極喜地樂苦增語及離垢地乃至法雲地樂苦增語此增語既非有如何可言即極喜地若樂若苦增語是菩薩摩訶薩即離垢地乃至法雲地若樂若苦增語是菩薩摩訶薩善現汝復觀何義言即極喜地若我若無我增語非菩薩摩訶薩即離垢地乃至法雲地若我若無我增語非菩薩摩訶薩耶世尊若極喜地我無我若離垢地乃至法雲地我無我尚畢竟

不可得性非有故況有極喜地我無我增語及離垢地乃至法雲地我無我增語此增語既非有如何可言即極喜地若我若無我增語是菩薩摩訶薩即離垢地乃至法雲地若我若無我增語是菩薩摩訶薩善現汝復觀何義言即極喜地若淨若不淨增語非菩薩摩訶薩即離垢地乃至法雲地若淨若不淨增語非菩薩摩訶薩耶世尊若極喜地淨不淨若離垢地乃至法雲地淨不淨尚畢竟不可得性非有故況有極喜地淨不淨增語及離垢地乃至法雲地淨不淨增語此增語既非有如何可言即極喜地若淨若不淨增語是菩薩摩訶薩即離垢地乃至法雲地若淨若不淨增語是菩薩摩訶薩善現汝復觀何義言即極喜地若空若不空增語非菩薩摩訶薩即離垢地乃至法雲地若空若不空增語非菩薩摩訶薩耶世尊若極喜地空不空若離垢地乃至法雲地空不空尚畢竟不可得性非有故況有極喜地空不空增語及離垢地乃至法雲地空不空增語此增語既非有如何可言即極喜地若空若不空增語是菩薩摩訶薩即離垢地乃至法雲地若空若不空增語是菩薩摩訶薩善現汝復觀何義言即極喜地若有相若無相增語非菩薩摩訶薩即離垢地乃至法雲地若有相若無相增語非菩薩摩訶薩耶世尊若極喜地有相無相若離垢地乃至法雲地有相無相尚畢竟不可得性非有故況有極喜地有相無相增語及離垢地乃至法雲地有相無相增語此增語既非有如何可言即極喜地若有相

若無相增語是菩薩摩訶薩即離垢地乃至法雲地若有相若無相增語是菩薩摩訶薩善現汝復觀何義言即極喜地若有願若無願增語非菩薩摩訶薩即離垢地乃至法雲地若有願若無願增語非菩薩摩訶薩耶世尊若極喜地有願無願若離垢地乃至法雲地有願無願尚畢竟不可得性非有故況有極喜地有願無願增語及離垢地乃至法雲地有願無願增語此增語既非有如何可言即極喜地若有願若無願增語是菩薩摩訶薩即離垢地乃至法雲地若有願若無願增語是菩薩摩訶薩善現汝復觀何義言即極喜地若寂靜若不寂靜增語非菩薩摩訶薩即離垢地乃至法雲地若寂靜若不寂靜增語非菩薩摩訶薩耶世尊若極喜地寂靜不

寂靜若離垢地乃至法雲地寂靜不寂靜尚畢竟不可得性非有故況有極喜地寂靜不寂靜增語及離垢地乃至法雲地寂靜不寂靜增語此增語既非有如何可言即極喜地若寂靜若不寂靜增語是菩薩摩訶薩即離垢地乃至法雲地若寂靜若不寂靜增語是菩薩摩訶薩善現汝復觀何義言即極喜地若遠離若不遠離增語非菩薩摩訶薩即離垢地乃至法雲地若遠離若不遠離增語非菩薩摩訶薩耶世尊若極喜地遠離不遠離若離垢地乃至法雲地遠離不遠離尚畢竟不可得性非有故況有極喜地遠離不遠離增語及離垢地乃至法雲地遠離不遠離增語此增語既非有如何可言即極喜地若遠離若不遠離增語是菩薩摩訶薩即離垢地

乃至法雲地若遠離若不遠離增語是菩薩摩訶薩善現汝復觀何義言即極喜地若有爲若無爲增語非菩薩摩訶薩即離垢地乃至法雲地若有爲若無爲增語非菩薩摩訶薩耶世尊若極喜地有爲無爲若離垢地乃至法雲地有爲無爲尚畢竟不可得性非有故況有極喜地有爲無爲增語及離垢地乃至法雲地有爲無爲增語此增語既非有如何可言即極喜地若有爲若無爲增語是菩薩摩訶薩即離垢地乃至法雲地若有爲若無爲增語是菩薩摩訶薩善現汝復觀何義言即極喜地若有漏若無漏增語非菩薩摩訶薩即離垢地乃至法雲地若有漏若無漏增語非菩薩摩訶薩耶世尊若極喜地有漏無漏若離垢地乃至法雲地有漏無漏尚畢竟不可得性非有故況有極喜地有漏無漏增語及離垢地乃至法雲地有漏無漏增語此增語既非有如何可言即極喜地若有漏若無漏增語是菩薩摩訶薩即離垢地乃至法雲地若有漏若無漏增語是菩薩摩訶薩善現汝復觀何義言即極喜地若生若滅增語非菩薩摩訶薩即離垢地乃至法雲地若生若滅增語非菩薩摩訶薩耶世尊若極喜地生滅若離垢地乃至法雲地生滅尚畢竟不可得性非有故況有極喜地生滅增語及離垢地乃至法雲地生滅增語此增語既非有如何可言即極喜地若生若滅增語是菩薩摩訶薩即離垢地乃至法雲地若生若滅增語是菩薩摩訶薩善現汝復觀何義言即極喜地若善若非善增語非菩薩摩訶薩即

離垢地乃至法雲地若善若非善增語非菩薩摩訶薩耶世尊若極喜地善非善若離垢地乃至法雲地善非善尚畢竟不可得性非有故況有極喜地善非善增語及離垢地乃至法雲地善非善增語此增語既非有如何可言即極喜地若善若非善增語是菩薩摩訶薩即離垢地乃至法雲地若善若非善增語是菩薩摩訶薩善現汝復觀何義言即極喜地若有罪若無罪增語非菩薩摩訶薩即離垢地乃至法雲地若有罪若無罪增語非菩薩摩訶薩耶世尊若極喜地有罪無罪若離垢地乃至法雲地有罪無罪尚畢竟不可得性非有故況有極喜地有罪無罪增語及離垢地乃至法雲地有罪無罪增語此增語既非有如何可言即極喜地若有罪若無罪增語是菩薩摩訶薩即離垢地乃至法雲地若有罪若無罪增語是菩薩摩訶薩善現汝復觀何義言即極喜地若有煩惱若無煩惱增語非菩薩摩訶薩即離垢地乃至法雲地若有煩惱若無煩惱增語非菩薩摩訶薩耶世尊若極喜地有煩惱無煩惱若離垢地乃至法雲地有煩惱無煩惱尚畢竟不可得性非有故況有極喜地有煩惱無煩惱增語及離垢地乃至法雲地有煩惱無煩惱增語此增語既非有如何可言即極喜地若有煩惱若無煩惱增語是菩薩摩訶薩即離垢地乃至法雲地若有煩惱若無煩惱增語是菩薩摩訶薩善現汝復觀何義言即極喜地若世間若出世間增語非菩薩摩訶薩即離垢地乃至法雲地若世間若出世間增語非菩薩

摩訶薩耶世尊若極喜地世間出世間若離垢地乃至法雲地世間出世間尚畢竟不可得性非有故況有極喜地世間出世間增語及離垢地乃至法雲地世間出世間增語此增語既非有如何可言即極喜地若世間若出世間增語是菩薩摩訶薩即離垢地乃至法雲地若世間若出世間增語是菩薩摩訶薩善現汝復觀何義言即極喜地若雜染若清淨增語非菩薩摩訶薩即離垢地乃至法雲地若雜染若清淨增語非菩薩摩訶薩耶世尊若極喜地雜染清淨若離垢地乃至法雲地雜染清淨尚畢竟不可得性非有故況有極喜地雜染清淨增語及離垢地乃至法雲地雜染清淨增語此增語既非有如何可言即極喜地若雜染若清淨增語是菩薩摩訶薩即離垢地乃至法雲地若雜染若清淨增語是菩薩摩訶薩善現汝復觀何義言即極喜地若屬生死若屬涅槃增語非菩薩摩訶薩即離垢地乃至法雲地若屬生死若屬涅槃增語非菩薩摩訶薩耶世尊若極喜地屬生死屬涅槃若離垢地乃至法雲地屬生死屬涅槃尚畢竟不可得性非有故況有極喜地屬生死屬涅槃增語及離垢地乃至法雲地屬生死屬涅槃增語此增語既非有如何可言即極喜地若屬生死若屬涅槃增語是菩薩摩訶薩即離垢地乃至法雲地若屬生死若屬涅槃增語是菩薩摩訶薩善現汝復觀何義言即極喜地若在內若在外若在兩間增語非菩薩摩訶薩即離垢地乃至法雲地若在內若在外若在兩間增語非菩薩

摩訶薩耶世尊若極喜地在内在外在兩間若離垢地乃至法雲地在内在外在兩間尚畢竟不可得性非有故況有極喜地在内在外在兩間增語及離垢地乃至法雲地在内在外在兩間增語此增語既非有如何可言即極喜地若在内若在外若在兩間增語是菩薩摩訶薩即離垢地乃至法雲地若在内若在外若在兩間增語是菩薩摩訶薩善現汝復觀何義言即極喜地若可得若不可得增語非菩薩摩訶薩即離垢地乃至法雲地若可得若不可得增語非菩薩摩訶薩耶世尊若極喜地可得不可得若離垢地乃至法雲地可得不可得尚畢竟不可得性非有故況有極喜地可得不可得增語及離垢地乃至法雲地可得不可得增語此增語既非有如何可言即極喜地若可得若不可得增語是菩薩摩訶薩即離垢地乃至法雲地若可得若不可得增語是菩薩摩訶薩復次善現汝觀何義言即五眼增語非菩薩摩訶薩即六神通增語非菩薩摩訶薩耶具壽善現答言世尊若五眼若六神通尚畢竟不可得性非有故況有五眼增語及六神通增語此增語既非有如何可言即五眼增語是菩薩摩訶薩即六神通增語是菩薩摩訶薩善現汝復觀何義言即五眼若常若無常增語非菩薩摩訶薩即六神通若常若無常增語非菩薩摩訶薩耶世尊若五眼常無常若六神通常無常尚畢竟不可得性非有故況有五眼常無常增語及六神通常無常增語此增語既非有如何可言即五眼若常若無常增語

是菩薩摩訶薩即六神通若常若無常增語是菩薩摩訶薩善現汝復觀何義言即五眼若樂若苦增語非菩薩摩訶薩即六神通若樂若苦增語非菩薩摩訶薩耶世尊若五眼樂苦若六神通樂苦尚畢竟不可得性非有故況有五眼樂苦增語及六神通樂苦增語此增語既非有如何可言即五眼若樂若苦增語是菩薩摩訶薩即六神通若樂若苦增語是菩薩摩訶薩善現汝復觀何義言即五眼若我若無我增語非菩薩摩訶薩即六神通若我若無我增語非菩薩摩訶薩耶世尊若五眼我無我若六神通我無我尚畢竟不可得性非有故況有五眼我無我增語及六神通我無我增語此增語既非有如何可言即五眼若我若無我增語是菩薩摩訶薩即六神通若我若無我增語是菩薩摩訶薩善現汝復觀何義言即五眼若淨若不淨增語非菩薩摩訶薩即六神通若淨若不淨增語非菩薩摩訶薩耶世尊若五眼淨不淨若六神通淨不淨尚畢竟不可得性非有故況有五眼淨不淨增語及六神通淨不淨增語此增語既非有如何可言即五眼若淨若不淨增語是菩薩摩訶薩即六神通若淨若不淨增語是菩薩摩訶薩善現汝復觀何義言即五眼若空若不空增語非菩薩摩訶薩即六神通若空若不空增語非菩薩摩訶薩耶世尊若五眼空不空若六神通空不空尚畢竟不可得性非有故況有五眼空不空增語及六神通空不空增語此增語既非有如何可言即五眼若空若不空增語是菩薩摩訶薩

即六神通若空若不空增語是菩薩摩訶薩
善現汝復觀何義言即五眼若有相若無相
增語非菩薩摩訶薩即六神通若有相若無
相增語非菩薩摩訶薩耶世尊若五眼有相
無相若六神通有相無相尚畢竟不可得性
非有故況有五眼有相無相增語及六神通
有相無相增語此增語既非有如何可言即
五眼若有相若無相增語是菩薩摩訶薩即
六神通若有相若無相增語是菩薩摩訶薩
善現汝復觀何義言即五眼若有願若無願
增語非菩薩摩訶薩即六神通若有願若無
願增語非菩薩摩訶薩耶世尊若五眼有願
無願若六神通有願無願尚畢竟不可得性
非有故況有五眼有願無願增語及六神通
有願無願增語此增語既非有如何可言即
五眼若有願若無願增語是菩薩摩訶薩即
六神通若有願若無願增語是菩薩摩訶薩
善現汝復觀何義言即五眼若寂靜若不寂
靜增語非菩薩摩訶薩即六神通若寂靜若
不寂靜增語非菩薩摩訶薩耶世尊若五眼
寂靜不寂靜若六神通寂靜不寂靜尚畢竟
不可得性非有故況有五眼寂靜不寂靜增
語及六神通寂靜不寂靜增語此增語既非
有如何可言即五眼若寂靜若不寂靜增語
是菩薩摩訶薩即六神通若寂靜若不寂靜
增語是菩薩摩訶薩善現汝復觀何義言即
五眼若遠離若不遠離增語非菩薩摩訶薩
即六神通若遠離若不遠離增語非菩薩摩
訶薩耶世尊若五眼遠離不遠離若六神通
遠離不遠離尚畢竟不可得性非有故況有

五眼遠離不遠離增語及六神通遠離不遠離增語此增語既非有如何可言即五眼若遠離若不遠離增語是菩薩摩訶薩即六神通若遠離若不遠離增語是菩薩摩訶薩善現汝復觀何義言即五眼若有爲若無爲增語非菩薩摩訶薩即六神通若有爲若無爲增語非菩薩摩訶薩耶世尊若五眼有爲無爲若六神通有爲無爲尚畢竟不可得性非有故況有五眼有爲無爲增語及六神通有爲無爲增語此增語既非有如何可言即五眼若有爲若無爲增語是菩薩摩訶薩即六神通若有爲若無爲增語是菩薩摩訶薩善現汝復觀何義言即五眼若有漏若無漏增語非菩薩摩訶薩即六神通若有漏若無漏增語非菩薩摩訶薩耶世尊若五眼有漏無漏若六神通有漏無漏尚畢竟不可得性非有故況有五眼有漏無漏增語及六神通有漏無漏增語此增語既非有如何可言即五眼若有漏若無漏增語是菩薩摩訶薩即六神通若有漏若無漏增語是菩薩摩訶薩善現汝復觀何義言即五眼若生若滅增語非菩薩摩訶薩即六神通若生若滅增語非菩薩摩訶薩耶世尊若五眼生滅若六神通生滅尚畢竟不可得性非有故況有五眼生滅增語及六神通生滅增語此增語既非有如何可言即五眼若生若滅增語是菩薩摩訶薩即六神通若生若滅增語是菩薩摩訶薩善現汝復觀何義言即五眼若善若非善增語非菩薩摩訶薩即六神通若善若非善增語非菩薩摩訶薩耶世尊若五眼善非善若

六神通善非善尚畢竟不可得性非有故況有五眼善非善增語及六神通善非善增語此增語既非有如何可言即五眼若善若非善增語是菩薩摩訶薩即六神通若善若非善增語是菩薩摩訶薩善現汝復觀何義言即五眼若有罪若無罪增語非菩薩摩訶薩即六神通若有罪若無罪增語非菩薩摩訶薩耶世尊若五眼有罪無罪若六神通有罪無罪尚畢竟不可得性非有故況有五眼有罪無罪增語及六神通有罪無罪增語此增語既非有如何可言即五眼若有罪若無罪增語是菩薩摩訶薩即六神通若有罪若無罪增語是菩薩摩訶薩善現汝復觀何義言即五眼若有煩惱若無煩惱增語非菩薩摩訶薩即六神通若有煩惱若無煩惱增語非菩薩摩訶薩耶世尊若五眼有煩惱無煩惱若六神通有煩惱無煩惱尚畢竟不可得性非有故況有五眼有煩惱無煩惱增語及六神通有煩惱無煩惱增語此增語既非有如何可言即五眼若有煩惱若無煩惱增語是菩薩摩訶薩即六神通若有煩惱若無煩惱增語是菩薩摩訶薩善現汝復觀何義言即五眼若世間若出世間增語非菩薩摩訶薩即六神通若世間若出世間增語非菩薩摩訶薩耶世尊若五眼世間出世間若六神通世間出世間尚畢竟不可得性非有故況有五眼世間出世間增語及六神通世間出世間增語此增語既非有如何可言即五眼若世間若出世間增語是菩薩摩訶薩即六神通若世間若出世間增語是菩薩摩訶薩善

現汝復觀何義言即五眼若雜染若清淨增語非菩薩摩訶薩即六神通若雜染若清淨增語非菩薩摩訶薩耶世尊若五眼雜染清淨若六神通雜染清淨尚畢竟不可得性非有故況有五眼雜染清淨增語及六神通雜染清淨增語此增語既非有如何可言即五眼若雜染若清淨增語是菩薩摩訶薩即六神通若雜染若清淨增語是菩薩摩訶薩善現汝復觀何義言即五眼若屬生死若屬涅槃增語非菩薩摩訶薩即六神通若屬生死若屬涅槃增語非菩薩摩訶薩耶世尊若五眼屬生死屬涅槃若六神通屬生死屬涅槃尚畢竟不可得性非有故況有五眼屬生死屬涅槃增語及六神通屬生死屬涅槃增語此增語既非有如何可言即五眼若屬生死若屬涅槃增語是菩薩摩訶薩即六神通若屬生死若屬涅槃增語是菩薩摩訶薩善現汝復觀何義言即五眼若在內若在外若在兩間增語非菩薩摩訶薩即六神通若在內若在外若在兩間增語非菩薩摩訶薩耶世尊若五眼在內在外在兩間若六神通在內在外在兩間尚畢竟不可得性非有故況有五眼在內在外在兩間增語及六神通在內在外在兩間增語此增語既非有如何可言即五眼若在內若在外若在兩間增語是菩薩摩訶薩即六神通若在內若在外若在兩間增語是菩薩摩訶薩善現汝復觀何義言即五眼若可得若不可得增語非菩薩摩訶薩即六神通若可得若不可得增語非菩薩摩訶薩耶世尊若五眼可得不可得若六神

通可得不可得尚畢竟不可得性非有故況
有五眼可得不可得增語及六神通可得不
可得增語此增語既非有如何可言即五眼
若可得若不可得增語是菩薩摩訶薩即六
神通若可得若不可得增語是菩薩摩訶薩
復次善現汝觀何義言即佛十力增語非菩
薩摩訶薩即四無所畏四無礙解十八佛不
共法增語非菩薩摩訶薩耶具壽善現荅言
世尊若佛十力若四無所畏四無礙解十八
佛不共法尚畢竟不可得性非有故況有佛
十力增語及四無所畏四無礙解十八佛不
共法增語此增語既非有如何可言即佛十
力增語是菩薩摩訶薩即四無所畏四無礙
解十八佛不共法增語是菩薩摩訶薩善現
汝復觀何義言即佛十力若常若無常增語
非菩薩摩訶薩即四無所畏四無礙解十八
佛不共法若常若無常增語非菩薩摩訶薩
耶世尊若佛十力常無常若四無所畏四無
礙解十八佛不共法常無常尚畢竟不可得
性非有故況有佛十力常無常增語及四無
所畏四無礙解十八佛不共法常無常增語
此增語既非有如何可言即佛十力若常若
無常增語是菩薩摩訶薩即四無所畏四無
礙解十八佛不共法若常若無常增語是菩
薩摩訶薩善現汝復觀何義言即佛十力若
樂若苦增語非菩薩摩訶薩即四無所畏四
無礙解十八佛不共法若樂若苦增語非菩
薩摩訶薩耶世尊若佛十力樂苦若四無所
畏四無礙解十八佛不共法樂苦尚畢竟不
可得性非有故況有佛十力樂苦增語及四

無所畏四無礙解十八佛不共法樂苦增語此增語既非有如何可言即佛十力若樂若苦增語是菩薩摩訶薩即四無所畏四無礙解十八佛不共法若樂若苦增語是菩薩摩訶薩善現汝復觀何義言即佛十力若我若無我增語非菩薩摩訶薩即四無所畏四無礙解十八佛不共法若我若無我增語非菩薩摩訶薩耶世尊若佛十力我無我若四無所畏四無礙解十八佛不共法我無我尚畢竟不可得性非有故況有佛十力我無我增語及四無所畏四無礙解十八佛不共法我無我增語此增語既非有如何可言即佛十力若我若無我增語是菩薩摩訶薩即四無所畏四無礙解十八佛不共法若我若無我增語是菩薩摩訶薩善現汝復觀何義言即佛十力若淨若不淨增語非菩薩摩訶薩即四無所畏四無礙解十八佛不共法若淨若不淨增語非菩薩摩訶薩耶世尊若佛十力淨不淨若四無所畏四無礙解十八佛不共法淨不淨尚畢竟不可得性非有故況有佛十力淨不淨增語及四無所畏四無礙解十八佛不共法淨不淨增語此增語既非有如何可言即佛十力若淨若不淨增語是菩薩摩訶薩即四無所畏四無礙解十八佛不共法若淨若不淨增語是菩薩摩訶薩善現汝復觀何義言即佛十力若空若不空增語非菩薩摩訶薩即四無所畏四無礙解十八佛不共法若空若不空增語是菩薩摩訶薩耶世尊若佛十力空不空若四無所畏四無礙解十八佛不共法空不空尚畢竟不可得性

非有故況有佛十力空不空增語及四無所畏四無礙解十八佛不共法空不空增語此增語既非有如何可言即佛十力若空若不空增語是菩薩摩訶薩即四無所畏四無礙解十八佛不共法若空若不空增語是菩薩摩訶薩善現汝復觀何義言即佛十力若有相若無相增語非菩薩摩訶薩即四無所畏四無礙解十八佛不共法若有相若無相增語非菩薩摩訶薩耶世尊若佛十力有相無相若四無所畏四無礙解十八佛不共法有相無相尚畢竟不可得性非有故況有佛十力有相無相增語及四無所畏四無礙解十八佛不共法有相無相增語此增語既非有如何可言即佛十力若有相若無相增語是菩薩摩訶薩即四無所畏四無礙解十八佛不共法若有相若無相增語是菩薩摩訶薩

大般若波羅蜜多經卷第三十二

大般若波羅蜜多經卷第三十三

唐三藏法師玄奘奉詔譯

初分教誡教授品第七之二十三

善現汝復觀何義言即佛十力若有願若無願增語非菩薩摩訶薩即四無所畏四無礙解十八佛不共法若有願若無願增語非菩薩摩訶薩耶世尊若佛十力有願無願若四無所畏四無礙解十八佛不共法有願無願尚畢竟不可得性非有故況有佛十力有願無願增語及四無所畏四無礙解十八佛不共法有願無願增語此增語既非有如何可言即佛十力若有願若無願增語是菩薩摩訶薩即四無所畏四無礙解十八佛不共法若有願若無願增語是菩薩摩訶薩善現汝復觀何義言即佛十力若寂靜若不寂靜增語非菩薩摩訶薩即四無所畏四無礙解十八佛不共法若寂靜若不寂靜增語非菩薩摩訶薩耶世尊若佛十力寂靜不寂靜若四無所畏四無礙解十八佛不共法寂靜不寂靜尚畢竟不可得性非有故況有佛十力寂靜不寂靜增語及四無所畏四無礙解十八佛不共法寂靜不寂靜增語此增語既非有如何可言即佛十力若寂靜若不寂靜增語是菩薩摩訶薩即四無所畏四無礙解十八佛不共法若寂靜若不寂靜增語是菩薩摩訶薩善現汝復觀何義言即佛十力若遠離若不遠離增語非菩薩摩訶薩即四無所畏四無礙解十八佛不共法若遠離若不遠離增語非菩薩摩訶薩耶世尊若佛十力遠離不遠離若四無所畏四無礙解十八佛不共

法遠離不遠離尚畢竟不可得性非有故況有佛十力遠離不遠離增語及四無所畏四無礙解十八佛不共法遠離不遠離增語此增語既非有如何可言即佛十力若遠離若不遠離增語是菩薩摩訶薩即四無所畏四無礙解十八佛不共法若遠離若不遠離增語是菩薩摩訶薩善現汝復觀何義言即佛十力若有爲若無爲增語非菩薩摩訶薩即四無所畏四無礙解十八佛不共法若有爲若無爲增語非菩薩摩訶薩耶世尊若佛十力有爲無爲若四無所畏四無礙解十八佛不共法有爲無爲尚畢竟不可得性非有故況有佛十力有爲無爲增語及四無所畏四無礙解十八佛不共法有爲無爲增語此增語既非有如何可言即佛十力若有爲若無爲增語是菩薩摩訶薩即四無所畏四無礙解十八佛不共法若有爲若無爲增語是菩薩摩訶薩善現汝復觀何義言即佛十力若有漏若無漏增語非菩薩摩訶薩即四無所畏四無礙解十八佛不共法若有漏若無漏增語非菩薩摩訶薩耶世尊若佛十力有漏無漏若四無所畏四無礙解十八佛不共法有漏無漏尚畢竟不可得性非有故況有佛十力有漏無漏增語及四無所畏四無礙解十八佛不共法有漏無漏增語此增語既非有如何可言即佛十力若有漏若無漏增語是菩薩摩訶薩即四無所畏四無礙解十八佛不共法若有漏若無漏增語是菩薩摩訶薩善現汝復觀何義言即佛十力若生若滅增語非菩薩摩訶薩即四無所畏四無礙解

十八佛不共法若生若滅增語非菩薩摩訶薩耶世尊若佛十力生滅若四無所畏四無礙解十八佛不共法生滅尚畢竟不可得性非有故況有佛十力生滅增語及四無所畏四無礙解十八佛不共法生滅增語此增語既非有如何可言即佛十力若生若滅增語是菩薩摩訶薩即四無所畏四無礙解十八佛不共法若生若滅增語是菩薩摩訶薩善現汝復觀何義言即佛十力若善若非善增語非菩薩摩訶薩即四無所畏四無礙解十八佛不共法若善若非善增語非菩薩摩訶薩耶世尊若佛十力善非善若四無所畏四無礙解十八佛不共法善非善尚畢竟不可得性非有故況有佛十力善非善增語及四無所畏四無礙解十八佛不共法善非善增語此增語既非有如何可言即佛十力若善若非善增語是菩薩摩訶薩即四無所畏四無礙解十八佛不共法若善若非善增語是菩薩摩訶薩善現汝復觀何義言即佛十力若有罪若無罪增語非菩薩摩訶薩即四無所畏四無礙解十八佛不共法若有罪若無罪增語非菩薩摩訶薩耶世尊若佛十力有罪無罪若四無所畏四無礙解十八佛不共法有罪無罪尚畢竟不可得性非有故況有佛十力有罪無罪增語及四無所畏四無礙解十八佛不共法有罪無罪增語此增語既非有如何可言即佛十力若有罪若無罪增語是菩薩摩訶薩即四無所畏四無礙解十八佛不共法若有罪若無罪增語是菩薩摩訶薩善現汝復觀何義言即佛十力若有煩

惱若無煩惱增語非菩薩摩訶薩即四無所畏四無礙解十八佛不共法若有煩惱若無煩惱增語非菩薩摩訶薩耶世尊若佛十力有煩惱無煩惱若四無所畏四無礙解十八佛不共法有煩惱無煩惱尚畢竟不可得性非有故況有佛十力有煩惱無煩惱增語及四無所畏四無礙解十八佛不共法有煩惱無煩惱增語此增語既非有如何可言即佛十力若有煩惱若無煩惱增語是菩薩摩訶薩即四無所畏四無礙解十八佛不共法若有煩惱若無煩惱增語是菩薩摩訶薩善現汝復觀何義言即佛十力若世間若出世間增語非菩薩摩訶薩即四無所畏四無礙解十八佛不共法若世間若出世間增語非菩薩摩訶薩耶世尊若佛十力世間出世間若四無所畏四無礙解十八佛不共法世間出世間尚畢竟不可得性非有故況有佛十力世間出世間增語及四無所畏四無礙解十八佛不共法世間出世間增語此增語既非有如何可言即佛十力若世間若出世間增語是菩薩摩訶薩即四無所畏四無礙解十八佛不共法若世間若出世間增語是菩薩摩訶薩善現汝復觀何義言即佛十力若雜染若清淨增語非菩薩摩訶薩即四無所畏四無礙解十八佛不共法若雜染若清淨增語非菩薩摩訶薩耶世尊若佛十力雜染清淨若四無所畏四無礙解十八佛不共法雜染清淨尚畢竟不可得性非有故況有佛十力雜染清淨增語及四無所畏四無礙解十八佛不共法雜染清淨增語此增語既非有

如何可言即佛十力若雜染若清淨增語是菩薩摩訶薩即四無所畏四無礙解十八佛不共法若雜染若清淨增語是菩薩摩訶薩善現汝復觀何義言即佛十力若屬生死若屬涅槃增語非菩薩摩訶薩即四無所畏四無礙解十八佛不共法若屬生死若屬涅槃增語非菩薩摩訶薩耶世尊若佛十力屬生死屬涅槃若四無所畏四無礙解十八佛不共法屬生死屬涅槃尚畢竟不可得性非有故況有佛十力屬生死屬涅槃增語及四無所畏四無礙解十八佛不共法屬生死屬涅槃增語此增語既非有如何可言即佛十力若屬生死若屬涅槃增語是菩薩摩訶薩即四無所畏四無礙解十八佛不共法若屬生死若屬涅槃增語是菩薩摩訶薩善現汝復觀何義言即佛十力若在內若在外若在兩間增語非菩薩摩訶薩即四無所畏四無礙解十八佛不共法若在內若在外若在兩間增語非菩薩摩訶薩耶世尊若佛十力在內在外在兩間若四無所畏四無礙解十八佛不共法在內在外在兩間尚畢竟不可得性非有故況有佛十力在內在外在兩間增語及四無所畏四無礙解十八佛不共法在內在外在兩間增語此增語既非有如何可言即佛十力若在內若在外若在兩間增語是菩薩摩訶薩即四無所畏四無礙解十八佛不共法若在內若在外若在兩間增語是菩薩摩訶薩善現汝復觀何義言即佛十力若可得若不可得增語非菩薩摩訶薩即四無所畏四無礙解十八佛不共法若可得若不

可得增語非菩薩摩訶薩耶世尊若佛十力可得不可得若四無所畏四無礙解十八佛不共法可得不可得尚畢竟不可得性非有故況有佛十力可得不可得增語及四無所畏四無礙解十八佛不共法可得不可得增語此增語既非有如何可言即佛十力若可得若不可得增語是菩薩摩訶薩即四無所畏四無礙解十八佛不共法若可得若不可得增語是菩薩摩訶薩復次善現汝觀何義言即大慈增語非菩薩摩訶薩即大悲大喜大捨增語非菩薩摩訶薩耶具壽善現答言世尊若大慈若大悲大喜大捨尚畢竟不可得性非有故況有大慈增語及大悲大喜大捨增語此增語既非有如何可言即大慈增語是菩薩摩訶薩即大悲大喜大捨增語是菩薩摩訶薩善現汝復觀何義言即大慈若常若無常增語非菩薩摩訶薩即大悲大喜大捨若常若無常增語非菩薩摩訶薩耶世尊若大慈常無常若大悲大喜大捨常無常尚畢竟不可得性非有故況有大慈常無常增語及大悲大喜大捨常無常增語此增語既非有如何可言即大慈若常若無常增語是菩薩摩訶薩即大悲大喜大捨若常若無常增語是菩薩摩訶薩善現汝復觀何義言即大慈若樂若苦增語非菩薩摩訶薩即大悲大喜大捨若樂若苦增語非菩薩摩訶薩耶世尊若大慈樂苦若大悲大喜大捨樂苦尚畢竟不可得性非有故況有大慈樂苦增語及大悲大喜大捨樂苦增語此增語既非有如何可言即大慈若樂若苦增語是菩薩

摩訶薩即大悲大喜大捨若樂若苦增語是菩薩摩訶薩善現汝復觀何義言即大慈若我若無我增語非菩薩摩訶薩即大悲大喜大捨若我若無我增語非菩薩摩訶薩耶世尊若大慈我無我若大悲大喜大捨我無我尚畢竟不可得性非有故況有大慈我無我增語及大悲大喜大捨我無我增語此增語既非有如何可言即大慈若我若無我增語是菩薩摩訶薩即大悲大喜大捨若我若無我增語是菩薩摩訶薩善現汝復觀何義言即大慈若淨若不淨增語非菩薩摩訶薩即大悲大喜大捨若淨若不淨增語非菩薩摩訶薩耶世尊若大慈淨不淨若大悲大喜大捨淨不淨尚畢竟不可得性非有故況有大慈淨不淨增語及大悲大喜大捨淨不淨增語此增語既非有如何可言即大慈若淨若不淨增語是菩薩摩訶薩即大悲大喜大捨若淨若不淨增語是菩薩摩訶薩善現汝復觀何義言即大慈若空若不空增語非菩薩摩訶薩即大悲大喜大捨若空若不空增語非菩薩摩訶薩耶世尊若大慈空不空若大悲大喜大捨空不空尚畢竟不可得性非有故況有大慈空不空增語及大悲大喜大捨空不空增語此增語既非有如何可言即大慈若空若不空增語是菩薩摩訶薩即大悲大喜大捨若空若不空增語是菩薩摩訶薩善現汝復觀何義言即大慈若有相若無相增語非菩薩摩訶薩即大悲大喜大捨若有相若無相增語非菩薩摩訶薩耶世尊若大慈有相無相若大悲大喜大捨有相無相尚

畢竟不可得性非有故況有大慈有相無相增語及大悲大喜大捨有相無相增語此增語既非有如何可言即大慈若有相若無相增語是菩薩摩訶薩即大悲大喜大捨若有相若無相增語是菩薩摩訶薩善現汝復觀何義言即大慈若有願若無願增語非菩薩摩訶薩即大悲大喜大捨若有願若無願增語非菩薩摩訶薩耶世尊若大慈有願無願若大悲大喜大捨有願無願尚畢竟不可得性非有故況有大慈有願無願增語及大悲大喜大捨有願無願增語此增語既非有如何可言即大慈若有願若無願增語是菩薩摩訶薩即大悲大喜大捨若有願若無願增語是菩薩摩訶薩善現汝復觀何義言即大慈若寂靜若不寂靜增語非菩薩摩訶薩即大悲大喜大捨若寂靜若不寂靜增語非菩薩摩訶薩耶世尊若大慈寂靜不寂靜若大悲大喜大捨寂靜不寂靜尚畢竟不可得性非有故況有大慈寂靜不寂靜增語及大悲大喜大捨寂靜不寂靜增語此增語既非有如何可言即大慈若寂靜若不寂靜增語是菩薩摩訶薩即大悲大喜大捨若寂靜若不寂靜增語是菩薩摩訶薩善現汝復觀何義言即大慈若遠離若不遠離增語非菩薩摩訶薩即大悲大喜大捨若遠離若不遠離增語非菩薩摩訶薩耶世尊若大慈遠離不遠離若大悲大喜大捨遠離不遠離尚畢竟不可得性非有故況有大慈遠離不遠離增語及大悲大喜大捨遠離不遠離增語此增語既非有如何可言即大慈若遠離若不遠離

增語是菩薩摩訶薩即大悲大喜大捨若遠離若不遠離增語是菩薩摩訶薩善現汝復觀何義言即大慈若有為若無為增語非菩薩摩訶薩即大悲大喜大捨若有為若無為增語非菩薩摩訶薩耶世尊若大慈有為無為若大悲大喜大捨有為無為尚畢竟不可得性非有故況有大慈有為無為增語及大悲大喜大捨有為無為增語此增語既非有如何可言即大慈若有為若無為增語是菩薩摩訶薩即大悲大喜大捨若有為若無為增語是菩薩摩訶薩善現汝復觀何義言即大慈若有漏若無漏增語非菩薩摩訶薩即大悲大喜大捨若有漏若無漏增語非菩薩摩訶薩耶世尊若大慈有漏無漏若大悲大喜大捨有漏無漏尚畢竟不可得性非有故

況有大慈有漏無漏增語及大悲大喜大捨有漏無漏增語此增語既非有如何可言即大慈若有漏若無漏增語是菩薩摩訶薩即大悲大喜大捨若有漏若無漏增語是菩薩摩訶薩善現汝復觀何義言即大慈若生若滅增語非菩薩摩訶薩即大悲大喜大捨若生若滅增語非菩薩摩訶薩耶世尊若大慈生滅若大悲大喜大捨生滅尚畢竟不可得性非有故況有大慈生滅增語及大悲大喜大捨生滅增語此增語既非有如何可言即大慈若生若滅增語是菩薩摩訶薩即大悲大喜大捨若生若滅增語是菩薩摩訶薩善現汝復觀何義言即大慈若善若非善增語非菩薩摩訶薩即大悲大喜大捨若善若非善增語非菩薩摩訶薩耶世尊若大慈善非

善若大悲大喜大捨善非善尚畢竟不可得性非有故況有大慈善非善增語及大悲大喜大捨善非善增語此增語既非有如何可言即大慈若善若非善增語是菩薩摩訶薩即大悲大喜大捨若善若非善增語是菩薩摩訶薩善現汝復觀何義言即大慈若有罪若無罪增語非菩薩摩訶薩即大悲大喜大捨若有罪若無罪增語非菩薩摩訶薩耶世尊若大慈有罪無罪若大悲大喜大捨有罪無罪尚畢竟不可得性非有故況有大慈有罪無罪增語及大悲大喜大捨有罪無罪增語此增語既非有如何可言即大慈若有罪若無罪增語是菩薩摩訶薩即大悲大喜大捨若有罪若無罪增語是菩薩摩訶薩善現汝復觀何義言即大慈若有煩惱若無煩惱增語非菩薩摩訶薩即大悲大喜大捨若有煩惱若無煩惱增語非菩薩摩訶薩耶世尊若大慈有煩惱無煩惱若大悲大喜大捨有煩惱無煩惱尚畢竟不可得性非有故況有大慈有煩惱無煩惱增語及大悲大喜大捨有煩惱無煩惱增語此增語既非有如何可言即大慈若有煩惱若無煩惱增語是菩薩摩訶薩即大悲大喜大捨若有煩惱若無煩惱增語是菩薩摩訶薩善現汝復觀何義言即大慈若世間若出世間增語非菩薩摩訶薩即大悲大喜大捨若世間若出世間增語非菩薩摩訶薩耶世尊若大慈世間出世間若大悲大喜大捨世間出世間尚畢竟不可得性非有故況有大慈世間出世間增語及大悲大喜大捨世間出世間增語此增語既

非有如何可言即大慈若世間若出世間增語是菩薩摩訶薩即大悲大喜大捨若世間若出世間增語是菩薩摩訶薩善現汝復觀何義言即大慈若雜染若清淨增語非菩薩摩訶薩即大悲大喜大捨若雜染若清淨增語非菩薩摩訶薩耶世尊若大慈雜染清淨若大悲大喜大捨雜染清淨尚畢竟不可得性非有故況有大慈雜染清淨增語及大悲大喜大捨雜染清淨增語此增語既非有如何可言即大慈若雜染若清淨增語是菩薩摩訶薩即大悲大喜大捨若雜染若清淨增語是菩薩摩訶薩善現汝復觀何義言即大慈若屬生死若屬涅槃增語非菩薩摩訶薩即大悲大喜大捨若屬生死若屬涅槃增語非菩薩摩訶薩耶世尊若大慈屬生死屬涅槃若大悲大喜大捨屬生死屬涅槃尚畢竟不可得性非有故況有大慈屬生死屬涅槃增語及大悲大喜大捨屬生死屬涅槃增語此增語既非有如何可言即大慈若屬生死若屬涅槃增語是菩薩摩訶薩即大悲大喜大捨若屬生死若屬涅槃增語是菩薩摩訶薩善現汝復觀何義言即大慈若在內若在外若在兩間增語非菩薩摩訶薩即大悲大喜大捨若在內若在外若在兩間增語非菩薩摩訶薩耶世尊若大慈在內在外在兩間若大悲大喜大捨在內在外在兩間尚畢竟不可得性非有故況有大慈在內在外在兩間增語及大悲大喜大捨在內在外在兩間增語此增語既非有如何可言即大慈若在內若在外若在兩間增語是菩薩摩訶薩即

大悲大喜大捨若在內若在外若在兩間增語是菩薩摩訶薩善現汝復觀何義言即大慈若可得若不可得增語非菩薩摩訶薩即大悲大喜大捨若可得若不可得增語非菩薩摩訶薩耶世尊若大慈可得不可得若大悲大喜大捨可得不可得尚畢竟不可得性非有故況有大慈可得不可得增語及大悲大喜大捨可得不可得增語此增語既非有如何可言即大慈若可得若不可得增語是菩薩摩訶薩即大悲大喜大捨若可得若不可得增語是菩薩摩訶薩復次善現汝觀何義言即三十二大士相增語非菩薩摩訶薩即八十隨好增語非菩薩摩訶薩耶具壽善現答言世尊若三十二大士相若八十隨好尚畢竟不可得性非有故況有三十二大士相增語及八十隨好增語此增語既非有如何可言即三十二大士相增語是菩薩摩訶薩即八十隨好增語是菩薩摩訶薩善現汝復觀何義言即三十二大士相若常若無常增語非菩薩摩訶薩即八十隨好若常若無常增語非菩薩摩訶薩耶世尊若三十二大士相常無常若八十隨好常無常尚畢竟不可得性非有故況有三十二大士相常無常增語及八十隨好常無常增語此增語既非有如何可言即三十二大士相若常若無常增語是菩薩摩訶薩即八十隨好若常若無常增語是菩薩摩訶薩善現汝復觀何義言即三十二大士相若樂若苦增語非菩薩摩訶薩即八十隨好若樂若苦增語非菩薩摩訶薩耶世尊若三十二大士相樂苦若八十

隨好樂苦尚畢竟不可得性非有故況有三
十二大士相樂苦增語及八十隨好樂苦增
語此增語既非有如何可言即三十二大士
相若樂若苦增語是菩薩摩訶薩即八十隨
好若樂若苦增語是菩薩摩訶薩善現汝復
觀何義言即三十二大士相若我若無我增
語非菩薩摩訶薩即八十隨好若我若無我
增語非菩薩摩訶薩耶世尊若三十二大士
相我無我若八十隨好我無我尚畢竟不可
得性非有故況有三十二大士相我無我增
語及八十隨好我無我增語此增語既非有
如何可言即三十二大士相若我若無我增
語是菩薩摩訶薩即八十隨好若我若無我
增語是菩薩摩訶薩善現汝復觀何義言即
三十二大士相若淨若不淨增語非菩薩摩
訶薩即八十隨好若淨若不淨增語非菩薩
摩訶薩耶世尊若三十二大士相淨不淨若
八十隨好淨不淨尚畢竟不可得性非有故
況有三十二大士相淨不淨增語及八十隨
好淨不淨增語此增語既非有如何可言即
三十二大士相若淨若不淨增語是菩薩摩
訶薩即八十隨好若淨若不淨增語是菩薩
摩訶薩善現汝復觀何義言即三十二大士
相若空若不空增語非菩薩摩訶薩即八十
隨好若空若不空增語非菩薩摩訶薩耶世
尊若三十二大士相空不空若八十隨好空
不空尚畢竟不可得性非有故況有三十二
大士相空不空增語及八十隨好空不空增
語此增語既非有如何可言即三十二大士
相若空若不空增語是菩薩摩訶薩即八十

隨好若空若不空增語是菩薩摩訶薩善現汝復觀何義言即三十二大士相若有相若無相增語非菩薩摩訶薩即八十隨好若有相若無相增語非菩薩摩訶薩耶世尊若三十二大士相有相無相若八十隨好有相無相尚畢竟不可得性非有故況有三十二大士相有相無相增語及八十隨好有相無相增語此增語既非有如何可言即三十二大士相若有相若無相增語是菩薩摩訶薩即八十隨好若有相若無相增語是菩薩摩訶薩善現汝復觀何義言即三十二大士相若有願若無願增語非菩薩摩訶薩即八十隨好若有願若無願增語非菩薩摩訶薩耶世尊若三十二大士相有願無願若八十隨好有願無願尚畢竟不可得性非有故況有三十二大士相有願無願增語及八十隨好有願無願增語此增語既非有如何可言即三十二大士相若有願若無願增語是菩薩摩訶薩即八十隨好若有願若無願增語是菩薩摩訶薩善現汝復觀何義言即三十二大士相若寂靜若不寂靜增語非菩薩摩訶薩即八十隨好若寂靜若不寂靜增語非菩薩摩訶薩耶世尊若三十二大士相寂靜不寂靜若八十隨好寂靜不寂靜尚畢竟不可得性非有故況有三十二大士相寂靜不寂靜增語及八十隨好寂靜不寂靜增語此增語既非有如何可言即三十二大士相若寂靜若不寂靜增語是菩薩摩訶薩即八十隨好若寂靜若不寂靜增語是菩薩摩訶薩善現汝復觀何義言即三十二大士相若遠離若

不遠離增語非菩薩摩訶薩即八十隨好若遠離若不遠離增語非菩薩摩訶薩耶世尊若三十二大士相遠離不遠離若八十隨好遠離不遠離尚畢竟不可得性非有故況有三十二大士相遠離不遠離增語及八十隨好遠離不遠離增語此增語既非有如何可言即三十二大士相若遠離若不遠離增語是菩薩摩訶薩即八十隨好若遠離若不遠離增語是菩薩摩訶薩善現汝復觀何義言即三十二大士相若有爲若無爲增語非菩薩摩訶薩即八十隨好若有爲若無爲增語非菩薩摩訶薩耶世尊若三十二大士相有爲無爲若八十隨好有爲無爲尚畢竟不可得性非有故況有三十二大士相有爲無爲增語及八十隨好有爲無爲增語此增語既

非有如何可言即三十二大士相若有爲若無爲增語是菩薩摩訶薩即八十隨好若有爲若無爲增語是菩薩摩訶薩善現汝復觀何義言即三十二大士相若有漏若無漏增語非菩薩摩訶薩即八十隨好若有漏若無漏增語非菩薩摩訶薩耶世尊若三十二大士相有漏無漏若八十隨好有漏無漏尚畢竟不可得性非有故況有三十二大士相有漏無漏增語及八十隨好有漏無漏增語此增語既非有如何可言即三十二大士相若有漏若無漏增語是菩薩摩訶薩即八十隨好若有漏若無漏增語是菩薩摩訶薩善現汝復觀何義言即三十二大士相若生若滅增語非菩薩摩訶薩即八十隨好若生若滅增語非菩薩摩訶薩耶世尊若三十二大士

相生滅若八十隨好生滅尚畢竟不可得性非有故況有三十二大士相生滅增語及八十隨好生滅增語此增語既非有如何可言即三十二大士相若生若滅增語是菩薩摩訶薩即八十隨好若生若滅增語是菩薩摩訶薩善現汝復觀何義言即三十二大士相若善若非善增語非菩薩摩訶薩即八十隨好若善若非善增語非菩薩摩訶薩耶世尊若三十二大士相善非善若八十隨好善非善尚畢竟不可得性非有故況有三十二大士相善非善增語及八十隨好善非善增語此增語既非有如何可言即三十二大士相若善若非善增語是菩薩摩訶薩即八十隨好若善若非善增語是菩薩摩訶薩善現汝復觀何義言即三十二大士相若有罪若無罪增語非菩薩摩訶薩即八十隨好若有罪若無罪增語非菩薩摩訶薩耶世尊若三十二大士相有罪無罪若八十隨好有罪無罪尚畢竟不可得性非有故況有三十二大士相有罪無罪增語及八十隨好有罪無罪增語此增語既非有如何可言即三十二大士相若有罪若無罪增語是菩薩摩訶薩即八十隨好若有罪若無罪增語是菩薩摩訶薩

大般若波羅蜜多經卷第三十三

大般若波羅蜜多經卷第三十四

唐三藏法師玄奘奉　詔譯

初分教誡教授品第七之二十四

善現汝復觀何義言即三十二大士相若有煩惱若無煩惱增語非菩薩摩訶薩即八十隨好若有煩惱若無煩惱增語非菩薩摩訶薩耶世尊若三十二大士相有煩惱無煩惱若八十隨好有煩惱無煩惱尚畢竟不可得性非有故況有三十二大士相有煩惱無煩惱增語及八十隨好有煩惱無煩惱增語此增語既非有如何可言即三十二大士相若有煩惱若無煩惱增語是菩薩摩訶薩即八十隨好若有煩惱若無煩惱增語是菩薩摩訶薩善現汝復觀何義言即三十二大士相若世間若出世間增語非菩薩摩訶薩即八十隨好若世間若出世間增語非菩薩摩訶薩耶世尊若三十二大士相世間出世間若八十隨好世間出世間尚畢竟不可得性非有故況有三十二大士相世間出世間增語及八十隨好世間出世間增語此增語既非有如何可言即三十二大士相若世間若出世間增語是菩薩摩訶薩即八十隨好若世間若出世間增語是菩薩摩訶薩善現汝復觀何義言即三十二大士相若雜染若清淨增語非菩薩摩訶薩即八十隨好若雜染若清淨增語非菩薩摩訶薩耶世尊若三十二大士相雜染清淨若八十隨好雜染清淨尚畢竟不可得性非有故況有三十二大士相雜染清淨增語及八十隨好雜染清淨增語此增語既非有如何可言即三十二大士相

若雜染若清淨增語是菩薩摩訶薩即八十隨好若雜染若清淨增語是菩薩摩訶薩善現汝復觀何義言即三十二大士相若屬生死若屬涅槃增語非菩薩摩訶薩即八十隨好若屬生死若屬涅槃增語非菩薩摩訶薩耶世尊若三十二大士相屬生死屬涅槃若八十隨好屬生死屬涅槃尚畢竟不可得性非有故況有三十二大士相屬生死屬涅槃增語及八十隨好屬生死屬涅槃增語此增語既非有如何可言即三十二大士相若屬生死若屬涅槃增語是菩薩摩訶薩即八十隨好若屬生死若屬涅槃增語是菩薩摩訶薩善現汝復觀何義言即三十二大士相若在内若在外若在兩間增語非菩薩摩訶薩即八十隨好若在内若在外若在兩間增語

非菩薩摩訶薩耶世尊若三十二大士相在内在外在兩間若八十隨好在内在外在兩間尚畢竟不可得性非有故況有三十二大士相在内在外在兩間增語及八十隨好在内在外在兩間增語此增語既非有如何可言即三十二大士相若在内若在外若在兩間增語是菩薩摩訶薩即八十隨好若在内若在外若在兩間增語是菩薩摩訶薩善現汝復觀何義言即三十二大士相若可得若不可得增語非菩薩摩訶薩即八十隨好若可得若不可得增語非菩薩摩訶薩耶世尊若三十二大士相可得不可得若八十隨好可得不可得尚畢竟不可得性非有故況有三十二大士相可得不可得增語及八十隨好可得不可得增語此增語既非有如何可

言即三十二大士相若可得若不可得增語是菩薩摩訶薩即八十隨好若可得若不可得增語是菩薩摩訶薩復次善現汝觀何義言即無忘失法增語非菩薩摩訶薩即恒住捨性增語非菩薩摩訶薩耶具壽善現荅言世尊若無忘失法若恒住捨性尚畢竟不可得性非有故況有無忘失法增語及恒住捨性增語此增語既非有如何可言即無忘失法增語是菩薩摩訶薩即恒住捨性增語是菩薩摩訶薩善現汝復觀何義言即無忘失法若常若無常增語非菩薩摩訶薩即恒住捨性若常若無常增語非菩薩摩訶薩耶世尊若無忘失法常無常若恒住捨性常無常尚畢竟不可得性非有故況有無忘失法常無常增語及恒住捨性常無常增語此增語既非有如何可言即無忘失法若常若無常增語是菩薩摩訶薩即恒住捨性若常若無常增語是菩薩摩訶薩善現汝復觀何義言即無忘失法若樂若苦增語非菩薩摩訶薩即恒住捨性若樂若苦增語非菩薩摩訶薩耶世尊若無忘失法樂苦若恒住捨性樂苦尚畢竟不可得性非有故況有無忘失法樂苦增語及恒住捨性樂苦增語此增語既非有如何可言即無忘失法若樂若苦增語是菩薩摩訶薩即恒住捨性若樂若苦增語是菩薩摩訶薩善現汝復觀何義言即無忘失法若我若無我增語非菩薩摩訶薩即恒住捨性若我若無我增語非菩薩摩訶薩耶世尊若無忘失法我無我若恒住捨性我無我尚畢竟不可得性非有故況有無忘失法我

無我增語及恒住捨性我無我增語此增語既非有如何可言即無忘失法若我若無我增語是菩薩摩訶薩即恒住捨性若我若無我增語是菩薩摩訶薩善現汝復觀何義言即無忘失法若淨若不淨增語非菩薩摩訶薩即恒住捨性若淨若不淨增語非菩薩摩訶薩耶世尊若無忘失法淨不淨若恒住捨性淨不淨尚畢竟不可得性非有故況有無忘失法淨不淨增語及恒住捨性淨不淨增語此增語既非有如何可言即無忘失法若淨若不淨增語是菩薩摩訶薩即恒住捨性若淨若不淨增語是菩薩摩訶薩善現汝復觀何義言即無忘失法若空若不空增語非菩薩摩訶薩即恒住捨性若空若不空增語非菩薩摩訶薩耶世尊若無忘失法空不空若恒住捨性空不空尚畢竟不可得性非有故況有無忘失法空不空增語及恒住捨性空不空增語此增語既非有如何可言即無忘失法若空若不空增語是菩薩摩訶薩即恒住捨性若空若不空增語是菩薩摩訶薩善現汝復觀何義言即無忘失法若有相若無相增語非菩薩摩訶薩即恒住捨性若有相若無相增語非菩薩摩訶薩耶世尊若無忘失法有相無相若恒住捨性有相無相尚畢竟不可得性非有故況有無忘失法有相無相增語及恒住捨性有相無相增語此增語既非有如何可言即無忘失法若有相若無相增語是菩薩摩訶薩即恒住捨性若有相若無相增語是菩薩摩訶薩善現汝復觀何義言即無忘失法若有願若無願增語非

菩薩摩訶薩即恒住捨性若有願若無願增語非菩薩摩訶薩耶世尊若無忘失法有願無願若恒住捨性有願無願尚畢竟不可得性非有故況有無忘失法有願無願增語及恒住捨性有願無願增語此增語既非有如何可言即無忘失法若有願若無願增語是菩薩摩訶薩即恒住捨性若有願若無願增語是菩薩摩訶薩善現汝復觀何義言即無忘失法若寂靜若不寂靜增語非菩薩摩訶薩即恒住捨性若寂靜若不寂靜增語非菩薩摩訶薩耶世尊若無忘失法寂靜不寂靜若恒住捨性寂靜不寂靜尚畢竟不可得性非有故況有無忘失法寂靜不寂靜增語及恒住捨性寂靜不寂靜增語此增語既非有如何可言即無忘失法若寂靜若不寂靜增語是菩薩摩訶薩即恒住捨性若寂靜若不寂靜增語是菩薩摩訶薩善現汝復觀何義言即無忘失法若遠離若不遠離增語非菩薩摩訶薩即恒住捨性若遠離若不遠離增語非菩薩摩訶薩耶世尊若無忘失法遠離不遠離若恒住捨性遠離不遠離尚畢竟不可得性非有故況有無忘失法遠離不遠離增語及恒住捨性遠離不遠離增語此增語既非有如何可言即無忘失法若遠離若不遠離增語是菩薩摩訶薩即恒住捨性若遠離若不遠離增語是菩薩摩訶薩善現汝復觀何義言即無忘失法若有爲若無爲增語非菩薩摩訶薩即恒住捨性若有爲若無爲增語非菩薩摩訶薩耶世尊若無忘失法有爲無爲若恒住捨性有爲無爲尚畢竟不可

得性非有故況有無忘失法有爲無爲增語及恒住捨性有爲無爲增語此增語既非有如何可言即無忘失法若有爲若無爲增語是菩薩摩訶薩即恒住捨性若有爲若無爲增語是菩薩摩訶薩善現汝復觀何義言即無忘失法若有漏若無漏增語非菩薩摩訶薩即恒住捨性若有漏若無漏增語非菩薩摩訶薩耶世尊若無忘失法有漏無漏若恒住捨性有漏無漏尚畢竟不可得性非有故況有無忘失法有漏無漏增語及恒住捨性有漏無漏增語此增語既非有如何可言即無忘失法若有漏若無漏增語是菩薩摩訶薩即恒住捨性若有漏若無漏增語是菩薩摩訶薩善現汝復觀何義言即無忘失法若生若滅增語非菩薩摩訶薩即恒住捨性若生若滅增語非菩薩摩訶薩耶世尊若無忘失法生滅若恒住捨性生滅尚畢竟不可得性非有故況有無忘失法生滅增語及恒住捨性生滅增語此增語既非有如何可言即無忘失法若生若滅增語是菩薩摩訶薩即恒住捨性若生若滅增語是菩薩摩訶薩善現汝復觀何義言即無忘失法若善若非善增語非菩薩摩訶薩即恒住捨性若善若非善增語非菩薩摩訶薩耶世尊若無忘失法善非善若恒住捨性善非善尚畢竟不可得性非有故況有無忘失法善非善增語及恒住捨性善非善增語此增語既非有如何可言即無忘失法若善若非善增語是菩薩摩訶薩即恒住捨性若善若非善增語是菩薩摩訶薩善現汝復觀何義言即無忘失法若

有罪若無罪增語非菩薩摩訶薩即恒住捨性若有罪若無罪增語非菩薩摩訶薩耶世尊若無忘失法有罪無罪若恒住捨性有罪無罪尚畢竟不可得性非有故況有無忘失法有罪無罪增語及恒住捨性有罪無罪增語此增語既非有如何可言即無忘失法若有罪若無罪增語是菩薩摩訶薩即恒住捨性若有罪若無罪增語是菩薩摩訶薩善現汝復觀何義言即無忘失法若有煩惱若無煩惱增語非菩薩摩訶薩即恒住捨性若有煩惱若無煩惱增語非菩薩摩訶薩耶世尊若無忘失法有煩惱無煩惱若恒住捨性有煩惱無煩惱尚畢竟不可得性非有故況有無忘失法有煩惱無煩惱增語及恒住捨性有煩惱無煩惱增語此增語既非有如何可言即無忘失法若有煩惱若無煩惱增語是菩薩摩訶薩即恒住捨性若有煩惱若無煩惱增語是菩薩摩訶薩善現汝復觀何義言即無忘失法若世間若出世間增語非菩薩摩訶薩即恒住捨性若世間若出世間增語非菩薩摩訶薩耶世尊若無忘失法世間出世間若恒住捨性世間出世間尚畢竟不可得性非有故況有無忘失法世間出世間增語及恒住捨性世間出世間增語此增語既非有如何可言即無忘失法若世間若出世間增語是菩薩摩訶薩即恒住捨性若世間若出世間增語是菩薩摩訶薩善現汝復觀何義言即無忘失法若雜染若清淨增語非菩薩摩訶薩即恒住捨性若雜染若清淨增語非菩薩摩訶薩耶世尊若無忘失法雜染

清淨若恒住捨性雜染清淨尚畢竟不可得性非有故況有無忘失法雜染清淨增語及恒住捨性雜染清淨增語此增語既非有如何可言即無忘失法若雜染若清淨增語是菩薩摩訶薩即恒住捨性若雜染若清淨增語是菩薩摩訶薩善現汝復觀何義言即無忘失法若屬生死若屬涅槃增語非菩薩摩訶薩即恒住捨性若屬生死若屬涅槃增語非菩薩摩訶薩耶世尊若無忘失法屬生死屬涅槃若恒住捨性屬生死屬涅槃尚畢竟不可得性非有故況有無忘失法屬生死屬涅槃增語及恒住捨性屬生死屬涅槃增語此增語既非有如何可言即無忘失法若屬生死若屬涅槃增語是菩薩摩訶薩即恒住捨性若屬生死若屬涅槃增語是菩薩摩訶

薩善現汝復觀何義言即無忘失法若在內若在外若在兩間增語非菩薩摩訶薩即恒住捨性若在內若在外若在兩間增語非菩薩摩訶薩耶世尊若無忘失法在內在外在兩間若恒住捨性在內在外在兩間尚畢竟不可得性非有故況有無忘失法在內在外在兩間增語及恒住捨性在內在外在兩間增語此增語既非有如何可言即無忘失法若在內若在外若在兩間增語是菩薩摩訶薩即恒住捨性若在內若在外若在兩間增語是菩薩摩訶薩善現汝復觀何義言即無忘失法若可得若不可得增語非菩薩摩訶薩即恒住捨性若可得若不可得增語非菩薩摩訶薩耶世尊若無忘失法可得不可得若恒住捨性可得不可得尚畢竟不可得性

非有故況有無忘失法可得不可得增語及恒住捨性可得不可得增語此增語既非有如何可言即無忘失法若可得若不可得增語是菩薩摩訶薩即恒住捨性若可得若不可得增語是菩薩摩訶薩復次善現汝觀何義言即一切智增語非菩薩摩訶薩即道相智一切相智增語非菩薩摩訶薩耶具壽善現答言世尊若一切智若道相智一切相智尚畢竟不可得性非有故況有一切智增語及道相智一切相智增語此增語既非有如何可言即一切智增語是菩薩摩訶薩即道相智一切相智增語是菩薩摩訶薩善現汝復觀何義言即一切智若常若無常增語非菩薩摩訶薩即道相智一切相智若常若無常增語非菩薩摩訶薩耶世尊若一切智常無常若道相智一切相智常無常尚畢竟不可得性非有故況有一切智常無常增語及道相智一切相智常無常增語此增語既非有如何可言即一切智若常若無常增語是菩薩摩訶薩即道相智一切相智若常若無常增語是菩薩摩訶薩善現汝復觀何義言即一切智若樂若苦增語非菩薩摩訶薩即道相智一切相智若樂若苦增語非菩薩摩訶薩耶世尊若一切智樂苦若道相智一切相智樂苦尚畢竟不可得性非有故況有一切智樂苦增語及道相智一切相智樂苦增語此增語既非有如何可言即一切智若樂若苦增語是菩薩摩訶薩即道相智一切相智若樂若苦增語是菩薩摩訶薩善現汝復觀何義言即一切智若我若無我增語非菩

薩摩訶薩即道相智一切相智若我若無我增語非菩薩摩訶薩耶世尊若一切智我無我若道相智一切相智我無我尚畢竟不可得性非有故況有一切智我無我增語及道相智一切相智我無我增語此增語既非有如何可言即一切智若我若無我增語是菩薩摩訶薩即道相智一切相智若我若無我增語是菩薩摩訶薩善現汝復觀何義言即一切智若淨若不淨增語非菩薩摩訶薩即道相智一切相智若淨若不淨增語非菩薩摩訶薩耶世尊若一切智淨不淨若道相智一切相智淨不淨尚畢竟不可得性非有故況有一切智淨不淨增語及道相智一切相智淨不淨增語此增語既非有如何可言即一切智若淨若不淨增語是菩薩摩訶薩即

道相智一切相智若淨若不淨增語是菩薩摩訶薩善現汝復觀何義言即一切智若空若不空增語非菩薩摩訶薩即道相智一切相智若空若不空增語非菩薩摩訶薩耶世尊若一切智空不空若道相智一切相智空不空尚畢竟不可得性非有故況有一切智空不空增語及道相智一切相智空不空增語此增語既非有如何可言即一切智若空若不空增語是菩薩摩訶薩即道相智一切相智若空若不空增語是菩薩摩訶薩善現汝復觀何義言即一切智若有相若無相增語非菩薩摩訶薩即道相智一切相智若有相若無相增語非菩薩摩訶薩耶世尊若一切智有相無相若道相智一切相智有相無相尚畢竟不可得性非有故況有一切智有

相無相增語及道相智一切相智有相無相增語此增語既非有如何可言即一切智若有相若無相增語是菩薩摩訶薩即道相智一切相智若有相若無相增語是菩薩摩訶薩善現汝復觀何義言即一切智若有願若無願增語非菩薩摩訶薩即道相智一切相智若有願若無願增語非菩薩摩訶薩耶世尊若一切智有願無願若道相智一切相智有願無願尚畢竟不可得性非有故況有一切智有願無願增語及道相智一切相智有願無願增語此增語既非有如何可言即一切智若有願若無願增語是菩薩摩訶薩即道相智一切相智若有願若無願增語是菩薩摩訶薩善現汝復觀何義言即一切智若寂靜若不寂靜增語非菩薩摩訶薩即道相智一切相智若寂靜若不寂靜增語非菩薩摩訶薩耶世尊若一切智寂靜不寂靜若道相智一切相智寂靜不寂靜尚畢竟不可得性非有故況有一切智寂靜不寂靜增語及道相智一切相智寂靜不寂靜增語此增語既非有如何可言即一切智若寂靜若不寂靜增語是菩薩摩訶薩即道相智一切相智若寂靜若不寂靜增語是菩薩摩訶薩善現汝復觀何義言即一切智若遠離若不遠離增語非菩薩摩訶薩即道相智一切相智若遠離若不遠離增語非菩薩摩訶薩耶世尊若一切智遠離不遠離若道相智一切相智遠離不遠離尚畢竟不可得性非有故況有一切智遠離不遠離增語及道相智一切相智遠離不遠離增語此增語既非有如何可

言即一切智若遠離若不遠離增語是菩薩摩訶薩即道相智一切相智若遠離若不遠離增語是菩薩摩訶薩善現汝復觀何義言即一切智若有爲若無爲增語非菩薩摩訶薩即道相智一切相智若有爲若無爲增語非菩薩摩訶薩耶世尊若一切智有爲無爲若道相智一切相智有爲無爲尚畢竟不可得性非有故況有一切智有爲無爲增語及道相智一切相智有爲無爲增語此增語既非有如何可言即一切智若有爲若無爲增語是菩薩摩訶薩即道相智一切相智若有爲若無爲增語是菩薩摩訶薩善現汝復觀何義言即一切智若有漏若無漏增語非菩薩摩訶薩即道相智一切相智若有漏若無漏增語非菩薩摩訶薩耶世尊若一切智有漏無漏若道相智一切相智有漏無漏尚畢竟不可得性非有故況有一切智有漏無漏增語及道相智一切相智有漏無漏增語此增語既非有如何可言即一切智若有漏若無漏增語是菩薩摩訶薩即道相智一切相智若有漏若無漏增語是菩薩摩訶薩善現汝復觀何義言即一切智若生若滅增語非菩薩摩訶薩即道相智一切相智若生若滅增語非菩薩摩訶薩耶世尊若一切智生滅若道相智一切相智生滅尚畢竟不可得性非有故況有一切智生滅增語及道相智一切相智生滅增語此增語既非有如何可言即一切智若生若滅增語是菩薩摩訶薩即道相智一切相智若生若滅增語是菩薩摩訶薩善現汝復觀何義言即一切智若善若

非善增語非菩薩摩訶薩即道相智一切相智若善若非善增語非菩薩摩訶薩耶世尊若一切智善非善若道相智一切相智善非善尚畢竟不可得性非有故況有一切智善非善增語及道相智一切相智善非善增語此增語既非有如何可言即一切智若善若非善增語是菩薩摩訶薩即道相智一切相智若善若非善增語是菩薩摩訶薩善現汝復觀何義言即一切智若有罪若無罪增語非菩薩摩訶薩即道相智一切相智若有罪若無罪增語非菩薩摩訶薩耶世尊若一切智有罪無罪若道相智一切相智有罪無罪尚畢竟不可得性非有故況有一切智有罪無罪增語及道相智一切相智有罪無罪增語此增語既非有如何可言即一切智若有罪若無罪增語是菩薩摩訶薩即道相智一切相智若有罪若無罪增語是菩薩摩訶薩善現汝復觀何義言即一切智若有煩惱若無煩惱增語非菩薩摩訶薩即道相智一切相智若有煩惱若無煩惱增語非菩薩摩訶薩耶世尊若一切智有煩惱無煩惱若道相智一切相智有煩惱無煩惱尚畢竟不可得性非有故況有一切智有煩惱無煩惱增語及道相智一切相智有煩惱無煩惱增語此增語既非有如何可言即一切智若有煩惱若無煩惱增語是菩薩摩訶薩即道相智一切相智若有煩惱若無煩惱增語是菩薩摩訶薩善現汝復觀何義言即一切智若世間若出世間增語非菩薩摩訶薩即道相智一切相智若世間若出世間增語非菩薩摩訶

薩耶世尊若一切智世間出世間若道相智一切相智世間出世間尚畢竟不可得性非有故況有一切智世間出世間增語及道相智一切相智世間出世間增語此增語既非有如何可言即一切智若世間若出世間增語是菩薩摩訶薩即道相智一切相智若世間若出世間增語是菩薩摩訶薩善現汝復觀何義言即一切智若雜染若清淨增語非菩薩摩訶薩即道相智一切相智若雜染若清淨增語非菩薩摩訶薩耶世尊若一切智雜染清淨若道相智一切相智雜染清淨尚畢竟不可得性非有故況有一切智雜染清淨增語及道相智一切相智雜染清淨增語此增語既非有如何可言即一切智若雜染若清淨增語是菩薩摩訶薩即道相智一切相智若雜染若清淨增語是菩薩摩訶薩善現汝復觀何義言即一切智若屬生死若屬涅槃增語非菩薩摩訶薩即道相智一切相智若屬生死若屬涅槃增語非菩薩摩訶薩耶世尊若一切智屬生死屬涅槃若道相智一切相智屬生死屬涅槃尚畢竟不可得性非有故況有一切智屬生死屬涅槃增語及道相智一切相智屬生死屬涅槃增語此增語既非有如何可言即一切智若屬生死若屬涅槃增語是菩薩摩訶薩即道相智一切相智若屬生死若屬涅槃增語是菩薩摩訶薩善現汝復觀何義言即一切智若在內若在外若在兩間增語非菩薩摩訶薩即道相智一切相智若在內若在外若在兩間增語非菩薩摩訶薩耶世尊若一切智在內在外

在兩間若道相智一切相智在內在外在兩間尚畢竟不可得性非有故況有一切智在內在外在兩間增語及道相智一切相智在內在外在兩間增語此增語既非有如何可言即一切智若在內若在外若在兩間增語是菩薩摩訶薩即道相智一切相智若在內若在外若在兩間增語是菩薩摩訶薩善現汝復觀何義言即一切智若可得若不可得增語非菩薩摩訶薩即道相智一切相智若可得若不可得增語非菩薩摩訶薩耶世尊若一切智可得不可得若道相智一切相智可得不可得尚畢竟不可得性非有故況有一切智可得不可得增語及道相智一切相智可得不可得增語此增語既非有如何可言即一切智若可得若不可得增語是菩薩摩訶薩即道相智一切相智若可得若不可得增語是菩薩摩訶薩復次善現汝觀何義言即預流果增語非菩薩摩訶薩即一來不還阿羅漢果增語非菩薩摩訶薩耶具壽善現答言世尊若預流果若一來不還阿羅漢果尚畢竟不可得性非有故況有預流果增語及一來不還阿羅漢果增語此增語既非有如何可言即預流果增語是菩薩摩訶薩即一來不還阿羅漢果增語是菩薩摩訶薩善現汝復觀何義言即預流果若常若無常增語非菩薩摩訶薩即一來不還阿羅漢果若常若無常增語非菩薩摩訶薩耶世尊若預流果常無常若一來不還阿羅漢果常無常尚畢竟不可得性非有故況有預流果常無常增語及一來不還阿羅漢果常無常增

語此增語既非有如何可言即預流果若常若無常增語是菩薩摩訶薩即一來不還阿羅漢果若常若無常增語是菩薩摩訶薩善現汝復觀何義言即預流果若樂若苦增語非菩薩摩訶薩即一來不還阿羅漢果若樂若苦增語非菩薩摩訶薩耶世尊若預流果樂苦若一來不還阿羅漢果樂苦尚畢竟不可得性非有故況有預流果樂苦增語及一來不還阿羅漢果樂苦增語此增語既非有如何可言即預流果若樂若苦增語是菩薩摩訶薩即一來不還阿羅漢果若樂若苦增語是菩薩摩訶薩善現汝復觀何義言即預流果若我若無我增語非菩薩摩訶薩即一來不還阿羅漢果若我若無我增語非菩薩摩訶薩耶世尊若預流果我無我若一來不還阿羅漢果我無我尚畢竟不可得性非有故況有預流果我無我增語及一來不還阿羅漢果我無我增語此增語既非有如何可言即預流果若我若無我增語是菩薩摩訶薩即一來不還阿羅漢果若我若無我增語是菩薩摩訶薩

大般若波羅蜜多經卷第三十四

大般若波羅蜜多經卷第三十五

唐三藏法師玄奘奉　詔譯

初分教誡教授品第七之二十五

善現汝復觀何義言即預流果若淨若不淨增語非菩薩摩訶薩即一來不還阿羅漢果若淨若不淨增語非菩薩摩訶薩耶世尊若預流果淨不淨若一來不還阿羅漢果淨不淨尚畢竟不可得性非有故況有預流果淨不淨增語及一來不還阿羅漢果淨不淨增語此增語既非有如何可言即預流果若淨若不淨增語是菩薩摩訶薩即一來不還阿羅漢果若淨若不淨增語是菩薩摩訶薩善現汝復觀何義言即預流果若空若不空增語非菩薩摩訶薩即一來不還阿羅漢果若空若不空增語非菩薩摩訶薩耶世尊若預流果空不空若一來不還阿羅漢果空不空尚畢竟不可得性非有故況有預流果空不空增語及一來不還阿羅漢果空不空增語此增語既非有如何可言即預流果若空若不空增語是菩薩摩訶薩即一來不還阿羅漢果若空若不空增語是菩薩摩訶薩善現汝復觀何義言即預流果若有相若無相增語非菩薩摩訶薩即一來不還阿羅漢果若有相若無相增語非菩薩摩訶薩耶世尊若預流果有相無相若一來不還阿羅漢果有相無相尚畢竟不可得性非有故況有預流果有相無相增語及一來不還阿羅漢果有相無相增語此增語既非有如何可言即預流果若有相若無相增語是菩薩摩訶薩即一來不還阿羅漢果若有相若無相增語是

菩薩摩訶薩善現汝復觀何義言即預流果若有願若無願增語非菩薩摩訶薩即一來不還阿羅漢果若有願若無願增語非菩薩摩訶薩耶世尊若預流果有願無願若一來不還阿羅漢果有願無願尚畢竟不可得性非有故況有預流果有願無願增語及一來不還阿羅漢果有願無願增語此增語既非有如何可言即預流果若有願若無願增語是菩薩摩訶薩即一來不還阿羅漢果若有願若無願增語是菩薩摩訶薩善現汝復觀何義言即預流果若寂靜若不寂靜增語非菩薩摩訶薩即一來不還阿羅漢果若寂靜若不寂靜增語非菩薩摩訶薩耶世尊若預流果寂靜不寂靜若一來不還阿羅漢果寂靜不寂靜尚畢竟不可得性非有故況有預流果寂靜不寂靜增語及一來不還阿羅漢果寂靜不寂靜增語此增語既非有如何可言即預流果若寂靜若不寂靜增語是菩薩摩訶薩即一來不還阿羅漢果若寂靜若不寂靜增語是菩薩摩訶薩善現汝復觀何義言即預流果若遠離若不遠離增語非菩薩摩訶薩即一來不還阿羅漢果若遠離若不遠離增語非菩薩摩訶薩耶世尊若預流果遠離不遠離若一來不還阿羅漢果遠離不遠離尚畢竟不可得性非有故況有預流果遠離不遠離增語及一來不還阿羅漢果遠離不遠離增語此增語既非有如何可言即預流果若遠離若不遠離增語是菩薩摩訶薩即一來不還阿羅漢果若遠離若不遠離增語是菩薩摩訶薩善現汝復觀何義言即

預流果若有爲若無爲增語非菩薩摩訶薩即一來不還阿羅漢果若有爲若無爲增語非菩薩摩訶薩耶世尊若預流果有爲無爲若一來不還阿羅漢果有爲無爲尚畢竟不可得性非有故況有預流果有爲無爲增語及一來不還阿羅漢果有爲無爲增語此增語既非有如何可言即預流果若有爲若無爲增語是菩薩摩訶薩即一來不還阿羅漢果若有爲若無爲增語是菩薩摩訶薩善現汝復觀何義言即預流果若有漏若無漏增語非菩薩摩訶薩即一來不還阿羅漢果若有漏若無漏增語非菩薩摩訶薩耶世尊若預流果有漏無漏若一來不還阿羅漢果有漏無漏尚畢竟不可得性非有故況有預流果有漏無漏增語及一來不還阿羅漢果有漏無漏增語此增語既非有如何可言即預流果若有漏若無漏增語是菩薩摩訶薩即一來不還阿羅漢果若有漏若無漏增語是菩薩摩訶薩善現汝復觀何義言即預流果若生若滅增語非菩薩摩訶薩即一來不還阿羅漢果若生若滅增語非菩薩摩訶薩耶世尊若預流果生滅若一來不還阿羅漢果生滅尚畢竟不可得性非有故況有預流果生滅增語及一來不還阿羅漢果生滅增語此增語既非有如何可言即預流果若生若滅增語是菩薩摩訶薩即一來不還阿羅漢果若生若滅增語是菩薩摩訶薩善現汝復觀何義言即預流果若善若非善增語非菩薩摩訶薩即一來不還阿羅漢果若善若非善增語非菩薩摩訶薩耶世尊若預流果善

非善若一來不還阿羅漢果善非善尚畢竟不可得性非有故況有預流果善非善增語及一來不還阿羅漢果善非善增語此增語既非有如何可言即預流果若善若非善增語是菩薩摩訶薩即一來不還阿羅漢果若善若非善增語是菩薩摩訶薩善現汝復觀何義言即預流果若有罪若無罪增語非菩薩摩訶薩即一來不還阿羅漢果若有罪若無罪增語非菩薩摩訶薩耶世尊若預流果有罪無罪若一來不還阿羅漢果有罪無罪尚畢竟不可得性非有故況有預流果有罪無罪增語及一來不還阿羅漢果有罪無罪增語此增語既非有如何可言即預流果若有罪若無罪增語是菩薩摩訶薩即一來不還阿羅漢果若有罪若無罪增語是菩薩摩訶薩善現汝復觀何義言即預流果若有煩惱若無煩惱增語非菩薩摩訶薩即一來不還阿羅漢果若有煩惱若無煩惱增語非菩薩摩訶薩耶世尊若預流果有煩惱無煩惱若一來不還阿羅漢果有煩惱無煩惱尚畢竟不可得性非有故況有預流果有煩惱無煩惱增語及一來不還阿羅漢果有煩惱無煩惱增語此增語既非有如何可言即預流果若有煩惱若無煩惱增語是菩薩摩訶薩即一來不還阿羅漢果若有煩惱若無煩惱增語是菩薩摩訶薩善現汝復觀何義言即預流果若世間若出世間增語非菩薩摩訶薩即一來不還阿羅漢果若世間若出世間增語非菩薩摩訶薩耶世尊若預流果世間出世間若一來不還阿羅漢果世間出世間

尚畢竟不可得性非有故況有預流果世間出世間增語及一來不還阿羅漢果世間出世間增語此增語既非有如何可言即預流果若世間若出世間增語是菩薩摩訶薩即一來不還阿羅漢果若世間若出世間增語是菩薩摩訶薩善現汝復觀何義言即預流果若雜染若清淨增語非菩薩摩訶薩即一來不還阿羅漢果若雜染若清淨增語非菩薩摩訶薩耶世尊若預流果雜染清淨若一來不還阿羅漢果雜染清淨尚畢竟不可得性非有故況有預流果雜染清淨增語及一來不還阿羅漢果雜染清淨增語此增語既非有如何可言即預流果若雜染若清淨增語是菩薩摩訶薩即一來不還阿羅漢果若雜染若清淨增語是菩薩摩訶薩善現汝復觀何義言即預流果若屬生死若屬涅槃增語非菩薩摩訶薩即一來不還阿羅漢果若屬生死若屬涅槃增語非菩薩摩訶薩耶世尊若預流果屬生死屬涅槃若一來不還阿羅漢果屬生死屬涅槃尚畢竟不可得性非有故況有預流果屬生死屬涅槃增語及一來不還阿羅漢果屬生死屬涅槃增語此增語既非有如何可言即預流果若屬生死若屬涅槃增語是菩薩摩訶薩即一來不還阿羅漢果若屬生死若屬涅槃增語是菩薩摩訶薩善現汝復觀何義言即預流果若在內若在外若在兩間增語非菩薩摩訶薩即一來不還阿羅漢果若在內若在外若在兩間增語非菩薩摩訶薩耶世尊若預流果在內在外在兩間若一來不還阿羅漢果在內在

外在兩間尚畢竟不可得性非有故況有預流果在內在外在兩間增語及一來不還阿羅漢果在內在外在兩間增語此增語既非有如何可言即預流果若在內若在外若在兩間增語是菩薩摩訶薩即一來不還阿羅漢果若在內若在外若在兩間增語是菩薩摩訶薩善現汝復觀何義言即預流果若可得若不可得增語非菩薩摩訶薩即一來不還阿羅漢果若可得若不可得增語非菩薩摩訶薩耶世尊若預流果可得不可得若一來不還阿羅漢果可得不可得尚畢竟不可得性非有故況有預流果可得不可得增語及一來不還阿羅漢果可得不可得增語此增語既非有如何可言即預流果若可得若不可得增語是菩薩摩訶薩即一來不還阿羅漢果若可得若不可得增語是菩薩摩訶薩復次善現汝復觀何義言即獨覺菩提增語非菩薩摩訶薩耶具壽善現答言世尊獨覺菩提尚畢竟不可得性非有故況有獨覺菩提增語此增語既非有如何可言即獨覺菩提增語是菩薩摩訶薩善現汝復觀何義言即獨覺菩提若常若無常增語非菩薩摩訶薩耶世尊獨覺菩提常無常尚畢竟不可得性非有故況有獨覺菩提常無常增語此增語既非有如何可言即獨覺菩提若常若無常增語是菩薩摩訶薩善現汝復觀何義言即獨覺菩提若樂若苦增語非菩薩摩訶薩耶世尊獨覺菩提樂苦尚畢竟不可得性非有故況有獨覺菩提樂苦增語此增語既非有如何可言即獨覺菩提若樂若苦增語

是菩薩摩訶薩善現汝復觀何義言即獨覺菩提若我若無我增語非菩薩摩訶薩耶世尊獨覺菩提我無我尚畢竟不可得性非有故況有獨覺菩提我無我增語此增語既非有如何可言即獨覺菩提若我若無我增語是菩薩摩訶薩善現汝復觀何義言即獨覺菩提若淨若不淨增語非菩薩摩訶薩耶世尊獨覺菩提淨不淨尚畢竟不可得性非有故況有獨覺菩提淨不淨增語此增語既非有如何可言即獨覺菩提若淨若不淨增語是菩薩摩訶薩善現汝復觀何義言即獨覺菩提若空若不空增語非菩薩摩訶薩耶世尊獨覺菩提空不空尚畢竟不可得性非有故況有獨覺菩提空不空增語此增語既非有如何可言即獨覺菩提若空若不空增語

是菩薩摩訶薩善現汝復觀何義言即獨覺菩提若有相若無相增語非菩薩摩訶薩耶世尊獨覺菩提有相無相尚畢竟不可得性非有故況有獨覺菩提有相無相增語此增語既非有如何可言即獨覺菩提若有相若無相增語是菩薩摩訶薩善現汝復觀何義言即獨覺菩提若有願若無願增語非菩薩摩訶薩耶世尊獨覺菩提有願無願尚畢竟不可得性非有故況有獨覺菩提有願無願增語此增語既非有如何可言即獨覺菩提若有願若無願增語是菩薩摩訶薩善現汝復觀何義言即獨覺菩提若寂靜若不寂靜增語非菩薩摩訶薩耶世尊獨覺菩提寂靜不寂靜尚畢竟不可得性非有故況有獨覺菩提寂靜不寂靜增語此增語既非有如何

可言即獨覺菩提若寂靜若不寂靜增語是菩薩摩訶薩善現汝復觀何義言即獨覺菩提若遠離若不遠離增語非菩薩摩訶薩耶世尊獨覺菩提遠離不遠離尚畢竟不可得性非有故況有獨覺菩提遠離不遠離增語此增語既非有如何可言即獨覺菩提若遠離若不遠離增語是菩薩摩訶薩善現汝復觀何義言即獨覺菩提若有爲若無爲增語非菩薩摩訶薩耶世尊獨覺菩提有爲無爲尚畢竟不可得性非有故況有獨覺菩提有爲無爲增語此增語既非有如何可言即獨覺菩提若有爲若無爲增語是菩薩摩訶薩善現汝復觀何義言即獨覺菩提若有漏若無漏增語非菩薩摩訶薩耶世尊獨覺菩提有漏無漏尚畢竟不可得性非有故況有獨覺菩提有漏無漏增語此增語既非有如何可言即獨覺菩提若有漏若無漏增語是菩薩摩訶薩善現汝復觀何義言即獨覺菩提若生若滅增語非菩薩摩訶薩耶世尊獨覺菩提生滅尚畢竟不可得性非有故況有獨覺菩提生滅增語此增語既非有如何可言即獨覺菩提若生若滅增語是菩薩摩訶薩善現汝復觀何義言即獨覺菩提若善若非善增語非菩薩摩訶薩耶世尊獨覺菩提善非善尚畢竟不可得性非有故況有獨覺菩提善非善增語此增語既非有如何可言即獨覺菩提若善若非善增語是菩薩摩訶薩善現汝復觀何義言即獨覺菩提若有罪若無罪增語非菩薩摩訶薩耶世尊獨覺菩提有罪無罪尚畢竟不可得性非有故況有獨

覺菩提有罪無罪增語此增語既非有如何可言即獨覺菩提若有罪若無罪增語是菩薩摩訶薩善現汝復觀何義言即獨覺菩提若有煩惱若無煩惱增語非菩薩摩訶薩耶世尊獨覺菩提有煩惱無煩惱尚畢竟不可得性非有故況有獨覺菩提有煩惱無煩惱增語此增語既非有如何可言即獨覺菩提若有煩惱若無煩惱增語是菩薩摩訶薩善現汝復觀何義言即獨覺菩提若世間若出世間增語非菩薩摩訶薩耶世尊獨覺菩提世間出世間尚畢竟不可得性非有故況有獨覺菩提世間出世間增語此增語既非有如何可言即獨覺菩提若世間若出世間增語是菩薩摩訶薩善現汝復觀何義言即獨覺菩提若雜染若清淨增語非菩薩摩訶薩耶世尊獨覺菩提雜染清淨尚畢竟不可得性非有故況有獨覺菩提雜染清淨增語此增語既非有如何可言即獨覺菩提若雜染若清淨增語是菩薩摩訶薩善現汝復觀何義言即獨覺菩提若屬生死若屬涅槃增語非菩薩摩訶薩耶世尊獨覺菩提屬生死屬涅槃尚畢竟不可得性非有故況有獨覺菩提屬生死屬涅槃增語此增語既非有如何可言即獨覺菩提若屬生死若屬涅槃增語是菩薩摩訶薩善現汝復觀何義言即獨覺菩提若在內若在外若在兩間增語非菩薩摩訶薩耶世尊獨覺菩提在內在外在兩間尚畢竟不可得性非有故況有獨覺菩提在內在外在兩間增語此增語既非有如何可言即獨覺菩提若在內若在外若在兩間增

語是菩薩摩訶薩善現汝復觀何義言即獨覺菩提若可得若不可得增語非菩薩摩訶薩耶世尊獨覺菩提可得不可得尚畢竟不可得性非有故況有獨覺菩提可得不可得增語此增語既非有如何可言即獨覺菩提若可得若不可得增語是菩薩摩訶薩復次善現汝觀何義言即一切菩薩摩訶薩行增語非菩薩摩訶薩耶具壽善現答言世尊一切菩薩摩訶薩行尚畢竟不可得性非有故況有一切菩薩摩訶薩行增語此增語既非有如何可言即一切菩薩摩訶薩行增語是菩薩摩訶薩善現汝復觀何義言即一切菩薩摩訶薩行若常若無常增語非菩薩摩訶薩耶世尊一切菩薩摩訶薩行常無常尚畢竟不可得性非有故況有一切菩薩摩訶薩

行常無常增語此增語既非有如何可言即一切菩薩摩訶薩行若常若無常增語是菩薩摩訶薩善現汝復觀何義言即一切菩薩摩訶薩行若樂若苦增語非菩薩摩訶薩耶世尊一切菩薩摩訶薩行樂苦尚畢竟不可得性非有故況有一切菩薩摩訶薩行樂苦增語此增語既非有如何可言即一切菩薩摩訶薩行若樂若苦增語是菩薩摩訶薩善現汝復觀何義言即一切菩薩摩訶薩行若我若無我增語非菩薩摩訶薩耶世尊一切菩薩摩訶薩行我無我尚畢竟不可得性非有故況有一切菩薩摩訶薩行我無我增語此增語既非有如何可言即一切菩薩摩訶薩行若我若無我增語是菩薩摩訶薩善現汝復觀何義言即一切菩薩摩訶薩行若淨

若不淨增語非菩薩摩訶薩耶世尊一切菩薩摩訶薩行淨不淨尚畢竟不可得性非有故況有一切菩薩摩訶薩行淨不淨增語此增語既非有如何可言即一切菩薩摩訶薩行若淨若不淨增語是菩薩摩訶薩善現汝復觀何義言即一切菩薩摩訶薩行若空若不空增語非菩薩摩訶薩耶世尊一切菩薩摩訶薩行空不空尚畢竟不可得性非有故況有一切菩薩摩訶薩行空不空增語此增語既非有如何可言即一切菩薩摩訶薩行若空若不空增語是菩薩摩訶薩善現汝復觀何義言即一切菩薩摩訶薩行若有相若無相增語非菩薩摩訶薩耶世尊一切菩薩摩訶薩行有相無相尚畢竟不可得性非有故況有一切菩薩摩訶薩行有相無相增語

此增語既非有如何可言即一切菩薩摩訶薩行若有相若無相增語是菩薩摩訶薩善現汝復觀何義言即一切菩薩摩訶薩行若有願若無願增語非菩薩摩訶薩耶世尊一切菩薩摩訶薩行有願無願尚畢竟不可得性非有故況有一切菩薩摩訶薩行有願無願增語此增語既非有如何可言即一切菩薩摩訶薩行若有願若無願增語是菩薩摩訶薩善現汝復觀何義言即一切菩薩摩訶薩行若寂靜若不寂靜增語非菩薩摩訶薩耶世尊一切菩薩摩訶薩行寂靜不寂靜尚畢竟不可得性非有故況有一切菩薩摩訶薩行寂靜不寂靜增語此增語既非有如何可言即一切菩薩摩訶薩行若寂靜若不寂靜增語是菩薩摩訶薩善現汝復觀何義言

即一切菩薩摩訶薩行若遠離若不遠離增語非菩薩摩訶薩耶世尊一切菩薩摩訶薩行遠離不遠離尚畢竟不可得性非有故況有一切菩薩摩訶薩行遠離不遠離增語此增語既非有如何可言即一切菩薩摩訶薩行若遠離若不遠離增語是菩薩摩訶薩善現汝復觀何義言即一切菩薩摩訶薩行若有爲若無爲增語非菩薩摩訶薩耶世尊一切菩薩摩訶薩行有爲無爲尚畢竟不可得性非有故況有一切菩薩摩訶薩行有爲無爲增語此增語既非有如何可言即一切菩薩摩訶薩行若有爲若無爲增語是菩薩摩訶薩善現汝復觀何義言即一切菩薩摩訶薩行若有漏若無漏增語非菩薩摩訶薩耶世尊一切菩薩摩訶薩行有漏無漏尚畢竟不可得性非有故況有一切菩薩摩訶薩行有漏無漏增語此增語既非有如何可言即一切菩薩摩訶薩行若有漏若無漏增語是菩薩摩訶薩善現汝復觀何義言即一切菩薩摩訶薩行若生若滅增語非菩薩摩訶薩耶世尊一切菩薩摩訶薩行生滅尚畢竟不可得性非有故況有一切菩薩摩訶薩行生滅增語此增語既非有如何可言即一切菩薩摩訶薩行若生若滅增語是菩薩摩訶薩善現汝復觀何義言即一切菩薩摩訶薩行若善若非善增語非菩薩摩訶薩耶世尊一切菩薩摩訶薩行善非善尚畢竟不可得性非有故況有一切菩薩摩訶薩行善非善增語此增語既非有如何可言即一切菩薩摩訶薩行若善若非善增語是菩薩摩訶薩善

現汝復觀何義言即一切菩薩摩訶薩行若有罪若無罪增語非菩薩摩訶薩耶世尊一切菩薩摩訶薩行有罪無罪尚畢竟不可得性非有故況有一切菩薩摩訶薩行有罪無罪增語此增語既非有如何可言即一切菩薩摩訶薩行若有罪若無罪增語是菩薩摩訶薩善現汝復觀何義言即一切菩薩摩訶薩行若有煩惱若無煩惱增語非菩薩摩訶薩耶世尊一切菩薩摩訶薩行有煩惱無煩惱尚畢竟不可得性非有故況有一切菩薩摩訶薩行有煩惱無煩惱增語此增語既非有如何可言即一切菩薩摩訶薩行若有煩惱若無煩惱增語是菩薩摩訶薩善現汝復觀何義言即一切菩薩摩訶薩行若世間若出世間增語非菩薩摩訶薩耶世尊一切菩薩摩訶薩行世間出世間尚畢竟不可得性非有故況有一切菩薩摩訶薩行世間出世間增語此增語既非有如何可言即一切菩薩摩訶薩行若世間若出世間增語是菩薩摩訶薩善現汝復觀何義言即一切菩薩摩訶薩行若雜染若清淨增語非菩薩摩訶薩耶世尊一切菩薩摩訶薩行雜染清淨尚畢竟不可得性非有故況有一切菩薩摩訶薩行雜染清淨增語此增語既非有如何可言即一切菩薩摩訶薩行若雜染若清淨增語是菩薩摩訶薩善現汝復觀何義言即一切菩薩摩訶薩行若屬生死若屬涅槃增語非菩薩摩訶薩耶世尊一切菩薩摩訶薩行屬生死屬涅槃尚畢竟不可得性非有故況有一切菩薩摩訶薩行屬生死屬涅槃增語此

增語既非有如何可言即一切菩薩摩訶薩行若屬生死若屬涅槃增語是菩薩摩訶薩善現汝復觀何義言即一切菩薩摩訶薩行若在内若在外若在兩間增語非菩薩摩訶薩耶世尊一切菩薩摩訶薩行在内在外在兩間尚畢竟不可得性非有故況有一切菩薩摩訶薩行在内在外在兩間增語此增語既非有如何可言即一切菩薩摩訶薩行若在内若在外若在兩間增語是菩薩摩訶薩善現汝復觀何義言即一切菩薩摩訶薩行若可得若不可得增語非菩薩摩訶薩耶世尊一切菩薩摩訶薩行可得不可得尚畢竟不可得性非有故況有一切菩薩摩訶薩行可得不可得增語此增語既非有如何可言即一切菩薩摩訶薩行若可得若不可得增語是菩薩摩訶薩復次善現汝觀何義言即諸佛無上正等菩提增語非菩薩摩訶薩耶具壽善現答言世尊諸佛無上正等菩提尚畢竟不可得性非有故況有諸佛無上正等菩提增語此增語既非有如何可言即諸佛無上正等菩提增語是菩薩摩訶薩善現汝復觀何義言即諸佛無上正等菩提若常若無常增語非菩薩摩訶薩耶世尊諸佛無上正等菩提常無常尚畢竟不可得性非有故況有諸佛無上正等菩提常無常增語此增語既非有如何可言即諸佛無上正等菩提若常若無常增語是菩薩摩訶薩善現汝復觀何義言即諸佛無上正等菩提若樂若苦增語非菩薩摩訶薩耶世尊諸佛無上正等菩提樂苦尚畢竟不可得性非有故況有諸

佛無上正等菩提樂苦增語此增語既非有如何可言即諸佛無上正等菩提若樂若苦增語是菩薩摩訶薩善現汝復觀何義言即諸佛無上正等菩提若我若無我增語非菩薩摩訶薩耶世尊諸佛無上正等菩提我無我尚畢竟不可得性非有故況有諸佛無上正等菩提我無我增語此增語既非有如何可言即諸佛無上正等菩提若我若無我增語是菩薩摩訶薩善現汝復觀何義言即諸佛無上正等菩提若淨若不淨增語非菩薩摩訶薩耶世尊諸佛無上正等菩提淨不淨尚畢竟不可得性非有故況有諸佛無上正等菩提淨不淨增語此增語既非有如何可言即諸佛無上正等菩提若淨若不淨增語是菩薩摩訶薩善現汝復觀何義言即諸佛無上正等菩提若空若不空增語非菩薩摩訶薩耶世尊諸佛無上正等菩提空不空尚畢竟不可得性非有故況有諸佛無上正等菩提空不空增語此增語既非有如何可言即諸佛無上正等菩提若空若不空增語是菩薩摩訶薩善現汝復觀何義言即諸佛無上正等菩提若有相若無相增語非菩薩摩訶薩耶世尊諸佛無上正等菩提有相無相尚畢竟不可得性非有故況有諸佛無上正等菩提有相無相增語此增語既非有如何可言即諸佛無上正等菩提若有相若無相增語是菩薩摩訶薩善現汝復觀何義言即諸佛無上正等菩提若有願若無願增語非菩薩摩訶薩耶世尊諸佛無上正等菩提有願無願尚畢竟不可得性非有故況有諸佛

無上正等菩提有願無願增語此增語既非有如何可言即諸佛無上正等菩提若有願若無願增語是菩薩摩訶薩善現汝復觀何義言即諸佛無上正等菩提若寂靜若不寂靜增語非菩薩摩訶薩耶世尊諸佛無上正等菩提寂靜不寂靜尚畢竟不可得性非有故況有諸佛無上正等菩提寂靜不寂靜增語此增語既非有如何可言即諸佛無上正等菩提若寂靜若不寂靜增語是菩薩摩訶薩善現汝復觀何義言即諸佛無上正等菩提若遠離若不遠離增語非菩薩摩訶薩耶世尊諸佛無上正等菩提遠離不遠離尚畢竟不可得性非有故況有諸佛無上正等菩提遠離不遠離增語此增語既非有如何可言即諸佛無上正等菩提若遠離若不遠離增語是菩薩摩訶薩

大般若波羅蜜多經卷第三十五

大般若波羅蜜多經卷第三十六

唐三藏法師玄奘奉詔譯

初分教誡教授品第七之二十六

善現汝復觀何義言即諸佛無上正等菩提若有爲若無爲增語非菩薩摩訶薩耶世尊諸佛無上正等菩提有爲無爲尚畢竟不可得性非有故況有諸佛無上正等菩提有爲無爲增語此增語既非有如何可言即諸佛無上正等菩提若有爲若無爲增語是菩薩摩訶薩善現汝復觀何義言即諸佛無上正等菩提若有漏若無漏增語非菩薩摩訶薩耶世尊諸佛無上正等菩提有漏無漏尚畢竟不可得性非有故況有諸佛無上正等菩提有漏無漏增語此增語既非有如何可言即諸佛無上正等菩提若有漏若無漏增語是菩薩摩訶薩善現汝復觀何義言即諸佛無上正等菩提若生若滅增語非菩薩摩訶薩耶世尊諸佛無上正等菩提生滅尚畢竟不可得性非有故況有諸佛無上正等菩提生滅增語此增語既非有如何可言即諸佛無上正等菩提若生若滅增語是菩薩摩訶薩善現汝復觀何義言即諸佛無上正等菩提若善若非善增語非菩薩摩訶薩耶世尊諸佛無上正等菩提善非善尚畢竟不可得性非有故況有諸佛無上正等菩提善非善增語此增語既非有如何可言即諸佛無上正等菩提若善若非善增語是菩薩摩訶薩善現汝復觀何義言即諸佛無上正等菩提若有罪若無罪增語非菩薩摩訶薩耶世尊諸佛無上正等菩提有罪無罪尚畢竟不可

得性非有故況有諸佛無上正等菩提有罪無罪增語此增語既非有如何可言即諸佛無上正等菩提若有罪若無罪增語是菩薩摩訶薩善現汝復觀何義言即諸佛無上正等菩提若有煩惱若無煩惱增語非菩薩摩訶薩耶世尊諸佛無上正等菩提有煩惱無煩惱尚畢竟不可得性非有故況有諸佛無上正等菩提有煩惱無煩惱增語此增語既非有如何可言即諸佛無上正等菩提若有煩惱若無煩惱增語是菩薩摩訶薩善現汝復觀何義言即諸佛無上正等菩提若世間若出世間增語非菩薩摩訶薩耶世尊諸佛無上正等菩提世間出世間尚畢竟不可得性非有故況有諸佛無上正等菩提世間出世間增語此增語既非有如何可言即諸佛無上正等菩提若世間若出世間增語是菩薩摩訶薩善現汝復觀何義言即諸佛無上正等菩提若雜染若清淨增語非菩薩摩訶薩耶世尊諸佛無上正等菩提雜染清淨尚畢竟不可得性非有故況有諸佛無上正等菩提雜染清淨增語此增語既非有如何可言即諸佛無上正等菩提若雜染若清淨增語是菩薩摩訶薩善現汝復觀何義言即諸佛無上正等菩提若屬生死若屬涅槃增語非菩薩摩訶薩耶世尊諸佛無上正等菩提屬生死屬涅槃尚畢竟不可得性非有故況有諸佛無上正等菩提屬生死屬涅槃增語此增語既非有如何可言即諸佛無上正等菩提若屬生死若屬涅槃增語是菩薩摩訶薩善現汝復觀何義言即諸佛無上正等菩

提若在内若在外若在兩間增語非菩薩摩訶薩耶世尊諸佛無上正等菩提在内在外在兩間尚畢竟不可得性非有故況有諸佛無上正等菩提在内在外在兩間增語此增語既非有如何可言即諸佛無上正等菩提若在内若在外若在兩間增語是菩薩摩訶薩善現汝復觀何義言即諸佛無上正等菩提若可得若不可得增語非菩薩摩訶薩耶世尊諸佛無上正等菩提可得不可得尚畢竟不可得性非有故況有諸佛無上正等菩提可得不可得增語此增語既非有如何可言即諸佛無上正等菩提若可得若不可得增語是菩薩摩訶薩世尊色等法及增語色等常無常等法及增語既不可得而言色等法增語及色等常無常等法增語是菩薩摩

訶薩者無有是處佛告善現善哉善哉如是如是如汝所説善現色等法及色等常無常等法不可得故色等法增語及色等常無常等法增語亦不可得法及增語不可得故菩薩摩訶薩亦不可得菩薩摩訶薩不可得故所行般若波羅蜜多亦不可得善現諸菩薩摩訶薩修行般若波羅蜜多時應如是學復次善現汝先所言我不見有法可名菩薩摩訶薩者如是如是如汝所説善現諸法不見諸法諸法不見法界法界不見諸法法界不見法界善現法界不見色界色界不見法界法界不見受想行識界受想行識界不見法界善現法界不見眼處界眼處界不見法界法界不見耳鼻舌身意處界耳鼻舌身意處界不見法界法界不見色處界色處界不見

法界法界不見聲香味觸法處界聲香味觸法處界不見法界善現法界不見眼界色界眼識界眼界色界眼識界不見法界法界不見耳界聲界耳識界耳界聲界耳識界不見法界法界不見鼻界香界鼻識界鼻界香界鼻識界不見法界法界不見舌界味界舌識界舌界味界舌識界不見法界法界不見身界觸界身識界身界觸界身識界不見法界法界不見意界法界意識界意界法界意識界不見法界善現法界不見地界地界不見法界法界不見水火風空識界水火風空識界不見法界善現法界不見苦聖諦界苦聖諦界不見法界法界不見集滅道聖諦界集滅道聖諦界不見法界善現法界不見無明界無明界不見法界法界不見行識名色六處觸受愛取有生老死愁歎苦憂惱界行乃至老死愁歎苦憂惱界不見法界善現法界不見欲界欲界不見法界法界不見色無色界色無色界不見法界善現有爲界不見無爲界無爲界不見有爲界何以故善現非離有爲施設無爲非離無爲施設有爲故善現如是菩薩摩訶薩修行般若波羅蜜多時於一切法都無所見於一切法無所見時其心不驚不恐不怖於一切法心不沉沒亦不憂悔所以者何是菩薩摩訶薩修行般若波羅蜜多時不見色不見受想行識不見眼處不見耳鼻舌身意處不見色處不見聲香味觸法處不見眼界色界眼識界不見耳界聲界耳識界不見鼻界香界鼻識界不見舌界味界舌識界不見身界觸界身識界不見意界

法界意識界不見地界不見水火風空識界不見苦聖諦不見集滅道聖諦不見無明不見行識名色六處觸受愛取有生老死愁歎苦憂惱不見欲界不見色無色界不見有爲不見無爲不見貪嗔癡不見貪嗔癡斷不見我不見有情命者生者養者士夫補特伽羅意生儒童作者使作者起者使起者受者使受者知者見者不見聲聞不見聲聞法不見獨覺不見獨覺法不見菩薩不見菩薩法不見佛不見佛法不見無上正等菩提善現如是菩薩摩訶薩於一切法都無所見於一切法無所見時其心不驚不恐不怖於一切心不沉沒亦不憂悔具壽善現白佛言世尊何因緣故是菩薩摩訶薩於一切法心不沉沒亦不憂悔佛言善現是菩薩摩訶薩普於一切心心所法不得不見由此因緣是菩薩摩訶薩於一切法心不沉沒亦不憂悔具壽善現復白佛言世尊云何是菩薩摩訶薩於一切法其心不驚不恐不怖佛言善現是菩薩摩訶薩普於一切意界意識界不得不見如是菩薩摩訶薩於一切法其心不驚不恐不怖善現諸菩薩摩訶薩於一切法都無所得應行般若波羅蜜多善現諸菩薩摩訶薩修行般若波羅蜜多時於一切處不得般若波羅蜜多不得般若波羅蜜多名不得菩薩不得菩薩名不得菩薩心善現應如是教誡教授諸菩薩摩訶薩令於般若波羅蜜多修學究竟

初分勸學品第八

爾時具壽善現白佛言世尊菩薩摩訶薩欲

滿布施波羅蜜多當學般若波羅蜜多菩薩摩訶薩欲滿淨戒安忍精進靜慮般若波羅蜜多當學般若波羅蜜多菩薩摩訶薩欲遍知色當學般若波羅蜜多菩薩摩訶薩欲遍知受想行識當學般若波羅蜜多菩薩摩訶薩欲遍知眼處當學般若波羅蜜多菩薩摩訶薩欲遍知耳鼻舌身意處當學般若波羅蜜多菩薩摩訶薩欲遍知色處當學般若波羅蜜多菩薩摩訶薩欲遍知聲香味觸法處當學般若波羅蜜多菩薩摩訶薩欲遍知眼界色界眼識界及眼觸眼觸爲緣所生諸受當學般若波羅蜜多菩薩摩訶薩欲遍知耳界聲界耳識界及耳觸耳觸爲緣所生諸受當學般若波羅蜜多菩薩摩訶薩欲遍知鼻界香界鼻識界及鼻觸鼻觸爲緣所生諸受當學般若波羅蜜多菩薩摩訶薩欲遍知舌界味界舌識界及舌觸舌觸爲緣所生諸受當學般若波羅蜜多菩薩摩訶薩欲遍知身界觸界身識界及身觸身觸爲緣所生諸受當學般若波羅蜜多菩薩摩訶薩欲遍知意界法界意識界及意觸意觸爲緣所生諸受當學般若波羅蜜多菩薩摩訶薩欲遍知地界當學般若波羅蜜多菩薩摩訶薩欲遍知水火風空識界當學般若波羅蜜多菩薩摩訶薩欲遍知苦聖諦當學般若波羅蜜多菩薩摩訶薩欲遍知集滅道聖諦當學般若波羅蜜多菩薩摩訶薩欲遍知無明當學般若波羅蜜多菩薩摩訶薩欲遍知行識名色六處觸受愛取有生老死愁歎苦憂惱當學般若波羅蜜多菩薩摩訶薩欲永斷貪嗔癡當

學般若波羅蜜多菩薩摩訶薩欲永斷薩迦耶見戒禁取疑欲貪嗔恚當學般若波羅蜜多菩薩摩訶薩欲永斷色貪無色貪無明慢掉舉當學般若波羅蜜多菩薩摩訶薩欲永斷一切纏結隨眠當學般若波羅蜜多菩薩摩訶薩欲永斷四食當學般若波羅蜜多菩薩摩訶薩欲永斷四暴流軛取當學般若波羅蜜多菩薩摩訶薩欲永斷四身繫四顛倒當學般若波羅蜜多菩薩摩訶薩欲永斷三漏三不善根當學般若波羅蜜多菩薩摩訶薩欲遠離十不善業道當學般若波羅蜜多菩薩摩訶薩欲習行十善業道當學般若波羅蜜多菩薩摩訶薩欲修四靜慮四無量四無色定當學般若波羅蜜多菩薩摩訶薩欲修四念住當學般若波羅蜜多菩薩摩訶薩

欲修四正斷四神足五根五力七等覺支八聖道支當學般若波羅蜜多菩薩摩訶薩欲得佛十力當學般若波羅蜜多菩薩摩訶薩欲得四無所畏四無礙解大慈大悲大喜大捨十八佛不共法一切智道相智一切相智當學般若波羅蜜多菩薩摩訶薩欲得六神通自在當學般若波羅蜜多菩薩摩訶薩欲得四靜慮四無色定滅盡定次第超越順逆自在當學般若波羅蜜多菩薩摩訶薩欲於一切陀羅尼門三摩地門皆得自在當學般若波羅蜜多菩薩摩訶薩欲得具覺支三摩地獅子遊戲三摩地獅子奮迅三摩地獅子頻申三摩地獅子欠呿三摩地健行三摩地寶印三摩地妙月三摩地月幢相三摩地一切法印三摩地灌頂印三摩地法界決定三

摩地決定幢相三摩地金剛喻三摩地入一切法印三摩地安住定王三摩地王印三摩地精進力三摩地等涌三摩地入一切言詞決定三摩地入一切名字決定三摩地觀方三摩地陀羅尼印三摩地無忘失三摩地諸法等趣海印三摩地遍覆虛空三摩地三輪清淨三摩地趣向不退轉神通三摩地器中涌出三摩地最勝幢相三摩地燒諸煩惱三摩地降伏四魔三摩地大智慧炬三摩地出生十力三摩地菩薩摩訶薩欲得如是等無量百千三摩地門當學般若波羅蜜多菩薩摩訶薩欲滿一切有情心之所願當學般若波羅蜜多菩薩摩訶薩欲滿如是殊勝善根由此善根永不墮惡趣不生貧賤家不墮聲聞及獨覺地於菩薩頂終不退墮當學般若波羅蜜多時舍利子問善現言云何名爲菩薩頂墮善現答言若諸菩薩無方便善巧而行六波羅蜜多無方便善巧住三解脫門墮於聲聞或獨覺地不入菩薩正性離生如是名爲菩薩頂墮即此頂墮亦名爲生時舍利子即復問言何緣菩薩頂墮名生善現答言生謂法愛若諸菩薩順道法愛說名爲生舍利子言何謂菩薩順道法愛善現答言若菩薩摩訶薩修行般若波羅蜜多時於色住空而起想著於受想行識住空而起想著於色住無相而起想著於受想行識住無相而起想著於色住無願而起想著於受想行識住無願而起想著於色住無常而起想著於受想行識住無常而起想著於色住苦而起想著於受想行識住苦而起想著於色住無我

而起想著於受想行識住無我而起想著於色住不淨而起想著於受想行識住不淨而起想著於色住寂靜而起想著於受想行識住寂靜而起想著於色住遠離而起想著於受想行識住遠離而起想著是爲菩薩順道法愛復次舍利子若菩薩摩訶薩作是念言是色應斷是受想行識應斷由此故色應斷由此故受想行識應斷是苦應遍知由此故苦應遍知是集應永斷由此故集應永斷是滅應作證由此故滅應作證是道應修習由此故道應修習是雜染是清淨是應親近是不應親近是應行是不應行是道是非道是應學是不應學是布施波羅蜜多是非布施波羅蜜多是淨戒波羅蜜多是非淨戒波羅蜜多是安忍波羅蜜多是非安忍波羅蜜多

是精進波羅蜜多是非精進波羅蜜多是靜慮波羅蜜多是非靜慮波羅蜜多是般若波羅蜜多是非般若波羅蜜多是方便善巧是非方便善巧是菩薩生是菩薩離生舍利子若菩薩摩訶薩修行般若波羅蜜多時住如是等法而生想著是爲菩薩順道法愛如是法愛說名爲生如宿食生能爲過患時舍利子問善現言云何菩薩摩訶薩入正性離生善現答言若菩薩摩訶薩修行般若波羅蜜多時不見内空不待内空而觀外空不見外空不待外空而觀内空不待外空而觀内外空不見内外空不待内外空而觀外空不待内外空而觀空空不見空空不待空空而觀内外空不待空空而觀大空不見大空不待大空而觀空空不待大空而觀勝義空不見

勝義空不待勝義空而觀大空不待勝義空而觀有爲空不見有爲空不待有爲空而觀勝義空不待有爲空而觀無爲空不見無爲空不待無爲空而觀有爲空不待無爲空而觀畢竟空不見畢竟空不待畢竟空而觀無爲空不待畢竟空而觀無際空不見無際空不待無際空而觀畢竟空不待無際空而觀散空不見散空不待散空而觀無際空不待散空而觀無變異空不見無變異空不待無變異空而觀散空不待無變異空而觀本性空不見本性空不待本性空而觀無變異空不待本性空而觀自相空不見自相空不待自相空而觀本性空不待自相空而觀共相空不見共相空不待共相空而觀自相空不待共相空而觀一切法空不見一切法空不待一切法空而觀共相空不待一切法空而觀不可得空不見不可得空不待不可得空而觀一切法空不待不可得空而觀無性空不見無性空不待無性空而觀不可得空不待無性空而觀自性空不見自性空不待自性空而觀無性空不待自性空而觀無性自性空不見無性自性空不待無性自性空而觀自性空舍利子菩薩摩訶薩行般若波羅蜜多時若作是觀名入菩薩正性離生復次舍利子諸菩薩摩訶薩修行般若波羅蜜多時應如是學色應知不應著受想行識應知不應著色名應知不應著受想行識名應知不應著眼處應知不應著耳鼻舌身意處應知不應著眼處名應知不應著耳鼻舌身意處名應知不應著色處應知不應著聲香味

觸法處應知不應著色處名應知不應著聲香味觸法處名應知不應著眼界色界眼識界應知不應著眼界色界眼識界名應知不應著耳界聲界耳識界應知不應著耳界聲界耳識界名應知不應著鼻界香界鼻識界應知不應著鼻界香界鼻識界名應知不應著舌界味界舌識界應知不應著舌界味界舌識界名應知不應著身界觸界身識界應知不應著身界觸界身識界名應知不應著意界法界意識界應知不應著意界法界意識界名應知不應著地界水火風空識界應知不應著地界名應知不應著水火風空識界名應知不應著苦聖諦應知不應著集滅道聖諦應知不應著苦聖諦名應知不應著集滅道聖諦名應知不應著無

明應知不應著行識名色六處觸受愛取有生老死愁歎苦憂惱應知不應著無明名應知不應著行乃至老死愁歎苦憂惱名應知不應著四靜慮應知不應著四無量四無色定應知不應著四靜慮名應知不應著四無量四無色定名應知不應著五眼應知不應著六神通應知不應著五眼名應知不應著六神通名應知不應著布施波羅蜜多應知不應著淨戒安忍精進靜慮般若波羅蜜多應知不應著布施波羅蜜多名應知不應著淨戒安忍精進靜慮般若波羅蜜多名應知不應著四念住應知不應著四正斷四神足五根五力七等覺支八聖道支應知不應著四念住名應知不應著四正斷乃至八聖道支名應知不應著佛十力應知不應著四無

所畏四無礙解大慈大悲大喜大捨十八佛不共法一切智道相智一切相智應知不應著佛十力名應知不應著四無所畏乃至一切相智名應知不應著復次舍利子諸菩薩摩訶薩修行般若波羅蜜多時應如是學菩提心應知不應著菩提心名應知不應著無等等心應知不應著無等等心名應知不應著廣大心應知不應著廣大心名應知不應著何以故是心非心本性淨故時舍利子問善現言是心云何本性清淨善現答言是心本性非貪相應非不相應非嗔相應非不相應非癡相應非不相應非諸纏結隨眠相應非不相應非諸見趣漏暴流軛取等相應非不相應非諸聲聞獨覺心等相應非不相應舍利子是心如是本性清淨舍利子言是心爲有心非心性不善現答言非心性中有性無性爲可得不舍利子言不也善現善現答言非心性中有性無性既不可得如何可言是心爲有心非心性不舍利子言何等名爲心非心性善現答言於一切法無變異無分別是名心非心性舍利子言如心無變異無分別色亦無變異無分別耶善現答言如是如心無變異無分別受想行識亦無變異無分別耶答言如是如心無變異無分別眼處亦無變異無分別耶答言如是如心無變異無分別耳鼻舌身意處亦無變異無分別耶答言如是如心無變異無分別色處亦無變異無分別耶答言如是如心無變異無分別聲香味觸法處亦無變異無分別耶答言如是如心無變異無分別眼界色界眼識界亦

無變異無分別耶答言如是如心無變異無分別耳界聲界耳識界亦無變異無分別耶答言如是如心無變異無分別鼻界香界鼻識界亦無變異無分別耶答言如是如心無變異無分別舌界味界舌識界亦無變異無分別耶答言如是如心無變異無分別身界觸界身識界亦無變異無分別耶答言如是如心無變異無分別意界法界意識界亦無變異無分別耶答言如是如心無變異無分別地界亦無變異無分別耶答言如是如心無變異無分別水火風空識界亦無變異無分別耶答言如是如心無變異無分別苦聖諦亦無變異無分別耶答言如是如心無變異無分別集滅道聖諦亦無變異無分別耶答言如是如心無變異無分別無明亦無變異無分別耶答言如是如心無變異無分別行識名色六處觸受愛取有生老死愁歎苦憂惱亦無變異無分別耶答言如是如心無變異無分別四靜慮亦無變異無分別耶答言如是如心無變異無分別四無量四無色定亦無變異無分別耶答言如是如心無變異無分別五眼亦無變異無分別耶答言如是如心無變異無分別六神通亦無變異無分別耶答言如是如心無變異無分別布施波羅蜜多亦無變異無分別耶答言如是如心無變異無分別淨戒安忍精進靜慮般若波羅蜜多亦無變異無分別耶答言如是如心無變異無分別四念住亦無變異無分別耶答言如是如心無變異無分別四正斷四神足五根五力七等覺支八聖道支亦無變

異無分別耶答言如是如心無變異無分別佛十力亦無變異無分別耶答言如是如心無變異無分別四無所畏四無礙解大慈大悲大喜大捨十八佛不共法乃至無上正等菩提亦無變異無分別耶答言如是時舍利子讚善現言善哉善哉誠如所說汝眞佛子從佛心生從佛口生從佛法生從法化生受佛法分不受財分於諸法中身自作證慧眼現見而能起說世尊說汝聲聞衆中住無諍定最爲第一如佛所說眞實不虛善現菩薩摩訶薩於般若波羅蜜多應如是學若菩薩摩訶薩於般若波羅蜜多能如是學應知已住不退轉地不離般若波羅蜜多善現欲學聲聞地者當於般若波羅蜜多應勤聽習讀誦受持如理思惟令其究竟欲學獨覺地者當於般若波羅蜜多應勤聽習讀誦受持如理思惟令其究竟欲學菩薩地者當於般若波羅蜜多應勤聽習讀誦受持如理思惟令其究竟欲學如來地者當於般若波羅蜜多應勤聽習讀誦受持如理思惟令其究竟何以故如是般若波羅蜜多中廣說開示三乘法故若菩薩摩訶薩學般若波羅蜜多則爲遍學三乘亦於三乘法皆得善巧

初分無住品第九之一

爾時具壽善現白佛言世尊我於菩薩摩訶薩及於般若波羅蜜多皆不得不見云何令我以般若波羅蜜多相應之法教誡教授諸菩薩摩訶薩世尊我於諸法不得不見若集若散若以此法教誡教授諸菩薩摩訶薩或當有悔世尊我於諸法不得不見若集若散

云何可言此是菩薩摩訶薩此是般若波羅蜜多世尊是菩薩摩訶薩名及般若波羅蜜多名皆無所住亦非不住何以故是二名義既無所有故是二名皆無所住亦非不住世尊我於色受想行識不得不見若集若散云何可言此是色乃至此是識世尊是色等名皆無所住亦非不住何以故色等名義既無所有故色等名皆無所住亦非不住世尊我於眼耳鼻舌身意處不得不見若集若散云何可言此是眼處乃至此是意處世尊是眼處等名皆無所住亦非不住何以故眼處等名義既無所有故眼處等名皆無所住亦非不住世尊我於色聲香味觸法處不得不見若集若散云何可言此是色處乃至此是法處世尊是色處等名皆無所住亦非不住何以故色處等名義既無所有故色處等名皆無所住亦非不住世尊我於眼界色界眼識界及眼觸眼觸爲縁所生諸受不得不見若集若散云何可言此是眼界乃至此是眼觸爲縁所生諸受世尊是眼界等名皆無所住亦非不住何以故眼界等名義既無所有故眼界等名皆無所住亦非不住世尊我於耳界聲界耳識界及耳觸耳觸爲縁所生諸受不得不見若集若散云何可言此是耳界乃至此是耳觸爲縁所生諸受世尊是耳界等名皆無所住亦非不住何以故耳界等名義既無所有故耳界等名皆無所住亦非不住世尊我於鼻界香界鼻識界及鼻觸鼻觸爲縁所生諸受不得不見若集若散云何可言此是鼻界乃至此是鼻觸爲縁所生諸受世

尊是鼻界等名皆無所住亦非不住何以故鼻界等名義既無所有故鼻界等名皆無所住亦非不住世尊我於舌界味界舌識界及舌觸舌觸爲緣所生諸受不得不見若集若散云何可言此是舌界乃至此是舌觸爲緣所生諸受世尊是舌界等名皆無所住亦非不住何以故舌界等名義既無所有故舌界等名皆無所住亦非不住世尊我於身界觸界身識界及身觸身觸爲緣所生諸受不得不見若集若散云何可言此是身界乃至此是身觸爲緣所生諸受世尊是身界等名皆無所住亦非不住何以故身界等名義既無所有故身界等名皆無所住亦非不住世尊我於意界法界意識界及意觸意觸爲緣所生諸受不得不見若集若散云何可言此是意界乃至意觸爲緣所生諸受世尊是意界等名皆無所住亦非不住何以故意界等名義既無所有故意界等名皆無所住亦非不住世尊我於地水火風空識界不得不見若集若散云何可言此是地界乃至此是識界世尊是地界等名皆無所住亦非不住何以故地界等名義既無所有故地界等名皆無所住亦非不住世尊我於苦集滅道聖諦不得不見若集若散云何可言此是苦聖諦乃至此是道聖諦世尊是苦聖諦等名皆無所住亦非不住何以故苦聖諦等名義既無所有故苦聖諦等名皆無所住亦非不住世尊我於無明行識名色六處觸受愛取有生老死愁歎苦憂惱不得不見若集若散云何可言此是無明乃至此是老死愁歎苦憂惱世

尊是無明等名皆無所住亦非不住何以故
無明等名義既無所有故無明等名皆無所
住亦非不住世尊我於無明滅乃至老死愁
歎苦憂惱滅不得不見若集若散云何可言
此是無明滅乃至此是老死愁歎苦憂惱滅
世尊是無明滅等名皆無所住亦非不住何
以故無明滅等名義既無所有故無明滅等
名皆無所住亦非不住世尊我於貪嗔癡一
切纏結隨眠見取不善根等不得不見若集
若散云何可言此是貪乃至此是不善根等
世尊是貪等名皆無所住亦非不住何以故
貪等名義既無所有故貪等名皆無所住亦
非不住世尊我於四靜慮四無量四無色定
不得不見若集若散云何可言此是四靜慮
乃至此是四無色定世尊是四靜慮等名皆
無所住亦非不住何以故四靜慮等名義既
無所有故四靜慮等名皆無所住亦非不住

大般若波羅蜜多經卷第三十六

音釋

軛 音厄 欠呿 欠去劍切呿丘加切謂氣擁欠呿而解也

大般若波羅蜜多經卷第三十七

唐三藏法師玄奘奉　詔譯

初分無住品第九之二

世尊我於五眼六神通不得不見若集若散云何可言此是五眼此是六神通世尊是五眼等名皆無所住亦非不住何以故五眼等名義既無所有故五眼等名皆無所住亦非不住世尊我於我有情乃至知者見者不得不見若集若散云何可言此是我有情乃至此是知者見者世尊是我等名皆無所住亦非不住何以故我等名義既無所有故我等名皆無所住亦非不住世尊我於佛隨念法隨念僧隨念戒隨念捨隨念天隨念息隨念猒隨念死隨念身隨念不得不見若集若散云何可言此是佛隨念乃至此是身隨念世尊是佛隨念等名皆無所住亦非不住何以故佛隨念等名義既無所有故佛隨念等名皆無所住亦非不住世尊我於無常想苦想無我想不淨想死想一切世間不可樂想猒食想斷想離想滅想不得不見若集若散云何可言此是無常想乃至此是滅想世尊是無常想等名皆無所住亦非不住何以故無常想等名義既無所有故無常想等名皆無所住亦非不住世尊我於空無相無願不得不見若集若散云何可言此是空乃至此是無願世尊是空等名皆無所住亦非不住何以故空等名義既無所有故空等名皆無所住亦非不住世尊我於布施淨戒安忍精進靜慮般若波羅蜜多不得不見若集若散云何可言此是布施波羅蜜多乃至此是般若

波羅蜜多世尊是布施波羅蜜多等名皆無所住亦非不住何以故布施波羅蜜多等名義既無所有故布施波羅蜜多等名皆無所住亦非不住世尊我於四念住四正斷四神足五根五力七等覺支八聖道支不得不見若集若散云何可言此是四念住乃至此是八聖道支世尊是四念住等名皆無所住亦非不住何以故四念住等名義既無所有故四念住等名皆無所住亦非不住世尊我於佛十力四無所畏四無礙解大慈大悲大喜大捨十八佛不共法一切智道相智一切相智不得不見若集若散云何可言此是佛十力乃至此是一切相智世尊是佛十力等名皆無所住亦非不住何以故佛十力等名義既無所有故佛十力等名皆無所住亦非不

住世尊我於如幻如夢如像如響如光影如空花如陽焰如尋香城如變化事五取蘊等不得不見若集若散云何可言此是如幻等五取蘊等世尊是如幻等五取蘊等名皆無所住亦非不住何以故如幻等五取蘊等名義既無所有故如幻等五取蘊等名皆無所住亦非不住世尊我於寂靜遠離無生無滅無染無淨絶諸戲論眞如法界法性實際平等性離生性不得不見若集若散云何可言此是寂靜乃至此是離生性世尊是寂靜等名皆無所住亦非不住何以故寂靜等名義既無所有故寂靜等名皆無所住亦非不住世尊我於若常若無常若樂若苦若我若無我若淨若不淨若空若不空若無相若有相若無願若有願若寂靜若不寂靜若遠離若

不遠離若雜染若清淨若生若滅若有爲若無爲若有漏若無漏若善若非善若有罪若無罪若世間若出世間若屬生死若屬涅槃法不得不見若集若散云何可言此是常乃至此是屬涅槃法世尊是常等名皆無所住亦非不住何以故常等名義既無所有故常等名皆無所住亦非不住世尊我於若過去若未來若現在若善若不善若無記若欲界繫若色界繫若無色界繫若學若無學若非學非無學若見所斷若修所斷若非所斷若在内若在外若在兩間法不得不見若集若散云何可言此是過去乃至此是在兩間法世尊是過去等名皆無所住亦非不住何以故過去等名義既無所有故過去等名皆無所住亦非不住世尊我於十方殑伽沙等諸佛世界一切如來應正等覺及諸菩薩聲聞僧等不得不見若集若散云何可言此是十方世界乃至此是聲聞僧等世尊是十方世界等名皆無所住亦非不住何以故十方世界等名義既無所有故十方世界等名皆無所住亦非不住世尊我於如上所說諸法不得不見若集若散云何可言此是菩薩摩訶薩此是般若波羅蜜多世尊我於菩薩摩訶薩及於般若波羅蜜多既不得不見云何令我以般若波羅蜜多相應之法教誡教授諸菩薩摩訶薩是故若以此法教誡教授諸菩薩摩訶薩必當有悔世尊諸法因緣和合施設假名菩薩摩訶薩及般若波羅蜜多此二假名於五蘊不可說於十二處十八界六界四聖諦十二緣起不可說於貪嗔癡一切纏

結隨眠見取不善根等不可說於四靜慮四無量四無色定不可說於五眼六神通不可說於我有情乃至知者見者不可說於十隨念十想不可說於空無相無願六波羅蜜多不可說於四念住乃至八聖道支不可說於佛十力乃至一切相智不可說於如幻乃至如變化事五取蘊等不可說於寂靜遠離無生無滅無染無淨絕諸戲論眞如法界法性實際平等性離生性不可說於常無常乃至屬生死屬涅槃法不可說於過去未來現在乃至在內在外在兩間法不可說於十方殑伽沙等世界若佛若菩薩若聲聞僧等不可說何以故如上所說諸法集散皆不可得不可見故世尊如上所說五蘊等名無處可說如是菩薩摩訶薩及般若波羅蜜多名亦無處可說如戒定慧解脫解脫知見名無處可說如是菩薩摩訶薩及般若波羅蜜多名亦無處可說如預流一來不還阿羅漢獨覺如來及彼諸法名無處可說如是菩薩摩訶薩及般若波羅蜜多名亦無處可說世尊如一切若有名若無名皆無處可說如是菩薩摩訶薩及般若波羅蜜多名亦無處可說所以者何如是諸名皆無所住亦非不住何以故是諸名義旣無所有故是諸名皆無所住亦非不住世尊我依是義故於諸法不得不見若集若散云何可言此名菩薩摩訶薩此名般若波羅蜜多世尊我於此二若義若名旣不得不見云何令我以般若波羅蜜多相應之法教誡教授諸菩薩摩訶薩是故若以此法教誡教授諸菩薩摩訶薩必當有悔世尊

若菩薩摩訶薩聞以如是相狀説般若波羅蜜多時心不沉没亦不憂悔其心不驚不恐不怖當知是菩薩摩訶薩決定已得住不退地以無所住方便而住爾時具壽善現復白佛言世尊修行般若波羅蜜多諸菩薩摩訶薩不應住色不應住受想行識何以故世尊色色性空受想行識受想行識性空世尊是色非色空是色空非色色不離空空不離色色即是空空即是色受想行識亦復如是是故世尊修行般若波羅蜜多諸菩薩摩訶薩不應住色不應住受想行識世尊修行般若波羅蜜多諸菩薩摩訶薩不應住眼處不應住耳鼻舌身意處何以故世尊眼處眼處性空乃至意處意處性空世尊是眼處非眼處空是眼處空非眼處眼處不離空空不離眼處眼處即是空空即是眼處耳鼻舌身意處亦復如是是故世尊修行般若波羅蜜多諸菩薩摩訶薩不應住眼處乃至不應住意處世尊修行般若波羅蜜多諸菩薩摩訶薩不應住色處不應住聲香味觸法處何以故世尊色處色處性空乃至法處法處性空世尊是色處非色處空是色處空非色處色處不離空空不離色處色處即是空空即是色處聲香味觸法處亦復如是是故世尊修行般若波羅蜜多諸菩薩摩訶薩不應住色處乃至不應住法處世尊修行般若波羅蜜多諸菩薩摩訶薩不應住眼界色界眼識界及眼觸眼觸爲緣所生諸受何以故世尊眼界眼界性空乃至眼觸爲緣所生諸受眼觸爲緣所生諸受性空世尊是眼界非眼界空是眼

界空非眼界眼界不離空空不離眼界眼界即是空空即是眼界色界乃至眼觸爲緣所生諸受亦復如是是故世尊修行般若波羅蜜多諸菩薩摩訶薩不應住眼界乃至不應住眼觸爲緣所生諸受世尊修行般若波羅蜜多諸菩薩摩訶薩不應住耳界聲界耳識界及耳觸耳觸爲緣所生諸受何以故世尊耳界耳界性空乃至耳觸爲緣所生諸受耳觸爲緣所生諸受性空世尊是耳界非耳界空是耳界空非耳界耳界不離空空不離耳界耳界即是空空即是耳界聲界乃至耳觸爲緣所生諸受亦復如是是故世尊修行般若波羅蜜多諸菩薩摩訶薩不應住耳界乃至不應住耳觸爲緣所生諸受世尊修行般若波羅蜜多諸菩薩摩訶薩不應住鼻界香

界鼻識界及鼻觸鼻觸爲緣所生諸受何以故世尊鼻界鼻界性空乃至鼻觸爲緣所生諸受鼻觸爲緣所生諸受性空世尊是鼻界非鼻界空是鼻界空非鼻界鼻界不離空空不離鼻界鼻界即是空空即是鼻界香界乃至鼻觸爲緣所生諸受亦復如是是故世尊修行般若波羅蜜多諸菩薩摩訶薩不應住鼻界乃至不應住鼻觸爲緣所生諸受世尊修行般若波羅蜜多諸菩薩摩訶薩不應住舌界味界舌識界及舌觸舌觸爲緣所生諸受何以故世尊舌界舌界性空乃至舌觸爲緣所生諸受舌觸爲緣所生諸受性空世尊是舌界非舌界空是舌界空非舌界舌界不離空空不離舌界舌界即是空空即是舌界味界乃至舌觸爲緣所生諸受亦復如是是

故世尊修行般若波羅蜜多諸菩薩摩訶薩不應住舌界乃至不應住舌觸爲緣所生諸受世尊修行般若波羅蜜多諸菩薩摩訶薩不應住身界觸界身識界及身觸身觸爲緣所生諸受何以故世尊身界身界性空乃至身觸爲緣所生諸受身觸爲緣所生諸受性空世尊是身界非身界空是身界空非身界身界不離空空不離身界身界即是空空即是身界觸界乃至身觸爲緣所生諸受亦復如是是故世尊修行般若波羅蜜多諸菩薩摩訶薩不應住身界乃至不應住身觸爲緣所生諸受世尊修行般若波羅蜜多諸菩薩摩訶薩不應住意界法界意識界及意觸意觸爲緣所生諸受何以故世尊意界意界性空乃至意觸爲緣所生諸受意觸爲緣所生

諸受性空世尊是意界非意界空是意界空非意界意界不離空空不離意界意界即是空空即是意界法界乃至意觸爲緣所生諸受亦復如是是故世尊修行般若波羅蜜多諸菩薩摩訶薩不應住意界乃至不應住意觸爲緣所生諸受世尊修行般若波羅蜜多諸菩薩摩訶薩不應住地界不應住水火風空識界何以故世尊地界地界性空水火風空識界水火風空識界性空世尊是地界非地界空是地界空非地界地界不離空空不離地界地界即是空空即是地界水火風空識界亦復如是是故世尊修行般若波羅蜜多諸菩薩摩訶薩不應住地界不應住水火風空識界世尊修行般若波羅蜜多諸菩薩摩訶薩不應住苦聖諦不應住集滅道聖諦

何以故世尊苦聖諦苦聖諦性空集滅道聖諦集滅道聖諦性空世尊是苦聖諦非苦聖諦空是苦聖諦空非苦聖諦苦聖諦不離空空不離苦聖諦苦聖諦即是空空即是苦聖諦集滅道聖諦亦復如是是故世尊修行般若波羅蜜多諸菩薩摩訶薩不應住苦聖諦不應住集滅道聖諦世尊修行般若波羅蜜多諸菩薩摩訶薩不應住無明不應住行識名色六處觸受愛取有生老死愁歎苦憂惱何以故世尊無明無明性空乃至老死愁歎苦憂惱老死愁歎苦憂惱性空世尊是無明非無明空是無明空非無明無明不離空空不離無明無明即是空空即是無明行乃至老死愁歎苦憂惱亦復如是是故世尊修行般若波羅蜜多諸菩薩摩訶薩不應住無明乃至不應住老死愁歎苦憂惱世尊修行般若波羅蜜多諸菩薩摩訶薩不應住四靜慮不應住四無量四無色定何以故世尊四靜慮四靜慮性空四無量四無色定四無量四無色定性空世尊是四靜慮非四靜慮空是四靜慮空非四靜慮四靜慮不離空空不離四靜慮四靜慮即是空空即是四靜慮四無量四無色定亦復如是是故世尊修行般若波羅蜜多諸菩薩摩訶薩不應住四靜慮不應住四無量四無色定世尊修行般若波羅蜜多諸菩薩摩訶薩不應住五眼不應住六神通何以故世尊五眼五眼性空六神通六神通性空世尊是五眼非五眼空是五眼空非五眼五眼不離空空不離五眼五眼即是空空即是五眼六神通亦復如是是故世尊

修行般若波羅蜜多諸菩薩摩訶薩不應住五眼不應住六神通世尊修行般若波羅蜜多諸菩薩摩訶薩不應住布施波羅蜜多不應住淨戒安忍精進靜慮般若波羅蜜多何以故世尊布施波羅蜜多布施波羅蜜多性空乃至般若波羅蜜多般若波羅蜜多性空世尊是布施波羅蜜多非布施波羅蜜多空是布施波羅蜜多空非布施波羅蜜多布施波羅蜜多不離空空不離布施波羅蜜多布施波羅蜜多即是空空即是布施波羅蜜多淨戒乃至般若波羅蜜多亦復如是是故世尊修行般若波羅蜜多諸菩薩摩訶薩不應住布施波羅蜜多乃至不應住般若波羅蜜多世尊修行般若波羅蜜多諸菩薩摩訶薩不應住四念住不應住四正斷四神足五根五力七等覺支八聖道支何以故世尊四念住四念住性空乃至八聖道支八聖道支性空世尊是四念住非四念住空是四念住空非四念住四念住不離空空不離四念住四念住即是空空即是四念住四正斷乃至八聖道支亦復如是是故世尊修行般若波羅蜜多諸菩薩摩訶薩不應住四念住乃至不應住八聖道支世尊修行般若波羅蜜多諸菩薩摩訶薩不應住佛十力不應住四無所畏四無礙解大慈大悲大喜大捨十八佛不共法一切智道相智一切相智何以故世尊佛十力佛十力性空乃至一切相智一切相智性空世尊是佛十力非佛十力空是佛十力空非佛十力佛十力不離空空不離佛十力佛十力即是空空即是佛十力四無所畏

乃至一切相智亦復如是是故世尊修行般若波羅蜜多諸菩薩摩訶薩不應住佛十力乃至不應住一切相智世尊修行般若波羅蜜多諸菩薩摩訶薩不應住諸字不應住諸字所引若一言所引若二言所引若多言所引何以故世尊諸字諸字性空諸字所引諸字所引性空世尊是諸字非諸字空是諸字空非諸字諸字不離空空不離諸字諸字即是空空即是諸字諸字所引亦復如是是故世尊修行般若波羅蜜多諸菩薩摩訶薩不應住諸字不應住諸字所引世尊修行般若波羅蜜多諸菩薩摩訶薩不應住諸法若常若無常不應住諸法若樂若苦若我若無我若淨若不淨若寂靜若不寂靜若遠離若不遠離何以故世尊諸法常無常諸法常無常

性空乃至諸法遠離不遠離諸法遠離不遠離性空世尊是諸法常無常非諸法常無常空是諸法常無常空非諸法常無常諸法常無常不離空空不離諸法常無常諸法常無常即是空空即是諸法常無常諸法苦樂乃至諸法遠離不遠離亦復如是是故世尊修行般若波羅蜜多諸菩薩摩訶薩不應住諸法常無常乃至不應住諸法遠離不遠離世尊修行般若波羅蜜多諸菩薩摩訶薩不應住眞如不應住法界法性實際平等性離生性何以故世尊眞如眞如性空乃至離生性離生性性空世尊是眞如非眞如空是眞如空非眞如眞如不離空空不離眞如眞如即是空空即是眞如法界乃至離生性亦復如是是故世尊修行般若波羅蜜多諸菩薩摩

訶薩不應住眞如乃至不應住離生性世尊修行般若波羅蜜多諸菩薩摩訶薩不應住一切陀羅尼門不應住一切三摩地門何以故世尊一切陀羅尼門一切陀羅尼門性空一切三摩地門一切三摩地門性空世尊是一切陀羅尼門非一切陀羅尼門空是一切陀羅尼門空非一切陀羅尼門一切陀羅尼門不離空空不離一切陀羅尼門一切陀羅尼門即是空空即是一切陀羅尼門一切三摩地門亦復如是是故世尊修行般若波羅蜜多諸菩薩摩訶薩不應住一切陀羅尼門不應住一切三摩地門爾時具壽善現復白佛言世尊若菩薩摩訶薩無方便善巧修行般若波羅蜜多時我我所執所纏擾故心便住色住受想行識由此住故於色作加行於受想行識作加行由加行故不能攝受般若波羅蜜多不能修行般若波羅蜜多不能圓滿般若波羅蜜多不能成辦一切相智世尊若菩薩摩訶薩無方便善巧修行般若波羅蜜多時我我所執所纏擾故心便住眼處住耳鼻舌身意處由此住故於眼處作加行乃至於意處作加行由加行故不能攝受般若波羅蜜多不能修行般若波羅蜜多不能圓滿般若波羅蜜多不能成辦一切相智世尊若菩薩摩訶薩無方便善巧修行般若波羅蜜多時我我所執所纏擾故心便住色處住聲香味觸法處由此住故於色處作加行乃至於法處作加行由加行故不能攝受般若波羅蜜多不能修行般若波羅蜜多不能圓滿般若波羅蜜多不能成辦一切相智世尊

若菩薩摩訶薩無方便善巧修行般若波羅蜜多時我我所執所纏擾故心便住眼界住色界眼識界及眼觸眼觸爲緣所生諸受由此住故於眼界作加行乃至於眼觸爲緣所生諸受作加行由加行故不能攝受般若波羅蜜多不能修行般若波羅蜜多不能圓滿般若波羅蜜多不能成辦一切相智世尊若菩薩摩訶薩無方便善巧修行般若波羅蜜多時我我所執所纏擾故心便住耳界住聲界耳識界及耳觸耳觸爲緣所生諸受由此住故於耳界作加行乃至於耳觸爲緣所生諸受作加行由加行故不能攝受般若波羅蜜多不能修行般若波羅蜜多不能圓滿般若波羅蜜多不能成辦一切相智世尊若菩薩摩訶薩無方便善巧修行般若波羅蜜多時我我所執所纏擾故心便住鼻界住香界鼻識界及鼻觸鼻觸爲緣所生諸受由此住故於鼻界作加行乃至於鼻觸爲緣所生諸受作加行由加行故不能攝受般若波羅蜜多不能修行般若波羅蜜多不能圓滿般若波羅蜜多不能成辦一切相智世尊若菩薩摩訶薩無方便善巧修行般若波羅蜜多時我我所執所纏擾故心便住舌界住味界舌識界及舌觸舌觸爲緣所生諸受由此住故於舌界作加行乃至於舌觸爲緣所生諸受作加行由加行故不能攝受般若波羅蜜多不能修行般若波羅蜜多不能圓滿般若波羅蜜多不能成辦一切相智世尊若菩薩摩訶薩無方便善巧修行般若波羅蜜多時我我所執所纏擾故心便住身界住觸界身識

界及身觸身觸爲緣所生諸受由此住故於身界作加行乃至於身觸爲緣所生諸受作加行由加行故不能攝受般若波羅蜜多不能修行般若波羅蜜多不能圓滿般若波羅蜜多不能成辦一切相智世尊若菩薩摩訶薩無方便善巧修行般若波羅蜜多時我我所執所纏擾故心便住意界住法界意識界及意觸意觸爲緣所生諸受由此住故於意界作加行乃至於意觸爲緣所生諸受作加行由加行故不能攝受般若波羅蜜多不能修行般若波羅蜜多不能圓滿般若波羅蜜多不能成辦一切相智世尊若菩薩摩訶薩無方便善巧修行般若波羅蜜多時我我所執所纏擾故心便住地界住水火風空識界由此住故於地界作加行乃至於識界作加行由加行故不能攝受般若波羅蜜多不能修行般若波羅蜜多不能圓滿般若波羅蜜多不能成辦一切相智世尊若菩薩摩訶薩無方便善巧修行般若波羅蜜多時我我所執所纏擾故心便住苦聖諦住集滅道聖諦由此住故於苦聖諦作加行於集滅道聖諦作加行由加行故不能攝受般若波羅蜜多不能修行般若波羅蜜多不能圓滿般若波羅蜜多不能成辦一切相智世尊若菩薩摩訶薩無方便善巧修行般若波羅蜜多時我我所執所纏擾故心便住無明住行識名色六處觸受愛取有生老死愁歎苦憂惱由此住故於無明作加行乃至於老死愁歎苦憂惱作加行由加行故不能攝受般若波羅蜜多不能修行般若波羅蜜多不能圓滿般若

波羅蜜多不能成辦一切相智世尊若菩薩摩訶薩無方便善巧修行般若波羅蜜多時我我所執所纏擾故心便住四靜慮住四無量四無色定由此住故於四靜慮作加行於四無量四無色定作加行由加行故不能攝受般若波羅蜜多不能修行般若波羅蜜多不能圓滿般若波羅蜜多不能成辦一切相智世尊若菩薩摩訶薩無方便善巧修行般若波羅蜜多時我我所執所纏擾故心便住五眼住六神通由此住故於五眼作加行於六神通作加行由加行故不能攝受般若波羅蜜多不能修行般若波羅蜜多不能圓滿般若波羅蜜多不能成辦一切相智世尊若菩薩摩訶薩無方便善巧修行般若波羅蜜多時我我所執所纏擾故心便住布施波羅蜜多住淨戒安忍精進靜慮般若波羅蜜多由此住故於布施波羅蜜多作加行乃至於般若波羅蜜多作加行由加行故不能攝受般若波羅蜜多不能修行般若波羅蜜多不能圓滿般若波羅蜜多不能成辦一切相智世尊若菩薩摩訶薩無方便善巧修行般若波羅蜜多時我我所執所纏擾故心便住四念住住四正斷四神足五根五力七等覺支八聖道支由此住故於四念住作加行乃至於八聖道支作加行由加行故不能攝受般若波羅蜜多不能修行般若波羅蜜多不能圓滿般若波羅蜜多不能成辦一切相智世尊若菩薩摩訶薩無方便善巧修行般若波羅蜜多時我我所執所纏擾故心便住佛十力住四無所畏四無礙解大慈大悲大喜大

捨十八佛不共法一切智道相智一切相智由此住故於佛十力作加行乃至於一切相智作加行由加行故不能攝受般若波羅蜜多不能修行般若波羅蜜多不能圓滿般若波羅蜜多不能成辦一切相智世尊若菩薩摩訶薩無方便善巧修行般若波羅蜜多時我我所執所纏擾故心便住諸字住諸字所引若一言所引若二言所引若多言所引由此住故於諸字作加行於諸字所引作加行由加行故不能攝受般若波羅蜜多不能修行般若波羅蜜多不能圓滿般若波羅蜜多不能成辦一切相智世尊若菩薩摩訶薩無方便善巧修行般若波羅蜜多時我我所執所纏擾故心便住諸法若常若無常住諸法若樂若苦若我若無我若淨若不淨若寂靜若不寂靜若遠離若不遠離由此住故於諸法常無常作加行乃至於諸法遠離不遠離作加行由加行故不能攝受般若波羅蜜多不能修行般若波羅蜜多不能圓滿般若波羅蜜多不能成辦一切相智世尊若菩薩摩訶薩無方便善巧修行般若波羅蜜多時我我所執所纏擾故心便住一切陀羅尼門住一切三摩地門由此住故於一切陀羅尼門作加行於一切三摩地門作加行由加行故不能攝受般若波羅蜜多不能修行般若波羅蜜多不能圓滿般若波羅蜜多不能成辦一切相智何以故世尊色不應攝受受想行識不應攝受色既不應攝受便非色受想行識既不應攝受便非受想行識所以者何本性空故乃至一切陀羅尼門不應攝受一切

三摩地門不應攝受陀羅尼門既不應攝受便非陀羅尼門三摩地門既不應攝受便非三摩地門所以者何本性空故其所攝受修行圓滿般若波羅蜜多亦不應攝受如是般若波羅蜜多既不應攝受便非般若波羅蜜多所以者何本性空故如是菩薩摩訶薩修行般若波羅蜜多時應以本性空觀一切法作此觀時於一切法心無行處是名菩薩摩訶薩無所攝受三摩地此三摩地微妙殊勝廣大無量能集無邊無礙作用不共一切聲聞獨覺其所成辦一切相智亦不應攝受如是一切相智既不應攝受便非一切相智所以者何以內空故外空故內外空故空空故大空故勝義空故有爲空故無爲空故畢竟空故無際空故散空故無變異空故本性空故自相空故共相空故一切法空故不可得空故無性空故自性空故無性自性空故何以故世尊是一切相智非取相修得所以者何諸取相者皆是煩惱何等爲相所謂色相受想行識相乃至一切陀羅尼門相一切三摩地門相於此諸相而取著者名爲煩惱若取相修得一切相智者勝軍梵志於一切智智不應信解何等名爲彼信解相謂於般若波羅蜜多深生淨信由勝解力思惟觀察一切智智不以相方便亦不以非相方便以相與非相俱不可取故是勝軍梵志雖由信解力歸趣佛法名隨信行者而能以本性空悟入一切智智既悟入已不取色相不取受想行識相乃至不取一切陀羅尼門相不取一切三摩地門相何以故以一切法自相皆空

能取所取俱不可得故如是梵志不以內得現觀而觀一切智智不以外得現觀而觀一切智智不以內外得現觀而觀一切智智不以無智得現觀而觀一切智智不以餘得現觀而觀一切智智亦不以不得現觀而觀一切智智所以者何是勝軍梵志不見所觀一切智智不見能觀般若不見觀者及觀所依處是勝軍梵志非於內色觀一切智智非於內受想行識觀一切智智非於外色觀一切智智非於外受想行識觀一切智智非於內外色觀一切智智非於內外受想行識觀一切智智亦非離色觀一切智智亦非離受想行識觀一切智智乃至非於內一切陀羅尼門觀一切智智非於內一切三摩地門觀一切智智非於外一切陀羅尼門觀一切智智非於外一切三摩地門觀一切智智非於內外一切陀羅尼門觀一切智智非於內外一切三摩地門觀一切智智亦非離一切陀羅尼門觀一切智智亦非離一切三摩地門觀一切智智何以故若內若外若內外若離內外皆不可得故是勝軍梵志以如是等諸離相門於一切智智深生信解由此信解於一切法皆無取著以諸法實相不可得故如是梵志以離相門於一切智智得信解已於一切法皆不取相亦不思惟無相諸法以相無相法皆不可得故如是梵志由勝解力於一切法不取不捨實相法中無取捨故時彼梵志於自信解乃至於涅槃亦不取著所以者何以一切法本性皆空不可取故世尊菩薩摩訶薩般若波羅蜜多亦復如是於一切法

無所取著能從此岸到彼岸故若於諸法少有取著則於彼岸非爲能到是故菩薩摩訶薩修行般若波羅蜜多時不取一切色不取一切受想行識以一切法無所取故乃至不取一切陀羅尼門不取一切三摩地門亦以一切法無所取故是菩薩摩訶薩雖於一切色一切受想行識乃至一切陀羅尼門一切三摩地門若總若別皆無所取而以本願所行四念住乃至八聖道支未圓滿故及以本願所證佛十力乃至一切相智未成辦故於其中間終不以不取一切相故而般涅槃是菩薩摩訶薩雖能圓滿四念住乃至八聖道支及能成辦佛十力乃至一切相智而不見四念住乃至八聖道支及不見佛十力乃至一切相智何以故是四念住即非四念住乃至八聖道支即非八聖道支及佛十力即非佛十力乃至一切相智即非一切相智以一切法非法非非法故是菩薩摩訶薩修行般若波羅蜜多時於一切法雖無所取而能成辦一切事業

大般若波羅蜜多經卷第三十七

大般若波羅蜜多經卷第三十八

唐三藏法師玄奘奉　詔譯

初分般若行相品第十之一

復次世尊諸菩薩摩訶薩修行般若波羅蜜多時應作是觀何者是般若波羅蜜多何故名般若波羅蜜多誰之般若波羅蜜多此般若波羅蜜多爲何所用如是菩薩摩訶薩修行般若波羅蜜多時審諦觀察若法無所有不可得是爲般若波羅蜜多於無所有不可得中何所徵責時舍利子問善現言此中何法爲無所有不可得耶善現答言謂般若波羅蜜多法無所有不可得靜慮精進安忍淨戒布施波羅蜜多法無所有不可得所以者何由内空故外空故内外空故空空故大空故勝義空故有爲空故無爲空故畢竟空故無際空故散空故無變異空故本性空故自相空故共相空故一切法空故不可得空故無性空故自性空故無性自性空故舍利子色法無所有不可得受想行識法無所有不可得舍利子眼處法無所有不可得耳鼻舌身意處法無所有不可得色處法無所有不可得聲香味觸法處法無所有不可得舍利子眼界法無所有不可得色界眼識界及眼觸眼觸爲緣所生諸受法無所有不可得耳界法無所有不可得聲界耳識界及耳觸耳觸爲緣所生諸受法無所有不可得鼻界法無所有不可得香界鼻識界及鼻觸鼻觸爲緣所生諸受法無所有不可得舌界法無所有不可得味界舌識界及舌觸舌觸爲緣所生諸受法無所有不可得身界法無所有不

可得觸界身識界及身觸身觸爲緣所生諸受法無所有不可得意界法無所有不可得法界意識界及意觸意觸爲緣所生諸受法無所有不可得舍利子地界法無所有不可得水火風空識界法無所有不可得舍利子苦聖諦法無所有不可得集滅道聖諦法無所有不可得舍利子無明法無所有不可得行識名色六處觸受愛取有生老死愁歎苦憂惱法無所有不可得舍利子內空法無所有不可得外空內外空空空大空勝義空有爲空無爲空畢竟空無際空散空無變異空本性空自相空共相空一切法空不可得空無性空自性空無性自性空法無所有不可得舍利子四靜慮法無所有不可得四無量四無色定法無所有不可得舍利子五眼法無所有不可得六神通法無所有不可得舍利子四念住法無所有不可得四正斷四神足五根五力七等覺支八聖道支法無所有不可得舍利子佛十力法無所有不可得四無所畏四無礙解大慈大悲大喜大捨十八佛不共法一切智道相智一切相智法無所有不可得舍利子眞如法無所有不可得法界法性法住法定實際平等性離生性法無所有不可得舍利子預流法無所有不可得一來不還阿羅漢獨覺法無所有不可得舍利子菩薩法無所有不可得如來法無所有不可得舍利子以要言之若常若無常若樂若苦若我若無我若淨若不淨若空若不空若無相若有相若無願若有願若寂靜若不寂靜若遠離若不遠離若雜染若清淨若生

若滅若有為若無為若有漏若無漏若善若非善若有罪若無罪若世間若出世間若屬生死若屬涅槃若過去若未來若現在若善若不善若無記若欲界繫若色界繫若無色界繫若學若無學若非學非無學若見所斷若修所斷若非所斷若在內若在外若在兩間如是諸法皆無所有不可得所以者何由內空故外空故內外空故空空故大空故勝義空故有為空故無為空故畢竟空故無際空故散空故無變異空故本性空故自相空故共相空故一切法空故不可得空故無性空故自性空故無性自性空故舍利子若菩薩摩訶薩修行般若波羅蜜多如是審諦觀察一切法皆無所有不可得時心不沉沒亦不憂悔其心不驚不恐不怖當知是菩薩摩訶薩能於般若波羅蜜多常不捨離時舍利子問善現言何緣故知是行般若波羅蜜多諸菩薩摩訶薩能於般若波羅蜜多常不捨離善現答言以是菩薩摩訶薩修行般若波羅蜜多時如實知般若波羅蜜多離般若波羅蜜多自性如實知靜慮精進安忍淨戒布施波羅蜜多離靜慮乃至布施波羅蜜多自性舍利子由此故知是行般若波羅蜜多諸菩薩摩訶薩能於般若波羅蜜多常不捨離舍利子以是菩薩摩訶薩修行般若波羅蜜多時如實知色離色自性如實知受想行識離受想行識自性如實知眼處離眼處自性如實知耳鼻舌身意處離耳鼻舌身意處自性如實知色處離色處自性如實知聲香味觸法處離聲香味觸法處自性如實知眼界

離眼界自性如實知色界眼識界及眼觸眼觸爲緣所生諸受離色界乃至眼觸爲緣所生諸受自性如實知耳界離耳界自性如實知聲界耳識界及耳觸耳觸爲緣所生諸受離聲界乃至耳觸爲緣所生諸受自性如實知鼻界離鼻界自性如實知香界鼻識界及鼻觸鼻觸爲緣所生諸受離香界乃至鼻觸爲緣所生諸受自性如實知舌界離舌界自性如實知味界舌識界及舌觸舌觸爲緣所生諸受離味界乃至舌觸爲緣所生諸受自性如實知身界離身界自性如實知觸界身識界及身觸身觸爲緣所生諸受離觸界乃至身觸爲緣所生諸受自性如實知意界離意界自性如實知法界意識界及意觸意觸爲緣所生諸受離法界乃至意觸爲緣所生諸受自性如實知地界離地界自性如實知水火風空識界離水火風空識界自性如實知苦聖諦離苦聖諦自性如實知集滅道聖諦離集滅道聖諦自性如實知無明離無明自性如實知行識名色六處觸受愛取有生老死愁歎苦憂惱離行乃至老死愁歎苦憂惱自性如實知内空離内空自性如實知外空内外空空空大空勝義空有爲空無爲空畢竟空無際空散空無變異空本性空自相空共相空一切法空不可得空無性空自性空無性自性空離外空乃至無性自性空自性如實知四靜慮離四靜慮自性如實知四無量四無色定離四無量四無色定自性如實知五眼離五眼自性如實知六神通離六神通自性如實知四念住離四念住自性如

實知四正斷四神足五根五力七等覺支八聖道支離四正斷乃至八聖道支自性如實知佛十力離佛十力自性如實知四無所畏四無礙解大慈大悲大喜大捨十八佛不共法一切智道相智一切相智離四無所畏乃至一切相智自性如實知眞如離眞如自性如實知法界法性法住法定實際平等性離生性離法界乃至離生性自性如實知預流離預流自性如實知一來不還阿羅漢獨覺離一來乃至獨覺自性如實知菩薩離菩薩自性如實知如來離如來自性如實知常無常法離常無常法自性如實知樂苦我無我淨不淨空不空無相有相無願有願寂靜不寂靜遠離不遠離雜染清淨生滅有爲無爲有漏無漏善非善有罪無罪世間出世間屬生死屬涅槃法離樂苦乃至屬生死屬涅槃法自性如實知過去未來現在法離過去未來現在法自性如實知善不善無記欲界繫色界繫無色界繫學無學非學非無學見所斷修所斷非所斷在內在外在兩間法離善不善無記乃至在內在外在兩間法自性舍利子由此故知是行般若波羅蜜多諸菩薩摩訶薩能於般若波羅蜜多常不捨離時舍利子問善現言何者是般若波羅蜜多自性何者是靜慮精進安忍淨戒布施波羅蜜多自性乃至何者是在內在外在兩間法自性善現答言無性是般若波羅蜜多自性無性是靜慮精進安忍淨戒布施波羅蜜多自性乃至無性是在內在外在兩間法自性舍利子由此故知般若波羅蜜多離般若波羅蜜

多自性靜慮精進安忍淨戒布施波羅蜜多離靜慮乃至布施波羅蜜多自性乃至在內在外在兩間法離在內在外在兩間法自性舍利子般若波羅蜜多離般若波羅蜜多相靜慮精進安忍淨戒布施波羅蜜多離靜慮乃至布施波羅蜜多相乃至在內在外在兩間法離在內在外在兩間法相舍利子自性亦離自性相亦離相自性亦離相相亦離自性自性相亦離相自性相自性亦離自性相時舍利子語善現言若菩薩摩訶薩於此中學則能成辦一切相智善現報言如是如是誠如所說若菩薩摩訶薩於此中學則能成辦一切相智何以故舍利子是菩薩摩訶薩知一切法無生無成辦故舍利子言何因緣故一切法無生無成辦善現言色空故色生成辦不可得受想行識空故受想行識生成辦不可得眼處空故眼處生成辦不可得耳鼻舌身意處空故耳鼻舌身意處生成辦不可得色處空故色處生成辦不可得聲香味觸法處空故聲香味觸法處生成辦不可得眼界色界眼識界及眼觸眼觸爲緣所生諸受空故眼界乃至眼觸爲緣所生諸受生成辦不可得耳界聲界耳識界及耳觸耳觸爲緣所生諸受空故耳界乃至耳觸爲緣所生諸受生成辦不可得鼻界香界鼻識界及鼻觸鼻觸爲緣所生諸受空故鼻界乃至鼻觸爲緣所生諸受生成辦不可得舌界味界舌識界及舌觸舌觸爲緣所生諸受空故舌界乃至舌觸爲緣所生諸受生成辦不可得身界觸界身識界及身觸身觸爲緣所生諸受

空故身界乃至身觸爲緣所生諸受生成辦不可得意界法界意識界及意觸意觸爲緣所生諸受空故意界乃至意觸爲緣所生諸受生成辦不可得地界空故地界生成辦不可得水火風空識界空故水火風空識界生成辦不可得苦聖諦空故苦聖諦生成辦不可得集滅道聖諦空故集滅道聖諦生成辦不可得無明空故無明生成辦不可得行識名色六處觸受愛取有生老死愁歎苦憂惱空故行乃至老死愁歎苦憂惱生成辦不可得內空空故內空生成辦不可得外空內外空空空大空勝義空有爲空無爲空畢竟空無際空散空無變異空本性空自相空共相空一切法空不可得空無性空自性空無性自性空空故外空乃至無性自性空生成辦不可得四靜慮空故四靜慮生成辦不可得四無量四無色定空故四無量四無色定生成辦不可得五眼空故五眼生成辦不可得六神通空故六神通生成辦不可得布施波羅蜜多空故布施波羅蜜多生成辦不可得淨戒安忍精進靜慮般若波羅蜜多空故淨戒乃至般若波羅蜜多生成辦不可得四念住空故四念住生成辦不可得四正斷四神足五根五力七等覺支八聖道支空故四正斷乃至八聖道支生成辦不可得佛十力空故佛十力生成辦不可得四無所畏四無礙解大慈大悲大喜大捨十八佛不共法一切智道相智一切相智空故四無所畏乃至一切相智生成辦不可得眞如空故眞如生成辦不可得法界法性法住法定實際平等性

離生性空故法界乃至離生性生成辦不可得預流空故預流生成辦不可得一來不還阿羅漢獨覺空故一來乃至獨覺生成辦不可得菩薩空故菩薩生成辦不可得如來空故如來生成辦不可得常無常法空故常無常法生成辦不可得樂苦我無我淨不淨空不空無相有相無願有願寂靜不寂靜遠離不遠離雜染清淨生滅有為無為有漏無漏善不善有罪無罪世間出世間屬生死屬涅槃法空故樂苦乃至屬生死屬涅槃法生成辦不可得過去未來現在法空故過去未來現在法生成辦不可得善不善無記欲界繫色界繫無色界繫學無學非學非無學見所斷修所斷非所斷在內在外在兩間法空故善不善無記乃至在內在外在兩間法生成

辦不可得舍利子若菩薩摩訶薩作如是學般若波羅蜜多便近一切相智是菩薩摩訶薩如如近一切相智如是如是得身清淨得語清淨得意清淨得相清淨是菩薩摩訶薩如如得身清淨得語清淨得意清淨得相清淨如是如是不生貪俱行心不生瞋俱行心不生癡俱行心不生慢俱行心不生諂誑俱行心不生慳貪俱行心不生一切見取俱行心是菩薩摩訶薩由不生貪俱行心乃至不生一切見取俱行心故畢竟不墮女人胎中常受化生亦永不生諸險惡趣除為利樂有情因緣從一佛國至一佛國供養恭敬尊重讚歎諸佛世尊成熟有情嚴淨佛土乃至證得阿耨多羅三藐三菩提常不離佛舍利子若菩薩摩訶薩欲得如上功德勝利當學般

若波羅蜜多不應捨離爾時具壽善現白佛言世尊若菩薩摩訶薩無方便善巧修行般若波羅蜜多時若行色若行色相非行般若波羅蜜多若行受想行識若行受想行識相非行般若波羅蜜多若行色常無常若行色常無常相非行般若波羅蜜多若行受想行識常無常若行受想行識常無常相非行般若波羅蜜多若行色樂苦若行色樂苦相非行般若波羅蜜多若行受想行識樂苦若行受想行識樂苦相非行般若波羅蜜多若行色我無我若行色我無我相非行般若波羅蜜多若行受想行識我無我若行受想行識我無我相非行般若波羅蜜多若行色淨不淨若行色淨不淨相非行般若波羅蜜多若行受想行識淨不淨若行受想行識淨不淨相非行般若波羅蜜多若行色空不空若行色空不空相非行般若波羅蜜多若行受想行識空不空若行受想行識空不空相非行般若波羅蜜多若行色無相有相若行色無相有相相非行般若波羅蜜多若行受想行識無相有相若行受想行識無相有相相非行般若波羅蜜多若行色無願有願若行色無願有願相非行般若波羅蜜多若行受想行識無願有願若行受想行識無願有願相非行般若波羅蜜多若行色寂靜不寂靜若行色寂靜不寂靜相非行般若波羅蜜多若行受想行識寂靜不寂靜若行受想行識寂靜不寂靜相非行般若波羅蜜多若行色遠離不遠離若行色遠離不遠離相非行般若波羅蜜多若行受想行識遠離不遠離若行

受想行識遠離不遠離相非行般若波羅蜜
多世尊若菩薩摩訶薩無方便善巧修行般
若波羅蜜多時若行眼處若行眼處相非行
般若波羅蜜多若行耳鼻舌身意處若行耳
鼻舌身意處相非行般若波羅蜜多若行眼
處常無常若行眼處常無常相非行般若波
羅蜜多若行耳鼻舌身意處常無常若行耳
鼻舌身意處常無常相非行般若波羅蜜多
若行眼處樂苦若行眼處樂苦相非行般若
波羅蜜多若行耳鼻舌身意處樂苦若行耳
鼻舌身意處樂苦相非行般若波羅蜜多若
行眼處我無我若行眼處我無我相非行般
若波羅蜜多若行耳鼻舌身意處我無我若
行耳鼻舌身意處我無我相非行般若波羅
蜜多若行眼處淨不淨若行眼處淨不淨相
非行般若波羅蜜多若行耳鼻舌身意處淨
不淨若行耳鼻舌身意處淨不淨相非行般
若波羅蜜多若行眼處空不空若行眼處空
不空相非行般若波羅蜜多若行耳鼻舌身
意處空不空若行耳鼻舌身意處空不空相
非行般若波羅蜜多若行眼處無相有相若
行眼處無相有相相非行般若波羅蜜多若
行耳鼻舌身意處無相有相若行耳鼻舌身
意處無相有相相非行般若波羅蜜多若行
眼處無願有願若行眼處無願有願相非行
般若波羅蜜多若行耳鼻舌身意處無願有
願若行耳鼻舌身意處無願有願相非行般
若波羅蜜多若行眼處寂靜不寂靜若行眼
處寂靜不寂靜相非行般若波羅蜜多若行
耳鼻舌身意處寂靜不寂靜若行耳鼻舌身

意處寂靜不寂靜相非行般若波羅蜜多若行眼處遠離不遠離若行眼處遠離不遠離相非行般若波羅蜜多若行耳鼻舌身意處遠離不遠離若行耳鼻舌身意處遠離不遠離相非行般若波羅蜜多若行色處若行色處相非行般若波羅蜜多若行聲香味觸法處若行聲香味觸法處相非行般若波羅蜜多若行色處常無常若行色處常無常相非行般若波羅蜜多若行聲香味觸法處常無常若行聲香味觸法處常無常相非行般若波羅蜜多若行色處樂苦若行色處樂苦相非行般若波羅蜜多若行聲香味觸法處樂苦若行聲香味觸法處樂苦相非行般若波羅蜜多若行色處淨不淨若行色處淨不淨相非行般若波羅蜜多若行聲香味觸法處淨不淨若行聲香味觸法處淨不淨相非行般若波羅蜜多若行色處空不空若行色處空不空相非行般若波羅蜜多若行聲香味觸法處空不空若行聲香味觸法處空不空相非行般若波羅蜜多若行色處無相有相若行色處無相有相相非行般若波羅蜜多若行聲香味觸法處無相有相若行聲香味觸法處無相有相相非行般若波羅蜜多若行色處無願有願若行色處無願有願相非行般若波羅蜜多若行聲香味觸法處無願有願若行聲香味觸法處無願有願相非行般若波羅蜜多若行色處寂靜不寂靜若行色處寂靜不寂靜相非行般若波羅蜜多若行聲香味觸法處寂靜不寂靜若行聲香味觸法處寂靜不寂靜相非行般若波羅蜜多

若行色處遠離不遠離若行色處遠離不遠離相非行般若波羅蜜多若行聲香味觸法處遠離不遠離若行聲香味觸法處遠離不遠離相非行般若波羅蜜多世尊若菩薩摩訶薩無方便善巧修行般若波羅蜜多時若行眼界色界眼識界及眼觸眼觸爲緣所生諸受若行眼界乃至眼觸爲緣所生諸受相非行般若波羅蜜多若行眼界色界眼識界及眼觸眼觸爲緣所生諸受常無常若行眼界乃至眼觸爲緣所生諸受常無常相非行般若波羅蜜多若行眼界色界眼識界及眼觸眼觸爲緣所生諸受樂苦若行眼界乃至眼觸爲緣所生諸受樂苦相非行般若波羅蜜多若行眼界色界眼識界及眼觸眼觸爲緣所生諸受我無我若行眼界乃至眼觸爲

緣所生諸受我無我相非行般若波羅蜜多若行眼界色界眼識界及眼觸眼觸爲緣所生諸受淨不淨若行眼界乃至眼觸爲緣所生諸受淨不淨相非行般若波羅蜜多若行眼界色界眼識界及眼觸眼觸爲緣所生諸受空不空若行眼界乃至眼觸爲緣所生諸受空不空相非行般若波羅蜜多若行眼界色界眼識界及眼觸眼觸爲緣所生諸受無相有相若行眼界乃至眼觸爲緣所生諸受無相有相相非行般若波羅蜜多若行眼界色界眼識界及眼觸眼觸爲緣所生諸受無願有願若行眼界乃至眼觸爲緣所生諸受無願有願相非行般若波羅蜜多若行眼界色界眼識界及眼觸眼觸爲緣所生諸受寂靜不寂靜若行眼界乃至眼觸爲緣所生諸

受寂靜不寂靜相非行般若波羅蜜多若行眼界色界眼識界及眼觸眼觸爲緣所生諸受遠離不遠離若行眼界乃至眼觸爲緣所生諸受遠離不遠離相非行般若波羅蜜多若行耳界聲界耳識界及耳觸耳觸爲緣所生諸受若行耳界乃至耳觸爲緣所生諸受相非行般若波羅蜜多若行耳界聲界耳識界及耳觸耳觸爲緣所生諸受常無常若行耳界乃至耳觸爲緣所生諸受常無常相非行般若波羅蜜多若行耳界聲界耳識界及耳觸耳觸爲緣所生諸受樂苦若行耳界乃至耳觸爲緣所生諸受樂苦相非行般若波羅蜜多若行耳界聲界耳識界及耳觸耳觸爲緣所生諸受我無我若行耳界乃至耳觸爲緣所生諸受我無我相非行般若波羅蜜

多若行耳界聲界耳識界及耳觸耳觸爲緣所生諸受淨不淨若行耳界乃至耳觸爲緣所生諸受淨不淨相非行般若波羅蜜多若行耳界聲界耳識界及耳觸耳觸爲緣所生諸受空不空若行耳界乃至耳觸爲緣所生諸受空不空相非行般若波羅蜜多若行耳界聲界耳識界及耳觸耳觸爲緣所生諸受無相有相若行耳界乃至耳觸爲緣所生諸受無相有相相非行般若波羅蜜多若行耳界聲界耳識界及耳觸耳觸爲緣所生諸受無願有願若行耳界乃至耳觸爲緣所生諸受無願有願相非行般若波羅蜜多若行耳界聲界耳識界及耳觸耳觸爲緣所生諸受寂靜不寂靜若行耳界乃至耳觸爲緣所生諸受寂靜不寂靜相非行般若波羅蜜多若

行耳界聲界耳識界及耳觸耳觸爲緣所生諸受遠離不遠離若行耳界乃至耳觸爲緣所生諸受遠離不遠離相非行般若波羅蜜多若行鼻界香界鼻識界及鼻觸鼻觸爲緣所生諸受若行鼻界乃至鼻觸爲緣所生諸受相非行般若波羅蜜多若行鼻界香界鼻識界及鼻觸鼻觸爲緣所生諸受常無常若行鼻界乃至鼻觸爲緣所生諸受常無常相非行般若波羅蜜多若行鼻界香界鼻識界及鼻觸鼻觸爲緣所生諸受樂苦若行鼻界乃至鼻觸爲緣所生諸受樂苦相非行般若波羅蜜多若行鼻界香界鼻識界及鼻觸鼻觸爲緣所生諸受我無我若行鼻界乃至鼻觸爲緣所生諸受我無我相非行般若波羅蜜多若行鼻界香界鼻識界及鼻觸鼻觸爲緣所生諸受淨不淨若行鼻界乃至鼻觸爲緣所生諸受淨不淨相非行般若波羅蜜多若行鼻界香界鼻識界及鼻觸鼻觸爲緣所生諸受空不空若行鼻界乃至鼻觸爲緣所生諸受空不空相非行般若波羅蜜多若行鼻界香界鼻識界及鼻觸鼻觸爲緣所生諸受無相有相若行鼻界乃至鼻觸爲緣所生諸受無相有相相非行般若波羅蜜多若行鼻界香界鼻識界及鼻觸鼻觸爲緣所生諸受無願有願若行鼻界乃至鼻觸爲緣所生諸受無願有願相非行般若波羅蜜多若行鼻界香界鼻識界及鼻觸鼻觸爲緣所生諸受寂靜不寂靜若行鼻界乃至鼻觸爲緣所生諸受寂靜不寂靜相非行般若波羅蜜多若行鼻界香界鼻識界及鼻觸鼻觸爲緣所

生諸受遠離不遠離若行鼻界乃至鼻觸爲緣所生諸受遠離不遠離相非行般若波羅蜜多若行舌界味界舌識界及舌觸舌觸爲緣所生諸受若行舌界乃至舌觸爲緣所生諸受相非行般若波羅蜜多若行舌界味界舌識界及舌觸舌觸爲緣所生諸受常無常若行舌界乃至舌觸爲緣所生諸受常無常相非行般若波羅蜜多若行舌界味界舌識界及舌觸舌觸爲緣所生諸受樂苦若行舌界乃至舌觸爲緣所生諸受樂苦相非行般若波羅蜜多若行舌界味界舌識界及舌觸舌觸爲緣所生諸受我無我若行舌界乃至舌觸爲緣所生諸受我無我相非行般若波羅蜜多若行舌界味界舌識界及舌觸舌觸爲緣所生諸受淨不淨若行舌界乃至舌觸

爲緣所生諸受淨不淨相非行般若波羅蜜多若行舌界味界舌識界及舌觸舌觸爲緣所生諸受空不空若行舌界乃至舌觸爲緣所生諸受空不空相非行般若波羅蜜多若行舌界味界舌識界及舌觸舌觸爲緣所生諸受無相有相若行舌界乃至舌觸爲緣所生諸受無相有相相非行般若波羅蜜多若行舌界味界舌識界及舌觸舌觸爲緣所生諸受無願有願若行舌界乃至舌觸爲緣所生諸受無願有願相非行般若波羅蜜多若行舌界味界舌識界及舌觸舌觸爲緣所生諸受寂靜不寂靜若行舌界乃至舌觸爲緣所生諸受寂靜不寂靜相非行般若波羅蜜多若行舌界味界舌識界及舌觸舌觸爲緣所生諸受遠離不遠離若行舌界乃至舌觸

爲緣所生諸受遠離不遠離相非行般若波羅蜜多若行身界觸界身識界及身觸身觸爲緣所生諸受若行身界乃至身觸爲緣所生諸受相非行般若波羅蜜多若行身界觸界身識界及身觸身觸爲緣所生諸受常無常若行身界乃至身觸爲緣所生諸受常無常相非行般若波羅蜜多若行身界觸界身識界及身觸身觸爲緣所生諸受樂苦若行身界乃至身觸爲緣所生諸受樂苦相非行般若波羅蜜多若行身界觸界身識界及身觸身觸爲緣所生諸受我無我若行身界乃至身觸爲緣所生諸受我無我相非行般若波羅蜜多若行身界觸界身識界及身觸身觸爲緣所生諸受淨不淨若行身界乃至身觸爲緣所生諸受淨不淨相非行般若波羅蜜多若行身界觸界身識界及身觸身觸爲緣所生諸受空不空若行身界乃至身觸爲緣所生諸受空不空相非行般若波羅蜜多若行身界觸界身識界及身觸身觸爲緣所生諸受無相有相若行身界乃至身觸爲緣所生諸受無相有相相非行般若波羅蜜多若行身界觸界身識界及身觸身觸爲緣所生諸受無願有願若行身界乃至身觸爲緣所生諸受無願有願相非行般若波羅蜜多若行身界觸界身識界及身觸身觸爲緣所生諸受寂靜不寂靜若行身界乃至身觸爲緣所生諸受寂靜不寂靜相非行般若波羅蜜多若行身界觸界身識界及身觸身觸爲緣所生諸受遠離不遠離若行身界乃至身觸爲緣所生諸受遠離不遠離相非行般若

波羅蜜多若行意界法界意識界及意觸意
觸爲緣所生諸受若行意界乃至意觸爲緣
所生諸受相非行般若波羅蜜多若行意界
法界意識界及意觸意觸爲緣所生諸受常
無常若行意界乃至意觸爲緣所生諸受常
無常相非行般若波羅蜜多若行意界法界
意識界及意觸意觸爲緣所生諸受樂苦若
行意界乃至意觸爲緣所生諸受樂苦相非
行般若波羅蜜多若行意界法界意識界及
意觸意觸爲緣所生諸受我無我若行意界
乃至意觸爲緣所生諸受我無我相非行般
若波羅蜜多若行意界法界意識界及意觸
意觸爲緣所生諸受淨不淨若行意界乃至
意觸爲緣所生諸受淨不淨相非行般若波
羅蜜多若行意界法界意識界及意觸意觸
爲緣所生諸受空不空若行意界乃至意觸
爲緣所生諸受空不空相非行般若波羅蜜
多若行意界法界意識界及意觸意觸爲緣
所生諸受無相有相若行意界乃至意觸爲
緣所生諸受無相有相相非行般若波羅蜜
多若行意界法界意識界及意觸意觸爲緣
所生諸受無願有願若行意界乃至意觸爲
緣所生諸受無願有願相非行般若波羅蜜
多若行意界法界意識界及意觸意觸爲緣
所生諸受寂靜不寂靜若行意界乃至意觸
爲緣所生諸受寂靜不寂靜相非行般若波
羅蜜多若行意界法界意識界及意觸意觸
爲緣所生諸受遠離不遠離若行意界乃至
意觸爲緣所生諸受遠離不遠離相非行般
若波羅蜜多世尊若菩薩摩訶薩無方便善

巧修行般若波羅蜜多時若行地界若行地界相非行般若波羅蜜多若行水火風空識界若行水火風空識界相非行般若波羅蜜多若行地界常無常若行地界常無常相非行般若波羅蜜多若行水火風空識界常無常若行水火風空識界常無常相非行般若波羅蜜多若行地界樂苦若行地界樂苦相非行般若波羅蜜多若行水火風空識界樂苦若行水火風空識界樂苦相非行般若波羅蜜多若行地界我無我若行地界我無我相非行般若波羅蜜多若行水火風空識界我無我若行水火風空識界我無我相非行般若波羅蜜多若行地界淨不淨若行地界淨不淨相非行般若波羅蜜多若行水火風空識界淨不淨若行水火風空識界淨不淨相非行般若波羅蜜多若行地界空不空若行地界空不空相非行般若波羅蜜多若行水火風空識界空不空若行水火風空識界空不空相非行般若波羅蜜多若行地界無相有相若行地界無相有相相非行般若波羅蜜多若行水火風空識界無相有相若行水火風空識界無相有相相非行般若波羅蜜多若行地界無願有願若行地界無願有願相非行般若波羅蜜多若行水火風空識界無願有願若行水火風空識界無願有願相非行般若波羅蜜多若行地界寂靜不寂靜若行地界寂靜不寂靜相非行般若波羅蜜多若行水火風空識界寂靜不寂靜若行水火風空識界寂靜不寂靜相非行般若波羅蜜多若行地界遠離不遠離若行地界遠

離不遠離相非行般若波羅蜜多若行水火風空識界遠離不遠離若行水火風空識界遠離不遠離相非行般若波羅蜜多

大般若波羅蜜多經卷第三十八

大般若波羅蜜多經卷第三十九

唐三藏法師玄奘奉　詔譯

初分般若行相品第十之二

世尊若菩薩摩訶薩無方便善巧修行般若波羅蜜多時若行苦聖諦若行苦聖諦相非行般若波羅蜜多若行集滅道聖諦若行集滅道聖諦相非行般若波羅蜜多若行苦聖諦常無常若行苦聖諦常無常相非行般若波羅蜜多若行集滅道聖諦常無常若行集滅道聖諦常無常相非行般若波羅蜜多若行苦聖諦樂苦若行苦聖諦樂苦相非行般若波羅蜜多若行集滅道聖諦樂苦若行集滅道聖諦樂苦相非行般若波羅蜜多若行苦聖諦我無我若行苦聖諦我無我相非行般若波羅蜜多若行集滅道聖諦我無我若行集滅道聖諦我無我相非行般若波羅蜜多若行苦聖諦淨不淨若行苦聖諦淨不淨相非行般若波羅蜜多若行集滅道聖諦淨不淨若行集滅道聖諦淨不淨相非行般若波羅蜜多若行苦聖諦空不空若行苦聖諦空不空相非行般若波羅蜜多若行集滅道聖諦空不空若行集滅道聖諦空不空相非行般若波羅蜜多若行苦聖諦無相有相若行苦聖諦無相有相相非行般若波羅蜜多若行集滅道聖諦無相有相若行集滅道聖諦無相有相相非行般若波羅蜜多若行苦聖諦無願有願若行苦聖諦無願有願相非行般若波羅蜜多若行集滅道聖諦無願有願若行集滅道聖諦無願有願相非行般若波羅蜜多若行苦聖諦寂靜不寂靜若行苦

聖諦寂靜不寂靜相非行般若波羅蜜多若行集滅道聖諦寂靜不寂靜若行集滅道聖諦寂靜不寂靜相非行般若波羅蜜多若行苦聖諦遠離不遠離若行苦聖諦遠離不遠離相非行般若波羅蜜多若行集滅道聖諦遠離不遠離若行集滅道聖諦遠離不遠離相非行般若波羅蜜多世尊若菩薩摩訶薩無方便善巧修行般若波羅蜜多時若行無明若行無明相非行般若波羅蜜多若行行識名色六處觸受愛取有生老死愁歎苦憂惱若行行乃至老死愁歎苦憂惱相非行般若波羅蜜多若行無明常無常若行無明常無常相非行般若波羅蜜多若行行識名色六處觸受愛取有生老死愁歎苦憂惱常無常若行行乃至老死愁歎苦憂惱常無常相

非行般若波羅蜜多若行無明樂苦若行無明樂苦相非行般若波羅蜜多若行行識名色六處觸受愛取有生老死愁歎苦憂惱樂苦若行行乃至老死愁歎苦憂惱樂苦相非行般若波羅蜜多若行無明我無我若行無明我無我相非行般若波羅蜜多若行行識名色六處觸受愛取有生老死愁歎苦憂惱我無我若行行乃至老死愁歎苦憂惱我無我相非行般若波羅蜜多若行無明淨不淨若行無明淨不淨相非行般若波羅蜜多若行行識名色六處觸受愛取有生老死愁歎苦憂惱淨不淨若行行乃至老死愁歎苦憂惱淨不淨相非行般若波羅蜜多若行無明空不空若行無明空不空相非行般若波羅蜜多若行行識名色六處觸受愛取有生老

死愁歎苦憂惱空不空若行行乃至老死愁歎苦憂惱空不空相非行般若波羅蜜多若行無明無相有相若行無明無相有相相非行般若波羅蜜多若行行識名色六處觸受愛取有生老死愁歎苦憂惱無相有相若行行乃至老死愁歎苦憂惱無相有相相非行般若波羅蜜多若行無明無願有願若行無明無願有願相非行般若波羅蜜多若行行識名色六處觸受愛取有生老死愁歎苦憂惱無願有願若行行乃至老死愁歎苦憂惱無願有願相非行般若波羅蜜多若行無明寂靜不寂靜若行無明寂靜不寂靜相非行般若波羅蜜多若行行識名色六處觸受愛取有生老死愁歎苦憂惱寂靜不寂靜若行行乃至老死愁歎苦憂惱寂靜不寂靜相非行般若波羅蜜多若行無明遠離不遠離若行無明遠離不遠離相非行般若波羅蜜多若行行識名色六處觸受愛取有生老死愁歎苦憂惱遠離不遠離若行行乃至老死愁歎苦憂惱遠離不遠離相非行般若波羅蜜多世尊若菩薩摩訶薩無方便善巧修行般若波羅蜜多時若行四靜慮若行四靜慮相非行般若波羅蜜多若行四無量四無色定若行四無量四無色定相非行般若波羅蜜多若行四靜慮常無常若行四靜慮常無常相非行般若波羅蜜多若行四無量四無色定常無常若行四無量四無色定常無常相非行般若波羅蜜多若行四靜慮樂苦若行四靜慮樂苦相非行般若波羅蜜多若行四無量四無色定樂苦若行四無量四無色定

樂苦相非行般若波羅蜜多若行四靜慮我無我若行四靜慮我無我相非行般若波羅蜜多若行四無量四無色定我無我若行四無量四無色定我無我相非行般若波羅蜜多若行四靜慮淨不淨若行四靜慮淨不淨相非行般若波羅蜜多若行四無量四無色定淨不淨若行四無量四無色定淨不淨相非行般若波羅蜜多若行四靜慮空不空若行四靜慮空不空相非行般若波羅蜜多若行四無量四無色定空不空若行四無量四無色定空不空相非行般若波羅蜜多若行四靜慮無相有相若行四靜慮無相有相相非行般若波羅蜜多若行四無量四無色定無相有相若行四無量四無色定無相有相相非行般若波羅蜜多若行四靜慮無願有願若行四靜慮無願有願相非行般若波羅蜜多若行四無量四無色定無願有願若行四無量四無色定無願有願相非行般若波羅蜜多若行四靜慮寂靜不寂靜若行四靜慮寂靜不寂靜相非行般若波羅蜜多若行四無量四無色定寂靜不寂靜若行四無量四無色定寂靜不寂靜相非行般若波羅蜜多若行四靜慮遠離不遠離若行四靜慮遠離不遠離相非行般若波羅蜜多若行四無量四無色定遠離不遠離若行四無量四無色定遠離不遠離相非行般若波羅蜜多世尊若菩薩摩訶薩無方便善巧修行般若波羅蜜多時若行四念住若行四念住相非行般若波羅蜜多若行四正斷四神足五根五力七等覺支八聖道支若行四正斷乃至八

聖道支相非行般若波羅蜜多若行四念住常無常若行四念住常無常相非行般若波羅蜜多若行四正斷四神足五根五力七等覺支八聖道支常無常若行四正斷乃至八聖道支常無常相非行般若波羅蜜多若行四念住樂苦若行四念住樂苦相非行般若波羅蜜多若行四正斷四神足五根五力七等覺支八聖道支樂苦若行四正斷乃至八聖道支樂苦相非行般若波羅蜜多若行四念住我無我若行四念住我無我相非行般若波羅蜜多若行四正斷四神足五根五力七等覺支八聖道支我無我若行四正斷乃至八聖道支我無我相非行般若波羅蜜多若行四念住淨不淨若行四念住淨不淨相非行般若波羅蜜多若行四正斷四神足五根五力七等覺支八聖道支淨不淨若行四正斷乃至八聖道支淨不淨相非行般若波羅蜜多若行四念住空不空若行四念住空不空相非行般若波羅蜜多若行四正斷四神足五根五力七等覺支八聖道支空不空若行四正斷乃至八聖道支空不空相非行般若波羅蜜多若行四念住無相有相若行四念住無相有相相非行般若波羅蜜多若行四正斷四神足五根五力七等覺支八聖道支無相有相若行四正斷乃至八聖道支無相有相相非行般若波羅蜜多若行四念住無願有願若行四念住無願有願相非行般若波羅蜜多若行四正斷四神足五根五力七等覺支八聖道支無願有願若行四正斷乃至八聖道支無願有願相非行般若波

羅蜜多若行四念住寂靜不寂靜若行四念住寂靜不寂靜相非行般若波羅蜜多若行四正斷四神足五根五力七等覺支八聖道支寂靜不寂靜若行四正斷乃至八聖道支寂靜不寂靜相非行般若波羅蜜多若行四念住遠離不遠離若行四念住遠離不遠離相非行般若波羅蜜多若行四正斷四神足五根五力七等覺支八聖道支遠離不遠離若行四正斷乃至八聖道支遠離不遠離相非行般若波羅蜜多世尊若菩薩摩訶薩無方便善巧修行般若波羅蜜多時若行布施波羅蜜多若行布施波羅蜜多相非行般若波羅蜜多若行淨戒安忍精進靜慮般若波羅蜜多若行淨戒安忍精進靜慮般若波羅蜜多相非行般若波羅蜜多若行布施波羅蜜多常無常若行布施波羅蜜多常無常相非行般若波羅蜜多若行淨戒安忍精進靜慮般若波羅蜜多常無常若行淨戒安忍精進靜慮般若波羅蜜多常無常相非行般若波羅蜜多若行布施波羅蜜多樂苦若行布施波羅蜜多樂苦相非行般若波羅蜜多若行淨戒安忍精進靜慮般若波羅蜜多樂苦若行淨戒安忍精進靜慮般若波羅蜜多樂苦相非行般若波羅蜜多若行布施波羅蜜多我無我若行布施波羅蜜多我無我相非行般若波羅蜜多若行淨戒安忍精進靜慮般若波羅蜜多我無我若行淨戒安忍精進靜慮般若波羅蜜多我無我相非行般若波羅蜜多若行布施波羅蜜多淨不淨若行布施波羅蜜多淨不淨相非行般若波羅蜜多

若行淨戒安忍精進靜慮般若波羅蜜多淨不淨若行淨戒安忍精進靜慮般若波羅蜜多淨不淨相非行般若波羅蜜多若行布施波羅蜜多空不空若行布施波羅蜜多空不空相非行般若波羅蜜多若行淨戒安忍精進靜慮般若波羅蜜多空不空若行淨戒安忍精進靜慮般若波羅蜜多空不空相非行般若波羅蜜多若行布施波羅蜜多無相有相若行布施波羅蜜多無相有相相非行般若波羅蜜多若行淨戒安忍精進靜慮般若波羅蜜多無相有相若行淨戒安忍精進靜慮般若波羅蜜多無相有相相非行般若波羅蜜多若行布施波羅蜜多無願有願若行布施波羅蜜多無願有願相非行般若波羅蜜多若行淨戒安忍精進靜慮般若波羅蜜多無願有願若行淨戒安忍精進靜慮般若波羅蜜多無願有願相非行般若波羅蜜多若行布施波羅蜜多寂靜不寂靜若行布施波羅蜜多寂靜不寂靜相非行般若波羅蜜多若行淨戒安忍精進靜慮般若波羅蜜多寂靜不寂靜若行淨戒安忍精進靜慮般若波羅蜜多寂靜不寂靜相非行般若波羅蜜多若行布施波羅蜜多遠離不遠離若行布施波羅蜜多遠離不遠離相非行般若波羅蜜多若行淨戒安忍精進靜慮般若波羅蜜多遠離不遠離若行淨戒安忍精進靜慮般若波羅蜜多遠離不遠離相非行般若波羅蜜多世尊若菩薩摩訶薩無方便善巧修行般若波羅蜜多時若行五眼若行五眼相非行般若波羅蜜多若行六神通若行六神通

相非行般若波羅蜜多若行五眼常無常若行五眼常無常相非行般若波羅蜜多若行六神通常無常若行六神通常無常相非行般若波羅蜜多若行五眼樂苦若行五眼樂苦相非行般若波羅蜜多若行六神通樂苦若行六神通樂苦相非行般若波羅蜜多若行五眼我無我若行五眼我無我相非行般若波羅蜜多若行六神通我無我若行六神通我無我相非行般若波羅蜜多若行五眼淨不淨若行五眼淨不淨相非行般若波羅蜜多若行六神通淨不淨若行六神通淨不淨相非行般若波羅蜜多若行五眼空不空若行五眼空不空相非行般若波羅蜜多若行六神通空不空若行六神通空不空相非行般若波羅蜜多若行五眼無相有相若行五眼無相有相相非行般若波羅蜜多若行六神通無相有相若行六神通無相有相相非行般若波羅蜜多若行五眼無願有願若行五眼無願有願相非行般若波羅蜜多若行六神通無願有願若行六神通無願有願相非行般若波羅蜜多若行五眼寂靜不寂靜若行五眼寂靜不寂靜相非行般若波羅蜜多若行六神通寂靜不寂靜若行六神通寂靜不寂靜相非行般若波羅蜜多若行五眼遠離不遠離若行五眼遠離不遠離相非行般若波羅蜜多若行六神通遠離不遠離若行六神通遠離不遠離相非行般若波羅蜜多世尊若菩薩摩訶薩無方便善巧修行般若波羅蜜多時若行佛十力若行佛十力相非行般若波羅蜜多若行四無所畏四無

礙解大慈大悲大喜大捨十八佛不共法一切智道相智一切相智若行四無所畏乃至一切相智相非行般若波羅蜜多若行佛十力常無常若行佛十力常無常相非行般若波羅蜜多若行四無所畏四無礙解大慈大悲大喜大捨十八佛不共法一切智道相智一切相智常無常若行四無所畏乃至一切相智常無常相非行般若波羅蜜多若行佛十力樂苦若行佛十力樂苦相非行般若波羅蜜多若行四無所畏四無礙解大慈大悲大喜大捨十八佛不共法一切智道相智一切相智樂苦若行四無所畏乃至一切相智樂苦相非行般若波羅蜜多若行佛十力我無我若行佛十力我無我相非行般若波羅蜜多若行四無所畏四無礙解大慈大悲大喜大捨十八佛不共法一切智道相智一切相智我無我若行四無所畏乃至一切相智我無我相非行般若波羅蜜多若行佛十力淨不淨若行佛十力淨不淨相非行般若波羅蜜多若行四無所畏四無礙解大慈大悲大喜大捨十八佛不共法一切智道相智一切相智淨不淨若行四無所畏乃至一切相智淨不淨相非行般若波羅蜜多若行佛十力空不空若行佛十力空不空相非行般若波羅蜜多若行四無所畏四無礙解大慈大悲大喜大捨十八佛不共法一切智道相智一切相智空不空若行四無所畏乃至一切相智空不空相非行般若波羅蜜多若行佛十力無相有相若行佛十力無相有相相非行般若波羅蜜多若行四無所畏四無礙解

大慈大悲大喜大捨十八佛不共法一切智道相智一切相智無相有相若行四無所畏乃至一切相智無相有相相非行般若波羅蜜多若行佛十力無願有願若行佛十力無願有願相非行般若波羅蜜多若行四無所畏四無礙解大慈大悲大喜大捨十八佛不共法一切智道相智一切相智無願有願若行四無所畏乃至一切相智無願有願相非行般若波羅蜜多若行佛十力寂靜不寂靜若行佛十力寂靜不寂靜相非行般若波羅蜜多若行四無所畏四無礙解大慈大悲大喜大捨十八佛不共法一切智道相智一切相智寂靜不寂靜若行四無所畏乃至一切相智寂靜不寂靜相非行般若波羅蜜多若行佛十力遠離不遠離若行佛十力遠離不遠離相非行般若波羅蜜多若行四無所畏四無礙解大慈大悲大喜大捨十八佛不共法一切智道相智一切相智遠離不遠離若行四無所畏乃至一切相智遠離不遠離相非行般若波羅蜜多世尊若菩薩摩訶薩無方便善巧修行般若波羅蜜多時若作是念我行般若波羅蜜多是有所得行相非行般若波羅蜜多若作是念我是菩薩摩訶薩是有所得行相非行般若波羅蜜多若作是念彼行般若波羅蜜多是有所得行相非行般若波羅蜜多若作是念彼是菩薩摩訶薩是有所得行相非行般若波羅蜜多若作是念如是修行般若波羅蜜多為修行般若波羅蜜多是有所得行相非行般若波羅蜜多世尊若菩薩摩訶薩作如是等修行般若波羅

蜜多當知此名無方便善巧修行般若波羅蜜多菩薩摩訶薩爾時具壽善現語舍利子言若菩薩摩訶薩無方便善巧修行般若波羅蜜多時若於色住想勝解便於色作加行若於受想行識住想勝解便於受想行識作加行由加行故不能解脱生老病死及當來苦若菩薩摩訶薩無方便善巧修行般若波羅蜜多時若於眼處住想勝解便於眼處作加行若於耳鼻舌身意處住想勝解便於耳鼻舌身意處作加行由加行故不能解脱生老病死及當來苦若於色處住想勝解便於色處作加行若於聲香味觸法處住想勝解便於聲香味觸法處作加行由加行故不能解脱生老病死及當來苦若菩薩摩訶薩無方便善巧修行般若波羅蜜多時若於眼界色界眼識界及眼觸眼觸爲緣所生諸受住想勝解便於眼界乃至眼觸爲緣所生諸受作加行由加行故不能解脱生老病死及當來苦若於耳界聲界耳識界及耳觸耳觸爲緣所生諸受住想勝解便於耳界乃至耳觸爲緣所生諸受作加行由加行故不能解脱生老病死及當來苦若於鼻界香界鼻識界及鼻觸鼻觸爲緣所生諸受住想勝解便於鼻界乃至鼻觸爲緣所生諸受作加行由加行故不能解脱生老病死及當來苦若於舌界味界舌識界及舌觸舌觸爲緣所生諸受住想勝解便於舌界乃至舌觸爲緣所生諸受作加行由加行故不能解脱生老病死及當來苦若於身界觸界身識界及身觸身觸爲緣所生諸受住想勝解便於身界乃至身

觸爲緣所生諸受作加行由加行故不能解脫生老病死及當來苦若於意界法界意識界及意觸意觸爲緣所生諸受住想勝解便於意界乃至意觸爲緣所生諸受作加行由加行故不能解脫生老病死及當來苦若菩薩摩訶薩無方便善巧修行般若波羅蜜多時若於地界住想勝解便於地界作加行若於水火風空識界住想勝解便於水火風空識界作加行由加行故不能解脫生老病死及當來苦若菩薩摩訶薩無方便善巧修行般若波羅蜜多時若於苦聖諦住想勝解便於苦聖諦作加行若於集滅道聖諦住想勝解便於集滅道聖諦作加行由加行故不能解脫生老病死及當來苦若菩薩摩訶薩無方便善巧修行般若波羅蜜多時若於無明住想勝解便於無明作加行若於行識名色六處觸受愛取有生老死愁歎苦憂惱住想勝解便於行乃至老死愁歎苦憂惱作加行由加行故不能解脫生老病死及當來苦若菩薩摩訶薩無方便善巧修行般若波羅蜜多時若於四靜慮住想勝解便於四靜慮作加行若於四無量四無色定住想勝解便於四無量四無色定作加行由加行故不能解脫生老病死及當來苦若菩薩摩訶薩無方便善巧修行般若波羅蜜多時若於四念住住想勝解便於四念住作加行若於四正斷四神足五根五力七等覺支八聖道支住想勝解便於四正斷乃至八聖道支作加行由加行故不能解脫生老病死及當來苦若菩薩摩訶薩無方便善巧修行般若波羅蜜多

時若於布施波羅蜜多住想勝解便於布施波羅蜜多作加行若於淨戒安忍精進靜慮般若波羅蜜多住想勝解便於淨戒乃至般若波羅蜜多作加行由加行故不能解脱生老病死及當來苦若菩薩摩訶薩無方便善巧修行般若波羅蜜多時若於五眼住想勝解便於五眼作加行若於六神通住想勝解便於六神通作加行由加行故不能解脱生老病死及當來苦若菩薩摩訶薩無方便善巧修行般若波羅蜜多時若於佛十力住想勝解便於佛十力作加行若於四無所畏四無礙解大慈大悲大喜大捨十八佛不共法一切智道相智一切相智住想勝解便於四無所畏乃至一切相智作加行由加行故不能解脱生老病死及當來苦若菩薩摩訶薩無方便善巧修行般若波羅蜜多時若於聲聞及於彼法住想勝解便於聲聞及於彼法作加行若於獨覺菩薩如來及於彼法住想勝解便於獨覺菩薩如來及於彼法作加行由加行故不能解脱生老病死及當來苦舍利子如是菩薩摩訶薩尚不能證聲聞獨覺般涅槃地若得無上正等菩提無有是處舍利子若菩薩摩訶薩作如是等修行般若波羅蜜多當知此名無方便善巧修行般若波羅蜜多菩薩摩訶薩時舍利子問善現言云何當知諸菩薩摩訶薩有方便善巧修行般若波羅蜜多善現答言若菩薩摩訶薩有方便善巧修行般若波羅蜜多時不行色不行色相是行般若波羅蜜多不行受想行識不行受想行識相是行般若波羅蜜多不行色

常無常不行色常無常相是行般若波羅蜜多不行受想行識常無常不行受想行識常無常相是行般若波羅蜜多不行色樂苦不行色樂苦相是行般若波羅蜜多不行受想行識樂苦不行受想行識樂苦相是行般若波羅蜜多不行色我無我不行色我無我相是行般若波羅蜜多不行受想行識我無我不行受想行識我無我相是行般若波羅蜜多不行色淨不淨不行色淨不淨相是行般若波羅蜜多不行受想行識淨不淨不行受想行識淨不淨相是行般若波羅蜜多不行色空不空不行色空不空相是行般若波羅蜜多不行受想行識空不空不行受想行識空不空相是行般若波羅蜜多不行色無相有相不行色無相有相相是行般若波羅蜜多不行受想行識無相有相不行受想行識無相有相相是行般若波羅蜜多不行色無願有願不行色無願有願相是行般若波羅蜜多不行受想行識無願有願不行受想行識無願有願相是行般若波羅蜜多不行色寂靜不寂靜不行色寂靜不寂靜相是行般若波羅蜜多不行受想行識寂靜不寂靜不行受想行識寂靜不寂靜相是行般若波羅蜜多不行色遠離不遠離不行色遠離不遠離相是行般若波羅蜜多不行受想行識遠離不遠離不行受想行識遠離不遠離相是行般若波羅蜜多舍利子當知是爲菩薩摩訶薩有方便善巧修行般若波羅蜜多何以故舍利子色色性空受想行識受想行識性空舍利子是色非色空是色空非色色不離

空空不離色色即是空空即是色受想行識亦復如是舍利子若菩薩摩訶薩有方便善巧修行般若波羅蜜多時不行眼處不行眼處相是行般若波羅蜜多不行耳鼻舌身意處不行耳鼻舌身意處相是行般若波羅蜜多不行眼處常無常不行眼處常無常相是行般若波羅蜜多不行耳鼻舌身意處常無常不行耳鼻舌身意處常無常相是行般若波羅蜜多不行眼處樂苦不行眼處樂苦相是行般若波羅蜜多不行耳鼻舌身意處樂苦不行耳鼻舌身意處樂苦相是行般若波羅蜜多不行眼處我無我不行眼處我無我相是行般若波羅蜜多不行耳鼻舌身意處我無我不行耳鼻舌身意處我無我相是行般若波羅蜜多不行眼處淨不淨不行眼處淨不淨相是行般若波羅蜜多不行耳鼻舌身意處淨不淨不行耳鼻舌身意處淨不淨相是行般若波羅蜜多不行眼處空不空不行眼處空不空相是行般若波羅蜜多不行耳鼻舌身意處空不空不行耳鼻舌身意處空不空相是行般若波羅蜜多不行眼處無相有相不行眼處無相有相相是行般若波羅蜜多不行耳鼻舌身意處無相有相不行耳鼻舌身意處無相有相相是行般若波羅蜜多不行眼處無願有願不行眼處無願有願相是行般若波羅蜜多不行耳鼻舌身意處無願有願不行耳鼻舌身意處無願有願相是行般若波羅蜜多不行眼處寂靜不寂靜不行眼處寂靜不寂靜相是行般若波羅蜜多不行耳鼻舌身意處寂靜不寂靜不行

耳鼻舌身意處寂靜不寂靜相是行般若波羅蜜多不行眼處遠離不遠離不行眼處遠離不遠離相是行般若波羅蜜多不行耳鼻舌身意處遠離不遠離不行耳鼻舌身意處遠離不遠離相是行般若波羅蜜多舍利子當知是爲菩薩摩訶薩有方便善巧修行般若波羅蜜多何以故舍利子眼處眼處性空耳鼻舌身意處耳鼻舌身意處性空舍利子是眼處非眼處空是眼處空非眼處眼處不離空空不離眼處眼處即是空空即是眼處耳鼻舌身意處亦復如是舍利子若菩薩摩訶薩有方便善巧修行般若波羅蜜多時不行色處不行色處相是行般若波羅蜜多不行聲香味觸法處不行聲香味觸法處相是行般若波羅蜜多不行色處常無常不行色處常無常相是行般若波羅蜜多不行聲香味觸法處常無常不行聲香味觸法處常無常相是行般若波羅蜜多不行色處樂苦不行色處樂苦相是行般若波羅蜜多不行聲香味觸法處樂苦不行聲香味觸法處樂苦相是行般若波羅蜜多不行色處我無我不行色處我無我相是行般若波羅蜜多不行聲香味觸法處我無我不行聲香味觸法處我無我相是行般若波羅蜜多不行色處淨不淨不行色處淨不淨相是行般若波羅蜜多不行聲香味觸法處淨不淨不行聲香味觸法處淨不淨相是行般若波羅蜜多不行色處空不空不行色處空不空相是行般若波羅蜜多不行聲香味觸法處空不空不行聲香味觸法處空不空相是行般若波羅蜜

多不行色處無相有相不行色處無相有相相是行般若波羅蜜多不行聲香味觸法處無相有相不行聲香味觸法處無相有相相是行般若波羅蜜多不行色處無願有願不行色處無願有願相是行般若波羅蜜多不行聲香味觸法處無願有願不行聲香味觸法處無願有願相是行般若波羅蜜多不行色處寂靜不寂靜不行色處寂靜不寂靜相是行般若波羅蜜多不行聲香味觸法處寂靜不寂靜不行聲香味觸法處寂靜不寂靜相是行般若波羅蜜多不行色處遠離不遠離不行色處遠離不遠離相是行般若波羅蜜多不行聲香味觸法處遠離不遠離不行聲香味觸法處遠離不遠離相是行般若波羅蜜多舍利子當知是爲菩薩摩訶薩有方便善巧修行般若波羅蜜多何以故舍利子色處色處性空聲香味觸法處聲香味觸法處性空舍利子是色處非色處空是色處空非色處色處不離空空不離色處色處即是空空即是色處聲香味觸法處亦復如是

大般若波羅蜜多經卷第三十九

大般若波羅蜜多經卷第四十

唐三藏法師玄奘奉詔譯

初分般若行相品第十之三

舍利子若菩薩摩訶薩有方便善巧修行般若波羅蜜多時不行眼界色界眼識界及眼觸眼觸爲緣所生諸受不行眼界乃至眼觸爲緣所生諸受相是行般若波羅蜜多不行眼界色界眼識界及眼觸眼觸爲緣所生諸受常無常不行眼界乃至眼觸爲緣所生諸受常無常相是行般若波羅蜜多不行眼界色界眼識界及眼觸眼觸爲緣所生諸受樂苦不行眼界乃至眼觸爲緣所生諸受樂苦相是行般若波羅蜜多不行眼界色界眼識界及眼觸眼觸爲緣所生諸受我無我不行眼界乃至眼觸爲緣所生諸受我無我相是行般若波羅蜜多不行眼界色界眼識界及眼觸眼觸爲緣所生諸受淨不淨不行眼界乃至眼觸爲緣所生諸受淨不淨相是行般若波羅蜜多不行眼界色界眼識界及眼觸眼觸爲緣所生諸受空不空不行眼界乃至眼觸爲緣所生諸受空不空相是行般若波羅蜜多不行眼界色界眼識界及眼觸眼觸爲緣所生諸受無相有相不行眼界乃至眼觸爲緣所生諸受無相有相相是行般若波羅蜜多不行眼界色界眼識界及眼觸眼觸爲緣所生諸受無願有願不行眼界乃至眼觸爲緣所生諸受無願有願相是行般若波羅蜜多不行眼界色界眼識界及眼觸眼觸爲緣所生諸受寂靜不寂靜不行眼界乃至眼觸爲緣所生諸受寂靜不寂靜相是行般

若波羅蜜多不行眼界色界眼識界及眼觸眼觸爲緣所生諸受遠離不遠離不行眼界乃至眼觸爲緣所生諸受遠離不遠離相是行般若波羅蜜多舍利子當知是爲菩薩摩訶薩有方便善巧修行般若波羅蜜多何以故舍利子眼界眼界性空色界眼識界及眼觸眼觸爲緣所生諸受色界乃至眼觸爲緣所生諸受性空舍利子是眼界非眼界空是眼界空非眼界眼界不離空空不離眼界眼界即是空空即是眼界色界眼識界及眼觸眼觸爲緣所生諸受亦復如是舍利子若菩薩摩訶薩有方便善巧修行般若波羅蜜多時不行耳界聲界耳識界及耳觸耳觸爲緣所生諸受不行耳界乃至耳觸爲緣所生諸受相是行般若波羅蜜多不行耳界聲界耳識界及耳觸耳觸爲緣所生諸受常無常不行耳界乃至耳觸爲緣所生諸受常無常相是行般若波羅蜜多不行耳界聲界耳識界及耳觸耳觸爲緣所生諸受樂苦不行耳界乃至耳觸爲緣所生諸受樂苦相是行般若波羅蜜多不行耳界聲界耳識界及耳觸耳觸爲緣所生諸受我無我不行耳界乃至耳觸爲緣所生諸受我無我相是行般若波羅蜜多不行耳界聲界耳識界及耳觸耳觸爲緣所生諸受淨不淨不行耳界乃至耳觸爲緣所生諸受淨不淨相是行般若波羅蜜多不行耳界聲界耳識界及耳觸耳觸爲緣所生諸受空不空不行耳界乃至耳觸爲緣所生諸受空不空相是行般若波羅蜜多不行耳界聲界耳識界及耳觸耳觸爲緣所生諸

受無相有相不行耳界乃至耳觸爲緣所生諸受無相有相相是行般若波羅蜜多不行耳界聲界耳識界及耳觸耳觸爲緣所生諸受無願有願不行耳界乃至耳觸爲緣所生諸受無願有願相是行般若波羅蜜多不行耳界聲界耳識界及耳觸耳觸爲緣所生諸受寂靜不寂靜不行耳界乃至耳觸爲緣所生諸受寂靜不寂靜相是行般若波羅蜜多不行耳界聲界耳識界及耳觸耳觸爲緣所生諸受遠離不遠離不行耳界乃至耳觸爲緣所生諸受遠離不遠離相是行般若波羅蜜多舍利子當知是爲菩薩摩訶薩有方便善巧修行般若波羅蜜多何以故舍利子耳界耳界性空聲界耳識界及耳觸耳觸爲緣所生諸受聲界乃至耳觸爲緣所生諸受性空舍利子是耳界非耳界空非耳界空是耳界耳界不離空空不離耳界耳界即是空空即是耳界聲界耳識界及耳觸耳觸爲緣所生諸受亦復如是舍利子若菩薩摩訶薩有方便善巧修行般若波羅蜜多時不行鼻界香界鼻識界及鼻觸鼻觸爲緣所生諸受不行鼻界乃至鼻觸爲緣所生諸受相是行般若波羅蜜多不行鼻界香界鼻識界及鼻觸鼻觸爲緣所生諸受常無常不行鼻界乃至鼻觸爲緣所生諸受常無常相是行般若波羅蜜多不行鼻界香界鼻識界及鼻觸鼻觸爲緣所生諸受樂苦不行鼻界乃至鼻觸爲緣所生諸受樂苦相是行般若波羅蜜多不行鼻界香界鼻識界及鼻觸鼻觸爲緣所生諸受我無我不行鼻界乃至鼻觸爲緣所生

諸受我無我相是行般若波羅蜜多不行鼻
界香界鼻識界及鼻觸鼻觸爲縁所生諸受
淨不淨不行鼻界乃至鼻觸爲縁所生諸受
淨不淨相是行般若波羅蜜多不行鼻界香
界鼻識界及鼻觸鼻觸爲縁所生諸受空不
空不行鼻界乃至鼻觸爲縁所生諸受空不
空相是行般若波羅蜜多不行鼻界香界鼻
識界及鼻觸鼻觸爲縁所生諸受無相有相
不行鼻界乃至鼻觸爲縁所生諸受無相有
相相是行般若波羅蜜多不行鼻界香界鼻
識界及鼻觸鼻觸爲縁所生諸受無願有願
不行鼻界乃至鼻觸爲縁所生諸受無願有
願相是行般若波羅蜜多不行鼻界香界鼻
識界及鼻觸鼻觸爲縁所生諸受寂靜不寂
靜不行鼻界乃至鼻觸爲縁所生諸受寂靜
不寂靜相是行般若波羅蜜多不行鼻界香
界鼻識界及鼻觸鼻觸爲縁所生諸受遠離
不遠離不行鼻界乃至鼻觸爲縁所生諸受
遠離不遠離相是行般若波羅蜜多舍利子
當知是爲菩薩摩訶薩有方便善巧修行般
若波羅蜜多何以故舍利子鼻界鼻界性空
香界鼻識界及鼻觸鼻觸爲縁所生諸受香
界乃至鼻觸爲縁所生諸受性空舍利子是
鼻界非鼻界空是鼻界空非鼻界鼻界不離
空空不離鼻界鼻界即是空空即是鼻界香
界乃至鼻觸爲縁所生諸受亦復如是舍利
子若菩薩摩訶薩有方便善巧修行般若波
羅蜜多時不行舌界味界舌識界及舌觸舌
觸爲縁所生諸受不行舌界乃至舌觸爲縁
所生諸受相是行般若波羅蜜多不行舌界

味界舌識界及舌觸舌觸爲緣所生諸受常無常不行舌界乃至舌觸爲緣所生諸受常無常相是行般若波羅蜜多不行舌界味界舌識界及舌觸舌觸爲緣所生諸受樂苦不行舌界乃至舌觸爲緣所生諸受樂苦相是行般若波羅蜜多不行舌界味界舌識界及舌觸舌觸爲緣所生諸受我無我不行舌界乃至舌觸爲緣所生諸受我無我相是行般若波羅蜜多不行舌界味界舌識界及舌觸舌觸爲緣所生諸受淨不淨不行舌界乃至舌觸爲緣所生諸受淨不淨相是行般若波羅蜜多不行舌界味界舌識界及舌觸舌觸爲緣所生諸受空不空不行舌界乃至舌觸爲緣所生諸受空不空相是行般若波羅蜜多不行舌界味界舌識界及舌觸舌觸爲緣所生諸受無相有相不行舌界乃至舌觸爲緣所生諸受無相有相相是行般若波羅蜜多不行舌界味界舌識界及舌觸舌觸爲緣所生諸受無願有願不行舌界乃至舌觸爲緣所生諸受無願有願相是行般若波羅蜜多不行舌界味界舌識界及舌觸舌觸爲緣所生諸受寂靜不寂靜不行舌界乃至舌觸爲緣所生諸受寂靜不寂靜相是行般若波羅蜜多不行舌界味界舌識界及舌觸舌觸爲緣所生諸受遠離不遠離不行舌界乃至舌觸爲緣所生諸受遠離不遠離相是行般若波羅蜜多舍利子當知是爲菩薩摩訶薩有方便善巧修行般若波羅蜜多何以故舍利子舌界舌界性空味界舌識界及舌觸舌觸爲緣所生諸受味界乃至舌觸爲緣所生

諸受性空舍利子是舌界非舌界空是舌界空非舌界舌界不離空空不離舌界舌界即是空空即是舌界味界乃至舌觸爲緣所生諸受亦復如是舍利子若菩薩摩訶薩有方便善巧修行般若波羅蜜多時不行身界觸界身識界及身觸身觸爲緣所生諸受不行身界乃至身觸爲緣所生諸受相是行般若波羅蜜多不行身界觸界身識界及身觸身觸爲緣所生諸受常無常不行身界乃至身觸爲緣所生諸受常無常相是行般若波羅蜜多不行身界觸界身識界及身觸身觸爲緣所生諸受樂苦不行身界乃至身觸爲緣所生諸受樂苦相是行般若波羅蜜多不行身界觸界身識界及身觸身觸爲緣所生諸受我無我不行身界乃至身觸爲緣所生諸受我無我相是行般若波羅蜜多不行身界觸界身識界及身觸身觸爲緣所生諸受淨不淨不行身界乃至身觸爲緣所生諸受淨不淨相是行般若波羅蜜多不行身界觸界身識界及身觸身觸爲緣所生諸受空不空不行身界乃至身觸爲緣所生諸受空不空相是行般若波羅蜜多不行身界觸界身識界及身觸身觸爲緣所生諸受無相有相不行身界乃至身觸爲緣所生諸受無相有相相是行般若波羅蜜多不行身界觸界身識界及身觸身觸爲緣所生諸受無願有願不行身界乃至身觸爲緣所生諸受無願有願相是行般若波羅蜜多不行身界觸界身識界及身觸身觸爲緣所生諸受寂靜不寂靜不行身界乃至身觸爲緣所生諸受寂靜不

寂靜相是行般若波羅蜜多不行身界觸界身識界及身觸身觸爲緣所生諸受遠離不遠離不行身界乃至身觸爲緣所生諸受遠離不遠離相是行般若波羅蜜多舍利子當知是爲菩薩摩訶薩有方便善巧修行般若波羅蜜多何以故舍利子身界身界性空觸界身識界及身觸身觸爲緣所生諸受觸界乃至身觸爲緣所生諸受性空舍利子是身界非身界空是身界空非身界身界不離空空不離身界身界即是空空即是身界觸界乃至身觸爲緣所生諸受亦復如是舍利子若菩薩摩訶薩有方便善巧修行般若波羅蜜多時不行意界法界意識界及意觸意觸爲緣所生諸受不行意界乃至意觸爲緣所生諸受相是行般若波羅蜜多不行意界法界意識界及意觸意觸爲緣所生諸受常無常不行意界乃至意觸爲緣所生諸受常無常相是行般若波羅蜜多不行意界法界意識界及意觸意觸爲緣所生諸受樂苦不行意界乃至意觸爲緣所生諸受樂苦相是行般若波羅蜜多不行意界法界意識界及意觸意觸爲緣所生諸受我無我不行意界乃至意觸爲緣所生諸受我無我相是行般若波羅蜜多不行意界法界意識界及意觸意觸爲緣所生諸受淨不淨不行意界乃至意觸爲緣所生諸受淨不淨相是行般若波羅蜜多不行意界法界意識界及意觸意觸爲緣所生諸受空不空不行意界乃至意觸爲緣所生諸受空不空相是行般若波羅蜜多不行意界法界意識界及意觸意觸爲緣所

生諸受無相有相不行意界乃至意觸爲緣所生諸受無相有相相是行般若波羅蜜多不行意界法界意識界及意觸意觸爲緣所生諸受無願有願不行意界乃至意觸爲緣所生諸受無願有願相是行般若波羅蜜多不行意界法界意識界及意觸意觸爲緣所生諸受寂靜不寂靜不行意界乃至意觸爲緣所生諸受寂靜不寂靜相是行般若波羅蜜多不行意界法界意識界及意觸意觸爲緣所生諸受遠離不遠離不行意界乃至意觸爲緣所生諸受遠離不遠離相是行般若波羅蜜多舍利子當知是爲菩薩摩訶薩有方便善巧修行般若波羅蜜多何以故舍利子意界意界性空法界意識界及意觸意觸爲緣所生諸受法界乃至意觸爲緣所生諸

受性空舍利子是意界非意界空是意界空非意界意界不離空空不離意界意界即是空空即是意界法界乃至意觸爲緣所生諸受亦復如是舍利子若菩薩摩訶薩有方便善巧修行般若波羅蜜多時不行地界不行地界相是行般若波羅蜜多不行水火風空識界不行水火風空識界相是行般若波羅蜜多不行地界常無常不行地界常無常相是行般若波羅蜜多不行水火風空識界常無常不行水火風空識界常無常相是行般若波羅蜜多不行地界樂苦不行地界樂苦相是行般若波羅蜜多不行水火風空識界樂苦不行水火風空識界樂苦相是行般若波羅蜜多不行地界我無我不行地界我無我相是行般若波羅蜜多不行水火風空識

界我無我不行水火風空識界我無我相是行般若波羅蜜多不行地界淨不淨不行地界淨不淨相是行般若波羅蜜多不行水火風空識界淨不淨不行水火風空識界淨不淨相是行般若波羅蜜多不行地界空不空不行地界空不空相是行般若波羅蜜多不行水火風空識界空不空不行水火風空識界空不空相是行般若波羅蜜多不行地界無相有相不行地界無相有相相是行般若波羅蜜多不行水火風空識界無相有相不行水火風空識界無相有相相是行般若波羅蜜多不行地界無願有願不行地界無願有願相是行般若波羅蜜多不行水火風空識界無願有願不行水火風空識界無願有願相是行般若波羅蜜多不行地界寂靜不寂靜不行地界寂靜不寂靜相是行般若波羅蜜多不行水火風空識界寂靜不寂靜不行水火風空識界寂靜不寂靜相是行般若波羅蜜多不行地界遠離不遠離不行地界遠離不遠離相是行般若波羅蜜多不行水火風空識界遠離不遠離不行水火風空識界遠離不遠離相是行般若波羅蜜多舍利子當知是爲菩薩摩訶薩有方便善巧修行般若波羅蜜多何以故舍利子地界地界性空水火風空識界水火風空識界性空舍利子是地界非地界空是地界空非地界地界不離空空不離地界地界即是空空即是地界水火風空識界亦復如是舍利子若菩薩摩訶薩有方便善巧修行般若波羅蜜多時不行苦聖諦不行苦聖諦相是行般若波羅

蜜多不行集滅道聖諦不行集滅道聖諦相是行般若波羅蜜多不行苦聖諦常無常不行苦聖諦常無常相是行般若波羅蜜多不行集滅道聖諦常無常不行集滅道聖諦常無常相是行般若波羅蜜多不行苦聖諦樂苦不行苦聖諦樂苦相是行般若波羅蜜多不行集滅道聖諦樂苦不行集滅道聖諦樂苦相是行般若波羅蜜多不行苦聖諦我無我不行苦聖諦我無我相是行般若波羅蜜多不行集滅道聖諦我無我不行集滅道聖諦我無我相是行般若波羅蜜多不行苦聖諦淨不淨不行苦聖諦淨不淨相是行般若波羅蜜多不行集滅道聖諦淨不淨不行集滅道聖諦淨不淨相是行般若波羅蜜多不行苦聖諦空不空不行苦聖諦空不空相是行般若波羅蜜多不行集滅道聖諦空不空不行集滅道聖諦空不空相是行般若波羅蜜多不行苦聖諦無相有相不行苦聖諦無相有相相是行般若波羅蜜多不行集滅道聖諦無相有相不行集滅道聖諦無相有相相是行般若波羅蜜多不行苦聖諦無願有願不行苦聖諦無願有願相是行般若波羅蜜多不行集滅道聖諦無願有願不行集滅道聖諦無願有願相是行般若波羅蜜多不行苦聖諦寂靜不寂靜不行苦聖諦寂靜不寂靜相是行般若波羅蜜多不行集滅道聖諦寂靜不寂靜不行集滅道聖諦寂靜不寂靜相是行般若波羅蜜多不行苦聖諦遠離不遠離不行苦聖諦遠離不遠離相是行般若波羅蜜多不行集滅道聖諦遠離不遠離

不行集滅道聖諦遠離不遠離相是行般若波羅蜜多舍利子當知是爲菩薩摩訶薩有方便善巧修行般若波羅蜜多何以故舍利子苦聖諦苦聖諦性空集滅道聖諦集滅道聖諦性空舍利子是苦聖諦非苦聖諦空是苦聖諦空非苦聖諦苦聖諦不離空空不離苦聖諦苦聖諦即是空空即是苦聖諦集滅道聖諦亦復如是舍利子若菩薩摩訶薩有方便善巧修行般若波羅蜜多時不行無明不行無明相是行般若波羅蜜多不行行識名色六處觸受愛取有生老死愁歎苦憂惱不行行乃至老死愁歎苦憂惱相是行般若波羅蜜多不行無明常無常不行無明常無常相是行般若波羅蜜多不行行識名色六處觸受愛取有生老死愁歎苦憂惱常無常不行行乃至老死愁歎苦憂惱常無常相是行般若波羅蜜多不行無明樂苦不行無明樂苦相是行般若波羅蜜多不行行識名色六處觸受愛取有生老死愁歎苦憂惱樂苦不行行乃至老死愁歎苦憂惱樂苦相是行般若波羅蜜多不行無明我無我不行無明我無我相是行般若波羅蜜多不行行識名色六處觸受愛取有生老死愁歎苦憂惱我無我不行行乃至老死愁歎苦憂惱我無我相是行般若波羅蜜多不行無明淨不淨不行無明淨不淨相是行般若波羅蜜多不行行識名色六處觸受愛取有生老死愁歎苦憂惱淨不淨不行行乃至老死愁歎苦憂惱淨不淨相是行般若波羅蜜多不行無明空不空不行無明空不空相是行般若波羅蜜

多不行行識名色六處觸受愛取有生老死愁歎苦憂惱空不空不行行乃至老死愁歎苦憂惱空不空相是行般若波羅蜜多不行無明無相有相不行無明無相有相相是行般若波羅蜜多不行行識名色六處觸受愛取有生老死愁歎苦憂惱無相有相不行行乃至老死愁歎苦憂惱無相有相相是行般若波羅蜜多不行無明無願有願不行無明無願有願相是行般若波羅蜜多不行行識名色六處觸受愛取有生老死愁歎苦憂惱無願有願不行行乃至老死愁歎苦憂惱無願有願相是行般若波羅蜜多不行無明寂靜不寂靜不行無明寂靜不寂靜相是行般若波羅蜜多不行行識名色六處觸受愛取有生老死愁歎苦憂惱寂靜不寂靜不行行乃至老死愁歎苦憂惱寂靜不寂靜相是行般若波羅蜜多不行無明遠離不遠離不行無明遠離不遠離相是行般若波羅蜜多不行行識名色六處觸受愛取有生老死愁歎苦憂惱遠離不遠離不行行乃至老死愁歎苦憂惱遠離不遠離相是行般若波羅蜜多舍利子當知是爲菩薩摩訶薩有方便善巧修行般若波羅蜜多何以故舍利子無明無明性空行識名色六處觸受愛取有生老死愁歎苦憂惱行乃至老死愁歎苦憂惱性空舍利子是無明非無明空是無明空非無明無明不離空空不離無明無明即是空空即是無明行乃至老死愁歎苦憂惱亦復如是舍利子若菩薩摩訶薩有方便善巧修行般若波羅蜜多時不行四靜慮不行四靜慮相

是行般若波羅蜜多不行四無量四無色定不行四無量四無色定相是行般若波羅蜜多不行四靜慮常無常不行四靜慮常無常相是行般若波羅蜜多不行四無量四無色定常無常不行四無量四無色定常無常相是行般若波羅蜜多不行四靜慮樂苦不行四靜慮樂苦相是行般若波羅蜜多不行四無量四無色定樂苦不行四無量四無色定樂苦相是行般若波羅蜜多不行四靜慮我無我不行四靜慮我無我相是行般若波羅蜜多不行四無量四無色定我無我不行四無量四無色定我無我相是行般若波羅蜜多不行四靜慮淨不淨不行四靜慮淨不淨相是行般若波羅蜜多不行四無量四無色定淨不淨不行四無量四無色定淨不淨相

是行般若波羅蜜多不行四靜慮空不空不行四靜慮空不空相是行般若波羅蜜多不行四無量四無色定空不空不行四無量四無色定空不空相是行般若波羅蜜多不行四靜慮無相有相不行四靜慮無相有相相是行般若波羅蜜多不行四無量四無色定無相有相不行四無量四無色定無相有相相是行般若波羅蜜多不行四靜慮無願有願不行四靜慮無願有願相是行般若波羅蜜多不行四無量四無色定無願有願不行四無量四無色定無願有願相是行般若波羅蜜多不行四靜慮寂靜不寂靜不行四靜慮寂靜不寂靜相是行般若波羅蜜多不行四無量四無色定寂靜不寂靜不行四無量四無色定寂靜不寂靜相是行般若波羅蜜

多不行四靜慮遠離不遠離不行四靜慮遠離不遠離相是行般若波羅蜜多不行四無量四無色定遠離不遠離不行四無量四無色定遠離不遠離相是行般若波羅蜜多舍利子當知是爲菩薩摩訶薩有方便善巧修行般若波羅蜜多何以故舍利子四靜慮四靜慮性空四無量四無色定四無量四無色定性空舍利子是四靜慮非四靜慮空是四靜慮空非四靜慮四靜慮不離空空不離四靜慮四靜慮即是空空即是四靜慮四無量四無色定亦復如是舍利子若菩薩摩訶薩有方便善巧修行般若波羅蜜多時不行四念住不行四念住相是行般若波羅蜜多不行四正斷四神足五根五力七等覺支八聖道支不行四正斷乃至八聖道支相是行般若波羅蜜多不行四念住常無常不行四念住常無常相是行般若波羅蜜多不行四正斷四神足五根五力七等覺支八聖道支常無常不行四正斷乃至八聖道支常無常相是行般若波羅蜜多不行四念住樂苦不行四念住樂苦相是行般若波羅蜜多不行四正斷四神足五根五力七等覺支八聖道支樂苦不行四正斷乃至八聖道支樂苦相是行般若波羅蜜多不行四念住我無我不行四念住我無我相是行般若波羅蜜多不行四正斷四神足五根五力七等覺支八聖道支我無我不行四正斷乃至八聖道支我無我相是行般若波羅蜜多不行四念住淨不淨不行四念住淨不淨相是行般若波羅蜜多不行四正斷四神足五根五力七等覺支

八聖道支淨不淨不行四正斷乃至八聖道支淨不淨相是行般若波羅蜜多不行四念住空不空不行四念住空不空相是行般若波羅蜜多不行四正斷四神足五根五力七等覺支八聖道支空不空不行四正斷乃至八聖道支空不空相是行般若波羅蜜多不行四念住無相有相不行四念住無相有相相是行般若波羅蜜多不行四正斷四神足五根五力七等覺支八聖道支無相有相不行四正斷乃至八聖道支無相有相相是行般若波羅蜜多不行四念住無願有願不行四念住無願有願相是行般若波羅蜜多不行四正斷四神足五根五力七等覺支八聖道支無願有願不行四正斷乃至八聖道支無願有願相是行般若波羅蜜多不行四念住寂靜不寂靜不行四念住寂靜不寂靜相是行般若波羅蜜多不行四正斷四神足五根五力七等覺支八聖道支寂靜不寂靜不行四正斷乃至八聖道支寂靜不寂靜相是行般若波羅蜜多不行四念住遠離不遠離不行四念住遠離不遠離相是行般若波羅蜜多不行四正斷四神足五根五力七等覺支八聖道支遠離不遠離不行四正斷乃至八聖道支遠離不遠離相是行般若波羅蜜多舍利子當知是為菩薩摩訶薩有方便善巧修行般若波羅蜜多何以故舍利子四念住四念住性空四正斷四神足五根五力七等覺支八聖道支四正斷乃至八聖道支性空舍利子是四念住非四念住空是四念住空非四念住四念住不離空空不離四念住

四念住即是空空即是四念住四正斷乃至八聖道支亦復如是

大般若波羅蜜多經卷第四十

大般若波羅蜜多經卷第四十一

唐三藏法師玄奘奉　詔譯

初分般若行相品第十之四

舍利子若菩薩摩訶薩有方便善巧修行般若波羅蜜多時不行布施波羅蜜多不行布施波羅蜜多相是行般若波羅蜜多不行淨戒安忍精進靜慮般若波羅蜜多不行淨戒安忍精進靜慮般若波羅蜜多相是行般若波羅蜜多不行布施波羅蜜多常無常不行布施波羅蜜多常無常相是行般若波羅蜜多不行淨戒安忍精進靜慮般若波羅蜜多常無常不行淨戒安忍精進靜慮般若波羅蜜多常無常相是行般若波羅蜜多不行布施波羅蜜多樂苦不行布施波羅蜜多樂苦相是行般若波羅蜜多不行淨戒安忍精進靜慮般若波羅蜜多樂苦不行淨戒安忍精進靜慮般若波羅蜜多樂苦相是行般若波羅蜜多不行布施波羅蜜多我無我不行布施波羅蜜多我無我相是行般若波羅蜜多不行淨戒安忍精進靜慮般若波羅蜜多我無我不行淨戒安忍精進靜慮般若波羅蜜多我無我相是行般若波羅蜜多不行布施波羅蜜多淨不淨不行布施波羅蜜多淨不淨相是行般若波羅蜜多不行淨戒安忍精進靜慮般若波羅蜜多淨不淨不行淨戒安忍精進靜慮般若波羅蜜多淨不淨相是行般若波羅蜜多不行布施波羅蜜多空不空不行布施波羅蜜多空不空相是行般若波羅蜜多不行淨戒安忍精進靜慮般若波羅蜜多空不空不行淨戒安忍精進靜慮般若

波羅蜜多空不空相是行般若波羅蜜多不行布施波羅蜜多無相有相不行布施波羅蜜多無相有相相是行般若波羅蜜多不行淨戒安忍精進靜慮般若波羅蜜多無相有相不行淨戒安忍精進靜慮般若波羅蜜多無相有相相是行般若波羅蜜多不行布施波羅蜜多無願有願不行布施波羅蜜多無願有願相是行般若波羅蜜多不行淨戒安忍精進靜慮般若波羅蜜多無願有願不行淨戒安忍精進靜慮般若波羅蜜多無願有願相是行般若波羅蜜多不行布施波羅蜜多寂靜不寂靜不行布施波羅蜜多寂靜不寂靜相是行般若波羅蜜多不行淨戒安忍精進靜慮般若波羅蜜多寂靜不寂靜不行淨戒安忍精進靜慮般若波羅蜜多寂靜不寂靜相是行般若波羅蜜多不行布施波羅蜜多遠離不遠離不行布施波羅蜜多遠離不遠離相是行般若波羅蜜多不行淨戒安忍精進靜慮般若波羅蜜多遠離不遠離不行淨戒安忍精進靜慮般若波羅蜜多遠離不遠離相是行般若波羅蜜多舍利子當知是爲菩薩摩訶薩有方便善巧修行般若波羅蜜多何以故舍利子布施波羅蜜多布施波羅蜜多性空淨戒安忍精進靜慮般若波羅蜜多淨戒安忍精進靜慮般若波羅蜜多性空舍利子是布施波羅蜜多非布施波羅蜜多空是布施波羅蜜多空非布施波羅蜜多布施波羅蜜多不離空空不離布施波羅蜜多布施波羅蜜多即是空空即是布施波羅蜜多淨戒安忍精進靜慮般若波羅蜜多

亦復如是舍利子若菩薩摩訶薩有方便善巧修行般若波羅蜜多時不行五眼不行五眼相是行般若波羅蜜多不行六神通不行六神通相是行般若波羅蜜多不行五眼常無常不行五眼常無常相是行般若波羅蜜多不行六神通常無常不行六神通常無常相是行般若波羅蜜多不行五眼樂苦不行五眼樂苦相是行般若波羅蜜多不行六神通樂苦不行六神通樂苦相是行般若波羅蜜多不行五眼我無我不行五眼我無我相是行般若波羅蜜多不行六神通我無我不行六神通我無我相是行般若波羅蜜多不行五眼淨不淨不行五眼淨不淨相是行般若波羅蜜多不行六神通淨不淨不行六神通淨不淨相是行般若波羅蜜多不行五眼不空空不行五眼空不空相是行般若波羅蜜多不行六神通空不空不行六神通空不空相是行般若波羅蜜多不行五眼無相有相不行五眼無相有相相是行般若波羅蜜多不行六神通無相有相不行六神通無相有相相是行般若波羅蜜多不行五眼無願有願不行五眼無願有願相是行般若波羅蜜多不行六神通無願有願不行六神通無願有願相是行般若波羅蜜多不行五眼寂靜不寂靜不行五眼寂靜不寂靜相是行般若波羅蜜多不行六神通寂靜不寂靜不行六神通寂靜不寂靜相是行般若波羅蜜多不行五眼遠離不遠離不行五眼遠離不遠離相是行般若波羅蜜多不行六神通遠離不遠離不行六神通遠離不遠離相是行般

若波羅蜜多舍利子當知是爲菩薩摩訶薩有方便善巧修行般若波羅蜜多何以故舍利子五眼五眼性空六神通六神通性空舍利子是五眼非五眼空是五眼空非五眼五眼不離空空不離五眼五眼即是空空即是五眼六神通亦復如是舍利子若菩薩摩訶薩有方便善巧修行般若波羅蜜多時不行佛十力不行佛十力相是行般若波羅蜜多不行四無所畏四無礙解大慈大悲大喜大捨十八佛不共法一切智道相智一切相智不行四無所畏乃至一切相智相是行般若波羅蜜多不行佛十力常無常不行佛十力常無常相是行般若波羅蜜多不行四無所畏四無礙解大慈大悲大喜大捨十八佛不共法一切智道相智一切相智常無常不行四無所畏乃至一切相智常無常相是行般若波羅蜜多不行佛十力樂苦不行佛十力樂苦相是行般若波羅蜜多不行四無所畏四無礙解大慈大悲大喜大捨十八佛不共法一切智道相智一切相智樂苦不行四無所畏乃至一切相智樂苦相是行般若波羅蜜多不行佛十力我無我不行佛十力我無我相是行般若波羅蜜多不行四無所畏四無礙解大慈大悲大喜大捨十八佛不共法一切智道相智一切相智我無我不行四無所畏乃至一切相智我無我相是行般若波羅蜜多不行佛十力淨不淨不行佛十力淨不淨相是行般若波羅蜜多不行四無所畏四無礙解大慈大悲大喜大捨十八佛不共法一切智道相智一切相智淨不淨不行四

無所畏乃至一切相智淨不淨相是行般若波羅蜜多不行佛十力空不空不行佛十力空不空相是行般若波羅蜜多不行四無所畏四無礙解大慈大悲大喜大捨十八佛不共法一切智道相智一切相智空不空不行四無所畏乃至一切相智空不空相是行般若波羅蜜多不行佛十力無相有相不行佛十力無相有相相是行般若波羅蜜多不行四無所畏四無礙解大慈大悲大喜大捨十八佛不共法一切智道相智一切相智無相有相不行四無所畏乃至一切相智無相有相相是行般若波羅蜜多不行佛十力無願有願不行佛十力無願有願相是行般若波羅蜜多不行四無所畏四無礙解大慈大悲大喜大捨十八佛不共法一切智道相智一切相智無願有願不行四無所畏乃至一切相智無願有願相是行般若波羅蜜多不行佛十力寂靜不寂靜不行佛十力寂靜不寂靜相是行般若波羅蜜多不行四無所畏四無礙解大慈大悲大喜大捨十八佛不共法一切智道相智一切相智寂靜不寂靜不行四無所畏乃至一切相智寂靜不寂靜相是行般若波羅蜜多不行佛十力遠離不遠離不行佛十力遠離不遠離相是行般若波羅蜜多不行四無所畏四無礙解大慈大悲大喜大捨十八佛不共法一切智道相智一切相智遠離不遠離不行四無所畏乃至一切相智遠離不遠離相是行般若波羅蜜多舍利子當知是爲菩薩摩訶薩有方便善巧修行般若波羅蜜多何以故舍利子佛十力佛

十力性空四無所畏四無礙解大慈大悲大喜大捨十八佛不共法一切智道相智一切相智四無所畏乃至一切相智性空舍利子是佛十力非佛十力空是佛十力空非佛十力佛十力不離空空不離佛十力佛十力即是空空即是佛十力四無所畏乃至一切相智亦復如是舍利子如是菩薩摩訶薩有方便善巧修行般若波羅蜜多能得無上正等菩提舍利子是菩薩摩訶薩修行般若波羅蜜多時於一切法不取有不取非有不取亦有亦非有不取非有非非有於不取亦不取時舍利子問善現言何因緣故是菩薩摩訶薩修行般若波羅蜜多時於一切法都無所取善現答言由一切法自性不可得何以故一切法以無性爲自性故由此因緣若菩薩摩訶薩修行般若波羅蜜多時於一切法若取有若取非有若取亦有亦非有若取非有非非有若取不取非行般若波羅蜜多所以者何以一切法都無自性不可取故舍利子是菩薩摩訶薩修行般若波羅蜜多時於般若波羅蜜多不取行不取不行不取亦行亦不行不取非行非不行於不取亦不取時舍利子問善現言何因緣故是菩薩摩訶薩修行般若波羅蜜多時於般若波羅蜜多都無所取善現答言由般若波羅蜜多自性不可得何以故般若波羅蜜多以無性爲自性故由此因緣若菩薩摩訶薩修行般若波羅蜜多時於般若波羅蜜多若取行若取不行若取亦行亦不行若取非行非不行若取不取非行般若波羅蜜多所以者何以般若波羅

蜜多都無自性不可取故舍利子是菩薩摩訶薩修行般若波羅蜜多時於一切法及般若波羅蜜多都無所取無所執著是名菩薩摩訶薩於一切法無所取著三摩地此三摩地微妙殊勝廣大無量能集無邊無礙作用不共一切聲聞獨覺舍利子若菩薩摩訶薩於此三摩地恒住不捨速證無上正等菩提時舍利子問善現言諸菩薩摩訶薩爲但於此一三摩地恒住不捨速證無上正等菩提爲更有餘諸三摩地恒住不捨亦令菩薩摩訶薩速證無上正等菩提善現答言非但於此一三摩地更有所餘諸三摩地諸菩薩摩訶薩恒住不捨速證無上正等菩提舍利子言何者是耶善現答言所謂健行三摩地寶印三摩地師子遊戲三摩地妙月三摩地月幢相三摩地一切法海三摩地觀頂三摩地法界決定三摩地決定幢相三摩地金剛喻三摩地入法印三摩地三摩地王三摩地善安住三摩地善立定王三摩地放光三摩地無忘失三摩地放光無忘失三摩地精進力三摩地莊嚴力三摩地等涌三摩地入一切言詞決定三摩地入一切名字決定三摩地觀方三摩地總持印三摩地諸法等趣海印三摩地王印三摩地遍覆虛空三摩地金剛輪三摩地三輪清淨三摩地無量光三摩地無著無障三摩地斷諸法轉三摩地棄捨珍寶三摩地遍照三摩地不眴三摩地無相住三摩地不思惟三摩地降伏四魔三摩地無垢燈三摩地無邊光三摩地發光三摩地普照三摩地淨堅定三摩地師子奮迅三摩地

師子頻申三摩地師子欠呿三摩地無垢光三摩地妙樂三摩地電燈三摩地無盡三摩地最勝幢相三摩地帝相三摩地順明正流三摩地具威光三摩地離盡三摩地不可動轉三摩地寂靜三摩地無瑕隙三摩地日燈三摩地月淨三摩地淨眼三摩地淨光三摩地月燈三摩地發明三摩地應作不應作三摩地智相三摩地金剛鬘三摩地住心三摩地普明三摩地妙安立三摩地寶積三摩地妙法印三摩地一切法性平等三摩地棄捨塵愛三摩地法涌圓滿三摩地入法頂三摩地寶性三摩地捨喧諍三摩地飄散三摩地分別法句三摩地決定三摩地無垢行三摩地字平等相三摩地離文字相三摩地斷所緣三摩地無變異三摩地無種類三摩地入

名相三摩地無所作三摩地入決定名三摩地行無相三摩地離翳闇三摩地具行三摩地不變動三摩地度境界三摩地集一切功德三摩地無心住三摩地決定住三摩地淨妙華三摩地具覺支三摩地無邊辯三摩地無邊燈三摩地無等等三摩地超一切法三摩地決判諸法三摩地散疑三摩地無所住三摩地一相莊嚴三摩地引發行相三摩地一行相三摩地離諸行相三摩地妙行三摩地達諸有底遠離三摩地入一切施設語言三摩地堅固寶三摩地於一切法無所取著三摩地電焰莊嚴三摩地除遣三摩地無勝三摩地法炬三摩地慧燈三摩地趣向不退轉神通三摩地解脫音聲文字三摩地慧炬熾然三摩地嚴淨相三摩地無相三摩地無濁

忍相三摩地具一切妙相三摩地具總持三摩地不喜一切苦樂三摩地無盡行相三摩地攝伏一切正邪性三摩地斷憎愛三摩地離違順三摩地無垢明三摩地極堅固三摩地滿月淨光三摩地大莊嚴三摩地無熱電光三摩地能照一切世間三摩地能救一切世間三摩地定平等性三摩地無塵有塵平等理趣三摩地無諍有諍平等理趣三摩地無巢穴無標幟無愛樂三摩地決定安住眞如三摩地器中涌出三摩地燒諸煩惱三摩地大智慧炬三摩地出生十力三摩地開闡三摩地壞身惡行三摩地壞語惡行三摩地壞意惡行三摩地善觀察三摩地如虛空三摩地無染著如虛空三摩地舍利子若菩薩摩訶薩於如是等諸三摩地恒住不捨速證無上正等菩提復有所餘無量無數三摩地門陀羅尼門若菩薩摩訶薩能善修學亦令速證阿耨多羅三藐三菩提爾時具壽善現承佛神力語舍利子言若菩薩摩訶薩住如是等三摩地者當知已爲過去諸佛之所授記亦爲現在十方諸佛之所授記舍利子是菩薩摩訶薩雖住如是諸三摩地而不見此諸三摩地亦不著此諸三摩地亦不念言我已入此諸三摩地我今入此諸三摩地我當入此諸三摩地唯我能入非餘所能彼如是等尋思分別由斯定力皆不現行時舍利子問善現言爲别實有菩薩摩訶薩住如是等諸三摩地已爲過去現在諸佛所授記耶善現答言不也舍利子何以故舍利子般若波羅蜜多不異諸三摩地諸三摩地不異般若

波羅蜜多菩薩摩訶薩不異般若波羅蜜多
及三摩地般若波羅蜜多及三摩地不異菩
薩摩訶薩般若波羅蜜多即是諸三摩地諸
三摩地即是般若波羅蜜多菩薩摩訶薩即
是般若波羅蜜多及三摩地般若波羅蜜多
及三摩地即是菩薩摩訶薩所以者何以一
切法性平等故舍利子言若一切法性平等
者此三摩地可示現不善現答言不可示現
舍利子言是菩薩摩訶薩於此三摩地有想
解不善現答言彼無想解舍利子言彼何故
無想解善現答言彼無分別故舍利子言彼
何故無分別善現答言一切法性都無所有
故彼於定不起分別由此因緣是菩薩摩訶
薩於一切法及三摩地俱無想解何以故以
一切法及三摩地俱無所有無所有中分別

想解無由起故時薄伽梵讚善現言善哉善
哉如汝所說故我說汝住無諍定聲聞衆中
最爲第一由斯我說與義相應善現菩薩摩
訶薩欲學般若波羅蜜多應如是學欲學靜
慮精進安忍淨戒布施波羅蜜多應如是學
善現菩薩摩訶薩欲學四靜慮應如是學欲
學四無量四無色定應如是學善現菩薩摩
訶薩欲學四念住應如是學欲學四正斷四
神足五根五力七等覺支八聖道支應如是
學善現菩薩摩訶薩欲學五眼應如是學欲
學六神通應如是學善現菩薩摩訶薩欲學
佛十力應如是學欲學四無所畏四無礙解
大慈大悲大喜大捨十八佛不共法一切智
道相智一切相智應如是學時舍利子白佛
言世尊菩薩摩訶薩作如是學爲正學般若

波羅蜜多乃至爲正學一切相智耶佛告舍利子菩薩摩訶薩作如是學爲正學般若波羅蜜多以無所得爲方便故乃至爲正學一切相智以無所得爲方便故時舍利子復白佛言世尊菩薩摩訶薩作如是學以無所得爲方便學般若波羅蜜多乃至以無所得爲方便學一切相智耶佛告舍利子菩薩摩訶薩作如是學以無所得爲方便學般若波羅蜜多乃至以無所得爲方便學一切相智舍利子言無所得者爲何等法不可得耶佛言我不可得畢竟淨故有情命者生者養者士夫數取趣意生儒童作者使作者起者使起者受者使受者知者見者不可得畢竟淨故色不可得畢竟淨故受想行識不可得畢竟淨故眼處不可得畢竟淨故耳鼻舌身意處不可得畢竟淨故色處不可得畢竟淨故聲香味觸法處不可得畢竟淨故眼界色界眼識界及眼觸眼觸爲緣所生諸受不可得畢竟淨故耳界聲界耳識界及耳觸耳觸爲緣所生諸受不可得畢竟淨故鼻界香界鼻識界及鼻觸鼻觸爲緣所生諸受不可得畢竟淨故舌界味界舌識界及舌觸舌觸爲緣所生諸受不可得畢竟淨故身界觸界身識界及身觸身觸爲緣所生諸受不可得畢竟淨故意界法界意識界及意觸意觸爲緣所生諸受不可得畢竟淨故地界不可得畢竟淨故水火風空識界不可得畢竟淨故欲界不可得畢竟淨故色無色界不可得畢竟淨故苦聖諦不可得畢竟淨故集滅道聖諦不可得畢竟淨故無明不可得畢竟淨故行識名

色六處觸受愛取有生老死愁歎苦憂惱不可得畢竟淨故四靜慮不可得畢竟淨故四無量四無色定不可得畢竟淨故四念住不可得畢竟淨故四正斷四神足五根五力七等覺支八聖道支不可得畢竟淨故布施波羅蜜多不可得畢竟淨故淨戒安忍精進靜慮般若波羅蜜多不可得畢竟淨故五眼不可得畢竟淨故六神通不可得畢竟淨故佛十力不可得畢竟淨故四無所畏四無礙解大慈大悲大喜大捨十八佛不共法一切智道相智一切相智不可得畢竟淨故預流不可得畢竟淨故一來不還阿羅漢不可得畢竟淨故獨覺不可得畢竟淨故菩薩不可得畢竟淨故如來不可得畢竟淨故舍利子言世尊所說畢竟淨者是何等義佛言諸法不出不生不没不盡無染無淨無得無爲如是名爲畢竟淨義爾時舍利子白佛言世尊菩薩摩訶薩如是學時爲學何法佛告舍利子菩薩摩訶薩如是學時於一切法都無所學何以故非一切法如是而有如諸愚夫異生所執可於中學舍利子言若爾諸法如何而有佛言諸法如無所有如是而有若於如是無所有法不能了達說名無明舍利子言何等法無所有若不了達說名無明佛言色無所有受想行識無所有以內空故外空故內外空故空空故大空故勝義空故有爲空故無爲空故畢竟空故無際空故散空故無變異空故本性空故自相空故共相空故一切法空故不可得空故無性空故自性空故無性自性空故舍利子眼處無所有耳鼻舌身

意處無所有以內空故乃至無性自性空故色處無所有聲香味觸法處無所有以內空故乃至無性自性空故舍利子眼界色界眼識界及眼觸眼觸爲緣所生諸受無所有以內空故乃至無性自性空故耳界聲界耳識界及耳觸耳觸爲緣所生諸受無所有以內空故乃至無性自性空故鼻界香界鼻識界及鼻觸鼻觸爲緣所生諸受無所有以內空故乃至無性自性空故舌界味界舌識界及舌觸舌觸爲緣所生諸受無所有以內空故乃至無性自性空故身界觸界身識界及身觸身觸爲緣所生諸受無所有以內空故乃至無性自性空故意界法界意識界及意觸意觸爲緣所生諸受無所有以內空故乃至無性自性空故舍利子地界無所有水火風

空識界無所有以內空故乃至無性自性空故舍利子欲界無所有色無色界無所有以內空故乃至無性自性空故舍利子苦聖諦無所有集滅道聖諦無所有以內空故乃至無性自性空故舍利子無明無所有行識名色六處觸受愛取有生老死愁歎苦憂惱無所有以內空故乃至無性自性空故舍利子貪瞋癡無所有諸見趣無所有以內空故乃至無性自性空故舍利子四靜慮無所有四無量四無色定無所有以內空故乃至無性自性空故舍利子四念住無所有四正斷四神足五根五力七等覺支八聖道支無所有以內空故乃至無性自性空故舍利子布施波羅蜜多無所有淨戒安忍精進靜慮般若波羅蜜多無所有以內空故乃至無性自性

空故舍利子五眼無所有六神通無所有以內空故乃至無性自性空故舍利子佛十力無所有四無所畏四無礙解大慈大悲大喜大捨十八佛不共法一切智道相智一切相智無所有以內空故乃至無性自性空故舍利子愚夫異生若於如是無所有法不能了達說名無明彼由無明及愛勢力分別執著斷常二邊由此不知不見諸法無所有性分別諸法由分別故便執著色受想行識乃至執著一切相智由執著故分別諸法無所有性由此於法不知不見舍利子言於何等法不知不見佛言於色不知不見於受想行識不知不見乃至於一切相智不知不見由於諸法不知不見墮於愚夫異生數中不能出離舍利子言彼於何處不能出離佛言彼於欲界不能出離於色界不能出離於無色界不能出離由不能出離於聲聞法不能成辦於獨覺法不能成辦於菩薩法不能成辦於如來法不能成辦由不成辦不能信受舍利子言彼於何法不能信受佛言彼於色空不能信受於受想行識空不能信受乃至於一切相智空不能信受由不信受則不能住舍利子言於何等法彼不能住佛言謂不能住四念住不能住四正斷四神足五根五力七等覺支八聖道支不能住布施波羅蜜多不能住淨戒安忍精進靜慮般若波羅蜜多不能住不退轉地不能住五眼不能住六神通不能住佛十力不能住四無所畏四無礙解大慈大悲大喜大捨十八佛不共法一切智道相智一切相智由此故名愚夫異生以於

諸法執著有性舍利子言彼於何法執著有性佛言舍利子彼於色執著有性於受想行識執著有性舍利子彼於眼處執著有性於耳鼻舌身意處執著有性於色處執著有性於聲香味觸法處執著有性舍利子彼於眼界色界眼識界及眼觸眼觸爲緣所生諸受執著有性於耳界聲界耳識界及耳觸耳觸爲緣所生諸受執著有性於鼻界香界鼻識界及鼻觸鼻觸爲緣所生諸受執著有性於舌界味界舌識界及舌觸舌觸爲緣所生諸受執著有性於身界觸界身識界及身觸身觸爲緣所生諸受執著有性於意界法界意識界及意觸意觸爲緣所生諸受執著有性舍利子彼於地界執著有性於水火風空識界執著有性舍利子彼於欲界執著有性於色無色界執著有性舍利子彼於苦聖諦執著有性於集滅道聖諦執著有性舍利子彼於無明執著有性於行識名色六處觸受愛取有生老死愁歎苦憂惱執著有性舍利子彼於貪瞋癡執著有性於諸見趣執著有性舍利子彼於四靜慮執著有性於四無量四無色定執著有性舍利子彼於四念住執著有性於四正斷四神足五根五力七等覺支八聖道支執著有性舍利子彼於布施波羅蜜多執著有性於淨戒安忍精進靜慮般若波羅蜜多執著有性舍利子彼於五眼執著有性於六神通執著有性舍利子彼於佛十力執著有性於四無所畏四無礙解大慈大悲大喜大捨十八佛不共法一切智道相智一切智智執著有性舍利子愚夫異生以於

諸法執著有性於諸法空不能信受由不信故不能成辦聲聞獨覺菩薩如來所有聖法故於聖法不能安住是故舍利子諸菩薩摩訶薩欲學般若波羅蜜多欲成辦一切智道相智一切相智當以無所得爲方便如應而學爾時舍利子白佛言世尊爲有菩薩摩訶薩作如是學非學般若波羅蜜多不能成辦一切智智不佛告舍利子有菩薩摩訶薩作如是學非學般若波羅蜜多不能成辦一切智智舍利子言世尊何緣有菩薩摩訶薩作如是學非學般若波羅蜜多不能成辦一切智智佛言舍利子若菩薩摩訶薩無方便善巧於般若波羅蜜多分別執著於靜慮精進安忍淨戒布施波羅蜜多分別執著如是菩薩摩訶薩作如是學非學般若波羅蜜多不能成辦一切智智舍利子若菩薩摩訶薩無方便善巧於色分別執著於受想行識分別執著如是菩薩摩訶薩作如是學非學般若波羅蜜多不能成辦一切智智舍利子若菩薩摩訶薩無方便善巧於眼處分別執著於耳鼻舌身意處分別執著如是菩薩摩訶薩作如是學非學般若波羅蜜多不能成辦一切智智舍利子若菩薩摩訶薩無方便善巧於色處分別執著於聲香味觸法處分別執著如是菩薩摩訶薩作如是學非學般若波羅蜜多不能成辦一切智智舍利子若菩薩摩訶薩無方便善巧於眼界色界眼識界及眼觸眼觸爲緣所生諸受分別執著如是菩薩摩訶薩作如是學非學般若波羅蜜多不能成辦一切智智舍利子若菩薩摩訶薩無

方便善巧於耳界聲界耳識界及耳觸耳觸爲緣所生諸受分別執著如是菩薩摩訶薩作如是學非學般若波羅蜜多不能成辦一切智智舍利子若菩薩摩訶薩無方便善巧於鼻界香界鼻識界及鼻觸鼻觸爲緣所生諸受分別執著如是菩薩摩訶薩作如是學非學般若波羅蜜多不能成辦一切智智舍利子若菩薩摩訶薩無方便善巧於舌界味界舌識界及舌觸舌觸爲緣所生諸受分別執著如是菩薩摩訶薩作如是學非學般若波羅蜜多不能成辦一切智智舍利子若菩薩摩訶薩無方便善巧於身界觸界身識界及身觸身觸爲緣所生諸受分別執著如是菩薩摩訶薩作如是學非學般若波羅蜜多不能成辦一切智智舍利子若菩薩摩訶薩無方便善巧於意界法界意識界及意觸意觸爲緣所生諸受分別執著如是菩薩摩訶薩作如是學非學般若波羅蜜多不能成辦一切智智舍利子若菩薩摩訶薩無方便善巧於地界分別執著於水火風空識界分別執著如是菩薩摩訶薩作如是學非學般若波羅蜜多不能成辦一切智智舍利子若菩薩摩訶薩無方便善巧於苦聖諦分別執著於集滅道聖諦分別執著如是菩薩摩訶薩作如是學非學般若波羅蜜多不能成辦一切智智舍利子若菩薩摩訶薩無方便善巧於無明分別執著於行識名色六處觸受愛取有生老死愁歎苦憂惱分別執著如是菩薩摩訶薩作如是學非學般若波羅蜜多不能成辦一切智智舍利子若菩薩摩訶薩無

方便善巧於四靜慮分別執著於四無量四無色定分別執著如是菩薩摩訶薩作如是學非學般若波羅蜜多不能成辦一切智智舍利子若菩薩摩訶薩無方便善巧於四念住分別執著於四正斷四神足五根五力七等覺支八聖道支分別執著如是菩薩摩訶薩作如是學非學般若波羅蜜多不能成辦一切智智舍利子若菩薩摩訶薩無方便善巧於五眼分別執著於六神通分別執著如是菩薩摩訶薩作如是學非學般若波羅蜜多不能成辦一切智智舍利子若菩薩摩訶薩無方便善巧於佛十力分別執著於四無所畏四無礙解大慈大悲大喜大捨十八佛不共法一切智道相智一切相智分別執著如是菩薩摩訶薩作如是學非學般若波羅

蜜多不能成辦一切智智舍利子以是因緣有菩薩摩訶薩作如是學非學般若波羅蜜多不能成辦一切智智舍利子言如是菩薩摩訶薩作如是學非學般若波羅蜜多不能成辦一切智智耶佛言如是菩薩摩訶薩作如是學非學般若波羅蜜多不能成辦一切智智時舍利子復白佛言世尊云何菩薩摩訶薩修行般若波羅蜜多時是學般若波羅蜜多則能成辦一切智智佛告舍利子若菩薩摩訶薩修行般若波羅蜜多時不見般若波羅蜜多乃至不見一切相智是學般若波羅蜜多則能成辦一切智智何以故以無所得為方便故舍利子言是菩薩摩訶薩於何法無所得為方便佛言是菩薩摩訶薩於布施波羅蜜多無所得為方便於淨戒安忍精

進靜慮般若波羅蜜多無所得爲方便乃至於佛十力無所得爲方便於四無所畏四無礙解大慈大悲大喜大捨十八佛不共法一切智道相智一切相智無所得爲方便舍利子言是菩薩摩訶薩修行般若波羅蜜多時何以故無所得爲方便佛言是菩薩摩訶薩修行般若波羅蜜多時以内空故無所得爲方便乃至以無性自性空故無所得爲方便舍利子如是菩薩摩訶薩修行般若波羅蜜多時是學般若波羅蜜多則能成辦一切智智

大般若波羅蜜多經卷第四十一

音釋

欠呿欠去劒切呿丘加切謂氣擁欠呿而解也　瑕隟瑕音遐玷也又過也隟正作隙乞逆切釁也　鬘莫班切　幟昌志切旗幟也

大般若波羅蜜多經卷第四十二

唐三藏法師玄奘奉　詔譯

初分譬喻品第十一之一

爾時具壽善現白佛言世尊若有問言幻士能學般若波羅蜜多成辦一切智智不幻士能學靜慮精進安忍淨戒布施波羅蜜多成辦一切智智不我得此問當云何答世尊若有問言幻士能學四靜慮成辦一切智智不幻士能學四無量四無色定成辦一切智智不我得此問當云何答世尊若有問言幻士能學四念住成辦一切智智不幻士能學四正斷四神足五根五力七等覺支八聖道支成辦一切智智不我得此問當云何答世尊若有問言幻士能學空解脫門成辦一切智智不幻士能學無相無願解脫門成辦一切智智不我得此問當云何答世尊若有問言幻士能學五眼成辦一切智智不幻士能學六神通成辦一切智智不我得此問當云何答世尊若有問言幻士能學佛十力成辦一切智智不幻士能學四無所畏四無礙解大慈大悲大喜大捨十八佛不共法一切智道相智一切相智成辦一切智智不我得此問當云何答佛告善現我還問汝隨汝意答善現於意云何色與幻有異不受想行識與幻有異不善現答言不也世尊何以故色不異幻幻不異色色即是幻幻即是色受想行識亦復如是善現於意云何眼處與幻有異不耳鼻舌身意處與幻有異不善現答言不也世尊何以故眼處不異幻幻不異眼處眼處即是幻幻即是眼處耳鼻舌身意處亦復如

是善現於意云何色處與幻有異不聲香味觸法處與幻有異不善現答言不也世尊何以故色處不異幻幻不異色處色處即是幻幻即是色處聲香味觸法處亦復如是善現於意云何眼界與幻有異不色界眼識界及眼觸眼觸爲緣所生諸受與幻有異不善現答言不也世尊何以故眼界不異幻幻不異眼界眼界即是幻幻即是眼界色界乃至眼觸爲緣所生諸受亦復如是善現於意云何耳界與幻有異不聲界耳識界及耳觸耳觸爲緣所生諸受與幻有異不善現答言不也世尊何以故耳界不異幻幻不異耳界耳界即是幻幻即是耳界聲界乃至耳觸爲緣所生諸受亦復如是善現於意云何鼻界與幻有異不香界鼻識界及鼻觸鼻觸爲緣所生諸受與幻有異不善現答言不也世尊何以故鼻界不異幻幻不異鼻界鼻界即是幻幻即是鼻界香界乃至鼻觸爲緣所生諸受亦復如是善現於意云何舌界與幻有異不味界舌識界及舌觸舌觸爲緣所生諸受與幻有異不善現答言不也世尊何以故舌界不異幻幻不異舌界舌界即是幻幻即是舌界味界乃至舌觸爲緣所生諸受亦復如是善現於意云何身界與幻有異不觸界身識界及身觸身觸爲緣所生諸受與幻有異不善現答言不也世尊何以故身界不異幻幻不異身界身界即是幻幻即是身界觸界乃至身觸爲緣所生諸受亦復如是善現於意云何意界與幻有異不法界意識界及意觸意觸爲緣所生諸受與幻有異不善現答言不

也世尊何以故意界不異幻幻不異意界意界即是幻幻即是意界法界乃至意觸爲緣所生諸受亦復如是善現於意云何地界與幻有異不水火風空識界與幻有異不善現答言不也世尊何以故地界不異幻幻不異地界地界即是幻幻即是地界水火風空識界亦復如是善現於意云何苦聖諦與幻有異不集滅道聖諦與幻有異不善現答言不也世尊何以故苦聖諦不異幻幻不異苦聖諦苦聖諦即是幻幻即是苦聖諦集滅道聖諦亦復如是善現於意云何無明與幻有異不行識名色六處觸受愛取有生老死愁歎苦憂惱與幻有異不善現答言不也世尊何以故無明不異幻幻不異無明無明即是幻幻即是無明行乃至老死愁歎苦憂惱亦復

如是善現於意云何四靜慮與幻有異不四無量四無色定與幻有異不善現答言不也世尊何以故四靜慮不異幻幻不異四靜慮四靜慮即是幻幻即是四靜慮四無量四無色定亦復如是善現於意云何四念住與幻有異不四正斷四神足五根五力七等覺支八聖道支與幻有異不善現答言不也世尊何以故四念住不異幻幻不異四念住四念住即是幻幻即是四念住四正斷乃至八聖道支亦復如是善現於意云何空解脫門與幻有異不無相無願解脫門與幻有異不善現答言不也世尊何以故空解脫門不異幻幻不異空解脫門空解脫門即是幻幻即是空解脫門無相無願解脫門亦復如是善現於意云何布施波羅蜜多與幻有異不淨戒

安忍精進靜慮般若波羅蜜多與幻有異不善現答言不也世尊何以故布施波羅蜜多不異幻幻不異布施波羅蜜多布施波羅蜜多即是幻幻即是布施波羅蜜多淨戒安忍精進靜慮般若波羅蜜多亦復如是善現於意云何五眼與幻有異不六神通與幻有異不善現答言不也世尊何以故五眼不異幻幻不異五眼五眼即是幻幻即是五眼六神通亦復如是善現於意云何佛十力與幻有異不四無所畏四無礙解大慈大悲大喜大捨十八佛不共法一切智道相智一切相智與幻有異不善現答言不也世尊何以故佛十力不異幻幻不異佛十力佛十力即是幻幻即是佛十力四無所畏乃至一切相智亦復如是善現於意云何無上正等菩提與幻有異不善現答言不也世尊何以故無上正等菩提不異幻幻不異無上正等菩提無上正等菩提即是幻幻即是無上正等菩提佛告善現於意云何幻有雜染有清淨不善現答言不也世尊善現於意云何幻有生有滅不善現答言不也世尊善現於意云何若法無雜染無清淨無生無滅是法能學般若波羅蜜多成辦一切智智不善現答言不也世尊善現於意云何若法無雜染無清淨無生無滅是法能學靜慮精進安忍淨戒布施波羅蜜多成辦一切智智不善現答言不也世尊善現於意云何若法無雜染無清淨無生無滅是法能學四靜慮成辦一切智智不善現答言不也世尊善現於意云何若法無雜染無清淨無生無滅是法能學四無量四無

色定成辦一切智智不善現答言不也世尊善現於意云何若法無雜染無清淨無生無滅是法能學四念住成辦一切智智不善現答言不也世尊善現於意云何若法無雜染無清淨無生無滅是法能學四正斷四神足五根五力七等覺支八聖道支成辦一切智智不善現答言不也世尊善現於意云何若法無雜染無清淨無生無滅是法能學空解脫門成辦一切智智不善現答言不也世尊善現於意云何若法無雜染無清淨無生無滅是法能學無相無願解脫門成辦一切智智不善現答言不也世尊善現於意云何若法無雜染無清淨無生無滅是法能學五眼成辦一切智智不善現答言不也世尊善現於意云何若法無雜染無清淨無生無滅是法能學六神通成辦一切智智不善現答言不也世尊善現於意云何若法無雜染無清淨無生無滅是法能學佛十力成辦一切智智不善現答言不也世尊善現於意云何若法無雜染無清淨無生無滅是法能學四無所畏四無礙解大慈大悲大喜大捨十八佛不共法一切智道相智一切相智成辦一切智智不善現答言不也世尊善現於意云何異五蘊等法想等想假立言說有菩薩摩訶薩不善現答言不也世尊善現於意云何唯於五蘊等法想等想假立言說謂爲菩薩摩訶薩耶善現答言如是世尊善現於意云何是唯於五蘊等法想等想假立言說者有雜染有清淨有生有滅不善現答言不也世尊善現於意云何若法無想無等想無假立無

言說無名無名假無身無身業無語無語業無意無意業無雜染無清淨無生無滅是法能學般若波羅蜜多乃至一切相智成辦一切智智不善現答言不也世尊佛告善現若菩薩摩訶薩能以如是無所得爲方便學般若波羅蜜多乃至一切相智當知是菩薩摩訶薩能成辦一切智智爾時具壽善現白佛言世尊若菩薩摩訶薩欲證無上正等菩提修學般若波羅蜜多時當如幻士修學般若波羅蜜多於一切事無所分別何以故當知幻士即五蘊等五蘊等即幻士故佛告善現於意云何如幻五蘊等能學般若波羅蜜多成辦一切智智不善現答言不也世尊何以故是如幻五蘊等以無性爲自性無性自性不可得故善現於意云何如夢如響如光影如像如空華如陽焰如尋香城如變化五蘊等能學般若波羅蜜多成辦一切智智不善現答言不也世尊何以故是如夢五蘊等乃至如變化五蘊等以無性爲自性無性自性不可得故善現於意云何是如幻等五蘊等法各有異不善現答言不也世尊何以故是如幻等色受想行識即是如夢等色受想行識是如幻等色受想行識即是如幻等六根等是如幻等六根等即是如幻等色受想行識皆由內空不可得故乃至皆由無性自性空不可得故爾時具壽善現復白佛言世尊新發趣大乘菩薩摩訶薩聞說如是甚深般若波羅蜜多其心將無驚恐怖不佛告善現新發趣大乘菩薩摩訶薩修行般若波羅蜜多時若無方便善巧不爲善友之所攝受聞

說如是甚深般若波羅蜜多其心有驚有恐有怖爾時善現白言世尊何等菩薩摩訶薩修行般若波羅蜜多時有方便善巧故聞說如是甚深般若波羅蜜多其心不驚不恐不怖佛告善現若菩薩摩訶薩修行般若波羅蜜多時以應一切智智心觀色常無常相不可得觀受想行識常無常相不可得以應一切智智心觀色樂苦相不可得觀受想行識樂苦相不可得以應一切智智心觀色我無我相不可得觀受想行識我無我相不可得以應一切智智心觀色淨不淨相不可得觀受想行識淨不淨相不可得以應一切智智心觀色空不空相不可得觀受想行識空不空相不可得以應一切智智心觀色無相有相相不可得觀受想行識無相有相相不可得以應一切智智心觀色無願有願相不可得觀受想行識無願有願相不可得以應一切智智心觀色寂靜不寂靜相不可得觀受想行識寂靜不寂靜相不可得以應一切智智心觀色遠離不遠離相不可得觀受想行識遠離不遠離相不可得善現如是菩薩摩訶薩修行般若波羅蜜多時有方便善巧故聞說如是甚深般若波羅蜜多其心不驚不恐不怖善現若菩薩摩訶薩修行般若波羅蜜多時以應一切智智心觀眼處常無常相不可得觀耳鼻舌身意處常無常相不可得以應一切智智心觀眼處樂苦相不可得觀耳鼻舌身意處樂苦相不可得以應一切智智心觀眼處我無我相不可得觀耳鼻舌身意處我無我相不可得以應一切智智心觀

眼處淨不淨相不可得觀耳鼻舌身意處淨不淨相不可得以應一切智智心觀眼處空不空相不可得觀耳鼻舌身意處空不空相不可得以應一切智智心觀眼處無相有相相不可得觀耳鼻舌身意處無相有相相不可得以應一切智智心觀眼處無願有願相不可得觀耳鼻舌身意處無願有願相不可得以應一切智智心觀眼處寂靜不寂靜相不可得觀耳鼻舌身意處寂靜不寂靜相不可得以應一切智智心觀眼處遠離不遠離相不可得觀耳鼻舌身意處遠離不遠離相不可得善現如是菩薩摩訶薩修行般若波羅蜜多時有方便善巧故聞說如是甚深般若波羅蜜多其心不驚不恐不怖善現若菩薩摩訶薩修行般若波羅蜜多時以應一切智智心觀色處常無常相不可得觀聲香味觸法處常無常相不可得以應一切智智心觀色處樂苦相不可得觀聲香味觸法處樂苦相不可得以應一切智智心觀色處我無我相不可得觀聲香味觸法處我無我相不可得以應一切智智心觀色處淨不淨相不可得觀聲香味觸法處淨不淨相不可得以應一切智智心觀色處空不空相不可得觀聲香味觸法處空不空相不可得以應一切智智心觀色處無相有相相不可得觀聲香味觸法處無相有相相不可得以應一切智智心觀色處無願有願相不可得觀聲香味觸法處無願有願相不可得以應一切智智心觀色處寂靜不寂靜相不可得觀聲香味觸法處寂靜不寂靜相不可得以應一切智

智心觀色處遠離不遠離相不可得觀聲香味觸法處遠離不遠離相不可得善現如是菩薩摩訶薩修行般若波羅蜜多時有方便善巧故聞說如是甚深般若波羅蜜多其心不驚不恐不怖善現若菩薩摩訶薩修行般若波羅蜜多時以應一切智智心觀眼界色界眼識界及眼觸眼觸爲緣所生諸受常無常相不可得以應一切智智心觀眼界色界眼識界及眼觸眼觸爲緣所生諸受樂苦相不可得以應一切智智心觀眼界色界眼識界及眼觸眼觸爲緣所生諸受我無我相不可得以應一切智智心觀眼界色界眼識界及眼觸眼觸爲緣所生諸受淨不淨相不可得以應一切智智心觀眼界色界眼識界及眼觸眼觸爲緣所生諸受空不空相不可得

以應一切智智心觀眼界色界眼識界及眼觸眼觸爲緣所生諸受無相有相相不可得以應一切智智心觀眼界色界眼識界及眼觸眼觸爲緣所生諸受無願有願相不可得以應一切智智心觀眼界色界眼識界及眼觸眼觸爲緣所生諸受寂靜不寂靜相不可得以應一切智智心觀眼界色界眼識界及眼觸眼觸爲緣所生諸受遠離不遠離相不可得善現如是菩薩摩訶薩修行般若波羅蜜多時有方便善巧故聞說如是甚深般若波羅蜜多其心不驚不恐不怖善現若菩薩摩訶薩修行般若波羅蜜多時以應一切智智心觀耳界聲界耳識界及耳觸耳觸爲緣所生諸受常無常相不可得以應一切智智心觀耳界聲界耳識界及耳觸耳觸爲緣所

生諸受樂苦相不可得以應一切智智心觀耳界聲界耳識界及耳觸耳觸爲緣所生諸受我無我相不可得以應一切智智心觀耳界聲界耳識界及耳觸耳觸爲緣所生諸受淨不淨相不可得以應一切智智心觀耳界聲界耳識界及耳觸耳觸爲緣所生諸受空不空相不可得以應一切智智心觀耳界聲界耳識界及耳觸耳觸爲緣所生諸受無相有相相不可得以應一切智智心觀耳界聲界耳識界及耳觸耳觸爲緣所生諸受無願有願相不可得以應一切智智心觀耳界聲界耳識界及耳觸耳觸爲緣所生諸受寂靜不寂靜相不可得以應一切智智心觀耳界聲界耳識界及耳觸耳觸爲緣所生諸受遠離不遠離相不可得善現如是菩薩摩訶薩修行般若波羅蜜多時有方便善巧故聞說如是甚深般若波羅蜜多其心不驚不恐不怖善現若菩薩摩訶薩修行般若波羅蜜多時以應一切智智心觀鼻界香界鼻識界及鼻觸鼻觸爲緣所生諸受常無常相不可得以應一切智智心觀鼻界香界鼻識界及鼻觸鼻觸爲緣所生諸受樂苦相不可得以應一切智智心觀鼻界香界鼻識界及鼻觸鼻觸爲緣所生諸受我無我相不可得以應一切智智心觀鼻界香界鼻識界及鼻觸鼻觸爲緣所生諸受淨不淨相不可得以應一切智智心觀鼻界香界鼻識界及鼻觸鼻觸爲緣所生諸受空不空相不可得以應一切智智心觀鼻界香界鼻識界及鼻觸鼻觸爲緣所生諸受無相有相相不可得以應一切智

智心觀鼻界香界鼻識界及鼻觸鼻觸爲緣所生諸受無願有願相不可得以應一切智智心觀鼻界香界鼻識界及鼻觸鼻觸爲緣所生諸受寂靜不寂靜相不可得以應一切智智心觀鼻界香界鼻識界及鼻觸鼻觸爲緣所生諸受遠離不遠離相不可得善現如是菩薩摩訶薩修行般若波羅蜜多時有方便善巧故聞說如是甚深般若波羅蜜多其心不驚不恐不怖善現若菩薩摩訶薩修行般若波羅蜜多時以應一切智智心觀舌界味界舌識界及舌觸舌觸爲緣所生諸受常無常相不可得以應一切智智心觀舌界味界舌識界及舌觸舌觸爲緣所生諸受樂苦相不可得以應一切智智心觀舌界味界舌識界及舌觸舌觸爲緣所生諸受我無我相不可得以應一切智智心觀舌界味界舌識界及舌觸舌觸爲緣所生諸受淨不淨相不可得以應一切智智心觀舌界味界舌識界及舌觸舌觸爲緣所生諸受空不空相不可得以應一切智智心觀舌界味界舌識界及舌觸舌觸爲緣所生諸受無相有相相不可得以應一切智智心觀舌界味界舌識界及舌觸舌觸爲緣所生諸受無願有願相不可得以應一切智智心觀舌界味界舌識界及舌觸舌觸爲緣所生諸受寂靜不寂靜相不可得以應一切智智心觀舌界味界舌識界及舌觸舌觸爲緣所生諸受遠離不遠離相不可得善現如是菩薩摩訶薩修行般若波羅蜜多時有方便善巧故聞說如是甚深般若波羅蜜多其心不驚不恐不怖善現若菩

薩摩訶薩修行般若波羅蜜多時以應一切
智智心觀身界觸界身識界及身觸身觸爲
緣所生諸受常無常相不可得以應一切智
智心觀身界觸界身識界及身觸身觸爲緣
所生諸受樂苦相不可得以應一切智智心
觀身界觸界身識界及身觸身觸爲緣所生
諸受我無我相不可得以應一切智智心觀
身界觸界身識界及身觸身觸爲緣所生諸
受淨不淨相不可得以應一切智智心觀身
界觸界身識界及身觸身觸爲緣所生諸受
空不空相不可得以應一切智智心觀身界
觸界身識界及身觸身觸爲緣所生諸受無
相有相相不可得以應一切智智心觀身界
觸界身識界及身觸身觸爲緣所生諸受無
願有願相不可得以應一切智智心觀身界
觸界身識界及身觸身觸爲緣所生諸受寂
靜不寂靜相不可得以應一切智智心觀身
界觸界身識界及身觸身觸爲緣所生諸受
遠離不遠離相不可得善現如是菩薩摩訶
薩修行般若波羅蜜多時有方便善巧故聞
說如是甚深般若波羅蜜多其心不驚不恐
不怖善現若菩薩摩訶薩修行般若波羅蜜
多時以應一切智智心觀意界法界意識界
及意觸意觸爲緣所生諸受常無常相不可
得以應一切智智心觀意界法界意識界及
意觸意觸爲緣所生諸受樂苦相不可得以
應一切智智心觀意界法界意識界及意觸
意觸爲緣所生諸受我無我相不可得以應
一切智智心觀意界法界意識界及意觸意
觸爲緣所生諸受淨不淨相不可得以應一

切智智心觀意界法界意識界及意觸意觸爲緣所生諸受空不空相不可得以應一切智智心觀意界法界意識界及意觸意觸爲緣所生諸受無相有相相不可得以應一切智智心觀意界法界意識界及意觸意觸爲緣所生諸受無願有願相不可得以應一切智智心觀意界法界意識界及意觸意觸爲緣所生諸受寂靜不寂靜相不可得以應一切智智心觀意界法界意識界及意觸意觸爲緣所生諸受遠離不遠離相不可得善現如是菩薩摩訶薩修行般若波羅蜜多時有方便善巧故聞說如是甚深般若波羅蜜多其心不驚不恐不怖善現若菩薩摩訶薩修行般若波羅蜜多時以應一切智智心觀地界常無常相不可得觀水火風空識界常無常相不可得以應一切智智心觀地界樂苦相不可得觀水火風空識界樂苦相不可得以應一切智智心觀地界我無我相不可得觀水火風空識界我無我相不可得以應一切智智心觀地界淨不淨相不可得觀水火風空識界淨不淨相不可得以應一切智智心觀地界空不空相不可得觀水火風空識界空不空相不可得以應一切智智心觀地界無相有相相不可得觀水火風空識界無相有相相不可得以應一切智智心觀地界無願有願相不可得觀水火風空識界無願有願相不可得以應一切智智心觀地界寂靜不寂靜相不可得觀水火風空識界寂靜不寂靜相不可得以應一切智智心觀地界遠離不遠離相不可得觀水火風空識界遠

離不遠離相不可得善現如是菩薩摩訶薩修行般若波羅蜜多時有方便善巧故聞說如是甚深般若波羅蜜多其心不驚不恐不怖善現若菩薩摩訶薩修行般若波羅蜜多時以應一切智智心觀苦聖諦常無常相不可得觀集滅道聖諦常無常相不可得以應一切智智心觀苦聖諦樂苦相不可得觀集滅道聖諦樂苦相不可得以應一切智智心觀苦聖諦我無我相不可得觀集滅道聖諦我無我相不可得以應一切智智心觀苦聖諦淨不淨相不可得觀集滅道聖諦淨不淨相不可得以應一切智智心觀苦聖諦空不空相不可得觀集滅道聖諦空不空相不可得以應一切智智心觀苦聖諦無相有相相不可得觀集滅道聖諦無相有相相不可得以應一切智智心觀苦聖諦無願有願相不可得觀集滅道聖諦無願有願相不可得以應一切智智心觀苦聖諦寂靜不寂靜相不可得觀集滅道聖諦寂靜不寂靜相不可得以應一切智智心觀苦聖諦遠離不遠離相不可得觀集滅道聖諦遠離不遠離相不可得善現如是菩薩摩訶薩修行般若波羅蜜多時有方便善巧故聞說如是甚深般若波羅蜜多其心不驚不恐不怖善現若菩薩摩訶薩修行般若波羅蜜多時以應一切智智心觀無明常無常相不可得觀行識名色六處觸受愛取有生老死愁歎苦憂惱常無常相不可得以應一切智智心觀無明樂苦相不可得觀行乃至老死愁歎苦憂惱樂苦相不可得以應一切智智心觀無明我無我相

不可得觀行乃至老死愁歎苦憂惱我無我相不可得以應一切智智心觀無明淨不淨相不可得觀行乃至老死愁歎苦憂惱淨不淨相不可得以應一切智智心觀無明空不空相不可得觀行乃至老死愁歎苦憂惱空不空相不可得以應一切智智心觀無明無相有相相不可得觀行乃至老死愁歎苦憂惱無相有相相不可得以應一切智智心觀無明無願有願相不可得觀行乃至老死愁歎苦憂惱無願有願相不可得以應一切智智心觀無明寂靜不寂靜相不可得觀行乃至老死愁歎苦憂惱寂靜不寂靜相不可得以應一切智智心觀無明遠離不遠離相不可得觀行乃至老死愁歎苦憂惱遠離不遠離相不可得善現如是菩薩摩訶薩修行般若波羅蜜多時有方便善巧故聞說如是甚深般若波羅蜜多其心不驚不恐不怖善現若菩薩摩訶薩修行般若波羅蜜多時以應一切智智心觀四靜慮常無常相不可得觀四無量四無色定常無常相不可得以應一切智智心觀四靜慮樂苦相不可得觀四無量四無色定樂苦相不可得以應一切智智心觀四靜慮我無我相不可得觀四無量四無色定我無我相不可得以應一切智智心觀四靜慮淨不淨相不可得觀四無量四無色定淨不淨相不可得以應一切智智心觀四靜慮空不空相不可得觀四無量四無色定空不空相不可得以應一切智智心觀四靜慮無相有相相不可得觀四無量四無色定無相有相相不可得以應一切智智心觀

四靜慮無願有願相不可得觀四無量四無色定無願有願相不可得以應一切智智心觀四靜慮寂靜不寂靜相不可得觀四無量四無色定寂靜不寂靜相不可得以應一切智智心觀四靜慮遠離不遠離相不可得觀四無量四無色定遠離不遠離相不可得善現如是菩薩摩訶薩修行般若波羅蜜多時有方便善巧故聞說如是甚深般若波羅蜜多其心不驚不恐不怖

大般若波羅蜜多經卷第四十二

大般若波羅蜜多經卷第四十三

唐三藏法師玄奘奉　詔譯

初分譬喻品第十一之二

善現若菩薩摩訶薩修行般若波羅蜜多時以應一切智智心觀四念住常無常相不可得觀四正斷四神足五根五力七等覺支八聖道支常無常相不可得以應一切智智心觀四念住樂苦相不可得觀四正斷乃至八聖道支樂苦相不可得以應一切智智心觀四念住我無我相不可得觀四正斷乃至八聖道支我無我相不可得以應一切智智心觀四念住淨不淨相不可得觀四正斷乃至八聖道支淨不淨相不可得以應一切智智心觀四念住空不空相不可得觀四正斷乃至八聖道支空不空相不可得以應一切智智心觀四念住無相有相相不可得觀四正斷乃至八聖道支無相有相相不可得以應一切智智心觀四念住無願有願相不可得觀四正斷乃至八聖道支無願有願相不可得以應一切智智心觀四念住寂靜不寂靜相不可得觀四正斷乃至八聖道支寂靜不寂靜相不可得以應一切智智心觀四念住遠離不遠離相不可得觀四正斷乃至八聖道支遠離不遠離相不可得善現如是菩薩摩訶薩修行般若波羅蜜多時有方便善巧故聞說如是甚深般若波羅蜜多其心不驚不恐不怖善現若菩薩摩訶薩修行般若波羅蜜多時以應一切智智心觀空解脫門常無常相不可得觀無相無願解脫門常無常相不可得以應一切智智心觀空解脫門樂

苦相不可得觀無相無願解脫門樂苦相不可得以應一切智智心觀空解脫門我無我相不可得觀無相無願解脫門我無我相不可得以應一切智智心觀空解脫門淨不淨相不可得觀無相無願解脫門淨不淨相不可得以應一切智智心觀空解脫門空不空相不可得觀無相無願解脫門空不空相不可得以應一切智智心觀空解脫門無相有相相不可得觀無相無願解脫門無相有相相不可得以應一切智智心觀空解脫門無願有願相不可得觀無相無願解脫門無願有願相不可得以應一切智智心觀空解脫門寂靜不寂靜相不可得觀無相無願解脫門寂靜不寂靜相不可得以應一切智智心觀空解脫門遠離不遠離相不可得觀無相無願解脫門遠離不遠離相不可得善現如是菩薩摩訶薩修行般若波羅蜜多時有方便善巧故聞說如是甚深般若波羅蜜多其心不驚不恐不怖善現若菩薩摩訶薩修行般若波羅蜜多時以應一切智智心觀布施波羅蜜多常無常相不可得觀淨戒安忍精進靜慮般若波羅蜜多常無常相不可得以應一切智智心觀布施波羅蜜多樂苦相不可得觀淨戒安忍精進靜慮般若波羅蜜多樂苦相不可得以應一切智智心觀布施波羅蜜多我無我相不可得觀淨戒安忍精進靜慮般若波羅蜜多我無我相不可得以應一切智智心觀布施波羅蜜多淨不淨相不可得觀淨戒安忍精進靜慮般若波羅蜜多淨不淨相不可得以應一切智智心觀布施

波羅蜜多空不空相不可得觀淨戒安忍精進靜慮般若波羅蜜多空不空相不可得以應一切智智心觀布施波羅蜜多無相有相相不可得觀淨戒安忍精進靜慮般若波羅蜜多無相有相相不可得以應一切智智心觀布施波羅蜜多無願有願相不可得觀淨戒安忍精進靜慮般若波羅蜜多無願有願相不可得以應一切智智心觀布施波羅蜜多寂靜不寂靜相不可得觀淨戒安忍精進靜慮般若波羅蜜多寂靜不寂靜相不可得以應一切智智心觀布施波羅蜜多遠離不遠離相不可得觀淨戒安忍精進靜慮般若波羅蜜多遠離不遠離相不可得善現如是菩薩摩訶薩修行般若波羅蜜多時有方便善巧故聞說如是甚深般若波羅蜜多其心不驚不恐不怖善現若菩薩摩訶薩修行般若波羅蜜多時以應一切智智心觀五眼常無常相不可得觀六神通常無常相不可得以應一切智智心觀五眼樂苦相不可得觀六神通樂苦相不可得以應一切智智心觀五眼我無我相不可得觀六神通我無我相不可得以應一切智智心觀五眼淨不淨相不可得觀六神通淨不淨相不可得以應一切智智心觀五眼空不空相不可得觀六神通空不空相不可得以應一切智智心觀五眼無相有相相不可得觀六神通無相有相相不可得以應一切智智心觀五眼無願有願相不可得觀六神通無願有願相不可得以應一切智智心觀五眼寂靜不寂靜相不可得觀六神通寂靜不寂靜相不可得以應

一切智智心觀五眼遠離不遠離相不可得觀六神通遠離不遠離相不可得善現如是菩薩摩訶薩修行般若波羅蜜多時有方便善巧故聞說如是甚深般若波羅蜜多其心不驚不恐不怖善現若菩薩摩訶薩修行般若波羅蜜多時以應一切智智心觀佛十力常無常相不可得觀四無所畏四無礙解大慈大悲大喜大捨十八佛不共法一切智道相智一切相智常無常相不可得以應一切智智心觀佛十力樂苦相不可得觀四無所畏乃至一切相智樂苦相不可得以應一切智智心觀佛十力我無我相不可得觀四無所畏乃至一切相智我無我相不可得以應一切智智心觀佛十力淨不淨相不可得觀四無所畏乃至一切相智淨不淨相不可得以應一切智智心觀佛十力空不空相不可得觀四無所畏乃至一切相智空不空相不可得以應一切智智心觀佛十力無相有相相不可得觀四無所畏乃至一切相智無相有相相不可得以應一切智智心觀佛十力無願有願相不可得觀四無所畏乃至一切相智無願有願相不可得以應一切智智心觀佛十力寂靜不寂靜相不可得觀四無所畏乃至一切相智寂靜不寂靜相不可得以應一切智智心觀佛十力遠離不遠離相不可得觀四無所畏乃至一切相智遠離不遠離相不可得善現如是菩薩摩訶薩修行般若波羅蜜多時有方便善巧故聞說如是甚深般若波羅蜜多其心不驚不恐不怖復次善現若菩薩摩訶薩作此觀時復興是念我

當以無所得爲方便爲諸有情說一切法常無常相不可得樂苦相不可得我無我相不可得淨不淨相不可得空不空相不可得無相有相相不可得無願有願相不可得寂靜不寂靜相不可得遠離不遠離相不可得善現是爲菩薩摩訶薩修行般若波羅蜜多時無所著布施波羅蜜多如是菩薩摩訶薩由此布施波羅蜜多有方便善巧故聞說如是甚深般若波羅蜜多其心不驚不恐不怖善現若菩薩摩訶薩修行般若波羅蜜多時不以應聲聞獨覺心觀一切法常無常相不可得樂苦相不可得我無我相不可得淨不淨相不可得空不空相不可得無相有相相不可得無願有願相不可得寂靜不寂靜相不可得遠離不遠離相不可得以無所得爲方便故善現是爲菩薩摩訶薩修行般若波羅蜜多時無所著淨戒波羅蜜多如是菩薩摩訶薩由此淨戒波羅蜜多有方便善巧故聞說如是甚深般若波羅蜜多其心不驚不恐不怖善現若菩薩摩訶薩修行般若波羅蜜多時以無所得爲方便觀一切法常無常相不可得樂苦相不可得我無我相不可得淨不淨相不可得空不空相不可得無相有相相不可得無願有願相不可得寂靜不寂靜相不可得遠離不遠離相不可得能於是中安忍欲樂善現是爲菩薩摩訶薩修行般若波羅蜜多時無所著安忍波羅蜜多如是菩薩摩訶薩由此安忍波羅蜜多有方便善巧故聞說如是甚深般若波羅蜜多其心不驚不恐不怖善現若菩薩摩訶薩修行般若波

羅蜜多時以應一切智智心觀一切法常無常相不可得樂苦相不可得我無我相不可得淨不淨相不可得空不空相不可得無相有相相不可得無願有願相不可得寂靜不寂靜相不可得遠離不遠離相不可得雖以無所得爲方便而常不捨一切智智相應作意善現是爲菩薩摩訶薩修行般若波羅蜜多時無所著精進波羅蜜多如是菩薩摩訶薩由此精進波羅蜜多有方便善巧故聞說如是甚深般若波羅蜜多其心不驚不恐不怖善現若菩薩摩訶薩修行般若波羅蜜多時不以應聲聞獨覺心觀一切法常無常相不可得樂苦相不可得我無我相不可得淨不淨相不可得空不空相不可得無相有相相不可得無願有願相不可得寂靜不寂靜相不可得遠離不遠離相不可得以無所得爲方便故於中不起應聲聞獨覺心及餘非善心而爲散動善現是爲菩薩摩訶薩修行般若波羅蜜多時無所著靜慮波羅蜜多如是菩薩摩訶薩由此靜慮波羅蜜多有方便善巧故聞說如是甚深般若波羅蜜多其心不驚不恐不怖善現若菩薩摩訶薩修行般若波羅蜜多時作如是觀非空色故色空色即是空空即是色受想行識亦復如是非空眼處故眼處空眼處即是空空即是眼處耳鼻舌身意處亦復如是非空色處故色處空色處即是空空即是色處聲香味觸法處亦復如是非空眼界故眼界空眼界即是空空即是眼界色界眼識界及眼觸眼觸爲緣所生諸受亦復如是非空耳界故耳界空耳界

即是空空即是耳界聲界耳識界及耳觸耳觸爲緣所生諸受亦復如是非空鼻界故鼻界空鼻界即是空空即是鼻界香界鼻識界及鼻觸鼻觸爲緣所生諸受亦復如是非空舌界故舌界空舌界即是空空即是舌界味界舌識界及舌觸舌觸爲緣所生諸受亦復如是非空身界故身界空身界即是空空即是身界觸界身識界及身觸身觸爲緣所生諸受亦復如是非空意界故意界空意界即是空空即是意界法界意識界及意觸意觸爲緣所生諸受亦復如是非空地界故地界空地界即是空空即是地界水火風空識界亦復如是非空苦聖諦故苦聖諦空苦聖諦即是空空即是苦聖諦集滅道聖諦亦復如是非空無明故無明空無明即是空空即是無明行識名色六處觸受愛取有生老死愁歎苦憂惱亦復如是非空四靜慮故四靜慮空四靜慮即是空空即是四靜慮四無量四無色定亦復如是非空四念住故四念住空四念住即是空空即是四念住四正斷四神足五根五力七等覺支八聖道支亦復如是非空空解脱門故空解脱門空空解脱門即是空空即是空解脱門無相無願解脱門亦復如是非空布施波羅蜜多故布施波羅蜜多空布施波羅蜜多即是空空即是布施波羅蜜多淨戒安忍精進靜慮般若波羅蜜多亦復如是非空五眼故五眼空五眼即是空空即是五眼六神通亦復如是非空佛十力故佛十力空佛十力即是空空即是佛十力四無所畏四無礙解大慈大悲大喜大捨十

八佛不共法一切智道相智一切相智亦復如是善現是爲菩薩摩訶薩修行般若波羅蜜多時無所著般若波羅蜜多如是菩薩摩訶薩由此般若波羅蜜多有方便善巧故聞說如是甚深般若波羅蜜多其心不驚不恐不怖爾時善現白佛言世尊云何菩薩摩訶薩修行般若波羅蜜多時爲諸善友之所攝受聞說如是甚深般若波羅蜜多其心不驚不恐不怖佛告善現諸菩薩摩訶薩善友者謂若能以無所得爲方便說色常無常相不可得說受想行識常無常相不可得說色樂苦相不可得說受想行識樂苦相不可得說色我無我相不可得說受想行識我無我相不可得說色淨不淨相不可得說受想行識淨不淨相不可得說色空不空相不可得說受想行識空不空相不可得說色無相有相相不可得說受想行識無相有相相不可得說色無願有願相不可得說受想行識無願有願相不可得說色寂靜不寂靜相不可得說受想行識寂靜不寂靜相不可得說色遠離不遠離相不可得說受想行識遠離不遠離相不可得及勸依此法勤修善根不令迴向聲聞獨覺唯令證得一切智智善現是爲菩薩摩訶薩善友若菩薩摩訶薩修行般若波羅蜜多時爲此善友之所攝受聞說如是甚深般若波羅蜜多其心不驚不恐不怖復次善現諸菩薩摩訶薩善友者謂若能以無所得爲方便說眼處常無常相不可得說耳鼻舌身意處常無常相不可得說眼處樂苦相不可得說耳鼻舌身意處樂苦相不可得

說眼處我無我相不可得說耳鼻舌身意處我無我相不可得說眼處淨不淨相不可得說耳鼻舌身意處淨不淨相不可得說眼處空不空相不可得說耳鼻舌身意處空不空相不可得說眼處無相有相相不可得說耳鼻舌身意處無相有相相不可得說眼處無願有願相不可得說耳鼻舌身意處無願有願相不可得說眼處寂靜不寂靜相不可得說耳鼻舌身意處寂靜不寂靜相不可得說眼處遠離不遠離相不可得說耳鼻舌身意處遠離不遠離相不可得及勸依此法勤修善根不令迴向聲聞獨覺唯令證得一切智智善現是爲菩薩摩訶薩善友若菩薩摩訶薩修行般若波羅蜜多時爲此善友之所攝受聞說如是甚深般若波羅蜜多其心不驚不恐不怖復次善現諸菩薩摩訶薩善友者謂若能以無所得爲方便說色處常無常相不可得說聲香味觸法處常無常相不可得說色處樂苦相不可得說聲香味觸法處樂苦相不可得說色處我無我相不可得說聲香味觸法處我無我相不可得說色處淨不淨相不可得說聲香味觸法處淨不淨相不可得說色處空不空相不可得說聲香味觸法處空不空相不可得說色處無相有相相不可得說聲香味觸法處無相有相相不可得說色處無願有願相不可得說聲香味觸法處無願有願相不可得說色處寂靜不寂靜相不可得說聲香味觸法處寂靜不寂靜相不可得說色處遠離不遠離相不可得說聲香味觸法處遠離不遠離相不可得及勸

依此法勤修善根不令迴向聲聞獨覺唯令證得一切智智善現是爲菩薩摩訶薩善友若菩薩摩訶薩修行般若波羅蜜多時爲此善友之所攝受聞說如是甚深般若波羅蜜多其心不驚不恐不怖復次善現諸菩薩摩訶薩善友者謂若能以無所得爲方便說眼界常無常相不可得說色界眼識界及眼觸眼觸爲緣所生諸受常無常相不可得說眼界樂苦相不可得說色界眼識界及眼觸眼觸爲緣所生諸受樂苦相不可得說眼界我無我相不可得說色界眼識界及眼觸眼觸爲緣所生諸受我無我相不可得說眼界淨不淨相不可得說色界眼識界及眼觸眼觸爲緣所生諸受淨不淨相不可得說眼界空不空相不可得說色界眼識界及眼觸眼觸爲緣所生諸受空不空相不可得說眼界無相有相相不可得說色界眼識界及眼觸眼觸爲緣所生諸受無相有相相不可得說眼界無願有願相不可得說色界眼識界及眼觸眼觸爲緣所生諸受無願有願相不可得說眼界寂靜不寂靜相不可得說色界眼識界及眼觸眼觸爲緣所生諸受寂靜不寂靜相不可得說眼界遠離不遠離相不可得說色界眼識界及眼觸眼觸爲緣所生諸受遠離不遠離相不可得及勸依此法勤修善根不令迴向聲聞獨覺唯令證得一切智智善現是爲菩薩摩訶薩善友若菩薩摩訶薩修行般若波羅蜜多時爲此善友之所攝受聞說如是甚深般若波羅蜜多其心不驚不恐不怖復次善現諸菩薩摩訶薩善友者謂若

能以無所得爲方便說耳界常無常相不可得說聲界耳識界及耳觸耳觸爲緣所生諸受常無常相不可得說耳界樂苦相不可得說聲界耳識界及耳觸耳觸爲緣所生諸受樂苦相不可得說耳界我無我相不可得說聲界耳識界及耳觸耳觸爲緣所生諸受我無我相不可得說耳界淨不淨相不可得說聲界耳識界及耳觸耳觸爲緣所生諸受淨不淨相不可得說耳界空不空相不可得說聲界耳識界及耳觸耳觸爲緣所生諸受空不空相不可得說耳界無相有相相不可得說聲界耳識界及耳觸耳觸爲緣所生諸受無相有相相不可得說耳界無願有願相不可得說聲界耳識界及耳觸耳觸爲緣所生諸受無願有願相不可得說耳界寂靜不寂靜相不可得說聲界耳識界及耳觸耳觸爲緣所生諸受寂靜不寂靜相不可得說耳界遠離不遠離相不可得說聲界耳識界及耳觸耳觸爲緣所生諸受遠離不遠離相不可得及勸依此法勤修善根不令迴向聲聞獨覺唯令證得一切智智善現是爲菩薩摩訶薩善友若菩薩摩訶薩修行般若波羅蜜多時爲此善友之所攝受聞說如是甚深般若波羅蜜多其心不驚不恐不怖復次善現諸菩薩摩訶薩善友者謂若能以無所得爲方便說鼻界常無常相不可得說香界鼻識界及鼻觸鼻觸爲緣所生諸受常無常相不可得說鼻界樂苦相不可得說香界鼻識界及鼻觸鼻觸爲緣所生諸受樂苦相不可得說鼻界我無我相不可得說香界鼻識界及鼻

觸鼻觸爲緣所生諸受我無我相不可得說鼻界淨不淨相不可得說香界鼻識界及鼻觸鼻觸爲緣所生諸受淨不淨相不可得說鼻界空不空相不可得說香界鼻識界及鼻觸鼻觸爲緣所生諸受空不空相不可得說鼻界無相有相相不可得說香界鼻識界及鼻觸鼻觸爲緣所生諸受無相有相相不可得說鼻界無願有願相不可得說香界鼻識界及鼻觸鼻觸爲緣所生諸受無願有願相不可得說鼻界寂靜不寂靜相不可得說香界鼻識界及鼻觸鼻觸爲緣所生諸受寂靜不寂靜相不可得說鼻界遠離不遠離相不可得說香界鼻識界及鼻觸鼻觸爲緣所生諸受遠離不遠離相不可得及勸依此法勤修善根不令迴向聲聞獨覺唯令證得一切智智善現是爲菩薩摩訶薩善友若菩薩摩訶薩修行般若波羅蜜多時為此善友之所攝受聞說如是甚深般若波羅蜜多其心不驚不恐不怖復次善現諸菩薩摩訶薩善友者謂若能以無所得爲方便說舌界常無常相不可得說味界舌識界及舌觸舌觸爲緣所生諸受常無常相不可得說舌界樂苦相不可得說味界舌識界及舌觸舌觸爲緣所生諸受樂苦相不可得說舌界我無我相不可得說味界舌識界及舌觸舌觸爲緣所生諸受我無我相不可得說舌界淨不淨相不可得說味界舌識界及舌觸舌觸爲緣所生諸受淨不淨相不可得說舌界空不空相不可得說味界舌識界及舌觸舌觸爲緣所生諸受空不空相不可得說舌界無相有相相

不可得說味界舌識界及舌觸舌觸爲緣所生諸受無相有相相不可得說舌界無願有願相不可得說味界舌識界及舌觸舌觸爲緣所生諸受無願有願相不可得說舌界寂靜不寂靜相不可得說味界舌識界及舌觸舌觸爲緣所生諸受寂靜不寂靜相不可得說舌界遠離不遠離相不可得說味界舌識界及舌觸舌觸爲緣所生諸受遠離不遠離相不可得及勸依此法勤修善根不令迴向聲聞獨覺唯令證得一切智智善現是爲菩薩摩訶薩善友若菩薩摩訶薩修行般若波羅蜜多時爲此善友之所攝受聞說如是甚深般若波羅蜜多其心不驚不恐不怖復次善現諸菩薩摩訶薩善友者謂若能以無所得爲方便說身界常無常相不可得說觸界身識界及身觸身觸爲緣所生諸受常無常相不可得說身界樂苦相不可得說觸界身識界及身觸身觸爲緣所生諸受樂苦相不可得說身界我無我相不可得說觸界身識界及身觸身觸爲緣所生諸受我無我相不可得說身界淨不淨相不可得說觸界身識界及身觸身觸爲緣所生諸受淨不淨相不可得說身界空不空相不可得說觸界身識界及身觸身觸爲緣所生諸受空不空相不可得說身界無相有相相不可得說觸界身識界及身觸身觸爲緣所生諸受無相有相相不可得說身界無願有願相不可得說觸界身識界及身觸身觸爲緣所生諸受無願有願相不可得說身界寂靜不寂靜相不可得說觸界身識界及身觸身觸爲緣所生諸

受寂靜不寂靜相不可得説身界遠離不遠離相不可得説觸界身識界及身觸身觸爲緣所生諸受遠離不遠離相不可得及勸依此法勤修善根不令迴向聲聞獨覺唯令證得一切智智善現是爲菩薩摩訶薩善友若菩薩摩訶薩修行般若波羅蜜多時爲此善友之所攝受聞説如是甚深般若波羅蜜多其心不驚不恐不怖復次善現諸菩薩摩訶薩善友者謂若能以無所得爲方便説意界常無常相不可得説法界意識界及意觸意觸爲緣所生諸受常無常相不可得説意界樂苦相不可得説法界意識界及意觸意觸爲緣所生諸受樂苦相不可得説意界我無我相不可得説法界意識界及意觸意觸爲緣所生諸受我無我相不可得説意界淨不淨相不可得説法界意識界及意觸意觸爲緣所生諸受淨不淨相不可得説意界空不空相不可得説法界意識界及意觸意觸爲緣所生諸受空不空相不可得説意界無相有相相不可得説法界意識界及意觸意觸爲緣所生諸受無相有相相不可得説意界無願有願相不可得説法界意識界及意觸意觸爲緣所生諸受無願有願相不可得説意界寂靜不寂靜相不可得説法界意識界及意觸意觸爲緣所生諸受寂靜不寂靜相不可得説意界遠離不遠離相不可得説法界意識界及意觸意觸爲緣所生諸受遠離不遠離相不可得及勸依此法勤修善根不令迴向聲聞獨覺唯令證得一切智智善現是爲菩薩摩訶薩善友若菩薩摩訶薩修行

般若波羅蜜多時爲此善友之所攝受聞說如是甚深般若波羅蜜多其心不驚不恐不怖復次善現諸菩薩摩訶薩善友者謂若能以無所得爲方便說地界常無常相不可得說水火風空識界常無常相不可得說地界樂苦相不可得說水火風空識界樂苦相不可得說地界我無我相不可得說水火風空識界我無我相不可得說地界淨不淨相不可得說水火風空識界淨不淨相不可得說地界空不空相不可得說水火風空識界空不空相不可得說地界無相有相相不可得說水火風空識界無相有相相不可得說地界無願有願相不可得說水火風空識界無願有願相不可得說地界寂靜不寂靜相不可得說水火風空識界寂靜不寂靜相不可得說地界遠離不遠離相不可得說水火風空識界遠離不遠離相不可得及勸依此法勤修善根不令迴向聲聞獨覺唯令證得一切智智善現是爲菩薩摩訶薩善友若菩薩摩訶薩修行般若波羅蜜多時爲此善友之所攝受聞說如是甚深般若波羅蜜多其心不驚不恐不怖復次善現諸菩薩摩訶薩善友者謂若能以無所得爲方便說苦聖諦常無常相不可得說集滅道聖諦常無常相不可得說苦聖諦樂苦相不可得說集滅道聖諦樂苦相不可得說苦聖諦我無我相不可得說集滅道聖諦我無我相不可得說苦聖諦淨不淨相不可得說集滅道聖諦淨不淨相不可得說苦聖諦空不空相不可得說集滅道聖諦空不空相不可得說苦聖諦無相

有相相不可得說集滅道聖諦無相有相相不可得說苦聖諦無願有願相不可得說集滅道聖諦無願有願相不可得說苦聖諦寂靜不寂靜相不可得說集滅道聖諦寂靜不寂靜相不可得說苦聖諦遠離不遠離相不可得說集滅道聖諦遠離不遠離相不可得及勸依此法勤修善根不令迴向聲聞獨覺唯令證得一切智智善現是爲菩薩摩訶薩善友若菩薩摩訶薩修行般若波羅蜜多時爲此善友之所攝受聞說如是甚深般若波羅蜜多其心不驚不恐不怖復次善現諸菩薩摩訶薩善友者謂若能以無所得爲方便說無明常無常相不可得說行識名色六處觸受愛取有生老死愁歎苦憂惱常無常相不可得說無明樂苦相不可得說行乃至老死愁歎苦憂惱樂苦相不可得說無明我無我相不可得說行乃至老死愁歎苦憂惱我無我相不可得說無明淨不淨相不可得說行乃至老死愁歎苦憂惱淨不淨相不可得說無明空不空相不可得說行乃至老死愁歎苦憂惱空不空相不可得說無明無相有相相不可得說行乃至老死愁歎苦憂惱無相有相相不可得說無明無願有願相不可得說行乃至老死愁歎苦憂惱無願有願相不可得說無明寂靜不寂靜相不可得說行乃至老死愁歎苦憂惱寂靜不寂靜相不可得說無明遠離不遠離相不可得說行乃至老死愁歎苦憂惱遠離不遠離相不可得及勸依此法勤修善根不令迴向聲聞獨覺唯令證得一切智智善現是爲菩薩摩訶薩善

友若菩薩摩訶薩修行般若波羅蜜多時爲此善友之所攝受聞說如是甚深般若波羅蜜多其心不驚不恐不怖

大般若波羅蜜多經卷第四十三

大般若波羅蜜多經卷第四十四

唐三藏法師玄奘奉　詔譯

初分譬喻品第十一之三

復次善現諸菩薩摩訶薩善友者謂若能以無所得爲方便說四靜慮常無常相不可得說四無量四無色定常無常相不可得說四靜慮樂苦相不可得說四無量四無色定樂苦相不可得說四靜慮我無我相不可得說四無量四無色定我無我相不可得說四靜慮淨不淨相不可得說四無量四無色定淨不淨相不可得說四靜慮空不空相不可得說四無量四無色定空不空相不可得說四靜慮無相有相相不可得說四無量四無色定無相有相相不可得說四靜慮無願有願相不可得說四無量四無色定無願有願相不可得說四靜慮寂靜不寂靜相不可得說四無量四無色定寂靜不寂靜相不可得說四靜慮遠離不遠離相不可得說四無量四無色定遠離不遠離相不可得及勸依此法勤修善根不令迴向聲聞獨覺唯令證得一切智智善現是爲菩薩摩訶薩善友若菩薩摩訶薩修行般若波羅蜜多時爲此善友之所攝受聞說如是甚深般若波羅蜜多其心不驚不恐不怖復次善現諸菩薩摩訶薩善友者謂若能以無所得爲方便說四念住常無常相不可得說四正斷四神足五根五力七等覺支八聖道支常無常相不可得說四念住樂苦相不可得說四正斷乃至八聖道支樂苦相不可得說四念住我無我相不可得說四正斷乃至八聖道支我無我相不可

得說四念住淨不淨相不可得說四正斷乃至八聖道支淨不淨相不可得說四念住空不空相不可得說四正斷乃至八聖道支空不空相不可得說四念住無相有相相不可得說四正斷乃至八聖道支無相有相相不可得說四念住無願有願相不可得說四正斷乃至八聖道支無願有願相不可得說四念住寂靜不寂靜相不可得說四正斷乃至八聖道支寂靜不寂靜相不可得說四念住遠離不遠離相不可得說四正斷乃至八聖道支遠離不遠離相不可得及勸依此法勤修善根不令迴向聲聞獨覺唯令證得一切智智善現是爲菩薩摩訶薩善友若菩薩摩訶薩修行般若波羅蜜多時爲此善友之所攝受聞說如是甚深般若波羅蜜多其心不驚不恐不怖復次善現諸菩薩摩訶薩善友者謂若能以無所得爲方便說空解脱門常無常相不可得說無相無願解脱門常無常相不可得說空解脱門樂苦相不可得說無相無願解脱門樂苦相不可得說空解脱門我無我相不可得說無相無願解脱門我無我相不可得說空解脱門淨不淨相不可得說無相無願解脱門淨不淨相不可得說空解脱門空不空相不可得說無相無願解脱門空不空相不可得說空解脱門無相有相相不可得說無相無願解脱門無相有相相不可得說空解脱門無願有願相不可得說無相無願解脱門無願有願相不可得說空解脱門寂靜不寂靜相不可得說無相無願解脱門寂靜不寂靜相不可得說空解脱門

遠離不遠離相不可得說無相無願解脫門遠離不遠離相不可得及勸依此法勤修善根不令迴向聲聞獨覺唯令證得一切智智善現是爲菩薩摩訶薩善友若菩薩摩訶薩修行般若波羅蜜多時爲此善友之所攝受聞說如是甚深般若波羅蜜多其心不驚不恐不怖復次善現諸菩薩摩訶薩善友者謂若能以無所得爲方便說布施般若波羅蜜多常無常相不可得說淨戒安忍精進靜慮般若波羅蜜多常無常相不可得說布施波羅蜜多樂苦相不可得說淨戒安忍精進靜慮般若波羅蜜多樂苦相不可得說布施波羅蜜多我無我相不可得說淨戒安忍精進靜慮般若波羅蜜多我無我相不可得說布施波羅蜜多淨不淨相不可得說淨戒安忍精進靜慮般若波羅蜜多淨不淨相不可得說淨戒安忍精進靜慮般若波羅蜜多空不空相不可得說布施波羅蜜多空不空相不可得說淨戒安忍精進靜慮般若波羅蜜多無相有相相不可得說布施波羅蜜多無相有相相不可得說布施波羅蜜多無願有願相不可得說淨戒安忍精進靜慮般若波羅蜜多無願有願相不可得說布施波羅蜜多寂靜不寂靜相不可得說淨戒安忍精進靜慮般若波羅蜜多寂靜不寂靜相不可得說布施波羅蜜多遠離不遠離相不可得說淨戒安忍精進靜慮般若波羅蜜多遠離不遠離相不可得及勸依此法勤修善根不令迴向聲聞獨覺唯令證得一切智智善現是爲菩薩摩訶薩善友若菩薩摩訶薩修行般若

波羅蜜多時爲此善友之所攝受聞說如是甚深般若波羅蜜多其心不驚不恐不怖復次善現諸菩薩摩訶薩善友者謂若能以無所得爲方便說五眼常無常相不可得說六神通常無常相不可得說五眼樂苦相不可得說六神通樂苦相不可得說五眼我無我相不可得說六神通我無我相不可得說五眼淨不淨相不可得說六神通淨不淨相不可得說五眼空不空相不可得說六神通空不空相不可得說五眼無相有相相不可得說六神通無相有相相不可得說五眼無願有願相不可得說六神通無願有願相不可得說五眼寂靜不寂靜相不可得說六神通寂靜不寂靜相不可得說五眼遠離不遠離相不可得說六神通遠離不遠離相不可得

及勸依此法勤修善根不令迴向聲聞獨覺唯令證得一切智智善現是爲菩薩摩訶薩善友若菩薩摩訶薩修行般若波羅蜜多時爲此善友之所攝受聞說如是甚深般若波羅蜜多其心不驚不恐不怖復次善現諸菩薩摩訶薩善友者謂若能以無所得爲方便說佛十力常無常相不可得說四無所畏四無礙解大慈大悲大喜大捨十八佛不共法一切智道相智一切相智常無常相不可得說佛十力樂苦相不可得說四無所畏乃至一切相智樂苦相不可得說佛十力我無我相不可得說四無所畏乃至一切相智我無我相不可得說佛十力淨不淨相不可得說四無所畏乃至一切相智淨不淨相不可得說佛十力空不空相不可得說四無所畏乃

至一切相智空不空相不可得說佛十力無相有相相不可得說四無所畏乃至一切相智無相有相相不可得說佛十力無願有願相不可得說四無所畏乃至一切相智無願有願相不可得說佛十力寂靜不寂靜相不可得說四無所畏乃至一切相智寂靜不寂靜相不可得說佛十力遠離不遠離相不可得說四無所畏乃至一切相智遠離不遠離相不可得及勸依此法勤修善根不令迴向聲聞獨覺唯令證得一切智智善現是為菩薩摩訶薩善友若菩薩摩訶薩修行般若波羅蜜多時為此善友之所攝受聞說如是甚深般若波羅蜜多其心不驚不恐不怖復次善現諸菩薩摩訶薩善友者謂若能以無所得為方便雖說修四靜慮法不可得說修四無量四無色定法不可得而勸依此法勤修善根不令迴向聲聞獨覺唯令證得一切智智善現是為菩薩摩訶薩善友若菩薩摩訶薩修行般若波羅蜜多時為此善友之所攝受聞說如是甚深般若波羅蜜多其心不驚不恐不怖復次善現諸菩薩摩訶薩善友者謂若能以無所得為方便雖說修四念住法不可得說修四正斷四神足五根五力七等覺支八聖道支法不可得而勸依此法勤修善根不令迴向聲聞獨覺唯令證得一切智智善現是為菩薩摩訶薩善友若菩薩摩訶薩修行般若波羅蜜多時為此善友之所攝受聞說如是甚深般若波羅蜜多其心不驚不恐不怖復次善現諸菩薩摩訶薩善友者謂若能以無所得為方便雖說修空解脫門

法不可得說修無相無願解脫門法不可得而勸依此法勤修善根不令迴向聲聞獨覺唯令證得一切智智善現是爲菩薩摩訶薩善友若菩薩摩訶薩修行般若波羅蜜多時爲此善友之所攝受聞說如是甚深般若波羅蜜多其心不驚不恐不怖復次善現諸菩薩摩訶薩善友者謂若能以無所得爲方便雖說修布施波羅蜜多法不可得說修淨戒安忍精進靜慮般若波羅蜜多法不可得而勸依此法勤修善根不令迴向聲聞獨覺唯令證得一切智智善現是爲菩薩摩訶薩善友若菩薩摩訶薩修行般若波羅蜜多時爲此善友之所攝受聞說如是甚深般若波羅蜜多其心不驚不恐不怖復次善現諸菩薩摩訶薩善友者謂若能以無所得爲方便雖說修五眼法不可得說修六神通法不可得而勸依此法勤修善根不令迴向聲聞獨覺唯令證得一切智智善現是爲菩薩摩訶薩善友若菩薩摩訶薩修行般若波羅蜜多時爲此善友之所攝受聞說如是甚深般若波羅蜜多其心不驚不恐不怖復次善現諸菩薩摩訶薩善友者謂若能以無所得爲方便雖說修佛十力法不可得說修四無所畏四無礙解大慈大悲大喜大捨十八佛不共法一切智道相智一切相智法不可得而勸依此法勤修善根不令迴向聲聞獨覺唯令證得一切智智善現是爲菩薩摩訶薩善友若菩薩摩訶薩修行般若波羅蜜多時爲此善友之所攝受聞說如是甚深般若波羅蜜多其心不驚不恐不怖爾時具壽善現白佛言

世尊云何菩薩摩訶薩修行般若波羅蜜多時無方便善巧故聞說如是甚深般若波羅蜜多其心有驚有恐有怖佛告善現若菩薩摩訶薩修行般若波羅蜜多時離應一切智智心修行般若波羅蜜多於修般若波羅蜜多有所得有所恃以有所得爲方便故離應一切智智心修行靜慮精進安忍淨戒布施波羅蜜多於修靜慮乃至布施波羅蜜多有所得有所恃以有所得爲方便故善現如是菩薩摩訶薩修行般若波羅蜜多時無方便善巧聞說如是甚深般若波羅蜜多其心有驚有恐有怖善現若菩薩摩訶薩修行般若波羅蜜多時離應一切智智心修行四靜慮於修四靜慮有所得有所恃以有所得爲方便故離應一切智智心修行四無量四無色定於修四無量四無色定有所得有所恃以有所得爲方便故善現如是菩薩摩訶薩修行般若波羅蜜多時無方便善巧聞說如是甚深般若波羅蜜多其心有驚有恐有怖善現若菩薩摩訶薩修行般若波羅蜜多時離應一切智智心修行四念住於修四念住有所得有所恃以有所得爲方便故離應一切智智心修行四正斷四神足五根五力七等覺支八聖道支於修四正斷乃至八聖道支有所得有所恃以有所得爲方便故善現如是菩薩摩訶薩修行般若波羅蜜多時無方便善巧聞說如是甚深般若波羅蜜多其心有驚有恐有怖善現若菩薩摩訶薩修行般若波羅蜜多時離應一切智智心修行空解脫門於修空解脫門有所得有所恃以有所

得爲方便故離應一切智智心修行無相無
願解脫門於修無相無願解脫門有所得有
所恃以有所得爲方便故善現如是菩薩摩
訶薩修行般若波羅蜜多時無方便善巧聞
說如是甚深般若波羅蜜多其心有驚有恐
有怖善現若菩薩摩訶薩修行般若波羅蜜
多時離應一切智智心修行五眼於修五眼
有所得有所恃以有所得爲方便故離應一
切智智心修行六神通於修六神通有所得
有所恃以有所得爲方便故善現如是菩薩
摩訶薩修行般若波羅蜜多時無方便善巧
聞說如是甚深般若波羅蜜多其心有驚有
恐有怖善現若菩薩摩訶薩修行般若波羅
蜜多時離應一切智智心修行佛十力於修
佛十力有所得有所恃以有所得爲方便故
離應一切智智心修行四無所畏四無礙解
大慈大悲大喜大捨十八佛不共法一切智
道相智一切相智於修四無所畏乃至一切
相智有所得有所恃以有所得爲方便故善
現如是菩薩摩訶薩修行般若波羅蜜多時
無方便善巧聞說如是甚深般若波羅蜜多
其心有驚有恐有怖善現若菩薩摩訶薩修
行般若波羅蜜多時離應一切智智心觀色
內空外空內外空空空大空勝義空有爲空
無爲空畢竟空無際空散空無變異空本性
空自相空共相空一切法空不可得空無性
空自性空無性自性空於觀色空有所得有
所恃以有所得爲方便故離應一切智智心
觀受想行識內空乃至無性自性空於觀受
想行識空有所得有所恃以有所得爲方便

故善現如是菩薩摩訶薩修行般若波羅蜜多時無方便善巧聞說如是甚深般若波羅蜜多其心有驚有恐有怖善現若菩薩摩訶薩修行般若波羅蜜多時離應一切智智心觀眼處空有所得有所恃以有所得爲方便故離應一切智智心觀耳鼻舌身意處內空乃至無性自性空於觀耳鼻舌身意處空有所得有所恃以有所得爲方便故善現如是菩薩摩訶薩修行般若波羅蜜多時無方便善巧聞說如是甚深般若波羅蜜多其心有驚有恐有怖善現若菩薩摩訶薩修行般若波羅蜜多時離應一切智智心觀色處內空乃至無性自性空於觀色處空有所得有所恃以有所得爲方便故離應一切智智心觀聲香味觸法處內空乃至無性自性空於觀聲香味觸法處空有所得有所恃以有所得爲方便故善現如是菩薩摩訶薩修行般若波羅蜜多時無方便善巧聞說如是甚深般若波羅蜜多其心有驚有恐有怖善現若菩薩摩訶薩修行般若波羅蜜多時離應一切智智心觀眼界內空乃至無性自性空於觀眼界空有所得有所恃以有所得爲方便故離應一切智智心觀色界眼識界及眼觸眼觸爲緣所生諸受內空乃至無性自性空於觀色界乃至眼觸爲緣所生諸受空有所得有所恃以有所得爲方便故善現如是菩薩摩訶薩修行般若波羅蜜多時無方便善巧聞說如是甚深般若波羅蜜多其心有驚有恐有怖善現若菩薩摩訶薩修行般若波羅蜜多時離

應一切智智心觀耳界内空乃至無性自性空於觀耳界空有所得有所恃以有所得爲方便故離應一切智智心觀聲界耳識界及耳觸耳觸爲緣所生諸受内空乃至無性自性空於觀聲界乃至耳觸爲緣所生諸受空有所得有所恃以有所得爲方便故善現如是菩薩摩訶薩修行般若波羅蜜多時無方便善巧聞說如是甚深般若波羅蜜多其心有驚有恐有怖善現若菩薩摩訶薩修行般若波羅蜜多時離應一切智智心觀鼻界内空乃至無性自性空於觀鼻界空有所得有所恃以有所得爲方便故離應一切智智心觀香界鼻識界及鼻觸鼻觸爲緣所生諸受内空乃至無性自性空於觀香界乃至鼻觸爲緣所生諸受空有所得有所恃以有所得爲方便故善現如是菩薩摩訶薩修行般若波羅蜜多時無方便善巧聞說如是甚深般若波羅蜜多其心有驚有恐有怖善現若菩薩摩訶薩修行般若波羅蜜多時離應一切智智心觀舌界内空乃至無性自性空於觀舌界空有所得有所恃以有所得爲方便故離應一切智智心觀味界舌識界及舌觸舌觸爲緣所生諸受内空乃至無性自性空於觀味界乃至舌觸爲緣所生諸受空有所得有所恃以有所得爲方便故善現如是菩薩摩訶薩修行般若波羅蜜多時無方便善巧聞說如是甚深般若波羅蜜多其心有驚有恐有怖善現若菩薩摩訶薩修行般若波羅蜜多時離應一切智智心觀身界内空乃至無性自性空於觀身界空有所得有所恃以

有所得爲方便故離應一切智智心觀觸界身識界及身觸身觸爲緣所生諸受内空乃至無性自性空於觀觸界乃至身觸爲緣所生諸受空有所得有所恃以有所得爲方便故善現如是菩薩摩訶薩修行般若波羅蜜多時無方便善巧聞說如是甚深般若波羅蜜多其心有驚有恐有怖善現若菩薩摩訶薩修行般若波羅蜜多時離應一切智智心觀意界内空乃至無性自性空於觀意界空有所得有所恃以有所得爲方便故離應一切智智心觀法界意識界及意觸意觸爲緣所生諸受内空乃至無性自性空於觀法界乃至意觸爲緣所生諸受空有所得有所恃以有所得爲方便故善現如是菩薩摩訶薩修行般若波羅蜜多時無方便善巧聞說如是甚深般若波羅蜜多其心有驚有恐有怖善現若菩薩摩訶薩修行般若波羅蜜多時離應一切智智心觀地界内空乃至無性自性空於觀地界空有所得有所恃以有所得爲方便故離應一切智智心觀水火風空識界内空乃至無性自性空於觀水火風空識界空有所得有所恃以有所得爲方便故善現如是菩薩摩訶薩修行般若波羅蜜多時無方便善巧聞說如是甚深般若波羅蜜多其心有驚有恐有怖善現若菩薩摩訶薩修行般若波羅蜜多時離應一切智智心觀苦聖諦内空乃至無性自性空於觀苦聖諦空有所得有所恃以有所得爲方便故離應一切智智心觀集滅道聖諦内空乃至無性自性空於觀集滅道聖諦空有所得有所恃以

有所得爲方便故善現如是菩薩摩訶薩修行般若波羅蜜多時無方便善巧聞說如是甚深般若波羅蜜多其心有驚有恐有怖善現若菩薩摩訶薩修行般若波羅蜜多時離應一切智智心觀無明內空乃至無性自性空於觀無明空有所得有所恃以有所得爲方便故離應一切智智心觀行識名色六處觸受愛取有生老死愁歎苦憂惱內空乃至無性自性空於觀行乃至老死愁歎苦憂惱空有所得有所恃以有所得爲方便故善現如是菩薩摩訶薩修行般若波羅蜜多時無方便善巧聞說如是甚深般若波羅蜜多其心有驚有恐有怖善現若菩薩摩訶薩修行般若波羅蜜多時離應一切智智心觀四靜慮內空乃至無性自性空於觀四靜慮空有所得有所恃以有所得爲方便故離應一切智智心觀四無量四無色定內空乃至無性自性空於觀四無量四無色定空有所得有所恃以有所得爲方便故善現如是菩薩摩訶薩修行般若波羅蜜多時無方便善巧聞說如是甚深般若波羅蜜多其心有驚有恐有怖善現若菩薩摩訶薩修行般若波羅蜜多時離應一切智智心觀四念住內空乃至無性自性空於觀四念住空有所得有所恃以有所得爲方便故離應一切智智心觀四正斷四神足五根五力七等覺支八聖道支內空乃至無性自性空於觀四正斷乃至八聖道支空有所得有所恃以有所得爲方便故善現如是菩薩摩訶薩修行般若波羅蜜多時無方便善巧聞說如是甚深般若波羅

蜜多其心有驚有恐有怖善現若菩薩摩訶
薩修行般若波羅蜜多時離應一切智智心
觀空解脫門內空乃至無性自性空於觀空
解脫門空有所得有所恃以有所得爲方便
故離應一切智智心觀無相無願解脫門內
空乃至無性自性空於觀無相無願解脫門
空有所得有所恃以有所得爲方便故善現
如是菩薩摩訶薩修行般若波羅蜜多時無
方便善巧聞說如是甚深般若波羅蜜多其
心有驚有恐有怖善現若菩薩摩訶薩修行
般若波羅蜜多時離應一切智智心觀布施
波羅蜜多內空乃至無性自性空於觀布施
波羅蜜多空有所得有所恃以有所得爲方
便故離應一切智智心觀淨戒安忍精進靜
慮般若波羅蜜多內空乃至無性自性空於

觀淨戒安忍精進靜慮般若波羅蜜多空有
所得有所恃以有所得爲方便故善現如是
菩薩摩訶薩修行般若波羅蜜多時無方便
善巧聞說如是甚深般若波羅蜜多其心有
驚有恐有怖善現若菩薩摩訶薩修行般若
波羅蜜多時離應一切智智心觀五眼內空
乃至無性自性空於觀五眼空有所得有所
恃以有所得爲方便故離應一切智智心觀
六神通內空乃至無性自性空於觀六神通
空有所得有所恃以有所得爲方便故善現
如是菩薩摩訶薩修行般若波羅蜜多時無
方便善巧聞說如是甚深般若波羅蜜多其
心有驚有恐有怖善現若菩薩摩訶薩修行
般若波羅蜜多時離應一切智智心觀佛十
力內空乃至無性自性空於觀佛十力空有

所得有所恃以有所得爲方便故離應一切智智心觀四無所畏四無礙解大慈大悲大喜大捨十八佛不共法一切智道相智一切相智内空乃至無性自性空於觀四無所畏乃至一切相智空有所得有所恃以有所得爲方便故善現如是菩薩摩訶薩修行般若波羅蜜多時無方便善巧聞説如是甚深般若波羅蜜多其心有驚有恐有怖爾時善現白佛言世尊云何菩薩摩訶薩修行般若波羅蜜多時爲諸惡友之所攝受聞説如是甚深般若波羅蜜多其心有驚有恐有怖佛告善現諸菩薩摩訶薩惡友者若教猒離般若波羅蜜多相應之法若教猒離靜慮精進安忍淨戒布施波羅蜜多相應之法謂作是言咄善男子汝等於此六到彼岸相應之法不應修學所以者何此法定非如來所説是文頌者妄所製造是故汝等不應聽習不應受持不應讀誦不應思惟不應尋究不應爲他宣説開示善現是爲菩薩摩訶薩惡友若菩薩摩訶薩修行般若波羅蜜多時爲此惡友之所攝受聞説如是甚深般若波羅蜜多其心有驚有恐有怖復次善現諸菩薩摩訶薩惡友者若不爲説魔事魔過謂有惡魔作佛形像來教菩薩摩訶薩猒離六波羅蜜多言善男子汝今何用修此般若波羅蜜多汝今何用修此靜慮精進安忍淨戒布施波羅蜜多善現若不爲説如是等事令覺悟者是爲菩薩摩訶薩惡友若菩薩摩訶薩修行般若波羅蜜多時爲此惡友之所攝受聞説如是甚深般若波羅蜜多其心有驚有恐有怖復

次善現菩薩摩訶薩惡友者若不爲說魔事魔過謂有惡魔作佛形像來爲菩薩摩訶薩說聲聞獨覺相應之法所謂契經乃至論議分別開示勸令修學善現若不爲說如是等事令覺悟者是爲菩薩摩訶薩惡友若菩薩摩訶薩修行般若波羅蜜多時爲此惡友之所攝受聞說如是甚深般若波羅蜜多其心有驚有恐有怖復次善現菩薩摩訶薩惡友者若不爲說魔事魔過謂有惡魔作佛形像來至菩薩摩訶薩所言善男子如無菩薩種性無真實菩提心不能證得不退轉地亦不能證無上菩提善現若不爲說如是等事令覺悟者是爲菩薩摩訶薩惡友若菩薩摩訶薩修行般若波羅蜜多時爲此惡友之所攝受聞說如是甚深般若波羅蜜多其心有驚有恐有怖復次善現菩薩摩訶薩惡友者若不爲說魔事魔過謂有惡魔作佛形像來至菩薩摩訶薩所言善男子色空無我我所受想行識空無我我所眼處空無我我所耳鼻舌身意處空無我我所色處空無我我所聲香味觸法處空無我我所眼界空無我我所色界眼識界及眼觸眼觸爲緣所生諸受空無我我所耳界空無我我所聲界耳識界及耳觸耳觸爲緣所生諸受空無我我所鼻界空無我我所香界鼻識界及鼻觸鼻觸爲緣所生諸受空無我我所舌界空無我我所味界舌識界及舌觸舌觸爲緣所生諸受空無我我所身界空無我我所觸界身識界及身觸身觸爲緣所生諸受空無我我所意界空無我我所法界意識界及意觸意觸爲緣所

生諸受空無我我所地界空無我我所水火風空識界空無我我所苦聖諦空無我我所集滅道聖諦空無我我所無明空無我我所行識名色六處觸受愛取有生老死愁歎苦憂惱空無我我所四靜慮空無我我所四無量四無色定空無我我所四念住空無我我所四正斷四神足五根五力七等覺支八聖道支空無我我所空解脫門空無我我所無相無願解脫門空無我我所布施波羅蜜多空無我我所淨戒安忍精進靜慮般若波羅蜜多空無我我所五眼空無我我所六神通空無我我所佛十力空無我我所四無所畏四無礙解大慈大悲大喜大捨十八佛不共法一切智道相智一切相智空無我我所咄善男子諸法皆空無我我所誰能修習六到彼岸誰復能證無上菩提設證菩提為何所用善現若不為說如是等事令覺悟者是為菩薩摩訶薩惡友若菩薩摩訶薩修行般若波羅蜜多時為此惡友之所攝受聞說如是甚深般若波羅蜜多其心有驚有恐有怖復次善現菩薩摩訶薩惡友者若不為說魔事魔過謂有惡魔作獨覺形像來至菩薩摩訶薩所言善男子十方皆空諸佛菩薩及聲聞衆都無所有善現若不為說如是等事令覺悟者是為菩薩摩訶薩惡友若菩薩摩訶薩修行般若波羅蜜多時為此惡友之所攝受聞說如是甚深般若波羅蜜多其心有驚有恐有怖復次善現菩薩摩訶薩惡友者若不為說魔事魔過謂有惡魔作聲聞形像來至菩薩摩訶薩所毀呰應一切智智作意令深

猒離讚歎應聲聞獨覺作意令極愛樂善現若不爲說如是等事令覺悟者是爲菩薩摩訶薩惡友若菩薩摩訶薩修行般若波羅蜜多時爲此惡友之所攝受聞說如是甚深般若波羅蜜多其心有驚有恐有怖復次善現菩薩摩訶薩惡友者若不爲說魔事魔過謂有惡魔作親教軌範形像來至菩薩摩訶薩所教令猒離菩薩勝行謂四念住乃至八聖道支布施波羅蜜多乃至般若波羅蜜多及令猒離一切智智謂五眼六神通佛十力乃至一切相智唯教修習空無相無願三解脫門汝學此法速證聲聞或獨覺果究竟安樂何用勤苦求趣無上正等菩薩善現若不爲說如是等事令覺悟者是爲菩薩摩訶薩惡友若菩薩摩訶薩修行般若波羅蜜多時爲此惡友之所攝受聞說如是甚深般若波羅蜜多其心有驚有恐有怖

大般若波羅蜜多經卷第四十四

音釋

恃　音市依也賴也
咄　當沒切呵也又嗟咨也
毀訾　下音紫呵訾也
軌範　軌俱水切範音犯謂軌則範模也

大般若波羅蜜多經卷第四十五

唐三藏法師玄奘奉詔譯

初分譬喻品第十一之四

復次善現菩薩摩訶薩惡友者若不爲說魔事魔過謂有惡魔作父母形像來至菩薩摩訶薩所告言子子汝當精勤求證預流一來不還阿羅漢果足得永離生死大苦速證涅槃究竟安樂何用遠趣無上菩提求菩提者要經無量無數大劫輪迴生死教化有情捨身捨命斷支斷節徒自勤苦誰荷汝恩所求菩提或得不得善現若不爲說如是等事令覺悟者是爲菩薩摩訶薩惡友若菩薩摩訶薩修行般若波羅蜜多時爲此惡友之所攝受聞說如是甚深般若波羅蜜多其心有驚有恐有怖復次善現菩薩摩訶薩惡友者若不爲說魔事魔過謂有惡魔作苾芻等形像來至菩薩摩訶薩所以有所得爲方便說色常無常相可得說受想行識常無常相可得以有所得爲方便說色樂苦相可得說受想行識樂苦相可得以有所得爲方便說色我無我相可得說受想行識我無我相可得以有所得爲方便說色淨不淨相可得說受想行識淨不淨相可得以有所得爲方便說色空不空相可得說受想行識空不空相可得以有所得爲方便說色無相有相相可得說受想行識無相有相相可得以有所得爲方便說色無願有願相可得說受想行識無願有願相可得以有所得爲方便說色寂靜不寂靜相可得說受想行識寂靜不寂靜相可得以有所得爲方便說色遠離不遠離相可

得說受想行識遠離不遠離相可得以有所得為方便說眼處常無常相可得說耳鼻舌身意處常無常相可得以有所得為方便說眼處樂苦相可得說耳鼻舌身意處樂苦相可得以有所得為方便說眼處我無我相可得說耳鼻舌身意處我無我相可得以有所得為方便說眼處淨不淨相可得說耳鼻舌身意處淨不淨相可得以有所得為方便說眼處空不空相可得說耳鼻舌身意處空不空相可得以有所得為方便說眼處無相有相相可得說耳鼻舌身意處無相有相相可得以有所得為方便說眼處無願有願相可得說耳鼻舌身意處無願有願相可得以有所得為方便說眼處寂靜不寂靜相可得說耳鼻舌身意處寂靜不寂靜相可得以有所得為方便說眼處遠離不遠離相可得說耳鼻舌身意處遠離不遠離相可得以有所得為方便說色處常無常相可得說聲香味觸法處常無常相可得以有所得為方便說色處樂苦相可得說聲香味觸法處樂苦相可得以有所得為方便說色處我無我相可得說聲香味觸法處我無我相可得以有所得為方便說色處淨不淨相可得說聲香味觸法處淨不淨相可得以有所得為方便說色處空不空相可得說聲香味觸法處空不空相可得以有所得為方便說色處無相有相相可得說聲香味觸法處無相有相相可得以有所得為方便說色處無願有願相可得說聲香味觸法處無願有願相可得以有所得為方便說色處寂靜不寂靜相可得說聲

香味觸法處寂靜不寂靜相可得以有所得爲方便說色處遠離不遠離相可得說聲香味觸法處遠離不遠離相可得以有所得爲方便說眼界常無常相可得說色界眼識界及眼觸眼觸爲緣所生諸受常無常相可得以有所得爲方便說眼界樂苦相可得說色界眼識界及眼觸眼觸爲緣所生諸受樂苦相可得以有所得爲方便說眼界我無我相可得說色界眼識界及眼觸眼觸爲緣所生諸受我無我相可得以有所得爲方便說眼界淨不淨相可得說色界眼識界及眼觸眼觸爲緣所生諸受淨不淨相可得以有所得爲方便說眼界空不空相可得說色界眼識界及眼觸眼觸爲緣所生諸受空不空相可得以有所得爲方便說眼界無相有相相可得說色界眼識界及眼觸眼觸爲緣所生諸受無相有相相可得以有所得爲方便說眼界無願有願相可得說色界眼識界及眼觸眼觸爲緣所生諸受無願有願相可得以有所得爲方便說眼界寂靜不寂靜相可得說色界眼識界及眼觸眼觸爲緣所生諸受寂靜不寂靜相可得以有所得爲方便說眼界遠離不遠離相可得說色界眼識界及眼觸眼觸爲緣所生諸受遠離不遠離相可得以有所得爲方便說耳界常無常相可得說聲界耳識界及耳觸耳觸爲緣所生諸受常無常相可得以有所得爲方便說耳界樂苦相可得說聲界耳識界及耳觸耳觸爲緣所生諸受樂苦相可得以有所得爲方便說耳界我無我相可得說聲界耳識界及耳觸耳觸

爲緣所生諸受我無我相可得以有所得爲方便說耳界淨不淨相可得說聲界耳識界及耳觸耳觸爲緣所生諸受淨不淨相可得以有所得爲方便說耳界空不空相可得說聲界耳識界及耳觸耳觸爲緣所生諸受空不空相可得以有所得爲方便說耳界無相有相相可得說聲界耳識界及耳觸耳觸爲緣所生諸受無相有相相可得以有所得爲方便說耳界無願有願相可得說聲界耳識界及耳觸耳觸爲緣所生諸受無願有願相可得以有所得爲方便說耳界寂靜不寂靜相可得說聲界耳識界及耳觸耳觸爲緣所生諸受寂靜不寂靜相可得以有所得爲方便說耳界遠離不遠離相可得說聲界耳識界及耳觸耳觸爲緣所生諸受遠離不遠離

相可得以有所得爲方便說鼻界常無常相可得說香界鼻識界及鼻觸鼻觸爲緣所生諸受常無常相可得以有所得爲方便說鼻界樂苦相可得說香界鼻識界及鼻觸鼻觸爲緣所生諸受樂苦相可得以有所得爲方便說鼻界我無我相可得說香界鼻識界及鼻觸鼻觸爲緣所生諸受我無我相可得以有所得爲方便說鼻界淨不淨相可得說香界鼻識界及鼻觸鼻觸爲緣所生諸受淨不淨相可得以有所得爲方便說鼻界空不空相可得說香界鼻識界及鼻觸鼻觸爲緣所生諸受空不空相可得以有所得爲方便說鼻界無相有相相可得說香界鼻識界及鼻觸鼻觸爲緣所生諸受無相有相相可得以有所得爲方便說鼻界無願有願相可得說

香界鼻識界及鼻觸鼻觸爲緣所生諸受無願有願相可得以有所得爲方便說鼻界寂靜不寂靜相可得說香界鼻識界及鼻觸鼻觸爲緣所生諸受寂靜不寂靜相可得以有所得爲方便說鼻界遠離不遠離相可得說香界鼻識界及鼻觸鼻觸爲緣所生諸受遠離不遠離相可得以有所得爲方便說舌界常無常相可得說味界舌識界及舌觸舌觸爲緣所生諸受常無常相可得以有所得爲方便說舌界樂苦相可得說味界舌識界及舌觸舌觸爲緣所生諸受樂苦相可得以有所得爲方便說舌界我無我相可得說味界舌識界及舌觸舌觸爲緣所生諸受我無我相可得以有所得爲方便說舌界淨不淨相可得說味界舌識界及舌觸舌觸爲緣所生諸受淨不淨相可得以有所得爲方便說舌界空不空相可得說味界舌識界及舌觸舌觸爲緣所生諸受空不空相可得以有所得爲方便說舌界無相有相相可得說味界舌識界及舌觸舌觸爲緣所生諸受無相有相相可得以有所得爲方便說舌界無願有願相可得說味界舌識界及舌觸舌觸爲緣所生諸受無願有願相可得以有所得爲方便說舌界寂靜不寂靜相可得說味界舌識界及舌觸舌觸爲緣所生諸受寂靜不寂靜相可得以有所得爲方便說舌界遠離不遠離相可得說味界舌識界及舌觸舌觸爲緣所生諸受遠離不遠離相可得以有所得爲方便說身界常無常相可得說觸界身識界及身觸身觸爲緣所生諸受常無常相可得以

有所得爲方便說身界樂苦相可得說觸界身識界及身觸身觸爲緣所生諸受樂苦相可得以有所得爲方便說身界我無我相可得說觸界身識界及身觸身觸爲緣所生諸受我無我相可得以有所得爲方便說身界淨不淨相可得說觸界身識界及身觸身觸爲緣所生諸受淨不淨相可得以有所得爲方便說身界空不空相可得說觸界身識界及身觸身觸爲緣所生諸受空不空相可得以有所得爲方便說身界無相有相相可得說觸界身識界及身觸身觸爲緣所生諸受無相有相相可得以有所得爲方便說身界無願有願相可得說觸界身識界及身觸身觸爲緣所生諸受無願有願相可得以有所得爲方便說身界寂靜不寂靜相可得說觸界身識界及身觸身觸爲緣所生諸受寂靜不寂靜相可得以有所得爲方便說身界遠離不遠離相可得說觸界身識界及身觸身觸爲緣所生諸受遠離不遠離相可得以有所得爲方便說意界常無常相可得說法界意識界及意觸意觸爲緣所生諸受常無常相可得以有所得爲方便說意界樂苦相可得說法界意識界及意觸意觸爲緣所生諸受樂苦相可得以有所得爲方便說意界我無我相可得說法界意識界及意觸意觸爲緣所生諸受我無我相可得以有所得爲方便說意界淨不淨相可得說法界意識界及意觸意觸爲緣所生諸受淨不淨相可得以有所得爲方便說意界空不空相可得說法界意識界及意觸意觸爲緣所生諸受空不

空相可得以有所得爲方便說意界無相有相相可得說法界意識界及意觸意觸爲緣所生諸受無相有相相可得以有所得爲方便說意界無願有願相可得說法界意識界及意觸意觸爲緣所生諸受無願有願相可得以有所得爲方便說意界寂靜不寂靜相可得說法界意識界及意觸意觸爲緣所生諸受寂靜不寂靜相可得以有所得爲方便說意界遠離不遠離相可得說法界意識界及意觸意觸爲緣所生諸受遠離不遠離相可得以有所得爲方便說地界常無常相可得說水火風空識界常無常相可得以有所得爲方便說地界樂苦相可得說水火風空識界樂苦相可得以有所得爲方便說地界我無我相可得說水火風空識界我無我相可得以有所得爲方便說地界淨不淨相可得說水火風空識界淨不淨相可得以有所得爲方便說地界空不空相可得說水火風空識界空不空相可得以有所得爲方便說地界無相有相相可得說水火風空識界無相有相相可得以有所得爲方便說地界無願有願相可得說水火風空識界無願有願相可得以有所得爲方便說地界寂靜不寂靜相可得說水火風空識界寂靜不寂靜相可得以有所得爲方便說地界遠離不遠離相可得說水火風空識界遠離不遠離相可得以有所得爲方便說苦聖諦常無常相可得說集滅道聖諦常無常相可得以有所得爲方便說苦聖諦樂苦相可得說集滅道聖諦樂苦相可得以有所得爲方便說苦聖諦

我無我相可得說集滅道聖諦我無我相可得以有所得爲方便說苦聖諦淨不淨相可得說集滅道聖諦淨不淨相可得以有所得爲方便說苦聖諦空不空相可得說集滅道聖諦空不空相可得以有所得爲方便說苦聖諦無相有相相可得說集滅道聖諦無相有相相可得以有所得爲方便說苦聖諦無願有願相可得說集滅道聖諦無願有願相可得以有所得爲方便說苦聖諦寂靜不寂靜相可得說集滅道聖諦寂靜不寂靜相可得以有所得爲方便說苦聖諦遠離不遠離相可得說集滅道聖諦遠離不遠離相可得以有所得爲方便說無明常無常相可得說行識名色六處觸受愛取有生老死愁歎苦憂惱常無常相可得以有所得爲方便說無明樂苦相可得說行識名色六處觸受愛取有生老死愁歎苦憂惱樂苦相可得以有所得爲方便說無明我無我相可得說行識名色六處觸受愛取有生老死愁歎苦憂惱我無我相可得以有所得爲方便說無明淨不淨相可得說行識名色六處觸受愛取有生老死愁歎苦憂惱淨不淨相可得以有所得爲方便說無明空不空相可得說行識名色六處觸受愛取有生老死愁歎苦憂惱空不空相可得以有所得爲方便說無明無相有相相可得說行識名色六處觸受愛取有生老死愁歎苦憂惱無相有相相可得以有所得爲方便說無明無願有願相可得說行識名色六處觸受愛取有生老死愁歎苦憂惱無願有願相可得以有所得爲方便說無明

寂靜不寂靜相可得說行識名色六處觸受愛取有生老死愁歎苦憂惱寂靜不寂靜相可得以有所得爲方便說無明遠離不遠離相可得說行識名色六處觸受愛取有生老死愁歎苦憂惱遠離不遠離相可得以有所得爲方便說四靜慮常無常相可得說四無量四無色定常無常相可得以有所得爲方便說四靜慮樂苦相可得說四無量四無色定樂苦相可得以有所得爲方便說四靜慮我無我相可得說四無量四無色定我無我相可得以有所得爲方便說四靜慮淨不淨相可得說四無量四無色定淨不淨相可得以有所得爲方便說四靜慮空不空相可得說四無量四無色定空不空相可得以有所得爲方便說四靜慮無相有相相可得說四無量四無色定無相有相相可得以有所得爲方便說四靜慮無願有願相可得說四無量四無色定無願有願相可得以有所得爲方便說四靜慮寂靜不寂靜相可得說四無量四無色定寂靜不寂靜相可得以有所得爲方便說四靜慮遠離不遠離相可得說四無量四無色定遠離不遠離相可得以有所得爲方便說四念住常無常相可得說四正斷四神足五根五力七等覺支八聖道支常無常相可得以有所得爲方便說四念住樂苦相可得說四正斷四神足五根五力七等覺支八聖道支樂苦相可得以有所得爲方便說四念住我無我相可得說四正斷四神足五根五力七等覺支八聖道支我無我相可得以有所得爲方便說四念住淨不淨相

可得說四正斷四神足五根五力七等覺支八聖道支淨不淨相可得以有所得爲方便說四念住空不空相可得說四正斷四神足五根五力七等覺支八聖道支空不空相可得以有所得爲方便說四念住無相有相相可得說四正斷四神足五根五力七等覺支八聖道支無相有相相可得以有所得爲方便說四念住無願有願相可得說四正斷四神足五根五力七等覺支八聖道支無願有願相可得以有所得爲方便說四念住寂靜不寂靜相可得說四正斷四神足五根五力七等覺支八聖道支寂靜不寂靜相可得以有所得爲方便說四念住遠離不遠離相可得說四正斷四神足五根五力七等覺支八聖道支遠離不遠離相可得以有所得爲方便說空解脫門常無常相可得說無相無願解脫門常無常相可得以有所得爲方便說空解脫門樂苦相可得說無相無願解脫門樂苦相可得以有所得爲方便說空解脫門我無我相可得說無相無願解脫門我無我相可得以有所得爲方便說空解脫門淨不淨相可得說無相無願解脫門淨不淨相可得以有所得爲方便說空解脫門空不空相可得說無相無願解脫門空不空相可得以有所得爲方便說空解脫門無相有相相可得說無相無願解脫門無相有相相可得以有所得爲方便說空解脫門無願有願相可得說無相無願解脫門無願有願相可得以有所得爲方便說空解脫門寂靜不寂靜相可得說無相無願解脫門寂靜不寂靜相可

得以有所得爲方便説空解脱門遠離不遠離相可得説無相無願解脱門遠離不遠離相可得以有所得爲方便説布施波羅蜜多常無常相可得説淨戒安忍精進靜慮般若波羅蜜多常無常相可得以有所得爲方便説布施波羅蜜多樂苦相可得説淨戒安忍精進靜慮般若波羅蜜多樂苦相可得以有所得爲方便説布施波羅蜜多我無我相可得説淨戒安忍精進靜慮般若波羅蜜多我無我相可得以有所得爲方便説布施波羅蜜多淨不淨相可得説淨戒安忍精進靜慮般若波羅蜜多淨不淨相可得以有所得爲方便説布施波羅蜜多空不空相可得説淨戒安忍精進靜慮般若波羅蜜多空不空相可得以有所得爲方便説布施波羅蜜多無相有相相可得説淨戒安忍精進靜慮般若波羅蜜多無相有相相可得以有所得爲方便説布施波羅蜜多無願有願相可得説淨戒安忍精進靜慮般若波羅蜜多無願有願相可得以有所得爲方便説布施波羅蜜多寂靜不寂靜相可得説淨戒安忍精進靜慮般若波羅蜜多寂靜不寂靜相可得以有所得爲方便説布施波羅蜜多遠離不遠離相可得説淨戒安忍精進靜慮般若波羅蜜多遠離不遠離相可得以有所得爲方便説五眼常無常相可得説六神通常無常相可得以有所得爲方便説五眼樂苦相可得説六神通樂苦相可得以有所得爲方便説五眼我無我相可得説六神通我無我相可得以有所得爲方便説五眼淨不淨相可得説六

神通淨不淨相可得以有所得爲方便說五眼空不空相可得說六神通空不空相可得以有所得爲方便說五眼無相有相相可得說六神通無相有相相可得以有所得爲方便說五眼無願有願相可得說六神通無願有願相可得以有所得爲方便說五眼寂靜不寂靜相可得說六神通寂靜不寂靜相可得以有所得爲方便說五眼遠離不遠離相可得說六神通遠離不遠離相可得以有所得爲方便說佛十力常無常相可得說四無所畏四無礙解大慈大悲大喜大捨十八佛不共法一切智道相智一切相智常無常相可得以有所得爲方便說佛十力樂苦相可得說四無所畏四無礙解大慈大悲大喜大捨十八佛不共法一切智道相智一切相智樂苦相可得以有所得爲方便說佛十力我無我相可得說四無所畏四無礙解大慈大悲大喜大捨十八佛不共法一切智道相智一切相智我無我相可得以有所得爲方便說佛十相可得說四無所畏四無礙解大慈大悲大喜大捨十八佛不共法一切智道相智一切相智淨不淨相可得以有所得爲方便說佛十力空不空相可得說四無所畏四無礙解大慈大悲大喜大捨十八佛不共法一切智道相智一切相智空不空相可得以有所得爲方便說佛十力無相有相相可得說四無所畏四無礙解大慈大悲大喜大捨十八佛不共法一切智道相智一切相智無相有相相可得以有所得爲方便說佛十力無願有願相可得說四無所畏四

無礙解大慈大悲大喜大捨十八佛不共法一切智道相智一切相智無願有願相可得以有所得爲方便說佛十力寂靜不寂靜相可得說四無所畏四無礙解大慈大悲大喜大捨十八佛不共法一切智道相智一切相智寂靜不寂靜相可得以有所得爲方便說佛十力遠離不遠離相可得說四無所畏四無礙解大慈大悲大喜大捨十八佛不共法一切智道相智一切相智遠離不遠離相可得善現若不爲說如是等事令覺悟者是爲菩薩摩訶薩惡友若菩薩摩訶薩修行般若波羅蜜多時爲此惡友之所攝受聞說如是甚深般若波羅蜜多其心有驚有恐有怖復次善現菩薩摩訶薩惡友者若不爲說魔事魔過謂有惡魔作菩薩摩訶薩形像來至菩薩摩訶薩所教觀内空有所得教觀外空内外空空空大空勝義空有爲空無爲空畢竟空無際空散空無變異空本性空自相空共相空一切法空不可得空無性空自性空無性自性空有所得教修有所得四靜慮教修有所得四無量四無色定教修有所得四念住教修有所得四正斷四神足五根五力七等覺支八聖道支教修有所得空解脫門教修有所得無相無願解脫門教修有所得布施波羅蜜多教修有所得淨戒安忍精進靜慮般若波羅蜜多教修有所得五眼教修有所得六神通教修有所得佛十力教修有所得四無所畏四無礙解大慈大悲大喜大捨十八佛不共法一切智道相智一切相智善現若不爲說如是等事令覺悟者是爲菩薩

摩訶薩惡友若菩薩摩訶薩修行般若波羅蜜多時爲此惡友之所攝受聞說如是甚深般若波羅蜜多其心有驚有恐有怖是故菩薩摩訶薩修行般若波羅蜜多時於諸惡友應速捨離

初分菩薩品第十二之一

爾時具壽善現白佛言世尊所言菩薩是何句義佛告善現無句義是菩薩句義所以者何善現菩提不生薩埵非有故無句義是菩薩句義善現如空中鳥跡句義無所有不可得菩薩句義無所有不可得亦如是善現如幻事句義無所有不可得菩薩句義無所有不可得亦如是善現如夢境句義陽焰句義光影句義空華句義像句義響句義尋香城句義變化事句義無所有不可得菩薩句義無所有不可得亦如是善現如眞如句義無所有不可得菩薩句義無所有不可得亦如是善現如法界句義法性句義法住句義法定句義不虛妄句義不變異句義離生性句義平等性句義實際句義無所有不可得菩薩句義無所有不可得亦如是復次善現如幻士色句義無所有不可得菩薩摩訶薩修行般若波羅蜜多時觀菩薩句義無所有不可得亦如是善現如幻士受想行識句義無所有不可得菩薩摩訶薩修行般若波羅蜜多時觀菩薩句義無所有不可得亦如是善現如幻士眼處句義無所有不可得菩薩摩訶薩修行般若波羅蜜多時觀菩薩句義無所有不可得亦如是善現如幻士耳鼻舌身意處句義無所有不可得菩薩摩訶薩修行

般若波羅蜜多時觀菩薩句義無所有不可得亦如是善現如幻士色處句義無所有不可得菩薩摩訶薩修行般若波羅蜜多時觀菩薩句義無所有不可得亦如是善現如幻士聲香味觸法處句義無所有不可得菩薩摩訶薩修行般若波羅蜜多時觀菩薩句義無所有不可得亦如是善現如幻士眼界句義無所有不可得菩薩摩訶薩修行般若波羅蜜多時觀菩薩句義無所有不可得亦如是善現如幻士色界眼識界及眼觸眼觸爲緣所生諸受句義無所有不可得菩薩摩訶薩修行般若波羅蜜多時觀菩薩句義無所有不可得亦如是善現如幻士耳界句義無所有不可得菩薩摩訶薩修行般若波羅蜜多時觀菩薩句義無所有不可得亦如是善現如幻士聲界耳識界及耳觸耳觸爲緣所生諸受句義無所有不可得菩薩摩訶薩修行般若波羅蜜多時觀菩薩句義無所有不可得亦如是善現如幻士鼻界句義無所有不可得菩薩摩訶薩修行般若波羅蜜多時觀菩薩句義無所有不可得亦如是善現如幻士香界鼻識界及鼻觸鼻觸爲緣所生諸受句義無所有不可得菩薩摩訶薩修行般若波羅蜜多時觀菩薩句義無所有不可得亦如是善現如幻士舌界句義無所有不可得菩薩摩訶薩修行般若波羅蜜多時觀菩薩句義無所有不可得亦如是善現如幻士味界舌識界及舌觸舌觸爲緣所生諸受句義無所有不可得菩薩摩訶薩修行般若波羅蜜多時觀菩薩句義無所有不可得亦如

是善現如幻士身界句義無所有不可得菩薩摩訶薩修行般若波羅蜜多時觀菩薩句義無所有不可得亦如是善現如幻士觸界身識界及身觸身觸爲緣所生諸受句義無所有不可得菩薩摩訶薩修行般若波羅蜜多時觀菩薩句義無所有不可得亦如是善現如幻士意界句義無所有不可得菩薩摩訶薩修行般若波羅蜜多時觀菩薩句義無所有不可得亦如是善現如幻士法界意識界及意觸意觸爲緣所生諸受句義無所有不可得菩薩摩訶薩修行般若波羅蜜多時觀菩薩句義無所有不可得亦如是善現如幻士地界句義無所有不可得菩薩摩訶薩修行般若波羅蜜多時觀菩薩句義無所有不可得亦如是善現如幻士水火風空識界句義無所有不可得菩薩摩訶薩修行般若波羅蜜多時觀菩薩句義無所有不可得亦如是善現如幻士苦聖諦句義無所有不可得菩薩摩訶薩修行般若波羅蜜多時觀菩薩句義無所有不可得亦如是善現如幻士集滅道聖諦句義無所有不可得菩薩摩訶薩修行般若波羅蜜多時觀菩薩句義無所有不可得亦如是善現如幻士無明句義無所有不可得菩薩摩訶薩修行般若波羅蜜多時觀菩薩句義無所有不可得亦如是善現如幻士行識名色六處觸受愛取有生老死愁歎苦憂惱句義無所有不可得菩薩摩訶薩修行般若波羅蜜多時觀菩薩句義無所有不可得亦如是善現如幻士四靜慮句義無所有不可得菩薩摩訶薩修行般若波

羅蜜多時觀善薩句義無所有不可得亦如是善現如幻士四無量四無色定句義無所有不可得菩薩摩訶薩修行般若波羅蜜多時觀菩薩句義無所有不可得亦如是善現如幻士四念住句義無所有不可得菩薩摩訶薩修行般若波羅蜜多時觀菩薩句義無所有不可得亦如是善現如幻士四正斷四神足五根五力七等覺支八聖道支句義無所有不可得菩薩摩訶薩修行般若波羅蜜多時觀菩薩句義無所有不可得亦如是善現如幻士空解脫門句義無所有不可得菩薩摩訶薩修行般若波羅蜜多時觀菩薩句義無所有不可得亦如是善現如幻士無相無願解脫門句義無所有不可得菩薩摩訶薩修行般若波羅蜜多時觀菩薩句義無所有不可得亦如是

大般若波羅蜜多經卷第四十五

音釋

苾芻 苾薄密切芻楚俱切草名含五義一體性柔輭二引蔓旁布三馨香遠聞四能療疼痛五不背日光以比丘之德似之故名比丘爲苾芻

薩埵 梵語也此云成衆生謂用佛道成就衆生也埵音朶

大般若波羅蜜多經卷第四十六

唐三藏法師玄奘奉　詔譯

初分菩薩品第十二之二

善現如幻士布施波羅蜜多句義無所有不可得菩薩摩訶薩修行般若波羅蜜多時觀菩薩句義無所有不可得亦如是善現如幻士淨戒安忍精進靜慮般若波羅蜜多句義無所有不可得菩薩摩訶薩修行般若波羅蜜多時觀菩薩句義無所有不可得亦如是善現如幻士五眼句義無所有不可得菩薩摩訶薩修行般若波羅蜜多時觀菩薩句義無所有不可得亦如是善現如幻士六神通句義無所有不可得菩薩摩訶薩修行般若波羅蜜多時觀菩薩句義無所有不可得亦如是善現如幻士佛十力句義無所有不可得菩薩摩訶薩修行般若波羅蜜多時觀菩薩句義無所有不可得亦如是善現如幻士四無所畏四無礙解大慈大悲大喜大捨十八佛不共法一切智道相智一切相智句義無所有不可得菩薩摩訶薩修行般若波羅蜜多時觀菩薩句義無所有不可得亦如是

復次善現如幻士行內空句義無所有不可得菩薩摩訶薩修行般若波羅蜜多時觀菩薩句義無所有不可得亦如是善現如幻士行外空內外空空空大空勝義空有爲空無爲空畢竟空無際空散空無變異空本性空自相空共相空一切法空不可得空無性空自性空無性自性空句義無所有不可得菩薩摩訶薩修行般若波羅蜜多時觀菩薩句義無所有不可得亦如是善現如幻士行四

靜慮句義無所有不可得菩薩摩訶薩修行般若波羅蜜多時觀菩薩句義無所有不可得亦如是善現如幻士行四無量四無色定句義無所有不可得菩薩摩訶薩修行般若波羅蜜多時觀菩薩句義無所有不可得亦如是善現如幻士行四念住句義無所有不可得菩薩摩訶薩修行般若波羅蜜多時觀菩薩句義無所有不可得亦如是善現如幻士行四正斷四神足五根五力七等覺支八聖道支句義無所有不可得菩薩摩訶薩修行般若波羅蜜多時觀菩薩句義無所有不可得亦如是善現如幻士行空解脫門句義無所有不可得菩薩摩訶薩修行般若波羅蜜多時觀菩薩句義無所有不可得亦如是善現如幻士行無相無願解脫門句義無所有不可得菩薩摩訶薩修行般若波羅蜜多時觀菩薩句義無所有不可得亦如是善現如幻士行布施波羅蜜多句義無所有不可得菩薩摩訶薩修行般若波羅蜜多時觀菩薩句義無所有不可得亦如是善現如幻士行淨戒安忍精進靜慮般若波羅蜜多句義無所有不可得菩薩摩訶薩修行般若波羅蜜多時觀菩薩句義無所有不可得亦如是善現如幻士行五眼句義無所有不可得菩薩摩訶薩修行般若波羅蜜多時觀菩薩句義無所有不可得亦如是善現如幻士行六神通句義無所有不可得菩薩摩訶薩修行般若波羅蜜多時觀菩薩句義無所有不可得亦如是善現如幻士行佛十力句義無所有不可得菩薩摩訶薩修行般若波羅蜜多

時觀菩薩句義無所有不可得亦如是善現如幻士行四無所畏四無礙解大慈大悲大喜大捨十八佛不共法一切智道相智一切相智句義無所有不可得菩薩摩訶薩修行般若波羅蜜多時觀菩薩句義無所有不可得亦如是復次善現如如來應正等覺色相句義無所有不可得菩薩摩訶薩修行般若波羅蜜多時觀菩薩句義無所有不可得亦如是善現如如來應正等覺受想行識相句義無所有不可得菩薩摩訶薩修行般若波羅蜜多時觀菩薩句義無所有不可得亦如是善現如如來應正等覺眼處相句義無所有不可得菩薩摩訶薩修行般若波羅蜜多時觀菩薩句義無所有不可得亦如是善現如如來應正等覺耳鼻舌身意處相句義無所有不可得菩薩摩訶薩修行般若波羅蜜多時觀菩薩句義無所有不可得亦如是善現如如來應正等覺色處相句義無所有不可得菩薩摩訶薩修行般若波羅蜜多時觀菩薩句義無所有不可得亦如是善現如如來應正等覺聲香味觸法處相句義無所有不可得菩薩摩訶薩修行般若波羅蜜多時觀菩薩句義無所有不可得亦如是善現如如來應正等覺眼界相句義無所有不可得菩薩摩訶薩修行般若波羅蜜多時觀菩薩句義無所有不可得亦如是善現如如來應正等覺色界眼識界及眼觸眼觸爲緣所生諸受相句義無所有不可得菩薩摩訶薩修行般若波羅蜜多時觀菩薩句義無所有不可得亦如是善現如如來應正等覺耳界相

句義無所有不可得菩薩摩訶薩修行般若波羅蜜多時觀菩薩句義無所有不可得亦如是善現如如來應正等覺聲界耳識界及耳觸耳觸爲緣所生諸受相句義無所有不可得菩薩摩訶薩修行般若波羅蜜多時觀菩薩句義無所有不可得亦如是善現如如來應正等覺鼻界相句義無所有不可得菩薩摩訶薩修行般若波羅蜜多時觀菩薩句義無所有不可得亦如是善現如如來應正等覺香界鼻識界及鼻觸鼻觸爲緣所生諸受相句義無所有不可得菩薩摩訶薩修行般若波羅蜜多時觀菩薩句義無所有不可得亦如是善現如如來應正等覺舌界相句義無所有不可得菩薩摩訶薩修行般若波羅蜜多時觀菩薩句義無所有不可得亦如

是善現如如來應正等覺味界舌識界及舌觸舌觸爲緣所生諸受相句義無所有不可得菩薩摩訶薩修行般若波羅蜜多時觀菩薩句義無所有不可得亦如是善現如如來應正等覺身界相句義無所有不可得菩薩摩訶薩修行般若波羅蜜多時觀菩薩句義無所有不可得亦如是善現如如來應正等覺觸界身識界及身觸身觸爲緣所生諸受相句義無所有不可得菩薩摩訶薩修行般若波羅蜜多時觀菩薩句義無所有不可得亦如是善現如如來應正等覺意界相句義無所有不可得菩薩摩訶薩修行般若波羅蜜多時觀菩薩句義無所有不可得亦如是善現如如來應正等覺法界意識界及意觸意觸爲緣所生諸受相句義無所有不可得

菩薩摩訶薩修行般若波羅蜜多時觀菩薩句義無所有不可得亦如是善現如如來應正等覺地界相句義無所有不可得菩薩摩訶薩修行般若波羅蜜多時觀菩薩句義無所有不可得亦如是善現如如來應正等覺水火風空識界相句義無所有不可得菩薩摩訶薩修行般若波羅蜜多時觀菩薩句義無所有不可得亦如是善現如如來應正等覺苦集聖諦相句義無所有不可得菩薩摩訶薩修行般若波羅蜜多時觀菩薩句義無所有不可得亦如是善現如如來應正等覺滅道聖諦相句義無所有不可得菩薩摩訶薩修行般若波羅蜜多時觀菩薩句義無所有不可得亦如是善現如如來應正等覺無明相句義無所有不可得菩薩摩訶薩修行般若波羅蜜多時觀菩薩句義無所有不可得亦如是善現如如來應正等覺行識名色六處觸受愛取有生老死愁歎苦憂惱相無所有不可得菩薩摩訶薩修行般若波羅蜜多時觀菩薩句義無所有不可得亦如是善現如如來應正等覺四靜慮相句義無所有不可得菩薩摩訶薩修行般若波羅蜜多時觀菩薩句義無所有不可得亦如是善現如如來應正等覺四無量四無色定相句義無所有不可得菩薩摩訶薩修行般若波羅蜜多時觀菩薩句義無所有不可得亦如是善現如如來應正等覺四念住相句義無所有不可得菩薩摩訶薩修行般若波羅蜜多時觀菩薩句義無所有不可得亦如是善現如如來應正等覺四正斷四神足五根五力七

等覺支八聖道支相句義無所有不可得菩薩摩訶薩修行般若波羅蜜多時觀菩薩句義無所有不可得亦如是善現如如來應正等覺空解脫門相句義無所有不可得菩薩摩訶薩修行般若波羅蜜多時觀菩薩句義無所有不可得亦如是善現如如來應正等覺無相無願解脫門相句義無所有不可得菩薩摩訶薩修行般若波羅蜜多時觀菩薩句義無所有不可得亦如是善現如如來應正等覺布施波羅蜜多相句義無所有不可得菩薩摩訶薩修行般若波羅蜜多時觀菩薩句義無所有不可得亦如是善現如如來應正等覺淨戒安忍精進靜慮般若波羅蜜多相句義無所有不可得菩薩摩訶薩修行般若波羅蜜多時觀菩薩句義無所有不可得亦如是善現如如來應正等覺五眼相句義無所有不可得菩薩摩訶薩修行般若波羅蜜多時觀菩薩句義無所有不可得亦如是善現如如來應正等覺六神通相句義無所有不可得菩薩摩訶薩修行般若波羅蜜多時觀菩薩句義無所有不可得亦如是善現如如來應正等覺佛十力相句義無所有不可得菩薩摩訶薩修行般若波羅蜜多時觀菩薩句義無所有不可得亦如是善現如如來應正等覺四無所畏四無礙解大慈大悲大喜大捨十八佛不共法一切智道相智一切相智相句義無所有不可得菩薩摩訶薩修行般若波羅蜜多時觀菩薩句義無所有不可得亦如是復次善現如如來應正等覺行內空相句義無所有不可得菩薩摩訶

薩修行般若波羅蜜多時觀菩薩句義無所有不可得亦如是善現如如來應正等覺行外空乃至無性自性空相句義無所有不可得菩薩摩訶薩修行般若波羅蜜多時觀菩薩句義無所有不可得亦如是善現如如來應正等覺行四靜慮相句義無所有不可得菩薩摩訶薩修行般若波羅蜜多時觀菩薩句義無所有不可得亦如是善現如如來應正等覺行四無量四無色定相句義無所有不可得菩薩摩訶薩修行般若波羅蜜多時觀菩薩句義無所有不可得亦如是善現如如來應正等覺行四念住相句義無所有不可得菩薩摩訶薩修行般若波羅蜜多時觀菩薩句義無所有不可得亦如是善現如如來應正等覺行四正斷四神足五根五力七等覺支八聖道支相句義無所有不可得菩薩摩訶薩修行般若波羅蜜多時觀菩薩句義無所有不可得亦如是善現如如來應正等覺行空解脫門相句義無所有不可得菩薩摩訶薩修行般若波羅蜜多時觀菩薩句義無所有不可得亦如是善現如如來應正等覺行無相無願解脫門相句義無所有不可得菩薩摩訶薩修行般若波羅蜜多時觀菩薩句義無所有不可得亦如是善現如如來應正等覺行布施波羅蜜多相句義無所有不可得菩薩摩訶薩修行般若波羅蜜多時觀菩薩句義無所有不可得亦如是善現如如來應正等覺行淨戒安忍精進靜慮般若波羅蜜多相句義無所有不可得菩薩摩訶薩修行般若波羅蜜多時觀菩薩句義無

所有不可得亦如是善現如如來應正等覺行五眼相句義無所有不可得菩薩摩訶薩修行般若波羅蜜多時觀菩薩句義無所有不可得亦如是善現如如來應正等覺行六神通相句義無所有不可得菩薩摩訶薩修行般若波羅蜜多時觀菩薩句義無所有不可得亦如是善現如如來應正等覺行佛十力相句義無所有不可得菩薩摩訶薩修行般若波羅蜜多時觀菩薩句義無所有不可得亦如是善現如如來應正等覺行四無所畏四無礙解大慈大悲大喜大捨十八佛不共法一切智道相智一切相智相句義無所有不可得菩薩摩訶薩修行般若波羅蜜多時觀菩薩句義無所有不可得亦如是復次善現如有爲界中無爲界句義無所有不可得無爲界中有爲界句義無所有不可得菩薩摩訶薩修行般若波羅蜜多時觀菩薩句義無所有不可得亦如是善現如無生無滅無作無爲無得無取無染無淨句義皆無所有不可得菩薩摩訶薩修行般若波羅蜜多時觀菩薩句義無所有不可得亦如是具壽善現白佛言世尊何法無生無滅無作無爲無得無取無染無淨句義無所有不可得佛告善現色無生無滅無作無爲無得無取無染無淨句義無所有不可得受想行識無生無滅乃至無染無淨句義無所有不可得善現眼處無生無滅乃至無染無淨句義無所有不可得耳鼻舌身意處無生無滅乃至無染無淨句義無所有不可得善現色處無生無滅乃至無染無淨句義無所有不可得聲

香味觸法處無生無滅乃至無染無淨句義無所有不可得善現眼界無生無滅乃至無染無淨句義無所有不可得色界眼識界及眼觸眼觸爲緣所生諸受無生無滅乃至無染無淨句義無所有不可得善現耳界無生無滅乃至無染無淨句義無所有不可得聲界耳識界及耳觸耳觸爲緣所生諸受無生無滅乃至無染無淨句義無所有不可得善現鼻界無生無滅乃至無染無淨句義無所有不可得香界鼻識界及鼻觸鼻觸爲緣所生諸受無生無滅乃至無染無淨句義無所有不可得善現舌界無生無滅乃至無染無淨句義無所有不可得味界舌識界及舌觸舌觸爲緣所生諸受無生無滅乃至無染無淨句義無所有不可得善現身界無生無滅乃至無染無淨句義無所有不可得觸界身識界及身觸身觸爲緣所生諸受無生無滅乃至無染無淨句義無所有不可得善現意界無生無滅乃至無染無淨句義無所有不可得法界意識界及意觸意觸爲緣所生諸受無生無滅乃至無染無淨句義無所有不可得善現地界無生無滅乃至無染無淨句義無所有不可得水火風空識界無生無滅乃至無染無淨句義無所有不可得善現苦聖諦無生無滅乃至無染無淨句義無所有不可得集滅道聖諦無生無滅乃至無染無淨句義無所有不可得善現無明無生無滅乃至無染無淨句義無所有不可得行識名色六處觸受愛取有生老死愁歎苦憂惱無生無滅乃至無染無淨句義無所有不可得

善現四靜慮無生無滅乃至無染無淨句義無所有不可得四無量四無色定無生無滅乃至無染無淨句義無所有不可得善現四念住無生無滅乃至無染無淨句義無所有不可得四正斷四神足五根五力七等覺支八聖道支無生無滅乃至無染無淨句義無所有不可得善現空解脫門無生無滅乃至無染無淨句義無所有不可得無相無願解脫門無生無滅乃至無染無淨句義無所有不可得善現布施波羅蜜多無生無滅乃至無染無淨句義無所有不可得淨戒安忍精進靜慮般若波羅蜜多無生無滅乃至無染無淨句義無所有不可得善現五眼無生無滅乃至無染無淨句義無所有不可得六神通無生無滅乃至無染無淨句義無所有不可得善現佛十力無生無滅乃至無染無淨句義無所有不可得四無所畏四無礙解大慈大悲大喜大捨十八佛不共法一切智道相智一切相智無生無滅乃至無染無淨句義無所有不可得善現如如是法無生無滅義無所有不可得善現如如是法無生無滅無作無爲無得無取無染無淨句義無所有不可得菩薩摩訶薩修行般若波羅蜜多時觀菩薩句義無所有不可得亦復如是復次善現如色畢竟淨相句義無所有不可得受想行識畢竟淨相句義無所有不可得菩薩摩訶薩修行般若波羅蜜多時觀菩薩句義無所有不可得亦如是善現如眼處畢竟淨相句義無所有不可得耳鼻舌身意處畢竟淨相句義無所有不可得菩薩摩訶薩修行般若波羅蜜多時觀菩薩句義無所有不可

得亦如是善現如色處畢竟淨相句義無所有不可得聲香味觸法處畢竟淨相句義無所有不可得菩薩摩訶薩修行般若波羅蜜多時觀菩薩句義無所有不可得亦如是善現如眼界畢竟淨相句義無所有不可得色界眼識界及眼觸眼觸爲緣所生諸受畢竟淨相句義無所有不可得菩薩摩訶薩修行般若波羅蜜多時觀菩薩句義無所有不可得亦如是善現如耳界畢竟淨相句義無所有不可得聲界耳識界及耳觸耳觸爲緣所生諸受畢竟淨相句義無所有不可得菩薩摩訶薩修行般若波羅蜜多時觀菩薩句義無所有不可得亦如是善現如鼻界畢竟淨相句義無所有不可得香界鼻識界及鼻觸鼻觸爲緣所生諸受畢竟淨相句義無所有不可得菩薩摩訶薩修行般若波羅蜜多時觀菩薩句義無所有不可得亦如是善現如舌界畢竟淨相句義無所有不可得味界舌識界及舌觸舌觸爲緣所生諸受畢竟淨相句義無所有不可得菩薩摩訶薩修行般若波羅蜜多時觀菩薩句義無所有不可得亦如是善現如身界畢竟淨相句義無所有不可得觸界身識界及身觸身觸爲緣所生諸受畢竟淨相句義無所有不可得菩薩摩訶薩修行般若波羅蜜多時觀菩薩句義無所有不可得亦如是善現如意界畢竟淨相句義無所有不可得法界意識界及意觸意觸爲緣所生諸受畢竟淨相句義無所有不可得菩薩摩訶薩修行般若波羅蜜多時觀菩薩句義無所有不可得亦如是善現如地界

畢竟淨相句義無所有不可得水火風空識界畢竟淨相句義無所有不可得菩薩摩訶薩修行般若波羅蜜多時觀菩薩句義無所有不可得亦如是善現如苦聖諦畢竟淨相句義無所有不可得集滅道聖諦畢竟淨相句義無所有不可得菩薩摩訶薩修行般若波羅蜜多時觀菩薩句義無所有不可得亦如是善現如無明畢竟淨相句義無所有不可得行識名色六處觸受愛取有生老死愁歎苦憂惱畢竟淨相句義無所有不可得菩薩摩訶薩修行般若波羅蜜多時觀菩薩句義無所有不可得亦如是善現如四靜慮畢竟淨相句義無所有不可得四無量四無色定畢竟淨相句義無所有不可得菩薩摩訶薩修行般若波羅蜜多時觀菩薩句義無所有不可得亦如是善現如四念住畢竟淨相句義無所有不可得四正斷四神足五根五力七等覺支八聖道支畢竟淨相句義無所有不可得菩薩摩訶薩修行般若波羅蜜多時觀菩薩句義無所有不可得亦如是善現如空解脫門畢竟淨相句義無所有不可得無相無願解脫門畢竟淨相句義無所有不可得菩薩摩訶薩修行般若波羅蜜多時觀菩薩句義無所有不可得亦如是善現如布施波羅蜜多畢竟淨相句義無所有不可得淨戒安忍精進靜慮般若波羅蜜多畢竟淨相句義無所有不可得菩薩摩訶薩修行般若波羅蜜多時觀菩薩句義無所有不可得亦如是善現如五眼畢竟淨相句義無所有不可得六神通畢竟淨相句義無所有不可

得菩薩摩訶薩修行般若波羅蜜多時觀菩薩句義無所有不可得亦如是善現如佛十力畢竟淨相句義無所有不可得四無所畏四無礙解大慈大悲大喜大捨十八佛不共法一切智道相智一切相智畢竟淨相句義無所有不可得菩薩摩訶薩修行般若波羅蜜多時觀菩薩句義無所有不可得亦如是

復次善現如我畢竟淨相句義無所有不可得我非有故有情命者生者養者數取趣意生儒童作者使作者起者使起者受者使受者知者見者畢竟淨相句義無所有不可得有情乃至見者非有故菩薩摩訶薩修行般若波羅蜜多時觀菩薩句義無所有不可得亦如是善現如日出時闇冥句義無所有不可得菩薩摩訶薩修行般若波羅蜜多時觀菩薩句義無所有不可得亦如是善現如劫燒盡時諸行句義無所有不可得菩薩摩訶薩修行般若波羅蜜多時觀菩薩句義無所有不可得亦如是善現如如來應正等覺戒蘊中破戒句義無所有不可得菩薩摩訶薩修行般若波羅蜜多時觀菩薩句義無所有不可得亦如是善現如如來應正等覺定蘊中散亂句義無所有不可得菩薩摩訶薩修行般若波羅蜜多時觀菩薩句義無所有不可得亦如是善現如如來應正等覺慧蘊中愚癡句義無所有不可得菩薩摩訶薩修行般若波羅蜜多時觀菩薩句義無所有不可得亦如是善現如如來應正等覺解脫蘊中非解脫句義無所有不可得菩薩摩訶薩修行般若波羅蜜多時觀菩薩句義無所有不

可得亦如是善現如如來應正等覺解脫知見蘊中非解脫知見句義無所有不可得菩薩摩訶薩修行般若波羅蜜多時觀菩薩句義無所有不可得亦如是善現如日月等諸光明中衆闇句義無所有不可得菩薩摩訶薩修行般若波羅蜜多時觀菩薩句義無所有不可得亦如是善現如佛光中一切日月珠火電等光明句義無所有不可得一切四大王衆天乃至侘化自在天梵衆天乃至色究竟天光明句義無所有不可得菩薩摩訶薩修行般若波羅蜜多時觀菩薩句義無所有不可得亦如是何以故善現若菩提若薩埵若菩薩句義如是一切皆非相應非不相應無色無見無對一相所謂無相善現諸菩薩摩訶薩於一切法皆無所有無礙無著應學應知爾時具壽善現白佛言世尊何者是一切法而勸諸菩薩摩訶薩於此一切法皆無所有無礙無著應學應知佛告善現一切法者謂善法非善法有記法無記法世間法出世間法有漏法無漏法有爲法無爲法共法不共法善現是名一切法諸菩薩摩訶薩於此一切法皆無所有無礙無著應學應知具壽善現白佛言世尊云何善法佛告善現謂孝順父母供養沙門婆羅門敬事師長施性福業事戒性福業事修性福業事供侍病者俱行福方便善巧俱行福十善業道所謂離斷生命離不與取離欲邪行離虛誑語離離間語離麤惡語離雜穢語無貪無瞋正見有十種想所謂膖脹想膿爛想異赤想青瘀想破壞想啄噉想離散想骸骨想焚燒想一

切世間不可保想四靜慮四無量四無色定有十隨念所謂佛隨念法隨念僧隨念戒隨念捨隨念天隨念入出息隨念寂靜隨念死隨念身隨念善現此等名善法具壽善現白佛言世尊云何不善法佛告善現謂十不善業道即斷生命不與取欲邪行虛誑語離間語麤惡語雜穢語貪欲瞋恚邪見及忿恨覆惱諂誑憍害嫉慳慢等善現此等名不善法具壽善現白佛言世尊云何有記法佛告善現即諸善法及不善法名有記法具壽善現白佛言世尊云何無記法佛告善現謂無記身業無記語業無記意業無記四大種無記五根無記六處無記無色法無記五蘊無記十二處無記十八界無記異熟法善現此等名無記法具壽善現白佛言世尊云何世間法佛告善現謂世間五蘊十二處十八界十業道四靜慮四無量四無色定十二支緣起法善現此等名世間法具壽善現白佛言世尊云何出世間法佛告善現謂出世間四念住四正斷四神足五根五力七等覺支八聖道支空解脫門無相解脫門無願解脫門未知當知根已知根具知根有尋有伺三摩地無尋唯伺三摩地無尋無伺三摩地明解脫念正知如理作意有八解脫謂內有色觀諸色是初解脫內無色想觀外色是第二解脫淨勝解脫身作證是第三解脫超一切色想滅有對想不思惟種種想入無邊空空無邊處具足住是第四解脫超一切空無邊處入無邊識識無邊處具足住是第五解脫超一切識無邊處入無所有無所有處具足住是

第六解脫超一切無所有處入非想非非想處具足住是第七解脫超一切非想非非想處入滅想受定具足住是第八解脫有九次第定謂離欲惡不善法有尋有伺離生喜樂入初靜慮具足住是初定尋伺寂靜內等淨心一趣性無尋無伺定生喜樂入第二靜慮具足住是第二定離喜住捨具念正知身受樂聖說住捨具念樂住入第三靜慮具足住是第三定斷樂斷苦先喜憂沒不苦不樂捨念清淨入第四靜慮具足住是第四定超一切色想滅有對想不思惟種種想入無邊空空無邊處具足住是第五定超一切空無邊處入無邊識識無邊處具足住是第六定超一切識無邊處入無所有無所有處具足住是第七定超一切無所有處入非想非非想處具足住是第八定超一切非想非非想處入滅想受定具足住是第九定內空外空內外空空空大空勝義空有爲空無爲空畢竟空無際空散空無變異空本性空自相空共相空一切法空不可得空無性空自性空無性自性空六到彼岸五眼六神通佛十力四無所畏四無礙解大慈大悲大喜大捨十八佛不共法一切智道相智一切相智善現此等名出世間法具壽善現白佛言世尊云何有漏法佛告善現世間五蘊十二處十八界四靜慮四無量四無色定所有一切墮三界法善現是名有漏法具壽善現白佛言世尊云何無漏法佛告善現謂出世間四靜慮四無量四無色定四念住四正斷四神足五根五力七等覺支八聖道支三解脫門六到彼

岸五眼六神通佛十力四無所畏四無礙解大慈大悲大喜大捨十八佛不共法一切智道相智一切相智善現此等名無漏法具壽善現白佛言世尊云何有爲法佛告善現謂欲界繫法色界繫法無色界繫法五蘊四靜慮四無量四無色定四念住四正斷四神足五根五力七等覺支八聖道支三解脫門六到彼岸五眼六神通佛十力四無所畏四無礙解大慈大悲大喜大捨十八佛不共法一切智道相智一切相智所有一切有生有住有異有滅法善現是名有爲法具壽善現白佛言世尊云何無爲法佛告善現若法無生無住無異無滅可得所謂貪盡瞋盡癡盡真如法界法性法住法定不虛妄性不變異性離生性平等性實際善現此等名無爲法具壽善現白佛言世尊云何共法佛告善現謂世間四靜慮四無量四無色定五神通善現此等名共法何以故共異生故具壽善現白佛言世尊云何不共法佛告善現謂無漏四靜慮四無量四無色定四念住四正斷四神足五根五力七等覺支八聖道支三解脫門六到彼岸五眼六神通佛十力四無所畏四無礙解大慈大悲大喜大捨十八佛不共法一切智道相智一切相智善現此等名不共法何以故不共異生故善現諸菩薩摩訶薩修行般若波羅蜜多時於如是等自相空法不應執著何以故以諸法自相不可分別故善現諸菩薩摩訶薩修行般若波羅蜜多時應以無二而爲方便覺一切法何以故以一切法無動相故善現於一切法無二無動是

菩薩句義以是故無句義是菩薩句義

大般若波羅蜜多經卷第四十六

音釋

膖脹 膖匹絳切脹知亮切膖脹臭脹滿也 膿爛 膿奴冬切腫血也爛郎旰切糜爛也 青瘀 瘀依據切青瘀謂血積瘀而色青也 啄噉 啄音卓噉徒濫切謂鳥啄而獸噉也 忿恨 忿房吻切怒也 矯害 矯舉夭切詐也

大般若波羅蜜多經卷第四十七

唐三藏法師玄奘奉　詔譯

初分摩訶薩品第十三之一

爾時具壽善現白佛言世尊何緣菩薩復名摩訶薩佛告善現菩薩於大有情衆中定當爲上首以是緣故復名摩訶薩具壽善現復白佛言世尊何者是大有情衆而菩薩於中定當爲上首佛告善現大有情衆者謂住種性第八預流一來不還阿羅漢獨覺地及從初發心乃至不退轉地菩薩摩訶薩是名大有情衆菩薩於如是大有情衆中定當爲上首故復名摩訶薩具壽善現復白佛言世尊如是菩薩摩訶薩以何因緣於大有情衆中定當得爲上首佛告善現以此菩薩摩訶薩發金剛喻心決不退壞由此心故於大有情衆中定當得爲上首具壽善現白佛言世尊何者名爲菩薩摩訶薩金剛喻心佛告善現若菩薩摩訶薩生如是心我當擐堅固鎧於無邊生死大曠野中摧破無量煩惱怨敵我當枯竭無邊甚深生死大海我當棄捨內外所重一切身財我當於一切有情等心作大義利我當以三乘法拔濟一切有情皆令於無餘依涅槃界而般涅槃我當雖以三乘法滅度一切有情而實不見有情得滅度者我當於一切法如實覺了無生無滅我當純以應一切智智心修行六波羅蜜多我當修學於一切法通達究竟遍入妙智我當通達一切法相一理趣門我當通達一切法相二理趣門乃至無邊理趣門我當於一切法修學通達一理趣門妙智我當於一切法修學通

達二理趣門妙智乃至通達無邊理趣門妙智我當修學引發無邊靜慮無量無色法門我當修學引發無邊三十七菩提分法三解脫門六到彼岸法門我當修學引發無邊五眼六神通佛十力四無所畏四無礙解大慈大悲大喜大捨十八佛不共法一切智道相智一切相智法門善現如是名爲菩薩摩訶薩金剛喻心若菩薩摩訶薩以無所得而爲方便安住此心亦不自恃而生憍舉故於大有情衆中定當得爲上首復次善現若菩薩摩訶薩生如是心一切地獄傍生鬼界人天趣中諸有情類所受苦惱我當代受令彼安樂若菩薩摩訶薩生如是心我當爲一有情經無量百千俱胝那庾多大劫受諸地獄種種劇苦以無數方便教化令證無餘涅槃如是次第爲一切有情一一各經無量百千俱胝那庾多大劫受諸地獄種種劇苦亦一一各以無數方便教化令證無餘涅槃作是事已自植善根復經無量百千俱胝那庾多大劫圓滿修集菩提資糧然後趣證阿耨多羅三藐三菩提善現如是名爲菩薩摩訶薩金剛喻心若菩薩摩訶薩以無所得而爲方便安住此心亦不自恃而生憍舉故於大有情衆中定當得爲上首復次善現以此菩薩摩訶薩發殊勝廣大心決不退壞由此心故於大有情衆中定當得爲上首具壽善現白佛言世尊何者名爲菩薩摩訶薩殊勝廣大心佛告善現若菩薩摩訶薩生如是心我應從初發心乃至證得無上正等菩提於其中間誓當不起貪欲心瞋恚心愚癡心忿心恨心

覆心惱心誑心諂心嫉心慳心憍心害心見慢等心亦復不起趣向聲聞獨覺地心善現如是名爲菩薩摩訶薩殊勝廣大心若菩薩摩訶薩以無所得而爲方便安住此心亦不自恃而生憍舉故於大有情衆中定當得爲上首復次善現以此菩薩摩訶薩發不可傾動心決不退壞由此心故於大有情衆中定當得爲上首具壽善現白佛言世尊何者名爲菩薩摩訶薩不可傾動心佛告善現若菩薩摩訶薩生如是心我當以應一切智智心修習發起一切所修所應作事善現如是名爲菩薩摩訶薩不可傾動心若菩薩摩訶薩以無所得而爲方便安住此心亦不自恃而生憍舉故於大有情衆中定當得爲上首復次善現以此菩薩摩訶薩發利益安樂心決不傾動由此心故於大有情衆中定當得爲上首具壽善現白佛言世尊何者名爲菩薩摩訶薩利益安樂心佛告善現若菩薩摩訶薩生如是心我當窮未來際於一切有情爲作歸依橋船洲渚救濟覆護常不捨離善現如是名爲菩薩摩訶薩利益安樂心若菩薩摩訶薩以無所得而爲方便安住此心亦不自恃而生憍舉故於大有情衆中定當得爲上首復次善現以此菩薩摩訶薩修行般若波羅蜜多時常能愛法樂法欣法喜法由此緣故於大有情衆中定當得爲上首具壽善現白佛言世尊何等爲法云何菩薩摩訶薩修行般若波羅蜜多時常於此法愛樂欣喜佛告善現所言法者謂一切有情及色非色法皆無自性都不可得實相不壞是名爲法

言愛法者謂於此法起欲希求言樂法者謂於此法稱讚功德言欣法者謂於此法歡喜信受言喜法者謂於此法慕多修習善現如是菩薩摩訶薩修行般若波羅蜜多時以無所得而爲方便常能愛法樂法欣法喜法亦不自恃而生憍舉故於大有情衆中定當得爲上首復次善現以此菩薩摩訶薩修行般若波羅蜜多時以無所得而爲方便住内空外空内外空空空大空勝義空有爲空無爲空畢竟空無際空散空無變異空本性空自相空共相空一切法空不可得空無性空自性空無性自性空故得於大有情衆中定當得爲上首復次善現以此菩薩摩訶薩修行般若波羅蜜多時以無所得而爲方便住四靜慮四無量四無色定故得於大有情衆中

定當得爲上首復次善現以此菩薩摩訶薩修行般若波羅蜜多時以無所得而爲方便住四念住四正斷四神足五根五力七等覺支八聖道支故得於大有情衆中定當得爲上首復次善現以此菩薩摩訶薩修行般若波羅蜜多時以無所得而爲方便住空無相無願解脫門故得於大有情衆中定當得爲上首復次善現以此菩薩摩訶薩修行般若波羅蜜多時以無所得而爲方便住布施淨戒安忍精進靜慮般若波羅蜜多故得於大有情衆中定當得爲上首復次善現以此菩薩摩訶薩修行般若波羅蜜多時以無所得而爲方便住五眼六神通故得於大有情衆中定當得爲上首復次善現以此菩薩摩訶薩修行般若波羅蜜多時以無所得而爲方

便住佛十力四無所畏四無礙解大慈大悲大喜大捨十八佛不共法一切智道相智一切相智故得於大有情衆中定當得爲上首復次善現以此菩薩摩訶薩修行般若波羅蜜多時以無所得而爲方便住金剛喻三摩地乃至以無所得而爲方便住無著無爲無染解脫如虛空三摩地故得於大有情衆中定當得爲上首善現以如是等種種因緣此菩薩摩訶薩於大有情衆中定當得爲上首善現是故菩薩復名摩訶薩爾時具壽舍利子白佛言世尊我亦樂說菩薩由此義故復名摩訶薩佛言舍利子隨汝意說舍利子言世尊由諸菩薩能爲有情以無所得而爲方便說斷我見有情見命者見生者見養者見士夫見補特伽羅見意生見儒童見作者見使作者見起者見使起者見受者見使受者見知者見見者見法故此菩薩復名摩訶薩世尊由諸菩薩能爲有情以無所得而爲方便說斷常見斷見法故此菩薩復名摩訶薩世尊由諸菩薩能爲有情以無所得而爲方便說斷有見無見法故此菩薩復名摩訶薩世尊由諸菩薩能爲有情以無所得而爲方便說斷蘊見處見界見諦見緣起見法故此菩薩復名摩訶薩世尊由諸菩薩能爲有情以無所得而爲方便說斷四靜慮見四無量見四無色定見法故此菩薩復名摩訶薩世尊由諸菩薩能爲有情以無所得而爲方便說斷四念住見四正斷見四神足見五根見五力見七等覺支見八聖道支見法故此菩薩復名摩訶薩世尊由諸菩薩能爲有情以

無所得而爲方便說斷三解脫門見六到彼岸見法故此菩薩復名摩訶薩世尊由諸菩薩能爲有情以無所得而爲方便說斷五眼見六神通見法故此菩薩復名摩訶薩世尊由諸菩薩能爲有情以無所得而爲方便說斷佛十力見四無所畏見四無礙解見大慈大悲大喜大捨見十八佛不共法見一切智見道相智見一切相智見法故此菩薩復名摩訶薩世尊由諸菩薩能爲有情以無所得而爲方便說斷成熟有情見嚴淨佛土見菩薩見佛陀見轉法輪見法故此菩薩復名摩訶薩世尊以要言之由諸菩薩能爲有情以無所得而爲方便說斷一切見法故此菩薩復名摩訶薩時具壽善現問舍利子言若菩薩摩訶薩能爲有情以無所得而爲方便說斷諸見法者何緣菩薩摩訶薩自有所得而爲方便起色見受想行識見起眼處見耳鼻舌身意處見起色處見聲香味觸法處見起眼界見色界眼識界及眼觸眼觸爲緣所生諸受見起耳界見聲界耳識界及耳觸耳觸爲緣所生諸受見起鼻界見香界鼻識界及鼻觸鼻觸爲緣所生諸受見起舌界見味界舌識界及舌觸舌觸爲緣所生諸受見起身界見觸界身識界及身觸身觸爲緣所生諸受見起意界見法界意識界及意觸意觸爲緣所生諸受見起地界見水火風空識界見起苦聖諦見集滅道聖諦見起無明見行識名色六處觸受愛取有生老死愁歎苦憂惱見起四靜慮見四無量四無色定見起四念住見四正斷四神足五根五力七等覺支八

聖道支見起空解脫門見無相無願解脫門見起布施波羅蜜多見淨戒安忍精進靜慮般若波羅蜜多見起五眼見六神通見起佛十力見四無所畏四無礙解大慈大悲大喜大捨十八佛不共法一切智道相智一切相智見起成熟有情見嚴淨佛土見菩薩見佛陀見轉法輪見耶具壽舍利子答善現言若菩薩摩訶薩修行般若波羅蜜多時無方便善巧者以有所得而爲方便便起色見受想行識見乃至便起佛陀見轉法輪見是菩薩摩訶薩不能爲諸有情以無所得而爲方便說斷諸見法若菩薩摩訶薩修行般若波羅蜜多時有方便善巧者能爲有情以無所得而爲方便說斷諸見法是菩薩摩訶薩不起色見受想行識見乃至不起佛陀見轉法輪見爾時具壽善現白佛言世尊我亦樂說菩薩由此義故復名摩訶薩佛言善現隨汝意說善現白言世尊由諸菩薩爲一切智智發菩提心無等等心不共一切聲聞獨覺心於如是心亦不取著何以故世尊彼一切智智心是眞無漏不墮三界求一切智智心亦是無漏不墮三界於如是心不應取著故此菩薩亦復名摩訶薩時舍利子問善現言云何菩薩摩訶薩無等等心不共一切聲聞獨覺心善現答言諸菩薩摩訶薩從初發心不見諸法有生有滅有減有增有來有去有染有淨舍利子若不見諸法有生有滅有減有增有來有去有染有淨亦不見有聲聞心獨覺心菩薩心如來心舍利子是名菩薩摩訶薩無等等心不共一切聲聞獨覺心諸菩薩摩

訶薩於如是心亦不取著時舍利子問善現言若於如是心不應取著者則於一切愚夫異生聲聞獨覺等心亦不應取著及於色心不應取著於受想行識心亦不應取著於眼處心不應取著於耳鼻舌身意處心亦不應取著於色處心不應取著於聲香味觸法處心亦不應取著於眼界心不應取著於色界眼識界及眼觸眼觸為緣所生諸受心亦不應取著於耳界心不應取著於聲界耳識界及耳觸耳觸為緣所生諸受心亦不應取著於鼻界心不應取著於香界鼻識界及鼻觸鼻觸為緣所生諸受心亦不應取著於舌界心不應取著於味界舌識界及舌觸舌觸為緣所生諸受心亦不應取著於身界心不應取著於觸界身識界及身觸身觸為緣所生諸受心亦不應取著於意界心不應取著於法界意識界及意觸意觸為緣所生諸受心亦不應取著於地界心不應取著於水火風空識界心亦不應取著於苦聖諦心不應取著於集滅道聖諦心亦不應取著於無明心不應取著於行識名色六處觸受愛取有生老死愁歎苦憂惱心亦不應取著於四靜慮心不應取著於四無量四無色定心亦不應取著於四念住心不應取著於四正斷四神足五根五力七等覺支八聖道支心亦不應取著於空解脫門心不應取著於無相無願解脫門心亦不應取著於布施波羅蜜多心不應取著於淨戒安忍精進靜慮般若波羅蜜多心亦不應取著於五眼心不應取著於六神通心亦不應取著於佛十力心不應取

著於四無所畏四無礙解大慈大悲大喜大捨十八佛不共法一切智道相智一切相智心亦不應取著何以故如是諸心皆無心性故善現答曰如是如是誠如所言時舍利子問善現言若一切心無心性故不應取著者則色無色性故不應取著受想行識無受想行識性故亦不應取著眼處無眼處性故不應取著耳鼻舌身意處無耳鼻舌身意處性故亦不應取著色處無色處性故不應取著聲香味觸法處無聲香味觸法處性故亦不應取著眼界無眼界性故不應取著色界眼識界及眼觸眼觸爲緣所生諸受無色界乃至眼觸爲緣所生諸受性故亦不應取著耳界無耳界性故不應取著聲界耳識界及耳觸耳觸爲緣所生諸受無聲界乃至耳觸爲緣所生諸受性故亦不應取著鼻界無鼻界性故不應取著香界鼻識界及鼻觸鼻觸爲緣所生諸受無香界乃至鼻觸爲緣所生諸受性故亦不應取著舌界無舌界性故不應取著味界舌識界及舌觸舌觸爲緣所生諸受無味界乃至舌觸爲緣所生諸受性故亦不應取著身界無身界性故不應取著觸界身識界及身觸身觸爲緣所生諸受無觸界乃至身觸爲緣所生諸受性故亦不應取著意界無意界性故不應取著法界意識界及意觸意觸爲緣所生諸受無法界乃至意觸爲緣所生諸受性故亦不應取著地界無地界性故不應取著水火風空識界無水火風空識界性故亦不應取著苦聖諦無苦聖諦性故不應取著集滅道聖諦無集滅道聖諦

性故亦不應取著無明無無明性故不應取著行識名色六處觸受愛取有生老死愁歎苦憂惱無行乃至老死愁歎苦憂惱性故亦不應取著四靜慮無四靜慮性故不應取著四無量四無色定無四無量四無色定性故亦不應取著四念住無四念住性故不應取著四正斷四神足五根五力七等覺支八聖道支無四正斷乃至八聖道支性故亦不應取著空解脫門無空解脫門性故不應取著無相無願解脫門無無相無願解脫門性故亦不應取著布施波羅蜜多無布施波羅蜜多性故不應取著淨戒安忍精進靜慮般若波羅蜜多無淨戒乃至般若波羅蜜多性故亦不應取著五眼無五眼性故不應取著六神通無六神通性故亦不應取著佛十力無

佛十力性故不應取著四無所畏四無礙解大慈大悲大喜大捨十八佛不共法一切智道相智一切相智無四無所畏乃至一切相智性故亦不應取著善現答言如是如是誠如所說時舍利子問善現言若一切智智心是眞無漏不墮三界者則一切愚夫異生聲聞獨覺等心亦應是眞無漏不墮三界何以故如是諸心亦本性空故所以者何以本性空法是眞無漏不墮三界善現答言如是如是誠如所說舍利子言色亦應是眞無漏不墮三界受想行識亦應是眞無漏不墮三界何以故以色受想行識皆本性空故所以者何以本性空法是眞無漏不墮三界善現答言如是如是誠如所說舍利子言眼處亦應是眞無漏不墮三界耳鼻舌身意處亦應是

眞無漏不墮三界何以故以眼耳鼻舌身意處皆本性空故所以者何以本性空法是眞無漏不墮三界善現答言如是如是誠如所說舍利子言色處亦應是眞無漏不墮三界聲香味觸法處亦應是眞無漏不墮三界何以故以色聲香味觸法處皆本性空故所以者何以本性空法是眞無漏不墮三界善現答言如是如是誠如所說舍利子言眼界亦應是眞無漏不墮三界色界眼識界及眼觸眼觸爲緣所生諸受亦應是眞無漏不墮三界何以故以眼界乃至眼觸爲緣所生諸受皆本性空故所以者何以本性空法是眞無漏不墮三界善現答言如是如是誠如所說舍利子言耳界亦應是眞無漏不墮三界聲界耳識界及耳觸耳觸爲緣所生諸受亦應是眞無漏不墮三界何以故以耳界乃至耳觸爲緣所生諸受皆本性空故所以者何以本性空法是眞無漏不墮三界善現答言如是如是誠如所說舍利子言鼻界亦應是眞無漏不墮三界香界鼻識界及鼻觸鼻觸爲緣所生諸受亦應是眞無漏不墮三界何以故以鼻界乃至鼻觸爲緣所生諸受皆本性空故所以者何以本性空法是眞無漏不墮三界善現答言如是如是誠如所說舍利子言舌界亦應是眞無漏不墮三界味界舌識界及舌觸舌觸爲緣所生諸受亦應是眞無漏不墮三界何以故以舌界乃至舌觸爲緣所生諸受皆本性空故所以者何以本性空法是眞無漏不墮三界善現答言如是如是誠如所說舍利子言身界亦應是眞無漏不

墮三界觸界身識界及身觸身觸爲緣所生諸受亦應是真無漏不墮三界何以故以身界乃至身觸爲緣所生諸受皆本性空故所以者何以本性空法是真無漏不墮三界善現答言如是如是誠如所説舍利子言意界亦應是真無漏不墮三界法界意識界及意觸意觸爲緣所生諸受亦應是真無漏不墮三界何以故以意界乃至意觸爲緣所生諸受皆本性空故所以者何以本性空法是真無漏不墮三界善現答言如是如是誠如所説舍利子言地界亦應是真無漏不墮三界水火風空識界亦應是真無漏不墮三界何以故以地水火風空識界皆本性空故所以者何以本性空法是真無漏不墮三界善現答言如是如是誠如所説舍利子言苦聖諦亦應是真無漏不墮三界集滅道聖諦亦應是真無漏不墮三界何以故以苦集滅道聖諦皆本性空故所以者何以本性空法是真無漏不墮三界善現答言如是如是誠如所説舍利子言無明亦應是真無漏不墮三界行識名色六處觸受愛取有生老死愁歎苦憂惱亦應是真無漏不墮三界何以故以無明乃至老死愁歎苦憂惱皆本性空故所以者何以本性空法是真無漏不墮三界善現答言如是如是誠如所説舍利子言四靜慮亦應是真無漏不墮三界四無量四無色定亦應是真無漏不墮三界何以故以四靜慮四無量四無色定皆本性空故所以者何以本性空法是真無漏不墮三界善現答言如是如是誠如所説舍利子言四念住亦應是

眞無漏不墮三界四正斷四神足五根五力七等覺支八聖道支亦應是眞無漏不墮三界何以故以四念住乃至八聖道支皆本性空故所以者何以本性空法是眞無漏不墮三界善現答言如是如是誠如所說舍利子言空解脫門亦應是眞無漏不墮三界無相無願解脫門亦應是眞無漏不墮三界何以故以空無相無願解脫門皆本性空故所以者何以本性空法是眞無漏不墮三界善現答言如是如是誠如所說舍利子言布施波羅蜜多亦應是眞無漏不墮三界淨戒安忍精進靜慮般若波羅蜜多亦應是眞無漏不墮三界何以故以布施波羅蜜多乃至般若波羅蜜多皆本性空故所以者何以本性空法是眞無漏不墮三界善現答言如是如是誠如所說舍利子言五眼亦應是眞無漏不墮三界六神通亦應是眞無漏不墮三界何以故以五眼六神通皆本性空故所以者何以本性空法是眞無漏不墮三界善現答言如是如是誠如所說舍利子言佛十力亦應是眞無漏不墮三界四無所畏四無礙解大慈大悲大喜大捨十八佛不共法一切智道相智一切相智亦應是眞無漏不墮三界何以故以佛十力乃至一切相智皆本性空故所以者何以本性空法是眞無漏不墮三界善現答言如是如是誠如所說時舍利子問善現言若心色等法無心色等性故咸不應取著者則一切法應皆平等無有差別善現答言如是如是誠如所說舍利子言若一切法定無別者云何如來說心色等法有種種

差別善現答言此乃如來隨世俗言說施設有此種種差別非由實義時舍利子問善現言若一切愚夫異生聲聞獨覺菩薩如來心色等法皆本性空故是眞無漏不墮三界者則聖者異生及一切智與非一切智應皆平等無有差別善現答言如是如是誠如所說舍利子言若諸凡聖定無別者云何如來說諸凡聖有種種差別善現答言此亦如來隨世俗言說施設有此種種差別非由實義舍利子如是菩薩摩訶薩修行般若波羅蜜多時以無所得爲方便故於所發菩提心無等等心不共一切聲聞獨覺心不恃不著於一切法亦無取執由此義故名摩訶薩爾時具壽滿慈子白佛言世尊我亦樂說菩薩由此義故復名摩訶薩佛言滿慈子隨汝意說滿

慈子言世尊由諸菩薩爲欲利樂一切有情擐大功德鎧故發趣大乘乘大乘故復名摩訶薩時舍利子問滿慈子言云何菩薩摩訶薩爲欲利樂一切有情擐大功德鎧滿慈子言舍利子菩薩摩訶薩修菩提行不爲少分有情得利樂故乃爲一切有情得利樂故修菩提行舍利子如是名爲菩薩摩訶薩爲欲利樂一切有情擐大功德鎧復次舍利子菩薩摩訶薩住布施波羅蜜多修布施波羅蜜多時不爲少分有情得利樂故乃爲一切有情得利樂故修布施波羅蜜多舍利子菩薩摩訶薩住淨戒波羅蜜多修淨戒波羅蜜多時不爲少分有情得利樂故乃爲一切有情得利樂故修淨戒波羅蜜多舍利子菩薩摩訶薩住安忍波羅蜜多修安忍波羅蜜多時

不爲少分有情得利樂故乃爲一切有情得利樂故修安忍波羅蜜多舍利子菩薩摩訶薩住精進波羅蜜多修精進波羅蜜多時不爲少分有情得利樂故乃爲一切有情得利樂故修精進波羅蜜多舍利子菩薩摩訶薩住靜慮波羅蜜多修靜慮波羅蜜多時不爲少分有情得利樂故乃爲一切有情得利樂故修靜慮波羅蜜多舍利子菩薩摩訶薩住般若波羅蜜多修般若波羅蜜多時不爲少分有情得利樂故乃爲一切有情得利樂故修般若波羅蜜多舍利子如是名爲菩薩摩訶薩爲欲利樂一切有情擐大功德鎧復次舍利子菩薩摩訶薩擐大功德鎧利樂有情不爲齊限謂不作是念我教爾所有情令得無餘涅槃爾所有情不令其得我教爾所有情令住無上菩提爾所有情不令其住然此菩薩摩訶薩普令一切有情得無餘涅槃及住無上菩提故擐如是大功德鎧復次舍利子菩薩摩訶薩作如是念我當自圓滿布施波羅蜜多亦教一切有情於布施波羅蜜多修令圓滿我當自圓滿淨戒安忍精進靜慮般若波羅蜜多亦教一切有情於淨戒乃至般若波羅蜜多修令圓滿我當自住内空亦教一切有情令住内空我當自住外空内外空空空大空勝義空有爲空無爲空畢竟空無際空散空無變異空本性空自相空共相空一切法空不可得空無性空自性空無性自性空亦教一切有情令住外空乃至無性自性空我當自住四靜慮亦教一切有情令修四靜慮我當自住四無量四無色定亦教

一切有情令修四無量四無色定我當自住四念住亦教一切有情令修四念住我當自住四正斷四神足五根五力七等覺支八聖道支亦教一切有情令修四正斷乃至八聖道支我當自住空解脱門亦教一切有情令修空解脱門我當自住無相無願解脱門亦教一切有情令修無相無願解脱門我當自住五眼亦教一切有情令修五眼我當自住六神通亦教一切有情令修六神通我當自住佛十力亦教一切有情令修佛十力我當自住四無所畏四無礙解大慈大悲大喜大捨十八佛不共法一切智道相智一切相智亦教一切有情令修四無所畏乃至一切相智舍利子如是名爲菩薩摩訶薩爲欲利樂一切有情擐大功德鎧

大般若波羅蜜多經卷第四十七

音釋

擐 音患貫也　鎧 可改切甲也　俱胝 梵語也此云百億胝張尼切　那庾多 梵語也此云萬億庾弋渚切　劇 竭戟切甚也

大般若波羅蜜多經卷第四十八

唐三藏法師玄奘奉　詔譯

初分摩訶薩品第十三之二

復次舍利子諸菩薩摩訶薩修行布施波羅蜜多時以應一切智智心而修布施波羅蜜多以無所得而爲方便與一切有情同共迴向阿耨多羅三藐三菩提於身命等都無所悋舍利子如是名爲諸菩薩摩訶薩修行布施波羅蜜多時擐布施波羅蜜多大功德鎧復次舍利子諸菩薩摩訶薩修行布施波羅蜜多時以應一切智智心而修布施波羅蜜多以無所得而爲方便與一切有情同共迴向阿耨多羅三藐三菩提於布施行不起聲聞獨覺作意舍利子如是名爲諸菩薩摩訶薩修行布施波羅蜜多時擐淨戒波羅蜜多大功德鎧復次舍利子諸菩薩摩訶薩修行布施波羅蜜多時以應一切智智心而修布施波羅蜜多以無所得而爲方便與一切有情同共迴向阿耨多羅三藐三菩提於布施法信忍欲樂舍利子如是名爲諸菩薩摩訶薩修行布施波羅蜜多時擐安忍波羅蜜多大功德鎧復次舍利子諸菩薩摩訶薩修行布施波羅蜜多時以應一切智智心而修布施波羅蜜多以無所得而爲方便與一切有情同共迴向阿耨多羅三藐三菩提於布施行勤修不息舍利子如是名爲諸菩薩摩訶薩修行布施波羅蜜多時擐精進波羅蜜多大功德鎧復次舍利子諸菩薩摩訶薩修行布施波羅蜜多時以應一切智智心而修布施波羅蜜多以無所得而爲方便與一切有

情同共迴向阿耨多羅三藐三菩提於布施行一心迴向一切智智不雜聲聞獨覺作意舍利子如是名爲諸菩薩摩訶薩修行布施波羅蜜多時攝靜慮波羅蜜多大功德鎧復次舍利子諸菩薩摩訶薩修行布施波羅蜜多時以應一切智智心而修布施波羅蜜多以無所得而爲方便與一切有情同共迴向阿耨多羅三藐三菩提於布施法住如幻如夢如像如響如光影如空花如尋香城如變化事想不見施者受者施物舍利子如是名爲諸菩薩摩訶薩修行布施波羅蜜多時攝般若波羅蜜多大功德鎧舍利子是菩薩摩訶薩修行布施波羅蜜多時具攝六種波羅蜜多大功德鎧舍利子若菩薩摩訶薩以應一切智智心修行布施波羅蜜多時於六波羅蜜多相不取不著當知是菩薩摩訶薩擐大功德鎧舍利子如是名爲菩薩摩訶薩爲欲利樂一切有情擐大功德鎧復次舍利子諸菩薩摩訶薩修行淨戒波羅蜜多時以應一切智智心而修淨戒波羅蜜多以無所得而爲方便與一切有情同共迴向阿耨多羅三藐三菩提爲護淨戒於諸所有都不戀著舍利子如是名爲諸菩薩摩訶薩修行淨戒波羅蜜多時攝布施波羅蜜多大功德鎧復次舍利子諸菩薩摩訶薩修行淨戒波羅蜜多時以應一切智智心而修淨戒波羅蜜多以無所得而爲方便與一切有情同共迴向阿耨多羅三藐三菩提於淨戒行尚不趣求聲聞獨覺況異生地舍利子如是名爲諸菩薩摩訶薩修行淨戒波羅蜜多時擐淨戒波

羅蜜多大功德鎧復次舍利子諸菩薩摩訶
薩修行淨戒波羅蜜多時以應一切智智心
而修淨戒波羅蜜多以無所得而爲方便與
一切有情同共迴向阿耨多羅三藐三菩提
於淨戒法信忍欲樂舍利子如是名爲諸菩
薩摩訶薩修行淨戒波羅蜜多時擐安忍波
羅蜜多大功德鎧復次舍利子諸菩薩摩訶
薩修行淨戒波羅蜜多時以應一切智智心
而修淨戒波羅蜜多以無所得而爲方便與
一切有情同共迴向阿耨多羅三藐三菩提
於淨戒行勤修不息舍利子如是名爲諸菩
薩摩訶薩修行淨戒波羅蜜多時擐精進波
羅蜜多大功德鎧復次舍利子諸菩薩摩訶
薩修行淨戒波羅蜜多時以應一切智智心
而修淨戒波羅蜜多以無所得而爲方便與
一切有情同共迴向阿耨多羅三藐三菩提
於淨戒行專以大悲而爲上首尚不間雜二
乘作意况異生心舍利子如是名爲諸菩薩
摩訶薩修行淨戒波羅蜜多時擐靜慮波羅
蜜多大功德鎧復次舍利子諸菩薩摩訶薩
修行淨戒波羅蜜多時以應一切智智心而
修淨戒波羅蜜多以無所得而爲方便與一
切有情同共迴向阿耨多羅三藐三菩提於
淨戒法住如幻如夢如像如響如光影如空
花如尋香城如變化事想於清淨戒不恃不
著於破戒惡不猒不取由持與犯本性空故
舍利子如是名爲諸菩薩摩訶薩修行淨戒
波羅蜜多時擐般若波羅蜜多大功德鎧舍
利子是菩薩摩訶薩修行淨戒波羅蜜多時
具擐六種波羅蜜多大功德鎧舍利子若菩

薩摩訶薩以應一切智智心修行淨戒波羅蜜多時於六波羅蜜多相不取不著當知是菩薩摩訶薩擐大功德鎧舍利子如是名爲菩薩摩訶薩爲欲利樂一切有情擐大功德鎧復次舍利子諸菩薩摩訶薩修行安忍波羅蜜多時以應一切智智心而修安忍波羅蜜多以無所得而爲方便與一切有情同共迴向阿耨多羅三藐三菩提爲成安忍於身命等無所戀著舍利子如是名爲諸菩薩摩訶薩修行安忍波羅蜜多時擐布施波羅蜜多大功德鎧復次舍利子諸菩薩摩訶薩修行安忍波羅蜜多時以應一切智智心而修安忍波羅蜜多以無所得而爲方便與一切有情同共迴向阿耨多羅三藐三菩提於安忍行不雜聲聞獨覺異生下劣作意舍利子

如是名爲諸菩薩摩訶薩修行安忍波羅蜜多時擐淨戒波羅蜜多大功德鎧復次舍利子諸菩薩摩訶薩修行安忍波羅蜜多時以應一切智智心而修安忍波羅蜜多以無所得而爲方便與一切有情同共迴向阿耨多羅三藐三菩提於安忍法信忍欲樂舍利子如是名爲諸菩薩摩訶薩修行安忍波羅蜜多時擐安忍波羅蜜多大功德鎧復次舍利子諸菩薩摩訶薩修行安忍波羅蜜多時以應一切智智心而修安忍波羅蜜多以無所得而爲方便與一切有情同共迴向阿耨多羅三藐三菩提於安忍行勤修不息舍利子如是名爲諸菩薩摩訶薩修行安忍波羅蜜多時擐精進波羅蜜多大功德鎧復次舍利子諸菩薩摩訶薩修行安忍波羅蜜多時以

應一切智智心而修安忍波羅蜜多以無所得而爲方便與一切有情同共迴向阿耨多羅三藐三菩提攝心一緣修安忍行雖遇苦事而不異緣舍利子如是名爲諸菩薩摩訶薩修行安忍波羅蜜多時擐靜慮波羅蜜多大功德鎧復次舍利子諸菩薩摩訶薩修行安忍波羅蜜多時以應一切智智心而修安忍波羅蜜多以無所得而爲方便與一切有情同共迴向阿耨多羅三藐三菩提於安忍法住如幻如夢如像如響如光影如空花如尋香城如變化事想爲欲修集一切佛法爲欲成熟一切有情觀諸法空不執怨害舍利子如是名爲諸菩薩摩訶薩修行安忍波羅蜜多時擐般若波羅蜜多大功德鎧舍利子是菩薩摩訶薩修行安忍波羅蜜多時具擐

六種波羅蜜多大功德鎧舍利子若菩薩摩訶薩以應一切智智心修行安忍波羅蜜多時於六波羅蜜多相不取不著當知是菩薩摩訶薩擐大功德鎧舍利子如是名爲菩薩摩訶薩爲欲利樂一切有情擐大功德鎧復次舍利子諸菩薩摩訶薩修行精進波羅蜜多時以應一切智智心而修精進波羅蜜多以無所得而爲方便與一切有情同共迴向阿耨多羅三藐三菩提勤修種種難行施行舍利子如是名爲諸菩薩摩訶薩修行精進波羅蜜多時擐布施波羅蜜多大功德鎧復次舍利子諸菩薩摩訶薩修行精進波羅蜜多時以應一切智智心而修精進波羅蜜多以無所得而爲方便與一切有情同共迴向阿耨多羅三藐三菩提精勤護持清淨禁戒

舍利子如是名爲諸菩薩摩訶薩修行精進波羅蜜多時擐淨戒波羅蜜多大功德鎧復次舍利子諸菩薩摩訶薩修行精進波羅蜜多時以應一切智智心而修精進波羅蜜多以無所得而爲方便與一切有情同共迴向阿耨多羅三藐三菩提勤修種種難行忍行舍利子如是名爲諸菩薩摩訶薩修行精進波羅蜜多時擐安忍波羅蜜多大功德鎧復次舍利子諸菩薩摩訶薩修行精進波羅蜜多時以應一切智智心而修精進波羅蜜多以無所得而爲方便與一切有情同共迴向阿耨多羅三藐三菩提熾然勤修有利苦行舍利子如是名爲諸菩薩摩訶薩修行精進波羅蜜多時擐精進波羅蜜多大功德鎧復次舍利子諸菩薩摩訶薩修行精進波羅蜜多時以應一切智智心而修精進波羅蜜多以無所得而爲方便與一切有情同共迴向阿耨多羅三藐三菩提勤修種種靜慮等至舍利子如是名爲諸菩薩摩訶薩修行精進波羅蜜多時擐靜慮波羅蜜多大功德鎧復次舍利子諸菩薩摩訶薩修行精進波羅蜜多時以應一切智智心而修精進波羅蜜多以無所得而爲方便與一切有情同共迴向阿耨多羅三藐三菩提精進修行無取著慧舍利子如是名爲諸菩薩摩訶薩修行精進波羅蜜多時擐般若波羅蜜多大功德鎧舍利子是菩薩摩訶薩修行精進波羅蜜多時具擐六種波羅蜜多大功德鎧舍利子若菩薩摩訶薩以應一切智智心修行精進波羅蜜多時於六波羅蜜多相不取不著當知是

菩薩摩訶薩擐大功德鎧舍利子如是名爲菩薩摩訶薩爲欲利樂一切有情擐大功德鎧復次舍利子諸菩薩摩訶薩修行靜慮波羅蜜多時以應一切智智心而修靜慮波羅蜜多以無所得而爲方便與一切有情同共迴向阿耨多羅三藐三菩提住安靜心而行布施令慳恪垢不復現前舍利子如是名爲諸菩薩摩訶薩修行靜慮波羅蜜多時擐布施波羅蜜多大功德鎧復次舍利子諸菩薩摩訶薩修行靜慮波羅蜜多時以應一切智智心而修靜慮波羅蜜多以無所得而爲方便與一切有情同共迴向阿耨多羅三藐三菩提由淨定力護持禁戒令犯戒垢不復現前舍利子如是名爲諸菩薩摩訶薩修行靜慮波羅蜜多時擐淨戒波羅蜜多大功德鎧

復次舍利子諸菩薩摩訶薩修行靜慮波羅蜜多時以應一切智智心而修靜慮波羅蜜多以無所得而爲方便與一切有情同共迴向阿耨多羅三藐三菩提住慈悲定而修安忍令忿恚等不復現前舍利子如是名爲諸菩薩摩訶薩修行靜慮波羅蜜多時擐安忍波羅蜜多大功德鎧復次舍利子諸菩薩摩訶薩修行靜慮波羅蜜多時以應一切智智心而修靜慮波羅蜜多以無所得而爲方便與一切有情同共迴向阿耨多羅三藐三菩提安住淨定勤修功德令諸懈怠不復現前舍利子如是名爲諸菩薩摩訶薩修行靜慮波羅蜜多時擐精進波羅蜜多大功德鎧復次舍利子諸菩薩摩訶薩修行靜慮波羅蜜多時以應一切智智心而修靜慮波羅蜜多

以無所得而爲方便與一切有情同共迴向阿耨多羅三藐三菩提依靜慮等引發勝定令味亂障不復現前舍利子如是名爲諸菩薩摩訶薩修行靜慮波羅蜜多時擐靜慮波羅蜜多大功德鎧復次舍利子諸菩薩摩訶薩摩行靜慮波羅蜜多時以應一切智智心而修靜慮波羅蜜多以無所得而爲方便與一切有情同共迴向阿耨多羅三藐三菩提依靜慮等引發勝慧觀一切法皆如幻等令諸惡慧不復現前舍利子如是名爲諸菩薩摩訶薩修行靜慮波羅蜜多時擐般若波羅蜜多大功德鎧舍利子是菩薩摩訶薩修行靜慮波羅蜜多時具擐六種波羅蜜多大功德鎧舍利子若菩薩摩訶薩以應一切智智心修行靜慮波羅蜜多時於六波羅蜜多相

不取不著當知是菩薩摩訶薩擐大功德鎧舍利子如是名爲菩薩摩訶薩爲欲利樂一切有情擐大功德鎧復次舍利子諸菩薩摩訶薩修行般若波羅蜜多時以應一切智智心而修般若波羅蜜多以無所得而爲方便與一切有情同共迴向阿耨多羅三藐三菩提不見施者受者施物三輪清淨而行布施舍利子如是名爲諸菩薩摩訶薩修行般若波羅蜜多時擐布施波羅蜜多大功德鎧復次舍利子諸菩薩摩訶薩修行般若波羅蜜多時以應一切智智心而修般若波羅蜜多以無所得而爲方便與一切有情同共迴向阿耨多羅三藐三菩提不見持戒及破戒等以無著心而修淨戒舍利子如是名爲諸菩薩摩訶薩修行般若波羅蜜多時擐淨戒波

羅蜜多大功德鎧復次舍利子諸菩薩摩訶
薩修行般若波羅蜜多時以應一切智智心
而修般若波羅蜜多以無所得而爲方便與
一切有情同共迴向阿耨多羅三藐三菩提
不見能忍所忍等事以勝空慧而修安忍舍
利子如是名爲諸菩薩摩訶薩修行般若波
羅蜜多時擐安忍波羅蜜多大功德鎧復次
舍利子諸菩薩摩訶薩修行般若波羅蜜多
時以應一切智智心而修般若波羅蜜多以
無所得而爲方便與一切有情同共迴向阿
耨多羅三藐三菩提觀一切法皆畢竟空以
大悲心而行精進舍利子如是名爲諸菩薩
摩訶薩修行般若波羅蜜多時擐精進波羅
蜜多大功德鎧復次舍利子諸菩薩摩訶薩
修行般若波羅蜜多時以應一切智智心而
修般若波羅蜜多以無所得而爲方便與一
切有情同共迴向阿耨多羅三藐三菩提觀
入住出定及定境皆畢竟空而修等至舍利
子如是名爲諸菩薩摩訶薩修行般若波羅
蜜多時擐靜慮波羅蜜多大功德鎧復次舍
利子諸菩薩摩訶薩修行般若波羅蜜多時
以應一切智智心而修般若波羅蜜多以無
所得而爲方便與一切有情同共迴向阿耨
多羅三藐三菩提於一切法一切有情一切
波羅蜜多住如幻如夢如像如響如光影如
空花如尋香城如變化事想而修種種無取
著慧舍利子如是名爲諸菩薩摩訶薩修行
般若波羅蜜多時擐般若波羅蜜多大功德
鎧舍利子是菩薩摩訶薩修行般若波羅蜜
多時具擐六種波羅蜜多大功德鎧舍利子

若菩薩摩訶薩以應一切智智心修行般若波羅蜜多時於六波羅蜜多相不取不著當知是菩薩摩訶薩擐大功德鎧舍利子如是名爲菩薩摩訶薩爲欲利樂一切有情擐大功德鎧舍利子諸菩薩摩訶薩如是安住一一波羅蜜多皆修六波羅蜜多令得圓滿是故名擐大功德鎧復次舍利子諸菩薩摩訶薩雖入諸靜慮及無量無色定而不味著亦不爲彼勢力所引亦不隨彼勢力受生舍利子是爲菩薩摩訶薩修行靜慮波羅蜜多時擐方便善巧般若波羅蜜多大功德鎧復次舍利子諸菩薩摩訶薩雖入諸靜慮及無量無色定住遠離見寂靜見空無相無願見而不證實際不入聲聞及獨覺地勝伏一切聲聞獨覺舍利子如是名爲菩薩摩訶薩修行靜慮波羅蜜多時擐方便善巧般若波羅蜜多大功德鎧舍利子以諸菩薩由爲利樂一切有情擐如是等大功德鎧故復名摩訶薩舍利子如是爲欲利樂一切有情擐大功德鎧菩薩摩訶薩普爲十方各如殑伽沙等世界諸佛世尊於大衆中歡喜讃歎作如是言某方某世界中有某名菩薩摩訶薩爲欲利樂一切有情擐大功德鎧成熟有情嚴淨佛土遊戲神通作所應作如是展轉聲遍十方天人等衆聞皆歡喜咸作是言如是菩薩速當作佛利益安樂一切有情爾時具壽舍利子問滿慈子言云何名爲菩薩摩訶薩爲欲利樂諸有情故發趣大乘滿慈子言舍利子菩薩摩訶薩爲欲利樂一切有情擐六波羅蜜多大功德鎧已復爲利樂諸有情故離欲

惡不善法有尋有伺離生喜樂入初靜慮具足住尋伺寂靜内等淨心一趣性無尋伺定生喜樂入第二靜慮具足住離喜住捨具念正知身受樂聖說住捨具念樂住入第三靜慮具足住斷樂斷苦先喜憂没不苦不樂捨念清淨入第四靜慮具足住復依靜慮趣慈俱心行相廣大無二無量無怨無害無恨無惱遍滿善修勝解周普充溢十方盡虛空竆法界慈心勝解具足而住悲喜捨俱心勝解行相亦復如是依此加行復超一切色想滅有對想不思惟種種想入無邊空空無邊處具足住超一切空無邊處入無邊識識無邊處具足住超一切識無邊處入無所有無所有處具足住超一切無所有處入非想非非想處具足住舍利子是菩薩摩訶薩以無所得而爲方便持此靜慮無量無色與一切有情同共迴向阿耨多羅三藐三菩提舍利子是爲菩薩摩訶薩爲欲利樂諸有情故發趣大乘復次舍利子諸菩薩摩訶薩爲欲利樂諸有情故先自安住如是靜慮無量無色於入住出諸行相狀善分別知得自在已復作是念我當以應一切智智心大悲爲上首爲斷一切有情諸煩惱故說諸靜慮無量無色分别開示令善了知諸定愛味過患出離及入住出諸行相狀舍利子是爲菩薩摩訶薩依靜慮波羅蜜多修布施波羅蜜多爲欲利樂諸有情故發趣大乘若菩薩摩訶薩以應一切智智心大悲爲上首說諸靜慮無量無色時不爲聲聞獨覺心等之所間雜舍利子是爲菩薩摩訶薩依靜慮波羅蜜多修淨戒

波羅蜜多爲欲利樂諸有情故發趣大乘若菩薩摩訶薩以應一切智智心大悲爲上首説諸靜慮無量無色時於如是法信忍欲樂舍利子是爲菩薩摩訶薩依靜慮波羅蜜多修安忍波羅蜜多爲欲利樂諸有情故發趣大乘若菩薩摩訶薩以應一切智智心大悲爲上首修諸靜慮無量無色時以自善根爲有情故迴求無上正等菩提於諸善根勤修不息舍利子是爲菩薩摩訶薩依靜慮波羅蜜多修精進波羅蜜多爲欲利樂諸有情故發趣大乘若菩薩摩訶薩以應一切智智心大悲爲上首依諸靜慮無量無色引發殊勝等至等持解脱勝處遍處等定於入住出皆得自在不墮聲聞獨覺等地舍利子是爲菩薩摩訶薩依靜慮波羅蜜多修靜慮波羅蜜多爲欲利樂諸有情故發趣大乘若菩薩摩訶薩以應一切智智心大悲爲上首修諸靜慮無量無色時於諸靜慮無量無色及靜慮支以無常行相苦行相無我行相空行相無相行相無願行相如實觀察不捨大悲不墮聲聞及獨覺地舍利子是爲菩薩摩訶薩依靜慮波羅蜜多修般若波羅蜜多爲欲利樂諸有情故發趣大乘復次舍利子若菩薩摩訶薩以應一切智智心大悲爲上首入慈定時作如是念我當拯濟一切有情令得安樂入悲定時作如是念我當救拔一切有情令得離苦入喜定時作如是念我當讚勸一切有情令得解脱入捨定時作如是念我當等益一切有情令斷諸漏舍利子是爲菩薩摩訶薩依無量定修布施波羅蜜多爲欲利樂

諸有情故發趣大乘若菩薩摩訶薩以應一切智智心大悲爲上首於四無量入住出時終不趣向聲聞獨覺唯求無上正等菩提舍利子是爲菩薩摩訶薩依無量定修淨戒波羅蜜多爲欲利樂諸有情故發趣大乘若菩薩摩訶薩以應一切智智心大悲爲上首於四無量入住出時不雜聲聞獨覺作意專心信忍欲樂無上正等菩提舍利子是爲菩薩摩訶薩依無量定修安忍波羅蜜多爲欲利樂諸有情故發趣大乘若菩薩摩訶薩以應一切智智心大悲爲上首於四無量入住出時勤斷惡法勤修善法專趣菩提曾無暫捨舍利子是爲菩薩摩訶薩依無量定修精進波羅蜜多爲欲利樂諸有情故發趣大乘若菩薩摩訶薩以應一切智智心大悲爲上首於四無量入住出時引發種種等持等至能於其中得大自在不爲彼定之所引奪亦不隨彼勢用受生舍利子是爲菩薩摩訶薩依無量定修靜慮波羅蜜多爲欲利樂諸有情故發趣大乘若菩薩摩訶薩以應一切智智心大悲爲上首修四無量於無量中以無常行相苦行相無我行相空行相無相行相無願行相如實觀察不捨大悲不墮聲聞及獨覺地舍利子是爲菩薩摩訶薩依無量定修般若波羅蜜多爲欲利樂諸有情故發趣大乘舍利子諸菩薩摩訶薩依如是等方便善巧修習六種波羅蜜多爲欲利樂諸有情故發趣大乘復次舍利子若菩薩摩訶薩以應一切智智心大悲爲上首具修一切種四念住四正斷四神足五根五力七等覺支八聖

道支以無所得而爲方便與一切有情同共迴向阿耨多羅三藐三菩提舍利子是爲菩薩摩訶薩爲欲利樂諸有情故發趣大乘若菩薩摩訶薩以應一切智智心大悲爲上首具修一切種空解脫門無相解脫門無願解脫門以無所得而爲方便與一切有情同共迴向阿耨多羅三藐三菩提舍利子是爲菩薩摩訶薩爲欲利樂諸有情故發趣大乘若菩薩摩訶薩以應一切智智心大悲爲上首具修一切種布施愛語利行同事以無所得而爲方便與一切有情同共迴向阿耨多羅三藐三菩提舍利子是爲菩薩摩訶薩爲欲利樂諸有情故發趣大乘若菩薩摩訶薩以應一切智智心大悲爲上首具修一切種五眼六神通以無所得而爲方便與一切有情同共迴向阿耨多羅三藐三菩提舍利子是爲菩薩摩訶薩爲欲利樂諸有情故發趣大乘若菩薩摩訶薩以應一切智智心大悲爲上首具修一切種佛十力四無所畏四無礙解大慈大悲大喜大捨十八佛不共法一切智道相智一切相智以無所得而爲方便與一切有情同共迴向阿耨多羅三藐三菩提舍利子是爲菩薩摩訶薩爲欲利樂諸有情故發趣大乘復次舍利子若菩薩摩訶薩以應一切智智心大悲爲上首無所得爲方便起内空智外空智内外空智空空智大空智勝義空智有爲空智無爲空智畢竟空智無際空智散空智無變異空智本性空智自相空智共相空智一切法空智不可得空智無性空智自性空智無性自性空智以無所得

而爲方便與一切有情同共迴向阿耨多羅三藐三菩提舍利子是爲菩薩摩訶薩爲欲利樂諸有情故發趣大乘若菩薩摩訶薩以應一切智智心大悲爲上首無所得爲方便於一切法起非亂非定智以無所得而爲方便與一切有情同共迴向阿耨多羅三藐三菩提舍利子是爲菩薩摩訶薩爲欲利樂諸有情故發趣大乘若菩薩摩訶薩以應一切智智心大悲爲上首無所得而爲方便於一切法起非常非無常智非樂非苦智非我非無我智非淨非不淨智非空非不空智非有相非無相智非有願非無願智非寂靜非不寂靜智非遠離非不遠離智以無所得而爲方便與一切有情同共迴向阿耨多羅三藐三菩提舍利子是爲菩薩摩訶薩爲欲利樂諸有情故發趣大乘復次舍利子若菩薩摩訶薩以應一切智智心大悲爲上首無所得爲方便智不知過去智不知未來智不知現在非不知三世法以無所得而爲方便與一切有情同共迴向阿耨多羅三藐三菩提舍利子是爲菩薩摩訶薩爲欲利樂諸有情故發趣大乘若菩薩摩訶薩以應一切智智心大悲爲上首無所得而爲方便智不知善智不知不善智不知無記非不知三性法智不知欲界智不知色界智不知無色界非不知三界法智不知學智不知無學智不知非學非無學非不知學無學非學非無學法智不知見所斷智不知修所斷智不知非所斷非不知見所斷修所斷非所斷法以無所得而爲方便與一切有情同共迴向阿耨多羅三

藐三菩提舍利子是爲菩薩摩訶薩爲欲利樂諸有情故發趣大乘若菩薩摩訶薩以應一切智智心大悲爲上首無所得而爲方便智不知世間智不知出世間非不知世間出世間法以無所得而爲方便與一切有情同共迴向阿耨多羅三藐三菩提舍利子是爲菩薩摩訶薩爲欲利樂諸有情故發趣大乘若菩薩摩訶薩以應一切智智心大悲爲上首無所得爲方便智不知色智不知無色非不知色無色法智不知有見智不知無見非不知有見無見法智不知有對智不知無對非不知有對無對法智不知有漏智不知無漏非不知有漏無漏法智不知有爲智不知無爲非不知有爲無爲法以無所得而爲方便與一切有情同共迴向阿耨多羅三藐三菩提舍利子是爲菩薩摩訶薩爲欲利樂諸有情故發趣大乘舍利子以諸菩薩由如是等方便善巧爲欲利樂一切有情發趣大乘故復名摩訶薩舍利子如是爲欲利樂諸有情故發趣大乘菩薩摩訶薩普爲十方各如殑伽沙等世界諸佛世尊於大衆中歡喜讚歎作如是言某方某世界中有某名菩薩摩訶薩爲欲利樂諸有情故發趣大乘成就有情嚴淨佛土遊戲神通作所應作如是展轉聲遍十方天人等衆聞皆歡喜咸作是言如是菩薩速當作佛利益安樂一切有情

大般若波羅蜜多經卷第四十八

大般若波羅蜜多經卷第四十九

唐三藏法師玄奘奉　詔譯

初分摩訶薩品第十三之三

爾時具壽舍利子問滿慈子言云何名爲菩薩摩訶薩爲欲利樂諸有情故乘於大乘滿慈子言舍利子若菩薩摩訶薩修行般若波羅蜜多時以應一切智智心大悲爲上首用無所得而爲方便乘布施波羅蜜多不得布施不得布施波羅蜜多不得施者不得受者不得所施物不得所遮法舍利子是爲菩薩摩訶薩乘布施波羅蜜多若菩薩摩訶薩修行般若波羅蜜多時以應一切智智心大悲爲上首用無所得而爲方便乘淨戒波羅蜜多不得淨戒不得淨戒波羅蜜多不得持戒者不得犯戒者不得所遮法舍利子是爲菩薩摩訶薩乘淨戒波羅蜜多若菩薩摩訶薩修行般若波羅蜜多時以應一切智智心大悲爲上首用無所得而爲方便乘安忍波羅蜜多不得安忍不得安忍波羅蜜多不得能忍者不得所忍境不得所遮法舍利子是爲菩薩摩訶薩乘安忍波羅蜜多若菩薩摩訶薩修行般若波羅蜜多時以應一切智智心大悲爲上首用無所得而爲方便乘精進波羅蜜多不得精進不得精進波羅蜜多不得精進者不得懈怠者不得所遮法舍利子是爲菩薩摩訶薩乘精進波羅蜜多若菩薩摩訶薩修行般若波羅蜜多時以應一切智智心大悲爲上首用無所得而爲方便乘靜慮波羅蜜多不得靜慮不得靜慮波羅蜜多不得修定者不得散亂者不得定境界不得所

遮法舍利子是爲菩薩摩訶薩乘靜慮波羅蜜多若菩薩摩訶薩修行般若波羅蜜多時以應一切智智心大悲爲上首用無所得而爲方便乘般若波羅蜜多不得般若波羅蜜多不得修慧者不得愚癡者不得過去未來現在法不得善不善無記法不得欲界色界無色界法不得學無學非學非無學法不得見所斷修所斷非所斷法不得世間出世間法不得色無色法不得有見無見法不得有對無對法不得有漏無漏法不得有爲無爲法不得所遮法舍利子是爲菩薩摩訶薩乘般若波羅蜜多舍利子當知是爲菩薩摩訶薩爲欲利樂諸有情故乘於大乘復次舍利子若菩薩摩訶薩以應一切智智心大悲爲上首用無所得而爲方便爲遣修故修四念住爲遣修故修四正斷四神足五根五力七等覺支八聖道支舍利子是爲菩薩摩訶薩爲欲利樂諸有情故乘於大乘若菩薩摩訶薩以應一切智智心大悲爲上首用無所得而爲方便爲遣修故修空解脫門爲遣修故修無相無願解脫門舍利子是爲菩薩摩訶薩爲欲利樂諸有情故乘於大乘若菩薩摩訶薩以應一切智智心大悲爲上首用無所得而爲方便爲遣修故修四靜慮爲遣修故修四無量四無色定舍利子是爲菩薩摩訶薩爲欲利樂諸有情故乘於大乘若菩薩摩訶薩以應一切智智心大悲爲上首用無所得而爲方便爲遣修故修布施波羅蜜多爲遣修故修淨戒安忍精進靜慮般若波羅蜜多舍利子是爲菩薩摩訶薩爲欲

利樂諸有情故乘於大乘若菩薩摩訶薩以應一切智智心大悲爲上首用無所得而爲方便爲遣修故修五眼爲遣修故修六神通舍利子是爲菩薩摩訶薩爲欲利樂諸有情故乘於大乘若菩薩摩訶薩以應一切智智心大悲爲上首用無所得而爲方便爲遣修故修佛十力爲遣修故修四無所畏四無礙解大慈大悲大喜大捨十八佛不共法一切智道相智一切相智舍利子是爲菩薩摩訶薩爲欲利樂諸有情故乘於大乘若菩薩摩訶薩以應一切智智心大悲爲上首用無所得而爲方便爲遣修故修內空智外空智內外空智空空智大空智勝義空智有爲空智無爲空智畢竟空智無際空智散空智無變異空智本性空智自相空智共相空智一切法空智不可得空智無性空智自性空智無性自性空智舍利子是爲菩薩摩訶薩爲欲利樂諸有情故乘於大乘復次舍利子若菩薩摩訶薩以應一切智智心大悲爲上首用無所得而爲方便如實觀察菩薩摩訶薩但有假名施設言説菩提及薩埵俱不可得故舍利子是爲菩薩摩訶薩爲欲利樂諸有情故乘於大乘若菩薩摩訶薩以應一切智智心大悲爲上首用無所得而爲方便如實觀察色但有假名施設言説色不可得故受想行識但有假名施設言説受想行識不可得故舍利子是爲菩薩摩訶薩爲欲利樂諸有情故乘於大乘若菩薩摩訶薩以應一切智智心大悲爲上首用無所得而爲方便如實觀察眼處但有假名施設言説眼處不可得

故耳鼻舌身意處但有假名施設言說耳鼻舌身意處不可得故舍利子是爲菩薩摩訶薩爲欲利樂諸有情故乘於大乘若菩薩摩訶薩以應一切智智心大悲爲上首用無所得而爲方便如實觀察色處但有假名施設言說色處不可得故聲香味觸法處但有假名施設言說聲香味觸法處不可得故舍利子是爲菩薩摩訶薩爲欲利樂諸有情故乘於大乘若菩薩摩訶薩以應一切智智心大悲爲上首用無所得而爲方便如實觀察眼界但有假名施設言說眼界不可得故色界眼識界及眼觸眼觸爲緣所生諸受但有假名施設言說色界乃至眼觸爲緣所生諸受不可得故舍利子是爲菩薩摩訶薩爲欲利樂諸有情故乘於大乘若菩薩摩訶薩以應一切智智心大悲爲上首用無所得而爲方便如實觀察耳界但有假名施設言說耳界不可得故聲界耳識界及耳觸耳觸爲緣所生諸受但有假名施設言說聲界乃至耳觸爲緣所生諸受不可得故舍利子是爲菩薩摩訶薩爲欲利樂諸有情故乘於大乘若菩薩摩訶薩以應一切智智心大悲爲上首用無所得而爲方便如實觀察鼻界但有假名施設言說鼻界不可得故香界鼻識界及鼻觸鼻觸爲緣所生諸受但有假名施設言說香界乃至鼻觸爲緣所生諸受不可得故舍利子是爲菩薩摩訶薩爲欲利樂諸有情故乘於大乘若菩薩摩訶薩以應一切智智心大悲爲上首用無所得而爲方便如實觀察舌界但有假名施設言說舌界不可得故味

界舌識界及舌觸舌觸爲緣所生諸受但有假名施設言説味界乃至舌觸爲緣所生諸受不可得故舍利子是爲菩薩摩訶薩爲欲利樂諸有情故乘於大乘若菩薩摩訶薩以應一切智智心大悲爲上首用無所得而爲方便如實觀察身界但有假名施設言説身界不可得故觸界身識界及身觸身觸爲緣所生諸受但有假名施設言説觸界乃至身觸爲緣所生諸受不可得故舍利子是爲菩薩摩訶薩爲欲利樂諸有情故乘於大乘若菩薩摩訶薩以應一切智智心大悲爲上首用無所得而爲方便如實觀察意界但有假名施設言説意界不可得故法界意識界及意觸意觸爲緣所生諸受但有假名施設言説法界乃至意觸爲緣所生諸受不可得故舍利子是爲菩薩摩訶薩爲欲利樂諸有情故乘於大乘若菩薩摩訶薩以應一切智智心大悲爲上首用無所得而爲方便如實觀察地界但有假名施設言説地界不可得故水火風空識界但有假名施設言説水火風空識界不可得故舍利子是爲菩薩摩訶薩爲欲利樂諸有情故乘於大乘若菩薩摩訶薩以應一切智智心大悲爲上首用無所得而爲方便如實觀察苦聖諦但有假名施設言説苦聖諦不可得故集滅道聖諦但有假名施設言説集滅道聖諦不可得故舍利子是爲菩薩摩訶薩爲欲利樂諸有情故乘於大乘若菩薩摩訶薩以應一切智智心大悲爲上首用無所得而爲方便如實觀察無明但有假名施設言説無明不可得故行識名

色六處觸受愛取有生老死愁歎苦憂惱但有假名施設言說行乃至老死愁歎苦憂惱不可得故舍利子是爲菩薩摩訶薩爲欲利樂諸有情故乘於大乘若菩薩摩訶薩以應一切智智心大悲爲上首用無所得而爲方便如實觀察内空但有假名施設言說内空不可得故外空内外空空空大空勝義空有爲空無爲空畢竟空無際空散空無變異空本性空自相空共相空一切法空不可得空無性空自性空無性自性空但有假名施設言說外空乃至無性自性空不可得故舍利子是爲菩薩摩訶薩爲欲利樂諸有情故乘於大乘若菩薩摩訶薩以應一切智智心大悲爲上首用無所得而爲方便如實觀察眞如但有假名施設言說眞如不可得故法界

法性法定法住離生性平等性實際但有假名施設言說法界乃至實際不可得故舍利子是爲菩薩摩訶薩爲欲利樂諸有情故乘於大乘若菩薩摩訶薩以應一切智智心大悲爲上首用無所得而爲方便如實觀察四靜慮但有假名施設言說四靜慮不可得故四無量四無色定但有假名施設言說四無量四無色定不可得故舍利子是爲菩薩摩訶薩爲欲利樂諸有情故乘於大乘若菩薩摩訶薩以應一切智智心大悲爲上首用無所得而爲方便如實觀察四念住但有假名施設言說四念住不可得故四正斷四神足五根五力七等覺支八聖道支但有假名施設言說四正斷乃至八聖道支不可得故舍利子是爲菩薩摩訶薩爲欲利樂諸有情故

乘於大乘若菩薩摩訶薩以應一切智智心大悲爲上首用無所得而爲方便如實觀察空解脱門但有假名施設言說空解脱門不可得故無相無願解脱門但有假名施設言說無相無願解脱門不可得故舍利子是爲菩薩摩訶薩爲欲利樂諸有情故乘於大乘若菩薩摩訶薩以應一切智智心大悲爲上首用無所得而爲方便如實觀察布施波羅蜜多但有假名施設言說布施波羅蜜多不可得故淨戒安忍精進靜慮般若波羅蜜多但有假名施設言說淨戒乃至般若波羅蜜多不可得故舍利子是爲菩薩摩訶薩爲欲利樂諸有情故乘於大乘若菩薩摩訶薩以應一切智智心大悲爲上首用無所得而爲方便如實觀察五眼但有假名施設言說五眼不可得故六神通但有假名施設言說六神通不可得故舍利子是爲菩薩摩訶薩爲欲利樂諸有情故乘於大乘若菩薩摩訶薩以應一切智智心大悲爲上首用無所得而爲方便如實觀察佛十力但有假名施設言說佛十力不可得故四無所畏四無礙解大慈大悲大喜大捨十八佛不共法一切智道相智一切相智但有假名施設言說四無所畏乃至一切相智不可得故舍利子是爲菩薩摩訶薩爲欲利樂諸有情故乘於大乘若菩薩摩訶薩以應一切智智心大悲爲上首用無所得而爲方便如實觀察無上正等菩提但有假名施設言說無上正等菩提不可得故無上正等覺者但有假名施設言說無上正等覺者不可得故舍利子是爲菩薩摩

訶薩爲欲利樂諸有情故乘於大乘復次舍利子若菩薩摩訶薩以應一切智智心大悲爲上首用無所得而爲方便從初發心乃至證得無上菩提恒修圓滿不退神通成熟有情嚴淨佛土從一佛國至一佛國供養恭敬尊重讚歎諸佛世尊於諸佛所聽受大乘相應之法既聽受已如理思惟精勤修學舍利子是爲菩薩摩訶薩爲欲利樂諸有情故乘於大乘舍利子如是菩薩摩訶薩雖乘大乘從一佛國至一佛國供養恭敬尊重讚歎諸佛世尊於諸佛所聽受正法成熟有情嚴淨佛土而心初無佛國等想舍利子如是菩薩摩訶薩住不二地觀諸有情應以何身得義利者即便現受令彼獲益舍利子如是菩薩摩訶薩乃至證得一切智智隨所生處不離大乘舍利子如是菩薩摩訶薩不久當得一切智智爲人天等轉正法輪如是法輪一切聲聞獨覺沙門婆羅門魔王梵王天龍藥叉健達縛阿素洛揭路荼緊捺洛莫呼洛伽人非人等一切世間所不能轉舍利子以諸菩薩由如是等方便善巧爲欲利樂一切有情乘大乘故復名摩訶薩舍利子如是爲欲利樂諸有情故乘於大乘菩薩摩訶薩普爲十方各如殑伽沙等世界諸佛世尊於大衆中歡喜讚歎作如是言某方某世界中有某名菩薩摩訶薩爲欲利樂諸有情故乘於大乘不久當得一切智智爲天人等轉正法輪其輪世間天人魔梵聲聞等衆皆不能轉如是展轉聲遍十方天人等衆聞皆歡喜咸作是言如是菩薩不久當得一切智智轉正法輪

利安含識

初分大乘鎧品第十四之一

爾時具壽善現白佛言世尊如說菩薩摩訶薩擐大乘鎧者云何名爲菩薩摩訶薩擐大乘鎧佛言善現若菩薩摩訶薩擐布施波羅蜜多鎧擐淨戒安忍精進靜慮般若波羅蜜多鎧善現如是名爲菩薩摩訶薩擐大乘鎧若菩薩摩訶薩擐四靜慮鎧擐四無量四無色定鎧善現如是名爲菩薩摩訶薩擐大乘鎧若菩薩摩訶薩擐四念住鎧擐四正斷四神足五根五力七等覺支八聖道支鎧善現如是名爲菩薩摩訶薩擐大乘鎧若菩薩摩訶薩擐内空鎧擐外空内外空空空大空勝義空有爲空無爲空畢竟空無際空散空無變異空本性空自相空共相空一切法空不可得空無性空自性空無性自性空鎧善現如是名爲菩薩摩訶薩擐大乘鎧若菩薩摩訶薩擐五眼鎧擐六神通鎧善現如是名爲菩薩摩訶薩擐大乘鎧若菩薩摩訶薩擐佛十力鎧擐四無所畏四無礙解大慈大悲大喜大捨十八佛不共法一切智道相智一切相智鎧善現如是名爲菩薩摩訶薩擐大乘鎧若菩薩摩訶薩擐佛身相諸功德鎧善現如是名爲菩薩摩訶薩擐大乘鎧復次善現若菩薩摩訶薩擐如是等諸功德鎧放大光明遍照三千大千世界亦令此界六三變動其中地獄火等苦具及彼有情身心痛惱皆得除滅菩薩知其旣離衆苦便爲稱讚三寶功德彼得聞已身心安樂從自趣没生天人中即得奉覲諸佛菩薩親承供養稟正法音

其中傍生互相殘害鞭撻驅逼無量衆苦皆得滅除菩薩知其旣離衆苦亦爲稱讃三寶功德彼得聞已身心安樂從自趣沒生天人中即得奉覲諸佛菩薩親承供養禀正法音其中鬼界恐怖飢渴身心焦惱無量衆苦皆得除滅菩薩知其旣離衆苦亦爲稱讃三寶功德彼得聞已身心安樂從自趣沒生天人中即得奉覲諸佛菩薩親承供養禀正法音善現如是名爲菩薩摩訶薩擐大乘鎧若菩薩摩訶薩擐如是等諸功德鎧放大光明遍照十方各如殑伽沙等諸佛世界亦令彼界六三變動其中地獄傍生鬼界所有衆苦皆得除滅菩薩知其旣離衆苦亦爲稱讃三寶功德彼得聞已身心安樂從自趣沒生天人中即得奉覲諸佛菩薩親承供養禀正法音

善現如是名爲菩薩摩訶薩擐大乘鎧善現如巧幻師或彼弟子於四衢道在大衆前幻作地獄傍生鬼界無量有情各受衆苦亦復放光變動大地令彼有情衆苦皆息復爲稱讃佛法僧寶令彼聞已身心安樂從自趣沒生天人中承事供養諸佛菩薩於諸佛所禀正法音善現於汝意云何如是幻事爲有實不善現答言不也世尊佛告善現菩薩摩訶薩擐如是等諸功德鎧放大光明變動大地拔濟無量世界有情三惡趣苦令生天人見佛聞法亦復如是雖有所爲而無一實何以故善現諸法性空皆如幻故復次善現若菩薩摩訶薩安住布施波羅蜜多普化三千大千世界如吠瑠璃亦化自身爲轉輪王七寶眷屬導從圍繞其中有情須食與食須飲與

飲須衣與衣須乘與乘塗香末香燒香花鬘房舍卧具燈燭醫藥金銀眞珠珊瑚璧玉及餘種種資生之具隨其所須一切施與作是施已復爲宣說六波羅蜜多相應之法令彼聞已乃至證得阿耨多羅三藐三菩提於六波羅蜜多相應之法常不捨離善現如是名爲菩薩摩訶薩擐大乘鎧善現如巧幻師或彼弟子於四衢道在大衆前幻作種種貧窮孤露根支殘缺疾病有情隨其所須皆幻施與善現於汝意云何如是幻事爲有實不善現答言不也世尊佛告善現菩薩摩訶薩安住布施波羅蜜多或化世界如吠瑠璃或化自身爲輪王等隨有情類所須施與及爲宣說六波羅蜜多相應之法亦復如是雖有所爲而無一實何以故善現諸法性空皆如幻故復次善現若菩薩摩訶薩自住淨戒波羅蜜多爲欲利樂諸有情故生轉輪王家紹轉輪王位安立無量百千倶胝那庾多有情於十善業道或復安立無量百千倶胝那庾多有情於四靜慮若四無量四無色定或復安立無量百千倶胝那庾多有情於四念住若四正斷四神足五根五力七等覺支八聖道支或復安立無量百千倶胝那庾多有情於空解脫門若無相無願解脫門或復安立無量百千倶胝那庾多有情於布施波羅蜜多若淨戒安忍精進靜慮般若波羅蜜多或復安立無量百千倶胝那庾多有情於五眼若六神通或復安立無量百千倶胝那庾多有情於佛十力若四無所畏四無礙解大慈大悲大喜大捨十八佛不共法一切智道相智

一切相智令安住已乃至證得阿耨多羅三藐三菩提於如是法常不捨離善現如是名爲菩薩摩訶薩擐大乘鎧善現如巧幻師或彼弟子於四衢道在大衆前幻作無量有情令住十善業道或復令住四靜慮乃至一切相智善現於汝意云何如是幻事爲有實不善現答言不也世尊佛告善現菩薩摩訶薩爲有情故生轉輪王家紹轉輪王位安立無量百千俱胝那庾多有情於十善業道或復安立無量百千俱胝那庾多有情於四靜慮乃至一切相智亦復如是雖有所爲而無一實何以故善現諸法性空皆如幻故復次善現若菩薩摩訶薩自住安忍波羅蜜多亦勸無量百千俱胝那庾多有情令住安忍波羅蜜多善現云何菩薩摩訶薩自住安忍波羅

蜜多亦勸無量百千俱胝那庾多有情令住安忍波羅蜜多善現若菩薩摩訶薩從初發心乃至證得一切智智擐安忍鎧常自念言假使一切有情持刀杖塊等來見加害我終不起一念忿心勸諸有情亦如是忍善現是菩薩摩訶薩如心所念境觸無違勸諸有情住如是忍乃至證得阿耨多羅三藐三菩提於如是忍常不捨離善現如是名爲菩薩摩訶薩擐大乘鎧善現如巧幻師或彼弟子於四衢道在大衆前幻作種種諸有情類各執持刀杖塊等加害幻師或彼弟子時幻師等於幻有情都不起心欲爲怨報而勸彼住如是安忍善現於汝意云何如是幻事爲有實不善現答言不也世尊佛告善現菩薩摩訶薩擐安忍鎧自住安忍波羅蜜多亦勸無

量百千俱胝那庾多有情令住安忍波羅蜜多常不捨離亦復如是雖有所爲而無一實何以故善現諸法性空皆如幻故復次善現若菩薩摩訶薩自住精進波羅蜜多亦勸無量百千俱胝那庾多有情令住精進波羅蜜多善現云何菩薩摩訶薩自住精進波羅蜜多亦勸無量百千俱胝那庾多有情令住精進波羅蜜多善現若菩薩摩訶薩以應一切智智心身心精進斷諸惡法修諸善法亦勸無量百千俱胝那庾多有情修習如是身心精進乃至證得阿耨多羅三藐三菩提於如是精進常不捨離善現如是名爲菩薩摩訶薩擐大乘鎧善現如巧幻師或彼弟子於四衢道在大衆前幻作種種諸有情類而彼巧幻自現熾然身心精進亦勸所幻令修如是熾然精進善現於汝意云何如是幻事爲有實不善現答言不也世尊佛告善現菩薩摩訶薩以應一切智智心身心精進斷諸惡法修諸善法亦勸有情修習如是身心精進常不捨離亦復如是雖有所爲而無一實何以故善現諸法性空皆如幻故復次善現若菩薩摩訶薩自住靜慮波羅蜜多亦勸無量百千俱胝那庾多有情令住靜慮波羅蜜多善現云何菩薩摩訶薩自住靜慮波羅蜜多亦勸無量百千俱胝那庾多有情令住靜慮波羅蜜多善現若菩薩摩訶薩於一切法住平等定不見諸法有定有亂而常修習如是靜慮波羅蜜多亦勸無量百千俱胝那庾多有情修習如是平等靜慮乃至證得阿耨多羅三藐三菩提於如是定常不捨離善現如是

名爲菩薩摩訶薩擐大乘鎧善現如巧幻師或彼弟子於四衢道在大衆前幻作種種諸有情類而彼巧幻自現於法住平等定亦勸所幻令修如是平等靜慮善現於汝意云何如是幻事爲有實不善現答言不也世尊佛告善現菩薩摩訶薩於一切法住平等定亦勸有情修習如是平等靜慮常不捨離亦復如是雖有所爲而無一實何以故善現諸法性空皆如幻故復次善現若菩薩摩訶薩自住般若波羅蜜多亦勸無量百千俱胝那庾多有情令住般若波羅蜜多善現云何菩薩摩訶薩自住般若波羅蜜多亦勸無量百千俱胝那庾多有情令住般若波羅蜜多善現若菩薩摩訶薩自住無戲論般若波羅蜜多不見諸法有生有滅有染有淨及不得此岸彼岸差別亦勸無量百千俱胝那庾多有情安住如是無戲論慧乃至證得阿耨多羅三藐三菩提於如是慧常不捨離善現如是名爲菩薩摩訶薩擐大乘鎧善現如巧幻師或彼弟子於四衢道在大衆前幻作種種諸有情類而彼巧幻自現安住無戲論慧亦勸所幻令其修習如是般若善現於汝意云何如是幻事爲有實不善現答言不也世尊佛告善現菩薩摩訶薩自住無戲論般若波羅蜜多亦勸有情修習如是無戲論慧常不捨離亦復如是雖有所爲而無一實何以故善現諸法性空皆如幻故復次善現若菩薩摩訶薩擐如上說諸功德鎧普於十方各如殑伽沙等諸佛世界以神通力自變其身遍滿如是諸佛世界隨諸有情所樂示現自住布施

波羅蜜多勸慳貪者令住布施自住淨戒波羅蜜多勸犯戒者令住淨戒自住安忍波羅蜜多勸暴惡者令住安忍自住精進波羅蜜多勸懈怠者令住精進自住靜慮波羅蜜多勸亂心者令住靜慮自住般若波羅蜜多勸愚癡者令住妙慧如是菩薩摩訶薩安立有情於六波羅蜜多已復隨其類音爲說六波羅蜜多相應之法令彼聞已乃至證得阿耨多羅三藐三菩提於六波羅蜜多相應之法常不捨離善現如是名爲菩薩摩訶薩擐大乘鎧善現如巧幻師或彼弟子於四衢道在大衆前幻作種種諸有情類而彼巧幻自現安住六波羅蜜多亦勸所幻有情令其安住善現於汝意云何如是幻事爲有實不善現答言不也世尊佛告善現菩薩摩訶薩普於十方各如殑伽沙等諸佛世界自現其身隨類安住六波羅蜜多亦勸有情令其安住乃至證得無上菩提常不捨離亦復如是雖有所爲而無一實何以故善現諸法性空皆如幻故復次善現若菩薩摩訶薩擐如上說諸功德鎧以應一切智智心大悲爲上首用無所得而爲方便利益安樂一切有情不雜聲聞獨覺作意謂不作是念我當安立爾所有情於布施波羅蜜多爾所有情不當安立但作是念我當安立無量無數無邊有情於布施波羅蜜多不作是念我當安立爾所有情於淨戒安忍精進靜慮般若波羅蜜多爾所有情不當安立但作是念我當安立無量無數無邊有情於淨戒乃至般若波羅蜜多不作是念我當安立爾所有情於內空爾所有

情不當安立但作是念我當安立無量無數無邊有情於內空不作是念我當安立爾所有情於外空內外空空空大空勝義空有爲空無爲空畢竟空無際空散空無變異空本性空自相空共相空一切法空不可得空無性空自性空無性自性空情所有情不當安立但作是念我當安立無量無數無邊有情於外空乃至無性自性空不作是念我當安立爾所有情於四靜慮爾所有情不當安立但作是念我當安立無量無數無邊有情於四靜慮不作是念我當安立爾所有情於四無量四無色定爾所有情不當安立但作是念我當安立無量無數無邊有情於四無量四無色定不作是念我當安立爾所有情於四念住爾所有情不當安立但作是念我當安立無量無數無邊有情於四念住不作是念我當安立爾所有情於四正斷四神足五根五力七等覺支八聖道支爾所有情不當安立但作是念我當安立無量無數無邊有情於四正斷乃至八聖道支不作是念我當安立爾所有情於空解脫門爾所有情不當安立但作是念我當安立無量無數無邊有情於空解脫門不作是念我當安立爾所有情於無相無願解脫門爾所有情不當安立但作是念我當安立無量無數無邊有情於無相無願解脫門不作是念我當安立爾所有情於五眼爾所有情不當安立但作是念我當安立無量無數無邊有情於五眼不作是念我當安立爾所有情於六神通爾所有情不當安立但作是念我當安立無量無數

無邊有情於六神通不作是念我當安立爾所有情於佛十力爾所有情不當安立但作是念我當安立無量無數無邊有情於佛十力不作是念我當安立爾所有情於四無所畏四無礙解大慈大悲大喜大捨十八佛不共法一切智道相智一切相智爾所有情不當安立但作是念我當安立無量無數無邊有情於四無所畏乃至一切相智不作是念我當安立爾所有情於預流果爾所有情不當安立但作是念我當安立無量無數無邊有情於預流果不作是念我當安立爾所有情於一來不還阿羅漢果獨覺菩提爾所有情不當安立但作是念我當安立無量無數無邊有情於一來不還阿羅漢果獨覺菩提不作是念我當安立爾所有情於菩薩道無上菩提爾所有情不當安立但作是念我當安立無量無數無邊有情於菩薩道無上菩提善現如是名爲菩薩摩訶薩擐大乘鎧善現如巧幻師或彼弟子於四衢道在大衆前幻作無量無數無邊有情安立於六波羅蜜多乃至安立於無上菩提善現於汝意云何如是幻事爲有實不善現答言不也世尊佛告善現菩薩摩訶薩以應一切智智心大悲爲上首用無所得而爲方便安立無量無數無邊有情於六波羅蜜多乃至安立無量無數無邊有情於無上菩提亦復如是雖有所爲而無一實何以故善現諸法性空皆如幻故

大般若波羅蜜多經卷第四十九

音釋

健達縛 梵語也亦云乾闥婆此云香陰帝釋樂神也健渠建切

阿素洛 梵語也亦云阿修羅此云無酒又名非天

揭路荼 梵語也此云金翅鳥揭居謁切荼同都切

緊捺洛 梵語也此云疑神又云人非人捺乃八切

莫呼洛伽 梵語也亦云摩睺羅伽正言牟呼洛迦此云大蟒神

吠瑠璃 梵語也此云青色寶吠符廢切

大般若波羅蜜多經卷第五十

唐三藏法師玄奘奉　詔譯

初分大乘鎧品第十四之二

爾時具壽善現白佛言世尊如我解佛所說義菩薩摩訶薩不擐功德鎧當知是爲擐大乘鎧何以故以一切法自相空故所以者何世尊色色相空受想行識受想行識相空眼處眼處相空耳鼻舌身意處耳鼻舌身意處相空色處色處相空聲香味觸法處聲香味觸法處相空眼界眼界相空色界眼識界及眼觸眼觸爲緣所生諸受色界乃至眼觸爲緣所生諸受相空耳界耳界相空聲界耳識界及耳觸耳觸爲緣所生諸受聲界乃至耳觸爲緣所生諸受相空鼻界鼻界相空香界鼻識界及鼻觸鼻觸爲緣所生諸受香界乃至鼻觸爲緣所生諸受相空舌界舌界相空味界舌識界及舌觸舌觸爲緣所生諸受味界乃至舌觸爲緣所生諸受相空身界身界相空觸界身識界及身觸身觸爲緣所生諸受觸界乃至身觸爲緣所生諸受相空意界意界相空法界意識界及意觸意觸爲緣所生諸受法界乃至意觸爲緣所生諸受相空地界地界相空水火風空識界水火風空識界相空苦聖諦苦聖諦相空集滅道聖諦集滅道聖諦相空無明無明相空行識名色六處觸受愛取有生老死愁歎苦憂惱行乃至老死愁歎苦憂惱相空内空内空相空外空内外空空空大空勝義空有爲空無爲空畢竟空無際空散空無變異空本性空自相空共相空一切法空不可得空無性空自性空

無性自性空外空乃至無性自性空相空四靜慮四靜慮相空四無量四無色定四無量四無色定相空四念住四念住相空四正斷四神足五根五力七等覺支八聖道支四正斷乃至八聖道支相空空解脫門空解脫門相空無相無願解脫門無相無願解脫門相空布施波羅蜜多布施波羅蜜多相空淨戒安忍精進靜慮般若波羅蜜多淨戒乃至般若波羅蜜多相空五眼五眼相空六神通六神通相空佛十力佛十力相空四無所畏四無礙解大慈大悲大喜大捨十八佛不共法一切智道相智一切相智四無所畏乃至一切相智相空菩薩菩薩相空擐功德鎧擐功德鎧相空世尊由此因緣菩薩摩訶薩不擐功德鎧當知是爲擐大乘鎧佛告善現如是

如是如汝所說善現當知一切智智無造無作一切有情亦無造無作菩薩摩訶薩爲是事故擐大乘鎧具壽善現白佛言世尊何因緣故一切智智無造無作一切有情亦無造無作菩薩摩訶薩爲是事故擐大乘鎧佛言善現由諸作者不可得故一切智智無造無作一切有情亦無造無作所以者何善現我非造非不造非作非不作何以故我畢竟不可得故有情命者生者養者士夫補特伽羅意生儒童作者使作者起者使起者受者使受者知者見者非造非不造非作非不作何以故有情乃至見者畢竟不可得故善現幻事非造非不造非作非不作何以故幻事畢竟不可得故夢境像響光影空花陽焰尋香城變化事非造非不造非作非不作何以故

夢境乃至變化事畢竟不可得故善現色非造非不造非作非不作何以故色畢竟不可得故受想行識非造非不造非作非不作何以故受想行識畢竟不可得故善現眼處非造非不造非作非不作何以故眼處畢竟不可得故耳鼻舌身意處非造非不造非作非不作何以故耳鼻舌身意處畢竟不可得故善現色處非造非不造非作非不作何以故色處畢竟不可得故聲香味觸法處非造非不造非作非不作何以故聲香味觸法處畢竟不可得故善現眼界非造非不造非作非不作何以故眼界畢竟不可得故色界眼識界及眼觸眼觸爲緣所生諸受非造非不造非作非不作何以故色界乃至眼觸爲緣所生諸受畢竟不可得故善現耳界非造非不造非作非不作何以故耳界畢竟不可得故聲界耳識界及耳觸耳觸爲緣所生諸受非造非不造非作非不作何以故聲界乃至耳觸爲緣所生諸受畢竟不可得故善現鼻界非造非不造非作非不作何以故鼻界畢竟不可得故香界鼻識界及鼻觸鼻觸爲緣所生諸受非造非不造非作非不作何以故香界乃至鼻觸爲緣所生諸受畢竟不可得故善現舌界非造非不造非作非不作何以故舌界畢竟不可得故味界舌識界及舌觸舌觸爲緣所生諸受非造非不造非作非不作何以故味界乃至舌觸爲緣所生諸受畢竟不可得故善現身界非造非不造非作非不作何以故身界畢竟不可得故觸界身識界及身觸身觸爲緣所生諸受非造非不造非

作非不作何以故觸界乃至身觸爲緣所生諸受畢竟不可得故善現意界非造非不造非作非不作何以故意界畢竟不可得故法界意識界及意觸意觸爲緣所生諸受非造非不造非作非不作何以故法界乃至意觸爲緣所生諸受畢竟不可得故善現地界非造非不造非作非不作何以故地界畢竟不可得故水火風空識界非造非不造非作非不作何以故水火風空識界畢竟不可得故善現苦聖諦非造非不造非作非不作何以故苦聖諦畢竟不可得故集滅道聖諦非造非不造非作非不作何以故集滅道聖諦畢竟不可得故善現無明非造非不造非作非不作何以故無明畢竟不可得故行識名色六處觸受愛取有生老死愁歎苦憂惱非造

非不造非作非不作何以故行乃至老死愁歎苦憂惱畢竟不可得故善現內空非造非不造非作非不作何以故內空畢竟不可得故外空內外空空空大空勝義空有爲空無爲空畢竟空無際空散空無變異空本性空自相空共相空一切法空不可得空無性空自性空無性自性空非造非不造非作非不作何以故外空乃至無性自性空畢竟不可得故善現四靜慮非造非不造非作非不作何以故四靜慮畢竟不可得故四無量四無色定非造非不造非作非不作何以故四無量四無色定畢竟不可得故善現四念住非造非不造非作非不作何以故四念住畢竟不可得故四正斷四神足五根五力七等覺支八聖道支非造非不造非作非不作何以

故四正斷乃至八聖道支畢竟不可得故善現空解脫門非造非不造非作非不作何以故空解脫門畢竟不可得故無相無願解脫門非造非不造非作非不作何以故無相無願解脫門畢竟不可得故善現布施波羅蜜多非造非不造非作非不作何以故布施波羅蜜多畢竟不可得故淨戒安忍精進靜慮般若波羅蜜多非造非不造非作非不作何以故淨戒乃至般若波羅蜜多畢竟不可得故善現五眼非造非不造非作非不作何以故五眼畢竟不可得故六神通非造非不造非作非不作何以故六神通畢竟不可得故善現佛十力非造非不造非作非不作何以故佛十力畢竟不可得故四無所畏四無礙解大慈大悲大喜大捨十八佛不共法一切智道相智一切相智非造非不造非作非不作何以故四無所畏乃至一切相智畢竟不可得故善現眞如非造非不造非作非不作何以故眞如畢竟不可得故法界法性不虛妄性不變異性法住法定離生性平等性實際非造非不造非作非不作何以故法界乃至實際畢竟不可得故善現菩薩非造非不造非作非不作何以故菩薩畢竟不可得故善現如來應正等覺非造非不造非作非不作何以故如來應正等覺畢竟不可得故善現由是因緣一切智智無造無作一切有情亦無造無作菩薩摩訶薩爲是事故擐大乘鎧善現由此義故菩薩摩訶薩不擐功德鎧當知是爲擐大乘鎧爾時具壽善現白佛言世尊如我解佛所說義色無縛無解受想行

識無縛無解何以故世尊色性無所有故無縛無解受想行識性無所有故無縛無解色性遠離故無縛無解受想行識性遠離故無縛無解色性寂靜故無縛無解受想行識性寂靜故無縛無解色性空故無縛無解受想行識性空故無縛無解色性無相故無縛無解受想行識性無相故無縛無解色性無願故無縛無解受想行識性無願故無縛無解色性無生故無縛無解受想行識性無生故無縛無解色性無滅故無縛無解受想行識性無滅故無縛無解色性無染故無縛無解受想行識性無染故無縛無解色性無淨故無縛無解受想行識性無淨故無縛無解世尊眼處無縛無解耳鼻舌身意處無縛無解何以故世尊眼處性無所有故無縛無解耳鼻舌身意處性無所有故無縛無解眼處性遠離故無縛無解耳鼻舌身意處性遠離故無縛無解眼處性寂靜故無縛無解耳鼻舌身意處性寂靜故無縛無解眼處性空故無縛無解耳鼻舌身意處性空故無縛無解眼處性無相故無縛無解耳鼻舌身意處性無相故無縛無解眼處性無願故無縛無解耳鼻舌身意處性無願故無縛無解眼處性無生故無縛無解耳鼻舌身意處性無生故無縛無解眼處性無滅故無縛無解耳鼻舌身意處性無滅故無縛無解眼處性無染故無縛無解耳鼻舌身意處性無染故無縛無解眼處性無淨故無縛無解耳鼻舌身意處性無淨故無縛無解世尊色處無縛無解聲香味觸法處無縛無解何以故世尊色處性無

所有故無縛無解聲香味觸法處性無所有故無縛無解色處性遠離故無縛無解聲香味觸法處性遠離故無縛無解色處性寂靜故無縛無解聲香味觸法處性寂靜故無縛無解色處性空故無縛無解聲香味觸法處性空故無縛無解色處性無相故無縛無解聲香味觸法處性無相故無縛無解色處性無願故無縛無解聲香味觸法處性無願故無縛無解色處性無生故無縛無解聲香味觸法處性無生故無縛無解色處性無滅故無縛無解聲香味觸法處性無滅故無縛無解色處性無染故無縛無解聲香味觸法處性無染故無縛無解色處性無淨故無縛無解聲香味觸法處性無淨故無縛無解世尊眼界無縛無解色界眼識界及眼觸眼觸爲縁所生諸受無縛無解何以故世尊眼界性無所有故無縛無解色界眼識界及眼觸眼觸爲縁所生諸受性無所有故無縛無解眼界性遠離故無縛無解色界乃至眼觸爲縁所生諸受性遠離故無縛無解眼界性寂靜故無縛無解色界乃至眼觸爲縁所生諸受性寂靜故無縛無解眼界性空故無縛無解色界乃至眼觸爲縁所生諸受性空故無縛無解眼界性無相故無縛無解色界乃至眼觸爲縁所生諸受性無相故無縛無解眼界性無願故無縛無解色界乃至眼觸爲縁所生諸受性無願故無縛無解眼界性無生故無縛無解色界乃至眼觸爲縁所生諸受性無生故無縛無解眼界性無滅故無縛無解色界乃至眼觸爲縁所生諸受性無滅故無

縛無解眼界性無染故無縛無解色界乃至眼觸爲緣所生諸受性無染故無縛無解眼界性無淨故無縛無解色界乃至眼觸爲緣所生諸受性無淨故無縛無解世尊耳界無縛無解聲界耳識界及耳觸耳觸爲緣所生諸受無縛無解何以故世尊耳界性無所有故無縛無解聲界耳識界及耳觸耳觸爲緣所生諸受性無所有故無縛無解耳界性遠離故無縛無解聲界乃至耳觸爲緣所生諸受性遠離故無縛無解耳界性寂靜故無縛無解聲界乃至耳觸爲緣所生諸受性寂靜故無縛無解耳界性空故無縛無解聲界乃至耳觸爲緣所生諸受性空故無縛無解耳界性無相故無縛無解聲界乃至耳觸爲緣所生諸受性無相故無縛無解耳界性無願故無縛無解聲界乃至耳觸爲緣所生諸受性無願故無縛無解耳界性無生故無縛無解聲界乃至耳觸爲緣所生諸受性無生故無縛無解耳界性無滅故無縛無解聲界乃至耳觸爲緣所生諸受性無滅故無縛無解耳界性無染故無縛無解聲界乃至耳觸爲緣所生諸受性無染故無縛無解耳界性無淨故無縛無解聲界乃至耳觸爲緣所生諸受性無淨故無縛無解世尊鼻界無縛無解香界鼻識界及鼻觸鼻觸爲緣所生諸受無縛無解何以故世尊鼻界性無所有故無縛無解香界鼻識界及鼻觸鼻觸爲緣所生諸受性無所有故無縛無解鼻界性遠離故無縛無解香界乃至鼻觸爲緣所生諸受性遠離故無縛無解鼻界性寂靜故無縛無解香

界乃至鼻觸爲緣所生諸受性寂靜故無縛無解鼻界性空故無縛無解香界乃至鼻觸爲緣所生諸受性空故無縛無解鼻界性無相故無縛無解香界乃至鼻觸爲緣所生諸受性無相故無縛無解鼻界性無願故無縛無解香界乃至鼻觸爲緣所生諸受性無願故無縛無解鼻界性無生故無縛無解香界乃至鼻觸爲緣所生諸受性無生故無縛無解鼻界性無滅故無縛無解香界乃至鼻觸爲緣所生諸受性無滅故無縛無解鼻界性無染故無縛無解香界乃至鼻觸爲緣所生諸受性無染故無縛無解鼻界性無淨故無縛無解香界乃至鼻觸爲緣所生諸受性無淨故無縛無解世尊舌界無縛無解味界舌識界及舌觸舌觸爲緣所生諸受無縛無解何以故世尊舌界性無所有故無縛無解味界舌識界及舌觸舌觸爲緣所生諸受性無所有故無縛無解舌界性遠離故無縛無解味界乃至舌觸爲緣所生諸受性遠離故無縛無解舌界性寂靜故無縛無解味界乃至舌觸爲緣所生諸受性寂靜故無縛無解舌界性空故無縛無解味界乃至舌觸爲緣所生諸受性空故無縛無解舌界性無相故無縛無解味界乃至舌觸爲緣所生諸受性無相故無縛無解舌界性無願故無縛無解味界乃至舌觸爲緣所生諸受性無願故無縛無解舌界性無生故無縛無解味界乃至舌觸爲緣所生諸受性無生故無縛無解舌界性無滅故無縛無解味界乃至舌觸爲緣所生諸受性無滅故無縛無解舌界性無染故

無縛無解味界乃至舌觸爲緣所生諸受性無染故無縛無解舌界性無淨故無縛無解味界乃至舌觸爲緣所生諸受性無淨故無縛無解世尊身界無縛無解觸界身識界及身觸身觸爲緣所生諸受無縛無解何以故世尊身界性無所有故無縛無解觸界身識界及身觸身觸爲緣所生諸受性無所有故無縛無解身界性遠離故無縛無解觸界乃至身觸爲緣所生諸受性遠離故無縛無解身界性寂靜故無縛無解觸界乃至身觸爲緣所生諸受性寂靜故無縛無解身界性空故無縛無解觸界乃至身觸爲緣所生諸受性空故無縛無解身界性無相故無縛無解觸界乃至身觸爲緣所生諸受性無相故無縛無解身界性無願故無縛無解觸界乃至身觸爲緣所生諸受性無願故無縛無解身界性無生故無縛無解觸界乃至身觸爲緣所生諸受性無生故無縛無解身界性無滅故無縛無解觸界乃至身觸爲緣所生諸受性無滅故無縛無解身界性無染故無縛無解觸界乃至身觸爲緣所生諸受性無染故無縛無解身界性無淨故無縛無解觸界乃至身觸爲緣所生諸受性無淨故無縛無解世尊意界無縛無解法界意識界及意觸意觸爲緣所生諸受無縛無解何以故世尊意界性無所有故無縛無解法界意識界及意觸意觸爲緣所生諸受性無所有故無縛無解意界性遠離故無縛無解法界乃至意觸爲緣所生諸受性遠離故無縛無解意界性寂靜故無縛無解法界乃至意觸爲緣所生

諸受性寂靜故無縛無解意界性空故無縛無解法界乃至意觸爲緣所生諸受性空故無縛無解意界性無相故無縛無解法界乃至意觸爲緣所生諸受性無相故無縛無解意界性無願故無縛無解法界乃至意觸爲緣所生諸受性無願故無縛無解意界性無生故無縛無解法界乃至意觸爲緣所生諸受性無生故無縛無解意界性無滅故無縛無解法界乃至意觸爲緣所生諸受性無滅故無縛無解意界性無染故無縛無解法界乃至意觸爲緣所生諸受性無染故無縛無解意界性無淨故無縛無解法界乃至意觸爲緣所生諸受性無淨故無縛無解世尊地界無縛無解水火風空識界無縛無解何以故世尊地界性無所有故無縛無解水火風空識界性無所有故無縛無解地界性遠離故無縛無解水火風空識界性遠離故無縛無解地界性寂靜故無縛無解水火風空識界性寂靜故無縛無解地界性空故無縛無解水火風空識界性空故無縛無解地界性無相故無縛無解水火風空識界性無相故無縛無解地界性無願故無縛無解水火風空識界性無願故無縛無解地界性無生故無縛無解水火風空識界性無生故無縛無解地界性無滅故無縛無解水火風空識界性無滅故無縛無解地界性無染故無縛無解水火風空識界性無染故無縛無解地界性無淨故無縛無解水火風空識界性無淨故無縛無解世尊苦聖諦無縛無解集滅道聖諦無縛無解何以故世尊苦聖諦性無所

有故無縛無解集滅道聖諦性無所有故無縛無解苦聖諦性遠離故無縛無解集滅道聖諦性遠離故無縛無解苦聖諦性寂靜故無縛無解集滅道聖諦性寂靜故無縛無解苦聖諦性空故無縛無解集滅道聖諦性空故無縛無解苦聖諦性無相故無縛無解集滅道聖諦性無相故無縛無解苦聖諦性無願故無縛無解集滅道聖諦性無願故無縛無解苦聖諦性無生故無縛無解集滅道聖諦性無生故無縛無解苦聖諦性無滅故無縛無解集滅道聖諦性無滅故無縛無解苦聖諦性無染故無縛無解集滅道聖諦性無染故無縛無解苦聖諦性無淨故無縛無解集滅道聖諦性無淨故無縛無解世尊無明無縛無解行識名色六處觸受愛取有生老死愁歎苦憂惱無縛無解何以故世尊無明性無所有故無縛無解行識名色六處觸受愛取有生老死愁歎苦憂惱性無所有故無縛無解無明性遠離故無縛無解行乃至老死愁歎苦憂惱性遠離故無縛無解無明性寂靜故無縛無解行乃至老死愁歎苦憂惱性寂靜故無縛無解無明性空故無縛無解行乃至老死愁歎苦憂惱性空故無縛無解無明性無相故無縛無解行乃至老死愁歎苦憂惱性無相故無縛無解無明性無願故無縛無解行乃至老死愁歎苦憂惱性無願故無縛無解無明性無生故無縛無解行乃至老死愁歎苦憂惱性無生故無縛無解無明性無滅故無縛無解行乃至老死愁歎苦憂惱性無滅故無縛無解無明性無染故無

縛無解行乃至老死愁歎苦憂惱性無染故
無縛無解無明性無淨故無縛無解行乃至
老死愁歎苦憂惱性無淨故無縛無解世尊
内空無縛無解外空内外空空空大空勝義
空有爲空無爲空畢竟空無際空散空無變
異空本性空自相空共相空一切法空不可
得空無性空自性空無性自性空無縛無解
何以故世尊内空性無所有故無縛無解外
空内外空空空大空勝義空有爲空無爲空
畢竟空無際空散空無變異空本性空自相
空共相空一切法空不可得空無性空自性
空無性自性空性無所有故無縛無解内空
性遠離故無縛無解外空乃至無性自性空
性遠離故無縛無解内空性寂靜故無縛無
解外空乃至無性自性空性寂靜故無縛無
解内空性空故無縛無解外空乃至無性自
性空性空故無縛無解内空性無相故無縛
無解外空乃至無性自性空性無相故無縛
無解内空性無願故無縛無解外空乃至無
性自性空性無願故無縛無解内空性無生
故無縛無解外空乃至無性自性空性無生
故無縛無解内空性無滅故無縛無解外空
乃至無性自性空性無滅故無縛無解内空
性無染故無縛無解外空乃至無性自性空
性無染故無縛無解内空性無淨故無縛無
解外空乃至無性自性空性無淨故無縛無
解世尊四靜慮無縛無解四無量四無色定
無縛無解何以故世尊四靜慮性無所有故
無縛無解四無量四無色定性無所有故無
縛無解四靜慮性遠離故無縛無解四無量

四無色定性遠離故無縛無解四靜慮性寂靜故無縛無解四無量四無色定性寂靜故無縛無解四靜慮性空故無縛無解四無量四無色定性空故無縛無解四靜慮性無相故無縛無解四無量四無色定性無相故無縛無解四靜慮性無願故無縛無解四無量四無色定性無願故無縛無解四靜慮性無生故無縛無解四無量四無色定性無生故無縛無解四靜慮性無滅故無縛無解四無量四無色定性無滅故無縛無解四靜慮性無染故無縛無解四無量四無色定性無染故無縛無解四靜慮性無淨故無縛無解四無量四無色定性無淨故無縛無解世尊四念住無縛無解四正斷四神足五根五力七等覺支八聖道支無縛無解何以故世尊四念住性無所有故無縛無解四正斷四神足五根五力七等覺支八聖道支性無所有故無縛無解四念住性遠離故無縛無解四正斷乃至八聖道支性遠離故無縛無解四念住性寂靜故無縛無解四正斷乃至八聖道支性寂靜故無縛無解四念住性空故無縛無解四正斷乃至八聖道支性空故無縛無解四念住性無相故無縛無解四正斷乃至八聖道支性無相故無縛無解四念住性無願故無縛無解四正斷乃至八聖道支性無願故無縛無解四念住性無生故無縛無解四正斷乃至八聖道支性無生故無縛無解四念住性無滅故無縛無解四正斷乃至八聖道支性無滅故無縛無解四念住性無染故無縛無解四正斷乃至八聖道支性無染

故無縛無解四念住性無淨故無縛無解四正斷乃至八聖道支性無淨故無縛無解世尊空解脫門無縛無解無相無願解脫門無縛無解何以故世尊空解脫門性無所有故無縛無解無相無願解脫門性無所有故無縛無解空解脫門性遠離故無縛無解無相無願解脫門性遠離故無縛無解空解脫門性寂靜故無縛無解無相無願解脫門性寂靜故無縛無解空解脫門性空故無縛無解無相無願解脫門性空故無縛無解空解脫門性無相故無縛無解無相無願解脫門性無相故無縛無解空解脫門性無願故無縛無解無相無願解脫門性無願故無縛無解空解脫門性無生故無縛無解無相無願解脫門性無生故無縛無解空解脫門性無滅故無縛無解無相無願解脫門性無滅故無縛無解空解脫門性無染故無縛無解無相無願解脫門性無染故無縛無解空解脫門性無淨故無縛無解無相無願解脫門性無淨故無縛無解

大般若波羅蜜多經卷第五十

大般若波羅蜜多經卷第五十一

唐三藏法師玄奘奉　詔譯

初分大乘鎧品第十四之三

世尊布施波羅蜜多無縛無解淨戒安忍精進靜慮般若波羅蜜多無縛無解何以故世尊布施波羅蜜多性無所有故無縛無解淨戒安忍精進靜慮般若波羅蜜多性無所有故無縛無解布施波羅蜜多性遠離故無縛無解淨戒乃至般若波羅蜜多性遠離故無縛無解布施波羅蜜多性寂靜故無縛無解淨戒乃至般若波羅蜜多性寂靜故無縛無解布施波羅蜜多性空故無縛無解淨戒乃至般若波羅蜜多性空故無縛無解布施波羅蜜多性無相故無縛無解淨戒乃至般若波羅蜜多性無相故無縛無解布施波羅蜜多性無願故無縛無解淨戒乃至般若波羅蜜多性無願故無縛無解布施波羅蜜多性無生故無縛無解淨戒乃至般若波羅蜜多性無生故無縛無解布施波羅蜜多性無滅故無縛無解淨戒乃至般若波羅蜜多性無滅故無縛無解布施波羅蜜多性無染故無縛無解淨戒乃至般若波羅蜜多性無染故無縛無解布施波羅蜜多性無淨故無縛無解淨戒乃至般若波羅蜜多性無淨故無縛無解世尊五眼無縛無解六神通無縛無解何以故世尊五眼無無所有故無縛無解六神通性無所有故無縛無解五眼性遠離故無縛無解六神通性遠離故無縛無解五眼性寂靜故無縛無解六神通性寂靜故無縛無解五眼性空故無縛無解六神通性空故

無縛無解五眼性無相故無縛無解六神通性無相故無縛無解五眼性無願故無縛無解六神通性無願故無縛無解五眼性無生故無縛無解六神通性無生故無縛無解五眼性無滅故無縛無解六神通性無滅故無縛無解五眼性無染故無縛無解六神通性無染故無縛無解五眼性無淨故無縛無解六神通性無淨故無縛無解世尊佛十力無縛無解四無所畏四無礙解大慈大悲大喜大捨十八佛不共法一切智道相智一切相智無縛無解何以故世尊佛十力性無所有故無縛無解四無所畏四無礙解大慈大悲大喜大捨十八佛不共法一切智道相智一切相智性無所有故無縛無解佛十力性遠離故無縛無解四無所畏乃至一切相智性遠離故無縛無解佛十力性寂靜故無縛無解四無所畏乃至一切相智性寂靜故無縛無解佛十力性空故無縛無解四無所畏乃至一切相智性空故無縛無解佛十力性無相故無縛無解四無所畏乃至一切相智性無相故無縛無解佛十力性無願故無縛無解四無所畏乃至一切相智性無願故無縛無解佛十力性無生故無縛無解四無所畏乃至一切相智性無生故無縛無解佛十力性無滅故無縛無解四無所畏乃至一切相智性無滅故無縛無解佛十力性無染故無縛無解四無所畏乃至一切相智性無染故無縛無解佛十力性無淨故無縛無解四無所畏乃至一切相智性無淨故無縛無解世尊眞如無縛無解法界法性不虛妄性不變

異性法定法住平等性離生性實際無爲性無縛無解何以故世尊眞如性無所有故無縛無解法界法性不虛妄性不變異性法定法住平等性離生性實際無爲性無所有故無縛無解眞如性遠離故無縛無解法界乃至無爲性遠離故無縛無解眞如性寂靜故無縛無解法界乃至無爲性寂靜故無縛無解眞如性空故無縛無解法界乃至無爲性空故無縛無解眞如性無相故無縛無解法界乃至無爲性無相故無縛無解眞如性無願故無縛無解法界乃至無爲性無願故無縛無解眞如性無生故無縛無解法界乃至無爲性無生故無縛無解眞如性無滅故無縛無解法界乃至無爲性無滅故無縛無解眞如性無染故無縛無解法界乃至無爲性

無染故無縛無解眞如性無淨故無縛無解法界乃至無爲性無淨故無縛無解世尊菩提無縛無解何以故世尊菩提性無所有故無縛無解菩提性遠離故無縛無解菩提性寂靜故無縛無解菩提性空故無縛無解菩提性無相故無縛無解菩提性無願故無縛無解菩提性無生故無縛無解菩提性無滅故無縛無解菩提性無染故無縛無解菩提性無淨故無縛無解世尊薩埵無縛無解何以故世尊薩埵性無所有故無縛無解薩埵性遠離故無縛無解薩埵性寂靜故無縛無解薩埵性空故無縛無解薩埵性無相故無縛無解薩埵性無願故無縛無解薩埵性無生故無縛無解薩埵性無滅故無縛無解薩埵性無染故無縛無解薩埵性無淨故無縛

無解世尊菩薩摩訶薩無縛無解何以故世尊菩薩摩訶薩性無所有故無縛無解菩薩摩訶薩性遠離故無縛無解菩薩摩訶薩性寂靜故無縛無解菩薩摩訶薩性空故無縛無解菩薩摩訶薩性無相故無縛無解菩薩摩訶薩性無願故無縛無解菩薩摩訶薩性無生故無縛無解菩薩摩訶薩性無滅故無縛無解菩薩摩訶薩性無染故無縛無解菩薩摩訶薩性無淨故無縛無解世尊無上正等菩提無縛無解何以故世尊無上正等菩提性無所有故無縛無解無上正等菩提性遠離故無縛無解無上正等菩提性寂靜故無縛無解無上正等菩提性空故無縛無解無上正等菩提性無相故無縛無解無上正等菩提性無願故無縛無解無上正等菩提性無生故無縛無解無上正等菩提性無滅故無縛無解無上正等菩提性無染故無縛無解無上正等菩提性無淨故無縛無解世尊無上正等覺者無縛無解何以故世尊無上正等覺者性無所有故無縛無解無上正等覺者性遠離故無縛無解無上正等覺者性寂靜故無縛無解無上正等覺者性空故無縛無解無上正等覺者性無相故無縛無解無上正等覺者性無願故無縛無解無上正等覺者性無生故無縛無解無上正等覺者性無滅故無縛無解無上正等覺者性無染故無縛無解無上正等覺者性無淨故無縛無解世尊以要言之一切法皆無縛無解何以故世尊一切法性無所有故無縛無解一切法性遠離故無縛無解一切法性寂靜

故無縛無解一切法性空故無縛無解一切法性無相故無縛無解一切法性無願故無縛無解一切法性無生故無縛無解一切法性無滅故無縛無解一切法性無染故無縛無解一切法性無淨故無縛無解時滿慈子問善現言尊者說色無縛無解說受想行識等無縛無解耶善現答言如是如是滿慈子言何等色無縛無解何等受想行識等無縛無解善現答言如幻色無縛無解如幻受想行識無縛無解如夢色無縛無解如夢受想行識無縛無解如像色無縛無解如像受想行識無縛無解如響色無縛無解如響受想行識無縛無解如光影色無縛無解如光影受想行識無縛無解如空花色無縛無解如空花受想行識無縛無解如陽焰色無縛無解如陽焰受想行識無縛無解如尋香城色無縛無解如尋香城受想行識無縛無解如變化事色無縛無解如變化事受想行識無縛無解何以故滿慈子如幻色性乃至如變化事色性無所有故無縛無解如幻受想行識性乃至如變化事受想行識性無所有故無縛無解如幻色性乃至如變化事色性遠離故無縛無解如幻受想行識性乃至如變化事受想行識性遠離故無縛無解如幻色性乃至如變化事色性寂靜故無縛無解如幻受想行識性乃至如變化事受想行識性寂靜故無縛無解如幻色性乃至如變化事色性空故無縛無解如幻受想行識性乃至如變化事受想行識性空故無縛無解如幻色性乃至如變化事色性無相故無縛無解

如幻受想行識性乃至如變化事受想行識性無相故無縛無解如幻色性乃至如變化事色性無願故無縛無解如幻受想行識性乃至如變化事受想行識性無願故無縛無解如幻色性乃至如變化事色性無生故無縛無解如幻受想行識性乃至如變化事受想行識性無生故無縛無解如幻色性乃至如變化事色性無滅故無縛無解如幻受想行識性乃至如變化事受想行識性無滅故無縛無解如幻色性乃至如變化事色性無染故無縛無解如幻受想行識性乃至如變化事受想行識性無染故無縛無解如幻色性乃至如變化事色性無淨故無縛無解如幻受想行識性乃至如變化事受想行識性無淨故無縛無解滿慈子過去色無縛無解過去受想行識無縛無解未來色無縛無解未來受想行識無縛無解現在色無縛無解現在受想行識無縛無解何以故滿慈子過去未來現在色性無所有故無縛無解過去未來現在受想行識性無所有故無縛無解過去未來現在色性遠離故無縛無解過去未來現在受想行識性遠離故無縛無解過去未來現在色性寂靜故無縛無解過去未來現在受想行識性寂靜故無縛無解過去未來現在色性空故無縛無解過去未來現在受想行識性空故無縛無解過去未來現在色性無相故無縛無解過去未來現在受想行識性無相故無縛無解過去未來現在色性無願故無縛無解過去未來現在受想行識性無願故無縛無解過去未來現在色

性無生故無縛無解過去未來現在受想行識性無生故無縛無解過去未來現在色性無滅故無縛無解過去未來現在受想行識性無滅故無縛無解過去未來現在色性無染故無縛無解過去未來現在受想行識性無染故無縛無解過去未來現在色性無淨故無縛無解過去未來現在受想行識性無淨故無縛無解滿慈子善色無縛無解善受想行識無縛無解不善色無縛無解不善受想行識無縛無解無記色無縛無解無記受想行識無縛無解何以故滿慈子善不善無記色性無所有故無縛無解善不善無記受想行識性無所有故無縛無解善不善無記色性遠離故無縛無解善不善無記受想行識性遠離故無縛無解善不善無記色性寂靜故無縛無解善不善無記受想行識性寂靜故無縛無解善不善無記色性空故無縛無解善不善無記受想行識性空故無縛無解善不善無記色性無相故無縛無解善不善無記受想行識性無相故無縛無解善不善無記色性無願故無縛無解善不善無記受想行識性無願故無縛無解善不善無記色性無生故無縛無解善不善無記受想行識性無生故無縛無解善不善無記色性無滅故無縛無解善不善無記受想行識性無滅故無縛無解善不善無記色性無染故無縛無解善不善無記受想行識性無染故無縛無解善不善無記色性無淨故無縛無解善不善無記受想行識性無淨故無縛無解滿慈子有染色無縛無解有染受想行識無

縛無解無染色無縛無解無染受想行識無縛無解有罪色無縛無解有罪受想行識無縛無解無罪色無縛無解無罪受想行識無縛無解有漏色無縛無解有漏受想行識無縛無解無漏色無縛無解無漏受想行識無縛無解雜染色無縛無解雜染受想行識無縛無解清淨色無縛無解清淨受想行識無縛無解世間色無縛無解世間受想行識無縛無解出世間色無縛無解出世間受想行識無縛無解何以故滿慈子有染色性乃至出世間色性無所有故無縛無解有染受想行識性乃至出世間受想行識性無所有故無縛無解有染色性乃至出世間色性遠離故無縛無解有染受想行識性乃至出世間受想行識性遠離故無縛無解有染色性乃至出世間色性寂靜故無縛無解有染受想行識性乃至出世間受想行識性寂靜故無縛無解有染色性乃至出世間色性空故無縛無解有染受想行識性乃至出世間受想行識性空故無縛無解有染色性乃至出世間色性無相故無縛無解有染受想行識性乃至出世間受想行識性無相故無縛無解有染色性乃至出世間色性無願故無縛無解有染受想行識性乃至出世間受想行識性無願故無縛無解有染色性乃至出世間色性無生故無縛無解有染受想行識性乃至出世間受想行識性無生故無縛無解有染色性乃至出世間色性無滅故無縛無解有染受想行識性乃至出世間受想行識性無滅故無縛無解有染色性乃至出世間色

性無染故無縛無解有染受想行識性乃至出世間受想行識性無染故無縛無解有染色性乃至出世間色性無淨故無縛無解有染受想行識性乃至出世間受想行識性無淨故無縛無解滿慈子如是色受想行識無縛無解當知如是眼處乃至意處色處乃至法處眼界色界眼識界及眼觸眼觸爲緣所生諸受乃至意界法界意識界及意觸意觸爲緣所生諸受地界乃至識界苦聖諦乃至道聖諦無明乃至老死愁歎苦憂惱内空乃至無性自性空四靜慮乃至四無色定四念住乃至八聖道支空解脱門乃至無願解脱門布施波羅蜜多乃至般若波羅蜜多五眼六神通佛十力乃至一切相智眞如乃至無爲菩提薩埵菩薩摩訶薩無上正等菩提無上正等覺者一切法隨其所應無縛無解亦復如是滿慈子諸菩薩摩訶薩於如是無縛無解法門以無所得而爲方便應如實知於如是無縛無解四靜慮四無量四無色定四念住四正斷四神足五根五力七等覺支八聖道支空無相無願解脱門布施淨戒安忍精進靜慮般若波羅蜜多五眼六神通佛十力四無所畏四無礙解大慈大悲大喜大捨十八佛不共法一切智道相智一切相智以無所得而爲方便應勤修學滿慈子諸菩薩摩訶薩以無所得而爲方便應住無縛無解四靜慮乃至應住無縛無解一切相智以無所得而爲方便應成熟無縛無解有情應嚴淨無縛無解佛土應親近供養無縛無解諸佛應聽受無縛無解法門滿慈子是菩薩摩

訶薩常不遠離無縛無解諸佛世尊常不遠離無縛無解清淨五眼常不遠離無縛無解殊勝六神通常不遠離無縛無解陀羅尼門常不遠離無縛無解三摩地門滿慈子是菩薩摩訶薩當生無縛無解道相智當證無縛無解一切智一切相智當轉無縛無解法輪當以無縛無解三乘法安立無縛無解諸有情滿慈子若菩薩摩訶薩修行無縛無解六波羅蜜多能證無縛無解一切法無所有故遠離故寂靜故空故無相故無願故無生故無滅故無染故無淨故無縛無解滿慈子當知是菩薩摩訶薩名擐無縛無解大乘鎧者

初分辯大乘品第十五之一

爾時具壽善現白佛言世尊云何當知菩薩摩訶薩大乘相云何當知菩薩摩訶薩發趣大乘如是大乘從何處出至何處住如是大乘爲何所住誰復乘是大乘而出佛告善現汝問云何當知菩薩摩訶薩大乘相者謂六波羅蜜多是菩薩摩訶薩大乘相何等爲六謂布施波羅蜜多淨戒波羅蜜多安忍波羅蜜多精進波羅蜜多靜慮波羅蜜多般若波羅蜜多善現白佛言世尊云何菩薩摩訶薩布施波羅蜜多佛言善現若菩薩摩訶薩發應一切智智心大悲爲上首以無所得而爲方便自施一切內外所有亦勸他施內外所有持此善根與一切有情同共回向阿耨多羅三藐三菩提善現是爲菩薩摩訶薩布施波羅蜜多善現白佛言世尊云何菩薩摩訶薩淨戒波羅蜜多佛言善現若菩薩摩訶薩發應一切智智心大悲爲上首以無所得而

爲方便自住十善業道亦勸他住十善業道持此善根與一切有情同共回向阿耨多羅三藐三菩提善現是爲菩薩摩訶薩淨戒波羅蜜多善現白佛言世尊云何菩薩摩訶薩安忍波羅蜜多佛言善現若菩薩摩訶薩發應一切智智心大悲爲上首以無所得而爲方便自具增上安忍亦勸他具增上安忍持此善根與一切有情同共回向阿耨多羅三藐三菩提善現是爲菩薩摩訶薩安忍波羅蜜多善現白佛言世尊云何菩薩摩訶薩精進波羅蜜多佛言善現若菩薩摩訶薩發應一切智智心大悲爲上首以無所得而爲方便自於六波羅蜜多勤修不息亦勸他於六波羅蜜多勤修不息持此善根與一切有情同共回向阿耨多羅三藐三菩提善現是爲菩薩摩訶薩精進波羅蜜多善現白佛言世尊云何菩薩摩訶薩靜慮波羅蜜多佛言善現若菩薩摩訶薩發應一切智智心大悲爲上首以無所得而爲方便自能巧便入諸靜慮無量無色終不隨彼勢力受生亦能勸他入諸靜慮無量無色同己善巧持此善根與一切有情同共回向阿耨多羅三藐三菩提善現是爲菩薩摩訶薩靜慮波羅蜜多善現白佛言世尊云何菩薩摩訶薩般若波羅蜜多佛言善現若菩薩摩訶薩應發一切智智心大悲爲上首以無所得而爲方便自能如實觀一切法性於諸法性無所執著亦勸他如實觀一切法性於諸法性無所執著持此善根與一切有情同共回向阿耨多羅三藐三菩提善現是爲菩薩摩訶薩般若波羅蜜

多善現當知是爲菩薩摩訶薩大乘相復次善現菩薩摩訶薩大乘相者謂內空外空內外空空空大空勝義空有爲空無爲空畢竟空無際空散空無變異空本性空自相空共相空一切法空不可得空無性空自性空無性自性空是菩薩摩訶薩大乘相善現白佛言世尊云何內空佛言善現內謂內法即是眼耳鼻舌身意此中眼由眼空何以故非常非壞本性爾故耳鼻舌身意由耳鼻舌身意空何以故非常非壞本性爾故善現是爲內空善現白佛言世尊云何外空佛言善現外謂外法即是色聲香味觸法此中色由色空何以故非常非壞本性爾故聲香味觸法由聲香味觸法空何以故非常非壞本性爾故善現是爲外空善現白佛言世尊云何內外空佛言善現內外謂內外法即是內六處外六處此中內六處由外六處空何以故非常非壞本性爾故外六處由內六處空何以故非常非壞本性爾故善現是爲內外空善現白佛言世尊云何空空佛言善現空謂一切法空此空由空空何以故非常非壞本性爾故善現是爲空空善現白佛言世尊云何大空佛言善現大謂十方即是東南西北四維上下此中東方由東方空何以故非常非壞本性爾故南西北方四維上下由南西北方四維上下空何以故非常非壞本性爾故善現是爲大空善現白佛言世尊云何勝義空佛言善現勝義謂涅槃此勝義由勝義空何以故非常非壞本性爾故善現是爲勝義空善現白佛言世尊云何有爲空佛言善現有

爲謂欲界色界無色界此中欲界由欲界空何以故非常非壞本性爾故色無色界由色無色界空何以故非常非壞本性爾故善現是爲有爲空善現白佛言世尊云何無爲空佛言善現無爲謂無生無住無異無滅此無爲由無爲空何以故非常非壞本性爾故善現是爲無爲空善現白佛言世尊云何畢竟空佛言善現畢竟謂諸法究竟不可得此畢竟由畢竟空何以故非常非壞本性爾故善現是爲畢竟空善現白佛言世尊云何無際空佛言善現無際謂無初中後際可得及無往來際可得此無際由無際空何以故非常非壞本性爾故善現是爲無際空善現白佛言世尊云何散空佛言善現散謂有放有棄有捨可得此散由散空何以故非常非壞本性爾故善現是爲散空善現白佛言世尊云何無變異空佛言善現無變異謂無放無棄無捨可得此無變異由無變異空何以故非常非壞本性爾故善現是爲無變異空善現白佛言世尊云何本性空佛言善現本性謂一切法本性若有爲法性若無爲法性皆非聲聞所作非獨覺所作非菩薩所作非如來所作亦非餘所作此本性由本性空何以故非常非壞本性爾故善現是爲本性空善現白佛言世尊云何自相空佛言善現自相謂一切法自相如變礙是色自相領納是受自相取像是想自相造作是行自相了别是識自相如是等若有爲法自相若無爲法自相此自相由自相空何以故非常非壞本性爾故善現是爲自相空善現白佛言世尊云何

共相空佛言善現共相謂一切法共相如苦是有漏法共相無常是有爲法共相空無我是一切法共相如是等有無量共相此共相由共相空何以故非常非壞本性爾故善現是爲共相空善現白佛言世尊云何一切法空佛言善現一切法謂五蘊十二處十八界若有色無色有見無見有對無對有漏無漏有爲無爲法此一切法由一切法空何以故非常非壞本性爾故善現是爲一切法空善現白佛言世尊云何不可得空佛言善現不可得謂此中一切法不可得若過去不可得未來不可得現在不可得若過去無未來現在可得若未來無過去現在可得若現在無過去未來可得此不可得由不可得空何以故非常非壞本性爾故善現是爲不可得空

善現白佛言世尊云何無性空佛言善現無性謂此中無少性可得此無性由無性空何以故非常非壞本性爾故善現是爲無性空善現白佛言世尊云何自性空佛言善現自性謂諸法能和合自性此自性由自性空何以故非常非壞本性爾故善現是爲自性空善現白佛言世尊云何無性自性空佛言善現無性自性謂諸法無能和合性有所和合自性此無性自性由無性自性空何以故非常非壞本性爾故善現是爲無性自性空復次善現有性由有性空無性由無性空自性由自性空他性由他性空云何有性由有性空有性謂五蘊此有性由有性空五蘊生性不可得故是爲有性由有性空云何無性由無性空無性謂無爲此無性由無性空是爲

無性由無性空云何自性由自性空謂一切法皆自性空此空非智所作非見所作亦非餘所作是爲自性由自性空云何他性由他性空謂若佛出世若不出世一切法法住法定法性法界平等性離生性眞如不虛妄性不變異性實際皆由他性故空是爲他性由他性空善現當知是爲菩薩摩訶薩大乘相

大般若波羅蜜多經卷第五十一

音釋

鎧可亥切甲也

薩埵梵語也此云成眾生謂用佛道成就眾生也埵音朶

擐音患貫也

大般若波羅蜜多經卷第五十二

唐三藏法師玄奘奉　詔譯

初分辯大乘品第十五之二

復次善現菩薩摩訶薩大乘相者謂健行三摩地寶印三摩地師子遊戲三摩地妙月三摩地月幢相三摩地一切法涌三摩地觀頂三摩地法界決定三摩地決定幢相三摩地金剛喻三摩地入法印三摩地三摩地王三摩地善安住三摩地善立定王三摩地放光三摩地無忘失三摩地放光無忘失三摩地精進力三摩地莊嚴力三摩地等涌三摩地入一切言詞決定三摩地入一切名字決定三摩地觀方三摩地總持印三摩地諸法等趣海印三摩地王印三摩地遍覆虛空三摩地金剛輪三摩地三輪清淨三摩地無量光三摩地無著無障三摩地斷諸法輪三摩地棄捨珍寶三摩地遍照三摩地不眴三摩地無相住三摩地不思惟三摩地降伏四魔三摩地無垢燈三摩地無邊光三摩地發光三摩地普照三摩地淨堅定三摩地師子奮迅三摩地師子頻申三摩地師子欠呿三摩地無垢光三摩地妙樂三摩地電燈三摩地無盡三摩地最勝幢相三摩地帝相三摩地順明正流三摩地具威光三摩地離盡三摩地不可動轉三摩地寂靜三摩地無瑕隙三摩地日燈三摩地淨月三摩地淨眼三摩地淨光三摩地月燈三摩地發明三摩地應作不應作三摩地智相三摩地金剛鬘三摩地住心三摩地普明三摩地妙安立三摩地寶積三摩地妙法印三摩地一切法平等性三摩

地棄捨塵愛三摩地法涌圓滿三摩地入法頂三摩地寶性三摩地捨喧諍三摩地飄散三摩地分別法句三摩地決定三摩地無垢行三摩地字平等相三摩地離文字相三摩地斷所緣三摩地無變異三摩地無品類三摩地入名相三摩地無所作三摩地入決定名三摩地無相行三摩地離翳闇三摩地具行三摩地不變動三摩地度境界三摩地集一切功德三摩地無心住三摩地決定住三摩地淨妙華三摩地具覺支三摩地無邊辯三摩地無邊燈三摩地無等等三摩地超一切法三摩地決判諸法三摩地散疑三摩地無所住三摩地一相莊嚴三摩地引發行相三摩地一行相三摩地離諸行相三摩地妙行三摩地達諸有底遠離三摩地入一切施設語言三摩地堅固寶三摩地於一切法無所取著三摩地電焰莊嚴三摩地除遣三摩地無勝三摩地法炬三摩地慧燈三摩地趣向不退轉神通三摩地解脫音聲文字三摩地炬熾然三摩地嚴淨相三摩地無相三摩地無濁忍相三摩地具一切妙相三摩地具總持三摩地不喜一切苦樂三摩地無盡行相三摩地攝伏一切正邪性三摩地斷憎愛三摩地離違順三摩地無垢明三摩地極堅固三摩地滿月淨光三摩地大莊嚴三摩地無熱電光三摩地能照一切世間三摩地能救一切世間三摩地定平等性三摩地無塵有塵平等理趣三摩地無諍有諍平等理趣三摩地無巢穴無標幟無愛樂三摩地決定安住真如三摩地器中涌出三摩地燒諸煩

惱三摩地大智慧炬三摩地出生十力三摩地開闡三摩地壞身惡行三摩地壞語惡行三摩地壞意惡行三摩地善觀察三摩地如虛空三摩地無染著如虛空三摩地如是等三摩地有無量百千是菩薩摩訶薩大乘相爾時具壽善現白佛言世尊云何名爲健行三摩地佛言善現謂若住此三摩地時能受一切三摩地境能辦無邊殊勝健行能爲一切等持導首是故名爲健行三摩地世尊云何名爲寶印三摩地善現謂若住此三摩地時能印一切三摩地境及定行相所作事業是故名爲寶印三摩地世尊云何名爲師子遊戲三摩地善現謂若住此三摩地時於諸等持遊戲自在是故名爲師子遊戲三摩地世尊云何名爲妙月三摩地善現謂若住此三摩地時如淨滿月普照諸定是故名爲妙月三摩地世尊云何名爲月幢相三摩地善現謂若住此三摩地時普能執持一切定相如淨滿月埀妙光幢是故名爲月幢相三摩地世尊云何名爲一切法涌三摩地善現謂若住此三摩地時普能涌出諸三摩地如大泉池涌出衆水是故名爲一切法涌三摩地世尊云何名爲觀頂三摩地善現謂若住此三摩地時能觀一切三摩地頂是故名爲觀頂三摩地世尊云何名爲法界決定三摩地善現謂若住此三摩地時決定照了一切法界是故名爲法界決定三摩地世尊云何名爲決定幢相三摩地善現謂若住此三摩地時能決定持諸定幢相是故名爲決定幢相三摩地世尊云何名爲金剛喻三摩地善現

謂若住此三摩地時能摧諸定非彼所伏是故名爲金剛喻三摩地世尊云何名爲入法印三摩地善現謂若住此三摩地時普能證入一切法印是故名爲入法印三摩地世尊云何名爲三摩地王三摩地善現謂若住此三摩地時統攝諸定如王自在是故名爲三摩地王三摩地世尊云何名爲善安住三摩地善現謂若住此三摩地時持諸功德令不傾動是故名爲善安住三摩地世尊云何名爲善立定王三摩地善現謂若住此三摩地時於諸定王善能建立是故名爲善立定王三摩地世尊云何名爲放光三摩地善現謂若住此三摩地時於諸定光普能開發是故名爲放光三摩地世尊云何名爲無忘失三摩地善現謂若住此三摩地時於諸等持境界行相皆能記憶令無所遺是故名爲無忘失三摩地世尊云何名爲放光無忘失三摩地善現謂若住此三摩地時放勝定光照有情類令彼憶持曾所更事是故名爲放光無忘失三摩地世尊云何名爲精進力三摩地善現謂若住此三摩地時能發諸定精進勢力是故名爲精進力三摩地世尊云何名爲莊嚴力三摩地善現謂若住此三摩地時能引諸定莊嚴勢力是故名爲莊嚴力三摩地世尊云何名爲等涌三摩地善現謂若住此三摩地時令諸等持平等涌現是故名爲等涌三摩地世尊云何名爲入一切言詞決定三摩地善現謂若住此三摩地時普於一切決定言詞皆能悟入是故名爲入一切言詞決定三摩地世尊云何名爲入一切名字決

定三摩地善現謂若住此三摩地時普於一切決定名字皆能悟入是故名爲入一切名字決定三摩地世尊云何名爲觀方三摩地善現謂若住此三摩地時於諸定方普能觀照是故名爲觀方三摩地世尊云何名爲總持印三摩地善現謂若住此三摩地時總能任持諸妙定印是故名爲總持印三摩地世尊云何名爲諸法等趣海印三摩地善現謂若住此三摩地時令諸勝定等皆趣入如大海印攝受衆流是故名爲諸法等趣海印三摩地世尊云何名爲王印三摩地善現謂若住此三摩地時令諸事業皆得決定如獲王印所欲皆成是故名爲王印三摩地世尊云何名爲遍覆虚空三摩地善現謂若住此三摩地時於諸等持能遍覆護無所簡別如太虚空是故名爲遍覆虚空三摩地世尊云何名爲金剛輪三摩地善現謂若住此三摩地時普能任持一切勝定令不散壞如金剛輪是故名爲金剛輪三摩地世尊云何名爲三輪清淨三摩地善現謂若住此三摩地時不執諸定定者定境是故名爲三輪清淨三摩地世尊云何名爲無量光三摩地善現謂若住此三摩地時放種種光過諸數量是故名爲無量光三摩地世尊云何名爲無著無障三摩地善現謂若住此三摩地時於一切法無執無礙是故名爲無著無障三摩地世尊云何名爲斷諸法輪三摩地善現謂若住此三摩地時能截一切流轉之法是故名爲斷諸法輪三摩地世尊云何名爲棄捨珍寶三摩地善現謂若住此三摩地時於諸定相尚

皆棄捨況不棄捨諸煩惱相是故名爲棄捨珍寶三摩地世尊云何名爲遍照三摩地善現謂若住此三摩地時遍照諸定令彼光顯是故名爲遍照三摩地世尊云何名爲不眴三摩地善現謂若住此三摩地時於此等持其心專一餘定餘法無取無求是故名爲不眴三摩地世尊云何名爲無相住三摩地善現謂若住此三摩地時不見諸定法有少相可住是故名爲無相住三摩地世尊云何名爲不思惟三摩地善現謂若住此三摩地時不起一切心及心所是故名爲不思惟三摩地世尊云何名爲降伏四魔三摩地善現謂若住此三摩地時於四魔怨皆能降伏是故名爲降伏四魔三摩地世尊云何名爲無垢燈三摩地善現謂若住此三摩地時如持淨燈照了諸定是故名爲無垢燈三摩地世尊云何名爲無邊光三摩地善現謂若住此三摩地時能發大光照無邊際是故名爲無邊光三摩地世尊云何名爲發光三摩地善現謂若住此三摩地時照諸等持令其無間引發種種殊勝光明是故名爲發光三摩地世尊云何名爲普照三摩地善現謂若住此三摩地時於諸定門皆能普照是故名爲普照三摩地世尊云何名爲淨堅定三摩地善現謂若住此三摩地時得諸等持淨平等性是故名爲淨堅定三摩地世尊云何名爲師子奮迅三摩地善現謂若住此三摩地時於諸垢穢縱任棄捨如師子王自在奮迅是故名爲師子奮迅三摩地世尊云何名爲師子頻申三摩地善現謂若住此三摩地時起勝神

通自在無畏降伏一切暴惡魔軍是故名爲師子頻申三摩地世尊云何名爲師子欠呿三摩地善現謂若住此三摩地時引妙辯才處衆無畏摧滅一切外道邪宗是故名爲師子欠呿三摩地世尊云何名爲無垢光三摩地善現謂若住此三摩地時普能蠲除一切定垢亦能遍照諸勝等持是故名爲無垢光三摩地世尊云何名爲妙樂三摩地善現謂若住此三摩地時領受一切等持妙樂是故名爲妙樂三摩地世尊云何名爲電燈三摩地善現謂若住此三摩地時照諸等持如電燈焰是故名爲電燈三摩地世尊云何名爲無盡三摩地善現謂若住此三摩地時引諸等持功德無盡而不見彼盡不盡相是故名爲無盡三摩地世尊云何名爲最勝幢相三摩地善現謂若住此三摩地時如最勝幢超衆定相是故名爲最勝幢相三摩地世尊云何名爲帝相三摩地善現謂若住此三摩地時於諸等持得自在相是故名爲帝相三摩地世尊云何名爲順明正流三摩地善現謂若住此三摩地時於明正流並皆隨順是故名爲順明正流三摩地世尊云何名爲具威光三摩地善現謂若住此三摩地時於諸等持威光獨盛是故名爲具威光三摩地世尊云何名爲離盡三摩地善現謂若住此三摩地時見諸等持一切無盡而不見少法有盡不盡相是故名爲離盡三摩地世尊云何名爲不可動轉三摩地善現謂若住此三摩地時令諸等持無動無著無退轉無戲論是故名爲不可動轉三摩地世尊云何名爲寂靜

三摩地善現謂若住此三摩地時於諸等持皆見寂靜是故名爲寂靜三摩地世尊云何名爲無瑕隙三摩地善現謂若住此三摩地時令諸等持照無瑕隙是故名爲無瑕隙三摩地世尊云何名爲日燈三摩地善現謂若住此三摩地時於諸定門發光普照是故名爲日燈三摩地世尊云何名爲淨月三摩地善現謂若住此三摩地時於諸等持除闇如月是故名爲淨月三摩地世尊云何名爲淨眼三摩地善現謂若住此三摩地時能令五眼咸得清淨是故名爲淨眼三摩地世尊云何名爲淨光三摩地善現謂若住此三摩地時於諸等持得四無礙亦令彼定皆能發起是故名爲淨光三摩地世尊云何名爲月燈三摩地善現謂若住此三摩地時除諸有情愚闇如月是故名爲月燈三摩地世尊云何名爲發明三摩地善現謂若住此三摩地時令諸定門發明普照是故名爲發明三摩地世尊云何名爲應作不應作三摩地善現謂若住此三摩地時知一切等持應作不應作亦令諸定如此事成是故名爲應作不應作三摩地世尊云何名爲智相三摩地善現謂若住此三摩地時見諸等持所有智相是故名爲智相三摩地世尊云何名爲金剛鬘三摩地善現謂若住此三摩地時通達一切等持及法於定及法都無所見是故名爲金剛鬘三摩地世尊云何名爲住心三摩地善現謂若住此三摩地時心不動搖不轉不照亦不虧損不念有心是故名爲住心三摩地世尊云何名爲普明三摩地善現謂若住此三

摩地時於諸定明普能照了是故名爲普明三摩地世尊云何名爲妙安立三摩地善現謂若住此三摩地時於諸等持妙能安立是故名爲妙安立三摩地世尊云何名爲寶積三摩地善現謂若住此三摩地時見諸等持皆如寶聚是故名爲寶積三摩地世尊云何名爲妙法印三摩地善現謂若住此三摩地時能印諸等持以無印印故是故名爲妙法印三摩地世尊云何名爲一切法平等性三摩地善現謂若住此三摩地時不見有法離平等性是故名爲一切法平等性三摩地世尊云何名爲棄捨塵愛三摩地善現謂若住此三摩地時於諸定法棄捨塵愛是故名爲棄捨塵愛三摩地世尊云何名爲法涌圓滿三摩地善現謂若住此三摩地時令諸佛法涌現圓滿是故名爲法涌圓滿三摩地世尊云何名爲入法頂三摩地善現謂若住此三摩地時能永滅除一切法闇亦超諸定而爲上首是故名爲入法頂三摩地世尊云何名爲寶性三摩地善現謂若住此三摩地時能出無邊大功德寶是故名爲寶性三摩地世尊云何名爲捨喧諍三摩地善現謂若住此三摩地時捨諸世間種種喧諍是故名爲捨喧諍三摩地世尊云何名爲飄散三摩地善現謂若住此三摩地時飄散一切等持法執是故名爲飄散三摩地世尊云何名爲分別法句三摩地善現謂若住此三摩地時善能分別諸定法句是故名爲分別法句三摩地世尊云何名爲決定三摩地善現謂若住此三摩地時於法等持皆得決定是故名爲決

定三摩地世尊云何名爲無垢行三摩地善現謂若住此三摩地時能發無邊清淨勝行是故名爲無垢行三摩地世尊云何名爲字平等相三摩地善現謂若住此三摩地時得諸等持字平等相是故名爲字平等相三摩地世尊云何名爲離文字相三摩地善現謂若住此三摩地時於諸等持不得一字是故名爲離文字相三摩地世尊云何名爲斷所緣三摩地善現謂若住此三摩地時絶諸等持所緣境相是故名爲斷所緣三摩地世尊云何名爲無變異三摩地善現謂若住此三摩地時不得諸法變異之相是故名爲無變異三摩地世尊云何名爲無品類三摩地善現謂若住此三摩地時不見諸法品類異相是故名爲無品類三摩地世尊云何名爲入名相三摩地善現謂若住此三摩地時悟入諸法名相實際是故名爲入名相三摩地世尊云何名爲無所作三摩地善現謂若住此三摩地時一切所爲無不皆息是故名爲無所作三摩地世尊云何名爲入決定名三摩地善現謂若住此三摩地時悟入諸法決定名字都無所有但假施設是故名爲入決定名三摩地世尊云何名爲無相行三摩地善現謂若住此三摩地時於諸定相都無所得是故名爲無相行三摩地世尊云何名爲離翳闇三摩地善現謂若住此三摩地時諸定翳闇無不除遣是故名爲離翳闇三摩地世尊云何名爲具行三摩地善現謂若住此三摩地時於諸定行中雖見而不見是故名爲具行三摩地世尊云何名爲不變動三摩地

善現謂若住此三摩地時於諸等持不見變動是故名爲不變動三摩地世尊云何名爲度境界三摩地善現謂若住此三摩地時超諸等持所緣境界是故名爲度境界三摩地世尊云何名爲集一切功德三摩地善現謂若住此三摩地時能集諸定所有功德於一切法而無集想是故名爲集一切功德三摩地世尊云何名爲無心住三摩地善現謂若住此三摩地時心於諸定無轉無墮是故名爲無心住三摩地世尊云何名爲決定住三摩地善現謂若住此三摩地時於諸定心雖決定住而知其相了不可得是故名爲決定住三摩地世尊云何名爲淨妙華三摩地善現謂若住此三摩地時令諸等持皆得清淨嚴飾光顯猶如妙華是故名爲淨妙華三摩地世尊云何名爲具覺支三摩地善現謂若住此三摩地時令一切定於七覺支速得圓滿是故名爲具覺支三摩地世尊云何名爲無邊辯三摩地善現謂若住此三摩地時於諸法中得無邊辯是故名爲無邊辯三摩地世尊云何名爲無邊燈三摩地善現謂若住此三摩地時於一切法皆能照了猶若明燈是故名爲無邊燈三摩地世尊云何名爲無等等三摩地善現謂若住此三摩地時令諸等持得無等等是故名爲無等等三摩地世尊云何名爲超一切法三摩地善現謂若住此三摩地時於三界法皆得超度是故名爲超一切法三摩地世尊云何名爲決判諸法三摩地善現謂若住此三摩地時見諸勝定及一切法爲諸有情分別無亂是故名爲決

判諸法三摩地世尊云何名爲散疑三摩地善現謂若住此三摩地時於諸等持及一切法所有疑網皆能除散是故名爲散疑三摩地世尊云何名爲無所住三摩地善現謂若住此三摩地時不見諸法有所住處是故名爲無所住三摩地世尊云何名爲一相莊嚴三摩地善現謂若住此三摩地時不見諸法而有二相是故名爲一相莊嚴三摩地世尊云何名爲引發行相三摩地善現謂若住此三摩地時於諸等持及一切法雖能引發種種行相而都不見能引發者是故名爲引發行相三摩地世尊云何名爲一行相三摩地善現謂若住此三摩地時見諸等持無二行相是故名爲一行相三摩地世尊云何名爲離諸行相三摩地善現謂若住此三摩地時見諸等持都無行相是故名爲離諸行相三摩地世尊云何名爲妙行三摩地善現謂若住此三摩地時令諸等持雖起種種微妙勝行而無所執是故名爲妙行三摩地世尊云何名爲達諸有底遠離三摩地善現謂若住此三摩地時於諸等持及一切法得通達智得此智已於諸有法通達遠離是故名爲達諸有底遠離三摩地世尊云何名爲入一切施設語言三摩地善現謂若住此三摩地時悟入一切三摩地法施設語言而無所恃是故名爲入一切施設語言三摩地世尊云何名爲堅固寶三摩地善現謂若住此三摩地時能引無邊無退無壞微妙殊勝功德珍寶是故名爲堅固寶三摩地世尊云何名爲於一切法無所取著三摩地善現謂若住此三

摩地時於諸法中無所取著以一切法離性相故是故名爲於一切法無所取著三摩地世尊云何名爲電焰莊嚴三摩地善現謂若住此三摩地時發種種光照諸冥闇復以無量功德莊嚴是故名爲電焰莊嚴三摩地世尊云何名爲除遣三摩地善現謂若住此三摩地時除遣無邊煩惱習氣是故名爲除遣三摩地世尊云何名爲法炬三摩地善現謂若住此三摩地時照了諸法自相共相是故名爲法炬三摩地世尊云何名爲慧燈三摩地善現謂若住此三摩地時照了諸法空無我理是故名爲慧燈三摩地世尊云何名爲趣向不退轉神通三摩地善現謂若住此三摩地時能引無量不退難伏最勝神通是故名爲趣向不退轉神通三摩地世尊云何名爲解脫音聲文字三摩地善現謂若住此三摩地時見諸等持解脫一切音聲文字衆相寂滅是故名爲解脫音聲文字三摩地世尊云何名爲炬熾然三摩地善現謂若住此三摩地時於諸等持威德獨盛照了諸定猶如熾炬是故名爲炬熾然三摩地世尊云何名爲嚴淨相三摩地善現謂若住此三摩地時於諸等持嚴淨其相是故名爲嚴淨相三摩地世尊云何名爲無相三摩地善現謂若住此三摩地時於諸等持不見其相是故名爲無相三摩地世尊云何名爲無濁忍相三摩地善現謂若住此三摩地時於一切法得無濁忍是故名爲無濁忍相三摩地世尊云何名爲具一切妙相三摩地善現謂若住此三摩地時諸定妙相無不具足是故名爲具一

切妙相三摩地世尊云何名爲具總持三摩地善現謂若住此三摩地時能總任持諸定勝事是故名爲具總持三摩地世尊云何名爲不喜一切苦樂三摩地善現謂若住此三摩地時於諸等持苦樂之相不樂觀察是故名爲不喜一切苦樂三摩地世尊云何名爲無盡行相三摩地善現謂若住此三摩地時不見諸定行相有盡是故名爲無盡行相三摩地世尊云何名爲攝伏一切正邪性三摩地善現謂若住此三摩地時於諸等持正性邪性攝伏諸見皆令不起是故名爲攝伏一切正邪性三摩地世尊云何名爲斷憎愛三摩地善現謂若住此三摩地時不見諸定法有憎有愛相是故名爲斷憎愛三摩地世尊云何名爲離違順三摩地善現謂若住此三摩地時不見諸定法有違有順相是故名爲離違順三摩地世尊云何名爲無垢明三摩地善現謂若住此三摩地時於諸等持若明若垢咸悉不見是故名爲無垢明三摩地世尊云何名爲極堅固三摩地善現謂若住此三摩地時令諸等持無不堅固是故名爲極堅固三摩地世尊云何名爲滿月淨光三摩地善現謂若住此三摩地時令諸等持功德具足如淨滿月增諸海水是故名爲滿月淨光三摩地世尊云何名爲大莊嚴三摩地善現謂若住此三摩地時令諸等持成就種種微妙希有大莊嚴事是故名爲大莊嚴三摩地世尊云何名爲無熱電光三摩地善現謂若住此三摩地時放清冷光照有情類令息一切黑闇毒熱是故名爲無熱電光三摩地

世尊云何名爲能照一切世間三摩地善現謂若住此三摩地時照諸等持及一切法令有情類咸得開曉是故名爲能照一切世間三摩地世尊云何名爲能救一切世間三摩地善現謂若住此三摩地時能救世間種種憂苦是故名爲能救一切世間三摩地世尊云何名爲定平等性三摩地善現謂若住此三摩地時不見等持定散差别是故名爲定平等性三摩地世尊云何名爲無塵有塵平等理趣三摩地善現謂若住此三摩地時了達諸定及一切法有塵無塵平等理趣是故名爲無塵有塵平等理趣三摩地世尊云何名爲無諍有諍平等理趣三摩地善現謂若住此三摩地時不見諸法及一切定有諍無諍性相差别是故名爲無諍有諍平等理趣三摩地世尊云何名爲無巢穴無標幟無愛樂三摩地善現謂若住此三摩地時破諸巢穴捨諸標幟斷諸愛樂而無所執是故名爲無巢穴無標幟無愛樂三摩地世尊云何名爲決定安住眞如三摩地善現謂若住此三摩地時於諸等持及一切法常不棄捨眞如實相是故名爲決定安住眞如三摩地世尊云何名爲器中涌出三摩地善現謂若住此三摩地時令諸等持出生功德如天福力食涌器中是故名爲器中涌出三摩地世尊云何名爲燒諸煩惱三摩地善現謂若住此三摩地時燒諸煩惱令無遺燼是故名爲燒諸煩惱三摩地世尊云何名爲大智慧炬三摩地善現謂若住此三摩地時發智慧光照了一切是故名爲大智慧炬三摩地世尊云何

名爲出生十力三摩地善現謂若住此三摩地時令佛十力速得圓滿是故名爲出生十力三摩地世尊云何名爲開闡三摩地善現謂若住此三摩地時能爲有情開闡法要令速解脱生死大苦是故名爲開闡三摩地世尊云何名爲壞身惡行三摩地善現謂若住此三摩地時雖不見有身而息身惡行是故名爲壞身惡行三摩地世尊云何名爲壞語惡行三摩地善現謂若住此三摩地時雖不見有聲而息語惡行是故名爲壞語惡行三摩地世尊云何名爲壞意惡行三摩地善現謂若住此三摩地時雖不見有心而息意惡行是故名爲壞意惡行三摩地世尊云何名爲善觀察三摩地善現謂若住此三摩地時於諸有情能善觀察根性勝解而度脱之是故名爲善觀察三摩地世尊云何名爲如虚空三摩地善現謂若住此三摩地時於諸有情普能饒益其心平等如太虚空是故名爲如虚空三摩地世尊云何名爲無染著如虚空三摩地善現謂若住此三摩地時觀一切法都無所有猶如虚空無染無著是故名爲無染著如虚空三摩地善現如是等有無量百千三摩地當知是爲菩薩摩訶薩大乘相復次善現菩薩摩訶薩大乘相者謂四念住何等爲四謂身念住受念住心念住法念住善現身念住者諸菩薩摩訶薩修行般若波羅蜜多時以無所得而爲方便雖於内身住循身觀而竟不起身俱尋思熾然精進具念正知爲欲調伏世貪憂故諸菩薩摩訶薩修行般若波羅蜜多時以無所得而爲方便雖

於外身住循身觀而竟不起身俱尋思熾然
精進具念正知爲欲調伏世貪憂故諸菩薩
摩訶薩修行般若波羅蜜多時以無所得而
爲方便雖於內外身住循身觀而竟不起身
俱尋思熾然精進具念正知爲欲調伏世貪
憂故善現是爲菩薩摩訶薩身念住善現受
念住者諸菩薩摩訶薩修行般若波羅蜜多
時以無所得而爲方便雖於內受住循受觀
而竟不起受俱尋思熾然精進具念正知爲
欲調伏世貪憂故諸菩薩摩訶薩修行般若
波羅蜜多時以無所得而爲方便雖於外受
住循受觀而竟不起受俱尋思熾然精進具
念正知爲欲調伏世貪憂故諸菩薩摩訶薩
修行般若波羅蜜多時以無所得而爲方便
雖於內外受住循受觀而竟不起受俱尋思
熾然精進具念正知爲欲調伏世貪憂故善
現是爲菩薩摩訶薩受念住善現心念住者
諸菩薩摩訶薩修行般若波羅蜜多時以無
所得而爲方便雖於內心住循心觀而竟不
起心俱尋思熾然精進具念正知爲欲調伏
世貪憂故諸菩薩摩訶薩修行般若波羅蜜
多時以無所得而爲方便雖於外心住循心
觀而竟不起心俱尋思熾然精進具念正知
爲欲調伏世貪憂故諸菩薩摩訶薩修行般
若波羅蜜多時以無所得而爲方便雖於內
外心住循心觀而竟不起心俱尋思熾然精
進具念正知爲欲調伏世貪憂故善現是爲
菩薩摩訶薩心念住善現法念住者諸菩薩
摩訶薩修行般若波羅蜜多時以無所得而
爲方便雖於內法住循法觀而竟不起法俱

尋思熾然精進具念正知爲欲調伏世貪憂故諸菩薩摩訶薩修行般若波羅蜜多時以無所得而爲方便雖於外法住循法觀而竟不起法俱尋思熾然精進具念正知爲欲調伏世貪憂故諸菩薩摩訶薩修行般若波羅蜜多時以無所得而爲方便雖於内外法住循法觀而竟不起法俱尋思熾然精進具念正知爲欲調伏世貪憂故善現是爲菩薩摩訶薩法念住

大般若波羅蜜多經卷第五十二

音釋

不眴 眴音舜目動也　欠呿 欠去劍切呿丘加切謂氣擁滯欠呿而解也　瑕隙 瑕音遐玷也過也隙乞逆切釁也　翳闇 翳於罽切蔽也障也闇烏紺切冥也又不明也　幟 昌志切旗幟也　遺燼 燼徐刃切火之餘也　循身觀 循音旬遍也觀音貫循身觀謂遍觀此身皆不淨也

大般若波羅蜜多經卷第五十三

唐三藏法師玄奘奉　詔譯

初分辯大乘品第十五之三

爾時具壽善現白佛言世尊云何菩薩摩訶薩修行般若波羅蜜多時以無所得而爲方便於内外俱身受心法住循身受心法觀熾然精進具念正知爲欲調伏世貪憂故佛言善現若菩薩摩訶薩修行般若波羅蜜多時以無所得而爲方便審觀自身行時知行住時知住坐時知坐卧時知卧如如自身威儀差別如是如是具念正知善現是爲菩薩摩訶薩修行般若波羅蜜多時以無所得而爲方便於内身住循身觀熾然精進具念正知爲欲調伏世貪憂故復次善現若菩薩摩訶薩修行般若波羅蜜多時以無所得而爲方便審觀自身正知往來正知瞻視正知俯仰正知屈申服僧伽胝執持衣鉢嘗食歠飲卧息經行坐起承迎寤寐語默入出諸定皆念正知善現是爲菩薩摩訶薩修行般若波羅蜜多時以無所得而爲方便於内身住循身觀熾然精進具念正知爲欲調伏世貪憂故復次善現若菩薩摩訶薩修行般若波羅蜜多時以無所得而爲方便審觀自身於息入時如實念知息入於息出時如實念知息出於入息長時如實念知入息長於出息長時如實念知出息長於入息短時如實念知入息短於出息短時如實念知出息短如工輪師或彼弟子輪勢長時如實念知輪勢長輪勢短時如實念知輪勢短諸菩薩摩訶薩修行般若波羅蜜多時以無所得而爲方便審

觀自身入息出息若長若短如實念知亦復如是善現是爲菩薩摩訶薩修行般若波羅蜜多時以無所得而爲方便於内身住循身觀熾然精進具念正知爲欲調伏世貪憂故復次善現若菩薩摩訶薩修行般若波羅蜜多時以無所得而爲方便審觀自身如實念知四界差别所謂地界水火風界如巧屠師或彼弟子斷牛命已復用利刀分析其身剖爲四分若坐若立如實觀知諸菩薩摩訶薩修行般若波羅蜜多時以無所得而爲方便審觀自身如實念知地水火風四界差别亦復如是善現是爲菩薩摩訶薩修行般若波羅蜜多時以無所得而爲方便於内身住循身觀熾然精進具念正知爲欲調伏世貪憂故復次善現若菩薩摩訶薩修行般若波羅蜜多時以無所得而爲方便審觀自身如實念知從足至頂種種不淨充滿其中外爲薄皮之所纏裹所謂唯有髮毛爪齒皮革血肉筋脉骨髓心肝肺腎脾膽胞胃大腸小腸屎尿洟唾涎淚垢汗痰膿肪𦙶腦膜眵聹如是不淨充滿身中如有農夫或諸長者倉中盛滿種種雜穀所謂稻麻粟豆麥等有明目者開倉觀之即如實知其中唯有稻麻粟等種種雜穀諸菩薩摩訶薩修行般若波羅蜜多時以無所得而爲方便審觀自身如實念知從足至頂唯有種種不淨臭物充滿其中亦復如是誰有智者寶玩此身唯諸愚夫迷謬耽著善現是爲菩薩摩訶薩修行般若波羅蜜多時以無所得而爲方便於内身住循身觀熾然精進具念正知爲欲調伏世貪憂故

復次善現若菩薩摩訶薩修行般若波羅蜜多時以無所得而爲方便往澹泊路觀所棄屍死經一日或經二日乃至七日其身胮脹色變青瘀臭爛皮穿膿血流出見是事已自念我身有如是性具如是法未得解脱終歸如是誰有智者寳玩此身唯諸愚夫迷謬耽著善現是爲菩薩摩訶薩修行般若波羅蜜多時以無所得而爲方便於内身住循身觀熾然精進具念正知爲欲調伏世貪憂故復次善現若菩薩摩訶薩修行般若波羅蜜多時以無所得而爲方便往澹泊路觀所棄屍死經一日或經二日乃至七日爲諸鵰鷲烏鵲鵄梟虎豹狐狼野干狗等種種禽獸或啄或摣骨肉狼籍齩掣食噉見是事已自念我身有如是性具如是法未得解脱終歸如是誰有智者寳玩此身唯諸愚夫迷謬耽著善現是爲菩薩摩訶薩修行般若波羅蜜多時以無所得而爲方便於内身住循身觀熾然精進具念正知爲欲調伏世貪憂故復次善現若菩薩摩訶薩修行般若波羅蜜多時以無所得而爲方便往澹泊路觀所棄屍禽獸食已不淨潰爛膿血流離有無量種蟲蛆雜出臭處可惡過於死狗見是事已自念我身有如是性具如是法未得解脱終歸於是誰有智者寳玩此身唯諸愚夫迷謬耽著善現是爲菩薩摩訶薩修行般若波羅蜜多時以無所得而爲方便於内身住循身觀熾然精進具念正知爲欲調伏世貪憂故復次善現若菩薩摩訶薩修行般若波羅蜜多時以無所得而爲方便往澹泊路觀所棄屍蟲蛆食

已肉離骨現支節相連筋纏血塗尚餘腐肉見是事已自念我身有如是性具如是法未得解脫終歸如是誰有智者寶玩此身唯諸愚夫迷謬耽著善現是爲菩薩摩訶薩修行般若波羅蜜多時以無所得而爲方便於内身住循身觀熾然精進具念正知爲欲調伏世貪憂故復次善現若菩薩摩訶薩修行般若波羅蜜多時以無所得而爲方便往澹泊路觀所棄屍已成骨璅血肉都盡餘筋所連見是事已自念我身有如是性具如是法未得解脫終歸如是誰有智者寶玩此身唯諸愚夫迷謬耽著善現是爲菩薩摩訶薩修行般若波羅蜜多時以無所得而爲方便於内身住循身觀熾然精進具念正知爲欲調伏世貪憂故復次善現若菩薩摩訶薩修行般若波羅蜜多時以無所得而爲方便往澹泊路觀所棄屍但餘衆骨其色皓白如雪珂貝諸筋糜爛支節分離見是事已自念我身有如是性具如是法未得解脫終歸如是誰有智者寶玩此身唯諸愚夫迷謬耽著善現是爲菩薩摩訶薩修行般若波羅蜜多時以無所得而爲方便於内身住循身觀熾然精進具念正知爲欲調伏世貪憂故復次善現若菩薩摩訶薩修行般若波羅蜜多時以無所得而爲方便往澹泊路觀所棄屍成白骨已支節分散零落異方所謂足骨腨骨膝骨髀骨髖骨脊骨脅骨胷骨膞骨臂骨手骨項骨頷骨頰骨髑髏各在異處見是事已自念我身有如是性具如是法未得解脫終歸如是誰有智者寶玩此身唯諸愚夫迷謬貪著善

現是爲菩薩摩訶薩修行般若波羅蜜多時以無所得而爲方便於内身住循身觀熾然精進具念正知爲欲調伏世貪憂故復次善現若菩薩摩訶薩修行般若波羅蜜多時以無所得而爲方便往澹泊路觀所棄死骸骨狼籍風吹日暴雨灌霜封積有歲年色如珂雪見是事已自念我身有如是性具如是法未得解脱終歸如是誰有智者寶玩此身唯諸愚夫迷謬耽著善現是爲菩薩摩訶薩修行般若波羅蜜多時以無所得而爲方便於内身住循身觀熾然精進具念正知爲欲調伏世貪憂故復次善現若菩薩摩訶薩修行般若波羅蜜多時以無所得而爲方便往澹泊路觀所棄屍餘骨散地經多百歲或多千年其相變青狀猶鴿色或有腐朽碎末如塵與土相和不可分別見是事已自念我身有如是性具如是法未得解脱終歸如是誰有智者寶玩此身唯諸愚夫迷謬耽著善現是爲菩薩摩訶薩修行般若波羅蜜多時以無所得而爲方便於内身住循身觀熾然精進具念正知爲欲調伏世貪憂故善現諸菩薩摩訶薩修行般若波羅蜜多時以無所得而爲方便如於内身如是差別住循身觀熾然精進具念正知爲欲調伏世貪憂故於外身住循身觀於内外身住循身觀熾然精進具念正知爲欲調伏世貪憂故隨其所應亦復如是善現諸菩薩摩訶薩修行般若波羅蜜多時以無所得而爲方便於内外俱受心法住循受心法觀熾然精進具念正知爲欲調伏世貪憂故隨其所應皆應廣說善現如是

菩薩摩訶薩修行般若波羅蜜多時以無所得而爲方便於內外身俱受心法住循身受心法觀時雖作是觀而無所得善現當知是爲菩薩摩訶薩大乘相復次善現菩薩摩訶薩大乘相者謂四正斷何等爲四善現若菩薩摩訶薩修行般若波羅蜜多時以無所得而爲方便於諸未生惡不善法爲不生故生欲策勵發起正勤策心持心是爲第一若菩薩摩訶薩修行般若波羅蜜多時以無所得而爲方便於諸已生惡不善法爲永斷故生欲策勵發起正勤策心持心是爲第二若菩薩摩訶薩修行般若波羅蜜多時以無所得而爲方便未生善法爲令生故生欲策勵發起正勤策心持心是爲第三若菩薩摩訶薩修行般若波羅蜜多時以無所得而爲方便已生善法爲令安住不忘增廣倍修滿故生欲策勵發起正勤策心持心是爲第四善現當知是爲菩薩摩訶薩大乘相復次善現菩薩摩訶薩大乘相者謂四神足何等爲四善現若菩薩摩訶薩修行般若波羅蜜多時以無所得而爲方便修欲三摩地斷行成就神足依離依無染依滅回向捨是爲第一若菩薩摩訶薩修行般若波羅蜜多時以無所得而爲方便修勤三摩地斷行成就神足依離依無染依滅回向捨是爲第二若菩薩摩訶薩修行般若波羅蜜多時以無所得而爲方便修心三摩地斷行成就神足依離依無染依滅回向捨是爲第三若菩薩摩訶薩修行般若波羅蜜多時以無所得而爲方便修觀三摩地斷行成就神足依離依無染依滅回

向捨是爲第四善現當知是爲菩薩摩訶薩大乘相復次善現菩薩摩訶薩大乘相者謂五根何等爲五善現若菩薩摩訶薩修行般若波羅蜜多時以無所得而爲方便所修信根精進根念根定根慧根善現當知是爲菩薩摩訶薩大乘相復次善現菩薩摩訶薩大乘相者謂五力何等爲五善現若菩薩摩訶薩修行般若波羅蜜多時以無所得而爲方便所修信力精進力念力定力慧力善現當知是爲菩薩摩訶薩大乘相復次善現菩薩摩訶薩大乘相者謂七等覺支何等爲七善現若菩薩摩訶薩修行般若波羅蜜多時以無所得而爲方便所修念等覺支擇法等覺支精進等覺支喜等覺支輕安等覺支定等覺支捨等覺支依離依無染依滅回向捨善現當知是爲菩薩摩訶薩大乘相復次善現菩薩摩訶薩大乘相者謂八聖道支何等爲八善現若菩薩摩訶薩修行般若波羅蜜多時以無所得而爲方便所修正見正思惟正語正業正命正精進正念正定依離依無染依滅回向捨善現當知是爲菩薩摩訶薩大乘相復次善現菩薩摩訶薩大乘相者謂三三摩地何等爲三善現若菩薩摩訶薩修行般若波羅蜜多時以無所得而爲方便觀一切法自相皆空其心安住名空解脫門亦名空三摩地是爲第一若菩薩摩訶薩修行般若波羅蜜多時以無所得而爲方便觀一切法自相空故皆無有相其心安住名無相解脫門亦名無相三摩地是爲第二若菩薩摩訶薩修行般若波羅蜜多時以無所得而爲

方便觀一切法自相空故皆無所願其心安住名無願解脫門亦名無願三摩地是爲第三善現當知是爲菩薩摩訶薩大乘相復次善現菩薩摩訶薩大乘相者謂法智類智世俗智他心智苦智集智滅智道智盡智無生智如實智是爲菩薩摩訶薩大乘相爾時尊者善現白佛言世尊云何法智佛言善現若智以無所得而爲方便知五蘊等差別相轉是爲法智世尊云何類智善現若智以無所得而爲方便知蘊界處及諸緣起若總若別是無常等是爲類智世尊云何世俗智善現若智以無所得而爲方便知一切法假設名字是爲世俗智世尊云何他心智善現若智以無所得而爲方便知他有情心心所法及修行證滅是爲他心智世尊云何苦智善現若智以無所得而爲方便知苦應不生是爲苦智世尊云何集智善現若智以無所得而爲方便知集應永斷是爲集智世尊云何滅智善現若智以無所得而爲方便知滅應作證是爲滅智世尊云何道智善現若智以無所得而爲方便知道應修習是爲道智世尊云何盡智善現若智以無所得而爲方便知貪瞋癡盡是爲盡智世尊云何無生智善現若智以無所得而爲方便知有趣不復生是爲無生智世尊云何如實智善現如來一切智一切相智是爲如實智善現當知是爲菩薩摩訶薩大乘相復次善現菩薩摩訶薩大乘相者謂三無漏根何等爲三謂未知當知根已知根具知根爾時具壽善現白佛言世尊云何未知當知根佛言善現若諸學者於

諸聖諦未已現觀未得聖果所有信根精進根念根定根慧根是爲未知當知根世尊云何已知根善現若諸學者於諸聖諦已得現觀已得聖果所有信根精進根念根定根慧根是爲已知根世尊云何具知根善現謂諸無學現若阿羅漢若獨覺若諸菩薩已住十地若諸如來應正等覺所有信根精進根念根定根慧根是爲具知根善現如是三根若以無所得而爲方便者當知是爲菩薩摩訶薩大乘相復次善現菩薩摩訶薩大乘相者謂三三摩地何等爲三謂有尋有伺三摩地無尋唯伺三摩地無尋無伺三摩地爾時具壽善現白佛言世尊云何有尋有伺三摩地佛言善現若離欲惡不善法有尋有伺離生喜樂入初靜慮具足住是爲有尋有伺三摩地世尊云何無尋唯伺三摩地善現若初靜慮第二靜慮中間定是爲無尋唯伺三摩地世尊云何無尋無伺三摩地善現若第二靜慮乃至非想非非想處是爲無尋無伺三摩地善現如是三三摩地若以無所得而爲方便者當知是爲菩薩摩訶薩大乘相復次善現菩薩摩訶薩大乘相者謂十隨念何等爲十謂佛隨念法隨念僧隨念戒隨念捨隨念天隨念寂靜隨念入出息隨念身隨念死隨念善現如是十隨念若以無所得而爲方便者當知是爲菩薩摩訶薩大乘相復次善現菩薩摩訶薩大乘相者謂四靜慮四無量四無色定八解脫八勝處九次第定十徧處等所有善法以無所得爲方便者當知是爲菩薩摩訶薩大乘相復次善現菩薩摩訶

薩大乘相者謂佛十力何等爲十謂處非處智力業異熟智力種種界智力種種勝解智力根勝劣智力遍行行智力靜慮解脫等持等至雜染清淨智力宿住隨念智力死生智力漏盡智力爾時具壽善現白佛言世尊云何處非處智力佛言善現若以無所得爲方便如實了知因果等法處非處相是爲處非處智力世尊云何業異熟智力善現若以無所得爲方便如實了知諸有情類過去未來現在諸業法受種種因果相是爲業異熟智力世尊云何種種界智力善現若以無所得爲方便如實了知諸有情類無量界相是爲種種界智力世尊云何種種勝解智力善現若以無所得爲方便如實了知諸有情類無量勝解相是爲種種勝解智力世尊云何根勝劣智力善現若以無所得爲方便如實了知諸有情類根勝劣相是爲根勝劣智力世尊云何遍行行智力善現若以無所得爲方便如實了知諸有情類遍行行相是爲遍行行智力世尊云何靜慮解脫等持等至雜染清淨智力善現若以無所得爲方便如實了知諸有情類靜慮解脫等持等至雜染清淨根力覺支道支等相是爲靜慮解脫等持等至雜染清淨智力世尊云何宿住隨念智力善現若以無所得爲方便如實了知諸有情類無量無數宿住事相是爲宿住隨念智力世尊云何死生智力善現若以無所得爲方便如實了知諸有情類無量無數死生事相是爲死生智力世尊云何漏盡智力善現若以無所得爲方便如實了知諸漏永盡無漏

心解脫無漏慧解脫於現法中自作證具足住能正了知我生已盡梵行已立所作已辦不受後有是爲漏盡智力善現當知是爲菩薩摩訶薩大乘相復次善現菩薩摩訶薩大乘相者謂四無所畏何等爲四謂正等覺無畏漏盡無畏障法無畏盡苦道無畏爾時具壽善現白佛言世尊云何正等覺無畏佛言善現若以無所得爲方便自稱我是正等覺者設有沙門若婆羅門若天魔梵或餘世間依法立難及令憶念言於是法非正等覺我於彼難正見無由以於彼難見無由故得安隱住無怖無畏自稱我處大仙尊位於大衆中正師子吼轉妙梵輪其輪清淨正眞無上一切沙門若婆羅門若天魔梵或餘世間皆無有能如法轉者是爲正等覺無畏世尊云

何漏盡無畏善現若以無所得爲方便自稱我已永盡諸漏設有沙門若婆羅門若天魔梵或餘世間依法立難及令憶念言有如是漏未永盡我於彼難正見無由以於彼難見無由故得安隱住無怖無畏自稱我處大仙尊位於大衆中正師子吼轉妙梵輪其輪清淨正眞無上一切沙門若婆羅門若天魔梵或餘世間皆無有能如法轉者是爲漏盡無畏世尊云何障法無畏善現若以無所得爲方便爲諸弟子說障道法設有沙門若婆羅門若天魔梵或餘世間依法立難及令憶念言習此法不能障道我於彼難正見無由以於彼難見無由故得安隱住無怖無畏自稱我處大仙尊位於大衆中正師子吼轉妙梵輪其輪清淨正眞無上一切沙門若婆羅門

若天魔梵或餘世間皆無有能如法轉者是爲障法無畏世尊云何盡苦道無畏善現若以無所得爲方便爲諸弟子說盡苦道設有沙門若婆羅門若天魔梵或餘世間依法立難及令憶念言修此道不能盡苦我於彼難正見無由以於彼難見無由故得安隱住無怖無畏自稱我處大仙尊位於大衆中正師子吼轉妙梵輪其輪清淨正真無上一切沙門若婆羅門若天魔梵或餘世間皆無有能如法轉者是爲盡苦道無畏善現當知是爲菩薩摩訶薩大乘相復次善現菩薩摩訶薩大乘相者謂四無礙解何等爲四謂義無礙解法無礙解詞無礙解辯無礙解善現如是四無礙解若以無所得爲方便當知是爲菩薩摩訶薩大乘相復次善現菩薩摩訶薩大乘相者謂大慈大悲大喜大捨五眼六神通一切智道相智一切相智善現如是等法若以無所得爲方便當知是爲菩薩摩訶薩大乘相復次善現菩薩摩訶薩大乘相者謂十八佛不共法何等十八謂我如來應正等覺從初證得阿耨多羅三藐三菩提夜乃至最後所作已辦入無餘依大涅槃夜於其中間常無誤失無卒暴音無忘失念無不定心無種種想無不擇捨志欲無退精進無退念無退慧無退解脫無退解脫智見無退一切身業智爲前導隨智而轉一切語業智爲前導隨智而轉一切意業智爲前導隨智而轉於過去世所起智見無著無礙於未來世所起智見無著無礙於現在世所起智見無著無礙善現如是十八佛不共法無不皆以無所

得爲方便當知是爲菩薩摩訶薩大乘相復次善現菩薩摩訶薩大乘相者謂諸文字陀羅尼門爾時具壽善現白佛言世尊云何文字陀羅尼門佛言善現字平等性語平等性言說理趣平等性入諸字門是爲文字陀羅尼門世尊云何入諸字門善現若菩薩摩訶薩修行般若波羅蜜多時以無所得而爲方便入𠸪字門悟一切法本不生故入洛字門悟一切法離塵垢故入跛字門悟一切法勝義教故入者字門悟一切法無死生故入娜字門悟一切法遠離名相無得失故入砢字門悟一切法出世間故愛支因緣永不現故入柁字門悟一切法調伏寂靜眞如平等無分別故入婆字門悟一切法離繫縛故入荼字門悟一切法離熱矯穢得清淨故入沙字門悟一切法無罣礙故入縛字門悟一切法眞如不動言音道斷故入頞字門悟一切法如實不生故入瑟吒字門悟一切法制伏任持相不可得故入迦字門悟一切法作者不可得故入娑字門悟一切法時平等性不可得故入磨字門悟一切法我及我所性不可得故入伽字門悟一切法行取性不可得故入他字門悟一切法處所不可得故入闍字門悟一切法生起不可得故入濕縛字門悟一切法安隱性不可得故入達字門悟一切法界性不可得故入捨字門悟一切法寂靜性不可得故入佉字門悟一切法如虛空性不可得故入羼字門悟一切法窮盡性不可得故入薩頞字門悟一切法任持處非處令不動轉性不可得故

入若字門悟一切法所了知性不可得故入辢他字門悟一切法執著義性不可得故入呵字門悟一切法因性不可得故入薄字門悟一切法可破壞性不可得故入綽字門悟一切法欲樂覆性不可得故入颰磨字門悟一切法可憶念性不可得故入嗑縛字門悟一切法可呼召性不可得故入蹉字門悟一切法勇健性不可得故入鍵字門悟一切法厚平等性不可得故入搋字門悟一切法積集性不可得故入拏字門悟一切法離諸喧諍無往無來行住坐臥不可得故入頗字門悟一切法遍滿果報不可得故入塞迦字門悟一切法聚積蘊性不可得故入逸娑字門悟一切法衰老性相不可得故入酌字門悟一切法聚集足跡不可得故入吒字門悟一切法相驅迫性不可得故入擇字門悟一切法究竟處所不可得故善現如是字門是能悟入法空邊際除如是字表諸法空更不可得何以故善現如是字義不可宣說不可顯示不可執取不可書持不可觀察離諸相故善現譬如虛空是一切物所歸趣處此諸字門亦復如是諸法空義皆入此門方得顯了善現入此哀字等名入諸字門善現若菩薩摩訶薩於如是入諸字門得善巧智於諸言音所詮所表皆無罣礙於一切法平等空性盡能證持於衆言音咸得善巧善現若菩薩摩訶薩能聽如是入諸字門印相印句聞已受持讀誦通利爲他解說不貪名利由此因緣得二十種殊勝功德何等二十謂得強憶念得勝慚愧得堅固力得法旨趣得增上覺

得殊勝慧得無礙辯得總持門得無疑惑得違順語不生恚愛得無高下平等而住得於有情言音善巧得蘊善巧處善巧界善巧得緣起善巧因善巧緣善巧法善巧得根勝劣智善巧他心智善巧得觀星曆善巧得天耳智善巧宿住隨念智善巧神境智善巧死生智善巧得漏盡智善巧得說處非處智善巧得往來等威儀路善巧善現是爲得二十種殊勝功德善現若菩薩摩訶薩修行般若波羅蜜多時以無所得而爲方便所得文字陀羅尼門當知是爲菩薩摩訶薩大乘相佛告善現汝問云何當知菩薩摩訶薩發趣大乘者善現若菩薩摩訶薩修行六波羅蜜多時從一地趣一地當知是爲菩薩摩訶薩發趣大乘爾時具壽善現白佛言世尊云何菩薩摩訶薩修行六波羅蜜多時從一地趣一地佛言善現若菩薩摩訶薩知一切法無所從來亦無所趣何以故以一切法無去無來無從無趣由彼諸法無變壞故是菩薩摩訶薩於所從趣地不恃不思惟雖修治地業而不見彼地善現是爲菩薩摩訶薩修行六波羅蜜多時從一地趣一地世尊何謂菩薩摩訶薩修治地業善現菩薩摩訶薩住初極喜地時應善修治十種勝業何等爲十一者以無所得而爲方便修治淨勝意樂業勝意樂事不可得故二者以無所得而爲方便修治一切有情平等心業一切有情不可得故三者以無所得而爲方便修治布施業施者受者及所施物不可得故四者以無所得而爲方便修治親近善友業善友惡友無二相故五

者以無所得而爲方便修治求法業諸所求法不可得故六者以無所得而爲方便修治常樂出家業所棄捨家不可得故七者以無所得而爲方便修治愛樂佛身業諸相隨好不可得故八者以無所得而爲方便修治開闡法教業所分別法不可得故九者以無所得而爲方便修治破憍慢業諸興盛法不可得故十者以無所得而爲方便修治恒諦語業一切語性不可得故善現菩薩摩訶薩住初極喜地時應善修治如是十種勝業復次善現菩薩摩訶薩住第二離垢地時應於八法思惟修習速令圓滿何等爲八一者清淨禁戒二者知恩報恩三者住安忍力四者受勝歡喜五者不捨有情六者恒起大悲七者於諸師長以敬信心諮承供養如事佛想八者勤求修習波羅蜜多善現菩薩摩訶薩住第二離垢地時應於如是八法思惟修習速令圓滿復次善現菩薩摩訶薩住第三發光地時應住五法何等爲五一者勤求多聞嘗無厭足於所聞法不著文字二者以無染心常行法施雖廣開化而不自高三者爲嚴淨土植諸善根雖用回向而不自舉四者爲化有情雖不厭倦無邊生死而不自高五者雖住慙愧而無所著善現菩薩摩訶薩住第三發光地時應常安住如是五法復次善現菩薩摩訶薩住第四焰慧地時應住十法常行不捨何等爲十一者住阿練若常不捨離二者少欲三者喜足四者常不捨離杜多功德五者於諸學處未曾棄捨六者於諸欲樂深生厭離七者常樂發起寂滅俱心八者捨諸

所有九者心不滯没十者於諸所有無所顧戀善現菩薩摩訶薩住第四焰慧地時應住如是十法常行不捨

大般若波羅蜜多經卷第五十三

音釋

僧伽胝梵語也亦云僧伽梨此云重複衣胝張尼切　歠姝悅切大欲也　寤寢寤五故切寐覺也寢七稔切臥也　分析析先的切亦分也　剖普后切判也剖拆也　纏裹纏澄延切繞也裹古火切包裹也　筋脉筋音斤脉音陌　骨髓髓息委切骨中脂也　肺腎肺芳未切金藏也腎時軫切水藏也　脾膽脾音毗土藏也膽覩敢切連肝之府也　胞胃胞音包胃于貴切穀府也　洟唾洟延知切鼻液也唾吐臥切口液也　涎淚涎徐延切口液也淚力遂切目液也　痰膿痰音談病液也膿奴冬切腫血也　肪䏰肪音方䏰先安切並脂也　腦膜腦乃老切頭髓也膜音莫肉間膜也　⿰耳蚩聹⿰耳蚩抽知切目汁凝也聹乃頂切耳垢也　臰尺救切腐氣也　迷謬謬苗幼切迷謬謂迷惑謬誤也　胮脹胮匹絳切脹知亮切胮臭脹滿也　青瘀瘀依據切青瘀謂血積瘀而色青也　鵰鷲鵰音凋鷲鳥也鷲音就大鵰也　鵄梟鵄抽知切怪鳥即鵂鶹也梟堅堯切不孝鳥即土梟也　啄音卓鳥啄也　⿰國爪古伯切攫也　齰掣齰莊加切正作齟齒不正也掣尺制尺列二切挽拽也　潰爛潰胡對切旁決曰潰爛郎旰切糜爛也　骨璅璅損果切連璅也　珂丘何切石次玉也　腨市兗切腓腸也　髀部禮切股也　髖音寬兩股間也　脅虛業切胠下也　膊音博肩膊也　頷戶感切下曰頷　頰吉協切面旁也即輔頰也　骸音諧骸骨也　策勵策測革切勵音例策進勉勵也　裒一可切　跛補火切　娜奴可切　砢郎可切　柁徒可切　荼徒解切　縛符臥切　⿰多頁丁可切　瑟吒瑟色櫛切吒丑亞切　伽丘迦切　闍音蛇上聲　佉丘迦切　羼初㵎切　若尔者切　韃韃郎達切　他　綽尺約切　颰磨颰悉合切　嗑縛嗑曷閤切　蹉倉何切　鍵音件　搋丑皆切　拏女加切　頗普火切巳上從裒字起皆四十二字毋中字也　阿練若梵語也此云寂靜處若尔者切

大般若波羅蜜多經卷第五十四

唐三藏法師玄奘奉詔譯

初分辯大乘品第十五之四

復次善現菩薩摩訶薩住第五極難勝地時應遠離十法何等爲十一者應遠離居家二者應遠離苾芻尼三者應遠離家慳四者應遠離衆會忿諍五者應遠離自讚毀他六者應遠離十不善業道七者應遠離增上慢傲八者應遠離顛倒九者應遠離猶豫十者應遠離貪瞋癡善現菩薩摩訶薩住第五極難勝地時應常遠離如是十法復次善現菩薩摩訶薩住第六現前地時應圓滿六法何等爲六一者應圓滿布施波羅蜜多二者應圓滿淨戒波羅蜜多三者應圓滿安忍波羅蜜多四者應圓滿精進波羅蜜多五者應圓滿靜慮波羅蜜多六者應圓滿般若波羅蜜多復應遠離六法何等爲六一者應遠離聲聞心二者應遠離獨覺心三者應遠離熱惱心四者見乞者來心不厭慼五者捨所有物無憂悔心六者於來求者終不矯誑善現菩薩摩訶薩住第六現前地時應圓滿如是六法及應遠離如是六法復次善現菩薩摩訶薩住第七遠行地時應遠離二十法何等二十一者應遠離我執有情執乃至知者執見者執二者應遠離斷執三者應遠離常執四者應遠離相執五者應遠離因等見執六者應遠離名色執七者應遠離蘊執八者應遠離處執九者應遠離界執十者應遠離諦執十一者應遠離緣起執十二者應遠離住著三界執十三者應遠離一切法執十四者應遠

離於一切法如理不如理執十五者應遠離依佛見執十六者應遠離依法見執十七者應遠離依僧見執十八者應遠離依戒見執十九者應遠離怖畏空法二十者應遠離違背空性復應圓滿二十法何等二十一者應圓滿通達空二者應圓滿證無相三者應圓滿知無願四者應圓滿三輪清淨五者應圓滿悲愍有情及於有情無所執著六者應圓滿一切法平等見及於此中無所執著七者應圓滿一切有情平等見及於此中無所執著八者應圓滿通達真實理趣及於此中無所執著九者應圓滿無生忍智十者應圓滿說一切法一相理趣十一者應圓滿滅除分別十二者應圓滿遠離諸想十三者應圓滿遠離諸見十四者應圓滿遠離煩惱十五者應圓滿奢摩他毗鉢舍那地十六者應圓滿調伏心性十七者應圓滿寂靜心性十八者應圓滿無礙智性十九者應圓滿無所愛染二十者應圓滿隨心所欲往諸佛土於佛衆會自現其身善現菩薩摩訶薩住第七遠行地時應遠離如是二十法及應圓滿如是二十法復次善現菩薩摩訶薩住第八不動地時應圓滿四法何等為四一者應圓滿悟入一切有情心行二者應圓滿遊戲諸神通三者應圓滿見諸佛土如其所見而自嚴淨種種佛土四者應圓滿供養承事諸佛世尊於如來身如實觀察善現菩薩摩訶薩住第八不動地時應圓滿如是四法復次善現菩薩摩訶薩住第九善慧地時應圓滿四法何等為四一者應圓滿知諸有情根勝劣智二者

應圓滿嚴淨佛土三者應圓滿如幻等持數入諸定四者應圓滿隨諸有情善根應熟故入諸有自現化生善現菩薩摩訶薩住第九善慧地時應圓滿如是四法復次善現菩薩摩訶薩住第十法雲地時應圓滿十二法何等十二一者應圓滿攝受無邊處所大願隨有所願皆令圓滿二者應圓滿隨諸天龍藥叉健達縛阿素洛揭路茶緊捺洛莫呼洛伽人非人等異類音智三者應圓滿無礙辯説智四者應圓滿入胎具足五者應圓滿出生具足六者應圓滿家族具足七者應圓滿種姓具足八者應圓滿眷屬具足九者應圓滿生身具足十者應圓滿出家具足十一者應圓滿莊嚴菩提樹具足十二者應圓滿一切功德成辦具足善現菩薩摩訶薩住第十法雲地時應圓滿如是十二法善現當知已圓滿第十法雲地菩薩摩訶薩與諸如來應言無異爾時具壽善現白佛言世尊云何菩薩摩訶薩修治淨勝意樂業佛言善現若菩薩摩訶薩以應一切智智心修習一切善根是爲菩薩摩訶薩修治淨勝意樂業世尊云何菩薩摩訶薩修治一切有情平等心業善現若菩薩摩訶薩以應一切智智心引發慈悲喜捨四種無量是爲菩薩摩訶薩修治一切有情平等心業世尊云何菩薩摩訶薩修治布施業善現若菩薩摩訶薩於一切有情無所分別而行布施是爲菩薩摩訶薩修治布施業世尊云何菩薩摩訶薩修治親近善友業善現若菩薩摩訶薩見諸善友勸化有情令其修習一切智智即便親近恭敬供養尊

重讚歎諮受正法晝夜承奉無懈倦心是為菩薩摩訶薩修治親近善友業世尊云何菩薩摩訶薩修治求法業善現若菩薩摩訶薩以應一切智智心勤求如來無上正法不墮聲聞獨覺等地是為菩薩摩訶薩修治求法業世尊云何菩薩摩訶薩修治常樂出家業善現若菩薩摩訶薩一切生處恒厭居家牢獄喧雜常欣佛法清淨出家無能為礙是為菩薩摩訶薩修治常樂出家業世尊云何菩薩摩訶薩修治愛樂佛身業善現若菩薩摩訶薩暫一覩見佛形像已乃至證得無上菩提終不捨於念佛作意是為菩薩摩訶薩修治愛樂佛身業世尊云何菩薩摩訶薩修治開闡法教業善現若菩薩摩訶薩於佛在世及涅槃後為諸有情開闡法教初中後善文義巧妙純一圓滿清白梵行所謂契經應頌記別諷頌自說緣起譬喻本事本生方廣希法論義是為菩薩摩訶薩修治開闡法教業世尊云何菩薩摩訶薩修治破憍慢業善現若菩薩摩訶薩常懷謙敬伏憍慢心由此不生下姓卑族是為菩薩摩訶薩修治破憍慢業世尊云何菩薩摩訶薩修治恒諦語業善現若菩薩摩訶薩稱知而說言行相符是為菩薩摩訶薩修治恒諦語業世尊云何菩薩摩訶薩清淨禁戒善現若菩薩摩訶薩不起聲聞獨覺作意及餘破戒障菩提法是為菩薩摩訶薩清淨禁戒世尊云何菩薩摩訶薩知恩報恩善現若菩薩摩訶薩行菩薩行時於得小恩尚不忘報況大恩惠而當不酬是為菩薩摩訶薩知恩報恩世尊云何菩薩摩

訶薩住安忍力善現若菩薩摩訶薩設諸有情來見侵毀而於彼所無恚害心是爲菩薩摩訶薩住安忍力世尊云何菩薩摩訶薩受勝歡喜善現若菩薩摩訶薩所化有情既得成熟身心適悅受勝歡喜是爲菩薩摩訶薩受勝歡喜世尊云何菩薩摩訶薩不捨有情善現若菩薩摩訶薩拔濟有情心恒不捨是爲菩薩摩訶薩不捨有情世尊云何菩薩摩訶薩恒起大悲善現若菩薩摩訶薩行菩薩行時作如是念我爲饒益一切有情假使各如無量無數殑伽沙劫處大地獄受諸劇苦或燒或煑或斫或截若刺若懸若磨若擣受如是等無量苦事爲欲令彼乘於佛乘而般涅槃如是一切有情界盡而大悲心曾無厭倦是爲菩薩摩訶薩恒起大悲世尊云何菩薩摩訶薩於諸師長以敬信心諮承供養如事佛想善現若菩薩摩訶薩爲求無上正等菩提恭順師長都無所顧是爲菩薩摩訶薩於諸師長以敬信心諮承供養如事佛想世尊云何菩薩摩訶薩勤求修習波羅蜜多善現若菩薩摩訶薩於諸波羅蜜多專心求學遠離餘事是爲菩薩摩訶薩勤求修習波羅蜜多世尊云何菩薩摩訶薩勤求多聞常無厭足於所聞法不著文字善現若菩薩摩訶薩發勤精進作是念言若此佛土若十方界諸佛世尊所說正法我皆聽習讀誦受持而於其中不著文字是爲菩薩摩訶薩勤求多聞常無厭足於所聞法不著文字世尊云何菩薩摩訶薩以無染心常行法施雖廣聞化而不自高善現若菩薩摩訶薩爲諸有情宣

說正法尚不自爲持此善根回向菩提況求餘事雖多化導而不自恃是爲菩薩摩訶薩以無染心常行法施雖廣開化而不自高世尊云何菩薩摩訶薩爲嚴淨土植諸善根雖用回向而不自舉善現若菩薩摩訶薩勇猛精進修諸善根爲欲莊嚴諸佛淨國及爲清淨自他心土雖爲是事而不自高是爲菩薩摩訶薩爲嚴淨土植諸善根雖用回向而不自舉世尊云何菩薩摩訶薩爲化有情雖不厭倦無邊生死而不自高善現若菩薩摩訶薩爲欲成熟一切有情植諸善根嚴淨佛土乃至未滿一切智智雖受無邊生死勤苦而無厭倦亦不自高是爲菩薩摩訶薩爲化有情雖不厭倦無邊生死而不自高世尊云何菩薩摩訶薩雖住慚愧而無所著善現若菩

薩摩訶薩專求無上正等菩提於諸聲聞獨覺作意具慚愧故終不暫起而於其中亦無所著是爲菩薩摩訶薩雖住慚愧而無所著世尊云何菩薩摩訶薩住阿練若常不捨離善現若菩薩摩訶薩爲求無上正等菩提超諸聲聞獨覺等地故常不捨阿練若處是爲菩薩摩訶薩住阿練若常不捨離世尊云何菩薩摩訶薩少欲善現若菩薩摩訶薩尚不自爲求大菩提況欲世間利譽等事是爲菩薩摩訶薩少欲世尊云何菩薩摩訶薩喜足善現若菩薩摩訶薩專爲證得一切智智故於餘事而無所著是爲菩薩摩訶薩喜足世尊云何菩薩摩訶薩常不捨離杜多功德善現若菩薩摩訶薩常於深法起諦察忍是爲菩薩摩訶薩常不捨離杜多功德世尊云何

菩薩摩訶薩於諸學處未曾棄捨善現若菩薩摩訶薩於所學戒堅守不移而於其中能不取相是爲菩薩摩訶薩於諸學處未曾棄捨世尊云何菩薩摩訶薩於諸欲樂深生厭離善現若菩薩摩訶薩於妙欲樂不起欲心是爲菩薩摩訶薩於諸欲樂深生厭離世尊云何菩薩摩訶薩常能發起寂滅俱心善現若菩薩摩訶薩達一切法曾無起作是爲菩薩摩訶薩常能發起寂滅俱心世尊云何菩薩摩訶薩捨諸所有善現若菩薩摩訶薩於內外法曾無所取是爲菩薩摩訶薩捨諸所有世尊云何菩薩摩訶薩心不滯沒善現若菩薩摩訶薩於諸識住未嘗起心是爲菩薩摩訶薩心不滯沒世尊云何菩薩摩訶薩於諸所有無所顧戀善現若菩薩摩訶薩於一切物無所思惟是爲菩薩摩訶薩於諸所有無所顧戀世尊云何菩薩摩訶薩應遠離居家善現若菩薩摩訶薩志性好遊諸佛國土隨所生處常樂出家剃髮去鬚執持應器被三法服現作沙門是爲菩薩摩訶薩應遠離居家世尊云何菩薩摩訶薩應遠離苾芻尼善現若菩薩摩訶薩常應遠離諸苾芻尼不與共居如彈指頃亦復於彼不起異心是爲菩薩摩訶薩應遠離苾芻尼世尊云何菩薩摩訶薩應遠離家慳善現若菩薩摩訶薩作是思惟我應長夜利益安樂一切有情令此有情自由福力感得如是勝施主家故我於中不應慳嫉是爲菩薩摩訶薩應遠離家慳世尊云何菩薩摩訶薩應遠離衆會忿諍善現若菩薩摩訶薩作是思惟若處衆會其中

或有聲聞獨覺或說彼乘相應法要令我退失大菩提心是故定應遠離衆會復作是念諸忿諍者能使有情發起瞋害造作種種惡不善業尚違善趣況大菩提是故定應遠離忿諍是爲菩薩摩訶薩應遠離衆會忿諍世尊云何菩薩摩訶薩應遠離自讚毁他善現若菩薩摩訶薩於内外法都無所見故應遠離自讚毁他是爲菩薩摩訶薩應遠離自讚毁他世尊云何菩薩摩訶薩應遠離十不善業道善現若菩薩摩訶薩作是思惟此十惡法尚礙善趣二乘聖道況大菩提故應遠離是爲菩薩摩訶薩應遠離十不善業道世尊云何菩薩摩訶薩應遠離增上慢傲善現若菩薩摩訶薩不見有法可起慢傲是爲菩薩摩訶薩應遠離增上慢傲世尊云何菩薩摩訶薩應遠離顛倒善現若菩薩摩訶薩觀顛倒事都不可得是爲菩薩摩訶薩應遠離顛倒世尊云何菩薩摩訶薩應遠離猶豫善現若菩薩摩訶薩觀猶豫事都不可得是爲菩薩摩訶薩應遠離猶豫世尊云何菩薩摩訶薩應遠離貪瞋癡善現若菩薩摩訶薩都不見有貪瞋癡事是爲菩薩摩訶薩應遠離貪瞋癡世尊云何菩薩摩訶薩應圓滿六波羅蜜多善現若菩薩摩訶薩圓滿六種波羅蜜多超諸聲聞及獨覺地又住此六波羅蜜多佛及二乘能度五種所知海岸何等爲五一者過去二者未來三者現在四者無爲五者不可說是爲菩薩摩訶薩應圓滿六波羅蜜多世尊云何菩薩摩訶薩應遠離聲聞心善現若菩薩摩訶薩作如是念諸聲聞心非證

無上大菩提道故應遠離是爲菩薩摩訶薩應遠離聲聞心世尊云何菩薩摩訶薩應遠離獨覺心善現若菩薩摩訶薩作如是念諸獨覺心定不能得一切智智故我今者應遠離之是爲菩薩摩訶薩應遠離獨覺心世尊云何菩薩摩訶薩應遠離熱惱心善現若菩薩摩訶薩作如是念怖畏生死熱惱之心非證無上正等覺道故應遠離是爲菩薩摩訶薩應遠離熱惱心世尊云何菩薩摩訶薩見乞者來心不厭慼善現若菩薩摩訶薩作如是念此厭慼心於大菩提非能證道故我今者定應遠離是爲菩薩摩訶薩見乞者來心不厭慼世尊云何菩薩摩訶薩捨所有物無憂悔心善現若菩薩摩訶薩作如是念此憂悔心於證無上正等菩提定爲障礙故我應捨是爲菩薩摩訶薩捨所有物無憂悔心世尊云何菩薩摩訶薩於來求者終不矯誑善現若菩薩摩訶薩作如是念此矯誑心定非阿耨多羅三藐三菩提道何以故菩薩摩訶薩初發無上菩提心時作是誓言凡我所有施來求者隨欲不空如何今時而矯誑彼是爲菩薩摩訶薩於來求者終不矯誑世尊云何菩薩摩訶薩應遠離我執有情執乃至知者執見者執善現若菩薩摩訶薩觀我有情乃至知者見者畢竟不可得故是爲菩薩摩訶薩應遠離我執有情執乃至知者執見者執世尊云何菩薩摩訶薩應遠離斷執善現若菩薩摩訶薩觀一切法畢竟不生無斷義故是爲菩薩摩訶薩應遠離斷執世尊云何菩薩摩訶薩應遠離常執善現若菩薩摩訶

薩觀一切法無常性故是爲菩薩摩訶薩應遠離常執世尊云何菩薩摩訶薩應遠離相想善現若菩薩摩訶薩觀雜染性不可得故是爲菩薩摩訶薩應遠離相想世尊云何菩薩摩訶薩應遠離因等見執善現若菩薩摩訶薩都不見有諸見性故是爲菩薩摩訶薩應遠離因等見執世尊云何菩薩摩訶薩應遠離名色執善現若菩薩摩訶薩觀名色性都不可得是爲菩薩摩訶薩應遠離名色執世尊云何菩薩摩訶薩應遠離蘊執善現若菩薩摩訶薩觀五蘊性都不可得是爲菩薩摩訶薩應遠離蘊執世尊云何菩薩摩訶薩應遠離處執善現若菩薩摩訶薩觀十二處性都不可得是爲菩薩摩訶薩應遠離處執世尊云何菩薩摩訶薩應遠離界執善現若菩薩摩訶薩觀十八界等性都不可得是爲菩薩摩訶薩應遠離界執世尊云何菩薩摩訶薩應遠離諦執善現若菩薩摩訶薩觀諸諦性都不可得是爲菩薩摩訶薩應遠離諦執世尊云何菩薩摩訶薩應遠離緣起執善現若菩薩摩訶薩觀諸緣起性不可得故是爲菩薩摩訶薩應遠離緣起執世尊云何菩薩摩訶薩應遠離住著三界執善現若菩薩摩訶薩觀三界性都不可得是爲菩薩摩訶薩應遠離住著三界執世尊云何菩薩摩訶薩應遠離一切法執善現若菩薩摩訶薩觀諸法性皆如虛空都不可得是爲菩薩摩訶薩應遠離一切法執世尊云何菩薩摩訶薩應遠離於一切法如理不如理執善現若菩薩摩訶薩觀諸法性都不可得無有如理不

如理性是爲菩薩摩訶薩應遠離於一切法如理不如理執世尊云何菩薩摩訶薩應遠離依佛見執善現若菩薩摩訶薩知依佛見執不得見佛故是爲菩薩摩訶薩應遠離依佛見執世尊云何菩薩摩訶薩應遠離依法見執善現若菩薩摩訶薩達眞法性不可見故是爲菩薩摩訶薩應遠離依法見執世尊云何菩薩摩訶薩應遠離依僧見執善現若菩薩摩訶薩知和合衆無相無爲不可見故是爲菩薩摩訶薩應遠離依僧見執世尊云何菩薩摩訶薩應遠離依戒見執善現若菩薩摩訶薩知罪福性俱非有故是爲菩薩摩訶薩應遠離依戒見執世尊云何菩薩摩訶薩應遠離怖畏空法善現若菩薩摩訶薩觀諸空法皆無自性所怖畏事畢竟非有是爲菩薩摩訶薩應遠離怖畏空法世尊云何菩薩摩訶薩應遠離違背空性善現若菩薩摩訶薩觀一切法自性皆空非空與空有違背故是爲菩薩摩訶薩應遠離違背空性世尊云何菩薩摩訶薩應圓滿通達空善現若菩薩摩訶薩達一切法自相皆空是爲菩薩摩訶薩應圓滿通達空世尊云何菩薩摩訶薩應圓滿證無相善現若菩薩摩訶薩不思惟一切相是爲菩薩摩訶薩應圓滿證無相世尊云何菩薩摩訶薩應圓滿知無願善現若菩薩摩訶薩於三界法心無所住是爲菩薩摩訶薩應圓滿知無願世尊云何菩薩摩訶薩應圓滿三輪清淨善現若菩薩摩訶薩具足清淨十善業道是爲菩薩摩訶薩應圓滿三輪清淨世尊云何菩薩摩訶薩應圓滿悲

愍有情及於有情無所執著善現若菩薩摩訶薩已得大悲及嚴淨土是爲菩薩摩訶薩應圓滿悲愍有情及於有情無所執著世尊云何菩薩摩訶薩應圓滿一切法平等見及於此中無所執著善現若菩薩摩訶薩於一切法不增不減及於此中無取無住是爲菩薩摩訶薩應圓滿一切法平等見及於此中無所執著世尊云何菩薩摩訶薩應圓滿一切有情平等見及於此中無所執著善現若菩薩摩訶薩於諸有情不增不減及於此中無取無住是爲菩薩摩訶薩應圓滿一切有情平等見及於此中無所執著世尊云何菩薩摩訶薩應圓滿通達眞實理趣及於此中無所執著善現若菩薩摩訶薩於一切法眞實理趣雖如實通達而無所通達及於此中無取無住是爲菩薩摩訶薩應圓滿通達眞實理趣及於此中無所執著世尊云何菩薩摩訶薩應圓滿無生忍智善現若菩薩摩訶薩忍一切法無生無滅無所造作及知名色畢竟不生是爲菩薩摩訶薩應圓滿無生忍智世尊云何菩薩摩訶薩應圓滿說一切法一相理趣善現若菩薩摩訶薩於一切法行不二相是爲菩薩摩訶薩應圓滿說一切法一相理趣世尊云何菩薩摩訶薩應圓滿滅除分別善現若菩薩摩訶薩於一切法不起分別是爲菩薩摩訶薩應圓滿滅除分別世尊云何菩薩摩訶薩應圓滿遠離諸想善現若菩薩摩訶薩遠離一切小大無量想是爲菩薩摩訶薩應圓滿遠離諸想世尊云何菩薩摩訶薩應圓滿遠離諸見善現若菩薩摩

訶薩遠離一切聲聞獨覺等見是爲菩薩摩訶薩應圓滿遠離諸見世尊云何菩薩摩訶薩應圓滿遠離煩惱善現若菩薩摩訶薩棄捨一切有漏煩惱習氣相續是爲菩薩摩訶薩應圓滿遠離煩惱世尊云何菩薩摩訶薩應圓滿奢摩他毗鉢舍那地善現若菩薩摩訶薩修一切智道相智一切相智是爲菩薩摩訶薩應圓滿奢摩他毗鉢舍那地世尊云何菩薩摩訶薩應圓滿調伏心性善現若菩薩摩訶薩於三界法不樂不動是爲菩薩摩訶薩應圓滿調伏心性世尊云何菩薩摩訶薩應圓滿寂靜心性善現若菩薩摩訶薩善攝六根是爲菩薩摩訶薩應圓滿寂靜心性世尊云何菩薩摩訶薩應圓滿無礙智性善現若菩薩摩訶薩修得佛眼是爲菩薩摩訶薩應圓滿無礙智性世尊云何菩薩摩訶薩應圓滿無所愛染善現若菩薩摩訶薩於外六處能善棄捨是爲菩薩摩訶薩應圓滿無所愛染世尊云何菩薩摩訶薩應圓滿隨心所欲往諸佛土於佛衆會自現其身善現若菩薩摩訶薩修勝神通從一佛國趣一佛國供養恭敬尊重讚歎諸佛世尊請轉法輪饒益一切是爲菩薩摩訶薩應圓滿隨心所欲往諸佛土於佛衆會自現其身世尊云何菩薩摩訶薩應圓滿悟入一切有情心行善現若菩薩摩訶薩以一心智如實遍知一切有情心心所法是爲菩薩摩訶薩應圓滿悟入一切有情心行世尊云何菩薩摩訶薩應圓滿遊戲諸神通善現若菩薩摩訶薩遊戲種種自在神通爲見佛故從一佛國趣一佛國

亦復不生遊佛國想是爲菩薩摩訶薩應圓滿遊戲諸神通世尊云何菩薩摩訶薩應圓滿見諸佛土如其所見而自嚴淨種種佛土善現若菩薩摩訶薩住一佛土能見十方無邊佛國亦能示現而曾不生佛國土想又爲成熟諸有情故現處三千大千世界轉輪王位而自莊嚴亦能棄捨而無所執是爲菩薩摩訶薩應圓滿見諸佛土如其所見而自嚴淨種種佛土世尊云何菩薩摩訶薩應圓滿供養承事諸佛世尊於如來身如實觀察善現若菩薩摩訶薩爲欲饒益諸有情故於法義趣如實分別如是名爲以法供養承事諸佛又諦觀察諸佛法身是爲菩薩摩訶薩應圓滿供養承事諸佛世尊於如來身如實觀察世尊云何菩薩摩訶薩應圓滿知諸有情根勝劣智善現若菩薩摩訶薩住佛十力如實了知一切有情諸根勝劣是爲菩薩摩訶薩應圓滿知諸有情根勝劣智世尊云何菩薩摩訶薩應圓滿嚴淨佛土善現若菩薩摩訶薩以無所得而爲方便嚴淨一切有情心行是爲菩薩摩訶薩應圓滿嚴淨佛土世尊云何菩薩摩訶薩應圓滿如幻等持數入諸定善現若菩薩摩訶薩住此等持雖能成辦一切事業而心不動又修等持極成熟故不作加行數數現前是爲菩薩摩訶薩應圓滿如幻等持數入諸定世尊云何菩薩摩訶薩應圓滿隨諸有情善根應熟故入諸有自現化生善現若菩薩摩訶薩爲欲成熟諸有情類殊勝善根隨其所宜故入諸有而現受生是爲菩薩摩訶薩隨諸有情善根應熟故入

諸有自現化生世尊云何菩薩摩訶薩應圓滿攝受無邊處所大願隨有所願皆令圓滿善現若菩薩摩訶薩已具修六波羅蜜多極圓滿故或爲嚴淨諸佛國土或爲成熟諸有情類隨心所願皆得圓滿是爲菩薩摩訶薩應圓滿攝受無邊處所大願隨有所願皆令圓滿世尊云何菩薩摩訶薩應圓滿隨諸天龍藥叉健達縛阿素洛揭路荼緊捺洛莫呼洛伽人非人等異類音智善現若菩薩摩訶薩修習殊勝詞無礙解善知有情言音差別是爲菩薩摩訶薩應圓滿隨諸天龍藥叉健達縛阿素洛揭路荼緊捺洛莫呼洛伽人非人等異類音智世尊云何菩薩摩訶薩應圓滿無礙辯說智善現若菩薩摩訶薩修習殊勝辯無礙解爲諸有情能無盡說是爲菩薩

摩訶薩應圓滿無礙辯說智世尊云何菩薩摩訶薩應圓滿入胎具足善現若菩薩摩訶薩雖一切生處實恒化生而爲饒益有情現入胎藏於中具足種種勝事是爲菩薩摩訶薩應圓滿入胎具足世尊云何菩薩摩訶薩應圓滿出生具足善現若菩薩摩訶薩於出胎時示現種種希有勝事令諸有情見者歡喜獲大利樂是爲菩薩摩訶薩應圓滿出生具足世尊云何菩薩摩訶薩應圓滿家族具足善現若菩薩摩訶薩或生刹帝利大族姓家或生婆羅門大族姓家所稟父母無可譏嫌是爲菩薩摩訶薩應圓滿家族具足世尊云何菩薩摩訶薩應圓滿種姓具足善現若菩薩摩訶薩常預過去諸大菩薩種姓中生是爲菩薩摩訶薩應圓滿種姓具足世尊云

何菩薩摩訶薩應圓滿眷屬具足善現若菩薩摩訶薩純以無量無數菩薩而為眷屬非諸雜類是為菩薩摩訶薩應圓滿眷屬具足世尊云何菩薩摩訶薩應圓滿生身具足善現若菩薩摩訶薩於初生時其身具足一切相好放大光明遍照無邊諸佛世界亦令彼界六種變動有情遇者無不蒙益是為菩薩摩訶薩應圓滿生身具足世尊云何菩薩摩訶薩應圓滿出家具足善現若菩薩摩訶薩於出家時無量無數天龍藥叉人非人等之所翼從往詣道場剃除鬚髮服三法衣受持應器引導無量無數有情令乘三乘而趣圓寂是為菩薩摩訶薩應圓滿出家具足世尊云何菩薩摩訶薩應圓滿莊嚴菩提樹具足善現若菩薩摩訶薩殊勝善根廣大願力感得如是妙菩提樹吠瑠璃寶以為其莖真金為根枝葉花果皆以上妙七寶所成其樹高廣遍覆三千大千佛土光明照耀周遍十方殑伽沙等諸佛世界是為菩薩摩訶薩應圓滿莊嚴菩提樹具足世尊云何菩薩摩訶薩應圓滿一切功德具足善現若菩薩摩訶薩滿足殊勝福慧資糧成熟有情嚴淨佛土是為菩薩摩訶薩應圓滿一切功德具足

大般若波羅蜜多經卷第五十四

音釋

苾芻 苾薄密切芻楚俱切草名含五義一體性柔輭二引蔓旁布三馨香遠聞四能療疼痛五不背日光以比丘之德似之故名比丘為苾芻

猶豫 豫羊茹切猶獸名性多疑故以事不決者為猶豫

矯誑 矯舉夭切詐也誑古況切欺也

健達縛 梵語也亦云乾闥婆此云香陰帝釋樂神也健渠建切

揭路荼

梵語也亦云迦樓羅此云金翅鳥揭居謁切荼同都切

緊捺洛 梵語也亦云緊那羅此云疑神又云人非人捺乃八切

殑伽 梵語也此云天堂來河名以從高處來故殑其拯其陵二切伽求迦切

劇苦 劇竭戟切甚也

大般若波羅蜜多經卷第五十五

唐三藏法師玄奘奉　詔譯

初分辯大乘品第十五之五

世尊云何當知已圓滿第十法雲地菩薩摩訶薩與諸如來應言無異善現是菩薩摩訶薩已圓滿六波羅蜜多已圓滿四靜慮四無量四無色定已圓滿四念住四正斷四神足五根五力七等覺支八聖道支已圓滿空無相無願解脫門已圓滿五眼六神通已圓滿佛十力四無所畏四無礙解大慈大悲大喜大捨十八佛不共法一切智道相智一切相智已圓滿一切佛法故若復永斷一切煩惱習氣相續便住佛地是故當知已圓滿第十法雲地菩薩摩訶薩與諸如來應言無異爾時具壽善現白佛言世尊云何第十法雲地菩薩摩訶薩趣如來地佛言善現是菩薩摩訶薩方便善巧行六波羅蜜多修靜慮無量無色定三十七菩提分法三解脫門學五眼六神通佛十力四無所畏四無礙解大慈大悲大喜大捨十八佛不共法一切智道相智一切相智一切佛法已圓滿故超過淨觀地種性地第八地具見地薄地離欲地已辦地獨覺地及菩薩十地永斷煩惱習氣相續便成如來應正等覺善現如是第十法雲地菩薩摩訶薩趣如來地善現當知是為菩薩摩訶薩發趣大乘復次善現汝問如是大乘從何處出至何處住者善現如是大乘從三界中出至一切智智中住由為一切智智而出三界故然無二故無出無至所以者何若大乘若一切智智如是二法非相應非不相應

非有色非無色非有見非無見非有對非無對咸同一相所謂無相無相之法無出無至何以故善現無相之法非已出已至非當出當至非今出今至故善現其有欲令無相之法有出有至者則爲欲令眞如有出有至所以者何眞如不能從三界中出亦不能至一切智智中住何以故善現眞如眞如自性空故善現其有欲令無相之法有出有至者則爲欲令法界法性不虚妄性不變異性平等性離生性不思議界虚空界斷界離界滅界無性界無相界無作界無爲界安隱界寂靜界法定法住本無實際有出有至所以者何法界乃至實際不能從三界中出亦不能至一切智智中住何以故善現法界法界自性空乃至實際實際自性空故善現其有欲令

無相之法有出有至者則爲欲令色有出有至所以者何色不能從三界中出亦不能至一切智智中住何以故善現色色自性空故善現其有欲令無相之法有出有至者則爲欲令受想行識有出有至所以者何受想行識不能從三界中出亦不能至一切智智中住何以故善現受想行識受想行識自性空故善現其有欲令無相之法有出有至者則爲欲令眼處有出有至所以者何眼處不能從三界中出亦不能至一切智智中住何以故善現眼處眼處自性空故善現其有欲令無相之法有出有至者則爲欲令耳鼻舌身意處有出有至所以者何耳鼻舌身意處不能從三界中出亦不能至一切智智中住何以故善現耳鼻舌身意處耳鼻舌身意處自

性空故善現其有欲令無相之法有出有至者則爲欲令色處有出有至所以者何色處不能從三界中出亦不能至一切智智中住何以故善現色處色處自性空故善現其有欲令無相之法有出有至者則爲欲令聲香味觸法處有出有至所以者何聲香味觸法處不能從三界中出亦不能至一切智智中住何以故善現聲香味觸法處聲香味觸法處自性空故善現其有欲令無相之法有出有至者則爲欲令眼界有出有至所以者何眼界不能從三界中出亦不能至一切智智中住何以故善現眼界眼界自性空故善現其有欲令無相之法有出有至者則爲欲令色界眼識界及眼觸眼觸爲緣所生諸受有出有至所以者何色界乃至眼觸爲緣所生諸受不能從三界中出亦不能至一切智智中住何以故善現色界色界自性空乃至眼觸眼觸爲緣所生諸受眼觸爲緣所生諸受自性空故善現其有欲令無相之法有出有至者則爲欲令耳界有出有至所以者何耳界不能從三界中出亦不能至一切智智中住何以故善現耳界耳界自性空故善現其有欲令無相之法有出有至者則爲欲令聲界耳識界及耳觸耳觸爲緣所生諸受有出有至所以者何聲界乃至耳觸爲緣所生諸受不能從三界中出亦不能至一切智智中住何以故善現聲界聲界自性空乃至耳觸爲緣所生諸受耳觸爲緣所生諸受自性空故善現其有欲令無相之法有出有至者則爲欲令鼻界有出有至所以者何鼻界不能從三

界中出亦不能至一切智智中住何以故善現鼻界鼻界自性空故善現其有欲令無相之法有出有至者則爲欲令香界鼻識界及鼻觸鼻觸爲緣所生諸受有出有至所以者何香界乃至鼻觸爲緣所生諸受不能從三界中出亦不能至一切智智中住何以故善現香界香界自性空乃至鼻觸爲緣所生諸受鼻觸爲緣所生諸受自性空故善現其有欲令無相之法有出有至者則爲欲令舌界有出有至所以者何舌界不能從三界中出亦不能至一切智智中住何以故善現舌界舌界自性空故善現其有欲令無相之法有出有至者則爲欲令味界舌識界及舌觸舌觸爲緣所生諸受有出有至所以者何味界乃至舌觸爲緣所生諸受不能從三界中出亦不能至一切智智中住何以故善現味界味界自性空乃至舌觸爲緣所生諸受舌觸爲緣所生諸受自性空故善現其有欲令無相之法有出有至者則爲欲令身界有出有至所以者何身界不能從三界中出亦不能至一切智智中住何以故善現身界身界自性空故善現其有欲令無相之法有出有至者則爲欲令觸界身識界及身觸身觸爲緣所生諸受有出有至所以者何觸界乃至身觸爲緣所生諸受不能從三界中出亦不能至一切智智中住何以故善現觸界觸界自性空乃至身觸爲緣所生諸受身觸爲緣所生諸受自性空故善現其有欲令無相之法有出有至者則爲欲令意界有出有至所以者何意界不能從三界中出亦不能至一切

智智中住何以故善現意界意界自性空故善現其有欲令無相之法有出有至者則爲欲令法界意識界及意觸意觸爲緣所生諸受有出有至所以者何法界乃至意觸爲緣所生諸受不能從三界中出亦不能至一切智智中住何以故善現法界法界自性空乃至意觸爲緣所生諸受意觸爲緣所生諸受自性空故善現其有欲令無相之法有出有至者則爲欲令地界有出有至所以者何地界不能從三界中出亦不能至一切智智中住何以故善現地界地界自性空故善現其有欲令無相之法有出有至者則爲欲令水火風空識界有出有至所以者何水火風空識界不能從三界中出亦不能至一切智智中住何以故善現水火風空識界水火風空

識界自性空故善現其有欲令無相之法有出有至者則爲欲令苦聖諦有出有至所以者何苦聖諦不能從三界中出亦不能至一切智智中住何以故善現苦聖諦苦聖諦自性空故善現其有欲令無相之法有出有至者則爲欲令集滅道聖諦有出有至所以者何集滅道聖諦不能從三界中出亦不能至一切智智中住何以故善現集滅道聖諦集滅道聖諦自性空故善現其有欲令無相之法有出有至者則爲欲令無明有出有至所以者何無明不能從三界中出亦不能至一切智智中住何以故善現無明無明自性空故善現其有欲令無相之法有出有至者則爲欲令行識名色六處觸受愛取有生老死愁歎苦憂惱有出有至所以者何行乃至老

死愁歎苦憂惱不能從三界中出亦不能至一切智智中住何以故善現行行自性空乃至老死愁歎苦憂惱老死愁歎苦憂惱自性空故善現其有欲令無相之法有出有至者則爲欲令幻事有出有至所以者何幻事不能從三界中出亦不能至一切智智中住何以故善現幻事幻事自性空故善現其有欲令無相之法有出有至者則爲欲令夢境像響光影空花陽焰尋香城變化事有出有至所以者何夢境乃至變化事不能從三界中出亦不能至一切智智中住何以故善現夢境夢境自性空乃至變化事變化事自性空故善現其有欲令無相之法有出有至者則爲欲令內空有出有至所以者何內空不能從三界中出亦不能至一切智智中住何以故善現內空內空自性空故善現其有欲令無相之法有出有至者則爲欲令外空內外空空空大空勝義空有爲空無爲空畢竟空無際空散空無變異空本性空自相空共相空一切法空不可得空無性空自性空無性自性空有出有至所以者何外空乃至無性自性空不能從三界中出亦不能至一切智智中住何以故善現外空外空自性空乃至無性自性空無性自性空自性空故善現其有欲令無相之法有出有至者則爲欲令布施波羅蜜多有出有至所以者何布施波羅蜜多不能從三界中出亦不能至一切智智中住何以故善現布施波羅蜜多布施波羅蜜多自性空故善現其有欲令無相之法有出有至者則爲欲令淨戒安忍精進靜慮般

若波羅蜜多有出有至所以者何淨戒安忍精進靜慮般若波羅蜜多不能從三界中出亦不能至一切智智中住何以故善現淨戒安忍精進靜慮般若波羅蜜多淨戒安忍精進靜慮般若波羅蜜多自性空故善現其有欲令無相之法有出有至者則爲欲令四靜慮有出有至所以者何四靜慮不能從三界中出亦不能至一切智智中住何以故善現四靜慮四靜慮自性空故善現其有欲令無相之法有出有至者則爲欲令四無量四無色定有出有至所以者何四無量四無色定不能從三界中出亦不能至一切智智中住何以故善現四無量四無色定四無量四無色定自性空故善現其有欲令無相之法有出有至者則爲欲令四念住有出有至所以者何四念住不能從三界中出亦不能至一切智智中住何以故善現四念住四念住自性空故善現其有欲令無相之法有出有至者則爲欲令四正斷四神足五根五力七等覺支八聖道支有出有至所以者何四正斷乃至八聖道支不能從三界中出亦不能至一切智智中住何以故善現四正斷四正斷自性空乃至八聖道支八聖道支自性空故善現其有欲令無相之法有出有至者則爲欲令空解脱門有出有至所以者何空解脱門不能從三界中出亦不能至一切智智中住何以故善現空解脱門空解脱門自性空故善現其有欲令無相之法有出有至者則爲欲令無相無願解脱門有出有至所以者何無相無願解脱門不能從三界中出亦不

能至一切智智中住何以故善現無相無願解脱門無相無願解脱門自性空故善現其有欲令無相之法有出有至者則爲欲令五眼有出有至所以者何五眼不能從三界中出亦不能至一切智智中住何以故善現五眼五眼自性空故善現其有欲令無相之法有出有至者則爲欲令六神通有出有至所以者何六神通不能從三界中出亦不能至一切智智中住何以故善現六神通六神通自性空故善現其有欲令無相之法有出有至者則爲欲令佛十力有出有至所以者何佛十力不能從三界中出亦不能至一切智智中住何以故善現佛十力佛十力自性空故善現其有欲令無相之法有出有至者則爲欲令四無所畏四無礙解大慈大悲大喜大捨十八佛不共法一切智道相智一切相智有出有至所以者何四無所畏乃至一切相智不能從三界中出亦不能至一切智智中住何以故善現四無所畏四無所畏自性空乃至一切相智一切相智自性空故善現其有欲令無相之法有出有至者則爲欲令預流者惡趣生有出有至所以者何預流者惡趣生不能從三界中出亦不能至一切智智中住何以故善現預流者惡趣生預流者惡趣生自性空故善現其有欲令無相之法有出有至者則爲欲令一來者頻來生不還者欲界生摩訶薩自利生阿羅漢獨覺三藐三佛陀後有生有出有至所以者何一來者頻來生乃至三藐三佛陀後有生不能從三界中出亦不能至一切智智中住何以故善

現一來者頻來生一來者頻來生自性空乃至三藐三佛陀三藐三佛陀自性空故善現其有欲令無相之法有出有至者則爲欲令預流向預流果有出有至所以者何預流向預流果不能從三界中出亦不能至一切智智中住何以故善現預流向預流果預流向預流果自性空故善現其有欲令無相之法有出有至者則爲欲令一來向一來果不還向不還果阿羅漢向阿羅漢果獨覺向獨覺果菩薩如來有出有至所以者何一來向一來果乃至如來不能從三界中出亦不能至一切智智中住何以故善現一來向一來果一來向一來果自性空乃至如來如來自性空故善現其有欲令無相之法有出有至者則爲欲令名字假想施設言說有出有至所以者何名字假想施設言說不能從三界中出亦不能至一切智智中住何以故善現名字假想施設言說名字假想施設言說自性空故善現其有欲令無相之法有出有至者則爲欲令無生無滅無染無淨無相無爲有出有至所以者何無生無滅無染無淨無相無爲不能從三界中出亦不能至一切智智中住何以故善現無生無滅無染無淨無相無爲無生無滅無染無淨無相無爲自性空故善現由此緣故如是大乘從三界中出至一切智智中住以無二故無出無至無相之法無動轉故復次善現汝問如是大乘爲何所住者善現如是大乘都無所住所以者何以一切法皆無所住何以故諸法住處不可得故善現然此大乘住無所住善現如眞如

性非住非不住大乘亦爾非住非不住所以者何以真如性無住無不住何以故善現真如性真如性空故善現如法界法性不虛妄性不變異性平等性離生性不思議界虛空界斷界離界滅界無性界無相界無作界無為界安隱界寂靜界法定法住本無實際性非住非不住大乘亦爾非住非不住所以者何以法界性乃至實際性無住無不住何以故善現法界性法界性空乃至實際性實際性空故善現如色性非住非不住大乘亦爾非住非不住所以者何以色性無住無不住何以故善現色性色性空故善現如受想行識性非住非不住大乘亦爾非住非不住所以者何以受想行識性無住無不住何以故善現受想行識性受想行識性空故善現如

眼處性非住非不住大乘亦爾非住非不住所以者何以眼處性無住無不住何以故善現眼處性眼處性空故善現如耳鼻舌身意處性非住非不住大乘亦爾非住非不住所以者何以耳鼻舌身意處性無住無不住何以故善現耳鼻舌身意處性耳鼻舌身意處性空故善現如色處性非住非不住大乘亦爾非住非不住所以者何以色處性無住無不住何以故善現色處性色處性空故善現如聲香味觸法處性非住非不住大乘亦爾非住非不住所以者何以聲香味觸法處性無住無不住何以故善現聲香味觸法處性聲香味觸法處性空故善現如眼界性非住非不住大乘亦爾非住非不住所以者何以眼界性無住無不住何以故善現眼界性眼

界性空故善現如色界眼識界及眼觸眼觸爲緣所生諸受性非住非不住大乘亦爾非住非不住所以者何以色界性乃至眼觸爲緣所生諸受性無住無不住何以故善現色界性色界性空乃至眼觸爲緣所生諸受性眼觸爲緣所生諸受性空故善現如耳界性非住非不住大乘亦爾非住非不住所以者何以耳界性無住無不住何以故善現耳界性耳界性空故善現如聲界耳識界及耳觸耳觸爲緣所生諸受性非住非不住大乘亦爾非住非不住所以者何以聲界性乃至耳觸爲緣所生諸受性無住無不住何以故善現聲界性聲界性空乃至耳觸爲緣所生諸受性耳觸爲緣所生諸受性空故善現如鼻界性非住非不住大乘亦爾非住非不住所以者何以鼻界性無住無不住何以故善現鼻界性鼻界性空故善現如香界鼻識界及鼻觸鼻觸爲緣所生諸受性非住非不住大乘亦爾非住非不住所以者何以香界性乃至鼻觸爲緣所生諸受性無住無不住何以故善現香界性香界性空乃至鼻觸爲緣所生諸受性鼻觸爲緣所生諸受性空故善現如舌界性非住非不住大乘亦爾非住非不住所以者何以舌界性無住無不住何以故善現舌界性舌界性空故善現如味界舌識界及舌觸舌觸爲緣所生諸受性非住非不住大乘亦爾非住非不住所以者何以味界性乃至舌觸爲緣所生諸受性無住無不住何以故善現味界性味界性空乃至舌觸爲緣所生諸受性舌觸爲緣所生諸受性空故

善現如身界性非住非不住大乘亦爾非住非不住所以者何以身界性無住無不住何以故善現身界性身界性空故善現如觸界身識界及身觸身觸爲緣所生諸受性非住非不住大乘亦爾非住非不住所以者何以觸界性乃至身觸爲緣所生諸受性無住無不住何以故善現觸界性觸界性空乃至身觸爲緣所生諸受性身觸爲緣所生諸受性空故善現如意界性非住非不住大乘亦爾非住非不住所以者何以意界性無住無不住何以故善現意界性意界性空故善現如法界意識界及意觸意觸爲緣所生諸受性非住非不住大乘亦爾非住非不住所以者何以法界性乃至意觸爲緣所生諸受性無住無不住何以故善現法界性法界性空乃至意觸爲緣所生諸受性意觸爲緣所生諸受性空故善現如地界性非住非不住大乘亦爾非住非不住所以者何以地界性無住無不住何以故善現地界性地界性空故善現如水火風空識界性非住非不住大乘亦爾非住非不住所以者何以水火風空識界性無住無不住何以故善現水火風空識界性水火風空識界性空故善現如苦聖諦性非住非不住大乘亦爾非住非不住所以者何以苦聖諦性無住無不住何以故善現苦聖諦性苦聖諦性空故善現如集滅道聖諦性非住非不住大乘亦爾非住非不住所以者何以集滅道聖諦性無住無不住何以故善現集滅道聖諦性集滅道聖諦性空故善現如無明性非住非不住大乘亦爾非住非

不住所以者何以無明性無住無不住何以故善現無明性無明性空故善現如行識名色六處觸受愛取有生老死愁歎苦憂惱性非住非不住大乘亦爾非住非不住所以者何以行性乃至老死愁歎苦憂惱性無住無不住何以故善現行性行性空乃至老死愁歎苦憂惱性老死愁歎苦憂惱性空故善現如幻事性非住非不住大乘亦爾非住非不住所以者何以幻事性無住無不住何以故善現幻事性幻事性空故善現如夢境像響光影空花陽焰尋香城變化事性非住非不住大乘亦爾非住非不住所以者何以夢境性乃至變化事性無住無不住何以故善現夢境性夢境性空乃至變化事性變化事性空故善現如內空性非住非不住大乘亦爾

非住非不住所以者何以內空性無住無不住何以故善現內空性內空性空故善現如外空內外空空空大空勝義空有爲空無爲空畢竟空無際空散空無變異空本性空自相空共相空一切法空不可得空無性空自性空無性自性空性非住非不住大乘亦爾非住非不住所以者何以外空性乃至無性自性空性無住無不住何以故善現外空性外空性空乃至無性自性空性無性自性空性空故善現如布施波羅蜜多性非住非不住大乘亦爾非住非不住所以者何以布施波羅蜜多性無住無不住何以故善現布施波羅蜜多性布施波羅蜜多性空故善現如淨戒安忍精進靜慮般若波羅蜜多性非住非不住大乘亦爾非住非不住所以者何以

淨戒安忍精進靜慮般若波羅蜜多性無住無不住何以故善現淨戒安忍精進靜慮般若波羅蜜多性淨戒安忍精進靜慮般若波羅蜜多性空故善現如四靜慮性非住非不住大乘亦爾非住非不住所以者何以四靜慮性無住無不住何以故善現四靜慮性四靜慮性空故善現如四無量四無色定性非住非不住大乘亦爾非住非不住所以者何以四無量四無色定性無住無不住何以故善現四無量四無色定性四無量四無色定性空故善現如四念住性非住非不住大乘亦爾非住非不住所以者何以四念住性無住無不住何以故善現四念住性四念住性空故善現如四正斷四神足五根五力七等覺支八聖道支性非住非不住大乘亦爾非

住非不住所以者何以四正斷性乃至八聖道支性無住無不住何以故善現四正斷性四正斷性空乃至八聖道支性八聖道支性空故善現如空解脫門性非住非不住大乘亦爾非住非不住所以者何以空解脫門性無住無不住何以故善現空解脫門性空解脫門性空故善現如無相無願解脫門性非住非不住大乘亦爾非住非不住所以者何以無相無願解脫門性無住無不住何以故善現無相無願解脫門性無相無願解脫門性空故善現如五眼性非住非不住大乘亦爾非住非不住所以者何以五眼性無住無不住何以故善現五眼性五眼性空故善現如六神通性非住非不住大乘亦爾非住非不住所以者何以六神通性無住無不住何

以故善現六神通性六神通性空故善現如佛十力性非住非不住大乘亦爾非住非不住所以者何以佛十力性無住無不住何以故善現佛十力性佛十力性空故善現如四無所畏四無礙解大慈大悲大喜大捨十八佛不共法一切智道相智一切相智性非住非不住大乘亦爾非住非不住所以者何以四無所畏性乃至一切相智性無住無不住何以故善現四無所畏性四無所畏性空乃至一切相智性一切相智性空故善現如預流者惡趣生性非住非不住大乘亦爾非住非不住所以者何以預流者惡趣生性無住無不住何以故善現預流者惡趣生性預流者惡趣生性空故善現如一來者頻來生不還者欲界生摩訶薩自利生阿羅漢獨覺三藐三佛陀後有生性非住非不住大乘亦爾非住非不住所以者何以一來者頻來生性乃至三藐三佛陀後有生性無住無不住何以故善現一來者頻來生性一來者頻來生性空乃至三藐三佛陀後有生性三藐三佛陀後有生性空故善現如預流向預流果性非住非不住大乘亦爾非住非不住所以者何以預流向預流果性無住無不住何以故善現預流向預流果性預流向預流果性空故善現如一來向一來果不還向不還果阿羅漢向阿羅漢果獨覺向獨覺果菩薩如來性非住非不住大乘亦爾非住非不住所以者何以一來向一來果性乃至如來性無住無不住何以故善現一來向一來果性一來向一來果性空乃至如來性如來性空故善

現如名字假想施設言說性非住非不住大乘亦爾非住非不住所以者何以名字假想施設言說性無住無不住何以故善現名字假想施設言說性名字假想施設言說性空故善現如無生無滅無染無淨無相無爲性非住非不住大乘亦爾非住非不住所以者何以無生無滅無染無淨無相無爲性無住無不住何以故善現無生無滅無染無淨無相無爲性無生無滅無染無淨無相無爲性空故善現由此緣故如是大乘雖都無所住而住無所住復次善現汝問誰復乘是大乘而出者善現都無乘是大乘出者所以者何若所乘乘若能乘者由此爲此所出所至及出至時如是一切皆無所有都不可得何以故善現以一切法皆無所有都不可得畢竟淨故如何可言有乘乘者由爲出至及出至時善現當知我無所有不可得故乘大乘者亦不可得所以者何畢竟淨故如是有情命者生者養者士夫補特伽羅意生儒童作者使作者起者使起者受者使受者知者見者無所有不可得故乘大乘者亦不可得所以者何畢竟淨故善現當知眞如無所有不可得故乘大乘者亦不可得所以者何畢竟淨故如是法界法性不虛妄性不變異性平等性離生性不思議界虛空界斷界離界滅界無性界無相界無作界無爲界安隱界寂靜界法定法住本無實際無所有不可得故乘大乘者亦不可得所以者何畢竟淨故善現當知色無所有不可得故乘大乘者亦不可得所以者何畢竟淨故如是受想行識無所

有不可得故乘大乘者亦不可得所以者何畢竟淨故善現當知眼處無所有不可得故乘大乘者亦不可得所以者何畢竟淨故如是耳鼻舌身意處無所有不可得故乘大乘者亦不可得所以者何畢竟淨故善現當知色處無所有不可得故乘大乘者亦不可得所以者何畢竟淨故如是聲香味觸法處無所有不可得故乘大乘者亦不可得所以者何畢竟淨故善現當知眼界無所有不可得故乘大乘者亦不可得所以者何畢竟淨故如是色界眼識界及眼觸眼觸爲縁所生諸受無所有不可得故乘大乘者亦不可得所以者何畢竟淨故善現當知耳界無所有不可得故乘大乘者亦不可得所以者何畢竟淨故如是聲界耳識界及耳觸耳觸爲縁所生諸受無所有不可得故乘大乘者亦不可得所以者何畢竟淨故善現當知鼻界無所有不可得故乘大乘者亦不可得所以者何畢竟淨故如是香界鼻識界及鼻觸鼻觸爲縁所生諸受無所有不可得故乘大乘者亦不可得所以者何畢竟淨故善現當知舌界無所有不可得故乘大乘者亦不可得所以者何畢竟淨故如是味界舌識界及舌觸舌觸爲縁所生諸受無所有不可得故乘大乘者亦不可得所以者何畢竟淨故善現當知身界無所有不可得故乘大乘者亦不可得所以者何畢竟淨故如是觸界身識界及身觸身觸爲縁所生諸受無所有不可得故乘大乘者亦不可得所以者何畢竟淨故善現當知意界無所有不可得故乘大乘者亦不

可得所以者何畢竟淨故如是法界意識界及意觸意觸爲緣所生諸受無所有不可得故乘大乘者亦不可得所以者何畢竟淨故

大般若波羅蜜多經卷第五十五

大般若波羅蜜多經卷第五十六

唐三藏法師玄奘奉　詔譯

初分辯大乘品第十五之六

善現當知地界無所有不可得故乘大乘者亦不可得所以者何畢竟淨故如是水火風空識界無所有不可得故乘大乘者亦不可得所以者何畢竟淨故善現當知苦聖諦無所有不可得故乘大乘者亦不可得所以者何畢竟淨故如是集滅道聖諦無所有不可得故乘大乘者亦不可得所以者何畢竟淨故善現當知無明無所有不可得故乘大乘者亦不可得所以者何畢竟淨故如是行識名色六處觸受愛取有生老死愁歎苦憂惱無所有不可得故乘大乘者亦不可得所以者何畢竟淨故善現當知幻事無所有不可得故乘大乘者亦不可得所以者何畢竟淨故如是夢境像響光影空花陽焰尋香城變化事無所有不可得故乘大乘者亦不可得所以者何畢竟淨故善現當知內空無所有不可得故乘大乘者亦不可得所以者何畢竟淨故如是外空內外空空空大空勝義空有爲空無爲空畢竟空無際空散空無變異空本性空自相空共相空一切法空不可得空無性空自性空無性自性空無所有不可得故乘大乘者亦不可得所以者何畢竟淨故善現當知布施波羅蜜多無所有不可得故乘大乘者亦不可得所以者何畢竟淨故如是淨戒安忍精進靜慮般若波羅蜜多無所有不可得故乘大乘者亦不可得所以者何畢竟淨故善現當知四靜慮無所有不可

得故乘大乘者亦不可得所以者何畢竟淨故如是四無量四無色定無所有不可得故乘大乘者亦不可得所以者何畢竟淨故善現當知四念住無所有不可得故乘大乘者亦不可得所以者何畢竟淨故如是四正斷四神足五根五力七等覺支八聖道支無所有不可得故乘大乘者亦不可得所以者何畢竟淨故善現當知空解脫門無所有不可得故乘大乘者亦不可得所以者何畢竟淨故如是無相無願解脫門無所有不可得故乘大乘者亦不可得所以者何畢竟淨故善現當知五眼無所有不可得故乘大乘者亦不可得所以者何畢竟淨故如是六神通無所有不可得故乘大乘者亦不可得所以者何畢竟淨故善現當知佛十力無所有不可得故乘大乘者亦不可得所以者何畢竟淨故如是四無所畏四無礙解大慈大悲大喜大捨十八佛不共法一切智道相智一切相智無所有不可得故乘大乘者亦不可得所以者何畢竟淨故善現當知預流者惡趣生無所有不可得故乘大乘者亦不可得所以者何畢竟淨故如是一來者頻來生不還者欲界生摩訶薩自利生阿羅漢獨覺三藐三佛陀後有生無所有不可得故乘大乘者亦不可得所以者何畢竟淨故善現當知預流向預流果無所有不可得故乘大乘者亦不可得所以者何畢竟淨故如是一來向一來果不還向不還果阿羅漢向阿羅漢果獨覺向獨覺果菩薩如來無所有不可得故乘大乘者亦不可得所以者何畢竟淨故善現當

知名字假想施設言説無所有不可得故乘大乘者亦不可得所以者何畢竟淨故善現當知無生無滅無染無淨無相無爲無所有不可得故乘大乘者亦不可得所以者何畢竟淨故善現當知前中後際無所有不可得故乘大乘者亦不可得所以者何畢竟淨故善現當知往來無所有不可得故乘大乘者亦不可得所以者何畢竟淨故善現當知行住無所有不可得故乘大乘者亦不可得所以者何畢竟淨故善現當知無生無所有不可得故乘大乘者亦不可得所以者何畢竟淨故善現當知增減無所有不可得故乘大乘者亦不可得所以者何畢竟淨故善現當知極喜地無所有不可得故乘大乘者亦不可得所以者何畢竟淨故如是離垢地發光地焰慧地極難勝地現前地遠行地不動地善慧地法雲地無所有不可得故乘大乘者亦不可得所以者何畢竟淨故善現當知淨觀地無所有不可得故乘大乘者亦不可得所以者何畢竟淨故如是種性地第八地具見地薄地離欲地已辦地獨覺地菩薩地如來地無所有不可得故乘大乘者亦不可得所以者何畢竟淨故善現當知成熟有情無所有不可得故乘大乘者亦不可得所以者何畢竟淨故善現當知嚴淨佛土無所有不可得故乘大乘者亦不可得所以者何畢竟淨故爾時具壽善現白佛言世尊何法不可得故說我等不可得耶佛言善現我性不可得故說我不可得乃至見者性不可得故說見者不可得何以故我性乃至見者性非已

可得非當可得非現可得畢竟淨故善現眞如性不可得故說眞如不可得乃至實際性不可得故說實際不可得何以故眞如性乃至實際性非已可得非當可得非現可得畢竟淨故善現色性不可得故說色不可得乃至識性不可得故說識不可得何以故色性乃至識性非已可得非當可得非現可得畢竟淨故善現眼處性不可得故說眼處不可得乃至意處性不可得故說意處不可得何以故眼處性乃至意處性非已可得非當可得非現可得畢竟淨故善現色處性不可得故說色處不可得乃至法處性不可得故說法處不可得何以故色處性乃至法處性非已可得非當可得非現可得畢竟淨故善現眼界性不可得故說眼界不可得乃至眼觸

爲緣所生諸受性不可得故說眼觸爲緣所生諸受不可得何以故眼界性乃至眼觸爲緣所生諸受性非已可得非當可得非現可得畢竟淨故善現耳界性不可得故說耳界不可得乃至耳觸爲緣所生諸受性不可得故說耳觸爲緣所生諸受不可得何以故耳界性乃至耳觸爲緣所生諸受性非已可得非當可得非現可得畢竟淨故善現鼻界性不可得故說鼻界不可得乃至鼻觸爲緣所生諸受性不可得故說鼻觸爲緣所生諸受不可得何以故鼻界性乃至鼻觸爲緣所生諸受性非已可得非當可得非現可得畢竟淨故善現舌界性不可得故說舌界不可得乃至舌觸爲緣所生諸受性不可得故說舌觸爲緣所生諸受不可得何以故舌界性乃

至舌觸爲緣所生諸受性非已可得非當可得非現可得畢竟淨故善現身界性不可得故說身界不可得乃至身觸爲緣所生諸受性不可得故說身觸爲緣所生諸受不可得何以故身界性乃至身觸爲緣所生諸受性非已可得非當可得非現可得畢竟淨故善現意界性不可得故說意界不可得乃至意觸爲緣所生諸受性不可得故說意觸爲緣所生諸受不可得何以故意界性乃至意觸爲緣所生諸受性非已可得非當可得非現可得畢竟淨故善現地界性不可得故說地界不可得乃至識界性不可得故說識界不可得何以故地界性乃至識界性非已可得非當可得非現可得畢竟淨故善現苦聖諦性不可得故說苦聖諦不可得乃至道聖諦性不可得故說道聖諦不可得何以故苦聖諦性乃至道聖諦性非已可得非當可得非現可得畢竟淨故善現無明性不可得故說無明不可得乃至老死愁歎苦憂惱性不可得故說老死愁歎苦憂惱不可得何以故無明性乃至老死愁歎苦憂惱性非已可得非當可得非現可得畢竟淨故善現幻事性不可得故說幻事不可得乃至變化事性不可得故說變化事不可得何以故幻事性乃至變化事性非已可得非當可得非現可得畢竟淨故善現內空性不可得故說內空不可得乃至無性自性空性不可得故說無性自性空不可得何以故內空性乃至無性自性空性非已可得非當可得非現可得畢竟淨故善現布施波羅蜜多性不可得故說布施

波羅蜜多不可得乃至般若波羅蜜多性不可得故說般若波羅蜜多不可得何以故布施波羅蜜多性乃至般若波羅蜜多性非已可得非當可得非現可得畢竟淨故善現四靜慮性不可得故說四靜慮不可得乃至四無色定性不可得故說四無色定不可得何以故四靜慮性乃至四無色定性非已可得非當可得非現可得畢竟淨故善現四念住性不可得故說四念住不可得乃至八聖道支性不可得故說八聖道支不可得何以故四念住性乃至八聖道支性非已可得非當可得非現可得畢竟淨故善現空解脫門性不可得故說空解脫門不可得乃至無願解脫門性不可得故說無願解脫門不可得何以故空解脫門性乃至無願解脫門性非已可得非當可得非現可得畢竟淨故善現五眼性不可得故說五眼不可得六神通性不可得故說六神通不可得何以故五眼性六神通性非已可得非當可得非現可得畢竟淨故善現佛十力性不可得故說佛十力不可得乃至一切相智性不可得故說一切相智不可得何以故佛十力性乃至一切相智性非已可得非當可得非現可得畢竟淨故善現預流者惡趣生性不可得故說預流者惡趣生不可得乃至三藐三佛陀後有生性不可得故說三藐三佛陀後有生不可得何以故預流者惡趣生性乃至三藐三佛陀後有生性非已可得非當可得非現可得畢竟淨故善現預流向預流果性不可得故說預流向預流果不可得乃至如來性不可得故

說如來不可得何以故預流向預流果性乃至如來性非已可得非當可得非現可得畢竟淨故善現名字假想施設言說性不可得故說名字假想施設言說不可得何以故名字假想施設言說性非已可得非當可得非現可得畢竟淨故善現無生無滅無染無淨無相無爲性不可得故說無生無滅無染無淨無相無爲不可得何以故無生無滅無染無淨無相無爲性非已可得非當可得非現可得畢竟淨故善現初中後際性不可得故說初中後際不可得何以故初中後際性非已可得非當可得非現可得畢竟淨故善現往來性不可得故說往來不可得何以故往來性非已可得非當可得非現可得畢竟淨故善現行住性不可得故說行住不可得何以故行住性非已可得非當可得非現可得畢竟淨故善現死生性不可得故說死生不可得何以故死生性非已可得非當可得非現可得畢竟淨故善現增減性不可得故說增減不可得何以故增減性非已可得非當可得非現可得畢竟淨故善現極喜地性不可得故說極喜地不可得乃至法雲地性不可得故說法雲地不可得何以故極喜地性乃至法雲地性非已可得非當可得非現可得畢竟淨故善現淨觀地性不可得故說淨觀地不可得乃至如來地性不可得故說如來地不可得何以故淨觀地性乃至如來地性非已可得非當可得非現可得畢竟淨故善現成熟有情性不可得故說成熟有情不可得何以故成熟有情性非已可得非當可

得非現可得畢竟淨故善現嚴淨佛土性不可得故說嚴淨佛土不可得何以故嚴淨佛土性非已可得非當可得非現可得畢竟淨故復次善現内空中布施淨戒安忍精進靜慮般若波羅蜜多性不可得故說布施乃至般若波羅蜜多不可得乃至無性自性空中布施淨戒安忍精進靜慮般若波羅蜜多性不可得故說布施乃至般若波羅蜜多不可得何以故此中布施淨戒安忍精進靜慮般若波羅蜜多性非已可得非當可得非現可得畢竟淨故善現内空中四靜慮四無量四無色定性不可得故說四靜慮四無量四無色定不可得乃至無性自性空中四靜慮四無量四無色定性不可得故說四靜慮四無量四無色定不可得何以故此中四靜慮四無量四無色定性非已可得非當可得非現可得畢竟淨故善現内空中四念住四正斷四神足五根五力七等覺支八聖道支性不可得故說四念住乃至八聖道支不可得乃至無性自性空中四念住四正斷四神足五根五力七等覺支八聖道支性不可得故說四念住乃至八聖道支不可得何以故此中四念住四正斷四神足五根五力七等覺支八聖道支性非已可得非當可得非現可得畢竟淨故善現内空中空無相無願解脫門性不可得故說空無相無願解脫門不可得乃至無性自性空中空無相無願解脫門性不可得故說空無相無願解脫門不可得何以故此中空無相無願解脫門性非已可得非當可得非現可得畢竟淨故善現内空中

五眼六神通性不可得故說五眼六神通不
可得乃至無性自性空中五眼六神通性不
可得故說五眼六神通不可得何以故此中
五眼六神通性非已可得非當可得非現可
得畢竟淨故善現內空中佛十力四無所畏
四無礙解大慈大悲大喜大捨十八佛不共
法一切智道相智一切相智性不可得故說
佛十力乃至一切相智不可得乃至無性自
性空中佛十力四無所畏四無礙解大慈大
悲大喜大捨十八佛不共法一切智道相智
一切相智性不可得故說佛十力乃至一切
相智不可得何以故此中佛十力四無所畏
四無礙解大慈大悲大喜大捨十八佛不共
法一切智道相智一切相智性非已可得非
當可得非現可得畢竟淨故善現內空中預
流向預流果一來向一來果不還向不還果
阿羅漢向阿羅漢果獨覺向獨覺果菩薩如
來性不可得故說預流向預流果乃至菩薩
如來不可得乃至無性自性空中預流向預
流果一來向一來果不還向不還果阿羅漢
向阿羅漢果獨覺向獨覺果菩薩如來性不
可得故說預流向預流果乃至菩薩如來不
可得何以故此中預流向預流果一來向一
來果不還向不還果阿羅漢向阿羅漢果獨
覺向獨覺果菩薩如來性非已可得非當可
得非現可得畢竟淨故善現內空中極喜地
離垢地發光地焰慧地極難勝地現前地遠
行地不動地善慧地法雲地性不可得故說
極喜地乃至法雲地不可得乃至無性自性
空中極喜地離垢地發光地焰慧地極難勝

地現前地遠行地不動地善慧地法雲地性不可得故說極喜地乃至法雲地不可得何以故此中極喜地離垢地發光地焰慧地極難勝地現前地遠行地不動地善慧地法雲地性非已可得非當可得非現可得畢竟淨故善現內空中淨觀地種性地第八地具見地薄地離欲地已辦地獨覺地菩薩地如來地性不可得故說淨觀地乃至如來地不可得乃至無性自性空中淨觀地種性地第八地具見地薄地離欲地已辦地獨覺地菩薩地如來地性不可得故說淨觀地乃至如來地不可得何以故此中淨觀地種性地第八地具見地薄地離欲地已辦地獨覺地菩薩地如來地性非已可得非當可得非現可得畢竟淨故善現內空中成熟有情性不可得故說成熟有情不可得乃至無性自性空中成熟有情性不可得故說成熟有情不可得何以故此中成熟有情性非已可得非當可得非現可得畢竟淨故善現內空中嚴淨佛土性不可得故說嚴淨佛土不可得乃至無性自性空中嚴淨佛土性不可得故說嚴淨佛土不可得何以故此中嚴淨佛土性非已可得非當可得非現可得畢竟淨故如是善現諸菩薩摩訶薩修行般若波羅蜜多時雖觀一切法皆無所有不可得畢竟淨故無乘大乘而出至者然以無所得爲方便乘於大乘出三界生死至一切智智利益安樂一切有情窮未來際常無斷盡

初分讚大乘品第十六之一

爾時具壽善現白佛言世尊言大乘大乘者

超勝一切世間天人阿素洛等最尊最妙如是大乘與虛空等譬如虛空普能含受無數無量無邊有情大乘亦爾普能含受無數無量無邊有情又如虛空無來無去無住可見大乘亦爾無來無去無住可見又如虛空前後中際皆不可得大乘亦爾前後中際皆不可得三世平等故名大乘佛告善現如是如是如汝所說菩薩大乘具如是等無邊功德善現如是大乘當知即是布施淨戒安忍精進靜慮般若波羅蜜多復次善現如是大乘當知即是內空外空內外空空空大空勝義空有爲空無爲空畢竟空無際空散空無變異空本性空自相空共相空一切法空不可得空無性空自性空無性自性空等復次善現如是大乘當知即是健行三摩地乃至無染著如虛空三摩地等無量百千三摩地門復次善現如是大乘當知即是四念住四正斷四神足五根五力七等覺支八聖道支復次善現如是大乘當知即是三三摩地乃至十八佛不共法復次善現如是大乘當知即是文字陀羅尼等一切陀羅尼門善現如是等無量無邊殊勝功德當知皆是菩薩摩訶薩大乘復次善現汝言大乘超勝一切世間天人阿素洛等最尊最妙者如是如是如汝所說所以者何善現若欲界是真如非虛妄非顛倒非假設是諦是實有常有恒無變無易有實性者則此大乘非尊非妙不超一切世間天人阿素洛等以欲界非真如是虛妄是顛倒是假設非諦非實無常無恒有變有易都無實性故此大乘是尊是妙超勝一切

世間天人阿素洛等善現若色無色界是真如非虛妄非顛倒非假設是諦是實有常有恒無變無易有實性者則此大乘非尊非妙不超一切世間天人阿素洛等以色無色界非真如是虛妄是顛倒是假設非諦非實無常無恒有變有易都無實性故此大乘是尊是妙超勝一切世間天人阿素洛等善現若色是真如非虛妄非顛倒非假設是諦是實有常有恒無變無易有實性者則此大乘非尊非妙不超一切世間天人阿素洛等以色非真如是虛妄是顛倒是假設非諦非實無常無恒有變有易都無實性故此大乘是尊是妙超勝一切世間天人阿素洛等善現若受想行識是真如非虛妄非顛倒非假設是諦是實有常有恒無變無易有實性者則此大乘非尊非妙不超一切世間天人阿素洛等以受想行識非真如是虛妄是顛倒是假設非諦非實無常無恒有變有易都無實性故此大乘是尊是妙超勝一切世間天人阿素洛等善現若眼處是真如非虛妄非顛倒非假設是諦是實有常有恒無變無易有實性者則此大乘非尊非妙不超一切世間天人阿素洛等以眼處非真如是虛妄是顛倒是假設非諦非實無常無恒有變有易都無實性故此大乘是尊是妙超勝一切世間天人阿素洛等善現若耳鼻舌身意處是真如非虛妄非顛倒非假設是諦是實有常有恒無變無易有實性者則此大乘非尊非妙不超一切世間天人阿素洛等以耳鼻舌身意處非真如是虛妄是顛倒是假設非諦非實

無常無恒有變有易都無實性故此大乘是尊是妙超勝一切世間天人阿素洛等善現若色處是真如非虛妄非顛倒非假設是諦是實有常有恒無變無易有實性者則此大乘非尊非妙不超一切世間天人阿素洛等以色處非真如是虛妄是顛倒是假設非諦非實無常無恒有變有易都無實性故此大乘是尊是妙超勝一切世間天人阿素洛等善現若聲香味觸法處是真如非虛妄非顛倒非假設是諦是實有常有恒無變無易有實性者則此大乘非尊非妙不超一切世間天人阿素洛等以聲香味觸法處非真如是虛妄是顛倒是假設非諦非實無常無恒有變有易都無實性故此大乘是尊是妙超勝一切世間天人阿素洛等善現若眼界是真如非虛妄非顛倒非假設是諦是實有常有恒無變無易有實性者則此大乘非尊非妙不超一切世間天人阿素洛等以眼界非真如是虛妄是顛倒是假設非諦非實無常無恒有變有易都無實性故此大乘是尊是妙超勝一切世間天人阿素洛等善現若色界眼識界及眼觸眼觸爲緣所生諸受是真如非虛妄非顛倒非假設是諦是實有常有恒無變無易有實性者則此大乘非尊非妙不超一切世間天人阿素洛等以色界眼識界及眼觸眼觸爲緣所生諸受非真如是虛妄是顛倒是假設非諦非實無常無恒有變有易都無實性故此大乘是尊是妙超勝一切世間天人阿素洛等善現若耳界是真如非虛妄非顛倒非假設是諦是實有常有恒無

變無易有實性者則此大乘非尊非妙不超一切世間天人阿素洛等以耳界非眞如是虛妄是顚倒是假設非諦非實無常無恒有變有易都無實性故此大乘是尊是妙超勝一切世間天人阿素洛等善現若聲界耳識界及耳觸耳觸爲緣所生諸受是眞如非虛妄非顚倒非假設是諦是實有常有恒無變無易有實性者則此大乘非尊非妙不超一切世間天人阿素洛等以聲界耳識界及耳觸耳觸爲緣所生諸受非眞如是虛妄是顚倒是假設非諦非實無常無恒有變有易都無實性故此大乘是尊是妙超勝一切世間天人阿素洛等善現若鼻界是眞如非虛妄非顚倒非假設是諦是實有常有恒無變無易有實性者則此大乘非尊非妙不超一切世間天人阿素洛等以鼻界非眞如是虛妄是顚倒是假設非諦非實無常無恒有變有易都無實性故此大乘是尊是妙超勝一切世間天人阿素洛等善現若香界鼻識界及鼻觸鼻觸爲緣所生諸受是眞如非虛妄非顚倒非假設是諦是實有常有恒無變無易有實性者則此大乘非尊非妙不超一切世間天人阿素洛等以香界鼻識界及鼻觸鼻觸爲緣所生諸受非眞如是虛妄是顚倒是假設非諦非實無常無恒有變有易都無實性故此大乘是尊是妙超勝一切世間天人阿素洛等善現若舌界是眞如非虛妄非顚倒非假設是諦是實有常有恒無變無易有實性者則此大乘非尊非妙不超一切世間天人阿素洛等以舌界非眞如是虛妄是顚

倒是假設非諦非實無常無恒有變有易都無實性故此大乘是尊是妙超勝一切世間天人阿素洛等善現若味界舌識界及舌觸舌觸爲緣所生諸受是眞如非虛妄非顛倒非假設是諦是實有常有恒無變無易有實性者則此大乘非尊非妙不超一切世間天人阿素洛等以味界舌識界及舌觸舌觸爲緣所生諸受非眞如是虛妄是顛倒是假設非諦非實無常無恒有變有易都無實性故此大乘是尊是妙超勝一切世間天人阿素洛等善現若身界是眞如非虛妄非顛倒非假設是諦是實有常有恒無變無易有實性者則此大乘非尊非妙不超一切世間天人阿素洛等以身界非眞如是虛妄是顛倒是假設非諦非實無常無恒有變有易都無實性故此大乘是尊是妙超勝一切世間天人阿素洛等善現若觸界身識界及身觸身觸爲緣所生諸受是眞如非虛妄非顛倒非假設是諦是實有常有恒無變無易有實性者則此大乘非尊非妙不超一切世間天人阿素洛等以觸界身識界及身觸身觸爲緣所生諸受非眞如是虛妄是顛倒是假設非諦非實無常無恒有變有易都無實性故此大乘是尊是妙超勝一切世間天人阿素洛等善現若意界是眞如非虛妄非顛倒非假設是諦是實有常有恒無變無易有實性者則此大乘非尊非妙不超一切世間天人阿素洛等以意界非眞如是虛妄是顛倒是假設非諦非實無常無恒有變有易都無實性故此大乘是尊是妙超勝一切世間天人阿素

洛等善現若法界意識界及意觸意觸爲緣所生諸受是眞如非虛妄非顛倒非假設是諦是實有常有恒無變無易有實性者則此大乘非尊非妙不超一切世間天人阿素洛等以法界意識界及意觸意觸爲緣所生諸受非眞如是虛妄是顛倒是假設非諦非實無常無恒有變有易都無實性故此大乘是尊是妙超勝一切世間天人阿素洛等善現若地界是眞如非虛妄非顛倒非假設是諦是實有常有恒無變無易有實性者則此大乘非尊非妙不超一切世間天人阿素洛等以地界非眞如是虛妄是顛倒是假設非諦非實無常無恒有變有易都無實性故此大乘是尊是妙超勝一切世間天人阿素洛等善現若水火風空識界是眞如非虛妄非顛倒非假設是諦是實有常有恒無變無易有實性者則此大乘非尊非妙不超一切世間天人阿素洛等以水火風空識界非眞如是虛妄是顛倒是假設非諦非實無常無恒有變有易都無實性故此大乘是尊是妙超勝一切世間天人阿素洛等善現若無明是眞如非虛妄非顛倒非假設是諦是實有常有恒無變無易有實性者則此大乘非尊非妙不超一切世間天人阿素洛等以無明非眞如是虛妄是顛倒是假設非諦非實無常無恒有變有易都無實性故此大乘是尊是妙超勝一切世間天人阿素洛等善現若行識名色六處觸受愛取有生老死愁歎苦憂惱是眞如非虛妄非顛倒非假設是諦是實有常有恒無變無易有實性者則此大乘非尊

非妙不超一切世間天人阿素洛等以行識
名色六處觸受愛取有生老死愁歎苦憂惱
非眞如是虚妄是顛倒是假設非諦非實無
常無恒有變有易都無實性故此大乘是尊
是妙超勝一切世間天人阿素洛等
大般若波羅蜜多經卷第五十六

大般若波羅蜜多經卷第五十七

唐三藏法師玄奘奉詔譯

初分讚大乘品第十六之二

復次善現若真如實有性者則此大乘非尊非妙不超一切世間天人阿素洛等以真如非實有性故此大乘是尊是妙超勝一切世間天人阿素洛等善現若法界法性不虛妄性不變異性平等性離生性不思議界虛空界斷界離界滅界無性界無相界無作界無爲界安隱界寂靜界法定法住本無實際實有性者則此大乘非尊非妙不超一切世間天人阿素洛等以法界乃至實際非實有性故此大乘是尊是妙超勝一切世間天人阿素洛等善現若內空實有性者則此大乘非尊非妙不超一切世間天人阿素洛等以內空非實有性故此大乘是尊是妙超勝一切世間天人阿素洛等善現若外空內外空空空大空勝義空有爲空無爲空畢竟空無際空散空無變異空本性空自相空共相空一切法空不可得空無性空自性空無性自性空實有性者則此大乘非尊非妙不超一切世間天人阿素洛等以外空乃至無性自性空非實有性故此大乘是尊是妙超勝一切世間天人阿素洛等善現若布施波羅蜜多實有性者則此大乘非尊非妙不超一切世間天人阿素洛等以布施波羅蜜多非實有性故此大乘是尊是妙超勝一切世間天人阿素洛等善現若淨戒安忍精進靜慮般若波羅蜜多實有性者則此大乘非尊非妙不超一切世間天人阿素洛等以淨戒安忍精

進靜慮般若波羅蜜多非實有性故此大乘是尊是妙超勝一切世間天人阿素洛等善現若四靜慮實有性者則此大乘非尊非妙不超一切世間天人阿素洛等以四靜慮非實有性故此大乘是尊是妙超勝一切世間天人阿素洛等善現若四無量四無色定實有性者則此大乘非尊非妙不超一切世間天人阿素洛等以四無量四無色定非實有性故此大乘是尊是妙超勝一切世間天人阿素洛等善現若四念住實有性者則此大乘非尊非妙不超一切世間天人阿素洛等以四念住非實有性故此大乘是尊是妙超勝一切世間天人阿素洛等善現若四正斷四神足五根五力七等覺支八聖道支實有性者則此大乘非尊非妙不超一切世間天人阿素洛等以四正斷乃至八聖道支非實有性故此大乘是尊是妙超勝一切世間天人阿素洛等善現若空解脱門實有性者則此大乘非尊非妙不超一切世間天人阿素洛等以空解脱門非實有性故此大乘是尊是妙超勝一切世間天人阿素洛等善現若無相無願解脱門實有性者則此大乘非尊非妙不超一切世間天人阿素洛等以無相無願解脱門非實有性故此大乘是尊是妙超勝一切世間天人阿素洛等善現若五眼實有性者則此大乘非尊非妙不超一切世間天人阿素洛等以五眼非實有性故此大乘是尊是妙超勝一切世間天人阿素洛等善現若六神通實有性者則此大乘非尊非妙不超一切世間天人阿素洛等以六神通

非實有性故此大乘是尊是妙超勝一切世間天人阿素洛等善現若佛十力實有性者則此大乘非尊非妙不超一切世間天人阿素洛等以佛十力非實有性故此大乘是尊是妙超勝一切世間天人阿素洛等善現若四無所畏四無礙解大慈大悲大喜大捨十八佛不共法一切智道相智一切相智實有性者則此大乘非尊非妙不超一切世間天人阿素洛等以四無所畏乃至一切相智非實有性故此大乘是尊是妙超勝一切世間天人阿素洛等善現若菩薩十地實有性者則此大乘非尊非妙不超一切世間天人阿素洛等以菩薩十地非實有性故此大乘是尊是妙超勝一切世間天人阿素洛等善現若淨觀地種性地第八地法預流法一來法不還法阿羅漢法獨覺法菩薩摩訶薩法三藐三佛陀法實有性者則此大乘非尊非妙不超一切世間天人阿素洛等以淨觀地種性地第八地法乃至三藐三佛陀法非實有性故此大乘是尊是妙超勝一切世間天人阿素洛等善現若淨觀地補特伽羅實有性者則此大乘非尊非妙不超一切世間天人阿素洛等以淨觀地補特伽羅非實有性故此大乘是尊是妙超勝一切世間天人阿素洛等善現若種性地補特伽羅預流一來不還阿羅漢獨覺菩薩摩訶薩三藐三佛陀實有性者則此大乘非尊非妙不超一切世間天人阿素洛等以種性地補特伽羅乃至三藐三佛陀非實有性故此大乘是尊是妙超勝一切世間天人阿素洛等善現若一切世

間天人阿素洛等實有性者則此大乘非尊非妙不超一切世間天人阿素洛等以一切世間天人阿素洛等非實有性故此大乘是尊是妙超勝一切世間天人阿素洛等善現若菩薩摩訶薩從初發心乃至得坐妙菩提座中間所起諸心實有性者則此大乘非尊非妙不超一切世間天人阿素洛等以菩薩摩訶薩從初發心乃至得坐妙菩提座中間所起諸心非實有性故此大乘是尊是妙超勝一切世間天人阿素洛等善現若菩薩摩訶薩金剛喻智實有性者則此大乘非尊非妙不超一切世間天人阿素洛等以菩薩摩訶薩金剛喻智非實有性故此大乘是尊是妙超勝一切世間天人阿素洛等善現若菩薩摩訶薩金剛喻智所斷煩惱習氣相續實有性者則此能斷金剛喻智不能達彼都無自性斷已證得一切智智以金剛喻智所斷煩惱習氣相續非實有性故此能斷金剛喻智能了達彼都無自性斷已證得一切智智善現若諸如來應正等覺三十二大士相八十隨好所莊嚴身實有性者則諸如來應正等覺威光妙德不超一切世間天人阿素洛等以諸如來應正等覺三十二大士相八十隨好所莊嚴身非實有性故諸如來應正等覺威光妙德超勝一切世間天人阿素洛等善現若諸如來應正等覺所演光明實有性者則諸如來應正等覺所演光明不能普照十方各過殑伽沙等諸佛世界以諸如來應正等覺所演光明非實有性故諸如來應正等覺所演光明悉能普照十方各過殑伽沙

等諸佛世界善現若諸如來應正等覺所具六十美妙支音實有性者則諸如來應正等覺所具六十美妙支音不能遍告十方無量無數百千俱胝那庾多殑伽沙等諸佛世界以諸如來應正等覺所具六十美妙支音非實有性故諸如來應正等覺所具六十美妙支音皆能遍告十方無量無數百千俱胝那庾多殑伽沙等諸佛世界善現若諸如來應正等覺所轉法輪實有性者則諸如來應正等覺所轉法輪非極清淨亦非一切世間沙門婆羅門天魔梵等所不能轉以諸如來應正等覺所轉法輪非實有性故諸如來應正等覺所轉法輪最極清淨一切世間沙門婆羅門天魔梵等所不能轉善現若諸如來應正等覺轉妙法輪所被有情實有性者則諸如來應正等覺所轉法輪不能令彼諸有情類於無餘依妙涅槃界已般今般當般涅槃以諸如來應正等覺轉妙法輪所被有情非實有性故諸如來應正等覺所轉法輪悉能令彼諸有情類於無餘依妙涅槃界已般今般當般涅槃善現由如是等無量因緣故說大乘超勝一切世間天人阿素洛等最尊最妙復次善現汝言如是大乘與虛空等者如是如是如汝所說所以者何善現譬如虛空非有東南西北四維上下方分可得大乘亦爾非有東南西北四維上下方分可得故說大乘與虛空等善現又如虛空非有長短方圓高下邪正形色可得大乘亦爾非有長短方圓高下邪正形色可得故說大乘與虛空等善現又如虛空非有青黃赤白黑紫縹等

顯色可得大乘亦爾非有青黃赤白黑紫縹等顯色可得故說大乘與虛空等善現又如虛空非過去非未來非現在大乘亦爾非過去非未來非現在故說大乘與虛空等善現又如虛空非增非減非進非退大乘亦爾非增非減非進非退故說大乘與虛空等善現又如虛空非雜染非清淨大乘亦爾非雜染非清淨故說大乘與虛空等善現又如虛空非生非滅非住非異大乘亦爾非生非滅非住非異故說大乘與虛空等善現又如虛空非善非非善非有記非無記大乘亦爾非善非非善非有記非無記故說大乘與虛空等善現又如虛空非見非聞非覺非知大乘亦爾非見非聞非覺非知故說大乘與虛空等善現又如虛空非所知非所達大乘亦爾非所知非所達故說大乘與虛空等善現又如虛空非遍知非永斷非作證非修習大乘亦爾非遍知非永斷非作證非修習故說大乘與虛空等善現又如虛空非異熟非有異熟法大乘亦爾非異熟非有異熟法故說大乘與虛空等善現又如虛空非有貪法非離貪法大乘亦爾非有貪法非離貪法故說大乘與虛空等善現又如虛空非有瞋法非離瞋法大乘亦爾非有瞋法非離瞋法故說大乘與虛空等善現又如虛空非有癡法非離癡法大乘亦爾非有癡法非離癡法故說大乘與虛空等善現又如虛空非墮欲界非墮色界非墮無色界大乘亦爾非墮欲界非墮色界非墮無色界故說大乘與虛空等善現又如虛空非有初地發心可得乃至非有第十

地發心可得大乘亦爾非有初地發心可得乃至非有第十地發心可得故說大乘與虛空等善現又如虛空非有淨觀地種性地第八地具見地薄地離欲地已辦地獨覺地菩薩地如來地可得大乘亦爾非有淨觀地乃至如來地可得故說大乘與虛空等善現又如虛空非有預流向預流果一來向一來果不還向不還果阿羅漢向阿羅漢果獨覺向獨覺果菩薩如來可得大乘亦爾非有預流向預流果乃至菩薩如來可得故說大乘與虛空等善現又如虛空非有聲聞地獨覺地正等覺地可得大乘亦爾非有聲聞地獨覺地正等覺地可得故說大乘與虛空等善現又如虛空非有色非無色非有見非無見非有對非無對非相應非不相應大乘亦爾非

有色非無色非有見非無見非有對非無對非相應非不相應故說大乘與虛空等善現又如虛空非常非無常非樂非苦非我非無我非淨非不淨大乘亦爾非常非無常非樂非苦非我非無我非淨非不淨故說大乘與虛空等善現又如虛空非空非不空非有相非無相非有願非無願大乘亦爾非空非不空非有相非無相非有願非無願故說大乘與虛空等善現又如虛空非寂靜非不寂靜非遠離非不遠離大乘亦爾非寂靜非不寂靜非遠離非不遠離故說大乘與虛空等善現又如虛空非明非暗大乘亦爾非明非暗故說大乘與虛空等善現又如虛空非蘊處界非離蘊處界大乘亦爾非蘊處界非離蘊處界故說大乘與虛空等善現又如虛空非

可得非不可得大乘亦爾非可得非不可得故說大乘與虛空等善現又如虛空非可說非不可說大乘亦爾非可說非不可說故說大乘與虛空等善現由如是等無量因緣故說大乘與虛空等復次善現汝言譬如虛空普能含受無數無量無邊有情大乘亦爾普能含受無數無量無邊有情者如是如是如汝所說所以者何善現有情無所有故當知虛空亦無所有虛空無所有故當知大乘亦無所有由如是義故說大乘普能含受無數無量無邊有情何以故善現若有情若虛空若大乘如是一切皆無所有不可得故復次善現有情無數無量無邊故當知虛空亦無數無量無邊虛空無數無量無邊故當知大乘亦無數無量無邊由如是義故說大乘普能含受無數無量無邊有情何以故善現若有情若虛空若大乘若無數若無量若無邊若大乘無數無量無邊如是一切皆無所有不可得故復次善現有情無所有故當知虛空亦無所有虛空無所有故當知大乘亦無所有大乘無所有故當知無數亦無所有無數無所有故當知無量亦無所有無量無所有故當知無邊亦無所有無邊無所有故當知一切法亦無所有由如是義故說大乘普能含受無數無量無邊有情何以故善現若有情若虛空若大乘若無數若無量若無邊若一切法如是一切皆無所有不可得故復次善現我無所有故當知有情亦無所有有情無所有故當知命者亦無所有命者無所有故當知生者亦無所有生者無所有故當

知養者亦無所有養者無所有故當知士夫亦無所有士夫無所有故當知補特伽羅亦無所有補特伽羅無所有故當知意生亦無所有意生無所有故當知儒童亦無所有儒童無所有故當知作者亦無所有作者無所有故當知使作者亦無所有使作者無所有故當知起者亦無所有起者無所有故當知使起者亦無所有使起者無所有故當知受者亦無所有受者無所有故當知使受者亦無所有使受者無所有故當知知者亦無所有知者無所有故當知見者亦無所有見者無所有故當知虛空亦無所有虛空無所有故當知大乘亦無所有大乘無所有故當知無數亦無所有無數無所有故當知無量亦無所有無量無所有故當知無邊亦無所有無邊無所有故當知一切法亦無所有由如是義故說大乘普能含受無數無量無邊有情何以故善現若我乃至見者若虛空若大乘若無數若無量若無邊若一切法如是一切皆無所有不可得故復次善現我乃至見者無所有故當知真如亦無所有真如無所有故當知法界亦無所有法界無所有故當知法性亦無所有法性無所有故當知不虛妄性亦無所有不虛妄性無所有故當知不變異性亦無所有不變異性無所有故當知平等性亦無所有平等性無所有故當知離生性亦無所有離生性無所有故當知不思議界亦無所有不思議界無所有故當知虛空界亦無所有虛空界無所有故當知斷界亦無所有斷界無所有故當知離界亦無所

有離界無所有故當知滅界亦無所有滅界無所有故當知無性界亦無所有無性界無所有故當知無相界亦無所有無相界無所有故當知無作界亦無所有無作界無所有故當知無爲界亦無所有無爲界無所有故當知安隱界亦無所有安隱界無所有故當知寂靜界亦無所有寂靜界無所有故當知法定亦無所有法定無所有故當知法住亦無所有法住無所有故當知本無亦無所有本無無所有故當知實際亦無所有實際無所有故當知虛空亦無所有虛空無所有故當知大乘亦無所有大乘無所有故當知無數亦無所有無數無所有故當知無量亦無所有無量無所有故當知無邊亦無所有無邊無所有故當知一切法亦無所有由如是義故說大乘普能含受無數無量無邊有情何以故善現若我乃至見者若真如乃至實際若虛空若大乘若無數若無量若無邊若一切法如是一切皆無所有不可得故復次善現我乃至見者無所有故當知色亦無所有色無所有故當知受亦無所有受無所有故當知想亦無所有想無所有故當知行亦無所有行無所有故當知識亦無所有識無所有故當知虛空亦無所有虛空無所有故當知大乘亦無所有大乘無所有故當知無數亦無所有無數無所有故當知無量亦無所有無量無所有故當知無邊亦無所有無邊無所有故當知一切法亦無所有由如是義故說大乘普能含受無數無量無邊有情何以故善現若我乃至見者若色受想行識

若虛空若大乘若無數若無量若無邊若一切法如是一切皆無所有不可得故復次善現我乃至見者無所有故當知眼處亦無所有眼處無所有故當知耳處亦無所有耳處無所有故當知鼻處亦無所有鼻處無所有故當知舌處亦無所有舌處無所有故當知身處亦無所有身處無所有故當知意處亦無所有意處無所有故當知虛空亦無所有虛空無所有故當知大乘亦無所有大乘無所有故當知無數亦無所有無數無所有故當知無量亦無所有無量無所有故當知無邊亦無所有無邊無所有故當知一切法亦無所有由如是義故說大乘普能含受無數無量無邊有情何以故善現若我乃至見者若眼耳鼻舌身意處若虛空若大乘若無數若無量若無邊若一切法如是一切皆無所有不可得故復次善現我乃至見者無所有故當知色處亦無所有色處無所有故當知聲處亦無所有聲處無所有故當知香處亦無所有香處無所有故當知味處亦無所有味處無所有故當知觸處亦無所有觸處無所有故當知法處亦無所有法處無所有故當知虛空亦無所有虛空無所有故當知大乘亦無所有大乘無所有故當知無數亦無所有無數無所有故當知無量亦無所有無量無所有故當知無邊亦無所有無邊無所有故當知一切法亦無所有由如是義故說大乘普能含受無數無量無邊有情何以故善現若我乃至見者若色聲香味觸法處若虛空若大乘若無數若無量若無邊若一切

法如是一切皆無所有不可得故復次善現我乃至見者無所有故當知眼界亦無所有眼界無所有故當知色界亦無所有色界無所有故當知眼識界亦無所有眼識界無所有故當知眼觸亦無所有眼觸無所有故當知眼觸爲緣所生諸受亦無所有眼觸爲緣所生諸受無所有故當知虛空亦無所有虛空無所有故當知大乘亦無所有大乘無所有故當知無數亦無所有無數無所有故當知無量亦無所有無量無所有故當知無邊亦無所有無邊無所有故當知一切法亦無所有由如是義故說大乘普能含受無數無量無邊有情何以故善現若我乃至見者若眼界乃至眼觸爲緣所生諸受若虛空若大乘若無數若無量若無邊若一切法如是一切皆無所有不可得故復次善現我乃至見者無所有故當知耳界亦無所有耳界無所有故當知聲界亦無所有聲界無所有故當知耳識界亦無所有耳識界無所有故當知耳觸亦無所有耳觸無所有故當知耳觸爲緣所生諸受亦無所有耳觸爲緣所生諸受無所有故當知虛空亦無所有虛空無所有故當知大乘亦無所有大乘無所有故當知無數亦無所有無數無所有故當知無量亦無所有無量無所有故當知無邊亦無所有無邊無所有故當知一切法亦無所有由如是義故說大乘普能含受無數無量無邊有情何以故善現若我乃至見者若耳界乃至耳觸爲緣所生諸受若虛空若大乘若無數若無量若無邊若一切法如是一切皆無所

有不可得故復次善現我乃至見者無所有故當知鼻界亦無所有鼻界無所有故當知香界亦無所有香界無所有故當知鼻識界亦無所有鼻識界無所有故當知鼻觸亦無所有鼻觸無所有故當知鼻觸爲緣所生諸受亦無所有鼻觸爲緣所生諸受無所有故當知虛空亦無所有虛空無所有故當知大乘亦無所有大乘無所有故當知無數亦無所有無數無所有故當知無量亦無所有無量無所有故當知無邊亦無所有無邊無所有故當知一切法亦無所有由如是義故說大乘普能含受無數無量無邊有情何以故善現若我乃至見者若鼻界乃至鼻觸爲緣所生諸受若虛空若大乘若無數若無量若無邊若一切法如是一切皆無所有不可得故復次善現我乃至見者無所有故當知舌界亦無所有舌界無所有故當知味界亦無所有味界無所有故當知舌識界亦無所有舌識界無所有故當知舌觸亦無所有舌觸無所有故當知舌觸爲緣所生諸受亦無所有舌觸爲緣所生諸受無所有故當知虛空亦無所有虛空無所有故當知大乘亦無所有大乘無所有故當知無數亦無所有無數無所有故當知無量亦無所有無量無所有故當知無邊亦無所有無邊無所有故當知一切法亦無所有由如是義故說大乘普能含受無數無量無邊有情何以故善現若我乃至見者若舌界乃至舌觸爲緣所生諸受若虛空若大乘若無數若無量若無邊若一切法如是一切皆無所有不可得故復次善

現我乃至見者無所有故當知身界亦無所有身界無所有故當知觸界亦無所有觸界無所有故當知身識界亦無所有身識界無所有故當知身觸亦無所有身觸無所有故當知身觸爲緣所生諸受亦無所有身觸爲緣所生諸受無所有故當知虛空亦無所有虛空無所有故當知大乘亦無所有大乘無所有故當知無數亦無所有無數無所有故當知無量亦無所有無量無所有故當知無邊亦無所有無邊無所有故當知一切法亦無所有由如是義故說大乘普能含受無數無量無邊有情何以故善現若我乃至見者若身界乃至身觸爲緣所生諸受若虛空若大乘若無數若無量若無邊若一切法如是一切皆無所有不可得故復次善現我乃至見者無所有故當知意界亦無所有意界無所有故當知法界亦無所有法界無所有故當知意識界亦無所有意識界無所有故當知意觸亦無所有意觸無所有故當知意觸爲緣所生諸受亦無所有意觸爲緣所生諸受無所有故當知虛空亦無所有虛空無所有故當知大乘亦無所有大乘無所有故當知無數亦無所有無數無所有故當知無量亦無所有無量無所有故當知無邊亦無所有無邊無所有故當知一切法亦無所有由如是義故說大乘普能含受無數無量無邊有情何以故善現若我乃至見者若意界乃至意觸爲緣所生諸受若虛空若大乘若無數若無量若無邊若一切法如是一切皆無所有不可得故復次善現我乃至見者無所

有故當知地界亦無所有地界無所有故當知水界亦無所有水界無所有故當知火界亦無所有火界無所有故當知風界亦無所有風界無所有故當知空界亦無所有空界無所有故當知識界亦無所有識界無所有故當知虛空亦無所有虛空無所有故當知大乘亦無所有大乘無所有故當知無數亦無所有無數無所有故當知無量亦無所有無量無所有故當知無邊亦無所有無邊無所有故當知一切法亦無所有由如是義故說大乘普能含受無數無量無邊有情何以故善現若我乃至見者若地水火風空識界若虛空若大乘若無數若無量若無邊若一切法如是一切皆無所有不可得故復次善現我乃至見者無所有故當知苦聖諦亦無所有苦聖諦無所有故當知集聖諦亦無所有集聖諦無所有故當知滅聖諦亦無所有滅聖諦無所有故當知道聖諦亦無所有道聖諦無所有故當知虛空亦無所有虛空無所有故當知大乘亦無所有大乘無所有故當知無數亦無所有無數無所有故當知無量亦無所有無量無所有故當知無邊亦無所有無邊無所有故當知一切法亦無所有由如是義故說大乘普能含受無數無量無邊有情何以故善現若我乃至見者若苦集滅道聖諦若虛空若大乘若無數若無量若無邊若一切法如是一切皆無所有不可得故復次善現我乃至見者無所有故當知無明亦無所有無明無所有故當知行亦無所有行無所有故當知識亦無所有識無所有

故當知名色亦無所有名色無所有故當知六處亦無所有六處無所有故當知觸亦無所有觸無所有故當知受亦無所有受無所有故當知愛亦無所有愛無所有故當知取亦無所有取無所有故當知有亦無所有有無所有故當知生亦無所有生無所有故當知老死愁歎苦憂惱亦無所有老死愁歎苦憂惱無所有故當知虛空亦無所有虛空無所有故當知大乘亦無所有大乘無所有故當知無數亦無所有無數無所有故當知無量亦無所有無量無所有故當知無邊亦無所有無邊無所有故當知一切法亦無所有由如是義故說大乘普能含受無數無量無邊有情何以故善現若我乃至見者若無明乃至老死愁歎苦憂惱若虛空若大乘若無數若無量若無邊若一切法如是一切皆無所有不可得故

大般若波羅蜜多經卷第五十七

大般若波羅蜜多經卷第五十八

唐三藏法師玄奘奉詔譯

初分讚大乘品第十六之三

復次善現我乃至見者無所有故當知內空亦無所有內空無所有故當知外空亦無所有外空無所有故當知內外空亦無所有內外空無所有故當知空空亦無所有空空無所有故當知大空亦無所有大空無所有故當知勝義空亦無所有勝義空無所有故當知有爲空亦無所有有爲空無所有故當知無爲空亦無所有無爲空無所有故當知畢竟空亦無所有畢竟空無所有故當知無際空亦無所有無際空無所有故當知散空亦無所有散空無所有故當知無變異空亦無所有無變異空無所有故當知本性空亦無所有本性空無所有故當知自相空亦無所有自相空無所有故當知共相空亦無所有共相空無所有故當知一切法空亦無所有一切法空無所有故當知不可得空亦無所有不可得空無所有故當知無性空亦無所有無性空無所有故當知自性空亦無所有自性空無所有故當知無性自性空亦無所有無性自性空無所有故當知虛空亦無所有虛空無所有故當知大乘亦無所有大乘無所有故當知無數亦無所有無數無所有故當知無量亦無所有無量無所有故當知無邊亦無所有無邊無所有故當知一切法亦無所有由如是義故說大乘普能含受無數無量無邊有情何以故善現若我乃至見者若內空乃至無性自性空若虛空若大乘

若無數若無量若無邊若一切法如是一切皆無所有不可得故復次善現我乃至見者無所有故當知布施波羅蜜多亦無所有布施波羅蜜多無所有故當知淨戒波羅蜜多亦無所有淨戒波羅蜜多無所有故當知安忍波羅蜜多亦無所有安忍波羅蜜多無所有故當知精進波羅蜜多亦無所有精進波羅蜜多無所有故當知靜慮波羅蜜多亦無所有靜慮波羅蜜多無所有故當知般若波羅蜜多亦無所有般若波羅蜜多無所有故當知虛空亦無所有虛空無所有故當知大乘亦無所有大乘無所有故當知無數亦無所有無數無所有故當知無量亦無所有無量無所有故當知無邊亦無所有無邊無所有故當知一切法亦無所有由如是義故說

大乘普能含受無數無量無邊有情何以故善現若我乃至見者若布施淨戒安忍精進靜慮般若波羅蜜多若虛空若大乘若無數若無量若無邊若一切法如是一切皆無所有不可得故復次善現我乃至見者無所有故當知四靜慮亦無所有四靜慮無所有故當知四無量亦無所有四無量無所有故當知四無色定亦無所有四無色定無所有故當知虛空亦無所有虛空無所有故當知大乘亦無所有大乘無所有故當知無數亦無所有無數無所有故當知無量亦無所有無量無所有故當知無邊亦無所有無邊無所有故當知一切法亦無所有由如是義故說大乘普能含受無數無量無邊有情何以故善現若我乃至見者若四靜慮四無量四無

色定若虛空若大乘若無數若無量若無邊若一切法如是一切皆無所有不可得故復次善現我乃至見者無所有故當知四念住亦無所有四念住無所有故當知四正斷亦無所有四正斷無所有故當知四神足亦無所有四神足無所有故當知五根亦無所有五根無所有故當知五力亦無所有五力無所有故當知七等覺支亦無所有七等覺支無所有故當知八聖道支亦無所有八聖道支無所有故當知虛空亦無所有虛空無所有故當知大乘亦無所有大乘無所有故當知無數亦無所有無數無所有故當知無量亦無所有無量無所有故當知無邊亦無所有無邊無所有故當知一切法亦無所有由如是義故說大乘普能含受無數無量無邊有情何以故善現若我乃至見者若四念住乃至八聖道支若虛空若大乘若無數若無量若無邊若一切法如是一切皆無所有不可得故復次善現我乃至見者無所有故當知空解脫門亦無所有空解脫門無所有故當知無相解脫門亦無所有無相解脫門無所有故當知無願解脫門亦無所有無願解脫門無所有故當知虛空亦無所有虛空無所有故當知大乘亦無所有大乘無所有故當知無數亦無所有無數無所有故當知無量亦無所有無量無所有故當知無邊亦無所有無邊無所有故當知一切法亦無所有由如是義故說大乘普能含受無數無量無邊有情何以故善現若我乃至見者若空無相無願解脫門若虛空若大乘若無數若無

量若無邊若一切法如是一切皆無所有不可得故復次善現我乃至見者無所有故當知五眼亦無所有五眼無所有故當知六神通亦無所有六神通無所有故當知虛空亦無所有虛空無所有故當知大乘亦無所有大乘無所有故當知無數亦無所有無數無所有故當知無量亦無所有無量無所有故當知無邊亦無所有無邊無所有故當知一切法亦無所有由如是義故說大乘普能含受無數無量無邊有情何以故善現若我乃至見者若五眼若六神通若虛空若大乘若無數若無量若無邊若一切法如是一切皆無所有不可得故復次善現我乃至見者無所有故當知佛十力亦無所有佛十力無所有故當知四無所畏亦無所有四無所畏無所有故當知四無礙解亦無所有四無礙解無所有故當知大慈亦無所有大慈無所有故當知大悲亦無所有大悲無所有故當知大喜亦無所有大喜無所有故當知大捨亦無所有大捨無所有故當知十八佛不共法亦無所有十八佛不共法無所有故當知一切智亦無所有一切智無所有故當知道相智亦無所有道相智無所有故當知一切相智亦無所有一切相智無所有故當知虛空亦無所有虛空無所有故當知大乘亦無所有大乘無所有故當知無數亦無所有無數無所有故當知無量亦無所有無量無所有故當知無邊亦無所有無邊無所有故當知一切法亦無所有由如是義故說大乘普能含受無數無量無邊有情何以故善現若我

乃至見者若佛十力乃至一切相智若虛空若大乘若無數若無量若無邊若一切法如是一切皆無所有不可得故復次善現我乃至見者無所有故當知極喜地亦無所有極喜地無所有故當知離垢地亦無所有離垢地無所有故當知發光地亦無所有發光地無所有故當知焰慧地亦無所有焰慧地無所有故當知極難勝地亦無所有極難勝地無所有故當知現前地亦無所有現前地無所有故當知遠行地亦無所有遠行地無所有故當知不動地亦無所有不動地無所有故當知善慧地亦無所有善慧地無所有故當知法雲地亦無所有法雲地無所有故當知虛空亦無所有虛空無所有故當知大乘亦無所有大乘無所有故當知無數亦無所有無數無所有故當知無量亦無所有無量無所有故當知無邊亦無所有無邊無所有故當知一切法亦無所有由如是義故說大乘普能含受無數無量無邊有情何以故善現若我乃至見者若極喜地乃至法雲地若虛空若大乘若無數若無量若無邊若一切法如是一切皆無所有不可得故復次善現我乃至見者無所有故當知淨觀地亦無所有淨觀地無所有故當知種性地亦無所有種性地無所有故當知第八地亦無所有第八地無所有故當知具見地亦無所有具見地無所有故當知薄地亦無所有薄地無所有故當知離欲地亦無所有離欲地無所有故當知已辦地亦無所有已辦地無所有故當知獨覺地亦無所有獨覺地無所有故當

知菩薩地亦無所有菩薩地無所有故當知如來地亦無所有如來地無所有故當知虛空亦無所有虛空無所有故當知大乘亦無所有大乘無所有故當知無數亦無所有無數無所有故當知無量亦無所有無量無所有故當知無邊亦無所有無邊無所有故當知一切法亦無所有由如是義故說大乘普能含受無數無量無邊有情何以故善現若我乃至見者若淨觀地乃至如來地若虛空若大乘若無數若無量若無邊若一切法如是一切皆無所有不可得故復次善現我乃至見者無所有故當知預流向亦無所有預流向無所有故當知預流果亦無所有預流果無所有故當知一來向亦無所有一來向無所有故當知一來果亦無所有一來果無所有故當知不還向亦無所有不還向無所有故當知不還果亦無所有不還果無所有故當知阿羅漢向亦無所有阿羅漢向無所有故當知阿羅漢果亦無所有阿羅漢果無所有故當知獨覺向亦無所有獨覺向無所有故當知獨覺果亦無所有獨覺果無所有故當知菩薩摩訶薩法亦無所有菩薩摩訶薩法無所有故當知三藐三佛陀法亦無所有三藐三佛陀法無所有故當知虛空亦無所有虛空無所有故當知大乘亦無所有大乘無所有故當知無數亦無所有無數無所有故當知無量亦無所有無量無所有故當知無邊亦無所有無邊無所有故當知一切法亦無所有由如是義故說大乘普能含受無數無量無邊有情何以故善現若我乃至

見者若預流向乃至三藐三佛陀法若虛空若大乘若無數若無量若無邊若一切法如是一切皆無所有不可得故復次善現我乃至見者無所有故當知預流向補特伽羅亦無所有預流向補特伽羅無所有故當知預流果補特伽羅亦無所有預流果補特伽羅無所有故當知一來向補特伽羅亦無所有一來向補特伽羅無所有故當知一來果補特伽羅亦無所有一來果補特伽羅無所有故當知不還向補特伽羅亦無所有不還向補特伽羅無所有故當知不還果補特伽羅亦無所有不還果補特伽羅無所有故當知阿羅漢向補特伽羅亦無所有阿羅漢向補特伽羅無所有故當知阿羅漢果補特伽羅亦無所有阿羅漢果補特伽羅無所有故當知獨覺向補特伽羅亦無所有獨覺向補特伽羅無所有故當知獨覺果補特伽羅亦無所有獨覺果補特伽羅無所有故當知菩薩摩訶薩亦無所有菩薩摩訶薩無所有故當知三藐三佛陀亦無所有三藐三佛陀無所有故當知虛空亦無所有虛空無所有故當知大乘亦無所有大乘無所有故當知無數亦無所有無數無所有故當知無量亦無所有無量無所有故當知無邊亦無所有無邊無所有故當知一切法亦無所有由如是義故說大乘普能含受無數無量無邊有情何以故善現若我乃至見者若預流向補特伽羅乃至三藐三佛陀若虛空若大乘若無數若無量若無邊若一切法如是一切皆無所有不可得故復次善現我乃至見者無所有

故當知聲聞乘亦無所有聲聞乘無所有故
當知獨覺乘亦無所有獨覺乘無所有故當
知正等覺乘亦無所有正等覺乘無所有故
當知虛空亦無所有虛空無所有故當知大
乘亦無所有大乘無所有故當知無數亦無
所有無數無所有故當知無量亦無所有無
量無所有故當知無邊亦無所有無邊無所
有故當知一切法亦無所有由如是義故說
大乘普能含受無數無量無邊有情何以故
善現若我乃至見者若聲聞乘獨覺乘正等
覺乘若虛空若大乘若無數若無量若無邊
若一切法如是一切皆無所有不可得故復
次善現我乃至見者無所有故當知聲聞乘
補特伽羅亦無所有聲聞乘補特伽羅無所
有故當知獨覺乘補特伽羅亦無所有獨覺
乘補特伽羅無所有故當知正等覺乘補特
伽羅亦無所有正等覺乘補特伽羅無所有
故當知虛空亦無所有虛空無所有故當知
大乘亦無所有大乘無所有故當知無數亦
無所有無數無所有故當知無量亦無所有
無量無所有故當知無邊亦無所有無邊無
所有故當知一切法亦無所有由如是義故
說大乘普能含受無數無量無邊有情何以
故善現若我乃至見者若聲聞乘獨覺乘正
等覺乘補特伽羅若虛空若大乘若無數若
無量若無邊若一切法如是一切皆無所有
不可得故善現當知如涅槃界普能含受無
數無量無邊有情大乘亦爾普能含受無數
無量無邊有情善現由此因緣故作是說譬
如虛空普能含受無數無量無邊有情大乘

亦爾普能舍受無數無量無邊有情復次善現汝言又如虛空無來無去無住可見大乘亦爾無來無去無住可見者如是如是如汝所說所以者何善現以一切法無來無去亦復不住何以故以一切法若動若住不可得故善現色無來無去亦復不住受想行識無來無去亦復不住色本性無來無去亦復不住受想行識本性無來無去亦復不住色眞如無來無去亦復不住受想行識眞如無來無去亦復不住色自性無來無去亦復不住受想行識自性無來無去亦復不住色自相無來無去亦復不住受想行識自相無來無去亦復不住何以故善現以色受想行識及彼本性眞如自性自相若動若住不可得故復次善現眼處無來無去亦復不住耳鼻舌身意處無來無去亦復不住眼處本性無來無去亦復不住耳鼻舌身意處本性無來無去亦復不住眼處眞如無來無去亦復不住耳鼻舌身意處眞如無來無去亦復不住眼處自性無來無去亦復不住耳鼻舌身意處自性無來無去亦復不住眼處自相無來無去亦復不住耳鼻舌身意處自相無來無去亦復不住何以故善現以眼耳鼻舌身意處及彼本性眞如自性自相若動若住不可得故復次善現色處無來無去亦復不住聲香味觸法處無來無去亦復不住色處本性無來無去亦復不住聲香味觸法處本性無來無去亦復不住色處眞如無來無去亦復不住聲香味觸法處眞如無來無去亦復不住色處自性無來無去亦復不住聲香味觸法

處自性無來無去亦復不住色處自相無來無去亦復不住聲香味觸法處自相無來無去亦復不住何以故善現以色聲香味觸法處及彼本性眞如自性自相若動若住不可得故復次善現眼界無來無去亦復不住色界眼識界及眼觸眼觸爲緣所生諸受無來無去亦復不住眼界本性無來無去亦復不住色界乃至眼觸爲緣所生諸受本性無來無去亦復不住眼界眞如無來無去亦復不住色界乃至眼觸爲緣所生諸受眞如無來無去亦復不住眼界自性無來無去亦復不住色界乃至眼觸爲緣所生諸受自性無來無去亦復不住眼界自相無來無去亦復不住色界乃至眼觸爲緣所生諸受自相無來無去亦復不住何以故善現以眼界色界眼

識界及眼觸眼觸爲緣所生諸受及彼本性眞如自性自相若動若住不可得故復次善現耳界無來無去亦復不住聲界耳識界及耳觸耳觸爲緣所生諸受無來無去亦復不住耳界本性無來無去亦復不住聲界乃至耳觸爲緣所生諸受本性無來無去亦復不住耳界眞如無來無去亦復不住聲界乃至耳觸爲緣所生諸受眞如無來無去亦復不住耳界自性無來無去亦復不住聲界乃至耳觸爲緣所生諸受自性無來無去亦復不住耳界自相無來無去亦復不住聲界乃至耳觸爲緣所生諸受自相無來無去亦復不住何以故善現以耳界聲界耳識界及耳觸耳觸爲緣所生諸受及彼本性眞如自性自相若動若住不可得故復次善現鼻界無來

無去亦復不住香界鼻識界及鼻觸鼻觸爲緣所生諸受無來無去亦復不住鼻界本性無來無去亦復不住香界乃至鼻觸爲緣所生諸受本性無來無去亦復不住鼻界眞如無來無去亦復不住香界乃至鼻觸爲緣所生諸受眞如無來無去亦復不住鼻界自性無來無去亦復不住香界乃至鼻觸爲緣所生諸受自性無來無去亦復不住鼻界自相無來無去亦復不住香界乃至鼻觸爲緣所生諸受自相無來無去亦復不住何以故善現以鼻界香界鼻識界及鼻觸鼻觸爲緣所生諸受及彼本性眞如自性自相若動若住不可得故復次善現舌界無來無去亦復不住味界舌識界及舌觸舌觸爲緣所生諸受無來無去亦復不住舌界本性無來無去亦復不住味界乃至舌觸爲緣所生諸受本性無來無去亦復不住舌界眞如無來無去亦復不住味界乃至舌觸爲緣所生諸受眞如無來無去亦復不住舌界自性無來無去亦復不住味界乃至舌觸爲緣所生諸受自性無來無去亦復不住舌界自相無來無去亦復不住味界乃至舌觸爲緣所生諸受自相無來無去亦復不住何以故善現以舌界味界舌識界及舌觸舌觸爲緣所生諸受及彼本性眞如自性自相若動若住不可得故復次善現身界無來無去亦復不住觸界身識界及身觸身觸爲緣所生諸受無來無去亦復不住身界本性無來無去亦復不住觸界乃至身觸爲緣所生諸受本性無來無去亦復不住身界眞如無來無去亦復不住觸界

乃至身觸爲緣所生諸受眞如無來無去亦復不住身界自性無來無去亦復不住觸界乃至身觸爲緣所生諸受自性無來無去亦復不住身界自相無來無去亦復不住觸界乃至身觸爲緣所生諸受自相無來無去亦復不住何以故善現以身界觸界身識界及身觸身觸爲緣所生諸受及彼本性眞如自性自相若動若住不可得故復次善現意界無來無去亦復不住法界意識界及意觸意觸爲緣所生諸受無來無去亦復不住意界本性無來無去亦復不住法界乃至意觸爲緣所生諸受本性無來無去亦復不住意界眞如無來無去亦復不住法界乃至意觸爲緣所生諸受眞如無來無去亦復不住意界自性無來無去亦復不住法界乃至意觸爲緣所生諸受自性無來無去亦復不住意界自相無來無去亦復不住法界乃至意觸爲緣所生諸受自相無來無去亦復不住何以故善現以意界法界意識界及意觸意觸爲緣所生諸受及彼本性眞如自性自相若動若住不可得故復次善現地界無來無去亦復不住水火風空識界無來無去亦復不住地界本性無來無去亦復不住水火風空識界本性無來無去亦復不住地界眞如無來無去亦復不住水火風空識界眞如無來無去亦復不住地界自性無來無去亦復不住水火風空識界自性無來無去亦復不住地界自相無來無去亦復不住水火風空識界自相無來無去亦復不住何以故善現以地水火風空識界及彼本性眞如自性自相若

動若住不可得故復次善現苦聖諦無來無去亦復不住集滅道聖諦無來無去亦復不住苦聖諦本性無來無去亦復不住集滅道聖諦本性無來無去亦復不住苦聖諦眞如無來無去亦復不住集滅道聖諦眞如無來無去亦復不住苦聖諦自性無來無去亦復不住集滅道聖諦自性無來無去亦復不住苦聖諦自相無來無去亦復不住集滅道聖諦自相無來無去亦復不住何以故善現以苦集滅道聖諦及彼本性眞如自性自相若動若住不可得故復次善現無明無來無去亦復不住行識名色六處觸受愛取有生老死愁歎苦憂惱無來無去亦復不住無明本性無來無去亦復不住行乃至老死愁歎苦憂惱本性無來無去亦復不住無明眞如無來無去亦復不住行乃至老死愁歎苦憂惱眞如無來無去亦復不住無明自性無來無去亦復不住行乃至老死愁歎苦憂惱自性無來無去亦復不住無明自相無來無去亦復不住行乃至老死愁歎苦憂惱自相無來無去亦復不住何以故善現以無明行識名色六處觸受愛取有生老死愁歎苦憂惱及彼本性眞如自性自相若動若住不可得故復次善現眞如無來無去亦復不住法界法性不虛妄性不變異性平等性離生性不思議界虛空界斷界離界滅界無性界無相界無作界無爲界安隱界寂靜界法定法住本無實際無來無去亦復不住眞如本性無來無去亦復不住法界乃至實際本性無來無去亦復不住眞如眞如無來無去亦復不住

法界乃至實際眞如無來無去亦復不住眞如自性無來無去亦復不住法界乃至實際自性無來無去亦復不住眞如自相無來無去亦復不住法界乃至實際自相無來無去亦復不住何以故善現以眞如乃至實際及彼本性眞如自性自相若動若住不可得故復次善現內空無來無去亦復不住外空內外空空空大空勝義空有爲空無爲空畢竟空無際空散空無變異空本性空自相空共相空一切法空不可得空無性空自性空無性自性空無來無去亦復不住內空本性無來無去亦復不住外空乃至無性自性空本性無來無去亦復不住內空眞如無來無去亦復不住外空乃至無性自性空眞如無來無去亦復不住內空自性無來無去亦復不

住外空乃至無性自性空自性無來無去亦復不住內空自相無來無去亦復不住外空乃至無性自性空自相無來無去亦復不住何以故善現以內空乃至無性自性空及彼本性眞如自性自相若動若住不可得故復次善現布施波羅蜜多無來無去亦復不住淨戒安忍精進靜慮般若波羅蜜多無來無去亦復不住布施波羅蜜多本性無來無去亦復不住淨戒安忍精進靜慮般若波羅蜜多本性無來無去亦復不住布施波羅蜜多眞如無來無去亦復不住淨戒安忍精進靜慮般若波羅蜜多眞如無來無去亦復不住布施波羅蜜多自性無來無去亦復不住淨戒安忍精進靜慮般若波羅蜜多自性無來無去亦復不住布施波羅蜜多自相無來無

去亦復不住淨戒安忍精進靜慮般若波羅蜜多自相無來無去亦復不住何以故善現以布施淨戒安忍精進靜慮般若波羅蜜多及彼本性眞如自性自相若動若住不可得故復次善現四靜慮無來無去亦復不住四無量四無色定無來無去亦復不住四靜慮本性無來無去亦復不住四無量四無色定本性無來無去亦復不住四靜慮眞如無來無去亦復不住四無量四無色定眞如無來不住四無量四無色定自性無來無去亦復不住四靜慮自相無來無去亦復不住四無量四無色定自相無來無去亦復不住何以故善現以四靜慮四無量四無色定及彼本性眞如自性自相若動若住不可得故復次善現四念住無來無去亦復不住四正斷四神足五根五力七等覺支八聖道支無來無去亦復不住四念住本性無來無去亦復不住四正斷乃至八聖道支本性無來無去亦復不住四念住眞如無來無去亦復不住四正斷乃至八聖道支眞如無來無去亦復不住四念住自性無來無去亦復不住四正斷乃至八聖道支自性無來無去亦復不住四念住自相無來無去亦復不住四正斷乃至八聖道支自相無來無去亦復不住何以故善現以四念住四正斷四神足五根五力七等覺支八聖道支及彼本性眞如自性自相若動若住不可得故

大般若波羅蜜多經卷第五十八

大般若波羅蜜多經卷第五十九

唐三藏法師玄奘奉 詔譯

初分讚大乘品第十六之四

復次善現空解脫門無來無去亦復不住無相無願解脫門無來無去亦復不住空解脫門本性無來無去亦復不住無相無願解脫門本性無來無去亦復不住空解脫門眞如無來無去亦復不住無相無願解脫門眞如無來無去亦復不住空解脫門自性無來無去亦復不住無相無願解脫門自性無來無去亦復不住空解脫門自相無來無去亦復不住無相無願解脫門自相無來無去亦復不住何以故善現以空無相無願解脫門及彼本性眞如自性自相若動若住不可得故

復次善現五眼無來無去亦復不住六神通無來無去亦復不住五眼本性無來無去亦復不住六神通本性無來無去亦復不住五眼眞如無來無去亦復不住六神通眞如無來無去亦復不住五眼自性無來無去亦復不住六神通自性無來無去亦復不住五眼自相無來無去亦復不住六神通自相無來無去亦復不住何以故善現以五眼六神通及彼本性眞如自性自相若動若住不可得故

復次善現佛十力無來無去亦復不住四無所畏四無礙解大慈大悲大喜大捨十八佛不共法一切智道相智一切相智無來無去亦復不住佛十力本性無來無去亦復不住四無所畏乃至一切相智本性無來無去亦復不住佛十力眞如無來無去亦復不住四無所畏乃至一切相智眞如無來無去亦

復不住佛十力自性無來無去亦復不住四無所畏乃至一切相智自性無來無去亦復不住佛十力自相無來無去亦復不住四無所畏乃至一切相智自相無來無去亦復不住何以故善現以佛十力四無所畏四無礙解大慈大悲大喜大捨十八佛不共法一切智道相智一切相智及彼本性眞如自性自相若動若住不可得故復次善現菩薩無來無去亦復不住菩提佛陀無來無去亦復不住菩薩本性無來無去亦復不住菩提佛陀本性無來無去亦復不住菩薩眞如無來無去亦復不住菩提佛陀眞如無來無去亦復不住菩薩自性無來無去亦復不住菩提佛陀自性無來無去亦復不住菩薩自相無來無去亦復不住菩提佛陀自相無來無去亦復不住何以故善現以菩薩菩提佛陀及彼本性眞如自性自相若動若住不可得故復次善現有爲無來無去亦復不住無爲無來無去亦復不住有爲本性無來無去亦復不住無爲本性無來無去亦復不住有爲眞如無來無去亦復不住無爲眞如無來無去亦復不住有爲自性無來無去亦復不住無爲自性無來無去亦復不住有爲自相無來無去亦復不住無爲自相無來無去亦復不住何以故善現以有爲無爲及彼本性眞如自性自相若動若住不可得故善現故說大乘無來無去無住可見譬如虛空復次善現汝言又如虛空前後中際皆不可得大乘亦爾前後中際皆不可得三世平等故名大乘者如是如是如汝所說所以者何善現過去世

過去世空未來世未來世空現在世現在世空三世平等性三世平等性空大乘性大乘性空菩薩摩訶薩菩薩摩訶薩性空何以故善現空無一二三四五六七八九十別異之相是故大乘三世平等善現如是大乘中平等不平等相俱不可得貪不貪相俱不可得瞋不瞋相俱不可得癡不癡相俱不可得慢不慢相俱不可得如是乃至善非善相俱不可得有記無記相俱不可得有漏無漏相俱不可得有罪無罪相俱不可得有染離染相俱不可得世間出世間相俱不可得雜染清淨相俱不可得生死涅槃相俱不可得常無常相俱不可得樂及苦相俱不可得我無我相俱不可得淨不淨相俱不可得寂靜不寂靜相俱不可得遠離不遠離相俱不可得欲

界出欲界相俱不可得色界出色界相俱不可得無色界出無色界相俱不可得何以故善現以大乘中諸法自性不可得故善現過去色過去色空未來色未來色空現在色現在色空過去受想行識過去受想行識空未來受想行識未來受想行識空現在受想行識現在受想行識空所以者何善現空中過去色不可得何以故過去色即是空空性亦空空中空尚不可得何況空中有過去色可得善現空中未來色不可得何以故未來色即是空空性亦空空中空尚不可得何況空中有未來色可得善現空中現在色不可得何以故現在色即是空空性亦空空中空尚不可得何況空中有現在色可得善現空中過去未來現在色不可得何以故過去未來

現在色即是空空性亦空空中空尚不可得何況空中有過去未來現在色可得善現空中過去受想行識不可得何以故過去受想行識即是空空性亦空空中空尚不可得何況空中有過去受想行識可得善現空中未來受想行識不可得何以故未來受想行識即是空空性亦空空中空尚不可得何況空中有未來受想行識可得善現空中現在受想行識不可得何以故現在受想行識即是空空性亦空空中空尚不可得何況空中有現在受想行識可得善現空中過去未來現在受想行識不可得何以故過去未來現在受想行識即是空空性亦空空中空尚不可得何況空中有過去未來現在受想行識可得善現過去眼處過去眼處空未來眼處未來眼處空現在眼處現在眼處空過去耳鼻舌身意處過去耳鼻舌身意處空未來耳鼻舌身意處未來耳鼻舌身意處空現在耳鼻舌身意處現在耳鼻舌身意處空所以者何善現空中過去眼處不可得何以故過去眼處即是空空性亦空空中空尚不可得何況空中有過去眼處可得善現空中未來眼處不可得何以故未來眼處即是空空性亦空空中空尚不可得何況空中有未來眼處可得善現空中現在眼處不可得何以故現在眼處即是空空性亦空空中空尚不可得何況空中有現在眼處可得善現空中過去未來現在眼處不可得何以故過去未來現在眼處即是空空性亦空空中空尚不可得何況空中有過去未來現在眼處可得善現空

中過去耳鼻舌身意處不可得何以故過去耳鼻舌身意處即是空空性亦空空中空尚不可得何況空中有過去耳鼻舌身意處可得善現空中未來耳鼻舌身意處不可得何以故未來耳鼻舌身意處即是空空性亦空空中空尚不可得何況空中有未來耳鼻舌身意處可得善現空中現在耳鼻舌身意處不可得何以故現在耳鼻舌身意處即是空空性亦空空中空尚不可得何況空中有現在耳鼻舌身意處可得善現空中過去未來現在耳鼻舌身意處不可得何以故過去未來現在耳鼻舌身意處即是空空性亦空空中空尚不可得何況空中有過去未來現在耳鼻舌身意處可得善現過去色處過去色處空未來色處未來色處空現在色處現在色處空過去聲香味觸法處過去聲香味觸法處空未來聲香味觸法處未來聲香味觸法處空現在聲香味觸法處現在聲香味觸法處空所以者何善現空中過去色處不可得何以故過去色處即是空空性亦空空中空尚不可得何況空中有過去色處可得善現空中未來色處不可得何以故未來色處即是空空性亦空空中空尚不可得何況空中有未來色處可得善現空中現在色處不可得何以故現在色處即是空空性亦空空中空尚不可得何況空中有現在色處可得善現空中過去未來現在色處不可得何以故過去未來現在色處即是空空性亦空空中空尚不可得何況空中有過去未來現在色處可得善現空中過去聲香味觸法處不

可得何以故過去聲香味觸法處即是空空性亦空空中空尚不可得何況空中有過去聲香味觸法處可得善現空中未來聲香味觸法處不可得何以故未來聲香味觸法處即是空空性亦空空中空尚不可得何況空中有未來聲香味觸法處可得善現空中現在聲香味觸法處不可得何以故現在聲香味觸法處即是空空性亦空空中空尚不可得何況空中有現在聲香味觸法處可得善現空中過去未來現在聲香味觸法處不可得何以故過去未來現在聲香味觸法處即是空空性亦空空中空尚不可得何況空中有過去未來現在聲香味觸法處可得善現過去眼界過去眼界空未來眼界未來眼界空現在眼界現在眼界空過去色界眼識界及眼觸眼觸爲緣所生諸受過去色界乃至眼觸爲緣所生諸受空未來色界眼識界及眼觸眼觸爲緣所生諸受未來色界乃至眼觸爲緣所生諸受空現在色界眼識界及眼觸眼觸爲緣所生諸受現在色界乃至眼觸爲緣所生諸受空所以者何善現空中過去眼界不可得何以故過去眼界即是空空性亦空空中空尚不可得何況空中有過去眼界可得善現空中未來眼界不可得何以故未來眼界即是空空性亦空空中空尚不可得何況空中有未來眼界可得善現空中現在眼界不可得何以故現在眼界即是空空性亦空空中空尚不可得何況空中有現在眼界可得善現空中過去未來現在眼界不可得何以故過去未來現在眼界即是空空

性亦空空中空尚不可得何況空中有過去未來現在眼界可得善現空中過去色界眼識界及眼觸眼觸爲緣所生諸受不可得何以故過去色界乃至眼觸爲緣所生諸受即是空空性亦空空中空尚不可得何況空中有過去色界乃至眼觸爲緣所生諸受可得善現空中未來色界眼識界及眼觸眼觸爲緣所生諸受不可得何以故未來色界乃至眼觸爲緣所生諸受即是空空性亦空空中空尚不可得何況空中有未來色界乃至眼觸爲緣所生諸受可得善現空中現在色界眼識界及眼觸眼觸爲緣所生諸受不可得何以故現在色界乃至眼觸爲緣所生諸受即是空空性亦空空中空尚不可得何況空中有現在色界乃至眼觸爲緣所生諸受可

得善現空中過去未來現在色界眼識界及眼觸眼觸爲緣所生諸受不可得何以故過去未來現在色界乃至眼觸爲緣所生諸受即是空空性亦空空中空尚不可得何況空中有過去未來現在色界乃至眼觸爲緣所生諸受可得善現過去耳界過去耳界空未來耳界未來耳界空現在耳界現在耳界空過去聲界耳識界及耳觸耳觸爲緣所生諸受過去聲界乃至耳觸爲緣所生諸受空未來聲界耳識界及耳觸耳觸爲緣所生諸受未來聲界乃至耳觸爲緣所生諸受空現在聲界耳識界及耳觸耳觸爲緣所生諸受現在聲界乃至耳觸爲緣所生諸受空所以者何善現空中過去耳界不可得何以故過去耳界即是空空性亦空空中空尚不可得何

況空中有過去耳界可得善現空中未來耳界不可得何以故未來耳界即是空空性亦空空中空尚不可得何況空中有未來耳界可得善現空中現在耳界不可得何以故現在耳界即是空空性亦空空中空尚不可得何況空中有現在耳界可得善現空中過去未來現在耳界不可得何以故過去未來現在耳界即是空空性亦空空中空尚不可得何況空中有過去未來現在耳界可得善現空中過去聲界耳識界及耳觸耳觸爲緣所生諸受不可得何以故過去聲界乃至耳觸爲緣所生諸受即是空空性亦空空中空尚不可得何況空中有過去聲界乃至耳觸爲緣所生諸受可得善現空中未來聲界耳識界及耳觸耳觸爲緣所生諸受不可得何以故未來聲界乃至耳觸爲緣所生諸受即是空空性亦空空中空尚不可得何況空中有未來聲界乃至耳觸爲緣所生諸受可得善現空中現在聲界耳識界及耳觸耳觸爲緣所生諸受不可得何以故現在聲界乃至耳觸爲緣所生諸受即是空空性亦空空中空尚不可得何況空中有現在聲界乃至耳觸爲緣所生諸受可得善現空中過去未來現在聲界耳識界及耳觸耳觸爲緣所生諸受不可得何以故過去未來現在聲界乃至耳觸爲緣所生諸受即是空空性亦空空中空尚不可得何況空中有過去未來現在聲界乃至耳觸爲緣所生諸受可得善現過去鼻界過去鼻界空未來鼻界未來鼻界空現在鼻界現在鼻界空過去香界鼻識界及鼻觸

鼻觸爲緣所生諸受過去香界乃至鼻觸爲緣所生諸受空未來香界鼻識界及鼻觸鼻觸爲緣所生諸受未來香界乃至鼻觸爲緣所生諸受空現在香界鼻識界及鼻觸鼻觸爲緣所生諸受現在香界乃至鼻觸爲緣所生諸受空所以者何善現空中過去鼻界不可得何以故過去鼻界即是空空性亦空空中空尚不可得何況空中有過去鼻界可得善現空中未來鼻界不可得何以故未來鼻界即是空空性亦空空中空尚不可得何況空中有未來鼻界可得善現空中現在鼻界不可得何以故現在鼻界即是空空性亦空空中空尚不可得何況空中有現在鼻界可得善現空中過去未來現在鼻界不可得何以故過去未來現在鼻界即是空空性亦空空中空尚不可得何況空中有過去未來現在鼻界可得善現空中過去香界鼻識界及鼻觸鼻觸爲緣所生諸受不可得何以故過去香界乃至鼻觸爲緣所生諸受即是空空性亦空空中空尚不可得何況空中有過去香界鼻至鼻觸爲緣所生諸受可得善現空中未來香界鼻識界及鼻觸鼻觸爲緣所生諸受不可得何以故未來香界乃至鼻觸爲緣所生諸受即是空空性亦空空中空尚不可得何況空中有未來香界乃至鼻觸爲緣所生諸受可得善現空中現在香界鼻識界及鼻觸鼻觸爲緣所生諸受不可得何以故現在香界乃至鼻觸爲緣所生諸受即是空空性亦空空中空尚不可得何況空中有現在香界乃至鼻觸爲緣所生諸受可得善現

空中過去未來現在香界鼻識界及鼻觸鼻觸爲緣所生諸受不可得何以故過去未來現在香界乃至鼻觸爲緣所生諸受即是空空性亦空空中空尚不可得何况空中有過去未來現在香界乃至鼻觸爲緣所生諸受可得善現過去舌界過去舌界空未來舌界未來舌界空現在舌界現在舌界空過去味界舌識界及舌觸舌觸爲緣所生諸受過去味界乃至舌觸爲緣所生諸受空未來味界舌識界及舌觸舌觸爲緣所生諸受未來味界乃至舌觸爲緣所生諸受空現在味界舌識界及舌觸舌觸爲緣所生諸受現在味界乃至舌觸爲緣所生諸受空所以者何善現空中過去舌界不可得何以故過去舌界即是空空性亦空空中空尚不可得何况空中有過去舌界可得善現空中未來舌界不可得何以故未來舌界即是空空性亦空空中空尚不可得何况空中有未來舌界可得善現空中現在舌界不可得何以故現在舌界即是空空性亦空空中空尚不可得何况空中有現在舌界可得善現空中過去未來現在舌界不可得何以故過去未來現在舌界即是空空性亦空空中空尚不可得何况空中有過去未來現在舌界可得善現空中過去味界舌識界及舌觸舌觸爲緣所生諸受不可得何以故過去味界乃至舌觸爲緣所生諸受即是空空性亦空空中空尚不可得何况空中有過去味界乃至舌觸爲緣所生諸受可得善現空中未來味界舌識界及舌觸舌觸爲緣所生諸受不可得何以故未來

味界乃至舌觸爲緣所生諸受即是空空性亦空空中空尚不可得何況空中有未來味界乃至舌觸爲緣所生諸受可得善現空中現在味界舌識界及舌觸舌觸爲緣所生諸受不可得何以故現在味界乃至舌觸爲緣所生諸受即是空空性亦空空中空尚不可得何況空中有現在味界乃至舌觸爲緣所生諸受可得善現空中過去未來現在味界舌識界及舌觸舌觸爲緣所生諸受不可得何以故過去未來現在味界乃至舌觸爲緣所生諸受即是空空性亦空空中空尚不可得何況空中有過去未來現在味界乃至舌觸爲緣所生諸受可得善現過去身界過去身界空未來身界未來身界空現在身界現在身界空過去觸界身識界及身觸身觸爲緣所生諸受過去觸界乃至身觸爲緣所生諸受空未來觸界身識界及身觸身觸爲緣所生諸受未來觸界乃至身觸爲緣所生諸受空現在觸界身識界及身觸身觸爲緣所生諸受現在觸界乃至身觸爲緣所生諸受空所以者何善現空中過去身界不可得何以故過去身界即是空空性亦空空中空尚不可得何況空中有過去身界可得善現空中未來身界不可得何以故未來身界即是空空性亦空空中空尚不可得何況空中有未來身界可得善現空中現在身界不可得何以故現在身界即是空空性亦空空中空尚不可得何況空中有現在身界可得善現空中過去未來現在身界不可得何以故過去未來現在身界即是空空性亦空空中空

尚不可得何況空中有過去未來現在身界可得善現空中過去觸界身識界及身觸身觸爲緣所生諸受不可得何以故過去觸界乃至身觸爲緣所生諸受即是空空性亦空空中空尚不可得何況空中有過去觸界乃至身觸爲緣所生諸受可得善現空中未來觸界身識界及身觸身觸爲緣所生諸受不可得何以故未來觸界乃至身觸爲緣所生諸受即是空空性亦空空中空尚不可得何況空中有未來觸界乃至身觸爲緣所生諸受可得善現空中現在觸界身識界及身觸身觸爲緣所生諸受不可得何以故現在觸界乃至身觸爲緣所生諸受即是空空性亦空空中空尚不可得何況空中有現在觸界乃至身觸爲緣所生諸受可得善現空中過去未來現在觸界身識界及身觸身觸爲緣所生諸受不可得何以故過去未來現在觸界乃至身觸爲緣所生諸受即是空空性亦空空中空尚不可得何況空中有過去未來現在觸界乃至身觸爲緣所生諸受可得善現過去意界過去意界空未來意界未來意界空現在意界現在意界空過去法界意識界及意觸意觸爲緣所生諸受過去法界乃至意觸爲緣所生諸受空未來法界意識界及意觸意觸爲緣所生諸受未來法界乃至意觸爲緣所生諸受空現在法界意識界及意觸意觸爲緣所生諸受現在法界乃至意觸爲緣所生諸受空所以者何善現空中過去意界不可得何以故過去意界即是空空性亦空空中空尚不可得何況空中有過去

意界可得善現空中未來意界不可得何以故未來意界即是空空性亦空空中空尚不可得何況空中有未來意界可得善現空中現在意界不可得何以故現在意界即是空空性亦空空中空尚不可得何況空中有現在意界可得善現空中過去未來現在意界不可得何以故過去未來現在意界即是空空性亦空空中空尚不可得何況空中有過去未來現在意界可得善現空中過去法界意識界及意觸意觸爲緣所生諸受不可得何以故過去法界乃至意觸爲緣所生諸受即是空空性亦空空中空尚不可得何況空中有過去法界乃至意觸爲緣所生諸受可得善現空中未來法界意識界及意觸意觸爲緣所生諸受不可得何以故未來法界乃至意觸爲緣所生諸受即是空空性亦空空中空尚不可得何況空中有未來法界乃至意觸爲緣所生諸受可得善現空中現在法界意識界及意觸意觸爲緣所生諸受不可得何以故現在法界乃至意觸爲緣所生諸受即是空空性亦空空中空尚不可得何況空中有現在法界乃至意觸爲緣所生諸受可得善現空中過去未來現在法界意識界及意觸意觸爲緣所生諸受不可得何以故過去未來現在法界乃至意觸爲緣所生諸受即是空空性亦空空中空尚不可得何況空中有過去未來現在法界乃至意觸爲緣所生諸受可得善現過去地界過去地界空未來地界未來地界空現在地界現在地界空過去水火風空識界過去水火風空識界

空未來水火風空識界未來水火風空識界空現在水火風空識界現在水火風空識界空所以者何善現空中過去地界不可得何以故過去地界即是空空性亦空空中空尚不可得何況空中有過去地界可得善現空中未來地界不可得何以故未來地界即是空空性亦空空中空尚不可得何況空中有未來地界可得善現空中現在地界不可得何以故現在地界即是空空性亦空空中空尚不可得何況空中有現在地界可得善現空中過去未來現在地界不可得何以故過去未來現在地界即是空空性亦空空中空尚不可得何況空中有過去未來現在地界可得善現空中過去水火風空識界不可得何以故過去水火風空識界即是空空性亦空空中空尚不可得何況空中有過去水火風空識界可得善現空中未來水火風空識界不可得何以故未來水火風空識界即是空空性亦空空中空尚不可得何況空中有未來水火風空識界可得善現空中現在水火風空識界不可得何以故現在水火風空識界即是空空性亦空空中空尚不可得何況空中有現在水火風空識界可得善現空中過去未來現在水火風空識界不可得何以故過去未來現在水火風空識界即是空空性亦空空中空尚不可得何況空中有過去未來現在水火風空識界可得善現過去無明過去無明空未來無明未來無明空現在無明現在無明空過去行識名色六處觸受愛取有生老死愁歎苦憂惱過去行乃至

老死愁歎苦憂惱空未來行識名色六處觸受愛取有生老死愁歎苦憂惱未來行乃至老死愁歎苦憂惱空現在行識名色六處觸受愛取有生老死愁歎苦憂惱現在行乃至老死愁歎苦憂惱空所以者何善現空中過去無明不可得何以故過去無明即是空空性亦空空中空尚不可得何況空中有過去無明可得善現空中未來無明不可得何以故未來無明即是空空性亦空空中空尚不可得何況空中有未來無明可得善現空中現在無明不可得何以故現在無明即是空空性亦空空中空尚不可得何況空中有現在無明可得善現空中過去未來現在無明不可得何以故過去未來現在無明即是空空性亦空空中空尚不可得何況空中有過去未來現在無明可得善現空中過去行識名色六處觸受愛取有生老死愁歎苦憂惱不可得何以故過去行乃至老死愁歎苦憂惱即是空空性亦空空中空尚不可得何況空中有過去行乃至老死愁歎苦憂惱可得善現空中未來行識名色六處觸受愛取有生老死愁歎苦憂惱不可得何以故未來行乃至老死愁歎苦憂惱即是空空性亦空空中空尚不可得何況空中有未來行乃至老死愁歎苦憂惱可得善現空中現在行識名色六處觸受愛取有生老死愁歎苦憂惱不可得何以故現在行乃至老死愁歎苦憂惱即是空空性亦空空中空尚不可得何況空中有現在行乃至老死愁歎苦憂惱可得善現空中過去未來現在行識名色六處觸受

愛取有生老死愁歎苦憂惱不可得何以故過去未來現在行乃至老死愁歎苦憂惱即是空空性亦空空中空尚不可得何況空中有過去未來現在行乃至老死愁歎苦憂惱可得

大般若波羅蜜多經卷第五十九

大般若波羅蜜多經卷第六十

唐三藏法師玄奘奉　詔譯

初分讃大乘品第十六之五

善現過去布施波羅蜜多過去布施波羅蜜多空未來布施波羅蜜多未來布施波羅蜜多空現在布施波羅蜜多現在布施波羅蜜多空過去淨戒安忍精進靜慮般若波羅蜜多過去淨戒安忍精進靜慮般若波羅蜜多空未來淨戒安忍精進靜慮般若波羅蜜多未來淨戒安忍精進靜慮般若波羅蜜多空現在淨戒安忍精進靜慮般若波羅蜜多現在淨戒安忍精進靜慮般若波羅蜜多空所以者何善現空中過去布施波羅蜜多不可得何以故過去布施波羅蜜多即是空空性亦空空中空尚不可得何況空中有過去布施波羅蜜多可得善現空中未來布施波羅蜜多不可得何以故未來布施波羅蜜多即是空空性亦空空中空尚不可得何況空中有未來布施波羅蜜多可得善現空中現在布施波羅蜜多不可得何以故現在布施波羅蜜多即是空空性亦空空中空尚不可得何況空中有現在布施波羅蜜多可得善現過去未來現在布施波羅蜜多不可得何以故過去未來現在布施波羅蜜多即是空空性亦空空中空尚不可得何況空中有過去未來現在布施波羅蜜多可得善現空中過去淨戒安忍精進靜慮般若波羅蜜多不可得何以故過去淨戒安忍精進靜慮般若波羅蜜多即是空空性亦空空中空尚不可得何況空中有過去淨戒安忍精進靜慮般若

波羅蜜多可得善現空中未來淨戒安忍精進靜慮般若波羅蜜多不可得何以故未來淨戒安忍精進靜慮般若波羅蜜多即是空空性亦空空中空尚不可得何況空中有未來淨戒安忍精進靜慮般若波羅蜜多可得善現空中現在淨戒安忍精進靜慮般若波羅蜜多不可得何以故現在淨戒安忍精進靜慮般若波羅蜜多即是空空性亦空空中空尚不可得何況空中有現在淨戒安忍精進靜慮般若波羅蜜多可得善現空中過去未來現在淨戒安忍精進靜慮般若波羅蜜多不可得何以故過去未來現在淨戒安忍精進靜慮般若波羅蜜多即是空空性亦空空中空尚不可得何況空中有過去未來現在淨戒安忍精進靜慮般若波羅蜜多可得

善現過去四靜慮過去四靜慮空未來四靜慮未來四靜慮空現在四靜慮現在四靜慮空過去四無量四無色定過去四無量四無色定空未來四無量四無色定未來四無量四無色定空現在四無量四無色定現在四無量四無色定空所以者何善現空中過去四靜慮不可得何以故過去四靜慮即是空空性亦空空中空尚不可得何況空中有過去四靜慮可得善現空中未來四靜慮不可得何以故未來四靜慮即是空空性亦空空中空尚不可得何況空中有未來四靜慮可得善現空中現在四靜慮不可得何以故現在四靜慮即是空空性亦空空中空尚不可得何況空中有現在四靜慮可得善現空中過去未來現在四靜慮不可得何以故過去

未來現在四靜慮即是空空性亦空空中空尚不可得何況空中有過去未來現在四靜慮可得善現空中過去四無量四無色定不可得何以故過去四無量四無色定即是空空性亦空空中空尚不可得何況空中有過去四無量四無色定可得善現空中未來四無量四無色定不可得何以故未來四無量四無色定即是空空性亦空空中空尚不可得何況空中有未來四無量四無色定可得善現空中現在四無量四無色定不可得何以故現在四無量四無色定即是空空性亦空空中空尚不可得何況空中有現在四無量四無色定可得善現空中過去未來現在四無量四無色定不可得何以故過去未來現在四無量四無色定即是空空性亦空空

中空尚不可得何況空中有過去未來現在四無量四無色定可得善現過去四念住過去四念住空未來四念住未來四念住空現在四念住現在四念住空過去四正斷四神足五根五力七等覺支八聖道支過去四正斷乃至八聖道支空未來四正斷四神足五根五力七等覺支八聖道支未來四正斷乃至八聖道支空現在四正斷四神足五根五力七等覺支八聖道支現在四正斷乃至八聖道支空所以者何善現空中過去四念住不可得何以故過去四念住即是空空性亦空空中空尚不可得何況空中有過去四念住可得善現空中未來四念住不可得何以故未來四念住即是空空性亦空空中空尚不可得何況空中有未來四念住可得善現

空中現在四念住不可得何以故現在四念住即是空空性亦空空中空尚不可得何況空中有現在四念住可得善現空中過去未來現在四念住不可得何以故過去未來現在四念住即是空空性亦空空中空尚不可得何況空中有過去未來現在四念住可得善現空中過去四正斷四神足五根五力七等覺支八聖道支不可得何以故過去四正斷乃至八聖道支即是空空性亦空空中空尚不可得何況空中有過去四正斷乃至八聖道支可得善現空中未來四正斷四神足五根五力七等覺支八聖道支不可得何以故未來四正斷乃至八聖道支即是空空性亦空空中空尚不可得何況空中有未來四正斷乃至八聖道支可得善現空中現在四正斷四神足五根五力七等覺支八聖道支不可得何以故現在四正斷乃至八聖道支即是空空性亦空空中空尚不可得何況空中有現在四正斷乃至八聖道支可得善現空中過去未來現在四正斷四神足五根五力七等覺支八聖道支不可得何以故過去未來現在四正斷乃至八聖道支即是空空性亦空空中空尚不可得何況空中有過去未來現在四正斷乃至八聖道支可得善現過去空解脫門過去空解脫門空未來空解脫門未來空解脫門空現在空解脫門現在空解脫門空過去無相無願解脫門過去無相無願解脫門空未來無相無願解脫門未來無相無願解脫門空現在無相無願解脫門現在無相無願解脫門空所以者何善現

空中過去空解脱門不可得何以故過去空解脱門即是空空性亦空空中空尚不可得何況空中有過去空解脱門可得善現空中未來空解脱門不可得何以故未來空解脱門即是空空性亦空空中空尚不可得何況空中有未來空解脱門可得善現空中現在空解脱門不可得何以故現在空解脱門即是空空性亦空空中空尚不可得何況空中有現在空解脱門可得善現空中過去未來現在空解脱門不可得何以故過去未來現在空解脱門即是空空性亦空空中空尚不可得何況空中有過去未來現在空解脱門可得善現空中過去無相無願解脱門不可得何以故過去無相無願解脱門即是空空性亦空空中空尚不可得何況空中有過去

無相無願解脱門可得善現空中未來無相無願解脱門不可得何以故未來無相無願解脱門即是空空性亦空空中空尚不可得何況空中有未來無相無願解脱門可得善現空中現在無相無願解脱門不可得何以故現在無相無願解脱門即是空空性亦空空中空尚不可得何況空中有現在無相無願解脱門可得善現空中過去未來現在無相無願解脱門不可得何以故過去未來現在無相無願解脱門即是空空性亦空空中空尚不可得何況空中有過去未來現在無相無願解脱門可得善現過去五眼過去五眼空未來五眼未來五眼空現在五眼現在五眼空過去六神通過去六神通空未來六神通未來六神通空現在六神通現在六神

通空所以者何善現空中過去五眼不可得何以故過去五眼即是空空性亦空空中空尚不可得何況空中有過去五眼可得善現空中未來五眼不可得何以故未來五眼即是空空性亦空空中空尚不可得何況空中有未來五眼可得善現空中現在五眼不可得何以故現在五眼即是空空性亦空空中空尚不可得何況空中有現在五眼可得善現空中過去未來現在五眼不可得何以故過去未來現在五眼即是空空性亦空空中空尚不可得何況空中有過去未來現在五眼可得善現空中過去六神通不可得何以故過去六神通即是空空性亦空空中空尚不可得何況空中有過去六神通可得善現空中未來六神通不可得何以故未來六神通即是空空性亦空空中空尚不可得何況空中有未來六神通可得善現空中現在六神通不可得何以故現在六神通即是空空性亦空空中空尚不可得何況空中有現在六神通可得善現空中過去未來現在六神通不可得何以故過去未來現在六神通即是空空性亦空空中空尚不可得何況空中有過去未來現在六神通可得善現過去佛十力過去佛十力空未來佛十力未來佛十力空現在佛十力現在佛十力空過去四無所畏四無礙解大慈大悲大喜大捨十八佛不共法一切智道相智一切相智過去四無所畏乃至一切相智空未來四無所畏乃至一切相智空未來四無所畏四無礙解大慈大悲大喜大捨十八佛不共法一切智道相智一切相智未來四無所畏乃至

一切相智空現在四無所畏四無礙解大慈大悲大喜大捨十八佛不共法一切智道相智一切相智現在四無所畏乃至一切相智空所以者何善現空中過去佛十力不可得何以故過去佛十力即是空空性亦空空中空尚不可得何況空中有過去佛十力可得善現空中未來佛十力不可得何以故未來佛十力即是空空性亦空空中空尚不可得何況空中有未來佛十力可得善現空中現在佛十力不可得何以故現在佛十力即是空空性亦空空中空尚不可得何況空中有現在佛十力可得善現空中過去未來現在佛十力不可得何以故過去未來現在佛十力即是空空性亦空空中空尚不可得何況空中有過去未來現在佛十力可得善現空中過去四無所畏四無礙解大慈大悲大喜大捨十八佛不共法一切智道相智一切相智不可得何以故過去四無所畏乃至一切相智即是空空性亦空空中空尚不可得何況空中有過去四無所畏乃至一切相智可得善現空中未來四無所畏四無礙解大慈大悲大喜大捨十八佛不共法一切智道相智一切相智不可得何以故未來四無所畏乃至一切相智即是空空性亦空空中空尚不可得何況空中有未來四無所畏乃至一切相智可得善現空中現在四無所畏四無礙解大慈大悲大喜大捨十八佛不共法一切智道相智一切相智不可得何以故現在四無所畏乃至一切相智即是空空性亦空空中空尚不可得何況空中有現在四無所

畏乃至一切相智可得善現空中過去未來現在四無所畏四無礙解大慈大悲大喜大捨十八佛不共法一切智道相智一切相智不可得何以故過去未來現在四無所畏乃至一切相智即是空空性亦空空中空尚不可得何況空中有過去未來現在四無所畏乃至一切相智可得善現過去異生過去異生空未來異生未來異生空現在異生現在異生空過去聲聞獨覺菩薩如來過去聲聞獨覺菩薩如來空未來聲聞獨覺菩薩如來未來聲聞獨覺菩薩如來空現在聲聞獨覺菩薩如來現在聲聞獨覺菩薩如來空所以者何善現空中過去異生不可得何以故過去異生即是空空性亦空空中空尚不可得何況空中有過去異生可得善現空中未來異生不可得何以故未來異生即是空空性亦空空中空尚不可得何況空中有未來異生可得善現空中現在異生不可得何以故現在異生即是空空性亦空空中空尚不可得何況空中有現在異生可得善現空中過去未來現在異生不可得何以故過去未來現在異生即是空空性亦空空中空尚不可得何況空中有過去未來現在異生可得以我有情乃至知者見者不可得故善現空中過去聲聞獨覺菩薩如來不可得何以故過去聲聞獨覺菩薩如來即是空空性亦空空中空尚不可得何況空中有過去聲聞獨覺菩薩如來可得善現空中未來聲聞獨覺菩薩如來不可得何以故未來聲聞獨覺菩薩如來即是空空性亦空空中空尚不可得何

況空中有未來聲聞獨覺菩薩如來可得善現空中現在聲聞獨覺菩薩如來不可得何以故現在聲聞獨覺菩薩如來即是空空性亦空空中空尚不可得何況空中有現在聲聞獨覺菩薩如來可得善現空中過去未來現在聲聞獨覺菩薩如來不可得何以故過去未來現在聲聞獨覺菩薩如來即是空空性亦空空中空尚不可得何況空中有過去未來現在聲聞獨覺菩薩如來可得以我有情乃至知者見者不可得故復次善現前際色不可得後際色不可得中際色不可得三世平等中色亦不可得所以者何善現平等中過去未來現在色皆不可得何以故平等中平等性尚不可得何況平等中有過去未來現在色可得善現前際受想行識不可得後際受想行識不可得中際受想行識不可得三世平等中受想行識亦不可得所以者何善現平等中過去未來現在受想行識皆不可得何以故平等中平等性尚不可得何況平等中有過去未來現在受想行識可得善現前際眼處不可得後際眼處不可得中際眼處不可得三世平等中眼處亦不可得所以者何善現平等中過去未來現在眼處皆不可得何以故平等中平等性尚不可得何況平等中有過去未來現在眼處可得善現前際耳鼻舌身意處不可得後際耳鼻舌身意處不可得中際耳鼻舌身意處不可得三世平等中耳鼻舌身意處亦不可得所以者何善現平等中過去未來現在耳鼻舌身意處皆不可得何以故平等中平等性尚不

可得何況平等中有過去未來現在耳鼻舌身意處可得善現前際色處不可得後際色處不可得中際色處不可得三世平等中色處亦不可得所以者何善現平等中過去未來現在色處皆不可得何以故平等中平等性尚不可得何況平等中有過去未來現在色處可得善現前際聲香味觸法處不可得後際聲香味觸法處不可得中際聲香味觸法處不可得三世平等中聲香味觸法處亦不可得所以者何善現平等中過去未來現在聲香味觸法處皆不可得何以故平等中平等性尚不可得何況平等中有過去未來現在聲香味觸法處可得善現前際眼界不可得後際眼界不可得中際眼界不可得三世平等中眼界亦不可得所以者何善現平

等中過去未來現在眼界皆不可得何以故平等中平等性尚不可得何況平等中有過去未來現在眼界可得善現前際色界眼識界及眼觸眼觸爲緣所生諸受不可得後際色界眼識界及眼觸眼觸爲緣所生諸受不可得中際色界眼識界及眼觸眼觸爲緣所生諸受不可得三世平等中色界眼識界及眼觸眼觸爲緣所生諸受亦不可得所以者何善現平等中過去未來現在色界眼識界及眼觸眼觸爲緣所生諸受皆不可得何以故平等中平等性尚不可得何況平等中有過去未來現在色界眼識界及眼觸眼觸爲緣所生諸受可得善現前際耳界不可得後際耳界不可得中際耳界不可得三世平等中耳界亦不可得所以者何善現平等中過

去未來現在耳界皆不可得何以故平等中平等性尚不可得何況平等中有過去未來現在耳界可得善現前際聲界耳識界及耳觸耳觸爲緣所生諸受不可得後際聲界耳識界及耳觸耳觸爲緣所生諸受不可得中際聲界耳識界及耳觸耳觸爲緣所生諸受不可得三世平等中聲界耳識界及耳觸耳觸爲緣所生諸受亦不可得所以者何善現平等中過去未來現在聲界耳識界及耳觸耳觸爲緣所生諸受皆不可得何以故平等中平等性尚不可得何況平等中有過去未來現在聲界耳識界及耳觸耳觸爲緣所生諸受可得善現前際鼻界不可得後際鼻界不可得中際鼻界不可得三世平等中鼻界亦不可得所以者何善現平等中過去未來現在鼻界皆不可得何以故平等中平等性尚不可得何況平等中有過去未來現在鼻界可得善現前際香界鼻識界及鼻觸鼻觸爲緣所生諸受不可得後際香界鼻識界及鼻觸鼻觸爲緣所生諸受不可得中際香界鼻識界及鼻觸鼻觸爲緣所生諸受不可得三世平等中香界鼻識界及鼻觸鼻觸爲緣所生諸受亦不可得所以者何善現平等中過去未來現在香界鼻識界及鼻觸鼻觸爲緣所生諸受皆不可得何以故平等中平等性尚不可得何況平等中有過去未來現在香界鼻識界及鼻觸鼻觸爲緣所生諸受可得善現前際舌界不可得後際舌界不可得中際舌界不可得三世平等中舌界亦不可得所以者何善現平等中過去未來現在舌

界皆不可得何以故平等中平等性尚不可得何況平等中有過去未來現在舌界可得善現前際味界舌識界及舌觸舌觸爲緣所生諸受不可得後際味界舌識界及舌觸舌觸爲緣所生諸受不可得中際味界舌識界及舌觸舌觸爲緣所生諸受不可得三世平等中味界舌識界及舌觸舌觸爲緣所生諸受亦不可得所以者何善現平等中過去未來現在味界舌識界及舌觸舌觸爲緣所生諸受皆不可得何以故平等中平等性尚不可得何況平等中有過去未來現在味界舌識界及舌觸舌觸爲緣所生諸受可得善現前際身界不可得後際身界不可得中際身界不可得三世平等中身界亦不可得所以者何善現平等中過去未來現在身界皆不可得何以故平等中平等性尚不可得何況平等中有過去未來現在身界可得善現前際觸界身識界及身觸身觸爲緣所生諸受不可得後際觸界身識界及身觸身觸爲緣所生諸受不可得中際觸界身識界及身觸身觸爲緣所生諸受不可得三世平等中觸界身識界及身觸身觸爲緣所生諸受亦不可得所以者何善現平等中過去未來現在觸界身識界及身觸身觸爲緣所生諸受皆不可得何以故平等中平等性尚不可得何況平等中有過去未來現在觸界身識界及身觸身觸爲緣所生諸受可得善現前際意界不可得後際意界不可得中際意界不可得三世平等中意界亦不可得所以者何善現平等中過去未來現在意界皆不可得何

以故平等中平等性尚不可得何況平等中有過去未來現在意界可得善現前際法界意識界及意觸意觸爲緣所生諸受不可得後際法界意識界及意觸意觸爲緣所生諸受不可得中際法界意識界及意觸意觸爲緣所生諸受不可得三世平等中法界意識界及意觸意觸爲緣所生諸受亦不可得所以者何善現平等中過去未來現在法界意識界及意觸意觸爲緣所生諸受皆不可得何以故平等中平等性尚不可得何況平等中有過去未來現在法界意識界及意觸意觸爲緣所生諸受可得善現前際地界不可得後際地界不可得中際地界不可得三世平等中地界亦不可得所以者何善現平等中過去未來現在地界皆不可得何以故平等中平等性尚不可得何況平等中有過去未來現在地界可得善現前際水火風空識界不可得後際水火風空識界不可得中際水火風空識界不可得三世平等中水火風空識界亦不可得所以者何善現平等中過去未來現在水火風空識界皆不可得何以故平等中平等性尚不可得何況平等中有過去未來現在水火風空識界可得善現前際無明不可得後際無明不可得中際無明不可得三世平等中無明亦不可得所以者何善現平等中過去未來現在無明皆不可得何以故平等中平等性尚不可得何況平等中有過去未來現在無明可得善現前際行識名色六處觸受愛取有生老死愁歎苦憂惱不可得後際行乃至老死愁歎苦憂惱

不可得中際行乃至老死愁歎苦憂惱不可得三世平等中行乃至老死愁歎苦憂惱亦不可得所以者何善現平等中過去未來現在行乃至老死愁歎苦憂惱皆不可得何以故平等中平等性尚不可得何況平等中有過去未來現在行乃至老死愁歎苦憂惱可得善現前際布施波羅蜜多不可得後際布施波羅蜜多不可得中際布施波羅蜜多不可得三世平等中布施波羅蜜多亦不可得所以者何善現平等中過去未來現在布施波羅蜜多皆不可得何以故平等中平等性尚不可得何況平等中有過去未來現在布施波羅蜜多可得善現前際淨戒安忍精進靜慮般若波羅蜜多不可得後際淨戒安忍精進靜慮般若波羅蜜多不可得中際淨戒安忍精進靜慮般若波羅蜜多不可得三世平等中淨戒安忍精進靜慮般若波羅蜜多亦不可得所以者何善現平等中過去未來現在淨戒安忍精進靜慮般若波羅蜜多皆不可得何以故平等中平等性尚不可得何況平等中有過去未來現在淨戒安忍精進靜慮般若波羅蜜多可得善現前際四靜慮不可得後際四靜慮不可得中際四靜慮不可得三世平等中四靜慮亦不可得所以者何善現平等中過去未來現在四靜慮皆不可得何以故平等中平等性尚不可得何況平等中有過去未來現在四靜慮可得善現前際四無量四無色定不可得後際四無量四無色定不可得中際四無量四無色定不可得三世平等中四無量四無色定亦不可

得所以者何善現平等中過去未來現在四無量四無色定皆不可得何以故平等中平等性尚不可得何況平等中有過去未來現在四無量四無色定可得善現前際四念住不可得後際四念住不可得中際四念住不可得三世平等中四念住亦不可得所以者何善現平等中過去未來現在四念住皆不可得何以故平等中平等性尚不可得何況平等中有過去未來現在四念住可得善現前際四正斷四神足五根五力七等覺支八聖道支不可得後際四正斷乃至八聖道支不可得中際四正斷乃至八聖道支不可得三世平等中四正斷乃至八聖道支亦不可得所以者何善現平等中過去未來現在四正斷乃至八聖道支皆不可得何以故平等

中平等性尚不可得何況平等中有過去未來現在四正斷乃至八聖道支可得善現前際空解脫門不可得後際空解脫門不可得中際空解脫門不可得三世平等中空解脫門亦不可得所以者何善現平等中過去未來現在空解脫門皆不可得何以故平等中平等性尚不可得何況平等中有過去未來現在空解脫門可得善現前際無相無願解脫門不可得後際無相無願解脫門不可得中際無相無願解脫門不可得三世平等中無相無願解脫門亦不可得所以者何善現平等中過去未來現在無相無願解脫門皆不可得何以故平等中平等性尚不可得何況平等中有過去未來現在無相無願解脫門可得善現前際五眼不可得後際五眼不

可得中際五眼不可得三世平等中五眼亦不可得所以者何善現平等中過去未來現在五眼皆不可得何以故平等中平等性尚不可得何況平等中有過去未來現在五眼可得善現前際六神通不可得後際六神通不可得中際六神通不可得三世平等中六神通亦不可得所以者何善現平等中過去未來現在六神通皆不可得何以故平等中平等性尚不可得何況平等中有過去未來現在六神通可得善現前際佛十力不可得後際佛十力不可得中際佛十力不可得三世平等中佛十力亦不可得所以者何善現平等中過去未來現在佛十力皆不可得何以故平等中平等性尚不可得何況平等中有過去未來現在佛十力可得善現前際四無所畏四無礙解大慈大悲大喜大捨十八佛不共法一切智道相智一切相智不可得後際四無所畏乃至一切相智不可得中際四無所畏乃至一切相智不可得三世平等中四無所畏乃至一切相智亦不可得所以者何善現平等中過去未來現在四無所畏乃至一切相智皆不可得何以故平等中平等性尚不可得何況平等中有過去未來現在四無所畏乃至一切相智可得

大般若波羅蜜多經卷第六十

大般若波羅蜜多經卷第六十一

唐三藏法師玄奘奉詔譯

初分讚大乘品第十六之六

善現前際異生不可得後際異生不可得中際異生不可得三世平等中異生亦不可得所以者何善現平等中過去未來現在異生皆不可得何以故平等中平等性尚不可得何況平等中有過去未來現在異生可得以我有情乃至知者見者不可得故善現前際聲聞獨覺菩薩如來不可得後際聲聞獨覺菩薩如來不可得中際聲聞獨覺菩薩如來不可得三世平等中聲聞獨覺菩薩如來亦不可得所以者何善現平等中過去未來現在聲聞獨覺菩薩如來皆不可得何以故平等中平等性尚不可得何況平等中有過去未來現在聲聞獨覺菩薩如來可得以我有情乃至知者見者不可得故善現諸菩薩摩訶薩修行般若波羅蜜多時住此三世平等相中精勤修學一切智智無取著故速得圓滿善現是名菩薩摩訶薩三世平等大乘相若菩薩摩訶薩安住如是大乘相中超勝一切世間天人阿素洛等速能證得一切智智利樂有情爾時具壽善現白佛言世尊善哉善哉如來應正等覺善說正說菩薩摩訶薩大乘世尊如是大乘最尊最妙過去諸菩薩摩訶薩於此中學已得一切智智未來諸菩薩摩訶薩於此中學當得一切智智現在十方無量無數無邊世界一切菩薩摩訶薩於此中學今得一切智智是故大乘最尊最妙一切智智真勝所依佛告善現如是如是如

汝所說過去未來現在諸菩薩摩訶薩皆依大乘精勤修學速證無上正等菩提是故大乘最尊最妙

初分隨順品第十七

爾時滿慈子白佛言世尊如來先令尊者善現爲諸菩薩摩訶薩宣說般若波羅蜜多而今何故乃說大乘具壽善現即白佛言世尊我向所說大乘將無違越般若波羅蜜多耶佛告善現汝向所說大乘於般若波羅蜜多悉皆隨順無所違越何以故善現一切善法菩提分法若聲聞法若獨覺法若菩薩法若諸佛法如是一切無不攝入般若波羅蜜多時具壽善現復白佛言世尊何等一切善法菩提分法若聲聞法若獨覺法若菩薩法若諸佛法皆悉攝入般若波羅蜜多耶佛言善現若布施波羅蜜多淨戒波羅蜜多安忍波羅蜜多精進波羅蜜多靜慮波羅蜜多般若波羅蜜多若四靜慮四無量四無色定若四念住四正斷四神足五根五力七等覺支八聖道支若空解脫門無相解脫門無願解脫門若五眼六神通若佛十力四無所畏四無礙解大慈大悲大喜大捨十八佛不共法若一切智道相智一切相智若無忘失法恒住捨性善現諸如是等一切善法菩提分法若聲聞法若獨覺法若菩薩法若諸佛法如是一切皆悉攝入般若波羅蜜多復次善現若大乘若般若波羅蜜多若靜慮精進安忍淨戒布施波羅蜜多若色若受想行識若眼處若耳鼻舌身意處若色處若聲香味觸法處若眼界色界眼識界及眼觸眼觸爲緣所生

諸受若耳界聲界耳識界及耳觸耳觸爲緣所生諸受若鼻界香界鼻識界及鼻觸鼻觸爲緣所生諸受若舌界味界舌識界及舌觸舌觸爲緣所生諸受若身界觸界身識界及身觸身觸爲緣所生諸受若意界法界意識界及意觸意觸爲緣所生諸受若地界若水火風空識界若苦聖諦若集滅道聖諦若無明若行識名色六處觸受愛取有生老死愁歎苦憂惱若欲界若色無色界若善法非善法若有記無記法若有漏無漏法若有爲無爲法若世間出世間法若四靜慮若四無量四無色定若八解脫若八勝處九次第定十遍處若四念住若四正斷四神足五根五力七等覺支八聖道支若空解脫門若無相無願解脫門若五眼若六神通若佛十力若四無所畏四無礙解大慈大悲大喜大捨十八佛不共法一切智道相智一切相智若無忘失法若恒住捨性若一切陀羅尼門若一切三摩地門若諸如來若佛所覺所說法律若內空若外空內外空空空大空勝義空有爲空無爲空畢竟空無際空散空無變異空本性空自相空共相空一切法空不可得空無性空自性空無性自性空若眞如若法界法性不虛妄性不變異性不思議界虛空界斷界離界滅界平等性離生性法定法住無性界無相界無作界無爲界安隱界寂靜界本無實際究竟涅槃如是等一切法皆非相應非不相應非有色非無色非有見非無見非有對非無對咸同一相所謂無相善現由此因緣汝向所說大乘於般若波羅蜜多悉皆

隨順無所違越所以者何善現大乘不異般若波羅蜜多般若波羅蜜多不異大乘何以故若大乘若般若波羅蜜多其性無二無二分故善現大乘不異靜慮精進安忍淨戒布施波羅蜜多靜慮精進安忍淨戒布施波羅蜜多不異大乘何以故若大乘若靜慮精進安忍淨戒布施波羅蜜多其性無二無二分故善現大乘不異四靜慮四靜慮不異大乘何以故若大乘若四靜慮其性無二無二分故善現大乘不異四無量四無色定四無量四無色定不異大乘何以故若大乘若四無量四無色定其性無二無二分故善現大乘不異八解脫八解脫不異大乘何以故若大乘若八解脫其性無二無二分故善現大乘不異八勝處九次第定十遍處八勝處九次第定十遍處不異大乘何以故若大乘若八勝處九次第定十遍處其性無二無二分故善現大乘不異四念住四念住不異大乘何以故若大乘若四念住其性無二無二分故善現大乘不異四正斷四神足五根五力七等覺支八聖道支四正斷乃至八聖道支不異大乘何以故若大乘若四正斷乃至八聖道支其性無二無二分故善現大乘不異空解脫門空解脫門不異大乘何以故若大乘若空解脫門其性無二無二分故善現大乘不異無相無願解脫門無相無願解脫門不異大乘何以故若大乘若無相無願解脫門其性無二無二分故善現大乘不異五眼五眼不異大乘何以故若大乘若五眼其性無二無二分故善現大乘不異六神通六神通

不異大乘何以故若大乘若六神通其性無二無二分故善現大乘不異佛十力佛十力不異大乘何以故若大乘若佛十力其性無二無二分故善現大乘不異四無所畏四無礙解大慈大悲大喜大捨十八佛不共法一切智道相智一切相智四無所畏乃至一切相智不異大乘何以故若大乘若四無所畏乃至一切相智其性無二無二分故善現大乘不異無忘失法無忘失法不異大乘何以故若大乘若無忘失法其性無二無二分故善現大乘不異恒住捨性恒住捨性不異大乘何以故若大乘若恒住捨性其性無二無二分故善現大乘不異蘊界處等空不空法蘊界處等空不空法不異大乘何以故若大乘若蘊界處等空不空法其性無二無二分故善現由此因緣汝向所說大乘於般若波羅蜜多悉皆隨順無所違越若說大乘則爲已說般若波羅蜜多若說般若波羅蜜多則爲已說大乘如是二法無別異故

初分無所得品第十八之一

爾時具壽善現白佛言世尊前際菩薩摩訶薩不可得後際菩薩摩訶薩不可得中際菩薩摩訶薩不可得世尊色無邊故當知菩薩摩訶薩亦無邊受想行識無邊故當知菩薩摩訶薩亦無邊世尊眼處無邊故當知菩薩摩訶薩亦無邊耳鼻舌身意處無邊故當知菩薩摩訶薩亦無邊世尊色處無邊故當知菩薩摩訶薩亦無邊聲香味觸法處無邊故當知菩薩摩訶薩亦無邊世尊眼界無邊故當知菩薩摩訶薩亦無邊色界眼識界及眼

觸眼觸爲緣所生諸受無邊故當知菩薩摩訶薩亦無邊世尊耳界無邊故當知菩薩摩訶薩亦無邊聲界耳識界及耳觸耳觸爲緣所生諸受無邊故當知菩薩摩訶薩亦無邊世尊鼻界無邊故當知菩薩摩訶薩亦無邊香界鼻識界及鼻觸鼻觸爲緣所生諸受無邊故當知菩薩摩訶薩亦無邊世尊舌界無邊故當知菩薩摩訶薩亦無邊味界舌識界及舌觸舌觸爲緣所生諸受無邊故當知菩薩摩訶薩亦無邊世尊身界無邊故當知菩薩摩訶薩亦無邊觸界身識界及身觸身觸爲緣所生諸受無邊故當知菩薩摩訶薩亦無邊世尊意界無邊故當知菩薩摩訶薩亦無邊法界意識界及意觸意觸爲緣所生諸受無邊故當知菩薩摩訶薩亦無邊世尊地界無邊故當知菩薩摩訶薩亦無邊水火風空識界無邊故當知菩薩摩訶薩亦無邊世尊苦聖諦無邊故當知菩薩摩訶薩亦無邊集滅道聖諦無邊故當知菩薩摩訶薩亦無邊世尊無明無邊故當知菩薩摩訶薩亦無邊行識名色六處觸受愛取有生老死愁歎苦憂惱無邊故當知菩薩摩訶薩亦無邊世尊布施波羅蜜多無邊故當知菩薩摩訶薩亦無邊淨戒安忍精進靜慮般若波羅蜜多無邊故當知菩薩摩訶薩亦無邊世尊四靜慮無邊故當知菩薩摩訶薩亦無邊四無量四無色定無邊故當知菩薩摩訶薩亦無邊世尊八解脫無邊故當知菩薩摩訶薩亦無邊八勝處九次第定十遍處無邊故當知菩薩摩訶薩亦無邊世尊四念住無邊故當知

菩薩摩訶薩亦無邊四正斷四神足五根五力七等覺支八聖道支無邊故當知菩薩摩訶薩亦無邊世尊空解脫門無邊故當知菩薩摩訶薩亦無邊無相無願解脫門無邊故當知菩薩摩訶薩亦無邊世尊五眼無邊故當知菩薩摩訶薩亦無邊六神通無邊故當知菩薩摩訶薩亦無邊世尊佛十力無邊故當知菩薩摩訶薩亦無邊四無所畏四無礙解大慈大悲大喜大捨十八佛不共法一切智道相智一切相智無邊故當知菩薩摩訶薩亦無邊世尊無忘失法無邊故當知菩薩摩訶薩亦無邊恒住捨性無邊故當知菩薩摩訶薩亦無邊世尊一切陀羅尼門無邊故當知菩薩摩訶薩亦無邊一切三摩地門無邊故當知菩薩摩訶薩亦無邊世尊內空無邊故當知菩薩摩訶薩亦無邊外空內外空空空大空勝義空有為空無為空畢竟空無際空散空無變異空本性空自相空共相空一切法空不可得空無性空自性空無性自性空無邊故當知菩薩摩訶薩亦無邊世尊真如無邊故當知菩薩摩訶薩亦無邊法界法性不虛妄性不變異性不思議界虛空界斷界離界滅界平等性離生性法定法住無性界無相界無作界無為界安隱界寂靜界本無實際究竟涅槃無邊故當知菩薩摩訶薩亦無邊世尊聲聞乘無邊故當知菩薩摩訶薩亦無邊獨覺乘無邊故當知菩薩摩訶薩亦無邊大乘無邊故當知菩薩摩訶薩亦無邊世尊即色菩薩摩訶薩無所有不可得離色菩薩摩訶薩無所有不可得即受想行

識菩薩摩訶薩無所有不可得離受想行識
菩薩摩訶薩無所有不可得世尊即眼處菩
薩摩訶薩無所有不可得離眼處菩薩摩訶
薩無所有不可得即耳鼻舌身意處菩薩摩
訶薩無所有不可得離耳鼻舌身意處菩薩
摩訶薩無所有不可得世尊即色處菩薩摩
訶薩無所有不可得離色處菩薩摩訶薩無
所有不可得即聲香味觸法處菩薩摩訶薩
無所有不可得離聲香味觸法處菩薩摩訶
薩無所有不可得世尊即眼界菩薩摩訶薩
無所有不可得離眼界菩薩摩訶薩無所有
不可得即色界眼識界及眼觸眼觸爲緣所
生諸受菩薩摩訶薩無所有不可得離色界
眼識界及眼觸眼觸爲緣所生諸受菩薩摩
訶薩無所有不可得世尊即耳界菩薩摩訶

薩無所有不可得離耳界菩薩摩訶薩無所
有不可得即聲界耳識界及耳觸耳觸爲緣
所生諸受菩薩摩訶薩無所有不可得離聲
界耳識界及耳觸耳觸爲緣所生諸受菩薩
摩訶薩無所有不可得世尊即鼻界菩薩摩
訶薩無所有不可得離鼻界菩薩摩訶薩無
所有不可得即香界鼻識界及鼻觸鼻觸爲
緣所生諸受菩薩摩訶薩無所有不可得離
香界鼻識界及鼻觸鼻觸爲緣所生諸受菩
薩摩訶薩無所有不可得世尊即舌界菩薩
摩訶薩無所有不可得離舌界菩薩摩訶薩
無所有不可得即味界舌識界及舌觸舌觸
爲緣所生諸受菩薩摩訶薩無所有不可得
離舌界舌識界及舌觸舌觸爲緣所生諸受
菩薩摩訶薩無所有不可得世尊即身界菩

薩摩訶薩無所有不可得離身界菩薩摩訶
薩無所有不可得即觸界身識界及身觸身
觸爲緣所生諸受菩薩摩訶薩無所有不可
得離觸界身識界及身觸身觸爲緣所生諸
受菩薩摩訶薩無所有不可得世尊即意界
菩薩摩訶薩無所有不可得離意界菩薩摩
訶薩無所有不可得即法界意識界及意觸
意觸爲緣所生諸受菩薩摩訶薩無所有不
可得離法界意識界及意觸意觸爲緣所生
諸受菩薩摩訶薩無所有不可得世尊即地
界菩薩摩訶薩無所有不可得離地界菩薩
摩訶薩無所有不可得即水火風空識界菩
薩摩訶薩無所有不可得離水火風空識界
菩薩摩訶薩無所有不可得世尊即苦聖諦
菩薩摩訶薩無所有不可得離苦聖諦菩薩
摩訶薩無所有不可得即集滅道聖諦菩薩
摩訶薩無所有不可得離集滅道聖諦菩薩
摩訶薩無所有不可得世尊即無明菩薩摩
訶薩無所有不可得離無明菩薩摩訶薩無
所有不可得即行識名色六處觸受愛取有
生老死愁歎苦憂惱菩薩摩訶薩無所有不
可得離行乃至老死愁歎苦憂惱菩薩摩訶
薩無所有不可得世尊即布施波羅蜜多菩
薩摩訶薩無所有不可得離布施波羅蜜多
菩薩摩訶薩無所有不可得即淨戒安忍精
進靜慮般若波羅蜜多菩薩摩訶薩無所有
不可得離淨戒安忍精進靜慮般若波羅蜜
多菩薩摩訶薩無所有不可得世尊即四靜
慮菩薩摩訶薩無所有不可得離四靜慮菩
薩摩訶薩無所有不可得即四無量四無色

定菩薩摩訶薩無所有不可得離四無量四無色定菩薩摩訶薩無所有不可得世尊即八解脫菩薩摩訶薩無所有不可得離八解脫菩薩摩訶薩無所有不可得即八勝處九次第定十遍處菩薩摩訶薩無所有不可得離八勝處九次第定十遍處菩薩摩訶薩無所有不可得世尊即四念住菩薩摩訶薩無所有不可得離四念住菩薩摩訶薩無所有不可得即四正斷四神足五根五力七等覺支八聖道支菩薩摩訶薩無所有不可得離四正斷乃至八聖道支菩薩摩訶薩無所有不可得世尊即空解脫門菩薩摩訶薩無所有不可得離空解脫門菩薩摩訶薩無所有不可得即無相無願解脫門菩薩摩訶薩無所有不可得離無相無願解脫門菩薩摩訶薩無所有不可得世尊即五眼菩薩摩訶薩無所有不可得離五眼菩薩摩訶薩無所有不可得即六神通菩薩摩訶薩無所有不可得離六神通菩薩摩訶薩無所有不可得世尊即佛十力菩薩摩訶薩無所有不可得離佛十力菩薩摩訶薩無所有不可得即四無所畏四無礙解大慈大悲大喜大捨十八佛不共法一切智道相智一切相智菩薩摩訶薩無所有不可得離四無所畏乃至一切相智菩薩摩訶薩無所有不可得世尊即道相智菩薩摩訶薩無所有不可得離道相智菩薩摩訶薩無所有不可得世尊即無忘失法菩薩摩訶薩無所有不可得離無忘失法菩薩摩訶薩無所有不可得即恒住捨性菩薩摩訶薩無所有不可得離恒住捨性菩薩摩

訶薩無所有不可得世尊即一切陀羅尼門菩薩摩訶薩無所有不可得離一切陀羅尼門菩薩摩訶薩無所有不可得即一切三摩地門菩薩摩訶薩無所有不可得離一切三摩地門菩薩摩訶薩無所有不可得世尊即内空菩薩摩訶薩無所有不可得離内空菩薩摩訶薩無所有不可得即外空内外空空空大空勝義空有爲空無爲空畢竟空無際空散空無變異空本性空自相空共相空一切法空不可得空無性空自性空無性自性空菩薩摩訶薩無所有不可得離外空乃至無性自性空菩薩摩訶薩無所有不可得世尊即眞如菩薩摩訶薩無所有不可得離眞如菩薩摩訶薩無所有不可得即法界法性不虚妄性不變異性不思議界虚空界斷界離界滅界平等性離生性法定法住無性界無相界無作界無爲界安隱界寂靜界本無實際究竟涅槃菩薩摩訶薩無所有不可得離法界法性乃至實際究竟涅槃菩薩摩訶薩無所有不可得世尊即聲聞乘菩薩摩訶薩無所有不可得離聲聞乘菩薩摩訶薩無所有不可得即獨覺乘菩薩摩訶薩無所有不可得離獨覺乘菩薩摩訶薩無所有不可得即大乘菩薩摩訶薩無所有不可得離大乘菩薩摩訶薩無所有不可得世尊即聲聞補特伽羅菩薩摩訶薩無所有不可得離聲聞補特伽羅菩薩摩訶薩無所有不可得即獨覺大乘補特伽羅菩薩摩訶薩無所有不可得離獨覺大乘補特伽羅菩薩摩訶薩無所有不可得世尊我於一切法以一切種一

切處一切時求菩薩摩訶薩都無所見竟不可得云何令我以般若波羅蜜多教誡教授諸菩薩摩訶薩世尊菩薩摩訶薩但有假名如說我等畢竟不生諸法亦爾都無自性世尊色等諸法畢竟不生若畢竟不生則不名色等世尊我豈能以畢竟不生般若波羅蜜多教誡教授畢竟不生諸菩薩摩訶薩世尊離畢竟不生亦無菩薩摩訶薩能行無上正等菩提世尊若菩薩摩訶薩聞作是說其心不驚不恐不怖不沈不沒亦不憂悔當知是菩薩摩訶薩能行般若波羅蜜多時舍利子問善現言何緣故說前際菩薩摩訶薩不可得後際菩薩摩訶薩不可得中際菩薩摩訶薩不可得何緣故說色等無邊故菩薩摩訶薩亦無邊何緣故說即色等菩薩摩訶薩無所有不可得離色等菩薩摩訶薩無所有不可得何緣故說我於一切法以一切種一切處一切時求菩薩摩訶薩都無所見竟不可得云何令我以般若波羅蜜多教誡教授諸菩薩摩訶薩何緣故說菩薩摩訶薩但有假名何緣故說如說我等畢竟不生何緣故說諸法亦爾都無自性何緣故說色等諸法畢竟不生何緣故說若畢竟不生則不名色等何緣故說我豈能以畢竟不生般若波羅蜜多教誡教授諸菩薩摩訶薩何緣故說離畢竟不生亦無菩薩摩訶薩能行無上正等菩提何緣故說若菩薩摩訶薩聞作是說其心不驚不恐不怖不沉不沒亦不憂悔當知是菩薩摩訶薩能行般若波羅蜜多爾時具壽善現荅舍利子言如尊者所問何緣故說前

際菩薩摩訶薩不可得後際菩薩摩訶薩不可得中際菩薩摩訶薩不可得者舍利子有情無所有故前後中際菩薩摩訶薩不可得有情空故前後中際菩薩摩訶薩不可得有情遠離故前後中際菩薩摩訶薩不可得有情無自性故前後中際菩薩摩訶薩不可得何以故舍利子有情無所有空遠離無自性中前後中際菩薩摩訶薩皆不可得故舍利子非有情無所有有異非有情空有異非有情遠離有異非有情無自性有異非前際菩薩摩訶薩有異非後際菩薩摩訶薩有異非中際菩薩摩訶薩有異舍利子若有情無所有若有情空若有情遠離若有情無自性若前際菩薩摩訶薩若後際菩薩摩訶薩若中際菩薩摩訶薩如是一切法無二無二分舍利子由此緣故我作是說前際菩薩摩訶薩不可得後際菩薩摩訶薩不可得中際菩薩摩訶薩不可得舍利子色無所有故前後中際菩薩摩訶薩不可得受想行識無所有故前後中際菩薩摩訶薩不可得色空故前後中際菩薩摩訶薩不可得受想行識空故前後中際菩薩摩訶薩不可得色遠離故前後中際菩薩摩訶薩不可得受想行識遠離故前後中際菩薩摩訶薩不可得色無自性故前後中際菩薩摩訶薩不可得受想行識無自性故前後中際菩薩摩訶薩不可得何以故舍利子色受想行識無所有空遠離無自性中前後中際菩薩摩訶薩皆不可得故舍利子非色受想行識無所有有異非色受想行識空有異非色受想行識遠離有異非色

受想行識無自性有異非前際菩薩摩訶薩有異非後際菩薩摩訶薩有異非中際菩薩摩訶薩有異舍利子若色受想行識無所有若色受想行識空若色受想行識遠離若色受想行識無自性若前際菩薩摩訶薩若後際菩薩摩訶薩若中際菩薩摩訶薩如是一切法無二無二分舍利子由此緣故我作是說前際菩薩摩訶薩不可得後際菩薩摩訶薩不可得中際菩薩摩訶薩不可得舍利子眼處無所有故前後中際菩薩摩訶薩不可得耳鼻舌身意處無所有故前後中際菩薩摩訶薩不可得眼處空故前後中際菩薩摩訶薩不可得耳鼻舌身意處空故前後中際菩薩摩訶薩不可得眼處遠離故前後中際菩薩摩訶薩不可得耳鼻舌身意處遠離故前後中際菩薩摩訶薩不可得眼處無自性故前後中際菩薩摩訶薩不可得耳鼻舌身意處無自性故前後中際菩薩摩訶薩不可得何以故舍利子眼耳鼻舌身意處無所有空遠離無自性中前後中際菩薩摩訶薩皆不可得故舍利子非眼耳鼻舌身意處無所有有異非眼耳鼻舌身意處空有異非眼耳鼻舌身意處遠離有異非眼耳鼻舌身意處無自性有異非前際菩薩摩訶薩有異非後際菩薩摩訶薩有異非中際菩薩摩訶薩有異舍利子若眼耳鼻舌身意處無所有若眼耳鼻舌身意處空若眼耳鼻舌身意處遠離若眼耳鼻舌身意處無自性若前際菩薩摩訶薩若後際菩薩摩訶薩若中際菩薩摩訶薩如是一切法無二無二分舍利子由此緣

故我作是說前際菩薩摩訶薩不可得後際菩薩摩訶薩不可得中際菩薩摩訶薩不可得舍利子色處無所有故前後中際菩薩摩訶薩不可得聲香味觸法處無所有故前後中際菩薩摩訶薩不可得色處空故前後中際菩薩摩訶薩不可得聲香味觸法處空故前後中際菩薩摩訶薩不可得色處遠離故前後中際菩薩摩訶薩不可得聲香味觸法處遠離故前後中際菩薩摩訶薩不可得色處無自性故前後中際菩薩摩訶薩不可得聲香味觸法處無自性故前後中際菩薩摩訶薩不可得何以故舍利子色聲香味觸法處無所有空遠離無自性中前後中際菩薩摩訶薩皆不可得故舍利子非色聲香味觸法處無所有有異非色聲香味觸法處空有異非色聲香味觸法處遠離有異非色聲香味觸法處無自性有異非前際菩薩摩訶薩有異非後際菩薩摩訶薩有異非中際菩薩摩訶薩有異舍利子若色聲香味觸法處無所有若色聲香味觸法處空若色聲香味觸法處遠離若色聲香味觸法處無自性若前際菩薩摩訶薩若後際菩薩摩訶薩若中際菩薩摩訶薩如是一切法無二無二分舍利子由此緣故我作是說前際菩薩摩訶薩不可得後際菩薩摩訶薩不可得中際菩薩摩訶薩不可得舍利子眼界無所有故前後中際菩薩摩訶薩不可得色界眼識界及眼觸眼觸爲緣所生諸受無所有故前後中際菩薩摩訶薩不可得眼界空故前後中際菩薩摩訶薩不可得色界眼識界及眼觸眼觸爲

緣所生諸受空故前後中際菩薩摩訶薩不可得眼界遠離故前後中際菩薩摩訶薩不可得色界眼識界及眼觸眼觸爲緣所生諸受遠離故前後中際菩薩摩訶薩不可得眼界無自性故前後中際菩薩摩訶薩不可得色界眼識界及眼觸眼觸爲緣所生諸受無自性故前後中際菩薩摩訶薩不可得何以故舍利子眼界色界眼識界及眼觸眼觸爲緣所生諸受無所有空遠離無自性中前後中際菩薩摩訶薩皆不可得故舍利子非眼界乃至眼觸爲緣所生諸受無所有有異非眼界乃至眼觸爲緣所生諸受空有異非眼界乃至眼觸爲緣所生諸受遠離有異非眼界乃至眼觸爲緣所生諸受無自性有異非前際菩薩摩訶薩有異非後際菩薩摩訶薩有異非中際菩薩摩訶薩有異舍利子若眼界乃至眼觸爲緣所生諸受無所有若眼界乃至眼觸爲緣所生諸受空若眼界乃至眼觸爲緣所生諸受遠離若眼界乃至眼觸爲緣所生諸受無自性若前際菩薩摩訶薩若後際菩薩摩訶薩若中際菩薩摩訶薩如是一切法無二無二分舍利子由此緣故我作是說前際菩薩摩訶薩不可得後際菩薩摩訶薩不可得中際菩薩摩訶薩不可得

大般若波羅蜜多經卷第六十一

大般若波羅蜜多經卷第六十二

唐三藏法師玄奘奉　詔譯

初分無所得品第十八之二

舍利子耳界無所有不可得故前後中際菩薩摩訶薩不可得聲界耳識界及耳觸耳觸爲縁所生諸受無所有故前後中際菩薩摩訶薩不可得耳界空故前後中際菩薩摩訶薩不可得聲界耳識界及耳觸耳觸爲縁所生諸受空故前後中際菩薩摩訶薩不可得耳界遠離故前後中際菩薩摩訶薩不可得聲界耳識界及耳觸耳觸爲縁所生諸受遠離故前後中際菩薩摩訶薩不可得耳界無自性故前後中際菩薩摩訶薩不可得聲界耳識界及耳觸耳觸爲縁所生諸受無自性故前後中際菩薩摩訶薩不可得何以故舍利子耳界聲界耳識界及耳觸耳觸爲縁所生諸受無所有空遠離無自性中前後中際菩薩摩訶薩皆不可得故舍利子非耳界乃至耳觸爲縁所生諸受無所有有異非耳界乃至耳觸爲縁所生諸受空有異非耳界乃至耳觸爲縁所生諸受遠離有異非耳界乃至耳觸爲縁所生諸受無自性有異非前際菩薩摩訶薩有異非後際菩薩摩訶薩有異非中際菩薩摩訶薩有異舍利子若耳界乃至耳觸爲縁所生諸受無所有若耳界乃至耳觸爲縁所生諸受空若耳界乃至耳觸爲縁所生諸受遠離若耳界乃至耳觸爲縁所生諸受無自性若前際菩薩摩訶薩若後際菩薩摩訶薩若中際菩薩摩訶薩如是一切法無二無二分舍利子由此縁故我作是說

前際菩薩摩訶薩不可得後際菩薩摩訶薩不可得中際菩薩摩訶薩不可得舍利子鼻界無所有故前後中際菩薩摩訶薩不可得香界鼻識界及鼻觸鼻觸爲緣所生諸受無所有故前後中際菩薩摩訶薩不可得鼻界空故前後中際菩薩摩訶薩不可得香界鼻識界及鼻觸鼻觸爲緣所生諸受空故前後中際菩薩摩訶薩不可得鼻界遠離故前後中際菩薩摩訶薩不可得香界鼻識界及鼻觸鼻觸爲緣所生諸受遠離故前後中際菩薩摩訶薩不可得鼻界無自性故前後中際菩薩摩訶薩不可得香界鼻識界及鼻觸鼻觸爲緣所生諸受無自性故前後中際菩薩摩訶薩不可得何以故舍利子鼻界香界鼻識界及鼻觸鼻觸爲緣所生諸受無所有空遠離無自性中前後中際菩薩摩訶薩皆不可得故舍利子非鼻界乃至鼻觸爲緣所生諸受無所有有異非鼻界乃至鼻觸爲緣所生諸受空有異非鼻界乃至鼻觸爲緣所生諸受遠離有異非鼻界乃至鼻觸爲緣所生諸受無自性有異非前際菩薩摩訶薩有異非後際菩薩摩訶薩有異非中際菩薩摩訶薩有異舍利子若鼻界乃至鼻觸爲緣所生諸受無所有若鼻界乃至鼻觸爲緣所生諸受空若鼻界乃至鼻觸爲緣所生諸受遠離若鼻界乃至鼻觸爲緣所生諸受無自性若前際菩薩摩訶薩若後際菩薩摩訶薩若中際菩薩摩訶薩如是一切法無二無二分舍利子由此緣故我作是說前際菩薩摩訶薩不可得後際菩薩摩訶薩不可得中際菩薩

摩訶薩不可得舍利子舌界無所有故前後中際菩薩摩訶薩不可得味界舌識界及舌觸舌觸爲緣所生諸受無所有故前後中際菩薩摩訶薩不可得舌界空故前後中際菩薩摩訶薩不可得味界舌識界及舌觸舌觸爲緣所生諸受空故前後中際菩薩摩訶薩不可得舌界遠離故前後中際菩薩摩訶薩不可得味界舌識界及舌觸舌觸爲緣所生諸受遠離故前後中際菩薩摩訶薩不可得舌界無自性故前後中際菩薩摩訶薩不可得味界舌識界及舌觸舌觸爲緣所生諸受無自性故前後中際菩薩摩訶薩不可得何以故舍利子舌界味界舌識界及舌觸舌觸爲緣所生諸受無所有空遠離無自性中前後中際菩薩摩訶薩皆不可得故舍利子非舌界乃至舌觸爲緣所生諸受無所有有異非舌界乃至舌觸爲緣所生諸受空有異非舌界乃至舌觸爲緣所生諸受遠離有異非舌界乃至舌觸爲緣所生諸受無自性有異非前際菩薩摩訶薩有異非後際菩薩摩訶薩有異非中際菩薩摩訶薩有異舍利子若舌界乃至舌觸爲緣所生諸受無所有若舌界乃至舌觸爲緣所生諸受空若舌界乃至舌觸爲緣所生諸受遠離若舌界乃至舌觸爲緣所生諸受無自性若前際菩薩摩訶薩若後際菩薩摩訶薩若中際菩薩摩訶薩如是一切法無二無二分舍利子由此緣故我作是說前際菩薩摩訶薩不可得後際菩薩摩訶薩不可得中際菩薩摩訶薩不可得舍利子身界無所有故前後中際菩薩摩訶薩

不可得觸界身識界及身觸身觸爲緣所生諸受無所有故前後中際菩薩摩訶薩不可得身界空故前後中際菩薩摩訶薩不可得觸界身識界及身觸身觸爲緣所生諸受空故前後中際菩薩摩訶薩不可得身界遠離故前後中際菩薩摩訶薩不可得觸界身識界及身觸身觸爲緣所生諸受遠離故前後中際菩薩摩訶薩不可得身界無自性故前後中際菩薩摩訶薩不可得觸界身識界及身觸身觸爲緣所生諸受無自性故前後中際菩薩摩訶薩不可得何以故舍利子身界觸界身識界及身觸身觸爲緣所生諸受無所有空遠離無自性中前後中際菩薩摩訶薩皆不可得故舍利子非身界乃至身觸爲緣所生諸受無所有有異非身界乃至身觸爲緣所生諸受空有異非身界乃至身觸爲緣所生諸受遠離有異非身界乃至身觸爲緣所生諸受無自性有異非前際菩薩摩訶薩有異非後際菩薩摩訶薩有異非中際菩薩摩訶薩有異舍利子若身界乃至身觸爲緣所生諸受無所有若身界乃至身觸爲緣所生諸受空若身界乃至身觸爲緣所生諸受遠離若身界乃至身觸爲緣所生諸受無自性若前際菩薩摩訶薩若後際菩薩摩訶薩若中際菩薩摩訶薩如是一切法無二無二分舍利子由此緣故我作是說前際菩薩摩訶薩不可得後際菩薩摩訶薩不可得中際菩薩摩訶薩不可得舍利子意界無所有故前後中際菩薩摩訶薩不可得法界意識界及意觸意觸爲緣所生諸受無所有故前

後中際菩薩摩訶薩不可得意界空故前後中際菩薩摩訶薩不可得法界意識界及意觸意觸爲緣所生諸受空故前後中際菩薩摩訶薩不可得意界遠離故前後中際菩薩摩訶薩不可得法界意識界及意觸意觸爲緣所生諸受遠離故前後中際菩薩摩訶薩不可得意界無自性故前後中際菩薩摩訶薩不可得法界意識界及意觸意觸爲緣所生諸受無自性故前後中際菩薩摩訶薩不可得何以故舍利子意界法界意識界及意觸意觸爲緣所生諸受無所有空遠離無自性中前後中際菩薩摩訶薩皆不可得故舍利子非意界乃至意觸爲緣所生諸受無所有有異非意界乃至意觸爲緣所生諸受空有異非意界乃至意觸爲緣所生諸受遠離有異非意界乃至意觸爲緣所生諸受無自性有異非前際菩薩摩訶薩有異非後際菩薩摩訶薩有異非中際菩薩摩訶薩有異舍利子若意界乃至意觸爲緣所生諸受無所有若意界乃至意觸爲緣所生諸受空若意界乃至意觸爲緣所生諸受遠離若意界乃至意觸爲緣所生諸受無自性若前際菩薩摩訶薩若後際菩薩摩訶薩若中際菩薩摩訶薩如是一切法無二無二分舍利子由此緣故我作是說前際菩薩摩訶薩不可得後際菩薩摩訶薩不可得中際菩薩摩訶薩不可得舍利子地界無所有故前後中際菩薩摩訶薩不可得水火風空識界無所有故前後中際菩薩摩訶薩不可得地界空故前後中際菩薩摩訶薩不可得水火風空識界空

故前後中際菩薩摩訶薩不可得地界遠離故前後中際菩薩摩訶薩不可得水火風空識界遠離故前後中際菩薩摩訶薩不可得地界無自性故前後中際菩薩摩訶薩不可得水火風空識界無自性故前後中際菩薩摩訶薩不可得何以故舍利子地水火風空識界無所有空遠離無自性中前後中際菩薩摩訶薩皆不可得故舍利子非地水火風空識界無所有有異非地水火風空識界空有異非地水火風空識界遠離有異非地水火風空識界無自性有異非前際菩薩摩訶薩有異非後際菩薩摩訶薩有異非中際菩薩摩訶薩有異舍利子若地水火風空識界無所有若地水火風空識界空若地水火風空識界遠離若地水火風空識界無自性若前際菩薩摩訶薩若後際菩薩摩訶薩若中際菩薩摩訶薩如是一切法無二無二分舍利子由此緣故我作是說前際菩薩摩訶薩不可得後際菩薩摩訶薩不可得中際菩薩摩訶薩不可得舍利子苦聖諦無所有故前後中際菩薩摩訶薩不可得集滅道聖諦無所有故前後中際菩薩摩訶薩不可得苦聖諦空故前後中際菩薩摩訶薩不可得集滅道聖諦空故前後中際菩薩摩訶薩不可得苦聖諦遠離故前後中際菩薩摩訶薩不可得集滅道聖諦遠離故前後中際菩薩摩訶薩不可得苦聖諦無自性故前後中際菩薩摩訶薩不可得集滅道聖諦無自性故前後中際菩薩摩訶薩不可得何以故舍利子苦集滅道聖諦無所有空遠離無自性中前後

中際菩薩摩訶薩皆不可得故舍利子非苦集滅道聖諦無所有有異非苦集滅道聖諦空有異非苦集滅道聖諦遠離有異非苦集滅道聖諦無自性有異非前際菩薩摩訶薩有異非後際菩薩摩訶薩有異非中際菩薩摩訶薩有異舍利子若苦集滅道聖諦無所有若苦集滅道聖諦空若苦集滅道聖諦遠離若苦集滅道聖諦無自性若前際菩薩摩訶薩若後際菩薩摩訶薩若中際菩薩摩訶薩如是一切法無二無二分舍利子由此緣故我作是說前際菩薩摩訶薩不可得後際菩薩摩訶薩不可得中際菩薩摩訶薩不可得舍利子無明無所有故前後中際菩薩摩訶薩不可得行識名色六處觸受愛取有生老死愁歎苦憂惱無所有故前後中際菩薩摩訶薩不可得無明空故前後中際菩薩摩訶薩不可得行識名色六處觸受愛取有生老死愁歎苦憂惱空故前後中際菩薩摩訶薩不可得無明遠離故前後中際菩薩摩訶薩不可得行識名色六處觸受愛取有生老死愁歎苦憂惱遠離故前後中際菩薩摩訶薩不可得無明無自性故前後中際菩薩摩訶薩不可得行識名色六處觸受愛取有生老死愁歎苦憂惱無自性故前後中際菩薩摩訶薩不可得何以故舍利子無明行識名色六處觸受愛取有生老死愁歎苦憂惱無所有空遠離無自性中前後中際菩薩摩訶薩皆不可得故舍利子非無明乃至老死愁歎苦憂惱無所有有異非無明乃至老死愁歎苦憂惱空有異非無明乃至老死愁歎苦

憂惱遠離有異非無明乃至老死愁歎苦憂惱無自性有異非前際菩薩摩訶薩有異非後際菩薩摩訶薩有異非中際菩薩摩訶薩有異舍利子若無明乃至老死愁歎苦憂惱無所有若無明乃至老死愁歎苦憂惱空若無明乃至老死愁歎苦憂惱遠離若無明乃至老死愁歎苦憂惱無自性若前際菩薩摩訶薩若後際菩薩摩訶薩若中際菩薩摩訶薩如是一切法無二無二分舍利子由此緣故我作是說前際菩薩摩訶薩不可得後際菩薩摩訶薩不可得中際菩薩摩訶薩不可得舍利子布施波羅蜜多無所有故前後中際菩薩摩訶薩不可得淨戒安忍精進靜慮般若波羅蜜多無所有故前後中際菩薩摩訶薩不可得布施波羅蜜多空故前後中際菩薩摩訶薩不可得淨戒安忍精進靜慮般若波羅蜜多空故前後中際菩薩摩訶薩不可得布施波羅蜜多遠離故前後中際菩薩摩訶薩不可得淨戒安忍精進靜慮般若波羅蜜多遠離故前後中際菩薩摩訶薩不可得布施波羅蜜多無自性故前後中際菩薩摩訶薩不可得淨戒安忍精進靜慮般若波羅蜜多無自性故前後中際菩薩摩訶薩不可得何以故舍利子布施淨戒安忍精進靜慮般若波羅蜜多無所有空遠離無自性中前後中際菩薩摩訶薩皆不可得故舍利子非布施淨戒安忍精進靜慮般若波羅蜜多無所有有異非布施淨戒安忍精進靜慮般若波羅蜜多空有異非布施淨戒安忍精進靜慮般若波羅蜜多遠離有異非布施淨戒

安忍精進靜慮般若波羅蜜多無自性有異非前際菩薩摩訶薩有異非後際菩薩摩訶薩有異非中際菩薩摩訶薩有異舍利子若布施淨戒安忍精進靜慮般若波羅蜜多無所有若布施淨戒安忍精進靜慮般若波羅蜜多空若布施淨戒安忍精進靜慮般若波羅蜜多遠離若布施淨戒安忍精進靜慮般若波羅蜜多無自性若前際菩薩摩訶薩若後際菩薩摩訶薩若中際菩薩摩訶薩如是一切法無二無二分舍利子由此緣故我作是說前際菩薩摩訶薩不可得後際菩薩摩訶薩不可得中際菩薩摩訶薩不可得舍利子四靜慮無所有故前後中際菩薩摩訶薩不可得四無量四無色定無所有故前後中際菩薩摩訶薩不可得四靜慮空故前後中際菩薩摩訶薩不可得四無量四無色定空故前後中際菩薩摩訶薩不可得四靜慮遠離故前後中際菩薩摩訶薩不可得四無量四無色定遠離故前後中際菩薩摩訶薩不可得四靜慮無自性故前後中際菩薩摩訶薩不可得四無量四無色定無自性故前後中際菩薩摩訶薩不可得何以故舍利子四靜慮四無量四無色定無所有空遠離無自性中前後中際菩薩摩訶薩皆不可得故舍利子非四靜慮四無量四無色定無所有有異非四靜慮四無量四無色定空有異非四靜慮四無量四無色定遠離有異非四靜慮四無量四無色定無自性有異非前際菩薩摩訶薩有異非後際菩薩摩訶薩有異非中際菩薩摩訶薩有異舍利子若四靜慮四無

量四無色定無所有若四靜慮四無量四無色定空若四靜慮四無量四無色定遠離若四靜慮四無量四無色定無自性若前際菩薩摩訶薩若後際菩薩摩訶薩若中際菩薩摩訶薩如是一切法無二無二分舍利子由此緣故我作是説前際菩薩摩訶薩不可得後際菩薩摩訶薩不可得中際菩薩摩訶薩不可得舍利子八解脫無所有故前後中際菩薩摩訶薩不可得八勝處九次第定十遍處無所有故前後中際菩薩摩訶薩不可得八解脫空故前後中際菩薩摩訶薩不可得八勝處九次第定十遍處空故前後中際菩薩摩訶薩不可得八解脫遠離故前後中際菩薩摩訶薩不可得八勝處九次第定十遍處遠離故前後中際菩薩摩訶薩不可得八解脫無自性故前後中際菩薩摩訶薩不可得八勝處九次第定十遍處無自性故前後中際菩薩摩訶薩不可得何以故舍利子八解脫八勝處九次第定十遍處無所有空遠離無自性中前後中際菩薩摩訶薩皆不可得故舍利子非八解脫八勝處九次第定十遍處無所有有異非八解脫八勝處九次第定十遍處空有異非八解脫八勝處九次第定十遍處遠離有異非八解脫八勝處九次第定十遍處無自性有異非前際菩薩摩訶薩有異非後際菩薩摩訶薩有異非中際菩薩摩訶薩有異舍利子若八解脫八勝處九次第定十遍處無所有若八解脫八勝處九次第定十遍處空若八解脫八勝處九次第定十遍處遠離若八解脫八勝處九次第定

十遍處無自性若前際菩薩摩訶薩若後際菩薩摩訶薩若中際菩薩摩訶薩如是一切法無二無二分舍利子由此緣故我作是說前際菩薩摩訶薩不可得後際菩薩摩訶薩不可得中際菩薩摩訶薩不可得舍利子四念住無所有故前後中際菩薩摩訶薩不可得四正斷四神足五根五力七等覺支八聖道支無所有故前後中際菩薩摩訶薩不可得四念住空故前後中際菩薩摩訶薩不可得四正斷四神足五根五力七等覺支八聖道支空故前後中際菩薩摩訶薩不可得四念住遠離故前後中際菩薩摩訶薩不可得四正斷四神足五根五力七等覺支八聖道支遠離故前後中際菩薩摩訶薩不可得四念住無自性故前後中際菩薩摩訶薩不可得四正斷四神足五根五力七等覺支八聖道支無自性故前後中際菩薩摩訶薩不可得何以故舍利子四念住四正斷四神足五根五力七等覺支八聖道支無所有空遠離無自性中前後中際菩薩摩訶薩皆不可得故舍利子非四念住乃至八聖道支無所有有異非四念住乃至八聖道支空有異非四念住乃至八聖道支遠離有異非四念住乃至八聖道支無自性有異非前際菩薩摩訶薩有異非後際菩薩摩訶薩有異非中際菩薩摩訶薩有異舍利子若四念住乃至八聖道支無所有若四念住乃至八聖道支空若四念住乃至八聖道支遠離若四念住乃至八聖道支無自性若前際菩薩摩訶薩若後際菩薩摩訶薩若中際菩薩摩訶薩如是一

切法無二無二分舍利子由此緣故我作是說前際菩薩摩訶薩不可得後際菩薩摩訶薩不可得中際菩薩摩訶薩不可得舍利子空解脱門無所有故前後中際菩薩摩訶薩不可得無相無願解脱門無所有故前後中際菩薩摩訶薩不可得空解脱門空故前後中際菩薩摩訶薩不可得無相無願解脱門空故前後中際菩薩摩訶薩不可得空解脱門遠離故前後中際菩薩摩訶薩不可得無相無願解脱門遠離故前後中際菩薩摩訶薩不可得空解脱門無自性故前後中際菩薩摩訶薩不可得無相無願解脱門無自性故前後中際菩薩摩訶薩不可得何以故舍利子空無相無願解脱門無所有空遠離無自性中前後中際菩薩摩訶薩皆不可得故舍利子非空無相無願解脱門無所有有異非空無相無願解脱門空有異非空無相無願解脱門遠離有異非空無相無願解脱門無自性有異非前際菩薩摩訶薩有異非後際菩薩摩訶薩有異非中際菩薩摩訶薩有異舍利子若空無相無願解脱門無所有若空無相無願解脱門空若空無相無願解脱門遠離若空無相無願解脱門無自性若前際菩薩摩訶薩若後際菩薩摩訶薩若中際菩薩摩訶薩如是一切法無二無二分舍利子由此緣故我作是說前際菩薩摩訶薩不可得後際菩薩摩訶薩不可得中際菩薩摩訶薩不可得舍利子五眼無所有故前後中際菩薩摩訶薩不可得六神通無所有故前後中際菩薩摩訶薩不可得五眼空故前後

中際菩薩摩訶薩不可得六神通空故前後
中際菩薩摩訶薩不可得五眼遠離故前後
中際菩薩摩訶薩不可得六神通遠離故前
後中際菩薩摩訶薩不可得五眼無自性故
前後中際菩薩摩訶薩不可得六神通無自
性故前後中際菩薩摩訶薩不可得何以故
舍利子五眼六神通無所有空遠離無自性
中前後中際菩薩摩訶薩皆不可得故舍利
子非五眼六神通無所有有異非五眼六神
通空有異非五眼六神通遠離有異非五眼
六神通無自性有異非前際菩薩摩訶薩有
異非後際菩薩摩訶薩有異非中際菩薩摩
訶薩有異舍利子若五眼六神通無所有若
五眼六神通空若五眼六神通遠離若五眼
六神通無自性若前際菩薩摩訶薩若後際
菩薩摩訶薩若中際菩薩摩訶薩如是一切
法無二無二分舍利子由此縁故我作是説
前際菩薩摩訶薩不可得後際菩薩摩訶薩
不可得中際菩薩摩訶薩不可得舍利子佛
十力無所有故前後中際菩薩摩訶薩不可
得四無所畏四無礙解大慈大悲大喜大捨
十八佛不共法一切智道相智一切相智無
所有故前後中際菩薩摩訶薩不可得佛十
力空故前後中際菩薩摩訶薩不可得四無
所畏四無礙解大慈大悲大喜大捨十八佛
不共法一切智道相智一切相智空故前後
中際菩薩摩訶薩不可得佛十力遠離故前
後中際菩薩摩訶薩不可得四無所畏四無
礙解大慈大悲大喜大捨十八佛不共法一
切智道相智一切相智遠離故前後中際菩

薩摩訶薩不可得佛十力無自性故前後中際菩薩摩訶薩不可得四無所畏四無礙解大慈大悲大喜大捨十八佛不共法一切智道相智一切相智無自性故前後中際菩薩摩訶薩不可得何以故舍利子佛十力四無所畏四無礙解大慈大悲大喜大捨十八佛不共法一切智道相智一切相智無所有空遠離無自性中前後中際菩薩摩訶薩皆不可得故舍利子非佛十力乃至一切相智無所有有異非佛十力乃至一切相智空有異非佛十力乃至一切相智遠離有異非佛十力乃至一切相智無自性有異非前際菩薩摩訶薩有異非後際菩薩摩訶薩有異非中際菩薩摩訶薩有異舍利子若佛十力乃至一切相智無所有若佛十力乃至一切相智空若佛十力乃至一切相智遠離若佛十力乃至一切相智無自性若前際菩薩摩訶薩若後際菩薩摩訶薩若中際菩薩摩訶薩如是一切法無二無二分舍利子由此緣故我作是說前際菩薩摩訶薩不可得後際菩薩摩訶薩不可得中際菩薩摩訶薩不可得舍利子無忘失法無所有故前後中際菩薩摩訶薩不可得恒住捨性無所有故前後中際菩薩摩訶薩不可得無忘失法空故前後中際菩薩摩訶薩不可得恒住捨性空故前後中際菩薩摩訶薩不可得無忘失法遠離故前後中際菩薩摩訶薩不可得恒住捨性遠離故前後中際菩薩摩訶薩不可得無忘失法無自性故前後中際菩薩摩訶薩不可得恒住捨性無自性故前後中際菩薩摩訶薩

不可得何以故舍利子無忘失法恒住捨性無所有空遠離無自性中前後中際菩薩摩訶薩皆不可得故舍利子非無忘失法恒住捨性無所有有異非無忘失法恒住捨性空有異非無忘失法恒住捨性遠離有異非無忘失法恒住捨性無自性有異非前際菩薩摩訶薩有異非後際菩薩摩訶薩有異非中際菩薩摩訶薩有異舍利子若無忘失法恒住捨性無所有若無忘失法恒住捨性空若無忘失法恒住捨性遠離若無忘失法恒住捨性無自性若前際菩薩摩訶薩若後際菩薩摩訶薩若中際菩薩摩訶薩如是一切法無二無二分舍利子由此緣故我作是說前際菩薩摩訶薩不可得後際菩薩摩訶薩不可得中際菩薩摩訶薩不可得

大般若波羅蜜多經卷第六十二

大般若波羅蜜多經卷第六十三

唐三藏法師玄奘奉詔譯

初分無所得品第十八之三

舍利子一切陀羅尼門無所有故前後中際菩薩摩訶薩不可得一切三摩地門無所有故前後中際菩薩摩訶薩不可得一切陀羅尼門空故前後中際菩薩摩訶薩不可得一切三摩地門空故前後中際菩薩摩訶薩不可得一切陀羅尼門遠離故前後中際菩薩摩訶薩不可得一切三摩地門遠離故前後中際菩薩摩訶薩不可得一切陀羅尼門無自性故前後中際菩薩摩訶薩不可得一切三摩地門無自性故前後中際菩薩摩訶薩不可得何以故舍利子一切陀羅尼門一切三摩地門無所有空遠離無自性中前後中際菩薩摩訶薩皆不可得故舍利子非一切陀羅尼門一切三摩地門無所有有異非一切陀羅尼門一切三摩地門空有異非一切陀羅尼門一切三摩地門遠離有異非一切陀羅尼門一切三摩地門無自性有異非前際菩薩摩訶薩有異非後際菩薩摩訶薩有異非中際菩薩摩訶薩有異舍利子若一切陀羅尼門一切三摩地門無所有若一切陀羅尼門一切三摩地門空若一切陀羅尼門一切三摩地門遠離若一切陀羅尼門一切三摩地門無自性若前際菩薩摩訶薩若後際菩薩摩訶薩若中際菩薩摩訶薩如是一切法無二無二分舍利子由此緣故我作是說前際菩薩摩訶薩不可得後際菩薩摩訶薩不可得中際菩薩摩訶薩不可得舍利子

内空無所有故前後中際菩薩摩訶薩不可得外空内外空空空大空勝義空有爲空無爲空畢竟空無際空散空無變異空本性空自相空共相空一切法空不可得空無性空自性空無性自性空無所有故前後中際菩薩摩訶薩不可得内空空故前後中際菩薩摩訶薩不可得外空乃至無性自性空空故前後中際菩薩摩訶薩不可得内空遠離故前後中際菩薩摩訶薩不可得外空乃至無性自性空遠離故前後中際菩薩摩訶薩不可得内空無自性故前後中際菩薩摩訶薩不可得外空乃至無性自性空無自性故前後中際菩薩摩訶薩不可得何以故舍利子内空乃至無性自性空無所有空遠離無自性中前後中際菩薩摩訶薩皆不可得故舍利子非内空乃至無性自性空無所有有異非内空乃至無性自性空空有異非内空乃至無性自性空遠離有異非内空乃至無性自性空無自性有異非前際菩薩摩訶薩有異非後際菩薩摩訶薩有異非中際菩薩摩訶薩有異舍利子若内空乃至無性自性空無所有若内空乃至無性自性空空若内空乃至無性自性空遠離若内空乃至無性自性空無自性若前際菩薩摩訶薩若後際菩薩摩訶薩若中際菩薩摩訶薩如是一切法無二無二分舍利子由此緣故我作是說前際菩薩摩訶薩不可得後際菩薩摩訶薩不可得中際菩薩摩訶薩不可得舍利子眞如無所有故前後中際菩薩摩訶薩不可得法界法性不虛妄性不變異性不思議界虛空

界斷界離界滅界平等性離生性法定法住無性界無相界無作界無爲界安隱界寂靜界本無實際無所有故前後中際菩薩摩訶薩不可得眞如空故前後中際菩薩摩訶薩不可得法界法性乃至本無實際空故前後中際菩薩摩訶薩不可得眞如遠離故前後中際菩薩摩訶薩不可得法界法性乃至本無實際遠離故前後中際菩薩摩訶薩不可得眞如無自性故前後中際菩薩摩訶薩不可得法界法性乃至本無實際無自性故前後中際菩薩摩訶薩不可得何以故舍利子眞如法界乃至本無實際無所有空遠離無自性中前後中際菩薩摩訶薩皆不可得故舍利子非眞如法界乃至本無實際無所有有異非眞如法界乃至本無實際空有異非眞如法界乃至本無實際遠離有異非眞如法界乃至本無實際無自性有異非前際菩薩摩訶薩有異非後際菩薩摩訶薩有異非中際菩薩摩訶薩有異舍利子若眞如法界乃至本無實際無所有若眞如法界乃至本無實際空若眞如法界乃至本無實際遠離若眞如法界乃至本無實際無自性若前際菩薩摩訶薩若後際菩薩摩訶薩若中際菩薩摩訶薩如是一切法無二無二分舍利子由此緣故我作是說前際菩薩摩訶薩不可得後際菩薩摩訶薩不可得中際菩薩摩訶薩不可得舍利子聲聞乘無所有故前後中際菩薩摩訶薩不可得聲聞乘空故前後中際菩薩摩訶薩不可得聲聞乘遠離故前後中際菩薩摩訶薩不可得聲聞乘無自性故

前後中際菩薩摩訶薩不可得何以故舍利子聲聞乘無所有空遠離無自性中前後中際菩薩摩訶薩皆不可得故舍利子非聲聞乘無所有有異非聲聞乘空有異非聲聞乘遠離有異非聲聞乘無自性有異非前際菩薩摩訶薩有異非後際菩薩摩訶薩有異非中際菩薩摩訶薩有異舍利子若聲聞乘無所有若聲聞乘空若聲聞乘遠離若聲聞乘無自性若前際菩薩摩訶薩若後際菩薩摩訶薩若中際菩薩摩訶薩如是一切法無二無二分舍利子由此緣故我作是說前際菩薩摩訶薩不可得後際菩薩摩訶薩不可得中際菩薩摩訶薩不可得舍利子獨覺乘無所有故前後中際菩薩摩訶薩不可得獨覺乘空故前後中際菩薩摩訶薩不可得獨覺乘遠離故前後中際菩薩摩訶薩不可得獨覺乘無自性故前後中際菩薩摩訶薩不可得何以故舍利子獨覺乘無所有空遠離無自性中前後中際菩薩摩訶薩皆不可得故舍利子非獨覺乘無所有有異非獨覺乘空有異非獨覺乘遠離有異非獨覺乘無自性有異非前際菩薩摩訶薩有異非後際菩薩摩訶薩有異非中際菩薩摩訶薩有異舍利子若獨覺乘無所有若獨覺乘空若獨覺乘遠離若獨覺乘無自性若前際菩薩摩訶薩若後際菩薩摩訶薩若中際菩薩摩訶薩如是一切法無二無二分舍利子由此緣故我作是說前際菩薩摩訶薩不可得後際菩薩摩訶薩不可得中際菩薩摩訶薩不可得舍利子大乘無所有故前後中際菩薩摩訶薩

不可得大乘空故前後中際菩薩摩訶薩不可得大乘遠離故前後中際菩薩摩訶薩不可得大乘無自性故前後中際菩薩摩訶薩不可得何以故舍利子大乘無所有空遠離無自性中前後中際菩薩摩訶薩皆不可得故舍利子非大乘無所有有異非大乘空有異非大乘遠離有異非大乘無自性有異非前際菩薩摩訶薩有異非後際菩薩摩訶薩有異非中際菩薩摩訶薩有異舍利子若大乘無所有若大乘空若大乘遠離若大乘無自性若前際菩薩摩訶薩若後際菩薩摩訶薩若中際菩薩摩訶薩如是一切法無二無二分舍利子由此緣故我作是說前際菩薩摩訶薩不可得後際菩薩摩訶薩不可得中際菩薩摩訶薩不可得爾時具壽善現復荅舍利子言如尊者所云何緣故說色等無邊故當知菩薩摩訶薩亦無邊者舍利子色如虛空受想行識如虛空所以者何舍利子如虛空前際不可得後際不可得中際不可得以彼中邊不可得故說為虛空色受想行識亦如是前際不可得後際不可得中際不可得何以故色性空故受想行識性空故空中前際不可得後際不可得中際不可得亦以中邊俱不可得故說為空舍利子由此緣故我作是說色無邊故當知菩薩摩訶薩亦無邊受想行識無邊故當知菩薩摩訶薩亦無邊舍利子眼處如虛空耳鼻舌身意處如虛空所以者何舍利子如虛空前際不可得後際不可得中際不可得以彼中邊不可得故說為虛空眼耳鼻舌身意處亦如是前際不

可得後際不可得中際不可得何以故眼處性空故耳鼻舌身意處性空故空中前際不可得後際不可得中際不可得亦以中邊俱不可得故說爲空舍利子由此緣故我作是說眼處無邊故當知菩薩摩訶薩亦無邊耳鼻舌身意處無邊故當知菩薩摩訶薩亦無邊舍利子色處如虛空聲香味觸法處如虛空所以者何舍利子如虛空前際不可得後際不可得中際不可得以彼中邊不可得故說爲虛空色聲香味觸法處亦如是前際不可得後際不可得中際不可得何以故色處性空故聲香味觸法處性空故空中前際不可得後際不可得中際不可得亦以中邊俱不可得故說爲空舍利子由此緣故我作是說色處無邊故當知菩薩摩訶薩亦無邊聲

香味觸法處無邊故當知菩薩摩訶薩亦無邊舍利子眼界如虛空色界眼識界及眼觸眼觸爲緣所生諸受如虛空所以者何舍利子如虛空前際不可得後際不可得中際不可得以彼中邊不可得故說爲虛空眼界乃至眼觸爲緣所生諸受亦如是前際不可得後際不可得中際不可得何以故眼界性空故色界乃至眼觸爲緣所生諸受性空故空中前際不可得後際不可得中際不可得亦以中邊俱不可得故說爲空舍利子由此緣故我作是說眼界無邊故當知菩薩摩訶薩亦無邊色界乃至眼觸爲緣所生諸受無邊故當知菩薩摩訶薩亦無邊舍利子耳界如虛空聲界耳識界及耳觸耳觸爲緣所生諸受如虛空所以者何舍利子如虛空前際不

可得後際不可得中際不可得以彼中邊不可得故說爲虛空耳界乃至耳觸爲緣所生諸受亦如是前際不可得後際不可得中際不可得何以故耳界性空故聲界乃至耳觸爲緣所生諸受性空故空中前際不可得後際不可得中際不可得亦以中邊俱不可得故說爲空舍利子由此緣故我作是說耳界無邊故當知菩薩摩訶薩亦無邊聲界乃至耳觸爲緣所生諸受無邊故當知菩薩摩訶薩亦無邊舍利子鼻界如虛空香界鼻識界及鼻觸鼻觸爲緣所生諸受如虛空所以者何舍利子如虛空前際不可得後際不可得中際不可得以彼中邊不可得故說爲虛空鼻界乃至鼻觸爲緣所生諸受亦如是前際不可得後際不可得中際不可得何以故鼻界性空故香界乃至鼻觸爲緣所生諸受性空故空中前際不可得後際不可得中際不可得亦以中邊俱不可得故說爲空舍利子由此緣故我作是說鼻界無邊故當知菩薩摩訶薩亦無邊香界乃至鼻觸爲緣所生諸受無邊故當知菩薩摩訶薩亦無邊舍利子舌界如虛空味界舌識界及舌觸舌觸爲緣所生諸受如虛空所以者何舍利子如虛空前際不可得後際不可得中際不可得以彼中邊不可得故說爲虛空舌界乃至舌觸爲緣所生諸受亦如是前際不可得後際不可得中際不可得何以故舌界性空故味界乃至舌觸爲緣所生諸受性空故空中前際不可得後際不可得中際不可得亦以中邊俱不可得故說爲空舍利子由此緣故我作是

說舌界無邊故當知菩薩摩訶薩亦無邊味界乃至舌觸爲緣所生諸受無邊故當知菩薩摩訶薩亦無邊舍利子身界如虛空觸界身識界及身觸身觸爲緣所生諸受如虛空所以者何舍利子如虛空前際不可得後際不可得中際不可得以彼中邊不可得故說爲虛空身界乃至身觸爲緣所生諸受亦如是前際不可得後際不可得中際不可得何以故身界性空故觸界乃至身觸爲緣所生諸受性空故空中前際不可得後際不可得中際不可得亦以中邊俱不可得故說爲空舍利子由此緣故我作是說身界無邊故當知菩薩摩訶薩亦無邊觸界乃至身觸爲緣所生諸受無邊故當知菩薩摩訶薩亦無邊舍利子意界如虛空法界意識界及意觸意觸爲緣所生諸受如虛空所以者何舍利子如虛空前際不可得後際不可得中際不可得以彼中邊不可得故說爲虛空意界乃至意觸爲緣所生諸受亦如是前際不可得後際不可得中際不可得何以故意界性空故法界乃至意觸爲緣所生諸受性空故空中前際不可得後際不可得中際不可得亦以中邊俱不可得故說爲空舍利子由此緣故我作是說意界無邊故當知菩薩摩訶薩亦無邊法界乃至意觸爲緣所生諸受無邊故當知菩薩摩訶薩亦無邊舍利子地界如虛空水火風空識界如虛空所以者何舍利子如虛空前際不可得後際不可得中際不可得以彼中邊不可得故說爲虛空地水火風空識界亦如是前際不可得後際不可得中

際不可得何以故地界性空故水火風空識界性空故空中前際不可得後際不可得中際不可得亦以中邊俱不可得故說爲空舍利子由此緣故我作是說地界無邊故當知菩薩摩訶薩亦無邊水火風空識界無邊故當知菩薩摩訶薩亦無邊舍利子苦聖諦如虛空集滅道聖諦如虛空所以者何舍利子如虛空前際不可得後際不可得中際不可得以彼中邊不可得故說爲虛空苦集滅道聖諦亦如是前際不可得後際不可得中際不可得何以故苦聖諦性空故集滅道聖諦性空故空中前際不可得後際不可得中際不可得亦以中邊俱不可得故說爲空舍利子由此緣故我作是說苦聖諦無邊故當知菩薩摩訶薩亦無邊集滅道聖諦無邊故當知菩薩摩訶薩亦無邊舍利子無明如虛空行識名色六處觸受愛取有生老死愁歎苦憂惱如虛空所以者何舍利子如虛空前際不可得後際不可得中際不可得以彼中邊不可得故說爲虛空無明乃至老死愁歎苦憂惱亦如是前際不可得後際不可得中際不可得何以故無明性空故行乃至老死愁歎苦憂惱性空故空中前際不可得後際不可得中際不可得亦以中邊俱不可得故說爲空舍利子由此緣故我作是說無明無邊故當知菩薩摩訶薩亦無邊行乃至老死愁歎苦憂惱無邊故當知菩薩摩訶薩亦無邊舍利子布施波羅蜜多如虛空淨戒安忍精進靜慮般若波羅蜜多如虛空所以者何舍利子如虛空前際不可得後際不可得中際

不可得以彼中邊不可得故說爲虛空布施淨戒安忍精進靜慮般若波羅蜜多亦如是前際不可得後際不可得中際不可得何以故布施波羅蜜多性空故淨戒安忍精進靜慮般若波羅蜜多性空故空中前際不可得後際不可得中際不可得亦以中邊俱不可得故說爲空舍利子由此緣故我作是說布施波羅蜜多無邊故當知菩薩摩訶薩亦無邊淨戒安忍精進靜慮般若波羅蜜多無邊故當知菩薩摩訶薩亦無邊舍利子四靜慮如虛空四無量四無色定如虛空所以者何舍利子如虛空前際不可得後際不可得中際不可得以彼中邊不可得故說爲虛空四靜慮四無量四無色定亦如是前際不可得後際不可得中際不可得何以故四靜慮性空故四無量四無色定性空故空中前際不可得後際不可得中際不可得亦以中邊俱不可得故說爲空舍利子由此緣故我作是說四靜慮無邊故當知菩薩摩訶薩亦無邊四無量四無色定無邊故當知菩薩摩訶薩亦無邊舍利子八解脫如虛空八勝處九次第定十遍處如虛空所以者何舍利子如虛空前際不可得後際不可得中際不可得以彼中邊不可得故說爲虛空八解脫八勝處九次第定十遍處亦如是前際不可得後際不可得中際不可得何以故八解脫性空故八勝處九次第定十遍處性空故空中前際不可得後際不可得中際不可得亦以中邊俱不可得故說爲空舍利子由此緣故我作是說八解脫無邊故當知菩薩摩訶薩亦無

邊八勝處九次第定十遍處無邊故當知菩薩摩訶薩亦無邊舍利子四念住如虛空四正斷四神足五根五力七等覺支八聖道支如虛空所以者何舍利子如虛空前際不可得後際不可得中際不可得以彼中邊不可得故說爲虛空四念住乃至八聖道支亦如是前際不可得後際不可得中際不可得何以故四念住性空故四正斷乃至八聖道支性空故空中前際不可得後際不可得中際不可得亦以中邊俱不可得故說爲空舍利子由此緣故我作是說四念住無邊故當知菩薩摩訶薩亦無邊四正斷乃至八聖道支無邊故當知菩薩摩訶薩亦無邊舍利子空解脫門如虛空無相無願解脫門如虛空所以者何舍利子如虛空前際不可得後際不可得中際不可得以彼中邊不可得故說爲虛空空無相無願解脫門亦如是前際不可得後際不可得中際不可得何以故空解脫門性空故無相無願解脫門性空故空中前際不可得後際不可得中際不可得亦以中邊俱不可得故說爲空舍利子由此緣故我作是說空解脫門無邊故當知菩薩摩訶薩亦無邊無相無願解脫門無邊故當知菩薩摩訶薩亦無邊舍利子五眼如虛空六神通如虛空所以者何舍利子如虛空前際不可得後際不可得中際不可得以彼中邊不可得故說爲虛空五眼六神通亦如是前際不可得後際不可得中際不可得何以故五眼性空故六神通性空故空中前際不可得後際不可得中際不可得亦以中邊俱不可得

故說爲空舍利子由此緣故我作是說五眼無邊故當知菩薩摩訶薩亦無邊六神通無邊故當知菩薩摩訶薩亦無邊舍利子佛十力如虛空四無所畏四無礙解大慈大悲大喜大捨十八佛不共法一切智道相智一切相智如虛空所以者何舍利子如虛空前際不可得後際不可得中際不可得以彼中邊不可得故說爲虛空佛十力乃至一切相智亦如是前際不可得後際不可得中際不可得何以故佛十力性空故四無所畏乃至一切相智性空故空中前際不可得後際不可得中際不可得亦以中邊俱不可得故說爲空舍利子由此緣故我作是說佛十力無邊故當知菩薩摩訶薩亦無邊四無所畏乃至一切相智無邊故當知菩薩摩訶薩亦無邊

舍利子無忘失法如虛空恒住捨性如虛空所以者何舍利子如虛空前際不可得後際不可得中際不可得以彼中邊不可得故說爲虛空無忘失法恒住捨性亦如是前際不可得後際不可得中際不可得何以故無忘失法性空故恒住捨性性空故空中前際不可得後際不可得中際不可得亦以中邊俱不可得故說爲空舍利子由此緣故我作是說無忘失法無邊故當知菩薩摩訶薩亦無邊恒住捨性無邊故當知菩薩摩訶薩亦無邊舍利子一切陀羅尼門如虛空一切三摩地門如虛空所以者何舍利子如虛空前際不可得後際不可得中際不可得以彼中邊不可得故說爲虛空一切陀羅尼門一切三摩地門亦如是前際不可得後際不可得中

際不可得何以故一切陀羅尼門性空故一
切三摩地門性空故空中前際不可得後際
不可得中際不可得亦以中邊俱不可得故
說爲空舍利子由此緣故我作是說一切陀
羅尼門無邊故當知菩薩摩訶薩亦無邊一
切三摩地門無邊故當知菩薩摩訶薩亦無
邊舍利子内空如虛空外空内外空空空大
空勝義空有爲空無爲空畢竟空無際空散
空無變異空本性空自相空共相空一切法
空不可得空無性空自性空無性自性空如
虛空所以者何舍利子如虛空前際不可得
後際不可得中際不可得以彼中邊不可得
故說爲虛空内空乃至無性自性空亦如是
前際不可得後際不可得中際不可得何以
故内空性空故外空乃至無性自性空性空
故空中前際不可得後際不可得中際不可
得亦以中邊俱不可得故說爲空舍利子由
此緣故我作是說内空無邊故當知菩薩摩
訶薩亦無邊外空乃至無性自性空無邊故
當知菩薩摩訶薩亦無邊舍利子眞如如虛
空法界法性不虛妄性不變異性不思議界
虛空界斷界離界滅界平等性離生性法定
法住無性界無相界無作界無爲界安隱界
寂靜界本無實際究竟涅槃如虛空所以者
何舍利子如虛空前際不可得後際不可得
中際不可得以彼中邊不可得故說爲虛空
眞如乃至究竟涅槃亦如是前際不可得後
際不可得中際不可得何以故眞如性空故
法界乃至究竟涅槃性空故空中前際不可
得後際不可得中際不可得亦以中邊俱不

可得故說爲空舍利子由此縁故我作是說眞如無邊故當知菩薩摩訶薩亦無邊法界乃至究竟涅槃無邊故當知菩薩摩訶薩亦無邊舍利子聲聞乗如虛空獨覺乗大乗如虛空所以者何舍利子如虛空前際不可得後際不可得中際不可得以彼中邊不可得故說爲虛空聲聞乗獨覺乗大乗亦如是前際不可得後際不可得中際不可得何以故聲聞乗性空故獨覺乗大乗性空故空中前際不可得後際不可得中際不可得亦以中邊俱不可得故說爲空舍利子由此縁故我作是說聲聞乗無邊故當知菩薩摩訶薩亦無邊獨覺乗大乗無邊故當知菩薩摩訶薩亦無邊爾時具壽善現復荅舍利子言如尊者所云何縁故說即色等菩薩摩訶薩無所有不可得離色等菩薩摩訶薩無所有不可得者舍利子色色性空何以故色性空中色無所有不可得故菩薩摩訶薩亦無所有不可得非色非色性空何以故非色性空中非色無所有不可得故菩薩摩訶薩亦無所有不可得受想行識受想行識性空何以故受想行識性空中受想行識無所有不可得故菩薩摩訶薩亦無所有不可得非受想行識非受想行識性空何以故非受想行識性空中非受想行識無所有不可得故菩薩摩訶薩亦無所有不可得舍利子由此縁故我作是說即色菩薩摩訶薩無所有不可得離色菩薩摩訶薩無所有不可得即受想行識菩薩摩訶薩無所有不可得離受想行識菩薩摩訶薩無所有不可得舍利子眼處眼處性

空何以故眼處性空中眼處無所有不可得故菩薩摩訶薩亦無所有不可得非眼處非眼處性空何以故非眼處性空中非眼處無所有不可得故菩薩摩訶薩亦無所有不可得耳鼻舌身意處耳鼻舌身意處性空何以故耳鼻舌身意處性空中耳鼻舌身意處無所有不可得故菩薩摩訶薩亦無所有不可得非耳鼻舌身意處非耳鼻舌身意處性空何以故非耳鼻舌身意處性空中非耳鼻舌身意處無所有不可得故菩薩摩訶薩亦無所有不可得舍利子由此緣故我作是說即眼處菩薩摩訶薩無所有不可得離眼處菩薩摩訶薩無所有不可得即耳鼻舌身意處菩薩摩訶薩無所有不可得離耳鼻舌身意處菩薩摩訶薩無所有不可得舍利子色處色處性空何以故色處性空中色處無所有不可得故菩薩摩訶薩亦無所有不可得非色處非色處性空何以故非色處性空中非色處無所有不可得故菩薩摩訶薩亦無所有不可得聲香味觸法處聲香味觸法處性空何以故聲香味觸法處性空中聲香味觸法處無所有不可得故菩薩摩訶薩亦無所有不可得非聲香味觸法處非聲香味觸法處性空何以故非聲香味觸法處性空中非聲香味觸法處無所有不可得故菩薩摩訶薩亦無所有不可得舍利子由此緣故我作是說即色處菩薩摩訶薩無所有不可得離色處菩薩摩訶薩無所有不可得即聲香味觸法處菩薩摩訶薩無所有不可得離聲香味觸法處菩薩摩訶薩無所有不可得

大般若波羅蜜多經卷第六十三

大般若波羅蜜多經卷第六十四

唐三藏法師玄奘奉詔譯

初分無所得品第十八之四

舍利子眼界眼界性空何以故眼界性空中眼界無所有不可得故菩薩摩訶薩亦無所有不可得非眼界非眼界性空何以故非眼界性空中非眼界無所有不可得故菩薩摩訶薩亦無所有不可得色界眼識界及眼觸眼觸爲緣所生諸受色界乃至眼觸爲緣所生諸受性空何以故色界乃至眼觸爲緣所生諸受性空中色界乃至眼觸爲緣所生諸受無所有不可得故菩薩摩訶薩亦無所有不可得非色界眼識界及眼觸眼觸爲緣所生諸受非色界乃至眼觸爲緣所生諸受性空何以故非色界乃至眼觸爲緣所生諸受性空中非色界乃至眼觸爲緣所生諸受無所有不可得故菩薩摩訶薩亦無所有不可得舍利子由此緣故我作是說即眼界菩薩摩訶薩無所有不可得離眼界菩薩摩訶薩無所有不可得即色界眼識界及眼觸眼觸爲緣所生諸受菩薩摩訶薩無所有不可得離色界眼識界及眼觸眼觸爲緣所生諸受菩薩摩訶薩無所有不可得舍利子耳界耳界性空何以故耳界性空中耳界無所有不可得故菩薩摩訶薩亦無所有不可得非耳界非耳界性空何以故非耳界性空中非耳界無所有不可得故菩薩摩訶薩亦無所有不可得聲界耳識界及耳觸耳觸爲緣所生諸受聲界乃至耳觸爲緣所生諸受性空何以故聲界乃至耳觸爲緣所生諸受性空中

聲界乃至耳觸爲緣所生諸受無所有不可得故菩薩摩訶薩亦無所有不可得非聲界耳識界及耳觸耳觸爲緣所生諸受非聲界乃至耳觸爲緣所生諸受性空何以故非聲界乃至耳觸爲緣所生諸受性空中非聲界乃至耳觸爲緣所生諸受無所有不可得故菩薩摩訶薩亦無所有不可得舍利子由此緣故我作是說即耳界菩薩摩訶薩無所有不可得離耳界菩薩摩訶薩無所有不可得即聲界耳識界及耳觸耳觸爲緣所生諸受菩薩摩訶薩無所有不可得離聲界耳識界及耳觸耳觸爲緣所生諸受菩薩摩訶薩無所有不可得舍利子鼻界鼻界性空何以故鼻界性空中鼻界無所有不可得故菩薩摩訶薩亦無所有不可得非鼻界非鼻界性空何以故非鼻界性空中非鼻界無所有不可得故菩薩摩訶薩亦無所有不可得香界鼻識界及鼻觸鼻觸爲緣所生諸受香界乃至鼻觸爲緣所生諸受性空何以故香界乃至鼻觸爲緣所生諸受性空中香界乃至鼻觸爲緣所生諸受無所有不可得故菩薩摩訶薩亦無所有不可得非香界鼻識界及鼻觸鼻觸爲緣所生諸受非香界乃至鼻觸爲緣所生諸受性空何以故非香界乃至鼻觸爲緣所生諸受性空中非香界乃至鼻觸爲緣所生諸受無所有不可得故菩薩摩訶薩亦無所有不可得舍利子由此緣故我作是說即鼻界菩薩摩訶薩無所有不可得離鼻界菩薩摩訶薩無所有不可得即香界鼻識界及鼻觸鼻觸爲緣所生諸受菩薩摩訶薩無

所有不可得離香界鼻識界及鼻觸鼻觸爲緣所生諸受菩薩摩訶薩無所有不可得舍利子舌界舌界性空何以故舌界性空中舌界無所有不可得故菩薩摩訶薩亦無所有不可得非舌界非舌界性空何以故非舌界性空中非舌界無所有不可得故菩薩摩訶薩亦無所有不可得味界舌識界及舌觸舌觸爲緣所生諸受味界乃至舌觸爲緣所生諸受性空何以故味界乃至舌觸爲緣所生諸受性空中味界乃至舌觸爲緣所生諸受無所有不可得故菩薩摩訶薩亦無所有不可得非味界舌識界及舌觸舌觸爲緣所生諸受非味界乃至舌觸爲緣所生諸受性空何以故非味界乃至舌觸爲緣所生諸受性空中非味界乃至舌觸爲緣所生諸受無所有不可得故菩薩摩訶薩亦無所有不可得舍利子由此緣故我作是說即舌界菩薩摩訶薩無所有不可得離舌界菩薩摩訶薩無所有不可得即味界舌識界及舌觸舌觸爲緣所生諸受菩薩摩訶薩無所有不可得離味界舌識界及舌觸舌觸爲緣所生諸受菩薩摩訶薩無所有不可得舍利子身界身界性空何以故身界性空中身界無所有不可得故菩薩摩訶薩亦無所有不可得非身界非身界性空何以故非身界性空中非身界無所有不可得故菩薩摩訶薩亦無所有不可得觸界身識界及身觸身觸爲緣所生諸受觸界乃至身觸爲緣所生諸受性空何以故觸界乃至身觸爲緣所生諸受性空中觸界乃至身觸爲緣所生諸受無所有不可得

故菩薩摩訶薩亦無所有不可得非觸界身識界及身觸身觸爲緣所生諸受非觸界乃至身觸爲緣所生諸受性空何以故非觸界乃至身觸爲緣所生諸受性空中非觸界乃至身觸爲緣所生諸受無所有不可得故菩薩摩訶薩亦無所有不可得舍利子由此緣故我作是說即身界菩薩摩訶薩無所有不可得離身界菩薩摩訶薩無所有不可得即觸界身識界及身觸身觸爲緣所生諸受菩薩摩訶薩無所有不可得離觸界身識界及身觸身觸爲緣所生諸受菩薩摩訶薩無所有不可得舍利子意界意界性空何以故意界性空中意界無所有不可得故菩薩摩訶薩亦無所有不可得非意界非意界性空何以故非意界性空中非意界無所有不可得故菩薩摩訶薩亦無所有不可得法界意識界及意觸意觸爲緣所生諸受法界乃至意觸爲緣所生諸受性空何以故法界乃至意觸爲緣所生諸受性空中法界乃至意觸爲緣所生諸受無所有不可得故菩薩摩訶薩亦無所有不可得非法界意識界及意觸意觸爲緣所生諸受非法界乃至意觸爲緣所生諸受性空何以故非法界乃至意觸爲緣所生諸受性空中非法界乃至意觸爲緣所生諸受無所有不可得故菩薩摩訶薩亦無所有不可得舍利子由此緣故我作是說即意界菩薩摩訶薩無所有不可得離意界菩薩摩訶薩無所有不可得即法界意識界及意觸意觸爲緣所生諸受菩薩摩訶薩無所有不可得離法界意識界及意觸意觸爲緣

所生諸受菩薩摩訶薩無所有不可得舍利子地界地界性空何以故地界性空中地界無所有不可得故菩薩摩訶薩亦無所有不可得非地界非地界性空何以故非地界性空中非地界無所有不可得故菩薩摩訶薩亦無所有不可得水火風空識界水火風空識界性空何以故水火風空識界性空中水火風空識界無所有不可得故菩薩摩訶薩亦無所有不可得非水火風空識界非水火風空識界性空何以故非水火風空識界性空中非水火風空識界無所有不可得故菩薩摩訶薩亦無所有不可得舍利子由此緣故我作是說即地界菩薩摩訶薩無所有不可得離地界菩薩摩訶薩無所有不可得即水火風空識界菩薩摩訶薩無所有不可得離水火風空識界菩薩摩訶薩無所有不可得舍利子苦聖諦苦聖諦性空何以故苦聖諦性空中苦聖諦無所有不可得故菩薩摩訶薩亦無所有不可得非苦聖諦非苦聖諦性空何以故非苦聖諦性空中非苦聖諦無所有不可得故菩薩摩訶薩亦無所有不可得集滅道聖諦集滅道聖諦性空何以故集滅道聖諦性空中集滅道聖諦無所有不可得故菩薩摩訶薩亦無所有不可得非集滅道聖諦非集滅道聖諦性空何以故非集滅道聖諦性空中非集滅道聖諦無所有不可得故菩薩摩訶薩亦無所有不可得舍利子由此緣故我作是說即苦聖諦菩薩摩訶薩無所有不可得離苦聖諦菩薩摩訶薩無所有不可得即集滅道聖諦菩薩摩訶薩無所

有不可得離集滅道聖諦菩薩摩訶薩無所有不可得舍利子無明無明性空何以故無明性空中無明無所有不可得故菩薩摩訶薩亦無所有不可得非無無明非無明性空何以故非無明性空中非無無明無所有不可得故菩薩摩訶薩亦無所有不可得行識名色六處觸受愛取有生老死愁歎苦憂惱行乃至老死愁歎苦憂惱性空何以故行乃至老死愁歎苦憂惱性空中行乃至老死愁歎苦憂惱無所有不可得故菩薩摩訶薩亦無所有不可得非行識名色六處觸受愛取有生老死愁歎苦憂惱非行乃至老死愁歎苦憂惱性空何以故非行乃至老死愁歎苦憂惱性空中非行乃至老死愁歎苦憂惱無所有不可得故菩薩摩訶薩亦無所有不可得舍利子由此緣故我作是說即無明菩薩摩訶薩無所有不可得離無明菩薩摩訶薩無所有不可得即行識名色六處觸受愛取有生老死愁歎苦憂惱菩薩摩訶薩無所有不可得離行識名色六處觸受愛取有生老死愁歎苦憂惱菩薩摩訶薩無所有不可得舍利子布施波羅蜜多布施波羅蜜多性空何以故布施波羅蜜多性空中布施波羅蜜多無所有不可得故菩薩摩訶薩亦無所有不可得非布施波羅蜜多性布施波羅蜜多性空何以故非布施波羅蜜多性空中非布施波羅蜜多無所有不可得故菩薩摩訶薩亦無所有不可得淨戒安忍精進靜慮般若波羅蜜多淨戒安忍精進靜慮般若波羅蜜多性空何以故淨戒安忍精進靜慮般若波羅蜜

多性空中淨戒安忍精進靜慮般若波羅蜜多無所有不可得故菩薩摩訶薩亦無所有不可得非淨戒安忍精進靜慮般若波羅蜜多非淨戒安忍精進靜慮般若波羅蜜多性空何以故非淨戒安忍精進靜慮般若波羅蜜多性空中非淨戒安忍精進靜慮般若波羅蜜多無所有不可得故菩薩摩訶薩亦無所有不可得舍利子由此緣故我作是說即布施波羅蜜多菩薩摩訶薩無所有不可得離布施波羅蜜多菩薩摩訶薩無所有不可得即淨戒安忍精進靜慮般若波羅蜜多菩薩摩訶薩無所有不可得離淨戒安忍精進靜慮般若波羅蜜多菩薩摩訶薩無所有不可得舍利子四靜慮四靜慮性空何以故四靜慮性空中四靜慮無所有不可得故菩薩摩訶薩亦無所有不可得非四靜慮非四靜慮性空何以故非四靜慮性空中非四靜慮無所有不可得故菩薩摩訶薩亦無所有不可得四無量四無色定四無量四無色定性空何以故四無量四無色定性空中四無量四無色定無所有不可得故菩薩摩訶薩亦無所有不可得非四無量四無色定非四無量四無色定性空何以故非四無量四無色定性空中非四無量四無色定無所有不可得故菩薩摩訶薩亦無所有不可得舍利子由此緣故我作是說即四靜慮菩薩摩訶薩無所有不可得離四靜慮菩薩摩訶薩無所有不可得即四無量四無色定菩薩摩訶薩無所有不可得離四無量四無色定菩薩摩訶薩無所有不可得舍利子八解脫八解脫

性空何以故八解脫性空中八解脫無所有不可得故菩薩摩訶薩亦無所有不可得非八解脫非八解脫性空何以故非八解脫性空中非八解脫無所有不可得故菩薩摩訶薩亦無所有不可得八勝處九次第定十遍處八勝處九次第定十遍處性空何以故八勝處九次第定十遍處性空中八勝處九次第定十遍處無所有不可得故菩薩摩訶薩亦無所有不可得非八勝處九次第定十遍處非八勝處九次第定十遍處性空何以故非八勝處九次第定十遍處性空中非八勝處九次第定十遍處無所有不可得故菩薩摩訶薩亦無所有不可得舍利子由此緣故我作是說即八解脫菩薩摩訶薩無所有不可得離八解脫菩薩摩訶薩無所有不可得

即八勝處九次第定十遍處菩薩摩訶薩無所有不可得離八勝處九次第定十遍處菩薩摩訶薩無所有不可得舍利子四念住四念住性空何以故四念住性空中四念住無所有不可得故菩薩摩訶薩亦無所有不可得非四念住非四念住性空何以故非四念住性空中非四念住無所有不可得故菩薩摩訶薩亦無所有不可得四正斷四神足五根五力七等覺支八聖道支四正斷乃至八聖道支性空何以故四正斷乃至八聖道支性空中四正斷乃至八聖道支無所有不可得故菩薩摩訶薩亦無所有不可得非四正斷四神足五根五力七等覺支八聖道支非四正斷乃至八聖道支性空何以故非四正斷乃至八聖道支性空中非四正斷乃至八

聖道支無所有不可得故菩薩摩訶薩亦無所有不可得舍利子由此縁故我作是說即四念住菩薩摩訶薩無所有不可得離四念住菩薩摩訶薩無所有不可得即四正斷四神足五根五力七等覺支八聖道支菩薩摩訶薩無所有不可得離四正斷四神足五根五力七等覺支八聖道支菩薩摩訶薩無所有不可得舍利子空解脱門空解脱門性空何以故空解脱門性空中空解脱門無所有不可得故菩薩摩訶薩亦無所有不可得非空解脱門非空解脱門性空何以故非空解脱門性空中非空解脱門無所有不可得故菩薩摩訶薩亦無所有不可得無相無願解脱門無相無願解脱門性空何以故無相無願解脱門性空中無相無願解脱門無所有不可得故菩薩摩訶薩亦無所有不可得非無相無願解脱門非無相無願解脱門性空何以故非無相無願解脱門性空中非無相無願解脱門無所有不可得故菩薩摩訶薩亦無所有不可得舍利子由此縁故我作是說即空解脱門菩薩摩訶薩無所有不可得離空解脱門菩薩摩訶薩無所有不可得即無相無願解脱門菩薩摩訶薩無所有不可得離無相無願解脱門菩薩摩訶薩無所有不可得舍利子五眼五眼性空何以故五眼性空中五眼無所有不可得故菩薩摩訶薩亦無所有不可得非五眼非五眼性空何以故非五眼性空中非五眼無所有不可得故菩薩摩訶薩亦無所有不可得六神通六神通性空何以故六神通性空中六神通無所

有不可得故菩薩摩訶薩亦無所有不可得非六神通非六神通性空何以故非六神通性空中非六神通無所有不可得故菩薩摩訶薩亦無所有不可得舍利子由此緣故我作是説即五眼菩薩摩訶薩無所有不可得離五眼菩薩摩訶薩無所有不可得即六神通菩薩摩訶薩無所有不可得離六神通菩薩摩訶薩無所有不可得舍利子佛十力佛十力性空何以故佛十力性空中佛十力無所有不可得故菩薩摩訶薩亦無所有不可得非佛十力非佛十力性空何以故非佛十力性空中非佛十力無所有不可得故菩薩摩訶薩亦無所有不可得四無所畏四無礙解大慈大悲大喜大捨十八佛不共法一切智一切相智四無所畏乃至一切相智性空何以故四無所畏乃至一切相智性空中四無所畏乃至一切相智無所有不可得故菩薩摩訶薩亦無所有不可得非四無所畏四無礙解大慈大悲大喜大捨十八佛不共法一切智一切相智非四無所畏乃至一切相智性空何以故非四無所畏乃至一切相智性空中非四無所畏乃至一切相智無所有不可得故菩薩摩訶薩亦無所有不可得舍利子由此緣故我作是説即佛十力菩薩摩訶薩無所有不可得離佛十力菩薩摩訶薩無所有不可得即四無所畏四無礙解大慈大悲大喜大捨十八佛不共法一切智一切相智菩薩摩訶薩無所有不可得離四無所畏乃至一切相智菩薩摩訶薩無所有不可得舍利子道相智道相智性空何以故道相

智性空中道相智無所有不可得故菩薩摩訶薩亦無所有不可得非道相智非道相智性空何以故非道相智性空中非道相智無所有不可得故菩薩摩訶薩亦無所有不可得舍利子由此緣故我作是說即道相智菩薩摩訶薩無所有不可得離道相智菩薩摩訶薩無所有不可得舍利子無忘失法無忘失法性空何以故無忘失法性空中無忘失法無所有不可得故菩薩摩訶薩亦無所有不可得非無忘失法非無忘失法性空何以故非無忘失法性空中非無忘失法無所有不可得故菩薩摩訶薩亦無所有不可得恒住捨性恒住捨性性空何以故恒住捨性性空中恒住捨性無所有不可得故菩薩摩訶薩亦無所有不可得非恒住捨性非恒住捨性性空何以故非恒住捨性性空中非恒住捨性無所有不可得故菩薩摩訶薩亦無所有不可得舍利子由此緣故我作是說即無忘失法菩薩摩訶薩無所有不可得離無忘失法菩薩摩訶薩無所有不可得即恒住捨性菩薩摩訶薩無所有不可得離恒住捨性菩薩摩訶薩無所有不可得舍利子一切陀羅尼門一切陀羅尼門性空何以故一切陀羅尼門性空中一切陀羅尼門無所有不可得故菩薩摩訶薩亦無所有不可得非一切陀羅尼門非一切陀羅尼門性空何以故非一切陀羅尼門性空中非一切陀羅尼門無所有不可得故菩薩摩訶薩亦無所有不可得一切三摩地門一切三摩地門性空何以故一切三摩地門性空中一切三摩地門無

所有不可得故菩薩摩訶薩亦無所有不可得非一切三摩地門非一切三摩地門性空何以故非一切三摩地門性空中非一切三摩地門無所有不可得故菩薩摩訶薩亦無所有不可得舍利子由此緣故我作是說即一切陀羅尼門菩薩摩訶薩無所有不可得離一切陀羅尼門菩薩摩訶薩無所有不可得即一切三摩地門菩薩摩訶薩無所有不可得離一切三摩地門菩薩摩訶薩無所有不可得舍利子内空内空性空何以故内空性空中内空無所有不可得故菩薩摩訶薩亦無所有不可得非内空非内空性空何以故非内空性空中非内空無所有不可得故菩薩摩訶薩亦無所有不可得外空内外空空空大空勝義空有爲空無爲空畢竟空無際空散空無變異空本性空自相空共相空一切法空不可得空無性空自性空無性自性空外空乃至無性自性空性空何以故外空乃至無性自性空性空中外空乃至無性自性空無所有不可得故菩薩摩訶薩亦無所有不可得非外空乃至無性自性空非外空乃至無性自性空性空何以故非外空乃至無性自性空性空中非外空乃至無性自性空無所有不可得故菩薩摩訶薩亦無所有不可得舍利子由此緣故我作是說即内空菩薩摩訶薩無所有不可得離内空菩薩摩訶薩無所有不可得即外空乃至無性自性空菩薩摩訶薩無所有不可得離外空乃至無性自性空菩薩摩訶薩無所有不可得舍利子眞如眞如性空何以故眞如性空中

眞如無所有不可得故菩薩摩訶薩亦無所有不可得非眞如非眞如性空何以故非眞如性空中非眞如無所有不可得故菩薩摩訶薩亦無所有不可得法界法性不虛妄性不變異性不思議界虛空界斷界離界滅界平等性離生性法定法住無性界無相界無作界無爲界安隱界寂靜界本無實際究竟涅槃法界法性乃至實際究竟涅槃性空何以故法界法性乃至實際究竟涅槃性空中法界法性乃至實際究竟涅槃無所有不可得故菩薩摩訶薩亦無所有不可得非法界法性乃至實際究竟涅槃非法界法性乃至實際究竟涅槃性空何以故非法界法性乃至實際究竟涅槃性空中非法界法性乃至實際究竟涅槃無所有不可得故菩薩摩訶薩亦無所有不可得舍利子由此緣故我作是說即眞如菩薩摩訶薩無所有不可得離眞如菩薩摩訶薩無所有不可得即法界法性乃至實際究竟涅槃菩薩摩訶薩無所有不可得離法界法性乃至實際究竟涅槃菩薩摩訶薩無所有不可得舍利子聲聞乘聲聞乘性空何以故聲聞乘性空中聲聞乘無所有不可得故菩薩摩訶薩亦無所有不可得非聲聞乘非聲聞乘性空何以故非聲聞乘性空中非聲聞乘無所有不可得故菩薩摩訶薩亦無所有不可得獨覺乘大乘獨覺乘大乘性空何以故獨覺乘大乘性空中獨覺乘大乘無所有不可得故菩薩摩訶薩亦無所有不可得非獨覺乘大乘非獨覺乘大乘性空何以故非獨覺乘大乘性空中非獨

覺乘大乘無所有不可得故菩薩摩訶薩亦無所有不可得舍利子由此緣故我作是說即聲聞乘菩薩摩訶薩無所有不可得離聲聞乘菩薩摩訶薩無所有不可得即獨覺乘大乘菩薩摩訶薩無所有不可得離獨覺乘大乘菩薩摩訶薩無所有不可得舍利子聲聞補特伽羅聲聞補特伽羅性空何以故聲聞補特伽羅性空中聲聞補特伽羅無所有不可得故菩薩摩訶薩亦無所有不可得非聲聞補特伽羅非聲聞補特伽羅性空何以故非聲聞補特伽羅性空中非聲聞補特伽羅無所有不可得故菩薩摩訶薩亦無所有不可得獨覺大乘補特伽羅獨覺大乘補特伽羅性空何以故獨覺大乘補特伽羅性空中獨覺大乘補特伽羅無所有不可得故菩薩摩訶薩亦無所有不可得非獨覺大乘補特伽羅非獨覺大乘補特伽羅性空何以故非獨覺大乘補特伽羅性空中非獨覺大乘補特伽羅無所有不可得故菩薩摩訶薩亦無所有不可得舍利子由此緣故我作是說即聲聞補特伽羅菩薩摩訶薩無所有不可得離聲聞補特伽羅菩薩摩訶薩無所有不可得即獨覺大乘補特伽羅菩薩摩訶薩無所有不可得離獨覺大乘補特伽羅菩薩摩訶薩無所有不可得爾時具壽善現復答舍利子言如尊者所云何緣故說我於一切法以一切種一切處一切時求菩薩摩訶薩都無所有竟不可得云何令我以般若波羅蜜多教誡教授諸菩薩摩訶薩者舍利子色性空故色於色無所有不可得色於受無所有

不可得受性空故受於受無所有不可得受於色無所有不可得色受於想無所有不可得想性空故想於想無所有不可得想於色受無所有不可得色受想於行無所有不可得行性空故行於行無所有不可得行於色受想無所有不可得色受想行於識無所有不可得識性空故識於識無所有不可得識於色受想行無所有不可得舍利子我於如是諸法以一切種一切處一切時求菩薩摩訶薩亦無所有不可得何以故自性空故舍利子眼處性空故眼處於眼處無所有不可得眼處於耳處無所有不可得耳處性空故耳處於耳處無所有不可得耳處於眼處無所有不可得眼耳處於鼻處無所有不可得鼻處性空故鼻處於鼻處無所有不可得鼻處於眼耳處無所有不可得眼耳鼻處於舌處無所有不可得舌處性空故舌處於舌處無所有不可得舌處於眼耳鼻處無所有不可得眼耳鼻舌處於身處無所有不可得身處性空故身處於身處無所有不可得身處於眼耳鼻舌處無所有不可得眼耳鼻舌身處於意處無所有不可得意處性空故意處於意處無所有不可得意處於眼耳鼻舌身處無所有不可得舍利子我於如是諸法以一切種一切處一切時求菩薩摩訶薩亦無所有不可得何以故自性空故舍利子色處性空故色處於色處無所有不可得色處於聲處無所有不可得聲處性空故聲處於聲處無所有不可得聲處於色處無所有不可得色聲處於香處無所有不可得香處性空

故香處於香處無所有不可得香處於色聲處無所有不可得色聲香處於味處無所有不可得味處性空故味處於味處無所有不可得味處於色聲香處無所有不可得色聲香味處於觸處無所有不可得觸處性空故觸處於觸處無所有不可得觸處於色聲香味處無所有不可得色聲香味觸處於法處無所有不可得法處性空故法處於法處無所有不可得法處於色聲香味觸處無所有不可得舍利子我於如是諸法以一切種一切處一切時求菩薩摩訶薩亦無所有不可得何以故自性空故

大般若波羅蜜多經卷第六十四

大般若波羅蜜多經卷第六十五

唐三藏法師玄奘奉　詔譯

初分無所得品第十八之五

舍利子眼界性空故眼界於眼界無所有不可得眼界於色界無所有不可得色界性空故色界於色界無所有不可得色界於眼界無所有不可得眼界色界於眼識界無所有不可得眼識界性空故眼識界於眼識界無所有不可得眼識界於眼界色界無所有不可得眼界色界眼識界於眼觸無所有不可得眼觸性空故眼觸於眼觸無所有不可得眼觸於眼界色界眼識界無所有不可得眼界色界眼識界及眼觸於眼觸爲緣所生諸受無所有不可得眼觸爲緣所生諸受性空故眼觸爲緣所生諸受於眼觸爲緣所生諸受無所有不可得眼觸爲緣所生諸受於眼界色界眼識界及眼觸無所有不可得舍利子我於如是諸法以一切種一切處一切時求菩薩摩訶薩亦無所有不可得何以故自性空故舍利子耳界性空故耳界於耳界無所有不可得耳界於聲界無所有不可得聲界性空故聲界於聲界無所有不可得聲界於耳界無所有不可得耳界聲界於耳識界無所有不可得耳識界性空故耳識界於耳識界無所有不可得耳識界於耳界聲界無所有不可得耳界聲界耳識界於耳觸無所有不可得耳觸性空故耳觸於耳觸無所有不可得耳觸於耳界聲界耳識界無所有不可得耳界聲界耳識界及耳觸於耳觸爲緣所生諸受無所有不可得耳觸爲緣所生諸

受性空故耳觸爲緣所生諸受於耳觸爲緣
所生諸受無所有不可得耳觸爲緣所生諸
受於耳界聲界耳識界及耳觸無所有不可
得舍利子我於如是諸法以一切種一切處
一切時求菩薩摩訶薩亦無所有不可得何
以故自性空故舍利子鼻界性空故鼻界於
鼻界無所有不可得鼻界於香界無所有不
可得香界性空故香界於香界無所有不可
得香界於鼻界無所有不可得鼻界香界於
鼻識界無所有不可得鼻識界性空故鼻識
界於鼻識界無所有不可得鼻識界於鼻界
香界無所有不可得鼻界香界鼻識界於鼻
觸無所有不可得鼻觸性空故鼻觸於鼻觸
無所有不可得鼻觸於鼻界香界鼻識界無
所有不可得鼻界香界鼻識界及鼻觸於鼻
觸爲緣所生諸受無所有不可得鼻觸爲緣
所生諸受性空故鼻觸爲緣所生諸受於鼻
觸爲緣所生諸受無所有不可得鼻觸爲緣
所生諸受於鼻界香界鼻識界及鼻觸無所
有不可得舍利子我於如是諸法以一切種
一切處一切時求菩薩摩訶薩亦無所有不
可得何以故自性空故舍利子舌界性空故
舌界於舌界無所有不可得舌界於味界無
所有不可得味界性空故味界於味界無所
有不可得味界於舌界無所有不可得舌界
味界於舌識界無所有不可得舌識界性空
故舌識界於舌識界無所有不可得舌識界
於舌界味界無所有不可得舌界味界舌識
界於舌觸無所有不可得舌觸性空故舌觸
於舌觸無所有不可得舌觸於舌界味界舌

識界無所有不可得舌界味界舌識界及舌觸於舌觸爲緣所生諸受無所有不可得舌觸爲緣所生諸受性空故舌觸爲緣所生諸受於舌觸爲緣所生諸受無所有不可得舌觸爲緣所生諸受於舌界味界舌識界及舌觸無所有不可得舍利子我於如是諸法以一切種一切處一切時求菩薩摩訶薩亦無所有不可得何以故自性空故舍利子身界性空故身界於身界無所有不可得身界於觸界無所有不可得觸界性空故觸界於觸界無所有不可得觸界於身界無所有不可得身界觸界於身識界無所有不可得身識界性空故身識界於身識界無所有不可得身識界於身界觸界無所有不可得身界觸界身識界於身觸無所有不可得身觸性空故身觸於身觸無所有不可得身觸於身界觸界身識界無所有不可得身界觸界身識界及身觸於身觸爲緣所生諸受無所有不可得身觸爲緣所生諸受性空故身觸爲緣所生諸受於身觸爲緣所生諸受無所有不可得身觸爲緣所生諸受於身界觸界身識界及身觸無所有不可得舍利子我於如是諸法以一切種一切處一切時求菩薩摩訶薩亦無所有不可得何以故自性空故舍利子意界性空故意界於意界無所有不可得意界於法界無所有不可得法界性空故法界於法界無所有不可得法界於意界無所有不可得意界法界於意識界無所有不可得意識界性空故意識界於意識界無所有不可得意識界於意界法界無所有不可得

意界法界意識界於意觸無所有不可得意觸性空故意觸於意觸無所有不可得意觸於意界法界意識界無所有不可得意界法界意識界及意觸於意觸爲緣所生諸受無所有不可得意觸爲緣所生諸受性空故意觸爲緣所生諸受於意觸爲緣所生諸受無所有不可得意觸爲緣所生諸受於意界法界意識界及意觸無所有不可得舍利子我於如是諸法以一切種一切處一切時求菩薩摩訶薩亦無所有不可得何以故自性空故舍利子地界性空故地界於地界無所有不可得地界於水界無所有不可得水界性空故水界於水界無所有不可得水界於地界無所有不可得地水界於火界無所有不可得火界性空故火界於火界無所有不可得火界於地水界無所有不可得地水火界於風界無所有不可得風界性空故風界於風界無所有不可得風界於地水火界無所有不可得地水火風界於空界無所有不可得空界性空故空界於空界無所有不可得空界於地水火風界無所有不可得地水火風空界於識界無所有不可得識界性空故識界於識界無所有不可得識界於地水火風空界無所有不可得舍利子我於如是諸法以一切種一切處一切時求菩薩摩訶薩亦無所有不可得何以故自性空故舍利子苦聖諦性空故苦聖諦於苦聖諦無所有不可得苦聖諦於集聖諦無所有不可得集聖諦性空故集聖諦於集聖諦無所有不可得集聖諦於苦聖諦無所有不可得苦集聖諦

於滅聖諦無所有不可得滅聖諦性空故滅聖諦於滅聖諦無所有不可得滅聖諦於苦集聖諦無所有不可得苦集滅聖諦於道聖諦無所有不可得道聖諦性空故道聖諦於道聖諦無所有不可得道聖諦於苦集滅聖諦無所有不可得舍利子我於如是諸法以一切種一切處一切時求菩薩摩訶薩亦無所有不可得何以故自性空故舍利子無明性空故無明於無明無所有不可得無明於行無所有不可得行性空故行於行無所有不可得行於無明無所有不可得無明行於識無所有不可得識性空故識於識無所有不可得識於無明行無所有不可得無明行識於名色無所有不可得名色性空故名色於名色無所有不可得名色於無明行識無所有不可得無明行識名色於六處無所有不可得六處性空故六處於六處無所有不可得六處於無明行識名色無所有不可得無明行識名色六處於觸無所有不可得觸性空故觸於觸無所有不可得觸於無明行識名色六處無所有不可得無明行識名色六處觸於受無所有不可得受性空故受於受無所有不可得受於無明行識名色六處觸無所有不可得無明行識名色六處觸受於愛無所有不可得愛性空故愛於愛無所有不可得愛於無明行識名色六處觸受無所有不可得無明行識名色六處觸受愛於取無所有不可得取性空故取於取無所有不可得取於無明行識名色六處觸受愛無所有不可得無明行識名色六處觸受愛取

於有無所有不可得有性空故有於有無所有不可得有於無明行識名色六處觸受愛取無所有不可得無明行識名色六處觸受愛取有於生無所有不可得生性空故生於生無所有不可得生於無明行識名色六處觸受愛取有無所有不可得無明行識名色六處觸受愛取有生於老死愁歎苦憂惱無所有不可得老死愁歎苦憂惱性空故老死愁歎苦憂惱於老死愁歎苦憂惱無所有不可得老死愁歎苦憂惱於無明行識名色六處觸受愛取有生無所有不可得舍利子我於如是諸法以一切種一切處一切時求菩薩摩訶薩亦無所有不可得何以故自性空故舍利子布施波羅蜜多性空故布施波羅蜜多於布施波羅蜜多無所有不可得布施波羅蜜多於淨戒波羅蜜多無所有不可得淨戒波羅蜜多性空故淨戒波羅蜜多於淨戒波羅蜜多無所有不可得淨戒波羅蜜多於布施波羅蜜多無所有不可得布施淨戒波羅蜜多於安忍波羅蜜多無所有不可得安忍波羅蜜多性空故安忍波羅蜜多於安忍波羅蜜多無所有不可得安忍波羅蜜多於布施淨戒波羅蜜多無所有不可得布施淨戒安忍波羅蜜多於精進波羅蜜多無所有不可得精進波羅蜜多性空故精進波羅蜜多於精進波羅蜜多無所有不可得精進波羅蜜多於布施淨戒安忍波羅蜜多無所有不可得布施淨戒安忍精進波羅蜜多於靜慮波羅蜜多無所有不可得靜慮波羅蜜多性空故靜慮波羅蜜多於靜慮波羅蜜多

無所有不可得靜慮波羅蜜多於布施淨戒安忍精進波羅蜜多無所有不可得布施淨戒安忍精進靜慮波羅蜜多於般若波羅蜜多無所有不可得般若波羅蜜多性空故般若波羅蜜多於般若波羅蜜多無所有不可得般若波羅蜜多於布施淨戒安忍精進靜慮波羅蜜多無所有不可得舍利子我於如是諸法以一切種一切處一切時求菩薩摩訶薩亦無所有不可得何以故自性空故舍利子四靜慮性空故四靜慮於四靜慮無所有不可得四靜慮於四無量無所有不可得四無量性空故四無量於四無量無所有不可得四無量於四靜慮無所有不可得四靜慮四無量於四無色定無所有不可得四無色定性空故四無色定於四無色定無所有不可得四無色定於四靜慮四無量無所有不可得舍利子我於如是諸法以一切種一切處一切時求菩薩摩訶薩亦無所有不可得何以故自性空故舍利子八解脱性空故八解脱於八解脱無所有不可得八解脱於八勝處無所有不可得八勝處性空故八勝處於八勝處無所有不可得八勝處於八解脱無所有不可得八解脱八勝處於九次第定無所有不可得九次第定性空故九次第定於九次第定無所有不可得九次第定於八解脱八勝處無所有不可得八解脱八勝處九次第定於十遍處無所有不可得十遍處性空故十遍處於十遍處無所有不可得十遍處於八解脱八勝處九次第定無所有不可得舍利子我於如是諸法以一切種一

切處一切時求菩薩摩訶薩亦無所有不可得何以故自性空故舍利子四念住性空故四念住於四念住無所有不可得四念住於四正斷無所有不可得四正斷性空故四正斷於四正斷無所有不可得四正斷於四念住無所有不可得四念住四正斷於四神足無所有不可得四神足性空故四神足於四神足無所有不可得四神足於四念住四正斷無所有不可得四念住四正斷四神足於五根無所有不可得五根性空故五根於五根無所有不可得五根於四念住四正斷四神足無所有不可得四念住四正斷四神足五根於五力無所有不可得五力性空故五力於五力無所有不可得五力於四念住四正斷四神足五根無所有不可得四念住四正斷四神足五根五力於七等覺支無所有不可得七等覺支性空故七等覺支於七等覺支無所有不可得七等覺支於四念住四正斷四神足五根五力無所有不可得四念住四正斷四神足五根五力七等覺支於八聖道支無所有不可得八聖道支性空故八聖道支於八聖道支無所有不可得八聖道支於四念住四正斷四神足五根五力七等覺支無所有不可得舍利子我於如是諸法以一切種一切處一切時求菩薩摩訶薩亦無所有不可得何以故自性空故舍利子空解脫門性空故空解脫於空解脫門無所有不可得空解脫門於無相解脫門無所有不可得無相解脫門性空故無相解脫門於無相解脫門無所有不可得無相解脫門於空

解脱門無所有不可得空無相解脱門於無願解脱門無所有不可得無願解脱門性空故無願解脱門於無願解脱門無所有不可得無願解脱門於空無相解脱門無所有不可得舍利子我於如是諸法以一切種一切處一切時求菩薩摩訶薩亦無所有不可得何以故自性空故舍利子五眼性空故五眼於五眼無所有不可得五眼於六神通無所有不可得六神通性空故六神通於六神通無所有不可得六神通於五眼無所有不可得舍利子我於如是諸法以一切種一切處一切時求菩薩摩訶薩亦無所有不可得何以故自性空故舍利子佛十力性空故佛十力於佛十力無所有不可得佛十力於四無所畏無所有不可得四無所畏性空故四無所畏於四無所畏無所有不可得四無所畏於佛十力無所有不可得佛十力四無所畏於四無礙解無所有不可得四無礙解性空故四無礙解於四無礙解無所有不可得四無礙解於佛十力四無所畏無所有不可得佛十力四無所畏四無礙解於大慈無所有不可得大慈性空故大慈於大慈無所有不可得大慈於佛十力四無所畏四無礙解無所有不可得佛十力四無所畏四無礙解大慈於大悲無所有不可得大悲性空故大悲於大悲無所有不可得大悲於佛十力四無所畏四無礙解大慈無所有不可得佛十力四無所畏四無礙解大慈大悲於大喜無所有不可得大喜性空故大喜於大喜無所有不可得大喜於佛十力四無所畏四無礙解

大慈大悲無所有不可得佛十力四無所畏四無礙解大慈大悲大喜於大捨無所有不可得大捨於佛十力四無所畏四無礙解大慈大悲大喜大捨於十八佛不共法無所有不可得十八佛不共法於十八佛不共法無所有不可得十八佛不共法性空故十八佛不共法於佛十力四無所畏四無礙解大慈大悲大喜大捨無所有不可得舍利子我於如是諸法以一切種一切處一切時求菩薩摩訶薩亦無所有不可得何以故自性空故舍利子一切智性空故一切智於一切智無所有不可得一切智於道相智無所有不可得道相智性空故道相智於道相智無所有不可得道相智於一切智無所有不可得一切智道相智於一切相智無所有不可得一切相智性空故一切相智於一切智道相智無所有不可得一切相智於一切相智無所有不可得舍利子我於如是諸法以一切種一切處一切時求菩薩摩訶薩亦無所有不可得何以故自性空故舍利子無忘失法性空故無忘失法於無忘失法無所有不可得無忘失法於恒住捨性無所有不可得恒住捨性性空故恒住捨性於恒住捨性無所有不可得恒住捨性於無忘失法無所有不可得舍利子我於如是諸法以一切種一切處一切時求菩薩摩訶薩亦無所有不可得何以故自性空故舍利子一切陀羅尼門性空故一切陀羅尼門於一切陀羅

尼門無所有不可得一切陀羅尼門於一切三摩地門無所有不可得一切三摩地門性空故一切三摩地門於一切三摩地門無所有不可得一切三摩地門於一切陀羅尼門無所有不可得舍利子我於如是諸法以一切種一切處一切時求菩薩摩訶薩亦無所有不可得何以故自性空故舍利子內空性空故內空於內空無所有不可得內空於外空無所有不可得外空性空故外空於外空無所有不可得外空於內空無所有不可得內空外空於內外空無所有不可得內外空性空故內外空於內外空無所有不可得內外空於內空外空無所有不可得內空外空內外空於空空無所有不可得空空性空故空空於空空無所有不可得空空於內空外空內外空無所有不可得內空乃至空空於大空無所有不可得大空性空故大空於大空無所有不可得大空於內空乃至空空無所有不可得內空乃至大空於勝義空無所有不可得勝義空性空故勝義空於勝義空無所有不可得勝義空於內空乃至大空無所有不可得內空乃至勝義空於有爲空無所有不可得有爲空性空故有爲空於有爲空無所有不可得有爲空於內空乃至勝義空無所有不可得內空乃至有爲空於無爲空無所有不可得無爲空性空故無爲空於無爲空無所有不可得無爲空於內空乃至有爲空無所有不可得內空乃至無爲空於畢竟空無所有不可得畢竟空性空故畢竟空於畢竟空無所有不可得畢竟空於內空

乃至無爲空無所有不可得内空乃至畢竟空於無際空無所有不可得無際空性空故無際空於無際空無所有不可得無際空於内空乃至畢竟空無所有不可得内空乃至無際空於散空無所有不可得散空性空故散空於散空無所有不可得散空於内空乃至無際空無所有不可得内空乃至散空於無變異空無所有不可得無變異空性空故無變異空於無變異空無所有不可得無變異空於内空乃至散空無所有不可得内空乃至無變異空於本性空無所有不可得本性空性空故本性空於本性空無所有不可得本性空於内空乃至無變異空無所有不可得内空乃至本性空於自相空無所有不可得自相空性空故自相空於自相空無所有不可得自相空於内空乃至本性空無所有不可得内空乃至自相空於共相空無所有不可得共相空性空故共相空於共相空無所有不可得共相空於内空乃至自相空無無所有可得内空乃至共相空於一切法空無所有不可得一切法空性空故一切法空於一切法空無所有不可得一切法空於内空乃至共相空無所有不可得内空乃至一切法空於不可得空無所有不可得不可得空性空故不可得内空不可得空無所有不可得不可得空於内空乃至一切法空無所有不可得内空乃至不可得空於無性空無所有不可得無性空性空故無性空於無性空無所有不可得無性空於内空乃至不可得空無所有不可得内空乃至無性空於

自性空無所有不可得自性空性空故自性
空於自性空無所有不可得自性空於內空
乃至無性空無所有不可得內空乃至自性
空於無性自性空無所有不可得無性自性
空性空故無性自性空於無性自性空無所
有不可得無性自性空於內空乃至自性空
無所有不可得舍利子我於如是諸法以一
切種一切處一切時求菩薩摩訶薩亦無所
有不可得何以故自性空故舍利子眞如性
空故眞如於眞如無所有不可得眞如於法
界無所有不可得法界性空故法界於法界
無所有不可得法界於眞如無所有不可得
眞如法界於法性無所有不可得法性性空
故法性於法性無所有不可得法性於眞如
法界無所有不可得眞如法界法性於不虛
妄性無所有不可得不虛妄性性空故不虛
妄性於不虛妄性無所有不可得不虛妄性
於眞如法界法性無所有不可得眞如乃至
不虛妄性於不變異性無所有不可得不變
異性性空故不變異性於不變異性無所有
不可得不變異性於眞如乃至不虛妄性無
所有不可得眞如乃至不變異性於不思議
界無所有不可得不思議界性空故不思議
界於不思議界無所有不可得不思議界於
眞如乃至不變異性無所有不可得眞如乃
至不思議界於虛空界無所有不可得虛空
界性空故虛空界於虛空界無所有不可得
虛空界於眞如乃至不思議界無所有不可
得眞如乃至虛空界於斷界無所有不可得
斷界性空故斷界於斷界無所有不可得斷

界於眞如乃至虛空界無所有不可得眞如乃至斷界於離界無所有不可得離界性空故離界於離界無所有不可得離界於眞如乃至斷界無所有不可得眞如乃至離界於滅界無所有不可得滅界性空故滅界於滅界無所有不可得滅界於眞如乃至離界無所有不可得眞如乃至滅界於平等性無所有不可得平等性性空故平等性於平等性無所有不可得平等性於眞如乃至滅界無所有不可得眞如乃至平等性於離生性無所有不可得離生性性空故離生性於離生性無所有不可得離生性於眞如乃至平等性無所有不可得眞如乃至離生性於法定無所有不可得法定性空故法定於法定無所有不可得法定於眞如乃至平等性無所有不可得眞如乃至法定於法住無所有不可得法住性空故法住於法住無所有不可得法住於眞如乃至法定無所有不可得眞如乃至法住於無性界無所有不可得無性界性空故無性界於無性界無所有不可得無性界於眞如乃至法住無所有不可得眞如乃至無性界於無相界無所有不可得無相界性空故無相界於無相界無所有不可得無相界於眞如乃至無性界無所有不可得眞如乃至無相界於無作界無所有不可得無作界性空故無作界於無作界無所有不可得無作界於眞如乃至無相界無所有不可得眞如乃至無作界於無爲界無所有不可得無爲界性空故無爲界於無爲界無所有不可得無爲界於眞如乃至無作界無

所有不可得眞如乃至無爲界於安隱界無所有不可得安隱界性空故安隱界於安隱界無所有不可得安隱界於眞如乃至無爲界無所有不可得眞如乃至安隱界於寂靜界無所有不可得寂靜界性空故寂靜界於寂靜界無所有不可得寂靜界於眞如乃至安隱界無所有不可得眞如乃至寂靜界於本無無所有不可得本無性空故本無於本無無所有不可得本無於眞如乃至寂靜界無所有不可得眞如乃至本無於實際無所有不可得實際性空故實際於實際無所有不可得實際於眞如乃至本無無所有不可得眞如乃至實際於究竟涅槃無所有不可得究竟涅槃性空故究竟涅槃於究竟涅槃無所有不可得究竟涅槃於眞如乃至實際無所有不可得舍利子我於如是諸法以一切種一切處一切時求菩薩摩訶薩亦無所有不可得何以故自性空故舍利子極喜地法性空故極喜地法於極喜地法無所有不可得極喜地法於離垢地法無所有不可得離垢地法性空故離垢地法於離垢地法無所有不可得離垢地法於極喜地法無所有不可得極喜離垢地法於發光地法無所有不可得發光地法性空故發光地法於發光地法無所有不可得發光地法於極喜離垢地法無所有不可得極喜離垢發光地法於焰慧地法無所有不可得焰慧地法性空故焰慧地法於焰慧地法無所有不可得焰慧地法於極喜離垢發光地法無所有不可得極喜離垢發光焰慧地法於極難勝地法無

所有不可得極難勝地法性空故極難勝地法於極難勝地法無所有不可得極難勝地法於極喜離垢發光焰慧地法無所有不可得極喜離垢發光焰慧極難勝地法於現前地法無所有不可得現前地法性空故現前地法於現前地法無所有不可得現前地法於極喜離垢發光焰慧極難勝地法無所有不可得極喜離垢發光焰慧極難勝現前地法於遠行地法無所有不可得遠行地法性空故遠行地法於遠行地法無所有不可得遠行地法於極喜離垢發光焰慧極難勝現前地法無所有不可得極喜離垢發光焰慧極難勝現前遠行地法於不動地法無所有不可得不動地法性空故不動地法於不動地法無所有不可得不動地法於極喜離垢發光焰慧極難勝現前遠行地法無所有不可得極喜離垢發光焰慧極難勝現前遠行不動地法於善慧地法無所有不可得善慧地法性空故善慧地法於善慧地法無所有不可得善慧地法於極喜離垢發光焰慧極難勝現前遠行不動地法無所有不可得極喜離垢發光焰慧極難勝現前遠行不動善慧地法於法雲地法無所有不可得法雲地法性空故法雲地法於法雲地法無所有不可得法雲地法於極喜離垢發光焰慧極難勝現前遠行不動善慧地法無所有不可得舍利子我於如是諸法以一切種一切處一切時求菩薩摩訶薩亦無所有不可得何以故自性空故舍利子極喜地性空故極喜地於極喜地無所有不可得極喜地於離垢地

無所有不可得離垢地性空故離垢地於離垢地無所有不可得離垢地於極喜地無所有不可得極喜離垢地於發光地無所有不可得發光地性空故發光地於發光地無所有不可得發光地於極喜離垢地無所有不可得極喜離垢發光地於焰慧地無所有不可得焰慧地性空故焰慧地於焰慧地無所有不可得焰慧地於極喜離垢發光地無所有不可得極喜離垢發光焰慧地於極難勝地無所有不可得極難勝地性空故極難勝地於極難勝地無所有不可得極難勝地於極喜離垢發光焰慧地無所有不可得極喜離垢發光焰慧極難勝地於現前地無所有不可得現前地性空故現前地於現前地無所有不可得現前地於極喜離垢發光焰慧極難勝地無所有不可得極喜離垢發光焰慧極難勝現前地於遠行地無所有不可得遠行地性空故遠行地於遠行地無所有不可得遠行地於極喜離垢發光焰慧極難勝現前地無所有不可得極喜離垢發光焰慧極難勝現前遠行地於不動地無所有不可得不動地性空故不動地於不動地無所有不可得不動地於極喜離垢發光焰慧極難勝現前遠行地無所有不可得極喜離垢發光焰慧極難勝現前遠行不動地於善慧地無所有不可得善慧地性空故善慧地於善慧地無所有不可得善慧地於極喜離垢地發光焰慧極難勝現前遠行不動地無所有不可得極喜離垢發光焰慧極難勝現前遠行不動善慧地於法雲地無所有不可得法

雲地性空故法雲地於法雲地無所有不可得法雲地於極喜離垢發光焰慧極難勝現前遠行不動善慧地無所有不可得舍利子我於如是諸法以一切種一切處一切時求菩薩摩訶薩亦無所有不可得何以故自性空故

大般若波羅蜜多經卷第六十五

大般若波羅蜜多經卷第六十六

唐三藏法師玄奘奉　詔譯

初分無所得品第十八之六

舍利子異生地法性空故異生地法於異生地法無所有不可得異生地法於種性地法無所有不可得種性地法性空故種性地法於種性地法無所有不可得種性地法於異生地法無所有不可得異生種性地法於第八地法無所有不可得第八地法性空故第八地法於第八地法無所有不可得第八地法於異生種性地法無所有不可得異生種性第八地法於具見地法無所有不可得具見地法性空故具見地法於具見地法無所有不可得具見地法於異生種性第八地法無所有不可得異生種性第八具見地法於薄地法無所有不可得薄地法性空故薄地法於薄地法無所有不可得薄地法於異生種性第八具見地法無所有不可得異生種性第八具見薄地法於離欲地法無所有不可得離欲地法性空故離欲地法於離欲地法無所有不可得離欲地法於異生種性第八具見薄地法無所有不可得異生種性第八具見薄離欲地法於已辦地法無所有不可得已辦地法性空故已辦地法於已辦地法無所有不可得已辦地法於異生種性第八具見薄離欲地法無所有不可得異生種性第八具見薄離欲已辦地法於獨覺地法無所有不可得獨覺地法性空故獨覺地法於獨覺地法無所有不可得獨覺地法於異生種性第八具見薄離欲已辦地法無所有

不可得異生種性第八具見薄離欲已辦獨覺地法於菩薩地法無所有不可得菩薩地法性空故菩薩地法於菩薩地法無所有不可得菩薩地法於異生種性第八具見薄離欲已辦獨覺地法無所有不可得異生種性第八具見薄離欲已辦獨覺菩薩地法於如來地法無所有不可得如來地法性空故如來地法於如來地法無所有不可得如來地法於異生種性第八具見薄離欲已辦獨覺菩薩地法無所有不可得舍利子我於如是諸法以一切種一切處一切時求菩薩摩訶薩亦無所有不可得何以故自性空故舍利子異生地性空故異生地於異生地無所有不可得異生地於種性地無所有不可得種性地性空故種性地種性性地無所有不可得種性地於異生地無所有不可得異生種性地於第八地無所有不可得第八地性空故第八地於第八地無所有不可得第八地於異生種性地無所有不可得異生種性第八地於具見地無所有不可得具見地性空故具見地於具見地無所有不可得具見地於異生種性第八地無所有不可得異生種性第八具見地於薄地無所有不可得薄地性空故薄地於薄地無所有不可得薄地於異生種性第八具見地無所有不可得異生種性第八具見薄地於離欲地無所有不可得離欲地性空故離欲地於離欲地無所有不可得離欲地於異生種性第八具見薄地無所有不可得異生種性第八具見薄離欲地於已辦地無所有不可得已辦地性空故

已辦地於已辦地無所有不可得已辦地於異生種性第八具見薄離欲地無所有不可得異生種性第八具見薄離欲已辦地於獨覺地無所有不可得獨覺地性空故獨覺地於獨覺地無所有不可得獨覺地於異生種性第八具見薄離欲已辦地無所有不可得異生種性第八具見薄離欲已辦獨覺地於菩薩地無所有不可得菩薩地性空故菩薩地於菩薩地無所有不可得菩薩地於異生種性第八具見薄離欲已辦獨覺地無所有不可得異生種性第八具見薄離欲已辦獨覺菩薩地於如來地無所有不可得如來地性空故如來地於如來地無所有不可得如來地於異生種性第八具見薄離欲已辦獨覺菩薩地無所有不可得舍利子我於如是諸法以一切種一切處一切時求菩薩摩訶薩亦無所有不可得何以故自性空故舍利子預流向法性空故預流向法於預流向法無所有不可得預流向法於預流果法無所有不可得預流果法性空故預流果法於預流果法無所有不可得預流果法於預流向法無所有不可得預流向法預流果法於一來向法無所有不可得一來向法性空故一來向法於一來向法無所有不可得一來向法於預流向法預流果法無所有不可得預流向法乃至一來向法於一來果法無所有不可得一來果法性空故一來果法於一來果法無所有不可得一來果法於預流向法乃至一來向法無所有不可得預流向法乃至一來果法於不還向法無所有不可得不

還向法性空故不還向法於不還向法無所有不可得不還向法於預流向法乃至一來果法無所有不可得預流向法乃至不還向法於不還果法無所有不可得不還果法性空故不還果法於不還果法無所有不可得不還果法於預流向法乃至不還向法無所有不可得預流向法乃至不還果法於阿羅漢向法無所有不可得阿羅漢向法性空故阿羅漢向法於阿羅漢向法無所有不可得阿羅漢向法於預流向法乃至不還果法無所有不可得預流向法乃至阿羅漢向法於阿羅漢果法無所有不可得阿羅漢果法性空故阿羅漢果法於阿羅漢果法無所有不可得阿羅漢果法於預流向法乃至阿羅漢向法無所有不可得預流向法乃至阿羅漢果法於獨覺向法無所有不可得獨覺向法性空故獨覺向法於獨覺向法無所有不可得獨覺向法於預流向法乃至阿羅漢果法無所有不可得預流向法乃至獨覺向法於獨覺果法無所有不可得獨覺果法性空故獨覺果法於獨覺果法無所有不可得獨覺果法於預流向法乃至獨覺向法無所有不可得預流向法乃至獨覺果法於菩薩摩訶薩法無所有不可得菩薩摩訶薩法性空故菩薩摩訶薩法於菩薩摩訶薩法無所有不可得菩薩摩訶薩法於預流向法乃至獨覺果法無所有不可得預流向法乃至菩薩摩訶薩法於三藐三佛陀法無所有不可得三藐三佛陀法性空故三藐三佛陀法於三藐三佛陀法無所有不可得三藐三佛陀法於

預流向法乃至菩薩摩訶薩法無所有不可得舍利子我於如是諸法以一切種一切處一切時求菩薩摩訶薩亦無所有不可得何以故自性空故舍利子預流向性空故預流向於預流向無所有不可得預流向於預流果無所有不可得預流果自性空故預流果於預流果無所有不可得預流果於預流向無所有不可得預流向預流果於一來向無所有不可得一來向性空故一來向於一來向無所有不可得一來向於預流向預流果無所有不可得預流向乃至一來向於一來果無所有不可得一來果性空故一來果於一來果無所有不可得一來果於預流向乃至一來向無所有不可得預流向乃至一來果於不還向無所有不可得不還向性空故不還向於不還向無所有不可得不還向於預流向乃至一來果無所有不可得預流向乃至不還向於不還果無所有不可得不還果性空故不還果於不還果無所有不可得不還果於預流向乃至不還向無所有不可得預流向乃至不還果於阿羅漢向無所有不可得阿羅漢向性空故阿羅漢向於阿羅漢向無所有不可得阿羅漢向於預流向乃至不還果無所有不可得預流向乃至阿羅漢向於阿羅漢果無所有不可得阿羅漢果性空故阿羅漢果於阿羅漢果無所有不可得阿羅漢果於預流向乃至阿羅漢向無所有不可得預流向乃至阿羅漢果於獨覺向無所有不可得獨覺向性空故獨覺向於獨覺向無所有不可得獨覺向於預流向乃至

阿羅漢果無所有不可得預流向乃至獨覺向於獨覺果無所有不可得獨覺果性空故獨覺果於獨覺果無所有不可得獨覺果於預流向乃至獨覺向無所有不可得預流向乃至獨覺果於菩薩摩訶薩無所有不可得菩薩摩訶薩性空故菩薩摩訶薩於菩薩摩訶薩無所有不可得菩薩摩訶薩於預流向乃至獨覺果無所有不可得預流向乃至菩薩摩訶薩於三藐三佛陀無所有不可得三藐三佛陀性空故三藐三佛陀於三藐三佛陀無所有不可得三藐三佛陀於預流向乃至菩薩摩訶薩無所有不可得舍利子我於如是諸法以一切種一切處一切時求菩薩摩訶薩亦無所有不可得何以故自性空故舍利子菩薩摩訶薩性空故菩薩摩訶薩於菩薩摩訶薩無所有不可得菩薩摩訶薩於般若波羅蜜多無所有不可得般若波羅蜜多性空故般若波羅蜜多於般若波羅蜜多無所有不可得般若波羅蜜多於菩薩摩訶薩無所有不可得菩薩摩訶薩般若波羅蜜多於教誡教授無所有不可得教誡教授性空故教誡教授於教誡教授無所有不可得教誡教授於菩薩摩訶薩般若波羅蜜多無所有不可得舍利子我於如是諸法以一切種一切處一切時求菩薩摩訶薩亦無所有不可得何以故自性空故舍利子由此緣故我作是說我於一切法以一切種一切處一切時求菩薩摩訶薩都無所見竟不可得云何令我以般若波羅蜜多教誡教授諸菩薩摩訶薩爾時具壽善現復荅舍利子言如尊

者所云何緣故說菩薩摩訶薩但有假名者舍利子菩薩摩訶薩名唯客所攝故時舍利子問善現言何緣故說菩薩摩訶薩名唯客所攝善現荅言如一切法名唯客所攝於十方三世無所從來無所至去亦無所住一切法中無名名中無一切法非合非離但假施設何以故以一切法與名俱自性空故自性空中若一切法若名俱無所有不可得故菩薩摩訶薩名亦復如是唯客所攝於十方三世無所從來無所至去亦無所住菩薩摩訶薩中無名名中無菩薩摩訶薩非合非離但假施設何以故以菩薩摩訶薩與名俱自性空故自性空中若菩薩摩訶薩若名俱無所有不可得故舍利子由此緣故我作是說菩薩摩訶薩但有假名舍利子如色名唯客所攝於十方三世無所從來無所至去亦無所住色中無名名中無色非合非離但假施設何以故以色與名俱自性空故自性空中若色若名俱無所有不可得故如受想行識名唯客所攝於十方三世無所從來無所至去亦無所住受想行識中無名名中無受想行識非合非離但假施設何以故以受想行識與名俱自性空故自性空中若受想行識若名俱無所有不可得故菩薩摩訶薩名亦復如是唯客所攝於十方三世無所從來無所至去亦無所住菩薩摩訶薩中無名名中無菩薩摩訶薩非合非離但假施設何以故以菩薩摩訶薩與名俱自性空故自性空中若菩薩摩訶薩若名俱無所有不可得故舍利子由此緣故我作是說菩薩摩訶薩但有假

名舍利子如眼處名唯客所攝於十方三世無所從來無所至去亦無所住眼處中無名名中無眼處非合非離但假施設何以故以眼處與名俱自性空故自性空中若眼處若名俱無所有不可得故如耳鼻舌身意處名唯客所攝於十方三世無所從來無所至去亦無所住耳鼻舌身意處中無名名中無耳鼻舌身意處非合非離但假施設何以故以耳鼻舌身意處與名俱自性空故自性空中若耳鼻舌身意處若名俱無所有不可得故菩薩摩訶薩名亦復如是唯客所攝於十方三世無所從來無所至去亦無所住菩薩摩訶薩中無名名中無菩薩摩訶薩非合非離但假施設何以故以菩薩摩訶薩與名俱自性空故自性空中若菩薩摩訶薩若名俱無所有不可得故舍利子由此緣故我作是說菩薩摩訶薩但有假名舍利子如色處名唯客所攝於十方三世無所從來無所至去亦無所住色處中無名名中無色處非合非離但假施設何以故以色處與名俱自性空故自性空中若色處若名俱無所有不可得故如聲香味觸法處名唯客所攝於十方三世無所從來無所至去亦無所住聲香味觸法處中無名名中無聲香味觸法處非合非離但假施設何以故以聲香味觸法處與名俱自性空故自性空中若聲香味觸法處若名俱無所有不可得故菩薩摩訶薩名亦復如是唯客所攝於十方三世無所從來無所至去亦無所住菩薩摩訶薩中無名名中無菩薩摩訶薩非合非離但假施設何以故以菩

薩摩訶薩與名俱自性空故自性空中若菩薩摩訶薩若名俱無所有不可得故舍利子由此縁故我作是説菩薩摩訶薩但有假名舍利子如眼界名唯客所攝於十方三世無所從來無所至去亦無所住眼界中無名名中無眼界非合非離但假施設何以故以眼界與名俱自性空故自性空中若眼界若名俱無所有不可得故如色界眼識界及眼觸眼觸爲縁所生諸受名唯客所攝於十方三世無所從來無所至去亦無所住色界眼識界及眼觸眼觸爲縁所生諸受中無名名中無色界眼識界及眼觸眼觸爲縁所生諸受非合非離但假施設何以故以色界眼識界及眼觸眼觸爲縁所生諸受與名俱自性空故自性空中若色界眼識界及眼觸眼觸爲縁所生諸受若名俱無所有不可得故菩薩摩訶薩名亦復如是唯客所攝於十方三世無所從來無所至去亦無所住菩薩摩訶薩中無名名中無菩薩摩訶薩非合非離但假施設何以故以菩薩摩訶薩與名俱無所有不可得故舍利子由此縁故我作是説菩薩摩訶薩但有假名舍利子如耳界名唯客所攝於十方三世無所從來無所至去亦無所住耳界中無名名中無耳界非合非離但假施設何以故以耳界與名俱自性空故自性空中若耳界若名俱無所有不可得故如聲界耳識界及耳觸耳觸爲縁所生諸受名唯客所攝於十方三世無所從來無所至去亦無所住聲界耳識界及耳觸耳觸爲縁所生諸受中無名名中無聲界耳識界及耳觸耳

觸爲縁所生諸受非合非離但假施設何以故以聲界耳識界及耳觸耳觸爲縁所生諸受與名俱自性空故自性空中若聲界耳識界及耳觸耳觸爲縁所生諸受若名俱無所有不可得故菩薩摩訶薩名亦復如是唯客所攝於十方三世無所從來無所至去亦無所住菩薩摩訶薩中無名名中無菩薩摩訶薩非合非離但假施設何以故以菩薩摩訶薩與名俱自性空故自性空中若菩薩摩訶薩若名俱無所有不可得故舍利子由此縁故我作是説菩薩摩訶薩但有假名舍利子如鼻界名唯客所攝於十方三世無所從來無所至去亦無所住鼻界中無名名中無鼻界非合非離但假施設何以故以鼻界與名俱自性空故自性空中若鼻界若名俱無所有不可得故如香界鼻識界及鼻觸鼻觸爲縁所生諸受名唯客所攝於十方三世無所從來無所至去亦無所住香界鼻識界及鼻觸鼻觸爲縁所生諸受中無名名中無香界鼻識界及鼻觸鼻觸爲縁所生諸受非合非離但假施設何以故以香界鼻識界及鼻觸鼻觸爲縁所生諸受與名俱自性空故自性空中若香界鼻識界及鼻觸鼻觸爲縁所生諸受若名俱無所有不可得故菩薩摩訶薩名亦復如是唯客所攝於十方三世無所從來無所至去亦無所住菩薩摩訶薩中無名名中無菩薩摩訶薩非合非離但假施設何以故以菩薩摩訶薩與名俱自性空故自性空中若菩薩摩訶薩若名俱無所有不可得故舍利子由此縁故我作是説菩薩摩訶薩

但有假名舍利子如舌界名唯客所攝於十方三世無所從來無所至去亦無所住舌界中無名名中無舌界非合非離但假施設何以故以舌界與名俱自性空故自性空中若舌界若名俱無所有不可得故如味界舌識界及舌觸舌觸爲緣所生諸受名唯客所攝於十方三世無所從來無所至去亦無所住味界舌識界及舌觸舌觸爲緣所生諸受中無名名中無味界舌識界及舌觸舌觸爲緣所生諸受非合非離但假施設何以故以味界舌識界及舌觸舌觸爲緣所生諸受與名俱自性空故自性空中若味界舌識界及舌觸舌觸爲緣所生諸受若名俱無所有不可得故菩薩摩訶薩名亦復如是唯客所攝於十方三世無所從來無所至去亦無所住菩薩摩訶薩中無名名中無菩薩摩訶薩非合非離但假施設何以故以菩薩摩訶薩與名俱自性空故自性空中若菩薩摩訶薩若名俱無所有不可得故舍利子由此緣故我作是說菩薩摩訶薩但有假名舍利子如身界名唯客所攝於十方三世無所從來無所至去亦無所住身界中無名名中無身界非合非離但假施設何以故以身界與名俱無所有不可得故如觸界身識界及身觸身觸爲緣所生諸受名唯客所攝於十方三世無所從來無所至去亦無所住觸界身識界及身觸身觸爲緣所生諸受中無名名中無觸界身識界及身觸身觸爲緣所生諸受非合非離但假施設何以故以觸界身識界及身觸身觸爲緣所生諸受與名俱自性空故自性

空中若觸界身識界及身觸身觸爲緣所生諸受若名俱無所有不可得故菩薩摩訶薩名亦復如是唯客所攝於十方三世無所從來無所至去亦無所住菩薩摩訶薩中無名名中無菩薩摩訶薩非合非離但假施設何以故以菩薩摩訶薩與名俱自性空故自性空中若菩薩摩訶薩若名俱無所有不可得故舍利子由此緣故我作是說菩薩摩訶薩但有假名舍利子如意界名唯客所攝於十方三世無所從來無所至去亦無所住意界中無名名中無意界非合非離但假施設何以故以意界與名俱自性空故自性空中若意界若名俱無所有不可得故如法界意識界及意觸意觸爲緣所生諸受名唯客所攝於十方三世無所從來無所至去亦無所住法界意識界及意觸意觸爲緣所生諸受中無名名中無法界意識界及意觸意觸爲緣所生諸受非合非離但假施設何以故以法界意識界及意觸意觸爲緣所生諸受與名俱自性空故自性空中若法界意識界及意觸意觸爲緣所生諸受若名俱無所有不可得故菩薩摩訶薩名亦復如是唯客所攝於十方三世無所從來無所至去亦無所住菩薩摩訶薩中無名名中無菩薩摩訶薩非合非離但假施設何以故以菩薩摩訶薩與名俱自性空故自性空中若菩薩摩訶薩若名俱無所有不可得故舍利子由此緣故我作是說菩薩摩訶薩但有假名舍利子如地界名唯客所攝於十方三世無所從來無所至去亦無所住地界中無名名中無地界非合

非離但假施設何以故以地界與名俱自性空故自性空中若地界若名俱無所有不可得故如水火風空識界名唯客所攝於十方三世無所從來無所至去亦無所住水火風空識界中無名名中無水火風空識界非合非離但假施設何以故以水火風空識界與名俱自性空故自性空中若水火風空識界若名俱無所有不可得故菩薩摩訶薩名亦復如是唯客所攝於十方三世無所從來無所至去亦無所住菩薩摩訶薩中無名名中無菩薩摩訶薩非合非離但假施設何以故以菩薩摩訶薩與名俱自性空故自性空中若菩薩摩訶薩若名俱無所有不可得故舍利子由此緣故我作是說菩薩摩訶薩但有假名舍利子如苦聖諦名唯客所攝於十方

三世無所從來無所至去亦無所住苦聖諦中無名名中無苦聖諦非合非離但假施設何以故以苦聖諦與名俱自性空故自性空中若苦聖諦若名俱無所有不可得故如集滅道聖諦名唯客所攝於十方三世無所從來無所至去亦無所住集滅道聖諦中無名名中無集滅道聖諦非合非離但假施設何以故以集滅道聖諦與名俱自性空故自性空中若集滅道聖諦若名俱無所有不可得故菩薩摩訶薩名亦復如是唯客所攝於十方三世無所從來無所至去亦無所住菩薩摩訶薩中無名名中無菩薩摩訶薩非合非離但假施設何以故以菩薩摩訶薩與名俱自性空故自性空中若菩薩摩訶薩若名俱無所有不可得故舍利子由此緣故我作是

說菩薩摩訶薩但有假名舍利子如無明名唯客所攝於十方三世無所從來無所至去亦無所住無明中無名名中無無明非合非離但假施設何以故以無明與名俱自性空故自性空中若無明若名俱無所有不可得故如行識名色六處觸受愛取有生老死愁歎苦憂惱名唯客所攝於十方三世無所從來無所至去亦無所住行乃至老死愁歎苦憂惱中無名名中無行乃至老死愁歎苦憂惱非合非離但假施設何以故以行乃至老死愁歎苦憂惱與名俱自性空故自性空中若行乃至老死愁歎苦憂惱若名俱無所有不可得故菩薩摩訶薩名亦復如是唯客所攝於十方三世無所從來無所至去亦無所住菩薩摩訶薩中無名名中無菩薩摩訶薩非合非離但假施設何以故以菩薩摩訶薩與名俱自性空故自性空中若菩薩摩訶薩若名俱無所有不可得故舍利子由此緣故我作是說菩薩摩訶薩但有假名舍利子如四靜慮名唯客所攝於十方三世無所從來無所至去亦無所住四靜慮中無名名中無四靜慮非合非離但假施設何以故以四靜慮與名俱自性空故自性空中若四靜慮若名俱無所有不可得故如四無量四無色定名唯客所攝於十方三世無所從來無所至去亦無所住四無量四無色定中無名名中無四無量四無色定非合非離但假施設何以故以四無量四無色定與名俱自性空故自性空中若四無量四無色定若名俱無所有不可得故菩薩摩訶薩名亦復如是唯客

所攝於十方三世無所從來無所至去亦無所住菩薩摩訶薩中無名名中無菩薩摩訶薩非合非離但假施設何以故以菩薩摩訶薩與名俱自性空故自性空中若菩薩摩訶薩若名俱無所有不可得故舍利子由此緣故我作是說菩薩摩訶薩但有假名舍利子如八解脫名唯客所攝於十方三世無所從來無所至去亦無所住八解脫中無名名中無八解脫非合非離但假施設何以故以八解脫與名俱自性空故自性空中若八解脫若名俱無所有不可得故如八勝處九次第定十遍處名唯客所攝於十方三世無所從來無所至去亦無所住八勝處九次第定十遍處中無名名中無八勝處九次第定十遍處非合非離但假施設何以故以八勝處九次第定十遍處與名俱自性空故自性空中若八勝處九次第定十遍處若名俱無所有不可得故菩薩摩訶薩名亦復如是唯客所攝於十方三世無所從來無所至去亦無所住菩薩摩訶薩中無名名中無菩薩摩訶薩非合非離但假施設何以故以菩薩摩訶薩與名俱自性空故自性空中若菩薩摩訶薩若名俱無所有不可得故舍利子由此緣故我作是說菩薩摩訶薩但有假名舍利子如四念住名唯客所攝於十方三世無所從來無所至去亦無所住四念住中無名名中無四念住非合非離但假施設何以故以四念住與名俱自性空故自性空中若四念住若名俱無所有不可得故如四正斷四神足五根五力七等覺支八聖道支名唯客所攝於

十方三世無所從來無所至去亦無所住四正斷四神足五根五力七等覺支八聖道支中無名名中無四正斷四神足五根五力七等覺支八聖道支非合非離但假施設何以故以四正斷四神足五根五力七等覺支八聖道支與名俱自性空故自性空中若四正斷四神足五根五力七等覺支八聖道支若名俱無所有不可得故菩薩摩訶薩名亦復如是唯客所攝於十方三世無所從來無所至去亦無所住菩薩摩訶薩中無名名中無菩薩摩訶薩非合非離但假施設何以故以菩薩摩訶薩與名俱自性空故自性空中若菩薩摩訶薩若名俱無所有不可得故舍利子由此緣故我作是說菩薩摩訶薩但有假名

大般若波羅蜜多經卷第六十六

大般若波羅蜜多經卷第六十七

唐三藏法師玄奘奉　詔譯

初分無所得品第十八之七

舍利子如空解脱門名唯客所攝於十方三世無所從來無所至去亦無所住空解脱門中無名名中無空解脱門非合非離但假施設何以故以空解脱門與名俱自性空故自性空中若空解脱門若名俱無所有不可得故如無相無願解脱門名唯客所攝於十方三世無所從來無所至去亦無所住無相無願解脱門中無名名中無無相無願解脱門非合非離但假施設何以故以無相無願解脱門與名俱自性空故自性空中若無相無願解脱門若名俱無所有不可得故菩薩摩訶薩名亦復如是唯客所攝於十方三世無所從來無所至去亦無所住菩薩摩訶薩中無名名中無菩薩摩訶薩非合非離但假施設何以故以菩薩摩訶薩與名俱自性空故自性空中若菩薩摩訶薩若名俱無所有不可得故舍利子由此緣故我作是説菩薩摩訶薩但有假名舍利子如五眼名唯客所攝於十方三世無所從來無所至去亦無所住五眼中無名名中無五眼非合非離但假施設何以故以五眼與名俱自性空故自性空中若五眼若名俱無所有不可得故如六通名唯客所攝於十方三世無所從來無所至去亦無所住六通中無名名中無六通非合非離但假施設何以故以六通與名俱自性空故自性空中若六通若名俱無所有不可得故菩薩摩訶薩名亦復如是唯客所攝於

十方三世無所從來無所至去亦無所住菩薩摩訶薩中無名名中無菩薩摩訶薩非合非離但假施設何以故以菩薩摩訶薩與名俱自性空故自性空中若菩薩摩訶薩若名俱無所有不可得故舍利子由此緣故我作是說菩薩摩訶薩但有假名舍利子如佛十力名唯客所攝於十方三世無所從來無所至去亦無所住佛十力中無名名中無佛十力非合非離但假施設何以故以佛十力與名俱自性空故自性空中若佛十力若名俱無所有不可得故如四無所畏四無礙解大慈大悲大喜大捨十八佛不共法名唯客所攝於十方三世無所從來無所至去亦無所住四無所畏四無礙解大慈大悲大喜大捨十八佛不共法中無名名中無四無所畏四無礙解大慈大悲大喜大捨十八佛不共法非合非離但假施設何以故以四無所畏四無礙解大慈大悲大喜大捨十八佛不共法與名俱自性空故自性空中若四無所畏四無礙解大慈大悲大喜大捨十八佛不共法若名俱無所有不可得故菩薩摩訶薩名亦復如是唯客所攝於十方三世無所從來無所至去亦無所住菩薩摩訶薩中無名名中無菩薩摩訶薩非合非離但假施設何以故以菩薩摩訶薩與名俱自性空故自性空中若菩薩摩訶薩若名俱無所有不可得故舍利子由此緣故我作是說菩薩摩訶薩但有假名舍利子如一切智名唯客所攝於十方三世無所從來無所至去亦無所住一切智中無名名中無一切智非合非離但假施設

何以故以一切智與名俱自性空故自性空中若一切智若名俱無所有不可得故如道相智一切相智名唯客所攝於十方三世無所從來無所至去亦無所住道相智一切相智中無名名中無道相智一切相智非合非離但假施設何以故以道相智一切相智與名俱自性空故自性空中若道相智一切相智若名俱無所有不可得故菩薩摩訶薩名亦復如是唯客所攝於十方三世無所從來無所至去亦無所住菩薩摩訶薩中無名名中無菩薩摩訶薩非合非離但假施設何以故以菩薩摩訶薩與名俱自性空故自性空中若菩薩摩訶薩若名俱無所有不可得故舍利子由此緣故我作是說菩薩摩訶薩但有假名舍利子如無忘失法名唯客所攝於十方三世無所從來無所至去亦無所住無忘失法中無名名中無無忘失法非合非離但假施設何以故以無忘失法與名俱自性空故自性空中若無忘失法若名俱無所有不可得故如恒住捨性名唯客所攝於十方三世無所從來無所至去亦無所住恒住捨性中無名名中無恒住捨性非合非離但假施設何以故以恒住捨性與名俱自性空故自性空中若恒住捨性若名俱無所有不可得故菩薩摩訶薩名亦復如是唯客所攝於十方三世無所從來無所至去亦無所住菩薩摩訶薩中無名名中無菩薩摩訶薩非合非離但假施設何以故以菩薩摩訶薩與名俱自性空故自性空中若菩薩摩訶薩若名俱無所有不可得故舍利子由此緣故我作

是說菩薩摩訶薩但有假名舍利子如一切陀羅尼門名唯客所攝於十方三世無所從來無所至去亦無所住一切陀羅尼門中無名名中無一切陀羅尼門非合非離但假施設何以故以一切陀羅尼門與名俱自性空故自性空中若一切陀羅尼門若名俱無所有不可得故如一切三摩地門名唯客所攝於十方三世無所從來無所至去亦無所住一切三摩地門中無名名中無一切三摩地門非合非離但假施設何以故以一切三摩地門與名俱自性空故自性空中若一切三摩地門若名俱無所有不可得故菩薩摩訶薩名亦復如是唯客所攝於十方三世無所從來無所至去亦無所住菩薩摩訶薩中無名名中無菩薩摩訶薩非合非離但假施設何以故以菩薩摩訶薩與名俱自性空故自性空中若菩薩摩訶薩若名俱無所有不可得故舍利子由此緣故我作是說菩薩摩訶薩但有假名舍利子如內空名唯客所攝於十方三世無所從來無所至去亦無所住內空中無名名中無內空非合非離但假施設何以故以內空與名俱自性空故自性空中若內空若名俱無所有不可得故如外空內外空空空大空勝義空有爲空無爲空畢竟空無際空散空無變異空本性空自相空共相空一切法空不可得空無性空自性空無性自性空名唯客所攝於十方三世無所從來無所至去亦無所住外空乃至無性自性空中無名名中無外空乃至無性自性空非合非離但假施設何以故以外空乃至無

性自性空與名俱自性空故自性空中若外空乃至無性自性空若名俱無所有不可得故菩薩摩訶薩名亦復如是唯客所攝於十方三世無所從來無所至去亦無所住菩薩摩訶薩中無名名中無菩薩摩訶薩非合非離但假施設何以故以菩薩摩訶薩與名俱自性空故自性空中若菩薩摩訶薩若名俱無所有不可得故舍利子由此緣故我作是說菩薩摩訶薩但有假名舍利子如眞如名唯客所攝於十方三世無所從來無所至去亦無所住眞如中無名名中無眞如非合非離但假施設何以故以眞如與名俱自性空故自性空中若眞如若名俱無所有不可得故如法界法性不虛妄性不變異性不思議界虛空界斷界離界滅界平等性離生性法定法住無性界無相界無作界無爲界安隱界寂靜界本無實際究竟涅槃名唯客所攝於十方三世無所從來無所至去亦無所住法界乃至究竟涅槃中無名名中無法界乃至究竟涅槃非合非離但假施設何以故以法界乃至究竟涅槃與名俱自性空故自性空中若法界乃至究竟涅槃若名俱無所有不可得故菩薩摩訶薩名亦復如是唯客所攝於十方三世無所從來無所至去亦無所住菩薩摩訶薩中無名名中無菩薩摩訶薩非合非離但假施設何以故以菩薩摩訶薩與名俱自性空故自性空中若菩薩摩訶薩若名俱無所有不可得故舍利子由此緣故我作是說菩薩摩訶薩但有假名舍利子如極喜地名唯客所攝於十方三世無所從來

無所至去亦無所住極喜地中無名名中無極喜地非合非離但假施設何以故以極喜地與名俱自性空故自性空中若極喜地若名俱無所有不可得故如離垢地發光地焰慧地極難勝地現前地遠行地不動地善慧地法雲地名唯客所攝於十方三世無所從來無所至去亦無所住離垢地乃至法雲地中無名名中無離垢地乃至法雲地非合非離但假施設何以故以離垢地乃至法雲地與名俱自性空故自性空中若離垢地乃至法雲地若名俱無所有不可得故菩薩摩訶薩名亦復如是唯客所攝於十方三世無所從來無所至去亦無所住菩薩摩訶薩中無名名中無菩薩摩訶薩非合非離但假施設何以故以菩薩摩訶薩與名俱自性空故自性空中若菩薩摩訶薩若名俱無所有不可得故舍利子由此縁故我作是説菩薩摩訶薩但有假名舍利子如異生地名唯客所攝於十方三世無所從來無所至去亦無所住異生地中無名名中無異生地非合非離但假施設何以故以異生地與名俱自性空故自性空中若異生地若名俱無所有不可得故如種性地第八地具見地薄地離欲地已辦地獨覺地菩薩地如來地名唯客所攝於十方三世無所從來無所至去亦無所住種性地乃至如來地中無名名中無種性地乃至如來地非合非離但假施設何以故以種性地乃至如來地與名俱自性空故自性空中若種性地乃至如來地若名俱無所有不可得故菩薩摩訶薩名亦復如是唯客所攝

於十方三世無所從來無所至去亦無所住菩薩摩訶薩中無名名中無菩薩摩訶薩非合非離但假施設何以故以菩薩摩訶薩與名俱自性空故自性空中若菩薩摩訶薩若名俱無所有不可得故舍利子由此緣故我作是說菩薩摩訶薩但有假名舍利子如聲聞乘名唯客所攝於十方三世無所從來無所至去亦無所住聲聞乘中無名名中無聲聞乘非合非離但假施設何以故以聲聞乘與名俱自性空故自性空中若聲聞乘若名俱無所有不可得故如獨覺乘大乘名唯客所攝於十方三世無所從來無所至去亦無所住獨覺乘大乘中無名名中無獨覺乘大乘非合非離但假施設何以故以獨覺乘大乘與名俱自性空故自性空中若獨覺乘大乘若名俱無所有不可得故菩薩摩訶薩名亦復如是唯客所攝於十方三世無所從來無所至去亦無所住菩薩摩訶薩中無名名中無菩薩摩訶薩非合非離但假施設何以故以菩薩摩訶薩與名俱自性空故自性空中若菩薩摩訶薩若名俱無所有不可得故舍利子由此緣故我作是說菩薩摩訶薩但有假名爾時具壽善現復荅舍利子言如尊者所云何緣故說如說我等畢竟不生者舍利子我畢竟都無所有既不可得云何有生有情命者生者養者士夫補特伽羅意生儒童作者使作者起者使起者受者使受者知者見者畢竟都無所有既不可得云何有生舍利子色畢竟都無所有既不可得云何有生受想行識畢竟都無所有既不可得云何

有生舍利子眼處畢竟都無所有既不可得云何有生耳鼻舌身意處畢竟都無所有既不可得云何有生舍利子色處畢竟都無所有既不可得云何有生聲香味觸法處畢竟都無所有既不可得云何有生舍利子眼界畢竟都無所有既不可得云何有生色界眼識界及眼觸眼觸爲緣所生諸受畢竟都無所有既不可得云何有生舍利子耳界畢竟都無所有既不可得云何有生聲界耳識界及耳觸耳觸爲緣所生諸受畢竟都無所有既不可得云何有生舍利子鼻界畢竟都無所有既不可得云何有生香界鼻識界及鼻觸鼻觸爲緣所生諸受畢竟都無所有既不可得云何有生舍利子舌界畢竟都無所有既不可得云何有生味界舌識界及舌觸舌觸爲緣所生諸受畢竟都無所有既不可得云何有生舍利子身界畢竟都無所有既不可得云何有生觸界身識界及身觸身觸爲緣所生諸受畢竟都無所有既不可得云何有生舍利子意界畢竟都無所有既不可得云何有生法界意識界及意觸意觸爲緣所生諸受畢竟都無所有既不可得云何有生舍利子地界畢竟都無所有既不可得云何有生水火風空識界畢竟都無所有既不可得云何有生舍利子無明畢竟都無所有既不可得云何有生行識名色六處觸受愛取有生老死愁歎苦憂惱畢竟都無所有既不可得云何有生舍利子内空畢竟都無所有既不可得云何有生外空内外空空空大空勝義空有爲空無爲空畢竟空無際空散空

無變異空本性空自相空共相空一切法空不可得空無性空自性空無性自性空畢竟都無所有既不可得云何有生舍利子布施波羅蜜多畢竟都無所有既不可得云何有生淨戒安忍精進靜慮般若波羅蜜多畢竟都無所有既不可得云何有生舍利子四靜慮畢竟都無所有既不可得云何有生四無量四無色定畢竟都無所有既不可得云何有生舍利子八解脫畢竟都無所有既不可得云何有生八勝處九次第定十遍處畢竟都無所有既不可得云何有生舍利子四念住畢竟都無所有既不可得云何有生四正斷四神足五根五力七等覺支八聖道支畢竟都無所有既不可得云何有生舍利子空解脫門畢竟都無所有既不可得云何有生無相無願解脫門畢竟都無所有既不可得云何有生舍利子五眼畢竟都無所有既不可得云何有生六神通畢竟都無所有既不可得云何有生舍利子佛十力畢竟都無所有既不可得云何有生四無所畏四無礙解大慈大悲大喜大捨十八佛不共法畢竟都無所有既不可得云何有生舍利子一切智畢竟都無所有既不可得云何有生道相智一切相智畢竟都無所有既不可得云何有生舍利子無忘失法畢竟都無所有既不可得云何有生恒住捨性畢竟都無所有既不可得云何有生舍利子一切陀羅尼門畢竟都無所有既不可得云何有生一切三摩地門畢竟都無所有既不可得云何有生舍利子極喜地畢竟都無所有既不可得云何有

生離垢地發光地焰慧地極難勝地現前地遠行地不動地善慧地法雲地畢竟都無所有既不可得云何有生舍利子異生地畢竟都無所有既不可得云何有生種性地第八地具見地薄地離欲地已辦地獨覺地菩薩地如來地畢竟都無所有既不可得云何有生舍利子聲聞乘畢竟都無所有既不可得云何有生獨覺乘大乘畢竟都無所有既不可得云何有生舍利子由此緣故我作是說如說我等畢竟不生爾時具壽善現復荅舍利子言如尊者所云何緣故說諸法亦爾都無自性者舍利子諸法都無和合自性何以故和合有法自性空故時舍利子問善現言何法都無和合自性善現荅言舍利子色都無和合自性受想行識都無和合自性舍利子眼處都無和合自性耳鼻舌身意處都無和合自性舍利子色處都無和合自性聲香味觸法處都無和合自性舍利子眼界都無和合自性色界眼識界及眼觸眼觸爲緣所生諸受都無和合自性舍利子耳界都無和合自性聲界耳識界及耳觸耳觸爲緣所生諸受都無和合自性舍利子鼻界都無和合自性香界鼻識界及鼻觸鼻觸爲緣所生諸受都無和合自性舍利子舌界都無和合自性味界舌識界及舌觸舌觸爲緣所生諸受都無和合自性舍利子身界都無和合自性觸界身識界及身觸身觸爲緣所生諸受都無和合自性舍利子意界都無和合自性法界意識界及意觸意觸爲緣所生諸受都無和合自性舍利子地界都無和合自性水火

風空識界都無和合自性舍利子無明都無和合自性行識名色六處觸受愛取有生老死愁歎苦憂惱都無和合自性舍利子内空都無和合自性外空内外空空空大空勝義空有爲空無爲空畢竟空無際空散空無變異空本性空自相空共相空一切法空不可得空無性空自性空無性自性空都無和合自性舍利子布施波羅蜜多都無和合自性淨戒安忍精進靜慮般若波羅蜜多都無和合自性舍利子四靜慮都無和合自性四無量四無色定都無和合自性舍利子八解脫都無和合自性八勝處九次第定十遍處都無和合自性舍利子四念住都無和合自性四正斷四神足五根五力七等覺支八聖道支都無和合自性舍利子空解脫門都無和合自性無相無願解脫門都無和合自性舍利子五眼都無和合自性六神通都無和合自性舍利子佛十力都無和合自性四無所畏四無礙解大慈大悲大喜大捨十八佛不共法都無和合自性舍利子一切智都無和合自性道相智一切相智都無和合自性舍利子無忘失法都無和合自性恒住捨性都無和合自性舍利子一切陀羅尼門都無和合自性一切三摩地門都無和合自性舍利子極喜地都無和合自性離垢地發光地焰慧地極難勝地現前地遠行地不動地善慧地法雲地都無和合自性舍利子異生地都無和合自性種性地第八地具見地薄地離欲地已辦地獨覺地菩薩地如來地都無和合自性舍利子聲聞乘都無和合自性獨覺

乘大乘都無和合自性舍利子由此緣故我作是說諸法亦爾都無自性復次舍利子諸法非常亦無散失何以故若法非常無盡性故時舍利子問善現言何法非常亦無散失善現荅言舍利子色非常亦無散失受想行識非常亦無散失舍利子眼處非常亦無散失耳鼻舌身意處非常亦無散失舍利子色處非常亦無散失聲香味觸法處非常亦無散失舍利子眼界非常亦無散失色界眼識界及眼觸眼觸爲緣所生諸受非常亦無散失舍利子耳界非常亦無散失聲界耳識界及耳觸耳觸爲緣所生諸受非常亦無散失舍利子鼻界非常亦無散失香界鼻識界及鼻觸鼻觸爲緣所生諸受非常亦無散失舍利子舌界非常亦無散失味界舌識界及舌觸舌觸爲緣所生諸受非常亦無散失舍利子身界非常亦無散失觸界身識界及身觸身觸爲緣所生諸受非常亦無散失舍利子意界非常亦無散失法界意識界及意觸意觸爲緣所生諸受非常亦無散失舍利子地界非常亦無散失水火風空識界非常亦無散失舍利子苦聖諦非常亦無散失集滅道聖諦非常亦無散失舍利子無明非常亦無散失行識名色六處觸受愛取有生老死愁歎苦憂惱非常亦無散失舍利子內空非常亦無散失外空內外空空空大空勝義空有爲空無爲空畢竟空無際空散空無變異空本性空自相空共相空一切法空不可得空無性空自性空無性自性空非常亦無散失舍利子布施波羅蜜多非常亦無散失淨戒

安忍精進靜慮般若波羅蜜多非常亦無散失舍利子四靜慮非常亦無散失四無量四無色定非常亦無散失舍利子八解脫非常亦無散失八勝處九次第定十遍處非常亦無散失舍利子四念住非常亦無散失四正斷四神足五根五力七等覺支八聖道支非常亦無散失舍利子空解脫門非常亦無散失無相無願解脫門非常亦無散失舍利子五眼非常亦無散失六神通非常亦無散失舍利子佛十力非常亦無散失四無所畏四無礙解大慈大悲大喜大捨十八佛不共法非常亦無散失舍利子一切智非常亦無散失道相智一切相智非常亦無散失舍利子無忘失法非常亦無散失恒住捨性非常亦無散失舍利子一切陀羅尼門非常亦無散失一切三摩地門非常亦無散失舍利子極喜地非常亦無散失離垢地發光地焰慧地極難勝地現前地遠行地不動地善慧地法雲地非常亦無散失舍利子異生地非常亦無散失種性地第八地具見地薄地離欲地已辦地獨覺地菩薩地如來地非常亦無散失舍利子聲聞乘非常亦無散失獨覺乘大乘非常亦無散失舍利子由此緣故我作是說諸法亦爾都無自性復次舍利子諸法非樂亦無散失何以故若法非樂無盡性故時舍利子問善現言何法非樂亦無散失善現荅言舍利子色非樂亦無散失受想行識非樂亦無散失舍利子眼處非樂亦無散失耳鼻舌身意處非樂亦無散失舍利子色處非樂亦無散失聲香味觸法處非樂亦無散失

舍利子眼界非樂亦無散失色界眼識界及眼觸眼觸爲緣所生諸受非樂亦無散失舍利子耳界非樂亦無散失聲界耳識界及耳觸耳觸爲緣所生諸受非樂亦無散失舍利子鼻界非樂亦無散失香界鼻識界及鼻觸鼻觸爲緣所生諸受非樂亦無散失舍利子舌界非樂亦無散失味界舌識界及舌觸舌觸爲緣所生諸受非樂亦無散失舍利子身界非樂亦無散失觸界身識界及身觸身觸爲緣所生諸受非樂亦無散失舍利子意界非樂亦無散失法界意識界及意觸意觸爲緣所生諸受非樂亦無散失舍利子地界非樂亦無散失水火風空識界非樂亦無散失舍利子苦聖諦非樂亦無散失集滅道聖諦非樂亦無散失舍利子無明非樂亦無散失行識名色六處觸受愛取有生老死愁歎苦憂惱非樂亦無散失舍利子內空非樂亦無散失外空內外空空空大空勝義空有爲空無爲空畢竟空無際空散空無變異空本性空自相空共相空一切法空不可得空無性空自性空無性自性空非樂亦無散失舍利子布施波羅蜜多非樂亦無散失淨戒安忍精進靜慮般若波羅蜜多非樂亦無散失舍利子四靜慮非樂亦無散失四無量四無色定非樂亦無散失舍利子八解脫非樂亦無散失八勝處九次第定十遍處非樂亦無散失舍利子四念住非樂亦無散失四正斷四神足五根五力七等覺支八聖道支非樂亦無散失舍利子空解脫門非樂亦無散失無相無願解脫門非樂亦無散失舍利子五眼

非樂亦無散失六神通非樂亦無散失舍利子佛十力非樂亦無散失四無所畏四無礙解大慈大悲大喜大捨十八佛不共法非樂亦無散失舍利子一切智非樂亦無散失道相智一切相智非樂亦無散失舍利子無忘失法非樂亦無散失恒住捨性非樂亦無散失舍利子一切陀羅尼門非樂亦無散失一切三摩地門非樂亦無散失舍利子極喜地非樂亦無散失離垢地發光地焰慧地極難勝地現前地遠行地不動地善慧地法雲地非樂亦無散失舍利子異生地非樂亦無散失種性地第八地具見地薄地離欲地已辦地獨覺地菩薩地如來地非樂亦無散失舍利子聲聞乘非樂亦無散失獨覺乘大乘非樂亦無散失舍利子由此緣故我作是說諸

法亦爾都無自性復次舍利子諸法非我亦無散失何以故若法非我無盡性故時舍利子問善現言何法非我亦無散失善現答言舍利子色非我亦無散失受想行識非我亦無散失舍利子眼處非我亦無散失耳鼻舌身意處非我亦無散失舍利子色處非我亦無散失聲香味觸法處非我亦無散失舍利子眼界非我亦無散失色界眼識界及眼觸眼觸為緣所生諸受非我亦無散失舍利子耳界非我亦無散失聲界耳識界及耳觸耳觸為緣所生諸受非我亦無散失舍利子鼻界非我亦無散失香界鼻識界及鼻觸鼻觸為緣所生諸受非我亦無散失舍利子舌界非我亦無散失味界舌識界及舌觸舌觸為緣所生諸受非我亦無散失舍利子身界非

我亦無散失觸界身識界及身觸身觸爲緣所生諸受非我亦無散失舍利子意界非我亦無散失法界意識界及意觸意觸爲緣所生諸受非我亦無散失舍利子地界非我亦無散失水火風空識界非我亦無散失舍利子苦聖諦非我亦無散失集滅道聖諦非我亦無散失舍利子無明非我亦無散失行識名色六處觸受愛取有生老死愁歎苦憂惱非我亦無散失舍利子内空非我亦無散失外空内外空空空大空勝義空有爲空無爲空畢竟空無際空散空無變異空本性空自相空共相空一切法空不可得空無性空自性空無性自性空非我亦無散失

大般若波羅蜜多經卷第六十七

大般若波羅蜜多經卷第六十八

唐三藏法師玄奘奉　詔譯

初分無所得品第十八之八

舍利子布施波羅蜜多非我亦無散失淨戒安忍精進靜慮般若波羅蜜多非我亦無散失舍利子四靜慮非我亦無散失四無量四無色定非我亦無散失舍利子八解脫非我亦無散失八勝處九次第定十遍處非我亦無散失舍利子四念住非我亦無散失四正斷四神足五根五力七等覺支八聖道支非我亦無散失舍利子空解脫門非我亦無散失無相無願解脫門非我亦無散失舍利子五眼非我亦無散失六神通非我亦無散失舍利子佛十力非我亦無散失四無所畏四無礙解大慈大悲大喜大捨十八佛不共法非我亦無散失舍利子一切智非我亦無散失道相智一切相智非我亦無散失舍利子無忘失法非我亦無散失恒住捨性非我亦無散失舍利子一切陀羅尼門非我亦無散失一切三摩地門非我亦無散失舍利子極喜地非我亦無散失離垢地發光地焰慧地極難勝地現前地遠行地不動地善慧地法雲地非我亦無散失舍利子異生地非我亦無散失種性地第八地具見地薄地離欲地已辦地獨覺地菩薩地如來地非我亦無散失舍利子聲聞乘非我亦無散失獨覺乘大乘非我亦無散失舍利子由此緣故我作是說諸法亦爾都無自性復次舍利子諸法寂靜亦無散失何以故若法寂靜無盡性故時舍利子問善現言何法寂靜亦無散失善現

答言舍利子色寂靜亦無散失受想行識寂靜亦無散失舍利子眼處寂靜亦無散失耳鼻舌身意處寂靜亦無散失舍利子色處寂靜亦無散失聲香味觸法處寂靜亦無散失舍利子眼界寂靜亦無散失色界眼識界及眼觸眼觸爲緣所生諸受寂靜亦無散失舍利子耳界寂靜亦無散失聲界耳識界及耳觸耳觸爲緣所生諸受寂靜亦無散失舍利子鼻界寂靜亦無散失香界鼻識界及鼻觸鼻觸爲緣所生諸受寂靜亦無散失舍利子舌界寂靜亦無散失味界舌識界及舌觸舌觸爲緣所生諸受寂靜亦無散失舍利子身界寂靜亦無散失觸界身識界及身觸身觸爲緣所生諸受寂靜亦無散失舍利子意界寂靜亦無散失法界意識界及意觸意觸爲緣所生諸受寂靜亦無散失舍利子地界寂靜亦無散失水火風空識界寂靜亦無散失舍利子苦聖諦寂靜亦無散失集滅道聖諦寂靜亦無散失舍利子無明寂靜亦無散失行識名色六處觸受愛取有生老死愁歎苦憂惱寂靜亦無散失舍利子內空寂靜亦無散失外空內外空空空大空勝義空有爲空無爲空畢竟空無際空散空無變異空本性空自相空共相空一切法空不可得空無性空自性空無性自性空寂靜亦無散失舍利子布施波羅蜜多寂靜亦無散失淨戒安忍精進靜慮般若波羅蜜多寂靜亦無散失舍利子四靜慮寂靜亦無散失四無量四無色定寂靜亦無散失舍利子八解脫寂靜亦無散失八勝處九次第定十遍處寂靜亦無散

失舍利子四念住寂靜亦無散失四正斷四神足五根五力七等覺支八聖道支寂靜亦無散失舍利子空解脱門寂靜亦無散失無相無願解脱門寂靜亦無散失舍利子五眼寂靜亦無散失六神通寂靜亦無散失舍利子佛十力寂靜亦無散失四無所畏四無礙解大慈大悲大喜大捨十八佛不共法寂靜亦無散失舍利子一切智寂靜亦無散失道相智一切相智寂靜亦無散失舍利子無忘失法寂靜亦無散失恒住捨性寂靜亦無散失舍利子一切陀羅尼門寂靜亦無散失一切三摩地門寂靜亦無散失舍利子極喜地寂靜亦無散失離垢地發光地焰慧地極難勝地現前地遠行地不動地善慧地法雲地寂靜亦無散失舍利子異生地寂靜亦無散

失種性地第八地具見地薄地離欲地已辦地獨覺地菩薩地如來地寂靜亦無散失舍利子聲聞乘寂靜亦無散失獨覺乘大乘寂靜亦無散失舍利子由此緣故我作是說諸法亦爾都無自性復次舍利子諸法遠離亦無散失何以故若法遠離無盡性故時舍利子問善現言何法遠離亦無散失善現答言舍利子色遠離亦無散失受想行識遠離亦無散失舍利子眼處遠離亦無散失耳鼻舌身意處遠離亦無散失舍利子色處遠離亦無散失聲香味觸法處遠離亦無散失舍利子眼界遠離亦無散失色界眼識界及眼觸眼觸爲緣所生諸受遠離亦無散失舍利子耳界遠離亦無散失聲界耳識界及耳觸耳觸爲緣所生諸受遠離亦無散失舍利子鼻

界遠離亦無散失香界鼻識界及鼻觸鼻觸爲緣所生諸受遠離亦無散失舍利子舌界遠離亦無散失味界舌識界及舌觸舌觸爲緣所生諸受遠離亦無散失舍利子身界遠離亦無散失觸界身識界及身觸身觸爲緣所生諸受遠離亦無散失舍利子意界遠離亦無散失法界意識界及意觸意觸爲緣所生諸受遠離亦無散失舍利子地界遠離亦無散失水火風空識界遠離亦無散失舍利子苦聖諦遠離亦無散失集滅道聖諦遠離亦無散失舍利子無明遠離亦無散失行識名色六處觸受愛取有生老死愁歎苦憂惱遠離亦無散失舍利子內空遠離亦無散失外空內外空空空大空勝義空有爲空無爲空畢竟空無際空散空無變異空本性空自相空共相空一切法空不可得空無性空自性空無性自性空遠離亦無散失舍利子布施波羅蜜多遠離亦無散失淨戒安忍精進靜慮般若波羅蜜多遠離亦無散失舍利子四靜慮遠離亦無散失四無量四無色定遠離亦無散失舍利子八解脫遠離亦無散失八勝處九次第定十遍處遠離亦無散失舍利子四念住遠離亦無散失四正斷四神足五根五力七等覺支八聖道支遠離亦無散失舍利子空解脫門遠離亦無散失無相無願解脫門遠離亦無散失舍利子五眼遠離亦無散失六神通遠離亦無散失舍利子佛十力遠離亦無散失四無所畏四無礙解大慈大悲大喜大捨十八佛不共法遠離亦無散失舍利子一切智遠離亦無散失道相智

一切相智遠離亦無散失舍利子無忘失法遠離亦無散失恒住捨性遠離亦無散失舍利子一切陀羅尼門遠離亦無散失一切三摩地門遠離亦無散失舍利子極喜地遠離亦無散失離垢地發光地焰慧地極難勝地現前地遠行地不動地善慧地法雲地遠離亦無散失舍利子異生地遠離亦無散失種性地第八地具見地薄地離欲地已辦地獨覺地菩薩地如來地遠離亦無散失舍利子聲聞乘遠離亦無散失獨覺乘大乘遠離亦無散失舍利子由此緣故我作是說諸法亦爾都無自性復次舍利子諸法空亦無散失何以故若法空無盡性故時舍利子問善現言何法空亦無散失善現荅言舍利子色空亦無散失受想行識空亦無散失舍利子眼處空亦無散失耳鼻舌身意處空亦無散失舍利子色處空亦無散失聲香味觸法處空亦無散失舍利子眼界空亦無散失色界眼識界及眼觸眼觸爲緣所生諸受空亦無散失舍利子耳界空亦無散失聲界耳識界及耳觸耳觸爲緣所生諸受空亦無散失舍利子鼻界空亦無散失香界鼻識界及鼻觸鼻觸爲緣所生諸受空亦無散失舍利子舌界空亦無散失味界舌識界及舌觸舌觸爲緣所生諸受空亦無散失舍利子身界空亦無散失觸界身識界及身觸身觸爲緣所生諸受空亦無散失舍利子意界空亦無散失法界意識界及意觸意觸爲緣所生諸受空亦無散失舍利子地界空亦無散失水火風空識界空亦無散失舍利子苦聖諦空亦無散

失集滅道聖諦空亦無散失舍利子無明空亦無散失行識名色六處觸受愛取有生老死愁歎苦憂惱空亦無散失舍利子内空空亦無散失外空内外空空空大空勝義空有爲空無爲空畢竟空無際空散空無變異空本性空自相空共相空一切法空不可得空無性空自性空無性自性空空亦無散失舍利子布施波羅蜜多空亦無散失淨戒安忍精進靜慮般若波羅蜜多空亦無散失舍利子四靜慮空亦無散失四無量四無色定空亦無散失舍利子八解脫空亦無散失八勝處九次第定十遍處空亦無散失舍利子四念住空亦無散失四正斷四神足五根五力七等覺支八聖道支空亦無散失舍利子空解脫門空亦無散失無相無願解脫門空亦

無散失舍利子五眼空亦無散失六神通空亦無散失舍利子佛十力空亦無散失四無所畏四無礙解大慈大悲大喜大捨十八佛不共法空亦無散失舍利子一切智空亦無散失道相智一切相智空亦無散失舍利子無忘失法空亦無散失恒住捨性空亦無散失舍利子一切陀羅尼門空亦無散失一切三摩地門空亦無散失舍利子極喜地空亦無散失離垢地發光地焰慧地極難勝地現前地遠行地不動地善慧地法雲地空亦無散失舍利子異生地空亦無散失種性地第八地具見地薄地離欲地已辦地獨覺地菩薩地如來地空亦無散失舍利子聲聞乘空亦無散失獨覺乘大乘空亦無散失舍利子由此緣故我作是說諸法亦爾都無自性復

次舍利子諸法無相亦無散失何以故若法無相無盡性故時舍利子問善現言何法無相亦無散失善現荅言舍利子色無相亦無散失受想行識無相亦無散失舍利子眼處無相亦無散失耳鼻舌身意處無相亦無散失舍利子色處無相亦無散失聲香味觸法處無相亦無散失舍利子眼界無相亦無散失色界眼識界及眼觸眼觸爲緣所生諸受無相亦無散失舍利子耳界無相亦無散失聲界耳識界及耳觸耳觸爲緣所生諸受無相亦無散失舍利子鼻界無相亦無散失香界鼻識界及鼻觸鼻觸爲緣所生諸受無相亦無散失舍利子舌界無相亦無散失味界舌識界及舌觸舌觸爲緣所生諸受無相亦無散失舍利子身界無相亦無散失觸界身識界及身觸身觸爲緣所生諸受無相亦無散失舍利子意界無相亦無散失法界意識界及意觸意觸爲緣所生諸受無相亦無散失舍利子地界無相亦無散失水火風空識界無相亦無散失舍利子苦聖諦無相亦無散失集滅道聖諦無相亦無散失舍利子無明無相亦無散失行識名色六處觸受愛取有生老死愁歎苦憂惱無相亦無散失舍利子內空無相亦無散失外空內外空空空大空勝義空有爲空無爲空畢竟空無際空散空無變異空本性空自相空共相空一切法空不可得空無性空自性空無性自性空無相亦無散失舍利子布施波羅蜜多無相亦無散失淨戒安忍精進靜慮般若波羅蜜多無相亦無散失舍利子四靜慮無相亦無散

失四無量四無色定無相亦無散失舍利子八解脫無相亦無散失八勝處九次第定十遍處無相亦無散失舍利子四念住無相亦無散失四正斷四神足五根五力七等覺支八聖道支無相亦無散失舍利子空解脫門無相亦無散失無相無願解脫門無相亦無散失舍利子五眼無相亦無散失六神通無相亦無散失舍利子佛十力無相亦無散失四無所畏四無礙解大慈大悲大喜大捨十八佛不共法無相亦無散失舍利子一切智無相亦無散失道相智一切相智無相亦無散失舍利子無忘失法無相亦無散失恒住捨性無相亦無散失舍利子一切陀羅尼門無相亦無散失一切三摩地門無相亦無散失舍利子極喜地無相亦無散失離垢地發光地焰慧地極難勝地現前地遠行地不動地善慧地法雲地無相亦無散失舍利子異生地無相亦無散失種性地第八地具見地薄地離欲地已辦地獨覺地菩薩地如來地無相亦無散失舍利子聲聞乘無相亦無散失獨覺乘大乘無相亦無散失舍利子由此緣故我作是說諸法亦爾都無自性復次舍利子諸法無願亦無散失何以故若法無願無盡性故時舍利子問善現言何法無願亦無散失善現答言舍利子色無願亦無散失受想行識無願亦無散失舍利子眼處無願亦無散失耳鼻舌身意處無願亦無散失舍利子色處無願亦無散失聲香味觸法處無願亦無散失舍利子眼界無願亦無散失色界眼識界及眼觸眼觸爲緣所生諸受無願

亦無散失舍利子耳界無願亦無散失聲界耳識界及耳觸耳觸爲緣所生諸受無願亦無散失舍利子鼻界無願亦無散失香界鼻識界及鼻觸鼻觸爲緣所生諸受無願亦無散失舍利子舌界無願亦無散失味界舌識界及舌觸舌觸爲緣所生諸受無願亦無散失舍利子身界無願亦無散失觸界身識界及身觸身觸爲緣所生諸受無願亦無散失舍利子意界無願亦無散失法界意識界及意觸意觸爲緣所生諸受無願亦無散失舍利子地界無願亦無散失水火風空識界無願亦無散失舍利子苦聖諦無願亦無散失集滅道聖諦無願亦無散失舍利子無明無願亦無散失行識名色六處觸受愛取有生老死愁歎苦憂惱無願亦無散失舍利子內空無願亦無散失外空內外空空空大空勝義空有爲空無爲空畢竟空無際空散空無變異空本性空自相空共相空一切法空不可得空無性空自性空無性自性空無願亦無散失舍利子布施波羅蜜多無願亦無散失淨戒安忍精進靜慮般若波羅蜜多無願亦無散失舍利子四靜慮無願亦無散失四無量四無色定無願亦無散失舍利子八解脫無願亦無散失八勝處九次第定十遍處無願亦無散失舍利子四念住無願亦無散失四正斷四神足五根五力七等覺支八聖道支無願亦無散失舍利子空解脫門無願亦無散失無相無願解脫門無願亦無散失舍利子五眼無願亦無散失六神通無願亦無散失舍利子佛十力無願亦無散失四無

所畏四無礙解大慈大悲大喜大捨十八佛不共法無願亦無散失舍利子一切智無願亦無散失道相智一切相智無願亦無散失舍利子無忘失法無願亦無散失恒住捨性無願亦無散失舍利子一切陀羅尼門無願亦無散失一切三摩地門無願亦無散失舍利子極喜地無願亦無散失離垢地發光地焰慧地極難勝地現前地遠行地不動地善慧地法雲地無願亦無散失舍利子異生地無願亦無散失種性地第八地具見地薄地離欲地已辦地獨覺地菩薩地如來地無願亦無散失舍利子聲聞乘無願亦無散失獨覺乘大乘無願亦無散失舍利子由此緣故我作是說諸法亦爾都無自性復次舍利子諸法善亦無散失何以故若法善無盡性故

時舍利子問善現言何法善亦無散失善現荅言舍利子色善亦無散失受想行識善亦無散失舍利子眼處善亦無散失耳鼻舌身意處善亦無散失舍利子色處善亦無散失聲香味觸法處善亦無散失舍利子眼界善亦無散失色界眼識界及眼觸眼觸爲緣所生諸受善亦無散失舍利子耳界善亦無散失聲界耳識界及耳觸耳觸爲緣所生諸受善亦無散失舍利子鼻界善亦無散失香界鼻識界及鼻觸鼻觸爲緣所生諸受善亦無散失舍利子舌界善亦無散失味界舌識界及舌觸舌觸爲緣所生諸受善亦無散失舍利子身界善亦無散失觸界身識界及身觸身觸爲緣所生諸受善亦無散失舍利子意界善亦無散失法界意識界及意觸意觸爲

緣所生諸受善亦無散失舍利子地界善亦無散失水火風空識界善亦無散失舍利子苦聖諦善亦無散失集滅道聖諦善亦無散失舍利子無明善亦無散失行識名色六處觸受愛取有生老死愁歎苦憂惱善亦無散失舍利子内空善亦無散失外空内外空空空大空勝義空有爲空無爲空畢竟空無際空散空無變異空本性空自相空共相空一切法空不可得空無性空自性空無性自性空善亦無散失舍利子布施波羅蜜多善亦無散失淨戒安忍精進靜慮般若波羅蜜多善亦無散失舍利子四靜慮善亦無散失四無量四無色定善亦無散失舍利子八解脫善亦無散失八勝處九次第定十遍處善亦無散失舍利子四念住善亦無散失四正斷四神足五根五力七等覺支八聖道支善亦無散失舍利子空解脫門善亦無散失無相無願解脫門善亦無散失舍利子五眼善亦無散失六神通善亦無散失舍利子佛十力善亦無散失四無所畏四無礙解大慈大悲大喜大捨十八佛不共法善亦無散失舍利子一切智善亦無散失道相智一切相智善亦無散失舍利子無忘失法善亦無散失恒住捨性善亦無散失舍利子一切陀羅尼門善亦無散失一切三摩地門善亦無散失舍利子極喜地善亦無散失離垢地發光地焰慧地極難勝地現前地遠行地不動地善慧地法雲地善亦無散失舍利子異生地善亦無散失種性地第八地具見地薄地離欲地已辦地獨覺地菩薩地如來地善亦無散失

舍利子聲聞乘善亦無散失獨覺乘大乘善亦無散失舍利子由此緣故我作是說諸法亦爾都無自性復次舍利子諸法無罪亦無散失何以故若法無罪無盡性故時舍利子問善現言何法無罪亦無散失善現答言舍利子色無罪亦無散失受想行識無罪亦無散失舍利子眼處無罪亦無散失耳鼻舌身意處無罪亦無散失舍利子色處無罪亦無散失聲香味觸法處無罪亦無散失舍利子眼界無罪亦無散失色界眼識界及眼觸眼觸爲緣所生諸受無罪亦無散失舍利子耳界無罪亦無散失聲界耳識界及耳觸耳觸爲緣所生諸受無罪亦無散失舍利子鼻界無罪亦無散失香界鼻識界及鼻觸鼻觸爲緣所生諸受無罪亦無散失舍利子舌界無罪亦無散失味界舌識界及舌觸舌觸爲緣所生諸受無罪亦無散失舍利子身界無罪亦無散失觸界身識界及身觸身觸爲緣所生諸受無罪亦無散失舍利子意界無罪亦無散失法界意識界及意觸意觸爲緣所生諸受無罪亦無散失舍利子地界無罪亦無散失水火風空識界無罪亦無散失舍利子苦聖諦無罪亦無散失集滅道聖諦無罪亦無散失舍利子無明無罪亦無散失行識名色六處觸受愛取有生老死愁歎苦憂惱無罪亦無散失舍利子內空無罪亦無散失外空內外空空空大空勝義空有爲空無爲空畢竟空無際空散空無變異空本性空自相空共相空一切法空不可得空無性空自性空無性自性空無罪亦無散失舍利子布施

波羅蜜多無罣亦無散失淨戒安忍精進靜慮般若波羅蜜多無罣亦無散失舍利子四靜慮無罣亦無散失四無量四無色定無罣亦無散失舍利子八解脫無罣亦無散失八勝處九次第定十遍處無罣亦無散失舍利子四念住無罣亦無散失四正斷四神足五根五力七等覺支八聖道支無罣亦無散失舍利子空解脫門無罣亦無散失無相無願解脫門無罣亦無散失舍利子五眼無罣亦無散失六神通無罣亦無散失舍利子佛十力無罣亦無散失四無所畏四無礙解大慈大悲大喜大捨十八佛不共法無罣亦無散失舍利子一切智無罣亦無散失道相智一切相智無罣亦無散失舍利子無忘失法無罣亦無散失恒住捨性無罣亦無散失舍利子一切陀羅尼門無罣亦無散失一切三摩地門無罣亦無散失舍利子極喜地無罣亦無散失離垢地發光地焰慧地極難勝地現前地遠行地不動地善慧地法雲地無罣亦無散失舍利子異生地無罣亦無散失種性地第八地具見地薄地離欲地已辦地獨覺地菩薩地如來地無罣亦無散失舍利子聲聞乘無罣亦無散失獨覺乘大乘無罣亦無散失舍利子由此緣故我作是說諸法亦爾都無自性復次舍利子諸法無漏亦無散失何以故若法無漏無盡性故時舍利子問善現言何法無漏亦無散失善現荅言舍利子色無漏亦無散失受想行識無漏亦無散失舍利子眼處無漏亦無散失耳鼻舌身意處無漏亦無散失舍利子色處無漏亦無散失

聲香味觸法處無漏亦無散失舍利子眼界無漏亦無散失色界眼識界及眼觸眼觸爲縁所生諸受無漏亦無散失舍利子耳界無漏亦無散失聲界耳識界及耳觸耳觸爲縁所生諸受無漏亦無散失舍利子鼻界無漏亦無散失香界鼻識界及鼻觸鼻觸爲縁所生諸受無漏亦無散失舍利子舌界無漏亦無散失味界舌識界及舌觸舌觸爲縁所生諸受無漏亦無散失舍利子身界無漏亦無散失觸界身識界及身觸身觸爲縁所生諸受無漏亦無散失舍利子意界無漏亦無散失法界意識界及意觸意觸爲縁所生諸受無漏亦無散失舍利子地界無漏亦無散失水火風空識界無漏亦無散失舍利子苦聖諦無漏亦無散失集滅道聖諦無漏亦無散

失舍利子無明無漏亦無散失行識名色六處觸受愛取有生老死愁歎苦憂惱無漏亦無散失舍利子內空無漏亦無散失外空內外空空空大空勝義空有爲空無爲空畢竟空無際空散空無變異空本性空自相空共相空一切法空不可得空無性空自性空無性自性空無漏亦無散失舍利子布施波羅蜜多無漏亦無散失淨戒安忍精進靜慮般若波羅蜜多無漏亦無散失舍利子四靜慮無漏亦無散失四無量四無色定無漏亦無散失舍利子八解脫無漏亦無散失八勝處九次第定十遍處無漏亦無散失舍利子四念住無漏亦無散失四正斷四神足五根五力七等覺支八聖道支無漏亦無散失舍利子空解脫門無漏亦無散失無相無願解脫

門無漏亦無散失舍利子五眼無漏亦無散失六神通無漏亦無散失舍利子佛十力無漏亦無散失四無所畏四無礙解大慈大悲大喜大捨十八佛不共法無漏亦無散失舍利子一切智無漏亦無散失道相智一切相智無漏亦無散失舍利子無忘失法無漏亦無散失恒住捨性無漏亦無散失舍利子一切陀羅尼門無漏亦無散失一切三摩地門無漏亦無散失舍利子極喜地無漏亦無散失離垢地發光地焰慧地極難勝地現前地遠行地不動地善慧地法雲地無漏亦無散失舍利子異生地無漏亦無散失種性地第八地具見地薄地離欲地已辦地獨覺地菩薩地如來地無漏亦無散失舍利子聲聞乘無漏亦無散失獨覺乘大乘無漏亦無散失

舍利子由此緣故我作是說諸法亦爾都無自性復次舍利子諸法無染亦無散失何以故若法無染無盡性故時舍利子問善現言何法無染亦無散失善現答言舍利子色無染亦無散失受想行識無染亦無散失舍利子眼處無染亦無散失耳鼻舌身意處無染亦無散失舍利子色處無染亦無散失聲香味觸法處無染亦無散失舍利子眼界無染亦無散失色界眼識界及眼觸眼觸爲緣所生諸受無染亦無散失舍利子耳界無染亦無散失聲界耳識界及耳觸耳觸爲緣所生諸受無染亦無散失舍利子鼻界無染亦無散失香界鼻識界及鼻觸鼻觸爲緣所生諸受無染亦無散失舍利子舌界無染亦無散失味界舌識界及舌觸舌觸爲緣所生諸受

無染亦無散失舍利子身界無染亦無散失觸界身識界及身觸身觸爲緣所生諸受無染亦無散失舍利子意界無染亦無散失法界意識界及意觸意觸爲緣所生諸受無染亦無散失舍利子地界無染亦無散失水火風空識界無染亦無散失舍利子苦聖諦無染亦無散失集滅道聖諦無染亦無散失舍利子無明無染亦無散失行識名色六處觸受愛取有生老死愁歎苦憂惱無染亦無散失舍利子内空無染亦無散失外空内外空空空大空勝義空有爲空無爲空畢竟空無際空散空無變異空本性空自相空共相空一切法空不可得空無性空自性空無性自性空無染亦無散失

大般若波羅蜜多經卷第六十八

大般若波羅蜜多經卷第六十九

唐三藏法師玄奘奉　詔譯

初分無所得品第十八之九

舍利子布施波羅蜜多無染亦無散失淨戒安忍精進靜慮般若波羅蜜多無染亦無散失舍利子四靜慮無染亦無散失四無量四無色定無染亦無散失舍利子八解脫無染亦無散失八勝處九次第定十遍處無染亦無散失舍利子四念住無染亦無散失四正斷四神足五根五力七等覺支八聖道支無染亦無散失舍利子空解脫門無染亦無散失無相無願解脫門無染亦無散失舍利子五眼無染亦無散失六神通無染亦無散失舍利子佛十力無染亦無散失四無所畏四無礙解大慈大悲大喜大捨十八佛不共法無染亦無散失舍利子一切智無染亦無散失道相智一切相智無染亦無散失舍利子無忘失法無染亦無散失恒住捨性無染亦無散失舍利子一切陀羅尼門無染亦無散失一切三摩地門無染亦無散失舍利子極喜地無染亦無散失離垢地發光地焰慧地極難勝地現前地遠行地不動地善慧地法雲地無染亦無散失舍利子異生地無染亦無散失種性地第八地具見地薄地離欲地已辦地獨覺地菩薩地如來地無染亦無散失舍利子聲聞乘無染亦無散失獨覺乘大乘無染亦無散失舍利子由此緣故我作是說諸法亦爾都無自性復次舍利子諸法清淨亦無散失何以故若法清淨無盡性故時舍利子問善現言何法清淨亦無散失善現

荅言舍利子色清淨亦無散失受想行識清淨亦無散失舍利子眼處清淨亦無散失耳鼻舌身意處清淨亦無散失舍利子色處清淨亦無散失聲香味觸法處清淨亦無散失舍利子眼界清淨亦無散失色界眼識界及眼觸眼觸爲緣所生諸受清淨亦無散失舍利子耳界清淨亦無散失聲界耳識界及耳觸耳觸爲緣所生諸受清淨亦無散失舍利子鼻界清淨亦無散失香界鼻識界及鼻觸鼻觸爲緣所生諸受清淨亦無散失舍利子舌界清淨亦無散失味界舌識界及舌觸舌觸爲緣所生諸受清淨亦無散失舍利子身界清淨亦無散失觸界身識界及身觸身觸爲緣所生諸受清淨亦無散失舍利子意界清淨亦無散失法界意識界及意觸意觸爲緣所生諸受清淨亦無散失舍利子地界清淨亦無散失水火風空識界清淨亦無散失舍利子苦聖諦清淨亦無散失集滅道聖諦清淨亦無散失舍利子無明清淨亦無散失行識名色六處觸受愛取有生老死愁歎苦憂惱清淨亦無散失舍利子內空清淨亦無散失外空內外空空空大空勝義空有爲空無爲空畢竟空無際空散空無變異空本性空自相空共相空一切法空不可得空無性空自性空無性自性空清淨亦無散失舍利子布施波羅蜜多清淨亦無散失淨戒安忍精進靜慮般若波羅蜜多清淨亦無散失舍利子四靜慮清淨亦無散失四無量四無色定清淨亦無散失舍利子八解脫清淨亦無散失八勝處九次第定十遍處清淨亦無散

失舍利子四念住清淨亦無散失四正斷四神足五根五力七等覺支八聖道支清淨亦無散失舍利子空解脫門清淨亦無散失無相無願解脫門清淨亦無散失舍利子五眼清淨亦無散失六神通清淨亦無散失舍利子佛十力清淨亦無散失四無所畏四無礙解大慈大悲大喜大捨十八佛不共法清淨亦無散失舍利子一切智清淨亦無散失道相智一切相智清淨亦無散失舍利子無忘失法清淨亦無散失恒住捨性清淨亦無散失舍利子一切陀羅尼門清淨亦無散失一切三摩地門清淨亦無散失舍利子極喜地清淨亦無散失離垢地發光地焰慧地極難勝地現前地遠行地不動地善慧地法雲地清淨亦無散失舍利子異生地清淨亦無散失種性地第八地具見地薄地離欲地已辦地獨覺地菩薩地如來地清淨亦無散失舍利子聲聞乘清淨亦無散失獨覺乘大乘清淨亦無散失舍利子由此緣故我作是說諸法亦爾都無自性復次舍利子諸法出世間亦無散失何以故若法出世間無盡性故時舍利子問善現言何法出世間亦無散失善現荅言舍利子色出世間亦無散失受想行識出世間亦無散失舍利子眼處出世間亦無散失耳鼻舌身意處出世間亦無散失舍利子色處出世間亦無散失聲香味觸法處出世間亦無散失舍利子眼界出世間亦無散失色界眼識界及眼觸眼觸爲緣所生諸受出世間亦無散失舍利子耳界出世間亦無散失聲界耳識界及耳觸耳觸爲緣所生

諸受出世間亦無散失舍利子鼻界出世間亦無散失香界鼻識界及鼻觸鼻觸爲緣所生諸受出世間亦無散失舍利子舌界出世間亦無散失味界舌識界及舌觸舌觸爲緣所生諸受出世間亦無散失舍利子身界出世間亦無散失觸界身識界及身觸身觸爲緣所生諸受出世間亦無散失舍利子意界出世間亦無散失法界意識界及意觸意觸爲緣所生諸受出世間亦無散失舍利子地界出世間亦無散失水火風空識界出世間亦無散失舍利子苦聖諦出世間亦無散失集滅道聖諦出世間亦無散失舍利子無明出世間亦無散失行識名色六處觸受愛取有生老死愁歎苦憂惱出世間亦無散失舍利子內空出世間亦無散失外空內外空空空大空勝義空有爲空無爲空畢竟空無際空散空無變異空本性空自相空共相空一切法空不可得空無性空自性空無性自性空出世間亦無散失舍利子布施波羅蜜多出世間亦無散失淨戒安忍精進靜慮般若波羅蜜多出世間亦無散失舍利子四靜慮出世間亦無散失四無量四無色定出世間亦無散失舍利子八解脫出世間亦無散失八勝處九次第定十遍處出世間亦無散失舍利子四念住出世間亦無散失四正斷四神足五根五力七等覺支八聖道支出世間亦無散失舍利子空解脫門出世間亦無散失無相無願解脫門出世間亦無散失舍利子五眼出世間亦無散失六神通出世間亦無散失舍利子佛十力出世間亦無散失四

無所畏四無礙解大慈大悲大喜大捨十八佛不共法出世間亦無散失舍利子一切智出世間亦無散失道相智一切相智出世間亦無散失舍利子無忘失法出世間亦無散失恒住捨性出世間亦無散失舍利子一切陀羅尼門出世間亦無散失一切三摩地門出世間亦無散失舍利子極喜地出世間亦無散失離垢地發光地焰慧地極難勝地現前地遠行地不動地善慧地法雲地出世間亦無散失舍利子異生地出世間亦無散失種性地第八地具見地薄地離欲地已辦地獨覺地菩薩地如來地出世間亦無散失舍利子聲聞乘出世間亦無散失獨覺乘大乘出世間亦無散失舍利子由此緣故我作是說諸法亦爾都無自性復次舍利子諸法無

爲亦無散失何以故若法無爲無盡性故時舍利子問善現言何法無爲亦無散失善現荅言舍利子色無爲亦無散失受想行識無爲亦無散失舍利子眼處無爲亦無散失耳鼻舌身意處無爲亦無散失舍利子色處無爲亦無散失聲香味觸法處無爲亦無散失舍利子眼界無爲亦無散失色界眼識界及眼觸眼觸爲緣所生諸受無爲亦無散失舍利子耳界無爲亦無散失聲界耳識界及耳觸耳觸爲緣所生諸受無爲亦無散失舍利子鼻界無爲亦無散失香界鼻識界及鼻觸鼻觸爲緣所生諸受無爲亦無散失舍利子舌界無爲亦無散失味界舌識界及舌觸舌觸爲緣所生諸受無爲亦無散失舍利子身界無爲亦無散失觸界身識界及身觸身觸

爲緣所生諸受無爲亦無散失舍利子意界無爲亦無散失法界意識界及意觸意觸爲緣所生諸受無爲亦無散失舍利子地界無爲亦無散失水火風空識界無爲亦無散失舍利子苦聖諦無爲亦無散失集滅道聖諦無爲亦無散失舍利子無明無爲亦無散失行識名色六處觸受愛取有生老死愁歎苦憂惱無爲亦無散失舍利子內空無爲亦無散失外空內外空空空大空勝義空有爲空無爲空畢竟空無際空散空無變異空本性空自相空共相空一切法空不可得空無性空自性空無性自性空無爲亦無散失舍利子布施波羅蜜多無爲亦無散失淨戒安忍精進靜慮般若波羅蜜多無爲亦無散失舍利子四靜慮無爲亦無散失四無量四無色定無爲亦無散失舍利子八解脫無爲亦無散失八勝處九次第定十遍處無爲亦無散失舍利子四念住無爲亦無散失四正斷四神足五根五力七等覺支八聖道支無爲亦無散失舍利子空解脫門無爲亦無散失無相無願解脫門無爲亦無散失舍利子五眼無爲亦無散失六神通無爲亦無散失舍利子佛十力無爲亦無散失四無所畏四無礙解大慈大悲大喜大捨十八佛不共法無爲亦無散失舍利子一切智無爲亦無散失道相智一切相智無爲亦無散失舍利子無忘失法無爲亦無散失恒住捨性無爲亦無散失舍利子一切陀羅尼門無爲亦無散失一切三摩地門無爲亦無散失舍利子極喜地無爲亦無散失離垢地發光地焰慧地極難

勝地現前地遠行地不動地善慧地法雲地無爲亦無散失舍利子異生地無爲亦無散失種性地第八地具見地薄地離欲地已辦地獨覺地菩薩地如來地無爲亦無散失舍利子聲聞乘無爲亦無散失獨覺乘大乘無爲亦無散失舍利子由此緣故我作是說諸法亦爾都無自性復次舍利子一切法非常非壞時舍利子問善現言云何一切法非常非壞善現答言舍利子色非常非壞何以故本性爾故受想行識非常非壞何以故本性爾故舍利子眼處非常非壞何以故本性爾故耳鼻舌身意處非常非壞何以故本性爾故舍利子色處非常非壞何以故本性爾故聲香味觸法處非常非壞何以故本性爾故舍利子眼界非常非壞何以故本性爾故色界眼識界及眼觸眼觸爲緣所生諸受非常非壞何以故本性爾故舍利子耳界非常非壞何以故本性爾故聲界耳識界及耳觸耳觸爲緣所生諸受非常非壞何以故本性爾故舍利子鼻界非常非壞何以故本性爾故香界鼻識界及鼻觸鼻觸爲緣所生諸受非常非壞何以故本性爾故舍利子舌界非常非壞何以故本性爾故味界舌識界及舌觸舌觸爲緣所生諸受非常非壞何以故本性爾故舍利子身界非常非壞何以故本性爾故觸界身識界及身觸身觸爲緣所生諸受非常非壞何以故本性爾故舍利子意界非常非壞何以故本性爾故法界意識界及意觸意觸爲緣所生諸受非常非壞何以故本性爾故舍利子地界非常非壞何以故本性

爾故水火風空識界非常非壞何以故本性爾故舍利子苦聖諦非常非壞何以故本性爾故集滅道聖諦非常非壞何以故本性爾故舍利子無明非常非壞何以故本性爾故行識名色六處觸受愛取有生老死愁歎苦憂惱非常非壞何以故本性爾故舍利子內空非常非壞何以故本性爾故外空內外空空空大空勝義空有爲空無爲空畢竟空無際空散空無變異空本性空自相空共相空一切法空不可得空無性空自性空無性自性空非常非壞何以故本性爾故舍利子布施波羅蜜多非常非壞何以故本性爾故淨戒安忍精進靜慮般若波羅蜜多非常非壞何以故本性爾故舍利子四靜慮非常非壞何以故本性爾故四無量四無色定非常非壞何以故本性爾故舍利子八解脱非常非壞何以故本性爾故八勝處九次第定十遍處非常非壞何以故本性爾故舍利子四念住非常非壞何以故本性爾故四正斷四神足五根五力七等覺支八聖道支非常非壞何以故本性爾故舍利子空解脱門非常非壞何以故本性爾故無相無願解脱門非常非壞何以故本性爾故舍利子五眼非常非壞何以故本性爾故六神通非常非壞何以故本性爾故舍利子佛十力非常非壞何以故本性爾故四無所畏四無礙解大慈大悲大喜大捨十八佛不共法非常非壞何以故本性爾故舍利子一切智非常非壞何以故本性爾故道相智一切相智非常非壞何以故本性爾故舍利子無忘失法非常非壞何

以故本性爾故恒住捨性非常非壞何以故本性爾故舍利子一切陀羅尼門非常非壞何以故本性爾故一切三摩地門非常非壞何以故本性爾故舍利子極喜地非常非壞何以故本性爾故離垢地發光地焰慧地極難勝地現前地遠行地不動地善慧地法雲地非常非壞何以故本性爾故舍利子異生地非常非壞何以故本性爾故種性地第八地具見地薄地離欲地已辦地獨覺地菩薩地如來地非常非壞何以故本性爾故舍利子聲聞乘非常非壞何以故本性爾故獨覺乘大乘非常非壞何以故本性爾故舍利子以要言之一切善法非常非壞何以故本性爾故一切非善法非常非壞何以故本性爾故一切有記法非常非壞何以故本性爾故一切無記法非常非壞何以故本性爾故一切有漏法非常非壞何以故本性爾故一切無漏法非常非壞何以故本性爾故一切有爲法非常非壞何以故本性爾故一切無爲法非常非壞何以故本性爾故舍利子由此緣故我作是說諸法亦爾都無自性爾時具壽善現復荅舍利子言如尊者所云何緣故說色等諸法畢竟不生者舍利子色本性畢竟不生何以故非所作故受想行識本性畢竟不生何以故非所作故所以者何以色乃至識作者不可得故舍利子眼處本性畢竟不生何以故非所作故耳鼻舌身意處本性畢竟不生何以故非所作故所以者何以眼處乃至意處作者不可得故舍利子色處本性畢竟不生何以故非所作故聲香味觸法

處本性畢竟不生何以故非所作故所以者何以色處乃至法處作者不可得故舍利子眼界本性畢竟不生何以故非所作故色界眼識界及眼觸眼觸爲緣所生諸受本性畢竟不生何以故非所作故所以者何以眼界乃至眼觸爲緣所生諸受作者不可得故舍利子耳界本性畢竟不生何以故非所作故聲界耳識界及耳觸耳觸爲緣所生諸受本性畢竟不生何以故非所作故所以者何以耳界乃至耳觸爲緣所生諸受作者不可得故舍利子鼻界本性畢竟不生何以故非所作故香界鼻識界及鼻觸鼻觸爲緣所生諸受本性畢竟不生何以故非所作故所以者何以鼻界乃至鼻觸爲緣所生諸受作者不可得故舍利子舌界本性畢竟不生何以故非所作故味界舌識界及舌觸舌觸爲緣所生諸受本性畢竟不生何以故非所作故所以者何以舌界乃至舌觸爲緣所生諸受作者不可得故舍利子身界本性畢竟不生何以故非所作故觸界身識界及身觸身觸爲緣所生諸受本性畢竟不生何以故非所作故所以者何以身界乃至身觸爲緣所生諸受作者不可得故舍利子意界本性畢竟不生何以故非所作故法界意識界及意觸意觸爲緣所生諸受本性畢竟不生何以故非所作故所以者何以意界乃至意觸爲緣所生諸受作者不可得故舍利子地界本性畢竟不生何以故非所作故水火風空識界本性畢竟不生何以故非所作故所以者何以地界乃至識界作者不可得故舍利子苦聖

諦本性畢竟不生何以故非所作故集滅道聖諦本性畢竟不生何以故非所作故所以者何以苦聖諦乃至道聖諦作者不可得故舍利子無明本性畢竟不生何以故非所作故行識名色六處觸受愛取有生老死愁歎苦憂惱本性畢竟不生何以故非所作故所以者何以無明乃至老死愁歎苦憂惱作者不可得故舍利子內空本性畢竟不生何以故非所作故外空內外空空空大空勝義空有爲空無爲空畢竟空無際空散空無變異空本性空自相空共相空一切法空不可得空無性空自性空無性自性空本性畢竟不生何以故非所作故所以者何以內空乃至無性自性空作者不可得故舍利子布施波羅蜜多本性畢竟不生何以故非所作故淨戒安忍精進靜慮般若波羅蜜多本性畢竟不生何以故非所作故所以者何以布施波羅蜜多乃至般若波羅蜜多作者不可得故舍利子四靜慮本性畢竟不生何以故非所作故四無量四無色定本性畢竟不生何以故非所作故所以者何以四靜慮四無量四無色定作者不可得故舍利子八解脫本性畢竟不生何以故非所作故八勝處九次第定十遍處本性畢竟不生何以故非所作故所所以者何八解脫乃至十遍處作作者可得故舍利子四念住本性畢竟不生何以故非所作故四正斷四神足五根五力七等覺支八聖道支本性畢竟不生何以故非所作故所以者何以四念住乃至八聖道支作者不可得故舍利子空解脫門本性畢竟不生

何以故非所作故無相無願解脫門本性畢竟不生何以故非所作故所以者何以空解脫門無相無願解脫門作者不可得故舍利子五眼本性畢竟不生何以故非所作故六神通本性畢竟不生何以故非所作故所以者何以五眼六神通作者不可得故舍利子佛十力本性畢竟不生何以故非所作故四無所畏四無礙解大慈大悲大喜大捨十八佛不共法本性畢竟不生何以故非所作故所以者何以佛十力乃至十八佛不共法作者不可得故舍利子一切智本性畢竟不生何以故非所作故道相智一切相智本性畢竟不生何以故非所作故所以者何以一切智道相智一切相智作者不可得故舍利子無忘失法本性畢竟不生何以故非所作故恒住捨性本性畢竟不生何以故非所作故所以者何以無忘失法恒住捨性作者不可得故舍利子一切陀羅尼門本性畢竟不生何以故非所作故一切三摩地門本性畢竟不生何以故非所作故所以者何以一切陀羅尼門一切三摩地門作者不可得故舍利子極喜地本性畢竟不生何以故非所作故離垢地發光地焰慧地極難勝地現前地遠行地不動地善慧地法雲地本性畢竟不生何以故非所作故所以者何以極喜地乃至法雲地作者不可得故舍利子異生地本性畢竟不生何以故非所作故種性地第八地具見地薄地離欲地已辦地獨覺地菩薩地如來地本性畢竟不生何以故非所作故所以者何以異生地乃至如來地作者不可得

故舍利子聲聞乘本性畢竟不生何以故非所作故獨覺乘大乘本性畢竟不生何以故非所作故所以者何以聲聞乘獨覺乘大乘作者不可得故舍利子由此緣故我作是說色等諸法畢竟不生爾時具壽善現復荅舍利子言如尊者所云何緣故說若畢竟不生則不名色等者舍利子如是如是若畢竟不生則不名色等何以故舍利子色本性空故若法本性空則不可施設若生若滅若住若異由此緣故若畢竟不生則不名色舍利子受想行識本性空故若法本性空則不可施設若生若滅若住若異由此緣故若畢竟不生則不名受想行識舍利子眼處本性空故若法本性空則不可施設若生若滅若住若異由此緣故若畢竟不生則不名眼處舍利子耳鼻舌身意處本性空故若法本性空則不可施設若生若滅若住若異由此緣故若畢竟不生則不名耳鼻舌身意處舍利子色處本性空故若法本性空則不可施設若生若滅若住若異由此緣故若畢竟不生則不名色處舍利子聲香味觸法處本性空故若法本性空則不可施設若生若滅若住若異由此緣故若畢竟不生則不名聲香味觸法處舍利子眼界本性空故若法本性空則不可施設若生若滅若住若異由此緣故若畢竟不生則不名眼界舍利子色界眼識界及眼觸眼觸爲緣所生諸受本性空故若法本性空則不可施設若生若滅若住若異由此緣故若畢竟不生則不名色界乃至眼觸爲緣所生諸受舍利子耳界本性空故若法本

性空則不可施設若生若滅若住若異由此緣故若畢竟不生則不名耳界舍利子聲界耳識界及耳觸耳觸爲緣所生諸受本性空故若法本性空則不可施設若生若滅若住若異由此緣故若畢竟不生則不名聲界乃至耳觸爲緣所生諸受舍利子鼻界本性空故若法本性空則不可施設若生若滅若住若異由此緣故若畢竟不生則不名鼻界舍利子香界鼻識界及鼻觸鼻觸爲緣所生諸受本性空故若法本性空則不可施設若生若滅若住若異由此緣故若畢竟不生則不名香界乃至鼻觸爲緣所生諸受舍利子舌界本性空故若法本性空則不可施設若生若滅若住若異由此緣故若畢竟不生則不名舌界舍利子味界舌識界及舌觸舌觸爲緣所生諸受本性空故若法本性空則不可施設若生若滅若住若異由此緣故若畢竟不生則不名味界乃至舌觸爲緣所生諸受舍利子身界本性空故若法本性空則不可施設若生若滅若住若異由此緣故若畢竟不生則不名身界舍利子觸界身識界及身觸身觸爲緣所生諸受本性空故若法本性空則不可施設若生若滅若住若異由此緣故若畢竟不生則不名觸界乃至身觸爲緣所生諸受舍利子意界本性空故若法本性空則不可施設若生若滅若住若異由此緣故若畢竟不生則不名意界舍利子法界意識界及意觸意觸爲緣所生諸受本性空故若法本性空則不可施設若生若滅若住若異由此緣故若畢竟不生則不名法界乃至

意觸爲緣所生諸受舍利子地界本性空故若法本性空則不可施設若生若滅若住若異由此緣故若畢竟不生則不名地界舍利子水火風空識界本性空故若法本性空則不可施設若生若滅若住若異由此緣故若畢竟不生則不名水火風空識界舍利子苦聖諦本性空故若法本性空則不可施設若生若滅若住若異由此緣故若畢竟不生則不名苦聖諦舍利子集滅道聖諦本性空故若法本性空則不可施設若生若滅若住若異由此緣故若畢竟不生則不名集滅道聖諦舍利子無明本性空故若法本性空則不可施設若生若滅若住若異由此緣故若畢竟不生則可名無明舍利子行識名色六處觸受愛取有生老死愁歎苦憂惱本性空故

若法本性空則不可施設若生若滅若住若異由此緣故若畢竟不生則不名行乃至老死愁歎苦憂惱舍利子內空本性空故若法本性空則不可施設若生若滅若住若異由此緣故若畢竟不生則不名內空舍利子外空內外空空空大空勝義空有爲空無爲空畢竟空無際空散空無變異空本性空自相空共相空一切法空不可得空無性空自性空無性自性空本性空故若法本性空則不可施設若生若滅若住若異由此緣故若畢竟不生則不名外空乃至無性自性空舍利子布施波羅蜜多本性空故若法本性空則不可施設若生若滅若住若異由此緣故若畢竟不生則不若布施波羅蜜多舍利子淨戒安忍精進靜慮般若波羅蜜多本性空故

若法本性空則不可施設若生若滅若住若異由此緣故若畢竟不生則不名淨戒乃至般若波羅蜜多舍利子四靜慮本性空故若法本性空則不可施設若生若滅若住若異由此緣故若畢竟不生則不名四靜慮舍利子四無量四無色定本性空故若法本性空則不可施設若生若滅若住若異由此緣故若畢竟不生則不名四無量四無色定舍利子八解脫本性空故若法本性空則不可施設若生若滅若住若異由此緣故若畢竟不生則不名八解脫舍利子八勝處九次第定十遍處本性空故若法本性空則不可施設若生若滅若住若異由此緣故若畢竟不生則不名八勝處乃至十遍處舍利子四念住本性空故若法本性空則不可施設若生若滅若住若異由此緣故若畢竟不生則不名四念住舍利子四正斷四神足五根五力七等覺支八聖道支本性空故若法本性空則不可施設若生若滅若住若異由此緣故若畢竟不生則不名四正斷乃至八聖道支舍利子空解脫門本性空故若法本性空則不可施設若生若滅若住若異由此緣故若畢竟不生則不名空解脫門舍利子無相無願解脫門本性空故若法本性空則不可施設若生若滅若住若異由此緣故若畢竟不生則不名無相無願解脫門

大般若波羅蜜多經卷第六十九

大般若波羅蜜多經卷第七十

唐三藏法師玄奘奉　詔譯

初分無所得品第十八之十

舍利子五眼本性空故若法本性空則不可施設若生若滅若住若異由此緣故若畢竟不生則不名五眼舍利子六神通本性空故若法本性空則不可施設若生若滅若住若異由此緣故若畢竟不生則不名六神通舍利子佛十力本性空故若法本性空則不可施設若生若滅若住若異由此緣故若畢竟不生則不名佛十力舍利子四無所畏四無礙解大慈大悲大喜大捨十八佛不共法本性空故若法本性空則不可施設若生若滅若住若異由此緣故若畢竟不生則不名四無所畏乃至十八佛不共法舍利子一切智本性空故若法本性空則不可施設若生若滅若住若異由此緣故若畢竟不生則不名一切智舍利子道相智一切相智本性空故若法本性空則不可施設若生若滅若住若異由此緣故若畢竟不生則不名道相智一切相智舍利子無忘失法本性空故若法本性空則不可施設若生若滅若住若異由此緣故若畢竟不生則不名無忘失法舍利子恒住捨性本性空故若法本性空則不可施設若生若滅若住若異由此緣故若畢竟不生則不名恒住捨性舍利子一切陀羅尼門本性空故若法本性空則不可施設若生若滅若住若異由此緣故若畢竟不生則不名一切陀羅尼門舍利子一切三摩地門本性空故若法本性空則不可施設若生若滅若

住若異由此縁故若畢竟不生則不名一切三摩地門舍利子極喜地本性空故若法本性空則不可施設若生若滅若住若異由此縁故若畢竟不生則不名極喜地舍利子離垢地發光地焰慧地極難勝地現前地遠行地不動地善慧地法雲地本性空故若法本性空則不可施設若生若滅若住若異由此縁故若畢竟不生則不名離垢地乃至法雲地舍利子異生地本性空故若法本性空則不可施設若生若滅若住若異由此縁故若畢竟不生則不名異生地舍利子種性地第八地具見地薄地離欲地已辦地獨覺地菩薩地如來地本性空故若法本性空則不可施設若生若滅若住若異由此縁故若畢竟不生則不名種性地乃至如來地舍利子聲聞乗本性空故若法本性空則不可施設若生若滅若住若異由此縁故若畢竟不生則不名聲聞乗舍利子獨覺乗大乗本性空故若法本性空則不可施設若生若滅若住若異由此縁故若畢竟不生則不名獨覺乗大乗舍利子由此縁故我作是說若畢竟不生則不名色等空無生法不可說故爾時具壽善現復荅舍利子言如尊者所云何縁故說我豈能以畢竟不生般若波羅蜜多教誡教授畢竟不生諸菩薩摩訶薩者舍利子畢竟不生即是般若波羅蜜多般若波羅蜜多即是畢竟不生何以故畢竟不生與般若波羅蜜多無二無二分故舍利子畢竟不生即是菩薩摩訶薩菩薩摩訶薩即是畢竟不生何以故畢竟不生與菩薩摩訶薩無二無二分

故舍利子由此緣故我作是說我豈能以畢竟不生般若波羅蜜多教誡教授畢竟不生諸菩薩摩訶薩爾時具壽善現復答舍利子言如尊者所云何緣故說離畢竟不生亦無菩薩摩訶薩能行無上正等菩提者舍利子諸菩薩摩訶薩修行般若波羅蜜多時不見般若波羅蜜多異畢竟不生亦不見菩薩摩訶薩異畢竟不生何以故若般若波羅蜜多若菩薩摩訶薩與畢竟不生無二無二分故舍利子諸菩薩摩訶薩修行般若波羅蜜多時亦不見色異畢竟不生亦不見受想行識異畢竟不生何以故色乃至識與畢竟不生無二無二分故舍利子諸菩薩摩訶薩修行般若波羅蜜多時亦不見眼處異畢竟不生亦不見耳鼻舌身意處異畢竟不生何以故眼處乃至意處與畢竟不生無二無二分故舍利子諸菩薩摩訶薩修行般若波羅蜜多時亦不見色處異畢竟不生亦不見聲香味觸法處異畢竟不生何以故色處乃至法處與畢竟不生無二無二分故舍利子諸菩薩摩訶薩修行般若波羅蜜多時亦不見眼界異畢竟不生亦不見色界眼識界及眼觸眼觸爲緣所生諸受異畢竟不生何以故眼界乃至眼觸爲緣所生諸受與畢竟不生無二無二分故舍利子諸菩薩摩訶薩修行般若波羅蜜多時亦不見耳界異畢竟不生亦不見聲界耳識界及耳觸耳觸爲緣所生諸受異畢竟不生何以故耳界乃至耳觸爲緣所生諸受與畢竟不生無二無二分故舍利子諸菩薩摩訶薩修行般若波羅蜜多時亦不

見鼻界異畢竟不生亦不見香界鼻識界及鼻觸鼻觸爲縁所生諸受異畢竟不生何以故鼻界乃至鼻觸爲縁所生諸受與畢竟不生無二無二分故舍利子諸菩薩摩訶薩修行般若波羅蜜多時亦不見舌界異畢竟不生亦不見味界舌識界及舌觸舌觸爲縁所生諸受異畢竟不生何以故舌界乃至舌觸爲縁所生諸受與畢竟不生無二無二分故舍利子諸菩薩摩訶薩修行般若波羅蜜多時亦不見身界異畢竟不生亦不見觸界身識界及身觸身觸爲縁所生諸受異畢竟不生何以故身界乃至身觸爲縁所生諸受與畢竟不生無二無二分故舍利子諸菩薩摩訶薩修行般若波羅蜜多時亦不見意界異畢竟不生亦不見法界意識界及意觸意觸爲縁所生諸受異畢竟不生何以故意界乃至意觸爲縁所生諸受與畢竟不生無二無二分故舍利子諸菩薩摩訶薩修行般若波羅蜜多時亦不見地界異畢竟不生亦不見水火風空識界異畢竟不生何以故地界乃至識界與畢竟不生無二無二分故舍利子諸菩薩摩訶薩修行般若波羅蜜多時亦不見苦聖諦異畢竟不生亦不見集滅道聖諦異畢竟不生何以故苦聖諦乃至道聖諦與畢竟不生無二無二分故舍利子諸菩薩摩訶薩修行般若波羅蜜多時亦不見無明異畢竟不生亦不見行識名色六處觸受愛取有生老死愁歎苦憂惱異畢竟不生何以故無明乃至老死愁歎苦憂惱與畢竟不生無二無二分故舍利子諸菩薩摩訶薩修行般

若波羅蜜多時亦不見內空異畢竟不生亦不見外空內外空空空大空勝義空有爲空無爲空畢竟空無際空散空無變異空本性空自相空共相空一切法空不可得空無性空自性空無性自性空異畢竟不生何以故內空乃至無性自性空與畢竟不生無二無二分故舍利子諸菩薩摩訶薩修行般若波羅蜜多時亦不見布施波羅蜜多異畢竟不生亦不見淨戒安忍精進靜慮般若波羅蜜多異畢竟不生何以故布施乃至般若波羅蜜多與畢竟不生無二無二分故舍利子諸菩薩摩訶薩修行般若波羅蜜多時亦不見四靜慮異畢竟不生亦不見四無量四無色定異畢竟不生何以故四靜慮四無量四無色定與畢竟不生無二無二分故舍利子諸菩薩摩訶薩修行般若波羅蜜多時亦不見八解脫異畢竟不生亦不見八勝處九次第定十遍處異畢竟不生何以故八解脫乃至十遍處與畢竟不生無二無二分故舍利子諸菩薩摩訶薩修行般若波羅蜜多時亦不見四念住異畢竟不生亦不見四正斷四神足五根五力七等覺支八聖道支異畢竟不生何以故四念住乃至八聖道支與畢竟不生無二無二分故舍利子諸菩薩摩訶薩修行般若波羅蜜多時亦不見空解脫門異畢竟不生亦不見無相無願解脫門異畢竟不生何以故空解脫門無相無願解脫門與畢竟不生無二無二分故舍利子諸菩薩摩訶薩修行般若波羅蜜多時亦不見五眼異畢竟不生亦不見六神通異畢竟不生何以故

五眼六神通與畢竟不生無二無二分故舍利子諸菩薩摩訶薩修行般若波羅蜜多時亦不見佛十力異畢竟不生亦不見四無所畏四無礙解大慈大悲大喜大捨十八佛不共法異畢竟不生何以故佛十力乃至十八佛不共法與畢竟不生無二無二分故舍利子諸菩薩摩訶薩修行般若波羅蜜多時亦不見一切智異畢竟不生亦不見道相智一切相智異畢竟不生何以故一切智道相智一切相智與畢竟不生無二無二分故舍利子諸菩薩摩訶薩修行般若波羅蜜多時亦不見無忘失法異畢竟不生亦不見恒住捨性異畢竟不生何以故無忘失法恒住捨性與畢竟不生無二無二分故舍利子諸菩薩摩訶薩修行般若波羅蜜多時亦不見一切陀羅尼門異畢竟不生亦不見一切三摩地門異畢竟不生何以故一切陀羅尼門一切三摩地門與畢竟不生無二無二分故舍利子諸菩薩摩訶薩修行般若波羅蜜多時亦不見極喜地異畢竟不生亦不見離垢地發光地焰慧地極難勝地現前地遠行地不動地善慧地法雲地異畢竟不生何以故極喜地乃至法雲地與畢竟不生無二無二分故舍利子諸菩薩摩訶薩修行般若波羅蜜多時亦不見異生地異畢竟不生亦不見種性地第八地具見地薄地離欲地已辦地獨覺地菩薩地如來地異畢竟不生何以故異生地乃至如來地與畢竟不生無二無二分故舍利子諸菩薩摩訶薩修行般若波羅蜜多時亦不見聲聞乘異畢竟不生亦不見獨覺

乘大乘異畢竟不生何以故聲聞乘獨覺乘大乘與畢竟不生無二無二分故舍利子由此緣故我作是說離畢竟不生亦無菩薩能行無上正等菩提爾時具壽善現復荅舍利子言如尊者所云何緣故說若菩薩摩訶薩聞作是說其心不驚不恐不怖不沇不沒亦不憂悔當知是菩薩摩訶薩能行般若波羅蜜多者舍利子諸菩薩摩訶薩修行般若波羅蜜多時不見諸法有覺有用見一切法如幻事如夢境如像如響如光影如陽焰如空華如尋香城如變化事都非實有聞說諸法本性皆空深心歡喜舍利子由此緣故我作是說若菩薩摩訶薩聞作是說其心不驚不恐不怖不沇不沒亦不憂悔當知是菩薩摩訶薩能行般若波羅蜜多

初分觀行品第十九之一

爾時具壽善現白佛言世尊諸菩薩摩訶薩修行般若波羅蜜多觀諸法時於色不受不取不執不著亦不施設爲色於受想行識不受不取不執不著亦不施設爲受想行識世尊諸菩薩摩訶薩修行般若波羅蜜多觀諸法時於眼處不受不取不執不著亦不施設爲眼處於耳鼻舌身意處不受不取不執不著亦不施設爲耳鼻舌身意處世尊諸菩薩摩訶薩修行般若波羅蜜多觀諸法時於色處不受不取不執不著亦不施設爲色處於聲香味觸法處不受不取不執不著亦不施設爲聲香味觸法處世尊諸菩薩摩訶薩修行般若波羅蜜多觀諸法時於眼界不受不取不執不著亦不施設爲眼界於色界眼識

界及眼觸眼觸爲縁所生諸受不受不取不
執不著亦不施設爲色界乃至眼觸爲縁所
生諸受世尊諸菩薩摩訶薩修行般若波羅
蜜多觀諸法時於耳界不受不取不執不著
亦不施設爲耳界於聲界耳識界及耳觸耳
觸爲縁所生諸受不受不取不執不著亦不
施設爲聲界乃至耳觸爲縁所生諸受世尊
諸菩薩摩訶薩修行般若波羅蜜多觀諸法
時於鼻界不受不取不執不著亦不施設爲
鼻界於香界鼻識界及鼻觸鼻觸爲縁所生
諸受不受不取不執不著亦不施設爲香界
乃至鼻觸爲縁所生諸受世尊諸菩薩摩訶
薩修行般若波羅蜜多觀諸法時於舌界不
受不取不執不著亦不施設爲舌界於味界
舌識界及舌觸舌觸爲縁所生諸受不受不
取不執不著亦不施設爲味界乃至舌觸爲
縁所生諸受世尊諸菩薩摩訶薩修行般若
波羅蜜多觀諸法時於身界不受不取不執
不著亦不施設爲身界於觸界身識界及身
觸身觸爲縁所生諸受不受不取不執不著
亦不施設爲觸界乃至身觸爲縁所生諸受
世尊諸菩薩摩訶薩修行般若波羅蜜多觀
諸法時於意界不受不取不執不著亦不施
設爲意界於法界意識界及意觸意觸爲縁
所生諸受不受不取不執不著亦不施設爲
法界乃至意觸爲縁所生諸受世尊諸菩薩
摩訶薩修行般若波羅蜜多觀諸法時於地
界不受不取不執不著亦不施設爲地界於
水火風空識界不受不取不執不著亦不施
設爲水火風空識界世尊諸菩薩摩訶薩修

行般若波羅蜜多觀諸法時於苦聖諦不受不取不執不著亦不施設爲苦聖諦於集滅道聖諦不受不取不執不著亦不施設爲集滅道聖諦世尊諸菩薩摩訶薩修行般若波羅蜜多觀諸法時於無明不受不取不執不著亦不施設爲無明於行識名色六處觸受愛取有生老死愁歎苦憂惱不受不取不執不著亦不施設爲行乃至老死愁歎苦憂惱世尊諸菩薩摩訶薩修行般若波羅蜜多觀諸法時於內空不受不取不執不著亦不施設爲內空於外空內外空空空大空勝義空有爲空無爲空畢竟空無際空散空無變異空本性空自相空共相空一切法空不可得空無性空自性空無性自性空不受不取不執不著亦不施設爲外空乃至無性自性空

世尊諸菩薩摩訶薩修行般若波羅蜜多觀諸法時於布施波羅蜜多不受不取不執不著亦不施設爲布施波羅蜜多於淨戒安忍精進靜慮般若波羅蜜多不受不取不執不著亦不施設爲淨戒安忍精進靜慮般若波羅蜜多世尊諸菩薩摩訶薩修行般若波羅蜜多觀諸法時於四靜慮不受不取不執不著亦不施設爲四靜慮於四無量四無色定不受不取不執不著亦不施設爲四無量四無色定世尊諸菩薩摩訶薩修行般若波羅蜜多觀諸法時於八解脫不受不取不執不著亦不施設爲八解脫於八勝處九次第定十遍處不受不取不執不著亦不施設爲八勝處九次第定十遍處世尊諸菩薩摩訶薩修行般若波羅蜜多觀諸法時於四念住不

受不取不執不著亦不施設爲四念住於四正斷四神足五根五力七等覺支八聖道支不受不取不執不著亦不施設爲四正斷乃至八聖道支世尊諸菩薩摩訶薩修行般若波羅蜜多觀諸法時於空解脫門不受不取不執不著亦不施設爲空解脫門於無相無願解脫門不受不取不執不著亦不施設爲無相無願解脫門世尊諸菩薩摩訶薩修行般若波羅蜜多觀諸法時於五眼不受不取不執不著亦不施設爲五眼於六神通不受不取不執不著亦不施設爲六神通世尊諸菩薩摩訶薩修行般若波羅蜜多觀諸法時於佛十力不受不取不執不著亦不施設爲佛十力於四無所畏四無礙解大慈大悲大喜大捨十八佛不共法不受不取不執不著亦不施設爲四無所畏乃至十八佛不共法世尊諸菩薩摩訶薩修行般若波羅蜜多觀諸法時於眞如不受不取不執不著亦不施設爲眞如於法界法性不虛妄性不變異性平等性離生性法定法住實際虛空界不思議界不受不取不執不著亦不施設爲法界乃至不思議界世尊諸菩薩摩訶薩修行般若波羅蜜多觀諸法時於無上正等菩提不受不取不執不著亦不施設爲無上正等菩提於一切智道相智一切相智不受不取不執不著亦不施設爲一切智道相智一切相智世尊諸菩薩摩訶薩修行般若波羅蜜多觀諸法時於無忘失法不受不取不執不著亦不施設爲無忘失法於恒住捨性不受不取不執不著亦不施設爲恒住捨性世尊諸

菩薩摩訶薩修行般若波羅蜜多觀諸法時於一切陀羅尼門不受不取不執不著亦不施設爲一切陀羅尼門於一切三摩地門不受不取不執不著亦不施設爲一切三摩地門世尊諸菩薩摩訶薩修行般若波羅蜜多時不見色何以故以色性空無生滅故不見受想行識何以故以受想行識性空無生滅故世尊諸菩薩摩訶薩修行般若波羅蜜多時不見眼處何以故以眼處性空無生滅故不見耳鼻舌身意處何以故以耳鼻舌身意處性空無生滅故世尊諸菩薩摩訶薩修行般若波羅蜜多時不見色處何以故以色處性空無生滅故不見聲香味觸法處何以故以聲香味觸法處性空無生滅故世尊諸菩薩摩訶薩修行般若波羅蜜多時不見眼界何以故以眼界性空無生滅故不見色界眼識界及眼觸眼觸爲緣所生諸受何以故以色界乃至眼觸爲緣所生諸受性空無生滅故世尊諸菩薩摩訶薩修行般若波羅蜜多時不見耳界何以故以耳界性空無生滅故不見聲界耳識界及耳觸耳觸爲緣所生諸受何以故以聲界乃至耳觸爲緣所生諸受性空無生滅故世尊諸菩薩摩訶薩修行般若波羅蜜多時不見鼻界何以故以鼻界性空無生滅故不見香界鼻識界及鼻觸鼻觸爲緣所生諸受何以故以香界乃至鼻觸爲緣所生諸受性空無生滅故世尊諸菩薩摩訶薩修行般若波羅蜜多時不見舌界何以故以舌界性空無生滅故不見味界舌識界及舌觸舌觸爲緣所生諸受何以故以味界

乃至舌觸爲緣所生諸受性空無生滅故世尊諸菩薩摩訶薩修行般若波羅蜜多時不見身界何以故以身界性空無生滅故不見觸界身識界及身觸身觸爲緣所生諸受何以故以觸界乃至身觸爲緣所生諸受性空無生滅故世尊諸菩薩摩訶薩修行般若波羅蜜多時不見意界何以故以意界性空無生滅故不見法界意識界及意觸意觸爲緣所生諸受何以故以法界乃至意觸爲緣所生諸受性空無生滅故世尊諸菩薩摩訶薩修行般若波羅蜜多時不見地界何以故以地界性空無生滅故不見水火風空識界何以故以水火風空識界性空無生滅故世尊諸菩薩摩訶薩修行般若波羅蜜多時不見苦聖諦何以故以苦聖諦性空無生滅故不見集滅道聖諦何以故以集滅聖道諦性空無生滅故世尊諸菩薩摩訶薩修行般若波羅蜜多時不見無明何以故以無明性空無生滅故不見行識名色六處觸受愛取有生老死愁歎苦憂惱何以故以行乃至老死愁歎苦憂惱性空無生滅故世尊諸菩薩摩訶薩修行般若波羅蜜多時不見內空何以故以內空性空無生滅故不見外空內外空空空大空勝義空有爲空無爲空畢竟空無際空散空無變異空本性空自相空共相空一切法空不可得空無性空自性空無性自性空何以故以外空乃至無性自性空性空無生滅故世尊諸菩薩摩訶薩修行般若波羅蜜多時不見布施波羅蜜多何以故以布施波羅蜜多性空無生滅故不見淨戒安忍精

進靜慮般若波羅蜜多何以故以淨戒安忍精進靜慮般若波羅蜜多性空無生滅故世尊諸菩薩摩訶薩修行般若波羅蜜多時不見四靜慮何以故以四靜慮性空無生滅故不見四無量四無色定何以故以四無量四無色定性空無生滅故世尊諸菩薩摩訶薩修行般若波羅蜜多時不見八解脱何以故以八解脱性空無生滅故不見八勝處九次第定十遍處何以故以八勝處九次第定十遍處性空無生滅故世尊諸菩薩摩訶薩修行般若波羅蜜多時不見四念住何以故以四念住性空無生滅故不見四正斷四神足五根五力七等覺支八聖道支何以故以四正斷乃至八聖道支性空無生滅故世尊諸菩薩摩訶薩修行般若波羅蜜多時不見空

解脱門何以故以空解脱門性空無生滅故不見無相無願解脱門何以故以無相無願解脱門性空無生滅故世尊諸菩薩摩訶薩修行般若波羅蜜多時不見五眼何以故以五眼性空無生滅故不見六神通何以故以六神通性空無生滅故世尊諸菩薩摩訶薩修行般若波羅蜜多時不見佛十力何以故以佛十力性空無生滅故不見四無所畏四無礙解大慈大悲大喜大捨十八佛不共法何以故以四無所畏乃至十八佛不共法性空無生滅故世尊諸菩薩摩訶薩修行般若波羅蜜多時不見眞如何以故以眞如性空無生滅故不見法界法性不虚妄性不變異性平等性離生性法定法住實際虚空界不思議界何以故以法界乃至不思議界性空

無生滅故世尊諸菩薩摩訶薩修行般若波羅蜜多時不見無上正等菩提何以故以無上正等菩提性空無生滅故不見一切智道相智一切相智何以故以一切智道相智一切相智性空無生滅故世尊諸菩薩摩訶薩修行般若波羅蜜多時不見無忘失法何以故以無忘失法性空無生滅故不見恒住捨性何以故以恒住捨性性空無生滅故世尊諸菩薩摩訶薩修行般若波羅蜜多時不見一切陀羅尼門何以故以一切陀羅尼門性空無生滅故不見一切三摩地門何以故以一切三摩地門性空無生滅故世尊色不生則非色受想行識不生則非受想行識所以者何色與不生無二無二分受想行識與不生無二無二分何以故以不生法非一非二非多非異是故色不生則非色受想行識不生則非受想行識世尊眼處不生則非眼處耳鼻舌身意處不生則非耳鼻舌身意處所以者何眼處與不生無二無二分耳鼻舌身意處與不生無二無二分何以故以不生法非一非二非多非異是故眼處不生則非眼處耳鼻舌身意處不生則非耳鼻舌身意處世尊色處不生則非色處聲香味觸法處不生則非聲香味觸法處所以者何色處與不生無二無二分聲香味觸法處與不生無二無二分何以故以不生法非一非二非多非異是故色處不生則非色處聲香味觸法處不生則非聲香味觸法處世尊眼界不生則非眼界色界眼識界及眼觸眼觸爲縁所生諸受不生則非色界乃至眼觸爲縁所生諸

受所以者何眼界與不生無二無二分色界乃至眼觸爲緣所生諸受與不生無二無二分何以故以不生法非一非二非多非異是故眼界不生則非眼界色界乃至眼觸爲緣所生諸受不生則非色界乃至眼觸爲緣所生諸受世尊耳界不生則非耳界聲界耳識界及耳觸耳觸爲緣所生諸受不生則非聲界乃至耳觸爲緣所生諸受所以者何耳界與不生無二無二分聲界乃至耳觸爲緣所生諸受與不生無二無二分何以故以不生法非一非二非多非異是故耳界不生則非耳界聲界乃至耳觸爲緣所生諸受不生則非聲界乃至耳觸爲緣所生諸受世尊鼻界不生則非鼻界香界鼻識界及鼻觸鼻觸爲緣所生諸受不生則非香界乃至鼻觸爲緣所生諸受所以者何鼻界與不生無二無二分香界乃至鼻觸爲緣所生諸受與不生無二無二分何以故以不生法非一非二非多非異是故鼻界不生則非鼻界香界乃至鼻觸爲緣所生諸受不生則非香界乃至鼻觸爲緣所生諸受世尊舌界不生則非舌界味界舌識界及舌觸舌觸爲緣所生諸受不生則非味界乃至舌觸爲緣所生諸受所以者何舌界與不生無二無二分味界乃至舌觸爲緣所生諸受與不生無二無二分何以故以不生法非一非二非多非異是故舌界不生則非舌界味界乃至舌觸爲緣所生諸受不生則非味界乃至舌觸爲緣所生諸受世尊身界不生則非身界觸界身識界及身觸身觸爲緣所生諸受不生則非觸界乃至身

觸爲縁所生諸受所以者何身界與不生無二無二分觸界乃至身觸爲縁所生諸受與不生無二無二分何以故以不生法非一非二非多非異是故身界不生則非身界觸界乃至身觸爲縁所生諸受不生則非觸界乃至身觸爲縁所生諸受世尊意界不生則非意界法界意識界及意觸意觸爲縁所生諸受不生則非法界乃至意觸爲縁所生諸受所以者何意界與不生無二無二分法界乃至意觸爲縁所生諸受與不生無二無二分何以故以不生法非一非二非多非異是故意界不生則非意界法界乃至意觸爲縁所生諸受不生則非法界乃至意觸爲縁所生諸受世尊地界不生則非地界水火風空識界不生則非水火風空識界所以者何地界與不生無二無二分水火風空識界與不生無二無二分何以故以不生法非一非二非多非異是故地界不生則非地界水火風空識界不生則非水火風空識界世尊苦聖諦不生則非苦聖諦集滅道聖諦不生則非集滅道聖諦所以者何苦聖諦與不生無二無二分集滅道聖諦與不生無二無二分何以故以不生法非一非二非多非異是故苦聖諦不生則非苦聖諦集滅道聖諦不生則非集滅道聖諦世尊無明不生則非無明行識名色六處觸受愛取有生老死愁歎苦憂惱不生則非行乃至老死愁歎苦憂惱所以者何無明與不生無二無二分行乃至老死愁歎苦憂惱與不生無二無二分何以故以不生法非一非二非多非異是故無明不生則

非無明行乃至老死愁歎苦憂惱不生則非
行乃至老死愁歎苦憂惱世尊内空不生則
非内空外空内外空空空大空勝義空有爲
空無爲空畢竟空無際空散空無變異空本
性空自相空共相空一切法空不可得空無
性空自性空無性自性空不生則非外空乃
至無性自性空所以者何内空與不生無二
無二分外空乃至無性自性空與不生無二
無二分何以故以不生法非一非二非多非
異是故内空不生則非内空外空乃至無性
自性空不生則非外空乃至無性自性空

大般若波羅蜜多經卷第七十

大般若波羅蜜多經卷第七十一

唐三藏法師玄奘奉　詔譯

初分觀行品第十九之二

世尊布施波羅蜜多不生則非布施波羅蜜多淨戒安忍精進靜慮般若波羅蜜多不生則非淨戒安忍精進靜慮般若波羅蜜多所以者何布施波羅蜜多與不生無二無二分淨戒安忍精進靜慮般若波羅蜜多與不生無二無二分何以故以不生法非一非二非多非異是故布施波羅蜜多不生則非布施波羅蜜多淨戒安忍精進靜慮般若波羅蜜多不生則非淨戒安忍精進靜慮般若波羅蜜多世尊四靜慮不生則非四靜慮四無量四無色定不生則非四無量四無色定所以者何四靜慮與不生無二無二分四無量四無色定與不生無二無二分何以故以不生法非一非二非多非異是故四靜慮不生則非四靜慮四無量四無色定不生則非四無量四無色定世尊八解脫不生則非八解脫八勝處九次第定十遍處不生則非八勝處九次第定十遍處所以者何八解脫與不生無二無二分八勝處九次第定十遍處與不生無二無二分何以故以不生法非一非二非多非異是故八解脫不生則非八解脫八勝處九次第定十遍處不生則非八勝處九次第定十遍處世尊四念住不生則非四念住四正斷四神足五根五力七等覺支八聖道支不生則非四正斷乃至八聖道支所以者何四念住與不生無二無二分四正斷乃至八聖道支與不生無二無二分何以故以

不生法非一非二非多非異是故四念住不生則非四念住四正斷乃至八聖道支不生則非四正斷乃至八聖道支世尊空解脫門不生則非空解脫門無相無願解脫門不生則非無相無願解脫門所以者何空解脫門與不生無二無二分無相無願解脫門與不生無二無二分何以故以不生法非一非二非多非異是故空解脫門不生則非空解脫門無相無願解脫門不生則非無相無願解脫門世尊五眼不生則非五眼六神通不生則非六神通所以者何五眼與不生無二無二分六神通與不生無二無二分何以故以不生法非一非二非多非異是故五眼不生則非五眼六神通不生則非六神通世尊佛十力不生則非佛十力四無所畏四無礙解大慈大悲大喜大捨十八佛不共法不生則非四無所畏乃至十八佛不共法所以者何佛十力與不生無二無二分四無所畏乃至十八佛不共法與不生無二無二分何以故以不生法非一非二非多非異是故佛十力不生則非佛十力四無所畏乃至十八佛不共法不生則非四無所畏乃至十八佛不共法世尊眞如不生則非眞如法界法性平等性離生性法定法住實際虛空界不思議界不生則非法界乃至不思議界所以者何眞如與不生無二無二分法界乃至不思議界與不生無二無二分何以故以不生法非一非二非多非異是故眞如不生則非眞如法界乃至不思議界不生則非法界乃至不思議界世尊無上正等菩提不生則非無上正

等菩提一切智道相智一切相智不生則非一切智道相智一切相智所以者何無上正等菩提與不生無二無二分一切智道相智一切相智與不生無二無二分何以故以不生法非一非二非多非異是故無上正等菩提不生則非無上正等菩提一切智道相智一切相智不生則非一切智道相智一切相智世尊無忘失法不生則非無忘失法恒住捨性不生則非恒住捨性所以者何無忘失法與不生無二無二分恒住捨性與不生無二無二分何以故以不生法非一非二非多非異是故無忘失法不生則非無忘失法恒住捨性不生則非恒住捨性世尊一切陀羅尼門不生則非一切陀羅尼門一切三摩地門不生則非一切三摩地門所以者何一切陀羅尼門與不生無二無二分一切三摩地門與不生無二無二分何以故以不生法非一非二非多非異是故一切陀羅尼門不生則非一切陀羅尼門一切三摩地門不生則非一切三摩地門世尊色不滅則非色受想行識不滅則非受想行識所以者何色與不滅無二無二分受想行識與不滅無二無二分何以故以不滅法非一非二非多非異是故色不滅則非色受想行識不滅則非受想行識世尊眼處不滅則非眼處耳鼻舌身意處不滅則非耳鼻舌身意處所以者何眼處與不滅無二無二分耳鼻舌身意處與不滅無二無二分何以故以不滅法非一非二非多非異是故眼處不滅則非眼處耳鼻舌身意處不滅則非耳鼻舌身意處世尊色處不

滅則非色處聲香味觸法處不滅則非聲香味觸法處所以者何色處與不滅無二無二分聲香味觸法處與不滅無二無二分何以故以不滅法非一非二非多非異是故色處不滅則非色處聲香味觸法處不滅則非聲香味觸法處世尊眼界不滅則非眼界色界眼識界及眼觸眼觸爲緣所生諸受不滅則非色界乃至眼觸爲緣所生諸受所以者何眼界與不滅無二無二分色界乃至眼觸爲緣所生諸受與不滅無二無二分何以故以不滅法非一非二非多非異是故眼界不滅則非眼界色界乃至眼觸爲緣所生諸受不滅則非色界乃至眼觸爲緣所生諸受世尊耳界不滅則非耳界聲界耳識界及耳觸耳觸爲緣所生諸受不滅則非聲界乃至耳觸爲緣所生諸受所以者何耳界與不滅無二無二分聲界乃至耳觸爲緣所生諸受與不滅無二無二分何以故以不滅法非一非二非多非異是故耳界不滅則非耳界聲界乃至耳觸爲緣所生諸受不滅則非聲界乃至耳觸爲緣所生諸受世尊鼻界不滅則非鼻界香界鼻識界及鼻觸鼻觸爲緣所生諸受不滅則非香界乃至鼻觸爲緣所生諸受所以者何鼻界與不滅無二無二分香界乃至鼻觸爲緣所生諸受與不滅無二無二分何以故以不滅法非一非二非多非異是故鼻界不滅則非鼻界香界乃至鼻觸爲緣所生諸受不滅則非香界乃至鼻觸爲緣所生諸受世尊舌界不滅則非舌界味界舌識界及舌觸舌觸爲緣所生諸受不滅則非味界乃

至舌觸爲緣所生諸受所以者何舌界與不滅無二無二分味界乃至舌觸爲緣所生諸受與不滅無二無二分何以故以不滅法非一非二非多非異是故舌界不滅則非舌界味界乃至舌觸爲緣所生諸受不滅則非味界乃至舌觸爲緣所生諸受世尊身界不滅則非身界觸界身識界及身觸身觸爲緣所生諸受不滅則非觸界乃至身觸爲緣所生諸受所以者何身界與不滅無二無二分觸界乃至身觸爲緣所生諸受與不滅無二無二分何以故以不滅法非一非二非多非異是故身界不滅則非身界觸界乃至身觸爲緣所生諸受不滅則非觸界乃至身觸爲緣所生諸受世尊意界不滅則非意界法界意識界及意觸意觸爲緣所生諸受不滅則非法界乃至意觸爲緣所生諸受所以者何意界與不滅無二無二分法界乃至意觸爲緣所生諸受與不滅無二無二分何以故以不滅法非一非二非多非異是故意界不滅則非意界法界乃至意觸爲緣所生諸受不滅則非法界乃至意觸爲緣所生諸受世尊地界不滅則非地界水火風空識界不滅則非水火風空識界所以者何地界與不滅無二無二分水火風空識界與不滅無二無二分何以故以不滅法非一非二非多非異是故地界不滅則非地界水火風空識界不滅則非水火風空識界世尊苦聖諦不滅則非苦聖諦集滅道聖諦不滅則非集滅道聖諦所以者何苦聖諦與不滅無二無二分集滅道聖諦與不滅無二無二分何以故以不滅法

非一非二非多非異是故苦聖諦不滅則非苦聖諦集滅道聖諦不滅則非集滅道聖諦世尊無明不滅則非無明行識名色六處觸受愛取有生老死愁歎苦憂惱不滅則非行乃至老死愁歎苦憂惱所以者何無明與不滅無二無二分行乃至老死愁歎苦憂惱與不滅無二無二分何以故以不滅法非一非二非多非異是故無明不滅則非無明行乃至老死愁歎苦憂惱不滅則非行乃至老死愁歎苦憂惱世尊內空不滅則非內空外空內外空空空大空勝義空有爲空無爲空畢竟空無際空散空無變異空本性空自相空共相空一切法空不可得空無性空自性空無性自性空不滅則非外空乃至無性自性空所以者何內空與不滅無二無二分外空乃至無性自性空與不滅無二無二分何以故以不滅法非一非二非多非異是故內空不滅則非內空外空乃至無性自性空不滅則非外空乃至無性自性空世尊布施波羅蜜多不滅則非布施波羅蜜多淨戒安忍精進靜慮般若波羅蜜多不滅則非淨戒安忍精進靜慮般若波羅蜜多所以者何布施波羅蜜多與不滅無二無二分淨戒安忍精進靜慮般若波羅蜜多與不滅無二無二分何以故以不滅法非一非二非多非異是故布施波羅蜜多不滅則非布施波羅蜜多淨戒安忍精進靜慮般若波羅蜜多不滅則非淨戒安忍精進靜慮般若波羅蜜多世尊四靜慮不滅則非四靜慮四無量四無色定不滅則非四無量四無色定所以者何四靜慮與

不滅無二無二分四無量四無色定與不滅無二無二分何以故以不滅法非一非二非多非異是故四靜慮不滅則非四靜慮四無量四無色定不滅則非四無量四無色定世尊八解脫不滅則非八解脫八勝處九次第定十遍處不滅則非八勝處九次第定十遍處所以者何八解脫與不滅無二無二分八勝處九次第定十遍處與不滅無二無二分何以故以不滅法非一非二非多非異是故八解脫不滅則非八解脫八勝處九次第定十遍處不滅則非八勝處九次第定十遍處世尊四念住不滅則非四念住四正斷四神足五根五力七等覺支八聖道支不滅則非四正斷乃至八聖道支所以者何四念住與不滅無二無二分四正斷乃至八聖道支與不滅無二無二分何以故以不滅法非一非二非多非異是故四念住不滅則非四念住四正斷乃至八聖道支不滅則非四正斷乃至八聖道支世尊空解脫門不滅則非空解脫門無相無願解脫門不滅則非無相無願解脫門所以者何空解脫門與不滅無二無二分無相無願解脫門與不滅無二無二分何以故以不滅法非一非二非多非異是故空解脫門不滅則非空解脫門無相無願解脫門不滅則非無相無願解脫門世尊五眼不滅則非五眼六神通不滅則非六神通所以者何五眼與不滅無二無二分六神通與不滅無二無二分何以故以不滅法非一非二非多非異是故五眼不滅則非五眼六神通不滅則非六神通世尊佛十力不滅則非

佛十力四無所畏四無礙解大慈大悲大喜大捨十八佛不共法不滅則非四無所畏乃至十八佛不共法所以者何佛十力與不滅無二無二分四無所畏乃至十八佛不共法與不滅無二無二分何以故以不滅法非一非二非多非異是故佛十力不滅則非佛十力四無所畏乃至十八佛不共法不滅則非四無所畏乃至十八佛不共法世尊眞如不滅則非眞如法界法性平等性離生性法定法住實際虛空界不思議界不滅則非法界乃至不思議界所以者何眞如與不滅無二無二分法界乃至不思議界與不滅無二無二分何以故以不滅法非一非二非多非異是故眞如不滅則非眞如法界乃至不思議界不滅則非法界乃至不思議界世尊無上正等菩提不滅則非無上正等菩提一切智道相智一切相智不滅則非一切智道相智一切相智所以者何無上正等菩提與不滅無二無二分一切智道相智一切相智與不滅無二無二分何以故以不滅法非一非二非多非異是故無上正等菩提不滅則非無上正等菩提一切智道相智一切相智不滅則非一切智道相智一切相智世尊無忘失法不滅則非無忘失法恒住捨性不滅則非恒住捨性所以者何無忘失法與不滅無二無二分恒住捨性與不滅無二無二分何以故以不滅法非一非二非多非異是故無忘失法不滅則非無忘失法恒住捨性不滅則非恒住捨性世尊一切陀羅尼門不滅則非一切陀羅尼門一切三摩地門不滅則非一

切三摩地門所以者何一切陀羅尼門與不滅無二無二分一切三摩地門與不滅無二無二分何以故以不滅法非一非二非多非異是故一切陀羅尼門不滅則非一切陀羅尼門一切三摩地門不滅則非一切三摩地門世尊色不二則非色受想行識不二則非受想行識世尊眼處不二則非眼處耳鼻舌身意處不二則非耳鼻舌身意處世尊色處不二則非色處聲香味觸法處不二則非聲香味觸法處世尊眼界不二則非眼界色界眼識界及眼觸眼觸爲緣所生諸受不二則非色界乃至眼觸爲緣所生諸受世尊耳界不二則非耳界聲界耳識界及耳觸耳觸爲緣所生諸受不二則非聲界乃至耳觸爲緣所生諸受世尊鼻界不二則非鼻界香界鼻識界及鼻觸鼻觸爲緣所生諸受不二則非香界乃至鼻觸爲緣所生諸受世尊舌界不二則非舌界味界舌識界及舌觸舌觸爲緣所生諸受不二則非味界乃至舌觸爲緣所生諸受世尊身界不二則非身界觸界身識界及身觸身觸爲緣所生諸受不二則非觸界乃至身觸爲緣所生諸受世尊意界不二則非意界法界意識界及意觸意觸爲緣所生諸受不二則非法界乃至意觸爲緣所生諸受世尊地界不二則非地界水火風空識界不二則非水火風空識界世尊苦聖諦不二則非苦聖諦集滅道聖諦不二則非集滅道聖諦世尊無明不二則非無明行識名色六處觸受愛取有生老死愁歎苦憂惱不二則非行乃至老死愁歎苦憂惱世尊內空不

二則非内空外空内外空空空大空勝義空有爲空無爲空畢竟空無際空散空無變異空本性空自相空共相空一切法空不可得空無性空自性空無性自性空不二則非外空乃至無性自性空世尊布施波羅蜜多不二則非布施波羅蜜多淨戒安忍精進靜慮般若波羅蜜多不二則非淨戒安忍精進靜慮般若波羅蜜多世尊四靜慮不二則非四靜慮四無量四無色定不二則非四無量四無色定世尊八解脱不二則非八解脱八勝處九次第定十遍處不二則非八勝處九次第定十遍處世尊四念住不二則非四念住四正斷四神足五根五力七等覺支八聖道支不二則非四正斷乃至八聖道支世尊空解脱門不二則非空解脱門無相無願解脱

門不二則非無相無願解脱門世尊五眼不二則非五眼六神通不二則非六神通世尊佛十力不二則非佛十力四無所畏四無礙解大慈大悲大喜大捨十八佛不共法不二則非四無所畏乃至十八佛不共法世尊眞如不二則非眞如法界法性平等性離生性法定法住實際虚空界不思議界不二則非法界乃至不思議界世尊無上正等菩提不二則非無上正等菩提一切智道相智一切相智不二則非一切智道相智一切相智世尊無忘失法不二則非無忘失法恒住捨性不二則非恒住捨性世尊一切陀羅尼門不二則非一切陀羅尼門一切三摩地門不二則非一切三摩地門世尊色入不二無妄法數受想行識入不二無妄法數世尊眼處入

不二無妄法數耳鼻舌身意處入不二無妄法數世尊色處入不二無妄法數聲香味觸法處入不二無妄法數世尊眼界入不二無妄法數色界眼識界及眼觸眼觸爲緣所生諸受入不二無妄法數世尊耳界入不二無妄法數聲界耳識界及耳觸耳觸爲緣所生諸受入不二無妄法數世尊鼻界入不二無妄法數香界鼻識界及鼻觸鼻觸爲緣所生諸受入不二無妄法數世尊舌界入不二無妄法數味界舌識界及舌觸舌觸爲緣所生諸受入不二無妄法數世尊身界入不二無妄法數觸界身識界及身觸身觸爲緣所生諸受入不二無妄法數世尊意界入不二無妄法數法界意識界及意觸意觸爲緣所生諸受入不二無妄法數世尊地界入不二無妄法數水火風空識界入不二無妄法數世尊苦聖諦入不二無妄法數集滅道聖諦入不二無妄法數世尊無明入不二無妄法數行識名色六處觸受愛取有生老死愁歎苦憂惱入不二無妄法數世尊内空入不二無妄法數外空内外空空空大空勝義空有爲空無爲空畢竟空無際空散空無變異空本性空自相空共相空一切法空不可得空無性空自性空無性自性空入不二無妄法數世尊布施波羅蜜多入不二無妄法數淨戒安忍精進靜慮般若波羅蜜多入不二無妄法數世尊四靜慮入不二無妄法數四無量四無色定入不二無妄法數世尊八解脱入不二無妄法數八勝處九次第定十遍處入不二無妄法數世尊四念住入不二無妄法

數四正斷四神足五根五力七等覺支八聖道支入不二無妄法數世尊空解脫門入不二無妄法數無相無願解脫門入不二無妄法數世尊五眼入不二無妄法數六神通入不二無妄法數世尊佛十力入不二無妄法數四無所畏四無礙解大慈大悲大喜大捨十八佛不共法入不二無妄法數世尊真如入不二無妄法數法界法性平等性離生性法定法住實際虛空界不思議界入不二無妄法數世尊無上正等菩提入不二無妄法數一切智道相智一切相智入不二無妄法數世尊無忘失法入不二無妄法數恒住捨性入不二無妄法數世尊一切陀羅尼門入不二無妄法數一切三摩地門入不二無妄法數時舍利子問善現言所說菩薩摩訶薩

修行般若波羅蜜多觀諸法時者何謂菩薩摩訶薩何謂般若波羅蜜多何謂觀諸法爾時具壽善現答舍利子言如尊者所云何謂菩薩摩訶薩者舍利子爲有情類求大菩提亦有菩提故名菩薩能如實知一切法相而不執著故復名摩訶薩舍利子言云何菩薩摩訶薩能如實知一切法相而不執著善現答言舍利子菩薩摩訶薩如實知色相而不執著如實知受想行識相而不執著舍利子菩薩摩訶薩如實知眼處相而不執著如實知耳鼻舌身意處相而不執著舍利子菩薩摩訶薩如實知色處相而不執著如實知聲香味觸法處相而不執著舍利子菩薩摩訶薩如實知眼界相而不執著如實知色界眼識界及眼觸眼觸爲緣所生諸受相而不執

著舍利子菩薩摩訶薩如實知耳界相而不執著如實知聲界耳識界及耳觸耳觸爲緣所生諸受相而不執著舍利子菩薩摩訶薩如實知鼻界相而不執著如實知香界鼻識界及鼻觸鼻觸爲緣所生諸受相而不執著舍利子菩薩摩訶薩如實知舌界相而不執著如實知味界舌識界及舌觸舌觸爲緣所生諸受相而不執著舍利子菩薩摩訶薩如實知身界相而不執著如實知觸界身識界及身觸身觸爲緣所生諸受相而不執著舍利子菩薩摩訶薩如實知意界相而不執著如實知法界意識界及意觸意觸爲緣所生諸受相而不執著舍利子菩薩摩訶薩如實知地界相而不執著如實知水火風空識界相而不執著舍利子菩薩摩訶薩如實知苦聖諦相而不執著如實知集滅道聖諦相而不執著舍利子菩薩摩訶薩如實知無明相而不執著如實知行識名色六處觸受愛取有生老死愁歎苦憂惱相而不執著舍利子菩薩摩訶薩如實知內空相而不執著如實知外空內外空空空大空勝義空有爲空無爲空畢竟空無際空散空無變異空本性空自相空共相空一切法空不可得空無性空自性空無性自性空相而不執著舍利子菩薩摩訶薩如實知布施波羅蜜多相而不執著如實知淨戒安忍精進靜慮般若波羅蜜多相而不執著舍利子菩薩摩訶薩如實知四靜慮相而不執著如實知四無量四無色定相而不執著舍利子菩薩摩訶薩如實知八解脫相而不執著如實知八勝處九次第

定十遍處相而不執著舍利子菩薩摩訶薩如實知四念住相而不執著如實知四正斷四神足五根五力七等覺支八聖道支相而不執著舍利子菩薩摩訶薩如實知空解脱門相而不執著如實知無相無願解脱門相而不執著舍利子菩薩摩訶薩如實知五眼相而不執著如實知六神通相而不執著舍利子菩薩摩訶薩如實知佛十力相而不執著如實知四無所畏四無礙解大慈大悲大喜大捨十八佛不共法相而不執著舍利子菩薩摩訶薩如實知真如相而不執著如實知法界法性平等性離生性法定法住實際虚空界不思議界相而不執著舍利子菩薩摩訶薩如實知無上正等菩提相而不執著如實知一切智道相智一切相智相而不執著舍利子菩薩摩訶薩如實知無忘失法相而不執著如實知恒住捨性相而不執著舍利子菩薩摩訶薩如實知一切陀羅尼門相而不執著如實知一切三摩地門相而不執著時舍利子問善現言何等名爲一切法相善現答言若由如是諸行相狀表知諸法是色是聲是香是味是觸是法是内是外是有漏是無漏是有爲是無爲此等名爲一切法相爾時具壽善現復答舍利子言如尊者所云何謂般若波羅蜜多者舍利子有勝妙慧遠有所離故名般若波羅蜜多舍利子言此於何法而得遠離善現答言此於一切煩惱見趣而得遠離此於一切六趣四生而得遠離此於一切蘊界處等而得遠離故名般若波羅蜜多又舍利子有勝妙慧遠有所到故

名般若波羅蜜多舍利子言此於何法而得遠到善現答言舍利子此於色實性而得遠到於受想行識實性而得遠到故名般若波羅蜜多舍利子此於眼處實性而得遠到於耳鼻舌身意處實性而得遠到故名般若波羅蜜多舍利子此於色處實性而得遠到於聲香味觸法處實性而得遠到故名般若波羅蜜多舍利子此於眼界實性而得遠到於色界眼識界及眼觸眼觸爲緣所生諸受實性而得遠到故名般若波羅蜜多舍利子此於耳界實性而得遠到於聲界耳識界及耳觸耳觸爲緣所生諸受實性而得遠到故名般若波羅蜜多舍利子此於鼻界實性而得遠到於香界鼻識界及鼻觸鼻觸爲緣所生諸受實性而得遠到故名般若波羅蜜多舍利子此於舌界實性而得遠到於味界舌識界及舌觸舌觸爲緣所生諸受實性而得遠到故名般若波羅蜜多舍利子此於身界實性而得遠到於觸界身識界及身觸身觸爲緣所生諸受實性而得遠到故名般若波羅蜜多舍利子此於意界實性而得遠到於法界意識界及意觸意觸爲緣所生諸受實性而得遠到故名般若波羅蜜多舍利子此於地界實性而得遠到於水火風空識界實性而得遠到故名般若波羅蜜多舍利子此於苦聖諦實性而得遠到於集滅道聖諦實性而得遠到故名般若波羅蜜多舍利子此於無明實性而得遠到於行識名色六處觸受愛取有生老死愁歎苦憂惱實性而得遠到故名般若波羅蜜多舍利子此於內空實性

而得遠到於外空內外空空空大空勝義空有爲空無爲空畢竟空無際空散空無變異空本性空自相空共相空一切法空不可得空無性空自性空無性自性空實性而得遠到故名般若波羅蜜多舍利子此於布施波羅蜜多實性而得遠到於淨戒安忍精進靜慮般若波羅蜜多實性而得遠到故名般若波羅蜜多舍利子此於四靜慮實性而得遠到於四無量四無色定實性而得遠到故名般若波羅蜜多舍利子此於八解脫實性而得遠到於八勝處九次第定十遍處實性而得遠到故名般若波羅蜜多舍利子此於四念住實性而得遠到於四正斷四神足五根五力七等覺支八聖道支實性而得遠到故名般若波羅蜜多舍利子此於空解脫門實

性而得遠到於無相無願解脫門實性而得遠到故名般若波羅蜜多舍利子此於五眼實性而得遠到於六神通實性而得遠到故名般若波羅蜜多舍利子此於佛十力實性而得遠到於四無所畏四無礙解大慈大悲大喜大捨十八佛不共法實性而得遠到故名般若波羅蜜多舍利子此於眞如實性而得遠到於法界法性平等性離生性法定法住實際虛空界不思議界實性而得遠到故名般若波羅蜜多舍利子此於無上正等菩提實性而得遠到於一切智道相智一切相智實性而得遠到故名般若波羅蜜多舍利子此於無忘失法實性而得遠到於恒住捨性實性而得遠到故名般若波羅蜜多舍利子此於一切陀羅尼門實性而得遠到於一

切三摩地門實性而得遠到故名般若波羅蜜多舍利子是謂般若波羅蜜多

大般若波羅蜜多經卷第七十一

大般若波羅蜜多經卷第七十二

唐三藏法師玄奘奉詔譯

初分觀行品第十九之三

爾時具壽善現復答舍利子言如尊者所云何謂觀諸法者舍利子諸菩薩摩訶薩修行般若波羅蜜多時觀色非常非無常觀受想行識非常非無常觀色非樂非苦觀受想行識非樂非苦觀色非我非無我觀受想行識非我非無我觀色非淨非不淨觀受想行識非淨非不淨觀色非空非不空觀受想行識非空非不空觀色非有相非無相觀受想行識非有相非無相觀色非有願非無願觀受想行識非有願非無願觀色非寂靜非不寂靜觀受想行識非寂靜非不寂靜觀色非遠離非不遠離觀受想行識非遠離非不遠離舍利子是謂觀諸法舍利子諸菩薩摩訶薩修行般若波羅蜜多時觀眼處非常非無常觀耳鼻舌身意處非常非無常觀眼處非樂非苦觀耳鼻舌身意處非樂非苦觀眼處非我非無我觀耳鼻舌身意處非我非無我觀眼處非淨非不淨觀耳鼻舌身意處非淨非不淨觀眼處非空非不空觀耳鼻舌身意處非空非不空觀眼處非有相非無相觀耳鼻舌身意處非有相非無相觀眼處非有願非無願觀耳鼻舌身意處非有願非無願觀眼處非寂靜非不寂靜觀耳鼻舌身意處非寂靜非不寂靜觀眼處非遠離非不遠離觀耳鼻舌身意處非遠離非不遠離舍利子是謂觀諸法舍利子諸菩薩摩訶薩修行般若波羅蜜多時觀色處非常非無常觀聲香味觸

法處非常非無常觀色處非樂非苦觀聲香味觸法處非樂非苦觀色處非我非無我觀聲香味觸法處非我非無我觀色處非淨非不淨觀聲香味觸法處非淨非不淨觀色處非空非不空觀聲香味觸法處非空非不空觀色處非有相非無相觀聲香味觸法處非有相非無相觀色處非有願非無願觀聲香味觸法處非有願非無願觀色處非寂靜非不寂靜觀聲香味觸法處非寂靜非不寂靜觀色處非遠離非不遠離觀聲香味觸法處非遠離非不遠離舍利子是謂觀諸法舍利子諸菩薩摩訶薩修行般若波羅蜜多時觀眼界非常非無常觀色界眼識界及眼觸眼觸爲縁所生諸受非常非無常觀眼界非樂非苦觀色界眼識界及眼觸眼觸爲縁所生諸受非樂非苦觀眼界非我非無我觀色界眼識界及眼觸眼觸爲縁所生諸受非我非無我觀眼界非淨非不淨觀色界眼識界及眼觸眼觸爲縁所生諸受非淨非不淨觀眼界非空非不空觀色界眼識界及眼觸眼觸爲縁所生諸受非空非不空觀眼界非有相非無相觀色界眼識界及眼觸眼觸爲縁所生諸受非有相非無相觀眼界非有願非無願觀色界眼識界及眼觸眼觸爲縁所生諸受非有願非無願觀眼界非寂靜非不寂靜觀色界眼識界及眼觸眼觸爲縁所生諸受非寂靜非不寂靜觀眼界非遠離非不遠離觀色界眼識界及眼觸眼觸爲縁所生諸受非遠離非不遠離舍利子是謂觀諸法舍利子諸菩薩摩訶薩修行般若波羅蜜多時觀

耳界非常非無常觀聲界耳識界及耳觸耳觸爲緣所生諸受非常非無常觀耳界非樂非苦觀聲界耳識界及耳觸耳觸爲緣所生諸受非樂非苦觀耳界非我非無我觀聲界耳識界及耳觸耳觸爲緣所生諸受非我非無我觀耳界非淨非不淨觀聲界耳識界及耳觸耳觸爲緣所生諸受非淨非不淨觀耳界非空非不空觀聲界耳識界及耳觸耳觸爲緣所生諸受非空非不空觀耳界非有相非無相觀聲界耳識界及耳觸耳觸爲緣所生諸受非有相非無相觀耳界非有願非無願觀聲界耳識界及耳觸耳觸爲緣所生諸受非有願非無願觀耳界非寂靜非不寂靜觀聲界耳識界及耳觸耳觸爲緣所生諸受非寂靜非不寂靜觀耳界非遠離非不遠離觀聲界耳識界及耳觸耳觸爲緣所生諸受非遠離非不遠離舍利子是謂觀諸法舍利子諸菩薩摩訶薩修行般若波羅蜜多時觀鼻界非常非無常觀香界鼻識界及鼻觸鼻觸爲緣所生諸受非常非無常觀鼻界非樂非苦觀香界鼻識界及鼻觸鼻觸爲緣所生諸受非樂非苦觀鼻界非我非無我觀香界鼻識界及鼻觸鼻觸爲緣所生諸受非我非無我觀鼻界非淨非不淨觀香界鼻識界及鼻觸鼻觸爲緣所生諸受非淨非不淨觀鼻界非空非不空觀香界鼻識界及鼻觸鼻觸爲緣所生諸受非空非不空觀鼻界非有相非無相觀香界鼻識界及鼻觸鼻觸爲緣所生諸受非有相非無相觀鼻界非有願非無願觀香界鼻識界及鼻觸鼻觸爲緣所生諸

受非有願非無願觀鼻界非寂靜非不寂靜觀香界鼻識界及鼻觸鼻觸爲緣所生諸受非寂靜非不寂靜觀鼻界非遠離非不遠離觀香界鼻識界及鼻觸鼻觸爲緣所生諸受非遠離非不遠離舍利子是謂觀諸法舍利子諸菩薩摩訶薩修行般若波羅蜜多時觀舌界非常非無常觀味界舌識界及舌觸舌觸爲緣所生諸受非常非無常觀舌界非樂非苦觀味界舌識界及舌觸舌觸爲緣所生諸受非樂非苦觀舌界非我非無我觀味界舌識界及舌觸舌觸爲緣所生諸受非我非無我觀舌界非淨非不淨觀味界舌識界及舌觸舌觸爲緣所生諸受非淨非不淨觀舌界非空非不空觀味界舌識界及舌觸舌觸爲緣所生諸受非空非不空觀舌界非有相非無相觀味界舌識界及舌觸舌觸爲緣所生諸受非有相非無相觀舌界非有願非無願觀味界舌識界及舌觸舌觸爲緣所生諸受非有願非無願觀舌界非寂靜非不寂靜觀味界舌識界及舌觸舌觸爲緣所生諸受非寂靜非不寂靜觀舌界非遠離非不遠離觀味界舌識界及舌觸舌觸爲緣所生諸受非遠離非不遠離舍利子是謂觀諸法舍利子諸菩薩摩訶薩修行般若波羅蜜多時觀身界非常非無常觀觸界身識界及身觸身觸爲緣所生諸受非常非無常觀身界非樂非苦觀觸界身識界及身觸身觸爲緣所生諸受非樂非苦觀身界非我非無我觀觸界身識界及身觸身觸爲緣所生諸受非我非無我觀身界非淨非不淨觀觸界身識界及

身觸身觸爲緣所生諸受非淨非不淨觀身界非空非不空觀觸界身識界及身觸身觸爲緣所生諸受非空非不空觀身界非有相非無相觀觸界身識界及身觸身觸爲緣所生諸受非有相非無相觀身界非有願非無願觀觸界身識界及身觸身觸爲緣所生諸受非有願非無願觀身界非寂靜非不寂靜觀觸界身識界及身觸身觸爲緣所生諸受非寂靜非不寂靜觀身界非遠離非不遠離觀觸界身識界及身觸身觸爲緣所生諸受非遠離非不遠離舍利子是謂觀諸法舍利子諸菩薩摩訶薩修行般若波羅蜜多時觀意界非常非無常觀法界意識界及意觸意觸爲緣所生諸受非常非無常觀意界非樂非苦觀法界意識界及意觸意觸爲緣所生諸受非樂非苦觀意界非我非無我觀法界意識界及意觸意觸爲緣所生諸受非我非無我觀意界非淨非不淨觀法界意識界及意觸意觸爲緣所生諸受非淨非不淨觀意界非空非不空觀法界意識界及意觸意觸爲緣所生諸受非空非不空觀意界非有相非無相觀法界意識界及意觸意觸爲緣所生諸受非有相非無相觀意界非有願非無願觀法界意識界及意觸意觸爲緣所生諸受非有願非無願觀意界非寂靜非不寂靜觀法界意識界及意觸意觸爲緣所生諸受非寂靜非不寂靜觀意界非遠離非不遠離觀法界意識界及意觸意觸爲緣所生諸受非遠離非不遠離舍利子是謂觀諸法舍利子諸菩薩摩訶薩修行般若波羅蜜多時觀

地界非常非無常觀水火風空識界非常非無常觀地界非樂非苦觀水火風空識界非樂非苦觀地界非我非無我觀水火風空識界非我非無我觀地界非淨非不淨觀水火風空識界非淨非不淨觀地界非空非不空觀水火風空識界非空非不空觀地界非有相非無相觀水火風空識界非有相非無相觀地界非有願非無願觀水火風空識界非有願非無願觀地界非寂靜非不寂靜觀水火風空識界非寂靜非不寂靜觀地界非遠離非不遠離觀水火風空識界非遠離非不遠離舍利子是謂觀諸法舍利子諸菩薩摩訶薩修行般若波羅蜜多時觀苦聖諦非常非無常觀集滅道聖諦非常非無常觀苦聖諦非樂非苦觀集滅道聖諦非樂非苦觀苦聖諦非我非無我觀集滅道聖諦非我非無我觀苦聖諦非淨非不淨觀集滅道聖諦非淨非不淨觀苦聖諦非空非不空觀集滅道聖諦非空非不空觀苦聖諦非有相非無相觀集滅道聖諦非有相非無相觀苦聖諦非有願非無願觀集滅道聖諦非有願非無願觀苦聖諦非寂靜非不寂靜觀集滅道聖諦非寂靜非不寂靜觀苦聖諦非遠離非不遠離觀集滅道聖諦非遠離非不遠離舍利子是謂觀諸法舍利子諸菩薩摩訶薩修行般若波羅蜜多時觀無明非常非無常觀行識名色六處觸受愛取有生老死愁歎苦憂惱非常非無常觀無明非樂非苦觀行識名色六處觸受愛取有生老死愁歎苦憂惱非樂非苦觀無明非我非無我觀行識名色六處

觸受愛取有生老死愁歎苦憂惱非我非無我觀無明非淨非不淨觀行識名色六處觸受愛取有生老死愁歎苦憂惱非淨非不淨觀無明非空非不空觀行識名色六處觸受愛取有生老死愁歎苦憂惱非空非不空觀無明非有相非無相觀行識名色六處觸受愛取有生老死愁歎苦憂惱非有相非無相觀無明非有願非無願觀行識名色六處觸受愛取有生老死愁歎苦憂惱非有願非無願觀無明非寂靜非不寂靜觀行識名色六處觸受愛取有生老死愁歎苦憂惱非寂靜非不寂靜觀無明非遠離非不遠離觀行識名色六處觸受愛取有生老死愁歎苦憂惱非遠離非不遠離舍利子是謂觀諸法舍利子諸菩薩摩訶薩修行般若波羅蜜多時觀

內空非常非無常觀外空內外空空空大空勝義空有爲空無爲空畢竟空無際空散空無變異空本性空自相空共相空一切法空不可得空無性空自性空無性自性空非常非無常觀內空非樂非苦觀外空內外空空空大空勝義空有爲空無爲空畢竟空無際空散空無變異空本性空自相空共相空一切法空不可得空無性空自性空無性自性空非樂非苦觀內空非我非無我觀外空內外空空空大空勝義空有爲空無爲空畢竟空無際空散空無變異空本性空自相空共相空一切法空不可得空無性空自性空無性自性空非我非無我觀內空非淨非不淨觀外空內外空空空大空勝義空有爲空無爲空畢竟空無際空散空無變異空本性空

自相空共相空一切法空不可得空無性空自性空無性自性空非淨非不淨觀內空非空非不空觀外空內外空空空大空勝義空有爲空無爲空畢竟空無際空散空無變異空本性空自相空共相空一切法空不可得空無性空自性空無性自性空非空非不空觀內空非有相非無相觀外空內外空空空大空勝義空有爲空無爲空畢竟空無際空散空無變異空本性空自相空共相空一切法空不可得空無性空自性空無性自性空非有相非無相觀內空非有願非無願觀外空內外空空空大空勝義空有爲空無爲空畢竟空無際空散空無變異空本性空自相空共相空一切法空不可得空無性空自性空無性自性空非有願非無願觀內空非寂靜非不寂靜觀外空內外空空空大空勝義空有爲空無爲空畢竟空無際空散空無變異空本性空自相空共相空一切法空不可得空無性空自性空無性自性空非寂靜非不寂靜觀內空非遠離非不遠離觀外空內外空空空大空勝義空有爲空無爲空畢竟空無際空散空無變異空本性空自相空共相空一切法空不可得空無性空自性空無性自性空非遠離非不遠離舍利子是謂觀諸法舍利子諸菩薩摩訶薩修行般若波羅蜜多時觀布施波羅蜜多非常非無常觀淨戒安忍精進靜慮般若波羅蜜多非常非無常觀布施波羅蜜多非樂非苦觀淨戒安忍精進靜慮般若波羅蜜多非樂非苦觀布施波羅蜜多非我非無我觀淨戒安忍精進靜

慮般若波羅蜜多非我非無我觀布施波羅蜜多非淨非不淨觀淨戒安忍精進靜慮般若波羅蜜多非淨非不淨觀布施波羅蜜多非空非不空觀淨戒安忍精進靜慮般若波羅蜜多非空非不空觀布施波羅蜜多非有相非無相觀淨戒安忍精進靜慮般若波羅蜜多非有相非無相觀布施波羅蜜多非有願非無願觀淨戒安忍精進靜慮般若波羅蜜多非有願非無願觀布施波羅蜜多非寂靜非不寂靜觀淨戒安忍精進靜慮般若波羅蜜多非寂靜非不寂靜觀布施波羅蜜多非遠離非不遠離觀淨戒安忍精進靜慮般若波羅蜜多非遠離非不遠離舍利子是謂觀諸法舍利子諸菩薩摩訶薩修行般若波羅蜜多時觀四靜慮非常非無常觀四無量四無色定非常非無常觀四靜慮非樂非苦觀四無量四無色定非樂非苦觀四靜慮非我非無我觀四無量四無色定非我非無我觀四靜慮非淨非不淨觀四無量四無色定非淨非不淨觀四靜慮非空非不空觀四無量四無色定非空非不空觀四靜慮非有相非無相觀四無量四無色定非有相非無相觀四靜慮非有願非無願觀四無量四無色定非有願非無願觀四靜慮非寂靜非不寂靜觀四無量四無色定非寂靜非不寂靜觀四靜慮非遠離非不遠離觀四無量四無色定非遠離非不遠離舍利子是謂觀諸法舍利子諸菩薩摩訶薩修行般若波羅蜜多時觀八解脫非常非無常觀八勝處九次第定十遍處非常非無常觀八解脫非樂非苦觀

八勝處九次第定十遍處非樂非苦觀八解脫非我非無我觀八勝處九次第定十遍處非我非無我觀八解脫非淨非不淨觀八勝處九次第定十遍處非淨非不淨觀八解脫非空非不空觀八勝處九次第定十遍處非空非不空觀八解脫非有相非無相觀八勝處九次第定十遍處非有相非無相觀八解脫非有願非無願觀八勝處九次第定十遍處非有願非無願觀八解脫非寂靜非不寂靜觀八勝處九次第定十遍處非寂靜非不寂靜觀八解脫非遠離非不遠離觀八勝處九次第定十遍處非遠離非不遠離舍利子是謂觀諸法舍利子諸菩薩摩訶薩修行般若波羅蜜多時觀四念住非常非無常觀四正斷四神足五根五力七等覺支八聖道支非常非無常觀四念住非樂非苦觀四正斷四神足五根五力七等覺支八聖道支非樂非苦觀四念住非我非無我觀四正斷四神足五根五力七等覺支八聖道支非我非無我觀四念住非淨非不淨觀四正斷四神足五根五力七等覺支八聖道支非淨非不淨觀四念住非空非不空觀四正斷四神足五根五力七等覺支八聖道支非空非不空觀四念住非有相非無相觀四正斷四神足五根五力七等覺支八聖道支非有相非無相觀四念住非有願非無願觀四正斷四神足五根五力七等覺支八聖道支非有願非無願觀四念住非寂靜非不寂靜觀四正斷四神足五根五力七等覺支八聖道支非寂靜非不寂靜觀四念住非遠離非不遠離觀四

正斷四神足五根五力七等覺支八聖道支非遠離非不遠離舍利子是謂觀諸法舍利子諸菩薩摩訶薩修行般若波羅蜜多時觀空解脫門非常非無常觀無相無願解脫門非常非無常觀空解脫門非樂非苦觀無相無願解脫門非樂非苦觀空解脫門非我非無我觀無相無願解脫門非我非無我觀空解脫門非淨非不淨觀無相無願解脫門非淨非不淨觀空解脫門非空非不空觀無相無願解脫門非空非不空觀空解脫門非有相非無相觀無相無願解脫門非有相非無相觀空解脫門非有願非無願觀無相無願解脫門非有願非無願觀空解脫門非寂靜非不寂靜觀無相無願解脫門非寂靜非不寂靜觀空解脫門非遠離非不遠離觀無相無願解脫門非遠離非不遠離舍利子是謂觀諸法舍利子諸菩薩摩訶薩修行般若波羅蜜多時觀五眼非常非無常觀六神通非常非無常觀五眼非樂非苦觀六神通非樂非苦觀五眼非我非無我觀六神通非我非無我觀五眼非淨非不淨觀六神通非淨非不淨觀五眼非空非不空觀六神通非空非不空觀五眼非有相非無相觀六神通非有相非無相觀五眼非有願非無願觀六神通非有願非無願觀五眼非寂靜非不寂靜觀六神通非寂靜非不寂靜觀五眼非遠離非不遠離觀六神通非遠離非不遠離舍利子是謂觀諸法舍利子諸菩薩摩訶薩修行般若波羅蜜多時觀佛十力非常非無常觀四無所畏四無礙解大慈大悲大喜大捨十八

佛不共法非常非無常觀佛十力非樂非苦觀四無所畏四無礙解大慈大悲大喜大捨十八佛不共法非樂非苦觀佛十力非我非無我觀四無所畏四無礙解大慈大悲大喜大捨十八佛不共法非我非無我觀佛十力非淨非不淨觀四無所畏四無礙解大慈大悲大喜大捨十八佛不共法非淨非不淨觀佛十力非空非不空觀四無所畏四無礙解大慈大悲大喜大捨十八佛不共法非空非不空觀佛十力非有相非無相觀四無所畏四無礙解大慈大悲大喜大捨十八佛不共法非有相非無相觀佛十力非有願非無願觀四無所畏四無礙解大慈大悲大喜大捨十八佛不共法非有願非無願觀佛十力非寂靜非不寂靜觀四無所畏四無礙解大慈大悲大喜大捨十八佛不共法非寂靜非不寂靜觀佛十力非遠離非不遠離觀四無所畏四無礙解大慈大悲大喜大捨十八佛不共法非遠離非不遠離舍利子是謂觀諸法

舍利子諸菩薩摩訶薩修行般若波羅蜜多時觀眞如非常非無常觀法界法性平等性離生性法定法住實際虛空界不思議界非常非無常觀眞如非樂非苦觀法界法性平等性離生性法定法住實際虛空界不思議界非樂非苦觀眞如非我非無我觀法界法性平等性離生性法定法住實際虛空界不思議界非我非無我觀眞如非淨非不淨觀法界法性平等性離生性法定法住實際虛空界不思議界非淨非不淨觀眞如非空非不空觀法界法性平等性離生性法定法住

實際虛空界不思議界非空非不空觀眞如非有相非無相觀法界法性平等性離生性法定法住實際虛空界不思議界非有相非無相觀眞如非有願非無願觀法界法性平等性離生性法定法住實際虛空界不思議界非有願非無願觀眞如非寂靜非不寂靜觀法界法性平等性離生性法定法住實際虛空界不思議界非寂靜非不寂靜觀眞如非遠離非不遠離觀法界法性平等性離生性法定法住實際虛空界不思議界非遠離非不遠離舍利子是謂觀諸法舍利子諸菩薩摩訶薩修行般若波羅蜜多時觀無上正等菩提非常非無常觀一切智道相智一切相智非常非無常觀無上正等菩提非樂非苦觀一切智道相智一切相智非樂非苦觀無上正等菩提非我非無我觀一切智道相智一切相智非我非無我觀無上正等菩提非淨非不淨觀一切智道相智一切相智非淨非不淨觀無上正等菩提非空非不空觀一切智道相智一切相智非空非不空觀無上正等菩提非有相非無相觀一切智道相智一切相智非有相非無相觀無上正等菩提非有願非無願觀一切智道相智一切相智非有願非無願觀無上正等菩提非寂靜非不寂靜觀一切智道相智一切相智非寂靜非不寂靜觀無上正等菩提非遠離非不遠離觀一切智道相智一切相智非遠離非不遠離舍利子是謂觀諸法舍利子諸菩薩摩訶薩修行般若波羅蜜多時觀無忘失法非常非無常觀恒住捨性非常非無常觀無

忘失法非樂非苦觀恒住捨性非樂非苦觀無忘失法非我非無我觀恒住捨性非我非無我觀無忘失法非淨非不淨觀恒住捨性非淨非不淨觀無忘失法非空非不空觀恒住捨性非空非不空觀無忘失法非有相非無相觀恒住捨性非有相非無相觀無忘失法非有願非無願觀恒住捨性非有願非無願觀無忘失法非寂靜非不寂靜觀恒住捨性非寂靜非不寂靜觀無忘失法非遠離非不遠離觀恒住捨性非遠離非不遠離舍利子是謂觀諸法舍利子諸菩薩摩訶薩修行般若波羅蜜多時觀一切陀羅尼門非常非無常觀一切三摩地門非常非無常觀一切陀羅尼門非樂非苦觀一切三摩地門非樂非苦觀一切陀羅尼門非我非無我觀一切三摩地門非我非無我觀一切陀羅尼門非淨非不淨觀一切三摩地門非淨非不淨觀一切陀羅尼門非空非不空觀一切三摩地門非空非不空觀一切陀羅尼門非有相非無相觀一切三摩地門非有相非無相觀一切陀羅尼門非有願非無願觀一切三摩地門非有願非無願觀一切陀羅尼門非寂靜非不寂靜觀一切三摩地門非寂靜非不寂靜觀一切陀羅尼門非遠離非不遠離觀一切三摩地門非遠離非不遠離舍利子是謂觀諸法舍利子諸菩薩摩訶薩修行般若波羅蜜多時應如是觀諸法

大般若波羅蜜多經卷第七十二

大般若波羅蜜多經卷第七十三

唐三藏法師玄奘奉詔譯

初分觀行品第十九之四

時舍利子問善現言何緣故説色等不生則非色等善現答言舍利子色色性空此性空中無生無色受想行識受想行識性空此性空中無生無受想行識舍利子由此緣故我作是説色不生則非色受想行識不生則非受想行識舍利子眼處眼處性空此性空中無生無眼處耳鼻舌身意處耳鼻舌身意處性空此性空中無生無耳鼻舌身意處舍利子由此緣故我作是説眼處不生則非眼處耳鼻舌身意處不生則非耳鼻舌身意處舍利子色處色處性空此性空中無生無色處聲香味觸法處聲香味觸法處性空此性空中無生無聲香味觸法處舍利子由此緣故我作是説色處不生則非色處聲香味觸法處不生則非聲香味觸法處舍利子眼界眼界性空此性空中無生無眼界色界眼識界及眼觸眼觸爲緣所生諸受色界乃至眼觸爲緣所生諸受性空此性空中無生無色界乃至眼觸爲緣所生諸受舍利子由此緣故我作是説眼界不生則非眼界色界乃至眼觸爲緣所生諸受不生則非色界乃至眼觸爲緣所生諸受舍利子耳界耳界性空此性空中無生無耳界聲界耳識界及耳觸耳觸爲緣所生諸受聲界乃至耳觸爲緣所生諸受性空此性空中無生無聲界乃至耳觸爲緣所生諸受舍利子由此緣故我作是説耳界不生則非耳界聲界乃至耳觸爲緣所生

諸受不生則非聲界乃至耳觸爲緣所生諸
受舍利子鼻界鼻界性空此性空中無生無
鼻界香界鼻識界及鼻觸鼻觸爲緣所生諸
受香界乃至鼻觸爲緣所生諸受性空此性
空中無生無香界乃至鼻觸爲緣所生諸受
舍利子由此緣故我作是説鼻界不生則非
鼻界香界乃至鼻觸爲緣所生諸受不生則
非香界乃至鼻觸爲緣所生諸受舍利子舌
界舌界性空此性空中無生無舌界味界舌
識界及舌觸舌觸爲緣所生諸受味界乃至
舌觸爲緣所生諸受性空此性空中無生無
味界乃至舌觸爲緣所生諸受舍利子由此
緣故我作是説舌界不生則非舌界味界乃
至舌觸爲緣所生諸受不生則非味界乃至
舌觸爲緣所生諸受舍利子身界身界性空
此性空中無生無身界觸界身識界及身觸
身觸爲緣所生諸受觸界乃至身觸爲緣所
生諸受性空此性空中無生無觸界乃至身
觸爲緣所生諸受舍利子由此緣故我作是
説身界不生則非身界觸界乃至身觸爲緣
所生諸受不生則非觸界乃至身觸爲緣所
生諸受舍利子意界意界性空此性空中無
生無意界法界意識界及意觸意觸爲緣所
生諸受法界乃至意觸爲緣所生諸受性空
此性空中無生無法界乃至意觸爲緣所生
諸受舍利子由此緣故我作是説意界不生
則非意界法界乃至意觸爲緣所生諸受不
生則非法界乃至意觸爲緣所生諸受舍利
子地界地界性空此性空中無生無地界水
火風空識界水火風空識界性空此性空中

無生無水火風空識界舍利子由此緣故我作是説地界不生則非地界水火風空識界不生則非水火風空識界舍利子苦聖諦苦聖諦性空此性空中無生無苦聖諦集滅道聖諦集滅道聖諦性空此性空中無生無集滅道聖諦舍利子由此緣故我作是説苦聖諦不生則非苦聖諦集滅道聖諦不生則非集滅道聖諦舍利子無明無明性空此性空中無生無無明行識名色六處觸受愛取有生老死愁歎苦憂惱行乃至老死愁歎苦憂惱性空此性空中無生無行乃至老死愁歎苦憂惱舍利子由此緣故我作是説無明不生則非無明行乃至老死愁歎苦憂惱不生則非行乃至老死愁歎苦憂惱舍利子内空内空性空此性空中無生無内空外空内外

空空空大空勝義空有爲空無爲空畢竟空無際空散空無變異空本性空自相空共相空一切法空不可得空無性空自性空無性自性空外空乃至無性自性空性空此性空中無生無外空乃至無性自性空舍利子由此緣故我作是説内空不生則非内空外空乃至無性自性空不生則非外空乃至無性自性空舍利子布施波羅蜜多布施波羅蜜多性空此性空中無生無布施波羅蜜多淨戒安忍精進靜慮般若波羅蜜多淨戒安忍精進靜慮般若波羅蜜多性空此性空中無生無淨戒安忍精進靜慮般若波羅蜜多舍利子由此緣故我作是説布施波羅蜜多不生則非布施波羅蜜多淨戒安忍精進靜慮般若波羅蜜多不生則非淨戒安忍精進靜

慮般若波羅蜜多舍利子四靜慮四靜慮性空此性空中無生無四靜慮四無量四無色定四無量四無色定性空此性空中無生無四無量四無色定舍利子由此緣故我作是說四靜慮不生則非四靜慮四無量四無色定不生則非四無量四無色定舍利子八解脫八解脫性空此性空中無生無八解脫八勝處九次第定十遍處八勝處九次第定十遍處性空此性空中無生無八勝處九次第定十遍處舍利子由此緣故我作是說八解脫不生則非八解脫八勝處九次第定十遍處不生則非八勝處九次第定十遍處舍利子四念住四念住性空此性空中無生無四念住四正斷四神足五根五力七等覺支八聖道支四正斷乃至八聖道支性空此性空中無生無四正斷乃至八聖道支舍利子由此緣故我作是說四念住不生則非四念住四正斷乃至八聖道支不生則非四正斷乃至八聖道支舍利子空解脫門空解脫門性空此性空中無生無空解脫門無相無願解脫門無相無願解脫門性空此性空中無生無無相無願解脫門舍利子由此緣故我作是說空解脫門不生則非空解脫門無相無願解脫門不生則非無相無願解脫門舍利子五眼五眼性空此性空中無生無五眼六神通六神通性空此性空中無生無六神通舍利子由此緣故我作是說五眼不生則非五眼六神通不生則非六神通舍利子佛十力佛十力性空此性空中無生無佛十力四無所畏四無礙解大慈大悲大喜大捨十八

佛不共法四無所畏乃至十八佛不共法性空此性空中無生無四無所畏乃至十八佛不共法舍利子由此緣故我作是說佛十力不生則非佛十力四無所畏乃至十八佛不共法不生則非四無所畏乃至十八佛不共法舍利子眞如眞如性空此性空中無生無眞如法界法性平等性離生性法定法住實際虛空界不思議界法界乃至不思議界性空此性空中無生無法界乃至不思議界舍利子由此緣故我作是說眞如不生則非眞如法界乃至不思議界不生則非法界乃至不思議界舍利子無上正等菩提無上正等菩提性空此性空中無生無無上正等菩提一切智道相智一切相智一切智道相智一切相智性空此性空中無生無一切智道相智一切相智舍利子由此緣故我作是說無上正等菩提不生則非無上正等菩提一切智道相智一切相智不生則非一切智道相智一切相智舍利子無忘失法無忘失法性空此性空中無生無無忘失法恒住捨性恒住捨性性空此性空中無生無恒住捨性舍利子由此緣故我作是說無忘失法不生則非無忘失法恒住捨性不生則非恒住捨性舍利子一切陀羅尼門一切陀羅尼門性空此性空中無生無一切陀羅尼門一切三摩地門一切三摩地門性空此性空中無生無一切三摩地門舍利子由此緣故我作是說一切陀羅尼門不生則非一切陀羅尼門一切三摩地門不生則非一切三摩地門時舍利子問善現言何緣故說色等不滅則非色

等善現答言舍利子色色性空此性空中無滅無色受想行識受想行識性空此性空中無滅無受想行識舍利子由此緣故我作是說色不滅則非色受想行識不滅則非受想行識舍利子眼處眼處性空此性空中無滅無眼處耳鼻舌身意處耳鼻舌身意處性空此性空中無滅無耳鼻舌身意處舍利子由此緣故我作是說眼處不滅則非眼處耳鼻舌身意處不滅則非耳鼻舌身意處舍利子色處色處性空此性空中無滅無色處聲香味觸法處聲香味觸法處性空此性空中無滅無聲香味觸法處舍利子由此緣故我作是說色處不滅則非色處聲香味觸法處不滅則非聲香味觸法處舍利子眼界眼界性空此性空中無滅無眼界色界眼識界及眼觸眼觸爲緣所生諸受色界乃至眼觸爲緣所生諸受性空此性空中無滅無色界乃至眼觸爲緣所生諸受舍利子由此緣故我作是說眼界不滅則非眼界色界乃至眼觸爲緣所生諸受不滅則非色界乃至眼觸爲緣所生諸受舍利子耳界耳界性空此性空中無滅無耳界聲界耳識界及耳觸耳觸爲緣所生諸受聲界乃至耳觸爲緣所生諸受性空此性空中無滅無聲界乃至耳觸爲緣所生諸受舍利子由此緣故我作是說耳界不滅則非耳界聲界乃至耳觸爲緣所生諸受不滅則非聲界乃至耳觸爲緣所生諸受舍利子鼻界鼻界性空此性空中無滅無鼻界香界鼻識界及鼻觸鼻觸爲緣所生諸受香界乃至鼻觸爲緣所生諸受性空此性空中

無滅無香界乃至鼻觸爲縁所生諸受舍利子由此縁故我作是説鼻界不滅則非鼻界香界乃至鼻觸爲縁所生諸受不滅則非香界乃至鼻觸爲縁所生諸受舍利子舌界舌界性空此性空中無滅無舌界味界舌識界及舌觸舌觸爲縁所生諸受味界乃至舌觸爲縁所生諸受性空此性空中無滅無味界乃至舌觸爲縁所生諸受舍利子由此縁故我作是説舌界不滅則非舌界味界乃至舌觸爲縁所生諸受不滅則非味界乃至舌觸爲縁所生諸受舍利子身界身界性空此性空中無滅無身界觸界身識界及身觸身觸爲縁所生諸受觸界乃至身觸爲縁所生諸受性空此性空中無滅無觸界乃至身觸爲縁所生諸受舍利子由此縁故我作是説身

界不滅則非身界觸界乃至身觸爲縁所生諸受不滅則非觸界乃至身觸爲縁所生諸受舍利子意界意界性空此性空中無滅無意界法界意識界及意觸意觸爲縁所生諸受法界乃至意觸爲縁所生諸受性空此性空中無滅無法界乃至意觸爲縁所生諸受舍利子由此縁故我作是説意界不滅則非意界法界乃至意觸爲縁所生諸受不滅則非法界乃至意觸爲縁所生諸受舍利子地界地界性空此性空中無滅無地界水火風空識界水火風空識界性空此性空中無滅無水火風空識界舍利子由此縁故我作是説地界不滅則非地界水火風空識界不滅則非水火風空識界舍利子苦聖諦苦聖諦性空此性空中無滅無苦聖諦集滅道聖諦

集滅道聖諦性空此性空中無滅無集滅道聖諦舍利子由此緣故我作是說苦聖諦不滅則非苦聖諦集滅道聖諦不滅則非集滅道聖諦舍利子無明無明性空此性空中無滅無無明行識名色六處觸受愛取有生老死愁歎苦憂惱行乃至老死愁歎苦憂惱性空此性空中無滅無行乃至老死愁歎苦憂惱舍利子由此緣故我作是說無明不滅則非無明行乃至老死愁歎苦憂惱不滅則非行乃至老死愁歎苦憂惱舍利子內空內空性空此性空中無滅無內空外空內外空空空大空勝義空有為空無為空畢竟空無際空散空無變異空本性空自相空共相空一切法空不可得空無性空自性空無性自性空外空乃至無性自性空性空此性空中無滅無外空乃至無性自性空舍利子由此緣故我作是說內空不滅則非內空外空乃至無性自性空不滅則非外空乃至無性自性空舍利子布施波羅蜜多布施波羅蜜多性空此性空中無滅無布施波羅蜜多淨戒安忍精進靜慮般若波羅蜜多淨戒安忍精進靜慮般若波羅蜜多性空此性空中無滅無淨戒安忍精進靜慮般若波羅蜜多舍利子由此緣故我作是說布施波羅蜜多不滅則非布施波羅蜜多淨戒安忍精進靜慮般若波羅蜜多不滅則非淨戒安忍精進靜慮般若波羅蜜多舍利子四靜慮四靜慮性空此性空中無滅無四靜慮四無量四無色定四無量四無色定性空此性空中無滅無四無量四無色定舍利子由此緣故我作是說四

靜慮不滅則非四靜慮四無量四無色定不滅則非四無量四無色定舍利子八解脫八解脫性空此性空中無滅無八解脫八勝處九次第定十遍處八勝處九次第定十遍處性空此性空中無滅無八勝處九次第定十遍處舍利子由此緣故我作是說八解脫不滅則非八解脫八勝處九次第定十遍處不滅則非八勝處九次第定十遍處舍利子四念住四念住性空此性空中無滅無四念住四正斷四神足五根五力七等覺支八聖道支四正斷乃至八聖道支性空此性空中無滅無四正斷乃至八聖道支舍利子由此緣故我作是說四念住不滅則非四念住四正斷乃至八聖道支不滅則非四正斷乃至八聖道支舍利子空解脫門空解脫門性空此性空中無滅無空解脫門無相無願解脫門無相無願解脫門性空此性空中無滅無無相無願解脫門舍利子由此緣故我作是說空解脫門不滅則非空解脫門無相無願解脫門不滅則非無相無願解脫門舍利子五眼五眼性空此性空中無滅無五眼六神通六神通性空此性空中無滅無六神通舍利子由此緣故我作是說五眼不滅則非五眼六神通不滅則非六神通舍利子佛十力佛十力性空此性空中無滅無佛十力四無所畏四無礙解大慈大悲大喜大捨十八佛不共法四無所畏乃至十八佛不共法性空此性空中無滅無四無所畏乃至十八佛不共法舍利子由此緣故我作是說佛十力不滅則非佛十力四無所畏乃至十八佛不共法

不滅則非四無所畏乃至十八佛不共法舍利子眞如眞如性空此性空中無滅無眞如法界法性平等性離生性法定法住實際虛空界不思議界法界乃至不思議界性空此性空中無滅無法界乃至不思議界舍利子由此緣故我作是說眞如不滅則非眞如法界乃至不思議界不滅則非法界乃至不思議界舍利子無上正等菩提無上正等菩提性空此性空中無滅無無上正等菩提一切智道相智一切相智一切智道相智一切相智性空此性空中無滅無一切智道相智一切相智舍利子由此緣故我作是說無上正等菩提不滅則非無上正等菩提一切智道相智一切相智不滅則非一切智道相智一切相智舍利子無忘失法無忘失法性空此性空中無滅無無忘失法恒住捨性恒住捨性性空此性空中無滅無恒住捨性舍利子由此緣故我作是說無忘失法不滅則非無忘失法恒住捨性不滅則非恒住捨性舍利子一切陀羅尼門一切陀羅尼門性空此性空中無滅無一切陀羅尼門一切三摩地門一切三摩地門性空此性空中無滅無一切三摩地門舍利子由此緣故我作是說一切陀羅尼門不滅則非一切陀羅尼門一切三摩地門不滅則非一切三摩地門時舍利子問善現言何緣故說色等不二則非色等善現答言舍利子若色若不二若受想行識若不二如是一切皆非相應非不相應非有色非無色非有見非無見非有對非無對咸同一相所謂無相舍利子由此緣故我作是說

色不二則非色受想行識不二則非受想行識舍利子若眼處若不二若耳鼻舌身意處若不二如是一切皆非相應非不相應非有色非無色非有見非無見非有對非無對咸同一相所謂無相舍利子由此縁故我作是説眼處不二則非眼處耳鼻舌身意處不二則非耳鼻舌身意處舍利子若色處若不二若聲香味觸法處若不二如是一切皆非相應非不相應非有色非無色非有見非無見非有對非無對咸同一相所謂無相舍利子由此縁故我作是説色處不二則非色處聲香味觸法處不二則非聲香味觸法處舍利子若眼界若不二若色界眼識界及眼觸眼觸爲縁所生諸受若不二如是一切皆非相應非不相應非有色非無色非有見非無見

非有對非無對咸同一相所謂無相舍利子由此縁故我作是説眼界不二則非眼界色界乃至眼觸爲縁所生諸受不二則非色界乃至眼觸爲縁所生諸受舍利子若耳界若不二若聲界耳識界及耳觸耳觸爲縁所生諸受若不二如是一切皆非相應非不相應非有色非無色非有見非無見非有對非無對咸同一相所謂無相舍利子由此縁故我作是説耳界不二則非耳界聲界乃至耳觸爲縁所生諸受不二則非聲界乃至耳觸爲縁所生諸受舍利子若鼻界若不二若香界鼻識界及鼻觸鼻觸爲縁所生諸受若不二如是一切皆非相應非不相應非有色非無色非有見非無見非有對非無對咸同一相所謂無相舍利子由此縁故我作是説鼻界

不二則非鼻界香界乃至鼻觸爲緣所生諸受不二則非香界乃至鼻觸爲緣所生諸受舍利子若舌界若不二若味界舌識界及舌觸舌觸爲緣所生諸受若不二如是一切皆非相應非不相應非有色非無色非有見非無見非有對非無對咸同一相所謂無相舍利子由此緣故我作是説舌界不二則非舌界味界乃至舌觸爲緣所生諸受不二則非味界乃至舌觸爲緣所生諸受舍利子若身界若不二若觸界身識界及身觸身觸爲緣所生諸受若不二如是一切皆非相應非不相應非有色非無色非有見非無見非有對非無對咸同一相所謂無相舍利子由此緣故我作是説身界不二則非身界觸界乃至身觸爲緣所生諸受不二則非觸界乃至身觸爲緣所生諸受舍利子若意界若不二若法界意識界及意觸意觸爲緣所生諸受若不二如是一切皆非相應非不相應非有色非無色非有見非無見非有對非無對咸同一相所謂無相舍利子由此緣故我作是説意界不二則非意界法界乃至意觸爲緣所生諸受不二則非法界乃至意觸爲緣所生諸受舍利子若地界若不二若水火風空識界若不二如是一切皆非相應非不相應非有色非無色非有見非無見非有對非無對咸同一相所謂無相舍利子由此緣故我作是説地界不二則非地界水火風空識界不二則非水火風空識界舍利子若苦聖諦若不二若集滅道聖諦若不二如是一切皆非相應非不相應非有色非無色非有見非無

見非有對非無對咸同一相所謂無相舍利子由此緣故我作是說苦聖諦不二則非苦聖諦集滅道聖諦不二則非集滅道聖諦舍利子若無明若不二若行識名色六處觸受愛取有生老死愁歎苦憂惱若不二如是一切皆非相應非不相應非有色非無色非有見非無見非有對非無對咸同一相所謂無相舍利子由此緣故我作是說無明不二則非無明行乃至老死愁歎苦憂惱不二則非行乃至老死愁歎苦憂惱舍利子若內空若不二若外空內外空空空大空勝義空有爲空無爲空畢竟空無際空散空無變異空本性空自相空共相空一切法空不可得空無性空自性空無性自性空若不二如是一切皆非相應非不相應非有色非無色非有見

非無見非有對非無對咸同一相所謂無相舍利子由此緣故我作是說內空不二則非內空外空乃至無性自性空不二則非外空乃至無性自性空舍利子若布施波羅蜜多若不二若淨戒安忍精進靜慮般若波羅蜜多若不二如是一切皆非相應非不相應非有色非無色非有見非無見非有對非無對咸同一相所謂無相舍利子由此緣故我作是說布施波羅蜜多不二則非布施波羅蜜多淨戒安忍精進靜慮般若波羅蜜多不二則非淨戒安忍精進靜慮般若波羅蜜多舍利子若四靜慮若不二若四無量四無色定若不二如是一切皆非相應非不相應非有色非無色非有見非無見非有對非無對咸同一相所謂無相舍利子由此緣故我作是

說四靜慮不二則非四靜慮四無量四無色定不二則非四無量四無色定舍利子若八解脫若不二若八勝處九次第定十遍處若不二如是一切皆非相應非不相應非有色非無色非有見非無見非有對非無對咸同一相所謂無相舍利子由此緣故我作是說八解脫不二則非八解脫八勝處九次第定十遍處不二則非八勝處九次第定十遍處舍利子若四念住若不二若四正斷四神足五根五力七等覺支八聖道支若不二如是一切皆非相應非不相應非有色非無色非有見非無見非有對非無對咸同一相所謂無相舍利子由此緣故我作是說四念住不二則非四念住四正斷乃至八聖道支不二則非四正斷乃至八聖道支舍利子若空解脫門若不二若無相無願解脫門若不二如是一切皆非相應非不相應非有色非無色非有見非無見非有對非無對咸同一相所謂無相舍利子由此緣故我作是說空解脫門不二則非空解脫門無相無願解脫門不二則非無相無願解脫門舍利子若五眼若不二若六神通若不二如是一切皆非相應非不相應非有色非無色非有見非無見非有對非無對咸同一相所謂無相舍利子由此緣故我作是說五眼不二則非五眼六神通不二則非六神通舍利子若佛十力若不二若四無所畏四無礙解大慈大悲大喜大捨十八佛不共法若不二如是一切皆非相應非不相應非有色非無色非有見非無見非有對非無對咸同一相所謂無相舍利子

由此緣故我作是說佛十力不二則非佛十力四無所畏乃至十八佛不共法不二則非四無所畏乃至十八佛不共法舍利子若真如若不二若法界法性平等性離生性法定法住實際虛空界不思議界若不二如是一切皆非相應非不相應非有色非無色非有見非無見非有對非無對咸同一相所謂無相舍利子由此緣故我作是說真如不二則非真如法界乃至不思議界不二則非法界乃至不思議界舍利子若無上正等菩提若不二若一切智道相智一切相智若不二如是一切皆非相應非不相應非有色非無色非有見非無見非有對非無對咸同一相所謂無相舍利子由此緣故我作是說無上正等菩提不二則非無上正等菩提一切智道相智一切相智不二則非一切智道相智一切相智舍利子若無忘失法若恒住捨性若不二如是一切皆非相應非不相應非有色非無色非有見非無見非有對非無對咸同一相所謂無相舍利子由此緣故我作是說無忘失法不二則非無忘失法恒住捨性不二則非恒住捨性舍利子若一切陀羅尼門若不二若一切三摩地門若不二如是一切皆非相應非不相應非有色非無色非有見非無見非有對非無對咸同一相所謂無相舍利子由此緣故我作是說一切陀羅尼門不二則非一切陀羅尼門一切三摩地門不二則非一切三摩地門

大般若波羅蜜多經卷第七十三

大般若波羅蜜多經卷第七十四

唐三藏法師玄奘奉　詔譯

初分觀行品第十九之五

時舍利子問善現言何緣故說色等入不二無妄法數耶善現答言舍利子色不異無生滅無生滅不異色色即是無生滅無生滅即是色受想行識不異無生滅無生滅不異受想行識受想行識即是無生滅無生滅即是受想行識舍利子由此緣故我作是說色入不二無妄法數受想行識入不二無妄法數舍利子眼處不異無生滅無生滅不異眼處眼處即是無生滅無生滅即是眼處耳鼻舌身意處不異無生滅無生滅不異耳鼻舌身意處耳鼻舌身意處即是無生滅無生滅即是耳鼻舌身意處舍利子由此緣故我作是說眼處入不二無妄法數耳鼻舌身意處入不二無妄法數舍利子色處不異無生滅無生滅不異色處色處即是無生滅無生滅即是色處聲香味觸法處不異無生滅無生滅不異聲香味觸法處聲香味觸法處即是無生滅無生滅即是聲香味觸法處舍利子由此緣故我作是說色處入不二無妄法數聲香味觸法處入不二無妄法數舍利子眼界不異無生滅無生滅不異眼界眼界即是無生滅無生滅即是眼界色界眼識界及眼觸眼觸爲緣所生諸受不異無生滅無生滅不異色界乃至眼觸爲緣所生諸受色界乃至眼觸爲緣所生諸受即是無生滅無生滅即是色界乃至眼觸爲緣所生諸受舍利子由此緣故我作是說眼界入不二無妄法數色

界乃至眼觸爲緣所生諸受入不二無妄法數舍利子耳界不異無生滅無生滅不異耳界耳界即是無生滅無生滅即是耳界聲界耳識界及耳觸耳觸爲緣所生諸受不異無生滅無生滅不異聲界乃至耳觸爲緣所生諸受聲界乃至耳觸爲緣所生諸受即是無生滅無生滅即是聲界乃至耳觸爲緣所生諸受舍利子由此緣故我作是說耳界入不二無妄法數聲界乃至耳觸爲緣所生諸受入不二無妄法數舍利子鼻界不異無生滅無生滅不異鼻界鼻界即是無生滅無生滅即是鼻界香界鼻識界及鼻觸鼻觸爲緣所生諸受不異無生滅無生滅不異香界乃至鼻觸爲緣所生諸受香界乃至鼻觸爲緣所生諸受即是無生滅無生滅即是香界乃至鼻觸爲緣所生諸受舍利子由此緣故我作是說鼻界入不二無妄法數香界乃至鼻觸爲緣所生諸受入不二無妄法數舍利子舌界不異無生滅無生滅不異舌界舌界即是無生滅無生滅即是舌界味界舌識界及舌觸舌觸爲緣所生諸受不異無生滅無生滅不異味界乃至舌觸爲緣所生諸受味界乃至舌觸爲緣所生諸受即是無生滅無生滅即是味界乃至舌觸爲緣所生諸受舍利子由此緣故我作是說舌界入不二無妄法數味界乃至舌觸爲緣所生諸受入不二無妄法數舍利子身界不異無生滅無生滅不異身界身界即是無生滅無生滅即是身界觸界身識界及身觸身觸爲緣所生諸受不異無生滅無生滅不異觸界乃至身觸爲緣所

生諸受觸界乃至身觸爲縁所生諸受即是無生滅無生滅即是觸界乃至身觸爲縁所生諸受舍利子由此縁故我作是說身界入不二無妄法數觸界乃至身觸爲縁所生諸受入不二無妄法數舍利子意界不異無生滅無生滅不異意界意界即是無生滅無生滅即是意界法界意識界及意觸意觸爲縁所生諸受不異無生滅無生滅不異法界乃至意觸爲縁所生諸受法界乃至意觸爲縁所生諸受即是無生滅無生滅即是法界乃至意觸爲縁所生諸受舍利子由此縁故我作是說意界入不二無妄法數法界乃至意觸爲縁所生諸受入不二無妄法數舍利子地界不異無生滅無生滅不異地界地界即是無生滅無生滅即是地界水火風空識界不異無生滅無生滅不異水火風空識界水火風空識界即是無生滅無生滅即是水火風空識界舍利子由此縁故我作是說地界入不二無妄法數水火風空識界入不二無妄法數舍利子苦聖諦不異無生滅無生滅不異苦聖諦苦聖諦即是無生滅無生滅即是苦聖諦集滅道聖諦不異無生滅無生滅不異集滅道聖諦集滅道聖諦即是無生滅無生滅即是集滅道聖諦舍利子由此縁故我作是說苦聖諦入不二無妄法數集滅道聖諦入不二無妄法數舍利子無明不異無生滅無生滅不異無明無明即是無生滅無生滅即是無明行識名色六處觸受愛取有生老死愁歎苦憂惱不異無生滅無生滅不異行乃至老死愁歎苦憂惱行乃至老死愁

歎苦憂惱即是無生滅無生滅即是行乃至老死愁歎苦憂惱舍利子由此緣故我作是說無明入不二無妄法數行乃至老死愁歎苦憂惱入不二無妄法數舍利子內空不異無生滅無生滅不異內空內空即是無生滅無生滅即是內空外空內外空空空大空勝義空有為空無為空畢竟空無際空散空無變異空本性空自相空共相空一切法空不可得空無性空自性空無性自性空不異無生滅無生滅不異外空乃至無性自性空外空乃至無性自性空即是無生滅無生滅即是外空乃至無性自性空舍利子由此緣故我作是說內空入不二無妄法數外空乃至無性自性空入不二無妄法數舍利子布施波羅蜜多不異無生滅無生滅不異布施波羅蜜多布施波羅蜜多即是無生滅無生滅即是布施波羅蜜多淨戒安忍精進靜慮般若波羅蜜多不異無生滅無生滅不異淨戒安忍精進靜慮般若波羅蜜多淨戒安忍精進靜慮般若波羅蜜多即是無生滅無生滅即是淨戒安忍精進靜慮般若波羅蜜多舍利子由此緣故我作是說布施波羅蜜多入不二無妄法數淨戒安忍精進靜慮般若波羅蜜多入不二無妄法數舍利子四靜慮不異無生滅無生滅不異四靜慮四靜慮即是無生滅無生滅即是四靜慮四無量四無色定不異無生滅無生滅不異四無量四無色定四無量四無色定即是無生滅無生滅即是四無量四無色定舍利子由此緣故我作是說四靜慮入不二無妄法數四無量四無

色定入不二無妄法數舍利子八解脫不異無生滅無生滅不異八解脫八解脫即是無生滅無生滅即是八解脫八勝處九次第定十遍處不異無生滅無生滅不異八勝處九次第定十遍處八勝處九次第定十遍處即是無生滅無生滅即是八勝處九次第定十遍處舍利子由此緣故我作是說八解脫入不二無妄法數八勝處九次第定十遍處入不二無妄法數舍利子四念住不異無生滅無生滅不異四念住四念住即是無生滅無生滅即是四念住四正斷四神足五根五力七等覺支八聖道支不異無生滅無生滅不異四正斷乃至八聖道支四正斷乃至八聖道支即是無生滅無生滅即是四正斷乃至八聖道支舍利子由此緣故我作是說四念住入不二無妄法數四正斷乃至八聖道支入不二無妄法數舍利子空解脫門不異無生滅無生滅不異空解脫門空解脫門即是無生滅無生滅即是空解脫門無相無願解脫門不異無生滅無生滅不異無相無願解脫門無相無願解脫門即是無生滅無生滅即是無相無願解脫門舍利子由此緣故我作是說空解脫門入不二無妄法數無相無願解脫門入不二無妄法數舍利子五眼不異無生滅無生滅不異五眼五眼即是無生滅無生滅即是五眼六神通不異無生滅無生滅不異六神通六神通即是無生滅無生滅即是六神通舍利子由此緣故我作是說五眼入不二無妄法數六神通入不二無妄法數舍利子佛十力不異無生滅無生滅不

異佛十力佛十力即是無生滅無生滅即是佛十力四無所畏四無礙解大慈大悲大喜大捨十八佛不共法不異無生滅無生滅不異四無所畏乃至十八佛不共法四無所畏乃至十八佛不共法即是無生滅無生滅即是四無所畏乃至十八佛不共法舍利子由此緣故我作是說佛十力入不二無妄法數四無所畏乃至十八佛不共法入不二無妄法數舍利子眞如不異無生滅無生滅不異眞如眞如即是無生滅無生滅即是眞如法界法性平等性離生性法定法住實際虛空界不思議界不異無生滅無生滅不異法界乃至不思議界法界乃至不思議界即是無生滅無生滅即是法界乃至不思議界舍利子由此緣故我作是說眞如入不二無妄法數法界乃至不思議界入不二無妄法數舍利子無上正等菩提不異無生滅無生滅不異無上正等菩提無上正等菩提即是無生滅無生滅即是無上正等菩提一切智道相智一切相智不異無生滅無生滅不異一切智道相智一切相智一切智道相智一切相智即是無生滅無生滅即是一切智道相智一切相智舍利子由此緣故我作是說無上正等菩提入不二無妄法數一切智道相智一切相智入不二無妄法數舍利子無忘失法不異無生滅無生滅不異無忘失法無忘失法即是無生滅無生滅即是無忘失法恒住捨性不異無生滅無生滅不異恒住捨性恒住捨性即是無生滅無生滅即是恒住捨性舍利子由此緣故我作是說無忘失法入

不二無妄法數恒住捨性入不二無妄法數舍利子一切陀羅尼門不異無生滅無生滅不異一切陀羅尼門一切陀羅尼門即是無生滅無生滅即是一切陀羅尼門一切三摩地門不異無生滅無生滅不異一切三摩地門一切三摩地門即是無生滅無生滅即是一切三摩地門舍利子由此緣故我作是說一切陀羅尼門入不二無妄法數一切三摩地門入不二無妄法數

初分無生品第二十之一

爾時具壽善現白佛言世尊諸菩薩摩訶薩修行般若波羅蜜多觀諸法時見我無生畢竟淨故見有情命者生者養者士夫補特伽羅意生儒童作者受者知者見者無生畢竟淨故世尊諸菩薩摩訶薩修行般若波羅蜜多觀諸法時見色無生畢竟淨故見受想行識無生畢竟淨故世尊諸菩薩摩訶薩修行般若波羅蜜多觀諸法時見眼處無生畢竟淨故見耳鼻舌身意處無生畢竟淨故世尊諸菩薩摩訶薩修行般若波羅蜜多觀諸法時見色處無生畢竟淨故見聲香味觸法處無生畢竟淨故世尊諸菩薩摩訶薩修行般若波羅蜜多觀諸法時見眼界無生畢竟淨故見色界眼識界及眼觸眼觸爲緣所生諸受無生畢竟淨故世尊諸菩薩摩訶薩修行般若波羅蜜多觀諸法時見耳界無生畢竟淨故見聲界耳識界及耳觸耳觸爲緣所生諸受無生畢竟淨故世尊諸菩薩摩訶薩修行般若波羅蜜多觀諸法時見鼻界無生畢竟淨故見香界鼻識界及鼻觸鼻觸爲緣所

生諸受無生畢竟淨故世尊諸菩薩摩訶薩
修行般若波羅蜜多觀諸法時見舌界無生
畢竟淨故見味界舌識界及舌觸舌觸爲緣
所生諸受無生畢竟淨故世尊諸菩薩摩訶
薩修行般若波羅蜜多觀諸法時見身界無
生畢竟淨故見觸界身識界及身觸身觸爲
緣所生諸受無生畢竟淨故世尊諸菩薩摩
訶薩修行般若波羅蜜多觀諸法時見意界
無生畢竟淨故見法界意識界及意觸意觸
爲緣所生諸受無生畢竟淨故世尊諸菩薩
摩訶薩修行般若波羅蜜多觀諸法時見地
界無生畢竟淨故見水火風空識界無生畢
竟淨故世尊諸菩薩摩訶薩修行般若波羅
蜜多觀諸法時見苦聖諦無生畢竟淨故見
集滅道聖諦無生畢竟淨故世尊諸菩薩摩

訶薩修行般若波羅蜜多觀諸法時見無明
無生畢竟淨故見行識名色六處觸受愛取
有生老死愁歎苦憂惱無生畢竟淨故世尊
諸菩薩摩訶薩修行般若波羅蜜多觀諸法
時見內空無生畢竟淨故見外空內外空空
空大空勝義空有爲空無爲空畢竟空無際
空散空無變異空本性空自相空共相空一
切法空不可得空無性空自性空無性自性
空無生畢竟淨故世尊諸菩薩摩訶薩修行
般若波羅蜜多觀諸法時見布施波羅蜜多
無生畢竟淨故見淨戒安忍精進靜慮般若
波羅蜜多無生畢竟淨故世尊諸菩薩摩訶
薩修行般若波羅蜜多觀諸法時見四靜慮
無生畢竟淨故見四無量四無色定無生畢
竟淨故世尊諸菩薩摩訶薩修行般若波羅

蜜多觀諸法時見八解脫無生畢竟淨故見
八勝處九次第定十遍處無生畢竟淨故世
尊諸菩薩摩訶薩修行般若波羅蜜多觀諸
法時見四念住無生畢竟淨故見四正斷四
神足五根五力七等覺支八聖道支無生畢
竟淨故世尊諸菩薩摩訶薩修行般若波羅
蜜多觀諸法時見空解脫門無生畢竟淨故
見無相無願解脫門無生畢竟淨故世尊諸
菩薩摩訶薩修行般若波羅蜜多觀諸法時
見五眼無生畢竟淨故見六神通無生畢竟
淨故世尊諸菩薩摩訶薩修行般若波羅蜜
多觀諸法時見佛十力無生畢竟淨故見四
無所畏四無礙解大慈大悲大喜大捨十八
佛不共法無生畢竟淨故世尊諸菩薩摩訶
薩修行般若波羅蜜多觀諸法時見一切智
無生畢竟淨故見道相智一切相智無生畢
竟淨故世尊諸菩薩摩訶薩修行般若波羅
蜜多觀諸法時見無忘失法無生畢竟淨故
見恒住捨性無生畢竟淨故世尊諸菩薩摩
訶薩修行般若波羅蜜多觀諸法時見一切
陀羅尼門無生畢竟淨故見一切三摩地門
無生畢竟淨故世尊諸菩薩摩訶薩修行般
若波羅蜜多觀諸法時見異生無生畢竟淨
故見異生法無生畢竟淨故世尊諸菩薩摩
訶薩修行般若波羅蜜多觀諸法時見預流
無生畢竟淨故見預流法無生畢竟淨故世
尊諸菩薩摩訶薩修行般若波羅蜜多觀諸
法時見一來無生畢竟淨故見一來法無生
畢竟淨故世尊諸菩薩摩訶薩修行般若波
羅蜜多觀諸法時見不還無生畢竟淨故見

不還法無生畢竟淨故世尊諸菩薩摩訶薩修行般若波羅蜜多觀諸法時見阿羅漢無生畢竟淨故見阿羅漢法無生畢竟淨故世尊諸菩薩摩訶薩修行般若波羅蜜多觀諸法時見獨覺無生畢竟淨故見獨覺法無生畢竟淨故世尊諸菩薩摩訶薩修行般若波羅蜜多觀諸法時見菩薩無生畢竟淨故見菩薩法無生畢竟淨故世尊諸菩薩摩訶薩修行般若波羅蜜多觀諸法時見如來無生畢竟淨故見如來法無生畢竟淨故時舍利子謂善現言如我解仁者所說義我有情等無生色受等無生乃至如來如來法無生若如是者六趣受生應無差別不應預流得預流果一來得一來果不還得不還果阿羅漢得阿羅漢果不應獨覺得獨覺菩提不應菩薩摩訶薩得一切相智亦不應得五種菩提

復次善現若一切法定無生者何緣預流爲預流果修斷三結道何緣一來爲一來果修薄貪瞋癡道何緣不還爲不還果修斷五順下分結道何緣阿羅漢爲阿羅漢果修斷五順上分結道何緣獨覺爲獨覺菩提修悟緣起道何緣菩薩摩訶薩爲度無量諸有情故修多百千難行苦行備受無邊種種劇苦何緣如來證得無上正等菩提何緣諸佛爲有情故轉妙法輪爾時具壽善現答舍利子言非我於無生法中見有六趣受生差別非我於無生法中見有能入諦現觀者非我於無生法中見有預流得預流果一來得一來果不還得不還果阿羅漢得阿羅漢果非我於無生法中見有獨覺得獨覺菩提非我於無

生法中見有菩薩摩訶薩得一切相智及五種菩提復次舍利子非我於無生法中見有預流爲預流果修斷三結道非我於無生法中見有一來爲一來果修薄貪瞋癡道非我於無生法中見有不還爲不還果修斷五順下分結道非我於無生法中見有阿羅漢爲阿羅漢果修斷五順上分結道非我於無生法中見有獨覺爲獨覺菩提修悟緣起道非我於無生法中見有菩薩摩訶薩爲度無量諸有情故修多百千難行苦行備受無邊種種劇苦而諸菩薩摩訶薩亦復不起難行苦行想所以者何非住難行苦行想能爲無量無數無邊有情作饒益事舍利子然諸菩薩摩訶薩以無所得而爲方便於一切有情起大悲心住如父母想如兄弟想如妻子想如已身想如是乃能爲無量無數無邊有情作大饒益舍利子諸菩薩摩訶薩應作是心如我自性於一切法以一切種一切處一切時求不可得內外諸法亦復如是都無所有皆不可得何以故諸菩薩摩訶薩若住此想修難行苦行便能饒益無量無數無邊有情是故菩薩摩訶薩於一切法應無執受舍利子非我於無生法中見有諸佛證得無上正等菩提轉妙法輪度無量衆時舍利子問善現言仁今爲欲以生法證生法爲欲以無生法證無生法耶善現答言我實不欲以生法證生法亦實不欲以無生法證無生法舍利子言若爾仁今爲欲以生法證無生法爲欲以無生法證生法耶善現答言我亦不欲以生法證無生法亦復不欲以無生法證生法舍

利子言若如是者豈全無得無現觀耶善現答言雖有得有現觀而不以此二法證舍利子但隨世間言說施設有得有現觀非勝義中有得有現觀但隨世間言說施設有預流有預流果有一來有一來果有不還有不還果有阿羅漢有阿羅漢果有獨覺有獨覺菩提有菩薩摩訶薩有無上正等覺非勝義中有預流乃至無上正等覺舍利子言若隨世間言說施設有得有現觀等非勝義者六趣差別亦隨世間言說施設故有非勝義耶善現答言如是如是誠如所說何以故舍利子於勝義中無業無異熟無生無滅無染無淨故時舍利子問善現言仁今爲欲令不生法生爲欲令已生法生耶善現答言我不欲令不生法生亦不欲令已生法生舍利子言何等是不生法仁者不欲令彼法生善現答言舍利子色是不生法我不欲令生何以故以自性空故受想行識是不生法我不欲令生何以故以自性空故舍利子眼處是不生法我不欲令生何以故以自性空故耳鼻舌身意處是不生法我不欲令生何以故以自性空故舍利子色處是不生法我不欲令生何以故以自性空故聲香味觸法處是不生法我不欲令生何以故以自性空故舍利子眼界是不生法我不欲令生何以故以自性空故色界眼識界及眼觸眼觸爲緣所生諸受是不生法我不欲令生何以故以自性空故舍利子耳界是不生法我不欲令生何以故以自性空故聲界耳識界及耳觸耳觸爲緣所生諸受是不生法我不欲令生何以故以

自性空故舍利子鼻界是不生法我不欲令
生何以故以自性空故香界鼻識界及鼻觸
鼻觸爲緣所生諸受是不生法我不欲令生
何以故以自性空故舍利子舌界是不生法
我不欲令生何以故以自性空故味界舌識
界及舌觸舌觸爲緣所生諸受是不生法我
不欲令生何以故以自性空故舍利子身界
是不生法我不欲令生何以故以自性空故
觸界身識界及身觸身觸爲緣所生諸受是
不生法我不欲令生何以故以自性空故舍
利子意界是不生法我不欲令生何以故以
自性空故法界意識界及意觸意觸爲緣所
生諸受是不生法我不欲令生何以故以自
性空故舍利子地界是不生法我不欲令生
何以故以自性空故水火風空識界是不生
法我不欲令生何以故以自性空故舍利子
苦聖諦是不生法我不欲令生何以故以自
性空故集滅道聖諦是不生法我不欲令生
何以故以自性空故舍利子無明是不生法
我不欲令生何以故以自性空故行識名色
六處觸受愛取有生老死愁歎苦憂惱是不
生法我不欲令生何以故以自性空故舍利
子內空是不生法我不欲令生何以故以自
性空故外空內外空空空大空勝義空有爲
空無爲空畢竟空無際空散空無變異空本
性空自相空共相空一切法空不可得空無
性空自性空無性自性空是不生法我不欲
令生何以故以自性空故舍利子布施波羅
蜜多是不生法我不欲令生何以故以自性
空故淨戒安忍精進靜慮般若波羅蜜多是

不生法我不欲令生何以故以自性空故舍利子四靜慮是不生法我不欲令生何以故以自性空故四無量四無色定是不生法我不欲令生何以故以自性空故舍利子八解脫是不生法我不欲令生何以故以自性空故八勝處九次第定十徧處是不生法我不欲令生何以故以自性空故舍利子四念住是不生法我不欲令生何以故以自性空故四正斷四神足五根五力七等覺支八聖道支是不生法我不欲令生何以故以自性空故舍利子空解脫門是不生法我不欲令生何以故以自性空故無相無願解脫門是不生法我不欲令生何以故以自性空故舍利子五眼是不生法我不欲令生何以故以自性空故六神通是不生法我不欲令生何以故以自性空故舍利子佛十力是不生法我不欲令生何以故以自性空故四無所畏四無礙解大慈大悲大喜大捨十八佛不共法是不生法我不欲令生何以故以自性空故舍利子一切智是不生法我不欲令生何以故以自性空故道相智一切相智是不生法我不欲令生何以故以自性空故舍利子無忘失法是不生法我不欲令生何以故以自性空故恒住捨性是不生法我不欲令生何以故以自性空故舍利子一切陁羅尼門是不生法我不欲令生何以故以自性空故一切三摩地門是不生法我不欲令生何以故以自性空故舍利子異生是不生法我不欲令生何以故以自性空故異生法是不生法我不欲令生何以故以自性空故舍利子預

流是不生法我不欲令生何以故以自性空故預流法是不生法我不欲令生何以故以自性空故舍利子一來是不生法我不欲令生何以故以自性空故一來法是不生法我不欲令生何以故以自性空故舍利子不還是不生法我不欲令生何以故以自性空故不還法是不生法我不欲令生何以故以自性空故舍利子阿羅漢是不生法我不欲令生何以故以自性空故阿羅漢法是不生法我不欲令生何以故以自性空故舍利子獨覺是不生法我不欲令生何以故以自性空故獨覺法是不生法我不欲令生何以故以自性空故舍利子菩薩是不生法我不欲令生何以故以自性空故菩薩法是不生法我不欲令生何以故以自性空故舍利子如來是不生法我不欲令生何以故以自性空故如來法是不生法我不欲令生何以故以自性空故舍利子言何等是已生法仁者不欲令彼法生善現答言色是已生法我不欲令生何以故以自性空故受想行識是已生法我不欲令生何以故以自性空故舍利子眼處是已生法我不欲令生何以故以自性空故耳鼻舌身意處是已生法我不欲令生何以故以自性空故舍利子色處是已生法我不欲令生何以故以自性空故聲香味觸法處是已生法我不欲令生何以故以自性空故舍利子眼界是已生法我不欲令生何以故以自性空故色界眼識界及眼觸眼觸爲緣所生諸受是已生法我不欲令生何以故以性自空故舍利子耳界是已生法我不欲

令生何以故以自性空故聲界耳識界及耳觸耳觸為緣所生諸受是已生法我不欲令生何以故以自性空故舍利子鼻界是已生法我不欲令生何以故以自性空故香界鼻識界及鼻觸鼻觸為緣所生諸受是已生法我不欲令生何以故以自性空故舍利子舌界是已生法我不欲令生何以故以自性空故味界舌識界及舌觸舌觸為緣所生諸受是已生法我不欲令生何以故以自性空故舍利子身界是已生法我不欲令生何以故以自性空故觸界身識界及身觸身觸為緣所生諸受是已生法我不欲令生何以故以自性空故舍利子意界是已生法我不欲令生何以故以自性空故法界意識界及意觸意觸為緣所生諸受是已生法我不欲令生何以故以自性空故舍利子地界是已生法我不欲令生何以故以自性空故水火風空識界是已生法我不欲令生何以故以自性空故舍利子苦聖諦是已生法我不欲令生何以故以自性空故集滅道聖諦是已生法我不欲令生何以故以自性空故舍利子無明是已生法我不欲令生何以故以自性空故行識名色六處觸受愛取有生老死愁歎苦憂惱是已生法我不欲令生何以故以自性空故舍利子內空是已生法我不欲令生何以故以自性空故外空內外空空空大空勝義空有為空無為空畢竟空無際空散空無變異空本性空自相空共相空一切法空不可得空無性空自性空無性自性空是已生法我不欲令生何以故以自性空故

大般若波羅蜜多經卷第七十四

音釋

劇若(劇竭戟切甚也)

大般若波羅蜜多經卷第七十五

唐三藏法師玄奘奉詔譯

初分無生品第二十之二

舍利子布施波羅蜜多是已生法我不欲令生何以故以自性空故淨戒安忍精進靜慮般若波羅蜜多是已生法我不欲令生何以故以自性空故舍利子四靜慮是已生法我不欲令生何以故以自性空故四無量四無色定是已生法我不欲令生何以故以自性空故舍利子八解脫是已生法我不欲令生何以故以自性空故八勝處九次第定十遍處是已生法我不欲令生何以故以自性空故舍利子四念住是已生法我不欲令生何以故以自性空故四正斷四神足五根五力七等覺支八聖道支是已生法我不欲令生何以故以自性空故舍利子空解脫門是已生法我不欲令生何以故以自性空故無相無願解脫門是已生法我不欲令生何以故以自性空故舍利子五眼是已生法我不欲令生何以故以自性空故六神通是已生法我不欲令生何以故以自性空故舍利子佛十力是已生法我不欲令生何以故以自性空故四無所畏四無礙解大慈大悲大喜大捨十八佛不共法是已生法我不欲令生何以故以自性空故舍利子一切智是已生法我不欲令生何以故以自性空故道相智一切相智是已生法我不欲令生何以故以自性空故舍利子無忘失法是已生法我不欲令生何以故以自性空故恒住捨性是已生法我不欲令生何以故以自性空故舍利子

一切陀羅尼門是已生法我不欲令生何以故以自性空故一切三摩地門是已生法我不欲令生何以故以自性空故舍利子異生是已生法我不欲令生何以故以自性空故異生法是已生法我不欲令生何以故以自性空故舍利子預流是已生法我不欲令生何以故以自性空故預流法是已生法我不欲令生何以故以自性空故舍利子一來是已生法我不欲令生何以故以自性空故一來法是已生法我不欲令生何以故以自性空故舍利子不還是已生法我不欲令生何以故以自性空故不還法是已生法我不欲令生何以故以自性空故舍利子阿羅漢是已生法我不欲令生何以故以自性空故阿羅漢法是已生法我不欲令生何以故以自性空故舍利子獨覺是已生法我不欲令生何以故以自性空故獨覺法是已生法我不欲令生何以故以自性空故舍利子菩薩是已生法我不欲令生何以故以自性空故菩薩法是已生法我不欲令生何以故以自性空故舍利子如來是已生法我不欲令生何以故以自性空故如來法是已生法我不欲令生何以故以自性空故時舍利子問善現言仁者今爲欲令生生爲欲令不生生耶善現答言我不欲令生生亦不欲令不生生何以故舍利子生與不生如是二法俱非相應非不相應非有色非無色非有見非無見非有對非無對咸同一相所謂無相舍利子由此緣故我不欲令生生亦不欲令不生生時舍利子問善現言仁者於所說無生法樂辯

說無生相耶善現答言我於所說無生法亦不樂辯說無生相所以者何若無生法若無生相若樂辯說如是一切皆非相應非不相應非有色非無色非有見非無見非有對非無對咸同一相所謂無相舍利子言於不生法起不生言此不生言亦不生不善現答言如是如是所以者何舍利子色不生受想行識亦不生何以故皆本性空故舍利子眼處不生耳鼻舌身意處亦不生何以故皆本性空故舍利子色處不生聲香味觸法處亦不生何以故皆本性空故舍利子眼界不生色界眼識界及眼觸眼觸爲緣所生諸受亦不生何以故皆本性空故舍利子耳界不生聲界耳識界及耳觸耳觸爲緣所生諸受亦不生何以故皆本性空故舍利子鼻界不生香界鼻識界及鼻觸鼻觸爲緣所生諸受亦不生何以故皆本性空故舍利子舌界不生味界舌識界及舌觸舌觸爲緣所生諸受亦不生何以故皆本性空故舍利子身界不生觸界身識界及身觸身觸爲緣所生諸受亦不生何以故皆本性空故舍利子意界不生法界意識界及意觸意觸爲緣所生諸受亦不生何以故皆本性空故舍利子地界不生水火風空識界亦不生何以故皆本性空故舍利子苦聖諦不生集滅道聖諦亦不生何以故皆本性空故舍利子無明不生行識名色六處觸受愛取有生老死愁歎苦憂惱亦不生何以故皆本性空故舍利子內空不生外空內外空空空大空勝義空有爲空無爲空畢竟空無際空散空無變異空本性空自相

空共相空一切法空不可得空無性空自性空無性自性空亦不生何以故皆本性空故舍利子布施波羅蜜多不生淨戒安忍精進靜慮般若波羅蜜多亦不生何以故皆本性空故舍利子四靜慮不生四無量四無色定亦不生何以故皆本性空故舍利子八解脱不生八勝處九次第定十遍處亦不生何以故皆本性空故舍利子四念住不生四正斷四神足五根五力七等覺支八聖道支亦不生何以故皆本性空故舍利子空解脱門不生無相無願解脱門亦不生何以故皆本性空故舍利子五眼不生六神通亦不生何以故皆本性空故舍利子佛十力不生四無所畏四無礙解大慈大悲大喜大捨十八佛不共法亦不生何以故皆本性空故舍利子一切智不生道相智一切相智亦不生何以故皆本性空故舍利子無忘失法不生恒住捨性亦不生何以故皆本性空故舍利子一切陀羅尼門不生一切三摩地門亦不生何以故皆本性空故舍利子異生不生異生法亦不生何以故皆本性空故舍利子預流不生預流法亦不生何以故皆本性空故舍利子一來不生一來法亦不生何以故皆本性空故舍利子不還不生不還法亦不生何以故皆本性空故舍利子阿羅漢不生阿羅漢法亦不生何以故皆本性空故舍利子獨覺不生獨覺法亦不生何以故皆本性空故舍利子菩薩不生菩薩法亦不生何以故皆本性空故舍利子如來不生如來法亦不生何以故皆本性空故舍利子身行不生語行意行

亦不生何以故皆本性空故舍利子由此緣故於不生法起不生言亦無生義舍利子若所說法若能說言說者聽者皆不生故時舍利子謂善現言仁者於說法人中最爲第一何以故隨所問詰皆能酬答無滯礙故善現報言諸佛弟子於一切法無依著者法爾皆能隨所問詰一一酬答自在無畏何以故以一切法無所依故時舍利子問善現言云何諸法都無所依善現答言舍利子色本性空依內依外依兩中間不可得故受想行識本性空依內依外依兩中間不可得故舍利子眼處本性空依內依外依兩中間不可得故耳鼻舌身意處本性空依內依外依兩中間不可得故舍利子色處本性空依內依外依兩中間不可得故聲香味觸法處本性空依內依外依兩中間不可得故舍利子眼界本性空依內依外依兩中間不可得故色界眼識界及眼觸眼觸爲緣所生諸受本性空依內依外依兩中間不可得故舍利子耳界本性空依內依外依兩中間不可得故聲界耳識界及耳觸耳觸爲緣所生諸受本性空依內依外依兩中間不可得故舍利子鼻界本性空依內依外依兩中間不可得故香界鼻識界及鼻觸鼻觸爲緣所生諸受本性空依內依外依兩中間不可得故舍利子舌界本性空依內依外依兩中間不可得故味界舌識界及舌觸舌觸爲緣所生諸受本性空依內依外依兩中間不可得故舍利子身界本性空依內依外依兩中間不可得故觸界身識界及身觸身觸爲緣所生諸受本性空依

內依外依兩中間不可得故舍利子意界本性空依內依外依兩中間不可得故法界意識界及意觸意觸爲緣所生諸受本性空依內依外依兩中間不可得故舍利子地界本性空依內依外依兩中間不可得故水火風空識界本性空依內依外依兩中間不可得故舍利子苦聖諦本性空依內依外依兩中間不可得故集滅道聖諦本性空依內依外依兩中間不可得故舍利子無明本性空依內依外依兩中間不可得故行識名色六處觸受愛取有生老死愁歎苦憂惱本性空依內依外依兩中間不可得故舍利子內空本性空依內依外依兩中間不可得故外空內外空空空大空勝義空有爲空無爲空畢竟空無際空散空無變異空本性空自相空共相空一切法空不可得空無性空自性空無性自性空本性空依內依外依兩中間不可得故舍利子布施波羅蜜多本性空依內依外依兩中間不可得故淨戒安忍精進靜慮般若波羅蜜多本性空依內依外依兩中間不可得故舍利子四靜慮本性空依內依外依兩中間不可得故四無量四無色定本性空依內依外依兩中間不可得故舍利子八解脫本性空依內依外依兩中間不可得故八勝處九次第定十遍處本性空依內依外依兩中間不可得故舍利子四念住本性空依內依外依兩中間不可得故四正斷四神足五根五力七等覺支八聖道支本性空依內依外依兩中間不可得故舍利子空解脫門本性空依內依外依兩中間不可得故無

相無願解脫門本性空依內依外依兩中間不可得故舍利子五眼本性空依內依外依兩中間不可得故六神通本性空依內依外依兩中間不可得故舍利子佛十力本性空依內依外依兩中間不可得故四無所畏四無礙解大慈大悲大喜大捨十八佛不共法本性空依內依外依兩中間不可得故舍利子一切智本性空依內依外依兩中間不可得故道相智一切相智本性空依內依外依兩中間不可得故舍利子無忘失法本性空依內依外依兩中間不可得故恒住捨性本性空依內依外依兩中間不可得故舍利子一切陀羅尼門本性空依內依外依兩中間不可得故一切三摩地門本性空依內依外依兩中間不可得故舍利子異生本性空依內依外依兩中間不可得故異生法本性空依內依外依兩中間不可得故舍利子預流本性空依內依外依兩中間不可得故預流法本性空依內依外依兩中間不可得故舍利子一來本性空依內依外依兩中間不可得故一來法本性空依內依外依兩中間不可得故舍利子不還本性空依內依外依兩中間不可得故不還法本性空依內依外依兩中間不可得故舍利子阿羅漢本性空依內依外依兩中間不可得故阿羅漢法本性空依內依外依兩中間不可得故舍利子獨覺本性空依內依外依兩中間不可得故獨覺法本性空依內依外依兩中間不可得故舍利子菩薩本性空依內依外依兩中間不可得故菩薩法本性空依內依外依兩中間

不可得故舍利子如來本性空依內依外依兩中間不可得故如來法本性空依內依外依兩中間不可得故舍利子由此緣故我說諸法都無所依

初分淨道品第二十一之一

爾時具壽善現謂舍利子言諸菩薩摩訶薩修行六種波羅蜜多時應淨色應淨受想行識應淨眼處應淨耳鼻舌身意處應淨色處應淨聲香味觸法處應淨眼界應淨色界眼識界及眼觸眼觸爲緣所生諸受應淨耳界應淨聲界耳識界及耳觸耳觸爲緣所生諸受應淨鼻界應淨香界鼻識界及鼻觸鼻觸爲緣所生諸受應淨舌界應淨味界舌識界及舌觸舌觸爲緣所生諸受應淨身界應淨觸界身識界及身觸身觸爲緣所生諸受應淨意界應淨法界意識界及意觸意觸爲緣所生諸受應淨地界應淨水火風空識界應淨苦聖諦應淨集滅道聖諦應淨無明應淨行識名色六處觸受愛取有生老死愁歎苦憂惱應淨內空應淨外空內外空空空大空勝義空有爲空無爲空畢竟空無際空散空無變異空本性空自相空共相空一切法空不可得空無性空自性空無性自性空應淨布施波羅蜜多應淨淨戒安忍精進靜慮般若波羅蜜多應淨四靜慮應淨四無量四無色定應淨八解脫應淨八勝處九次第定十遍處應淨四念住應淨四正斷四神足五根五力七等覺支八聖道支應淨空解脫門應淨無相無願解脫門應淨五眼應淨六神通應淨佛十力應淨四無所畏四無礙解大慈

大悲大喜大捨十八佛不共法應淨無忘失法應淨恒住捨性應淨一切陀羅尼門應淨一切三摩地門應淨一切智應淨道相智一切相智應淨菩提道時舍利子問善現言云何菩薩摩訶薩修行六種波羅蜜多時淨菩提道善現答言舍利子六波羅蜜多各有二種一者世間二出世間舍利子言云何世間布施波羅蜜多善現答言若菩薩摩訶薩爲大施主能施一切沙門婆羅門貧病孤露道行乞者須食與食須飲與飲須乘與乘須衣與衣須香與香須花與花須嚴飾與嚴飾須舍宅與舍宅須醫藥與醫藥須照明與照明須坐卧具與坐卧具如是一切隨其所須資生什物悉皆施與若復有來乞男與男乞女與女乞妻妾與妻妾乞官位與官位乞國土與國土乞王位與王位乞頭目與頭目乞手足與手足乞支節與支節乞血肉與血肉乞骨髓與骨髓乞耳鼻與耳鼻乞僮僕與僮僕乞珎財與珎財乞生類與生類如是一切隨其所求内外之物並皆施與雖作是施而有所依謂作是念我施彼受我爲施主我不慳貪我隨佛教一切能捨我行布施波羅蜜多彼行施時以有所得而爲方便與諸有情同共迴向阿耨多羅三藐三菩提復作是念我持此福施諸有情令得此世他世安樂乃至證得無餘涅槃彼著三輪而行布施一者自想二者他想三者施想由著此三輪而行施故名世間布施波羅蜜多何緣此施名爲世間以與世間同共行故不超動出世間法故如是名爲世間布施波羅蜜多舍利子言云

何出世間布施波羅蜜多善現答言若菩薩摩訶薩行布施時三輪清淨一者不執我爲施者二者不執彼爲受者三者不著施及施果是爲菩薩摩訶薩行布施時三輪清淨又舍利子若菩薩摩訶薩以大悲爲上首所修施福普施有情於諸有情都無所得雖與一切有情同共迴向阿耨多羅三藐三菩提而於其中不見少相由都無所執而行施故名出世間布施波羅蜜多何緣此施名出世間不與世間同共行故能超動出世間法故如是名爲出世間布施波羅蜜多舍利子言云何世間淨戒波羅蜜多善現答言若菩薩摩訶薩雖受持戒而有所依謂作是念我爲饒益一切有情受持淨戒我隨佛教於淨尸羅能無所犯我行淨戒波羅蜜多彼持戒時以有所得而爲方便與諸有情同共迴向阿耨多羅三藐三菩提復作是念我持此福施諸有情令得此世他世安樂乃至證得無餘涅槃彼著三輪而受持戒一者自想二者他想三者戒想由著此三輪受持戒故名世間淨戒波羅蜜多何緣此淨戒名爲世間以與世間同共行故不超動出世間法故如是名爲世間淨戒波羅蜜多舍利子言云何出世間淨戒波羅蜜多善現答言若菩薩摩訶薩受持戒時三輪清淨一者不執我能持戒二者不執所護有情三者不著戒及戒果是爲菩薩摩訶薩受持戒時三輪清淨又舍利子菩薩摩訶薩以大悲爲上首所持戒福普施有情於諸有情都無所得雖與一切有情同共迴向阿耨多羅三藐三菩提而於其中不見

少相由都無所執而受持戒故名出世間淨戒波羅蜜多何緣此淨戒名出世間不與世間同共行故能超動出世間法故如是名爲出世間淨戒波羅蜜多舍利子言云何世間安忍波羅蜜多善現答言若菩薩摩訶薩雖修安忍而有所依謂作是念我爲饒益一切有情而修安忍我隨佛教於勝安忍能正修習我行安忍波羅蜜多彼修忍時以有所得而爲方便與諸有情同共迴向阿耨多羅三藐三菩提復作是念我持此福施諸有情令得此世他世安樂乃至證得無餘涅槃彼著三輪而修安忍一者自想二者他想三者忍想由著此三輪修安忍故名世間安忍波羅蜜多何緣此安忍名爲世間以與世間同共行故不超動出世間法故如是名爲世間安忍波羅蜜多舍利子言云何出世間安忍波羅蜜多善現答言若菩薩摩訶薩修安忍時三輪清淨一者不執我能修忍二者不執所忍有情三者不著忍及忍果是爲菩薩摩訶薩修安忍時三輪清淨又舍利子菩薩摩訶薩以大悲爲上首所修忍福普施有情於諸有情都無所得雖與一切有情同共迴向阿耨多羅三藐三菩提而於其中不見少相由都無所執而修安忍故名出世間安忍波羅蜜多何緣此安忍名出世間不與世間同共行故能超動出世間法故如是名爲出世間安忍波羅蜜多舍利子言云何世間精進波羅蜜多善現答言若菩薩摩訶薩雖勤精進而有所依謂作是念我爲饒益一切有情而勤精進我隨佛教策勵身心曾無懈怠我行

精進波羅蜜多彼精進時以有所得而爲方
便與諸有情同共迴向阿耨多羅三藐三菩
提復作是念我持此福施諸有情令得此世
他世安樂乃至證得無餘涅槃彼著三輪而
勤精進一者自想二者他想三精進想由著
此三輪修精進故名世間精進波羅蜜多何
緣此精進名爲世間以與世間同共行故不
超動出世間法故如是名爲世間精進波羅
蜜多舍利子言云何出世間精進波羅蜜多
善現答言若菩薩摩訶薩勤精進時三輪清
淨一者不執我能精進二者不執所爲有情
三者不著精進及果是爲菩薩摩訶薩勤精
進時三輪清淨又舍利子菩薩摩訶薩以大
悲爲上首修精進福普施有情於諸有情都
無所得雖與一切有情同共迴向阿耨多羅
三藐三菩提而於其中不見少相由都無所
執而勤精進故名出世間精進波羅蜜多何
緣此精進名出世間不與世間同共行故能
超動出世間法故如是名爲出世間精進波
羅蜜多舍利子言云何世間靜慮波羅蜜多
善現答言若菩薩摩訶薩雖修靜慮而有所
依謂作是念我爲饒益一切有情而修靜慮
我隨佛教於勝等持能正修習我行靜慮波
羅蜜多彼修定時以有所得而爲方便與諸
有情同共迴向阿耨多羅三藐三菩提復作
是念我持此福施諸有情令得此世他世安
樂乃至證得無餘涅槃彼著三輪而修靜慮
一者自想二者他想三靜慮想由著此三輪
修靜慮故名世間靜慮波羅蜜多何緣此靜
慮名爲世間以與世間同共行故不超動出

世間法故如是名爲世間靜慮波羅蜜多舍利子言云何出世間靜慮波羅蜜多善現答言若菩薩摩訶薩修靜慮時三輪清淨一者不執我能修定二者不執所爲有情三者不著靜慮及果是爲菩薩摩訶薩修靜慮時三輪清淨又舍利子菩薩摩訶薩以大悲爲上首修靜慮福普施有情於諸有情都無所得雖與一切有情同共廻向阿耨多羅三藐三菩提而於其中不見少相由都無所執而修靜慮故名出世間靜慮波羅蜜多何緣此靜慮名出世間不與世間同共行故能超動出世間法故如是名爲出世間靜慮波羅蜜多舍利子言云何世間般若波羅蜜多善現答言若菩薩摩訶薩雖修般若而有所依謂作是念我爲饒益一切有情而修般若我隨佛教於勝般若能正修行我能悔除自所作惡我見他惡終不譏陵我能隨喜他所修福我能請佛轉妙法輪我隨所聞能正決擇我行般若波羅蜜多彼修慧時以有所得而爲方便與諸有情同共迴向阿耨多羅三藐三菩提復作是念我持此福施諸有情令得此世他世安樂乃至證得無餘涅槃彼著三輪而修般若一者自想二者他想三者般若想由著此三輪修般若故名世間般若波羅蜜多何緣此般若名爲世間以與世間同共行故不超動出世間法故如是名爲世間般若波羅蜜多舍利子言云何出世間般若波羅蜜多善現答言若菩薩摩訶薩修般若時三輪清淨一者不執我能修慧二者不執所爲有情三者不著般若及果是爲菩薩摩訶薩修

般若時三輪清淨又舍利子菩薩摩訶薩以大悲爲上首修般若福普施有情於諸有情都無所得雖與一切有情同共迴向阿耨多羅三藐三菩提而於其中不見少相由都無所執而修般若故名出世間般若波羅蜜多何緣此般若名出世間不與世間同共行故能超動出世間法故如是名爲出世間般若波羅蜜多舍利子如是菩薩摩訶薩修行六種波羅蜜多時淨菩提道時舍利子問善現言何等名爲菩薩摩訶薩菩提道善現答言舍利子内空名爲菩薩摩訶薩菩提道外空内外空空空大空勝義空有爲空無爲空畢竟空無際空散空無變異空本性空自相空共相空一切法空不可得空無性空自性空無性自性空名爲菩薩摩訶薩菩提道舍利子眞如名爲菩薩摩訶薩菩提道法界法性不虚妄性不變異性平等性離生性法定法住實際虚空界不思議界名爲菩薩摩訶薩菩提道舍利子苦聖諦名爲菩薩摩訶薩菩提道集滅道聖諦名爲菩薩摩訶薩菩提道舍利子布施波羅蜜多名爲菩薩摩訶薩菩提道淨戒安忍精進靜慮般若波羅蜜多名爲菩薩摩訶薩菩提道舍利子四靜慮名爲菩薩摩訶薩菩提道四無量四無色定名爲菩薩摩訶薩菩提道舍利子八解脱名爲菩薩摩訶薩菩提道八勝處九次第定十遍處名爲菩薩摩訶薩菩提道舍利子四念住名爲菩薩摩訶薩菩提道四正斷四神足五根五力七等覺支八聖道支名爲菩薩摩訶薩菩提道舍利子空解脱門名爲菩薩摩訶薩

菩提道無相無願解脫門名爲菩薩摩訶薩菩提道舍利子五眼名爲菩薩摩訶薩菩提道六神通名爲菩薩摩訶薩菩提道舍利子佛十力名爲菩薩摩訶薩菩提道四無所畏四無礙解大慈大悲大喜大捨十八佛不共法名爲菩薩摩訶薩菩提道舍利子無忘失法名爲菩薩摩訶薩菩提道恒住捨性名爲菩薩摩訶薩菩提道舍利子一切陀羅尼門名爲菩薩摩訶薩菩提道一切三摩地門名爲菩薩摩訶薩菩提道舍利子一切智名爲菩薩摩訶薩菩提道道相智一切相智名爲菩薩摩訶薩菩提道舍利子如是等無量無邊大功德聚名爲菩薩摩訶薩菩提道時舍利子讃善現言善哉善哉誠如所說如是功德爲由何等波羅蜜多勢力所致善現言舍利子如是功德皆由般若波羅蜜多勢力所致何以故舍利子如是般若波羅蜜多能與一切善法爲母一切聲聞獨覺菩薩如來善法從此生故舍利子如是般若波羅蜜多普能攝受一切善法一切聲聞獨覺菩薩如來善法依此住故舍利子過去諸佛修行般若波羅蜜多極圓滿故已證無上正等菩提轉妙法輪度無量衆未來諸佛修行般若波羅蜜多極圓滿故當證無上正等菩提轉妙法輪度無量衆現在十方世界諸佛修行般若波羅蜜多極圓滿故現證無上正等菩提轉妙法輪度無量衆

大般若波羅蜜多經卷第七十五

音釋

問詰 詰契吉切詰亦問之義也

骨髓 髓息委切骨中脂也

策勵 策測革切謂策進勉勵也

大般若波羅蜜多經卷第七十六

唐三藏法師玄奘奉　詔譯

初分淨道品第二十一之二

舍利子若菩薩摩訶薩聞說般若波羅蜜多心無疑惑亦不迷悶當知是菩薩摩訶薩住如是住不離作意謂欲救護一切有情常不捨離一切有情大悲作意時舍利子謂善現言若菩薩摩訶薩住如是住不離作意者則一切有情亦應成菩薩摩訶薩何以故以一切有情亦常不離此作意故是則菩薩摩訶薩與一切有情應無差別爾時具壽善現讚舍利子言善哉善哉誠如所說能如實取我所說義所以者何舍利子有情非有故當知作意亦非有我命者生者養者士夫補特伽羅意生儒童作者受者知者見者非有故當知作意亦非有有情無實故當知作意亦無實我乃至見者無實故當知作意亦無實有情無自性故當知作意亦無自性我乃至見者無自性故當知作意亦無自性有情空故當知作意亦空我乃至見者空故當知作意亦空有情遠離故當知作意亦遠離我乃至見者遠離故當知作意亦遠離有情寂靜故當知作意亦寂靜我乃至見者寂靜故當知作意亦寂靜有情無覺知故當知作意亦無覺知我乃至見者無覺知故當知作意亦無覺知舍利子色非有故當知作意亦非有受想行識非有故當知作意亦非有色無實故當知作意亦無實受想行識無實故當知作意亦無實色無自性故當知作意亦無自性受想行識無自性故當知作意亦無自性色

空故當知作意亦空受想行識空故當知作意亦空色遠離故當知作意亦遠離受想行識遠離故當知作意亦遠離色寂靜故當知作意亦寂靜受想行識寂靜故當知作意亦寂靜色無覺知故當知作意亦無覺知受想行識無覺知故當知作意亦無覺知舍利子眼處非有故當知作意亦非有耳鼻舌身意處非有故當知作意亦非有眼處無實故當知作意亦無實耳鼻舌身意處無實故當知作意亦無實眼處無自性故當知作意亦無自性耳鼻舌身意處無自性故當知作意亦無自性眼處空故當知作意亦空耳鼻舌身意處空故當知作意亦空眼處遠離故當知作意亦遠離耳鼻舌身意處遠離故當知作意亦遠離眼處寂靜故當知作意亦寂靜耳鼻舌身意處寂靜故當知作意亦寂靜眼處無覺知故當知作意亦無覺知耳鼻舌身意處無覺知故當知作意亦無覺知舍利子色處非有故當知作意亦非有聲香味觸法處非有故當知作意亦非有色處無實故當知作意亦無實聲香味觸法處無實故當知作意亦無實色處無自性故當知作意亦無自性聲香味觸法處無自性故當知作意亦無自性色處空故當知作意亦空聲香味觸法處空故當知作意亦空色處遠離故當知作意亦遠離聲香味觸法處遠離故當知作意亦遠離色處寂靜故當知作意亦寂靜聲香味觸法處寂靜故當知作意亦寂靜色處無覺知故當知作意亦無覺知聲香味觸法處無覺知故當知作意亦無覺知舍利子眼界

非有故當知作意亦非有色界眼識界及眼觸眼觸爲緣所生諸受非有故當知作意亦非有眼界無實故當知作意亦無實色界乃至眼觸爲緣所生諸受無實故當知作意亦無實眼界無自性故當知作意亦無自性色界乃至眼觸爲緣所生諸受無自性故當知作意亦無自性眼界空故當知作意亦空色界乃至眼觸爲緣所生諸受空故當知作意亦空眼界遠離故當知作意亦遠離色界乃至眼觸爲緣所生諸受遠離故當知作意亦遠離眼界寂靜故當知作意亦寂靜色界乃至眼觸爲緣所生諸受寂靜故當知作意亦寂靜眼界無覺知故當知作意亦無覺知色界乃至眼觸爲緣所生諸受無覺知故當知作意亦無覺知舍利子耳界非有故當知作意亦非有聲界耳識界及耳觸耳觸爲緣所生諸受非有故當知作意亦非有耳界無實故當知作意亦無實聲界乃至耳觸爲緣所生諸受無實故當知作意亦無實耳界無自性故當知作意亦無自性聲界乃至耳觸爲緣所生諸受無自性故當知作意亦無自性耳界空故當知作意亦空聲界乃至耳觸爲緣所生諸受空故當知作意亦空耳界遠離故當知作意亦遠離聲界乃至耳觸爲緣所生諸受遠離故當知作意亦遠離耳界寂靜故當知作意亦寂靜聲界乃至耳觸爲緣所生諸受寂靜故當知作意亦寂靜耳界無覺知故當知作意亦無覺知聲界乃至耳觸爲緣所生諸受無覺知故當知作意亦無覺知舍利子鼻界非有故當知作意亦非有香界

鼻識界及鼻觸鼻觸爲縁所生諸受非有故當知作意亦非有鼻界無實故當知作意亦無實香界乃至鼻觸爲縁所生諸受無實故當知作意亦無實鼻界無自性故當知作意亦無自性香界乃至鼻觸爲縁所生諸受無自性故當知作意亦無自性鼻界空故當知作意亦空香界乃至鼻觸爲縁所生諸受空故當知作意亦空鼻界遠離故當知作意亦遠離香界乃至鼻觸爲縁所生諸受遠離故當知作意亦遠離鼻界寂靜故當知作意亦寂靜香界乃至鼻觸爲縁所生諸受寂靜故當知作意亦寂靜鼻界無覺知故當知作意亦無覺知香界乃至鼻觸爲縁所生諸受無覺知故當知作意亦無覺知舍利子舌界非有故當知作意亦非有味界舌識界及舌觸舌觸爲縁所生諸受非有故當知作意亦非有舌界無實故當知作意亦無實味界乃至舌觸爲縁所生諸受無實故當知作意亦無實舌界無自性故當知作意亦無自性味界乃至舌觸爲縁所生諸受無自性故當知作意亦無自性舌界空故當知作意亦空味界乃至舌觸爲縁所生諸受空故當知作意亦空舌界遠離故當知作意亦遠離味界乃至舌觸爲縁所生諸受遠離故當知作意亦遠離舌界寂靜故當知作意亦寂靜味界乃至舌觸爲縁所生諸受寂靜故當知作意亦寂靜舌界無覺知故當知作意亦無覺知味界乃至舌觸爲縁所生諸受無覺知故當知作意亦無覺知舍利子身界非有故當知作意亦非有觸界身識界及身觸身觸爲縁所生

諸受非有故當知作意亦非有身界無實故當知作意亦無實觸界乃至身觸爲緣所生諸受無實故當知作意亦無實身界無自性故當知作意亦無自性觸界乃至身觸爲緣所生諸受無自性故當知作意亦無自性身界空故當知作意亦空觸界乃至身觸爲緣所生諸受空故當知作意亦空身界遠離故當知作意亦遠離觸界乃至身觸爲緣所生諸受遠離故當知作意亦遠離身界寂靜故當知作意亦寂靜觸界乃至身觸爲緣所生諸受寂靜故當知作意亦寂靜身界無覺知故當知作意亦無覺知觸界乃至身觸爲緣所生諸受無覺知故當知作意亦無覺知舍利子意界非有故當知作意亦非有法界意識界及意觸意觸爲緣所生諸受非有故當知作意亦非有意界無實故當知作意亦無實法界乃至意觸爲緣所生諸受無實故當知作意亦無實意界無自性故當知作意亦無自性法界乃至意觸爲緣所生諸受無自性故當知作意亦無自性意界空故當知作意亦空法界乃至意觸爲緣所生諸受空故當知作意亦空意界遠離故當知作意亦遠離法界乃至意觸爲緣所生諸受遠離故當知作意亦遠離意界寂靜故當知作意亦寂靜法界乃至意觸爲緣所生諸受寂靜故當知作意亦寂靜意界無覺知故當知作意亦無覺知法界乃至意觸爲緣所生諸受無覺知故當知作意亦無覺知舍利子地界非有故當知作意亦非有水火風空識界非有故當知作意亦非有地界無實故當知作意亦

無實水火風空識界無實故當知作意亦無實地界無自性故當知作意亦無自性水火風空識界無自性故當知作意亦無自性地界空故當知作意亦空水火風空識界空故當知作意亦空地界遠離故當知作意亦遠離水火風空識界遠離故當知作意亦遠離地界寂靜故當知作意亦寂靜水火風空識界寂靜故當知作意亦寂靜地界無覺知故當知作意亦無覺知水火風空識界無覺知故當知作意亦無覺知舍利子苦聖諦非有故當知作意亦非有集滅道聖諦非有故當知作意亦非有苦聖諦無實故當知作意亦無實集滅道聖諦無實故當知作意亦無實苦聖諦無自性故當知作意亦無自性集滅道聖諦無自性故當知作意亦無自性苦聖諦空故當知作意亦空集滅道聖諦空故當知作意亦空苦聖諦遠離故當知作意亦遠離集滅道聖諦遠離故當知作意亦遠離苦聖諦寂靜故當知作意亦寂靜集滅道聖諦寂靜故當知作意亦寂靜苦聖諦無覺知故當知作意亦無覺知集滅道聖諦無覺知故當知作意亦無覺知舍利子無明非有故當知作意亦非有行識名色六處觸受愛取有生老死愁歎苦憂惱非有故當知作意亦非有無明無實故當知作意亦無實行乃至老死愁歎苦憂惱無實故當知作意亦無實無明無自性故當知作意亦無自性行乃至老死愁歎苦憂惱無自性故當知作意亦無自性無明空故當知作意亦空行乃至老死愁歎苦憂惱空故當知作意亦空無明遠離故

當知作意亦遠離行乃至老死愁歎苦憂惱遠離故當知作意亦遠離無明寂靜故當知作意亦寂靜行乃至老死愁歎苦憂惱寂靜故當知作意亦寂靜無明無覺知故當知作意亦無覺知行乃至老死愁歎苦憂惱無覺知故當知作意亦無覺知舍利子內空非有故當知作意亦非有外空內外空空空大空勝義空有爲空無爲空畢竟空無際空散空無變異空本性空自相空共相空一切法空不可得空無性空自性空無性自性空非有故當知作意亦非有內空無實故當知作意亦無實外空乃至無性自性空無實故當知作意亦無實內空無自性故當知作意亦無自性外空乃至無性自性空無自性故當知作意亦無自性內空空故當知作意亦空外

空乃至無性自性空空故當知作意亦空內空遠離故當知作意亦遠離外空乃至無性自性空遠離故當知作意亦遠離內空寂靜故當知作意亦寂靜外空乃至無性自性空寂靜故當知作意亦寂靜內空無覺知故當知作意亦無覺知外空乃至無性自性空無覺知故當知作意亦無覺知舍利子眞如非有故當知作意亦非有法界法性不虛妄性不變異性平等性離生性法定法住實際虛空界不思議界非有故當知作意亦非有眞如無實故當知作意亦無實法界乃至不思議界無實故當知作意亦無實眞如無自性故當知作意亦無自性法界乃至不思議界無自性故當知作意亦無自性眞如空故當知作意亦空法界乃至不思議界空故當知

作意亦空眞如遠離故當知作意亦遠離法界乃至不思議界遠離故當知作意亦遠離眞如寂靜故當知作意亦寂靜法界乃至不思議界寂靜故當知作意亦寂靜眞如無覺知故當知作意亦無覺知法界乃至不思議界無覺知故當知作意亦無覺知舍利子布施波羅蜜多非有故當知作意亦非有淨戒安忍精進靜慮般若波羅蜜多非有故當知作意亦非有布施波羅蜜多無實故當知作意亦無實淨戒乃至般若波羅蜜多無實故當知作意亦無實布施波羅蜜多無自性故當知作意亦無自性淨戒乃至般若波羅蜜多無自性故當知作意亦無自性布施波羅蜜多空故當知作意亦空淨戒乃至般若波羅蜜多空故當知作意亦空布施波羅蜜多遠離故當知作意亦遠離淨戒乃至般若波羅蜜多遠離故當知作意亦遠離布施波羅蜜多寂靜故當知作意亦寂靜淨戒乃至般若波羅蜜多寂靜故當知作意亦寂靜布施波羅蜜多無覺知故當知作意亦無覺知淨戒乃至般若波羅蜜多無覺知故當知作意亦無覺知舍利子四靜慮非有故當知作意亦非有四無量四無色定非有故當知作意亦非有四靜慮無實故當知作意亦無實四無量四無色定無實故當知作意亦無實四靜慮無自性故當知作意亦無自性四無量四無色定無自性故當知作意亦無自性四靜慮空故當知作意亦空四無量四無色定空故當知作意亦空四靜慮遠離故當知作意亦遠離四無量四無色定遠離故當知作

意亦遠離四靜慮寂靜故當知作意亦寂靜四無量四無色定寂靜故當知作意亦寂靜四靜慮無覺知故當知作意亦無覺知四無量四無色定無覺知故當知作意亦無覺知舍利子八解脫非有故當知作意亦非有八勝處九次第定十遍處非有故當知作意亦非有八解脫無實故當知作意亦無實八勝處九次第定十遍處無實故當知作意亦無實八解脫無自性故當知作意亦無自性八勝處九次第定十遍處無自性故當知作意亦無自性八解脫空故當知作意亦空八勝處九次第定十遍處空故當知作意亦空八解脫遠離故當知作意亦遠離八勝處九次第定十遍處遠離故當知作意亦遠離八解脫寂靜故當知作意亦寂靜八勝處九次第定十遍處寂靜故當知作意亦寂靜八解脫無覺知故當知作意亦無覺知八勝處九次第定十遍處無覺知故當知作意亦無覺知舍利子四念住非有故當知作意亦非有四正斷四神足五根五力七等覺支八聖道支非有故當知作意亦非有四念住無實故當知作意亦無實四正斷乃至八聖道支無實故當知作意亦無實四念住無自性故當知作意亦無自性四正斷乃至八聖道支無自性故當知作意亦無自性四念住空故當知作意亦空四正斷乃至八聖道支空故當知作意亦空四念住遠離故當知作意亦遠離四正斷乃至八聖道支遠離故當知作意亦遠離四念住寂靜故當知作意亦寂靜四正斷乃至八聖道支寂靜故當知作意亦寂靜

四念住無覺知故當知作意亦無覺知四正斷乃至八聖道支無覺知故當知作意亦無覺知舍利子空解脫門非有故當知作意亦非有無相無願解脫門非有故當知作意亦非有空解脫門無實故當知作意亦無實無相無願解脫門無實故當知作意亦無實空解脫門無自性故當知作意亦無自性無相無願解脫門無自性故當知作意亦無自性空解脫門空故當知作意亦空無相無願解脫門空故當知作意亦空空解脫門遠離故當知作意亦遠離無相無願解脫門遠離故當知作意亦遠離空解脫門寂靜故當知作意亦寂靜無相無願解脫門寂靜故當知作意亦寂靜空解脫門無覺知故當知作意亦無覺知無相無願解脫門無覺知故當知作意亦無覺知舍利子五眼非有故當知作意亦非有六神通非有故當知作意亦非有五眼無實故當知作意亦無實六神通無實故當知作意亦無實五眼無自性故當知作意亦無自性六神通無自性故當知作意亦無自性五眼空故當知作意亦空六神通空故當知作意亦空五眼遠離故當知作意亦遠離六神通遠離故當知作意亦遠離五眼寂靜故當知作意亦寂靜六神通寂靜故當知作意亦寂靜五眼無覺知故當知作意亦無覺知六神通無覺知故當知作意亦無覺知舍利子佛十力非有故當知作意亦非有四無所畏四無礙解大慈大悲大喜大捨十八佛不共法非有故當知作意亦非有佛十力無實故當知作意亦無實四無所畏乃至十

八佛不共法無實故當知作意亦無實佛十力無自性故當知作意亦無自性四無所畏乃至十八佛不共法無自性故當知作意亦無自性佛十力空故當知作意亦空四無所畏乃至十八佛不共法空故當知作意亦空佛十力遠離故當知作意亦遠離四無所畏乃至十八佛不共法遠離故當知作意亦遠離佛十力寂靜故當知作意亦寂靜四無所畏乃至十八佛不共法寂靜故當知作意亦寂靜佛十力無覺知故當知作意亦無覺知四無所畏乃至十八佛不共法無覺知故當知作意亦無覺知舍利子無忘失法非有故當知作意亦非有恒住捨性非有故當知作意亦非有無忘失法無實故當知作意亦無實恒住捨性無實故當知作意亦無實無忘失法無自性故當知作意亦無自性恒住捨性無自性故當知作意亦無自性無忘失法空故當知作意亦空恒住捨性空故當知作意亦空無忘失法遠離故當知作意亦遠離恒住捨性遠離故當知作意亦遠離無忘失法寂靜故當知作意亦寂靜恒住捨性寂靜故當知作意亦寂靜無忘失法無覺知故當知作意亦無覺知恒住捨性無覺知故當知作意亦無覺知舍利子一切陀羅尼門非有故當知作意亦非有一切三摩地門非有故當知作意亦非有一切陀羅尼門無實故當知作意亦無實一切三摩地門無實故當知作意亦無實一切陀羅尼門無自性故當知作意亦無自性一切三摩地門無自性故當知作意亦無自性一切陀羅尼門空故當知

作意亦空一切三摩地門空故當知作意亦空一切陀羅尼門遠離故當知作意亦遠離一切三摩地門遠離故當知作意亦遠離一切陀羅尼門寂靜故當知作意亦寂靜一切三摩地門寂靜故當知作意亦寂靜一切陀羅尼門無覺知故當知作意亦無覺知一切三摩地門無覺知故當知作意亦無覺知舍利子一切智非有故當知作意亦非有道相智一切相智非有故當知作意亦非有一切智無實故當知作意亦無實道相智一切相智無實故當知作意亦無實一切智無自性故當知作意亦無自性道相智一切相智無自性故當知作意亦無自性一切智空故當知作意亦空道相智一切相智空故當知作意亦空一切智遠離故當知作意亦遠離道相智一切相智遠離故當知作意亦遠離一切智寂靜故當知作意亦寂靜道相智一切相智寂靜故當知作意亦寂靜一切智無覺知故當知作意亦無覺知道相智一切相智無覺知故當知作意亦無覺知舍利子聲聞菩提非有故當知作意亦非有獨覺菩提無上菩提非有故當知作意亦非有聲聞菩提無實故當知作意亦無實獨覺菩提無上菩提無實故當知作意亦無實聲聞菩提無自性故當知作意亦無自性獨覺菩提無上菩提無自性故當知作意亦無自性聲聞菩提空故當知作意亦空獨覺菩提無上菩提空故當知作意亦空聲聞菩提遠離故當知作意亦遠離獨覺菩提無上菩提遠離故當知作意亦遠離聲聞菩提寂靜故當知作意亦

寂靜獨覺菩提無上菩提寂靜故當知作意亦寂靜聲聞菩提無覺知故當知作意亦無覺知獨覺菩提無上菩提無覺知故當知作意亦無覺知舍利子由此緣故諸菩薩摩訶薩住如是住常應不捨大悲作意爾時世尊讚善現言善哉善哉汝善能爲菩薩摩訶薩宣說般若波羅蜜多此皆如來威神之力諸有欲爲菩薩摩訶薩宣說般若波羅蜜多者皆應如汝之所宣說諸有菩薩摩訶薩欲學般若波羅蜜多者皆應隨汝所說而學具壽善現爲諸菩薩摩訶薩說是般若波羅蜜多時於此三千大千世界六種轉變謂動極動等極動踊極踊等極踊震極震等極震擊極擊等極擊吼極吼等極吼爆極爆等極爆東踊西没西踊東没南踊北没北踊南没中踊邊没邊踊中没爾時如來即便微笑具壽善現白言世尊何因何緣現此微笑佛告善現如我於此三千大千堪忍世界爲諸菩薩摩訶薩宣說般若波羅蜜多令於十方無量無數無邊世界諸佛世尊亦爲諸菩薩摩訶薩宣說般若波羅蜜多如今於此三千大千堪忍世界有十二那庾多諸天人等聞說般若波羅蜜多於諸法中得無生忍令於十方無量無數無邊世界各有無量無數無邊有情聞彼諸佛所說般若波羅蜜多亦發阿耨多羅三藐三菩提心

大般若波羅蜜多經卷第七十六

音釋

踊 尹竦切跳也 吼 許厚切虓吼也 爆 布効切火裂聲也 那庾多 梵語也此云萬億 庾 弋渚切

大般若波羅蜜多經卷第七十七

唐三藏法師玄奘奉　詔譯

初分天帝品第二十二之一

爾時於此三千大千世界所有四大天王各與無量百千俱胝那庾多四大天衆俱來會坐於此三千大千世界所有天帝各與無量百千俱胝那庾多三十三天衆俱來會坐於此三千大千世界所有善時分天王各與無量百千俱胝那庾多時分天衆俱來會坐於此三千大千世界所有妙喜足天王各與無量百千俱胝那庾多喜足天衆俱來會坐於此三千大千世界所有樂變化天王各與無量百千俱胝那庾多樂變化天衆俱來會坐於此三千大千世界所有自在天王各與無量百千俱胝那庾多他化自在天衆俱來會坐於此三千大千世界所有大梵天王各與無量百千俱胝那庾多初靜慮天衆俱來會坐於此三千大千世界所有極光淨天各與無量百千俱胝那庾多第二靜慮天衆俱來會坐於此三千大千世界所有遍淨天各與無量百千俱胝那庾多第三靜慮天衆俱來會坐於此三千大千世界所有廣果天各與無量百千俱胝那庾多第四靜慮天衆俱來會坐於此三千大千世界所有色究竟天各與無量百千俱胝那庾多淨居天衆俱來會坐是諸天衆各以勝業感妙身光比如來身常所現光百分不及一千分不及一百千分不及一乃至百千俱胝那庾多分亦不及一如是數分筭分計分喻分乃至鄔波尼殺曇分皆不及一何以故以如來身常所現光熾

然爔赫於諸光中最尊最勝最極最妙無比無等無上第一蔽諸天光皆令不現猶如黑鐵對贍部金時天帝釋白善現言今此三千大千世界欲色諸天一切來集咸皆渴仰欲聞大德宣說般若波羅蜜多大德何者是菩薩摩訶薩般若波羅蜜多云何菩薩摩訶薩應住般若波羅蜜多云何菩薩摩訶薩應學般若波羅蜜多具壽善現告帝釋言善哉憍尸迦汝等諸天諦聽諦聽吾當承佛神力順如來意爲諸菩薩摩訶薩宣說般若波羅蜜多如菩薩摩訶薩所應住所應學憍尸迦汝諸天等未發阿耨多羅三藐三菩提心者今皆應發憍尸迦若入聲聞獨覺正性離生者不能復發阿耨多羅三藐三菩提心何以故彼於生死流已作限隔故是中設有能於無上正等菩提發心趣者我亦隨喜所以者何諸勝士夫應更求上法我於有情最妙善品不爲礙故憍尸迦汝問何者是菩薩摩訶薩般若波羅蜜多者諦聽諦聽當爲汝說憍尸迦若菩薩摩訶薩以應一切智智心用無所得爲方便思惟色無常思惟受想行識無常思惟色苦思惟受想行識苦思惟色無我思惟受想行識無我思惟色不淨思惟受想行識不淨思惟色空思惟受想行識空思惟色無相思惟受想行識無相思惟色無願思惟受想行識無願思惟色寂靜思惟受想行識寂靜思惟色遠離思惟受想行識遠離思惟色如病思惟受想行識如病思惟色如癰思惟受想行識如癰思惟色如箭思惟受想行識如箭思惟色如瘡思惟受想行識如瘡思

惟色熱惱思惟受想行識熱惱思惟色逼切思惟受想行識逼切思惟色敗壞思惟受想行識敗壞思惟色衰朽思惟受想行識衰朽思惟色變動思惟受想行識變動思惟色速滅思惟受想行識速滅思惟色可畏思惟受想行識可畏思惟色可猒思惟受想行識可猒思惟色有災思惟受想行識有災思惟色有横思惟受想行識有横思惟色有疫思惟受想行識有疫思惟色有癘思惟受想行識有癘思惟色性不安隱思惟受想行識性不安隱思惟色不可保信思惟受想行識不可保信思惟色無生無滅思惟受想行識無生無滅思惟色無染無淨思惟受想行識無染無淨思惟色無作無爲思惟受想行識無作無爲憍尸迦是爲菩薩摩訶薩般若波羅蜜多憍尸迦若菩薩摩訶薩以應一切智智心用無所得爲方便思惟眼處無常思惟耳鼻舌身意處無常思惟眼處苦思惟耳鼻舌身意處苦思惟眼處無我思惟耳鼻舌身意處無我思惟眼處不淨思惟耳鼻舌身意處不淨思惟眼處空思惟耳鼻舌身意處空思惟眼處無相思惟耳鼻舌身意處無相思惟眼處無願思惟耳鼻舌身意處無願思惟眼處寂靜思惟耳鼻舌身意處寂靜思惟眼處遠離思惟耳鼻舌身意處遠離思惟眼處如病思惟耳鼻舌身意處如病思惟眼處如癰思惟耳鼻舌身意處如癰思惟眼處如箭思惟耳鼻舌身意處如箭思惟眼處如瘡思惟耳鼻舌身意處如瘡思惟眼處熱惱思惟耳鼻舌身意處熱惱思惟眼處逼切思惟耳鼻舌

身意處逼切思惟眼處敗壞思惟耳鼻舌身意處敗壞思惟眼處衰朽思惟耳鼻舌身意處衰朽思惟眼處變動思惟耳鼻舌身意處變動思惟眼處速滅思惟耳鼻舌身意處速滅思惟眼處可畏思惟耳鼻舌身意處可畏思惟眼處可猒思惟耳鼻舌身意處可猒思惟眼處有災思惟耳鼻舌身意處有災思惟眼處有横思惟耳鼻舌身意處有横思惟眼處有疫思惟耳鼻舌身意處有疫思惟眼處有癘思惟耳鼻舌身意處有癘思惟眼處性不安隱思惟耳鼻舌身意處性不安隱思惟眼處不可保信思惟耳鼻舌身意處不可保信思惟眼處無生無滅思惟耳鼻舌身意處無生無滅思惟眼處無染無淨思惟耳鼻舌身意處無染無淨思惟眼處無作無爲思惟耳鼻舌身意處無作無爲憍尸迦是爲菩薩摩訶薩般若波羅蜜多憍尸迦若菩薩摩訶薩以應一切智智心用無所得爲方便思惟色處無常思惟聲香味觸法處無常思惟色處苦思惟聲香味觸法處苦思惟色處無我思惟聲香味觸法處無我思惟色處不淨思惟聲香味觸法處不淨思惟色處空思惟聲香味觸法處空思惟色處無相思惟聲香味觸法處無相思惟色處無願思惟聲香味觸法處無願思惟色處寂靜思惟聲香味觸法處寂靜思惟色處遠離思惟聲香味觸法處遠離思惟色處如病思惟聲香味觸法處如病思惟色處如癰思惟聲香味觸法處如癰思惟色處如箭思惟聲香味觸法處如箭思惟色處如瘡思惟聲香味觸法處如瘡思惟

色處熱惱思惟聲香味觸法處熱惱思惟色處逼切思惟聲香味觸法處逼切思惟色處敗壞思惟聲香味觸法處敗壞思惟色處衰朽思惟聲香味觸法處衰朽思惟色處變動思惟聲香味觸法處變動思惟色處速滅思惟聲香味觸法處速滅思惟色處可畏思惟聲香味觸法處可畏思惟色處可猒思惟聲香味觸法處可猒思惟色處有災思惟聲香味觸法處有災思惟色處有橫思惟聲香味觸法處有橫思惟色處有疫思惟聲香味觸法處有疫思惟色處有癘思惟聲香味觸法處有癘思惟色處性不安隱思惟聲香味觸法處性不安隱思惟色處不可保信思惟聲香味觸法處不可保信思惟色處無生無滅思惟聲香味觸法處無生無滅思惟色處無染無淨思惟聲香味觸法處無染無淨思惟色處無作無爲思惟聲香味觸法處無作無爲憍尸迦是爲菩薩摩訶薩般若波羅蜜多

憍尸迦若菩薩摩訶薩以應一切智智心用無所得爲方便思惟眼界無常思惟色界眼識界及眼觸眼觸爲緣所生諸受無常思惟眼界苦思惟色界眼識界及眼觸眼觸爲緣所生諸受苦思惟眼界無我思惟色界眼識界及眼觸眼觸爲緣所生諸受無我思惟眼界不淨思惟色界眼識界及眼觸眼觸爲緣所生諸受不淨思惟眼界空思惟色界眼識界及眼觸眼觸爲緣所生諸受空思惟眼界無相思惟色界眼識界及眼觸眼觸爲緣所生諸受無相思惟眼界無願思惟色界眼識界及眼觸眼觸爲緣所生諸受無願思惟眼

界寂靜思惟色界眼識界及眼觸眼觸爲緣所生諸受寂靜思惟眼界遠離思惟色界眼識界及眼觸眼觸爲緣所生諸受遠離思惟眼界如病思惟色界眼識界及眼觸眼觸爲緣所生諸受如病思惟眼界如癰思惟色界眼識界及眼觸眼觸爲緣所生諸受如癰思惟眼界如箭思惟色界眼識界及眼觸眼觸爲緣所生諸受如箭思惟眼界如瘡思惟色界眼識界及眼觸眼觸爲緣所生諸受如瘡思惟眼界熱惱思惟色界眼識界及眼觸眼觸爲緣所生諸受熱惱思惟眼界逼切思惟色界眼識界及眼觸眼觸爲緣所生諸受逼切思惟眼界敗壞思惟色界眼識界及眼觸眼觸爲緣所生諸受敗壞思惟眼界衰朽思惟色界眼識界及眼觸眼觸爲緣所生諸受衰朽思惟眼界變動思惟色界眼識界及眼觸眼觸爲緣所生諸受變動思惟眼界速滅思惟色界眼識界及眼觸眼觸爲緣所生諸受速滅思惟眼界可畏思惟色界眼識界及眼觸眼觸爲緣所生諸受可畏思惟眼界可猒思惟色界眼識界及眼觸眼觸爲緣所生諸受可猒思惟眼界有災思惟色界眼識界及眼觸眼觸爲緣所生諸受有災思惟眼界有横思惟色界眼識界及眼觸眼觸爲緣所生諸受有横思惟眼界有疫思惟色界眼識界及眼觸眼觸爲緣所生諸受有疫思惟眼界有癘思惟色界眼識界及眼觸眼觸爲緣所生諸受有癘思惟眼界性不安隱思惟色界眼識界及眼觸眼觸爲緣所生諸受性不安隱思惟眼界不可保信思惟色界眼識界

及眼觸眼觸爲縁所生諸受不可保信思惟眼界無生無滅思惟色界眼識界及眼觸眼觸爲縁所生諸受無生無滅思惟眼界無染無淨思惟色界眼識界及眼觸眼觸爲縁所生諸受無染無淨思惟眼界無作無爲思惟色界眼識界及眼觸眼觸爲縁所生諸受無作無爲憍尸迦是爲菩薩摩訶薩般若波羅蜜多憍尸迦若菩薩摩訶薩以應一切智智心用無所得爲方便思惟耳界無常思惟聲界耳識界及耳觸耳觸爲縁所生諸受無常思惟耳界苦思惟聲界耳識界及耳觸耳觸爲縁所生諸受苦思惟耳界無我思惟聲界耳識界及耳觸耳觸爲縁所生諸受無我思惟耳界不淨思惟聲界耳識界及耳觸耳觸爲縁所生諸受不淨思惟耳界空思惟聲界耳識界及耳觸耳觸爲縁所生諸受空思惟耳界無相思惟聲界耳識界及耳觸耳觸爲縁所生諸受無相思惟耳界無願思惟聲界耳識界及耳觸耳觸爲縁所生諸受無願思惟耳界寂靜思惟聲界耳識界及耳觸耳觸爲縁所生諸受寂靜思惟耳界遠離思惟聲界耳識界及耳觸耳觸爲縁所生諸受遠離思惟耳界如病思惟聲界耳識界及耳觸耳觸爲縁所生諸受如病思惟耳界如癰思惟聲界耳識界及耳觸耳觸爲縁所生諸受如癰思惟耳界如箭思惟聲界耳識界及耳觸耳觸爲縁所生諸受如箭思惟耳界如瘡思惟聲界耳識界及耳觸耳觸爲縁所生諸受如瘡思惟耳界熱惱思惟聲界耳識界及耳觸耳觸爲縁所生諸受熱惱思惟耳界逼切

思惟聲界耳識界及耳觸耳觸爲緣所生諸受逼切思惟耳界敗壞思惟聲界耳識界及耳觸耳觸爲緣所生諸受敗壞思惟耳界衰朽思惟聲界耳識界及耳觸耳觸爲緣所生諸受衰朽思惟耳界變動思惟聲界耳識界及耳觸耳觸爲緣所生諸受變動思惟耳界速滅思惟聲界耳識界及耳觸耳觸爲緣所生諸受速滅思惟耳界可畏思惟聲界耳識界及耳觸耳觸爲緣所生諸受可畏思惟耳界可猒思惟聲界耳識界及耳觸耳觸爲緣所生諸受可猒思惟耳界有災思惟聲界耳識界及耳觸耳觸爲緣所生諸受有災思惟耳界有橫思惟聲界耳識界及耳觸耳觸爲緣所生諸受有橫思惟耳界有疫思惟聲界耳識界及耳觸耳觸爲緣所生諸受有疫思惟耳界有癘思惟聲界耳識界及耳觸耳觸爲緣所生諸受有癘思惟耳界性不安隱思惟聲界耳識界及耳觸耳觸爲緣所生諸受性不安隱思惟耳界不可保信思惟聲界耳識界及耳觸耳觸爲緣所生諸受不可保信思惟耳界無生無滅思惟聲界耳識界及耳觸耳觸爲緣所生諸受無生無滅思惟耳界無染無淨思惟聲界耳識界及耳觸耳觸爲緣所生諸受無染無淨思惟耳界無作無爲思惟聲界耳識界及耳觸耳觸爲緣所生諸受無作無爲憍尸迦是爲菩薩摩訶薩般若波羅蜜多憍尸迦若菩薩摩訶薩以應一切智智心用無所得爲方便思惟鼻界無常思惟香界鼻識界及鼻觸鼻觸爲緣所生諸受無常思惟鼻界苦思惟香界鼻識界及鼻觸

鼻觸爲緣所生諸受苦思惟鼻界無我思惟香界鼻識界及鼻觸鼻觸爲緣所生諸受無我思惟鼻界不淨思惟香界鼻識界及鼻觸鼻觸爲緣所生諸受不淨思惟鼻界空思惟香界鼻識界及鼻觸鼻觸爲緣所生諸受空思惟鼻界無相思惟香界鼻識界及鼻觸鼻觸爲緣所生諸受無相思惟鼻界無願思惟香界鼻識界及鼻觸鼻觸爲緣所生諸受無願思惟鼻界寂靜思惟香界鼻識界及鼻觸鼻觸爲緣所生諸受寂靜思惟鼻界遠離思惟香界鼻識界及鼻觸鼻觸爲緣所生諸受遠離思惟鼻界如病思惟香界鼻識界及鼻觸鼻觸爲緣所生諸受如病思惟鼻界如癰思惟香界鼻識界及鼻觸鼻觸爲緣所生諸受如癰思惟鼻界如箭思惟香界鼻識界及鼻觸鼻觸爲緣所生諸受如箭思惟鼻界如瘡思惟香界鼻識界及鼻觸鼻觸爲緣所生諸受如瘡思惟鼻界熱惱思惟香界鼻識界及鼻觸鼻觸爲緣所生諸受熱惱思惟鼻界逼切思惟香界鼻識界及鼻觸鼻觸爲緣所生諸受逼切思惟鼻界敗壞思惟香界鼻識界及鼻觸鼻觸爲緣所生諸受敗壞思惟鼻界衰朽思惟香界鼻識界及鼻觸鼻觸爲緣所生諸受衰朽思惟鼻界變動思惟香界鼻識界及鼻觸鼻觸爲緣所生諸受變動思惟鼻界速滅思惟香界鼻識界及鼻觸鼻觸爲緣所生諸受速滅思惟鼻界可畏思惟香界鼻識界及鼻觸鼻觸爲緣所生諸受可畏思惟鼻界可猒思惟香界鼻識界及鼻觸鼻觸爲緣所生諸受可猒思惟鼻界有災思惟香

界鼻識界及鼻觸鼻觸爲緣所生諸受有災思惟鼻界有横思惟香界鼻識界及鼻觸鼻觸爲緣所生諸受有横思惟鼻界有疫思惟香界鼻識界及鼻觸鼻觸爲緣所生諸受有疫思惟鼻界有癘思惟香界鼻識界及鼻觸鼻觸爲緣所生諸受有癘思惟鼻界性不安隱思惟香界鼻識界及鼻觸鼻觸爲緣所生諸受性不安隱思惟鼻界不可保信思惟香界鼻識界及鼻觸鼻觸爲緣所生諸受不可保信思惟鼻界無生無滅思惟香界鼻識界及鼻觸鼻觸爲緣所生諸受無生無滅思惟鼻界無染無淨思惟香界鼻識界及鼻觸鼻觸爲緣所生諸受無染無淨思惟鼻界無作無爲思惟香界鼻識界及鼻觸鼻觸爲緣所生諸受無作無爲憍尸迦是爲菩薩摩訶薩

般若波羅蜜多憍尸迦若菩薩摩訶薩以應一切智智心用無所得爲方便思惟舌界無常思惟味界舌識界及舌觸舌觸爲緣所生諸受無常思惟舌界苦思惟味界舌識界及舌觸舌觸爲緣所生諸受苦思惟舌界無我思惟味界舌識界及舌觸舌觸爲緣所生諸受無我思惟舌界不淨思惟味界舌識界及舌觸舌觸爲緣所生諸受不淨思惟舌界空思惟味界舌識界及舌觸舌觸爲緣所生諸受空思惟舌界無相思惟味界舌識界及舌觸舌觸爲緣所生諸受無相思惟舌界無願思惟味界舌識界及舌觸舌觸爲緣所生諸受無願思惟舌界寂靜思惟味界舌識界及舌觸舌觸爲緣所生諸受寂靜思惟舌界遠離思惟味界舌識界及舌觸舌觸爲緣所生

諸受遠離思惟舌界如病思惟味界舌識界及舌觸舌觸爲縁所生諸受如病思惟舌界如癰思惟味界舌識界及舌觸舌觸爲縁所生諸受如癰思惟舌界如箭思惟味界舌識界及舌觸舌觸爲縁所生諸受如箭思惟舌界如瘡思惟味界舌識界及舌觸舌觸爲縁所生諸受如瘡思惟舌界熱惱思惟味界舌識界及舌觸舌觸爲縁所生諸受熱惱思惟舌界逼切思惟味界舌識界及舌觸舌觸爲縁所生諸受逼切思惟舌界敗壞思惟味界舌識界及舌觸舌觸爲縁所生諸受敗壞思惟舌界衰朽思惟味界舌識界及舌觸舌觸爲縁所生諸受衰朽思惟舌界變動思惟味界舌識界及舌觸舌觸爲縁所生諸受變動思惟舌界速滅思惟味界舌識界及舌觸舌觸爲縁所生諸受速滅思惟舌界可畏思惟味界舌識界及舌觸舌觸爲縁所生諸受可畏思惟舌界可猒思惟味界舌識界及舌觸舌觸爲縁所生諸受可猒思惟舌界有災思惟味界舌識界及舌觸舌觸爲縁所生諸受有災思惟舌界有橫思惟味界舌識界及舌觸舌觸爲縁所生諸受有橫思惟舌界有疫思惟味界舌識界及舌觸舌觸爲縁所生諸受有疫思惟舌界有癘思惟味界舌識界及舌觸舌觸爲縁所生諸受有癘思惟舌界性不安隱思惟味界舌識界及舌觸舌觸爲縁所生諸受性不安隱思惟舌界不可保信思惟味界舌識界及舌觸舌觸爲縁所生諸受不可保信思惟舌界無生無滅思惟味界舌識界及舌觸舌觸爲縁所生諸受無生無滅

思惟舌界無染無淨思惟味界舌識界及舌觸舌觸爲緣所生諸受無染無淨思惟舌界無作無爲思惟味界舌識界及舌觸舌觸爲緣所生諸受無作無爲憍尸迦是爲菩薩摩訶薩般若波羅蜜多憍尸迦若菩薩摩訶薩以應一切智智心用無所得爲方便思惟身界無常思惟觸界身識界及身觸身觸爲緣所生諸受無常思惟身界苦思惟觸界身識界及身觸身觸爲緣所生諸受苦思惟身界無我思惟觸界身識界及身觸身觸爲緣所生諸受無我思惟身界不淨思惟觸界身識界及身觸身觸爲緣所生諸受不淨思惟身界空思惟觸界身識界及身觸身觸爲緣所生諸受空思惟身界無相思惟觸界身識界及身觸身觸爲緣所生諸受無相思惟身界無願思惟觸界身識界及身觸身觸爲緣所生諸受無願思惟身界寂靜思惟觸界身識界及身觸身觸爲緣所生諸受寂靜思惟身界遠離思惟觸界身識界及身觸身觸爲緣所生諸受遠離思惟身界如病思惟觸界身識界及身觸身觸爲緣所生諸受如病思惟身界如癰思惟觸界身識界及身觸身觸爲緣所生諸受如癰思惟身界如箭思惟觸界身識界及身觸身觸爲緣所生諸受如箭思惟身界如瘡思惟觸界身識界及身觸身觸爲緣所生諸受如瘡思惟身界熱惱思惟觸界身識界及身觸身觸爲緣所生諸受熱惱思惟身界逼切思惟觸界身識界及身觸身觸爲緣所生諸受逼切思惟身界敗壞思惟觸界身識界及身觸身觸爲緣所生諸受敗

壞思惟身界衰朽思惟觸界身識界及身觸身觸爲緣所生諸受衰朽思惟身界變動思惟觸界身識界及身觸身觸爲緣所生諸受變動思惟身界速滅思惟觸界身識界及身觸身觸爲緣所生諸受速滅思惟身界可畏思惟觸界身識界及身觸身觸爲緣所生諸受可畏思惟身界可猒思惟觸界身識界及身觸身觸爲緣所生諸受可猒思惟身界有災思惟觸界身識界及身觸身觸爲緣所生諸受有災思惟身界有横思惟觸界身識界及身觸身觸爲緣所生諸受有横思惟身界有疫思惟觸界身識界及身觸身觸爲緣所生諸受有疫思惟身界有癘思惟觸界身識界及身觸身觸爲緣所生諸受有癘思惟身界性不安隱思惟觸界身識界及身觸身觸爲緣所生諸受性不安隱思惟身界不可保信思惟觸界身識界及身觸身觸爲緣所生諸受不可保信思惟身界無生無滅思惟觸界身識界及身觸身觸爲緣所生諸受無生無滅思惟身界無染無淨思惟觸界身識界及身觸身觸爲緣所生諸受無染無淨思惟身界無作無爲思惟觸界身識界及身觸身觸爲緣所生諸受無作無爲憍尸迦是爲菩薩摩訶薩般若波羅蜜多憍尸迦若菩薩摩訶薩以應一切智智心用無所得爲方便思惟意界無常思惟法界意識界及意觸意觸爲緣所生諸受無常思惟意界苦思惟法界意識界及意觸意觸爲緣所生諸受苦思惟意界無我思惟法界意識界及意觸意觸爲緣所生諸受無我思惟意界不淨思惟法界

意識界及意觸意觸爲緣所生諸受不淨思惟意界空思惟法界意識界及意觸意觸爲緣所生諸受空思惟意界無相思惟法界意識界及意觸意觸爲緣所生諸受無相思惟意界無願思惟法界意識界及意觸意觸爲緣所生諸受無願思惟意界寂靜思惟法界意識界及意觸意觸爲緣所生諸受寂靜思惟意界遠離思惟法界意識界及意觸意觸爲緣所生諸受遠離思惟意界如病思惟法界意識界及意觸意觸爲緣所生諸受如病思惟意界如癰思惟法界意識界及意觸意觸爲緣所生諸受如癰思惟意界如箭思惟法界意識界及意觸意觸爲緣所生諸受如箭思惟意界如瘡思惟法界意識界及意觸意觸爲緣所生諸受如瘡思惟意界熱惱思惟法界意識界及意觸意觸爲緣所生諸受熱惱思惟意界逼切思惟法界意識界及意觸意觸爲緣所生諸受逼切思惟意界敗壞思惟法界意識界及意觸意觸爲緣所生諸受敗壞思惟意界衰朽思惟法界意識界及意觸意觸爲緣所生諸受衰朽思惟意界變動思惟法界意識界及意觸意觸爲緣所生諸受變動思惟意界速滅思惟法界意識界及意觸意觸爲緣所生諸受速滅思惟意界可畏思惟法界意識界及意觸意觸爲緣所生諸受可畏思惟意界可猒思惟法界意識界及意觸意觸爲緣所生諸受可猒思惟意界有災思惟法界意識界及意觸意觸爲緣所生諸受有災思惟意界有横思惟法界意識界及意觸意觸爲緣所生諸受有横思惟

意界有疫思惟法界意識界及意觸意觸爲緣所生諸受有疫思惟意界有癘思惟法界意識界及意觸意觸爲緣所生諸受有癘思惟意界性不安隱思惟法界意識界及意觸意觸爲緣所生諸受性不安隱思惟意界不可保信思惟法界意識界及意觸意觸爲緣所生諸受不可保信思惟意界無生無滅思惟法界意識界及意觸意觸爲緣所生諸受無生無滅思惟意界無染無淨思惟法界意識界及意觸意觸爲緣所生諸受無染無淨思惟意界無作無爲思惟法界意識界及意觸意觸爲緣所生諸受無作無爲憍尸迦是爲菩薩摩訶薩般若波羅蜜多

大般若波羅蜜多經卷第七十七

音釋

俱胝 梵語也此云百億 胝張尼切 鄔波尼殺曇 梵語也此謂數之極 鄔安古切 曇徒南切 爔赫 爔許其切火也 鐵 他結切 憍尸迦 憍堅堯切帝釋天別名也 癰 於容切癰瘑也 有横 横戶孟切不順理也 有疫 疫營隻切瘟疫也

大般若波羅蜜多經卷第七十八

唐三藏法師玄奘奉　詔譯

初分天帝品第二十二之二

憍尸迦若菩薩摩訶薩以應一切智智心用無所得爲方便思惟地界無常思惟水火風空識界無常思惟地界苦思惟水火風空識界苦思惟地界無我思惟水火風空識界無我思惟地界不淨思惟水火風空識界不淨思惟地界空思惟水火風空識界空思惟地界無相思惟水火風空識界無相思惟地界無願思惟水火風空識界無願思惟地界寂靜思惟水火風空識界寂靜思惟地界遠離思惟水火風空識界遠離思惟地界如病思惟水火風空識界如病思惟地界如癰思惟水火風空識界如癰思惟地界如箭思惟水火風空識界如箭思惟地界如瘡思惟水火風空識界如瘡思惟地界熱惱思惟水火風空識界熱惱思惟地界逼切思惟水火風空識界逼切思惟地界敗壞思惟水火風空識界敗壞思惟地界衰朽思惟水火風空識界衰朽思惟地界變動思惟水火風空識界變動思惟地界速滅思惟水火風空識界速滅思惟地界可畏思惟水火風空識界可畏思惟地界可猒思惟水火風空識界可猒思惟地界有災思惟水火風空識界有災思惟地界有橫思惟水火風空識界有橫思惟地界有疫思惟水火風空識界有疫思惟地界有癘思惟水火風空識界有癘思惟地界性不安隱思惟水火風空識界性不安隱思惟地界不可保信思惟水火風空識界不可保信

思惟地界無生無滅思惟水火風空識界無生無滅思惟地界無染無淨思惟水火風空識界無染無淨思惟地界無作無爲思惟水火風空識界無作無爲憍尸迦是爲菩薩摩訶薩般若波羅蜜多憍尸迦若菩薩摩訶薩以應一切智智心用無所得爲方便思惟無明無常思惟行識名色六處觸受愛取有生老死愁歎苦憂惱無常思惟無明苦思惟行乃至老死愁歎苦憂惱苦思惟無明無我思惟行乃至老死愁歎苦憂惱無我思惟無明不淨思惟行乃至老死愁歎苦憂惱不淨思惟無明空思惟行乃至老死愁歎苦憂惱空思惟無明無相思惟行乃至老死愁歎苦憂惱無相思惟無明無願思惟行乃至老死愁歎苦憂惱無願思惟無明寂靜思惟行乃至老死愁歎苦憂惱寂靜思惟無明遠離思惟行乃至老死愁歎苦憂惱遠離思惟無明如病思惟行乃至老死愁歎苦憂惱如病思惟無明如癰思惟行乃至老死愁歎苦憂惱如癰思惟無明如箭思惟行乃至老死愁歎苦憂惱如箭思惟無明如瘡思惟行乃至老死愁歎苦憂惱如瘡思惟無明熱惱思惟行乃至老死愁歎苦憂惱熱惱思惟無明逼切思惟行乃至老死愁歎苦憂惱逼切思惟無明敗壞思惟行乃至老死愁歎苦憂惱敗壞思惟無明衰朽思惟行乃至老死愁歎苦憂惱衰朽思惟無明變動思惟行乃至老死愁歎苦憂惱變動思惟無明速滅思惟行乃至老死愁歎苦憂惱速滅思惟無明可畏思惟行乃至老死愁歎苦憂惱可畏思惟無明可厭

思惟行乃三老死愁歎苦憂惱可猒思惟無明有災思惟行乃至老死愁歎苦憂惱有災思惟無明有橫思惟行乃至老死愁歎苦憂惱有橫思惟無明有疫思惟行乃至老死愁歎苦憂惱有疫思惟無明有癘思惟行乃至老死愁歎苦憂惱有癘思惟無明性不安隱思惟行乃至老死愁歎苦憂惱性不安隱思惟無明不可保信思惟行乃至老死愁歎苦憂惱不可保信思惟無明無生無滅思惟行乃至老死愁歎苦憂惱無生無滅思惟無明無染無淨思惟行乃至老死愁歎苦憂惱無染無淨思惟無明無作無爲思惟行乃至老死愁歎苦憂惱無作無爲憍尸迦是爲菩薩摩訶薩般若波羅蜜多復次憍尸迦若菩薩摩訶薩以應一切智智心用無所得爲方便觀察內空無我我所觀察外空內外空空空大空勝義空有爲空無爲空畢竟空無際空散空無變異空本性空自相空共相空一切法空不可得空無性空自性空無性自性空無我我所觀察內空無相觀察外空乃至無性自性空無相觀察內空無願觀察外空乃至無性自性空無願觀察內空寂靜觀察外空乃至無性自性空寂靜觀察內空遠離觀察外空乃至無性自性空遠離觀察內空無生無滅觀察外空乃至無性自性空無生無滅觀察內空無染無淨觀察外空乃至無性自性空無染無淨觀察內空無作無爲觀察外空乃至無性自性空無作無爲憍尸迦是爲菩薩摩訶薩般若波羅蜜多憍尸迦若菩薩摩訶薩以應一切智智心用無所得爲方

便觀察真如無我我所觀察法界法性不虛妄性不變異性平等性離生性法定法住實際虛空界不思議界無我我所觀察真如無相觀察法界乃至不思議界無相觀察真如無願觀察法界乃至不思議界無願觀察真如寂靜觀察法界乃至不思議界寂靜觀察真如遠離觀察法界乃至不思議界遠離觀察真如無生無滅觀察法界乃至不思議界無生無滅觀察真如無染無淨觀察法界乃至不思議界無染無淨觀察真如無作無為觀察法界乃至不思議界無作無為憍尸迦是為菩薩摩訶薩般若波羅蜜多復次憍尸迦若菩薩摩訶薩以應一切智智心用無所得為方便行布施波羅蜜多若菩薩摩訶薩以應一切智智心用無所得為方便行淨戒波羅蜜多若菩薩摩訶薩以應一切智智心用無所得為方便行安忍波羅蜜多若菩薩摩訶薩以應一切智智心用無所得為方便行精進波羅蜜多若菩薩摩訶薩以應一切智智心用無所得為方便行靜慮波羅蜜多若菩薩摩訶薩以應一切智智心用無所得為方便行般若波羅蜜多憍尸迦是為菩薩摩訶薩般若波羅蜜多復次憍尸迦若菩薩摩訶薩以應一切智智心用無所得為方便修四靜慮若菩薩摩訶薩以應一切智智心用無所得為方便修四無量若菩薩摩訶薩以應一切智智心用無所得為方便修四無色定若菩薩摩訶薩以應一切智智心用無所得為方便修八解脫若菩薩摩訶薩以應一切智智心用無所得為方便修八勝處若

菩薩摩訶薩以應一切智智心用無所得爲方便修九次第定若菩薩摩訶薩以應一切智智心用無所得爲方便修十遍處若菩薩摩訶薩以應一切智智心用無所得爲方便修四念住若菩薩摩訶薩以應一切智智心用無所得爲方便修四正斷若菩薩摩訶薩以應一切智智心用無所得爲方便修四神足若菩薩摩訶薩以應一切智智心用無所得爲方便修五根若菩薩摩訶薩以應一切智智心用無所得爲方便修五力若菩薩摩訶薩以應一切智智心用無所得爲方便修七等覺支若菩薩摩訶薩以應一切智智心用無所得爲方便修八聖道支若菩薩摩訶薩以應一切智智心用無所得爲方便修空解脫門若菩薩摩訶薩以應一切智智心用無所得爲方便修無相解脫門若菩薩摩訶薩以應一切智智心用無所得爲方便修無願解脫門若菩薩摩訶薩以應一切智智心用無所得爲方便修四聖諦智若菩薩摩訶薩以應一切智智心用無所得爲方便修五眼若菩薩摩訶薩以應一切智智心用無所得爲方便修六神通若菩薩摩訶薩以應一切智智心用無所得爲方便修佛十力若菩薩摩訶薩以應一切智智心用無所得爲方便修四無所畏若菩薩摩訶薩以應一切智智心用無所得爲方便修四無礙解若菩薩摩訶薩以應一切智智心用無所得爲方便修大慈大悲大喜大捨若菩薩摩訶薩以應一切智智心用無所得爲方便修十八佛不共法若菩薩摩訶薩以應一切智智心用無

所得爲方便修無忘失法若菩薩摩訶薩以應一切智智心用無所得爲方便修恒住捨性若菩薩摩訶薩以應一切智智心用無所得爲方便修一切陀羅尼門若菩薩摩訶薩以應一切智智心用無所得爲方便修一切三摩地門若菩薩摩訶薩以應一切智智心用無所得爲方便修一切智若菩薩摩訶薩以應一切智智心用無所得爲方便修道相智若菩薩摩訶薩以應一切智智心用無所得爲方便修一切相智憍尸迦是爲菩薩摩訶薩般若波羅蜜多復次憍尸迦若菩薩摩訶薩修行般若波羅蜜多時作如是觀唯有諸法互相緣藉滋潤增長遍滿充溢無我我所復作是觀菩薩摩訶薩迴向心不與菩提心和合菩提心不與迴向心和合迴向心於菩提心中無所有不可得菩提心於迴向心中無所有不可得菩薩摩訶薩雖觀諸法而於諸法都無所見憍尸迦是爲菩薩摩訶薩般若波羅蜜多時天帝釋問善現言大德云何菩薩摩訶薩迴向心不與菩提心和合云何菩提心不與迴向心和合云何迴向心於菩提心中無所有不可得云何菩提心於迴向心中無所有不可得善現答言憍尸迦菩薩摩訶薩迴向心則非心菩提心亦非心若非心則不可思議不應非心迴向非心亦不應非心迴向不可思議不應不可思議迴向不可思議亦不應不可思議迴向非心何以故非心即是不可思議不可思議即是非心如是二種俱無所有無所有中無迴向故憍尸迦若作是觀是爲菩薩摩訶薩般若波羅

蜜多爾時世尊讚善現言善哉善哉汝善能爲諸菩薩摩訶薩宣說般若波羅蜜多亦善能勸勵諸菩薩摩訶薩令歡喜踊躍修學般若波羅蜜多時具壽善現白佛言世尊我既知恩不應不報何以故過去諸佛及諸弟子爲諸菩薩摩訶薩宣說六波羅蜜多示現教導讚勵慶喜安撫建立令得究竟世尊爾時亦在中學今證無上正等菩提故我亦應承順佛教爲諸菩薩摩訶薩宣說六波羅蜜多示現教導讚勵慶喜安撫建立令得究竟速證無上正等菩提是則名爲報彼恩德爾時具壽善現告天帝釋言憍尸迦汝問云何菩薩摩訶薩應住般若波羅蜜多者諦聽諦聽當爲汝說菩薩摩訶薩於般若波羅蜜多如所應住不應住相憍尸迦色色性空受想行識受想行識性空菩薩摩訶薩菩薩摩訶薩性空若色性空若受想行識性空若菩薩摩訶薩性空如是一切皆無二無二分憍尸迦菩薩摩訶薩於般若波羅蜜多應如是住憍尸迦眼處眼處性空耳鼻舌身意處耳鼻舌身意處性空菩薩摩訶薩菩薩摩訶薩性空若眼處性空若耳鼻舌身意處性空若菩薩摩訶薩性空如是一切皆無二無二分憍尸迦菩薩摩訶薩於般若波羅蜜多應如是住憍尸迦色處色處性空聲香味觸法處聲香味觸法處性空菩薩摩訶薩菩薩摩訶薩性空若色處性空若聲香味觸法處性空若菩薩摩訶薩性空如是一切皆無二無二分憍尸迦菩薩摩訶薩於般若波羅蜜多應如是住憍尸迦眼界眼界性空色界眼識界及眼

觸眼觸爲縁所生諸受色界乃至眼觸爲縁所生諸受性空菩薩摩訶薩菩薩摩訶薩性空若眼界性空若色界眼識界及眼觸眼觸爲縁所生諸受性空若菩薩摩訶薩性空如是一切皆無二無二分憍尸迦菩薩摩訶薩於般若波羅蜜多應如是住憍尸迦耳界耳界性空聲界耳識界及耳觸耳觸爲縁所生諸受聲界乃至耳觸爲縁所生諸受性空菩薩摩訶薩菩薩摩訶薩性空若耳界性空若聲界耳識界及耳觸耳觸爲縁所生諸受性空若菩薩摩訶薩性空如是一切皆無二無二分憍尸迦菩薩摩訶薩於般若波羅蜜多應如是住憍尸迦鼻界鼻界性空香界鼻識界及鼻觸鼻觸爲縁所生諸受香界乃至鼻觸爲縁所生諸受性空菩薩摩訶薩菩薩摩訶薩性空若鼻界性空若香界鼻識界及鼻觸鼻觸爲縁所生諸受性空若菩薩摩訶薩性空如是一切皆無二無二分憍尸迦菩薩摩訶薩於般若波羅蜜多應如是住憍尸迦舌界舌界性空味界舌識界及舌觸舌觸爲縁所生諸受味界乃至舌觸爲縁所生諸受性空菩薩摩訶薩菩薩摩訶薩性空若舌界性空若味界舌識界及舌觸舌觸爲縁所生諸受性空若菩薩摩訶薩性空如是一切皆無二無二分憍尸迦菩薩摩訶薩於般若波羅蜜多應如是住憍尸迦身界身界性空觸界身識界及身觸身觸爲縁所生諸受觸界乃至身觸爲縁所生諸受性空菩薩摩訶薩菩薩摩訶薩性空若身界性空若觸界身識界及身觸身觸爲縁所生諸受性空若菩薩

摩訶薩性空如是一切皆無二無二分憍尸迦菩薩摩訶薩於般若波羅蜜多應如是住憍尸迦意界意界性空法界意識界及意觸意觸爲緣所生諸受法界乃至意觸爲緣所生諸受性空菩薩摩訶薩菩薩摩訶薩性空若意界性空若法界意識界及意觸意觸爲緣所生諸受性空若菩薩摩訶薩性空如是一切皆無二無二分憍尸迦菩薩摩訶薩於般若波羅蜜多應如是住憍尸迦地界地界性空水火風空識界水火風空識界性空菩薩摩訶薩菩薩摩訶薩性空若地界性空若水火風空識界性空若菩薩摩訶薩性空如是一切皆無二無二分憍尸迦菩薩摩訶薩於般若波羅蜜多應如是住憍尸迦苦聖諦苦聖諦性空集滅道聖諦集滅道聖諦性空菩薩摩訶薩菩薩摩訶薩性空若苦聖諦性空若集滅道聖諦性空若菩薩摩訶薩性空如是一切皆無二無二分憍尸迦菩薩摩訶薩於般若波羅蜜多應如是住憍尸迦無明無明性空行識名色六處觸受愛取有生老死愁歎苦憂惱行乃至老死愁歎苦憂惱性空菩薩摩訶薩菩薩摩訶薩性空若無明性空若行識乃至老死愁歎苦憂惱性空若菩薩摩訶薩性空如是一切皆無二無二分憍尸迦菩薩摩訶薩於般若波羅蜜多應如是住憍尸迦內空內空性空外空內外空空空大空勝義空有爲空無爲空畢竟空無際空散空無變異空本性空自相空共相空一切法空不可得空無性空自性空無性自性空外空乃至無性自性空性空菩薩摩訶薩菩

薩摩訶薩性空若內空性空若外空乃至無性自性空性空若菩薩摩訶薩性空如是一切皆無二無二分憍尸迦菩薩摩訶薩於般若波羅蜜多應如是住憍尸迦眞如眞如性空法界法性不虛妄性不變異性平等性離生性法定法住實際虛空界不思議界法界乃至不思議界性空菩薩摩訶薩菩薩摩訶薩性空若眞如性空若法界乃至不思議界性空若菩薩摩訶薩性空如是一切皆無二無二分憍尸迦菩薩摩訶薩於般若波羅蜜多應如是住憍尸迦布施波羅蜜多布施波羅蜜多性空淨戒安忍精進靜慮般若波羅蜜多淨戒乃至般若波羅蜜多性空菩薩摩訶薩菩薩摩訶薩性空若布施波羅蜜多性空若淨戒安忍精進靜慮般若波羅蜜多性空若菩薩摩訶薩性空如是一切皆無二無二分憍尸迦菩薩摩訶薩於般若波羅蜜多應如是住憍尸迦四靜慮四靜慮性空四無量四無色定四無量四無色定性空菩薩摩訶薩菩薩摩訶薩性空若四靜慮性空若四無量四無色定性空若菩薩摩訶薩性空如是一切皆無二無二分憍尸迦菩薩摩訶薩於般若波羅蜜多應如是住憍尸迦八解脫八解脫性空八勝處九次第定十遍處八勝處九次第定十遍處性空菩薩摩訶薩菩薩摩訶薩性空若八解脫性空若八勝處九次第定十遍處性空若菩薩摩訶薩性空如是一切皆無二無二分憍尸迦菩薩摩訶薩於般若波羅蜜多應如是住憍尸迦四念住四念住性空四正斷四神足五根五力七等覺

支八聖道支四正斷乃至八聖道支性空菩薩摩訶薩菩薩摩訶薩性空若四念住性空若四正斷四神足五根五力七等覺支八聖道支性空若菩薩摩訶薩性空如是一切皆無二無二分憍尸迦菩薩摩訶薩於般若波羅蜜多應如是住憍尸迦空解脫門空解脫門性空無相無願解脫門無相無願解脫門性空菩薩摩訶薩菩薩摩訶薩性空若空解脫門性空若無相無願解脫門性空若菩薩摩訶薩性空如是一切皆無二無二分憍尸迦菩薩摩訶薩於般若波羅蜜多應如是住憍尸迦五眼五眼性空六神通六神通性空菩薩摩訶薩菩薩摩訶薩性空若五眼性空若六神通性空若菩薩摩訶薩性空如是一切皆無二無二分憍尸迦菩薩摩訶薩於般若波羅蜜多應如是住憍尸迦佛十力佛十力性空四無所畏四無礙解大慈大悲大喜大捨十八佛不共法四無所畏乃至十八佛不共法性空菩薩摩訶薩菩薩摩訶薩性空若佛十力性空若四無所畏四無礙解大慈大悲大喜大捨十八佛不共法性空若菩薩摩訶薩性空如是一切皆無二無二分憍尸迦菩薩摩訶薩於般若波羅蜜多應如是住憍尸迦無忘失法無忘失法性空恒住捨性恒住捨性性空菩薩摩訶薩菩薩摩訶薩性空若無忘失法性空若恒住捨性性空若菩薩摩訶薩性空如是一切皆無二無二分憍尸迦菩薩摩訶薩於般若波羅蜜多應如是住憍尸迦一切陀羅尼門一切陀羅尼門性空一切三摩地門一切三摩地門性空菩薩

摩訶薩菩薩摩訶薩性空若一切陀羅尼門性空若一切三摩地門性空若菩薩摩訶薩性空如是一切皆無二無二分憍尸迦菩薩摩訶薩於般若波羅蜜多應如是住憍尸迦一切智一切智性空道相智一切相智道相智一切相智性空菩薩摩訶薩菩薩摩訶薩性空若一切智性空若道相智一切相智性空若菩薩摩訶薩性空如是一切皆無二無二分憍尸迦菩薩摩訶薩於般若波羅蜜多應如是住憍尸迦聲聞乘聲聞乘性空獨覺乘無上乘獨覺乘無上乘性空菩薩摩訶薩菩薩摩訶薩性空若聲聞乘性空若獨覺乘無上乘性空若菩薩摩訶薩性空如是一切皆無二無二分憍尸迦菩薩摩訶薩於般若波羅蜜多應如是住憍尸迦預流預流性空

一來不還阿羅漢獨覺菩薩如來一來乃至如來性空菩薩摩訶薩菩薩摩訶薩性空若預流性空若一來不還阿羅漢獨覺菩薩如來性空若菩薩摩訶薩性空如是一切皆無二無二分憍尸迦菩薩摩訶薩於般若波羅蜜多應如是住憍尸迦極喜地極喜地性空離垢地發光地焰慧地極難勝地現前地遠行地不動地善慧地法雲地離垢地乃至法雲地性空菩薩摩訶薩菩薩摩訶薩性空若極喜地性空若離垢地乃至法雲地性空若菩薩摩訶薩性空如是一切皆無二無二分憍尸迦菩薩摩訶薩於般若波羅蜜多應如是住憍尸迦異生地異生地性空種性地第八地具見地薄地離欲地已辦地獨覺地菩薩地如來地種性地乃至如來地性空菩薩

摩訶薩菩薩摩訶薩性空若異生地性空若種性地乃至如來地性空若菩薩摩訶薩性空如是一切皆無二無二分憍尸迦菩薩摩訶薩於般若波羅蜜多應如是住時天帝釋問善現言云何菩薩摩訶薩行般若波羅蜜多時所不應住善現答言憍尸迦菩薩摩訶薩行般若波羅蜜多時不應住色不應住受想行識何以故以有所得爲方便故憍尸迦菩薩摩訶薩行般若波羅蜜多時不應住眼處不應住耳鼻舌身意處何以故以有所得爲方便故憍尸迦菩薩摩訶薩行般若波羅蜜多時不應住色處不應住聲香味觸法處何以故以有所得爲方便故憍尸迦菩薩摩訶薩行般若波羅蜜多時不應住眼界不應住色界眼識界及眼觸眼觸爲緣所生諸受何以故以有所得爲方便故憍尸迦菩薩摩訶薩行般若波羅蜜多時不應住耳界不應住聲界耳識界及耳觸耳觸爲緣所生諸受何以故以有所得爲方便故憍尸迦菩薩摩訶薩行般若波羅蜜多時不應住鼻界不應住香界鼻識界及鼻觸鼻觸爲緣所生諸受何以故以有所得爲方便故憍尸迦菩薩摩訶薩行般若波羅蜜多時不應住舌界不應住味界舌識界及舌觸舌觸爲緣所生諸受何以故以有所得爲方便故憍尸迦菩薩摩訶薩行般若波羅蜜多時不應住身界不應住觸界身識界及身觸身觸爲緣所生諸受何以故以有所得爲方便故憍尸迦菩薩摩訶薩行般若波羅蜜多時不應住意界不應住法界意識界及意觸意觸爲緣所生諸受

何以故以有所得爲方便故憍尸迦菩薩摩
訶薩行般若波羅蜜多時不應住地界不應
住水火風空識界何以故以有所得爲方便
故憍尸迦菩薩摩訶薩行般若波羅蜜多時
不應住苦聖諦不應住集滅道聖諦何以故
以有所得爲方便故憍尸迦菩薩摩訶薩行
般若波羅蜜多時不應住無明不應住行識
名色六處觸受愛取有生老死愁歎苦憂惱
何以故以有所得爲方便故憍尸迦菩薩摩
訶薩行般若波羅蜜多時不應住內空不應
住外空內外空空空大空勝義空有爲空無
爲空畢竟空無際空散空無變異空本性空
自相空共相空一切法空不可得空無性空
自性空無性自性空何以故以有所得爲方
便故憍尸迦菩薩摩訶薩行般若波羅蜜多
時不應住眞如不應住法界法性不虛妄性
不變異性平等性離生性法定法住實際虛
空界不思議界何以故以有所得爲方便故
憍尸迦菩薩摩訶薩行般若波羅蜜多時不
應住布施波羅蜜多不應住淨戒安忍精進
靜慮般若波羅蜜多何以故以有所得爲方
便故憍尸迦菩薩摩訶薩行般若波羅蜜多
時不應住四靜慮不應住四無量四無色定
何以故以有所得爲方便故憍尸迦菩薩摩
訶薩行般若波羅蜜多時不應住八解脫不
應住八勝處九次第定十遍處何以故以有
所得爲方便故憍尸迦菩薩摩訶薩行般若
波羅蜜多時不應住四念住不應住四正斷
四神足五根五力七等覺支八聖道支何以
故以有所得爲方便故憍尸迦菩薩摩訶薩

行般若波羅蜜多時不應住空解脫門不應住無相無願解脫門何以故以有所得爲方便故憍尸迦菩薩摩訶薩行般若波羅蜜多時不應住五眼不應住六神通何以故以有所得爲方便故憍尸迦菩薩摩訶薩行般若波羅蜜多時不應住佛十力不應住四無所畏四無礙解大慈大悲大喜大捨十八佛不共法何以故以有所得爲方便故憍尸迦菩薩摩訶薩行般若波羅蜜多時不應住無忘失法不應住恒住捨性何以故以有所得爲方便故憍尸迦菩薩摩訶薩行般若波羅蜜多時不應住一切陀羅尼門不應住一切三摩地門何以故以有所得爲方便故憍尸迦菩薩摩訶薩行般若波羅蜜多時不應住一切智不應住道相智一切相智何以故以有所得爲方便故憍尸迦菩薩摩訶薩行般若波羅蜜多時不應住聲聞乘不應住獨覺乘無上乘何以故以有所得爲方便故憍尸迦菩薩摩訶薩行般若波羅蜜多時不應住預流果不應住一來不還阿羅漢果獨覺菩薩如來何以故以有所得爲方便故憍尸迦菩薩摩訶薩行般若波羅蜜多時不應住極喜地不應住離垢地發光地焰慧地極難勝地現前地遠行地不動地善慧地法雲地何以故以有所得爲方便故憍尸迦菩薩摩訶薩行般若波羅蜜多時不應住異生地不應住種性地第八地具見地薄地離欲地已辦地獨覺地菩薩地如來地何以故以有所得爲方便故

大般若波羅蜜多經卷第七十八

大般若波羅蜜多經卷第七十九

唐三藏法師玄奘奉　詔譯

初分天帝品第二十二之三

復次憍尸迦菩薩摩訶薩行般若波羅蜜多時不應住此是色不應住此是受想行識何以故以有所得爲方便故憍尸迦菩薩摩訶薩行般若波羅蜜多時不應住此是眼處不應住此是耳鼻舌身意處何以故以有所得爲方便故憍尸迦菩薩摩訶薩行般若波羅蜜多時不應住此是色處不應住此是聲香味觸法處何以故以有所得爲方便故憍尸迦菩薩摩訶薩行般若波羅蜜多時不應住此是眼界不應住此是色界眼識界及眼觸眼觸爲緣所生諸受何以故以有所得爲方便故憍尸迦菩薩摩訶薩行般若波羅蜜多時不應住此是耳界不應住此是聲界耳識界及耳觸耳觸爲緣所生諸受何以故以有所得爲方便故憍尸迦菩薩摩訶薩行般若波羅蜜多時不應住此是鼻界不應住此是香界鼻識界及鼻觸鼻觸爲緣所生諸受何以故以有所得爲方便故憍尸迦菩薩摩訶薩行般若波羅蜜多時不應住此是舌界不應住此是味界舌識界及舌觸舌觸爲緣所生諸受何以故以有所得爲方便故憍尸迦菩薩摩訶薩行般若波羅蜜多時不應住此是身界不應住此是觸界身識界及身觸身觸爲緣所生諸受何以故以有所得爲方便故憍尸迦菩薩摩訶薩行般若波羅蜜多時不應住此是意界不應住此是法界意識界及意觸意觸爲緣所生諸受何以故以有所

得爲方便故憍尸迦菩薩摩訶薩行般若波羅蜜多時不應住此是地界不應住此是水火風空識界何以故以有所得爲方便故憍尸迦菩薩摩訶薩行般若波羅蜜多時不應住此是苦聖諦不應住此是集滅道聖諦何以故以有所得爲方便故憍尸迦菩薩摩訶薩行般若波羅蜜多時不應住此是無明不應住此是行識名色六處觸受愛取有生老死愁歎苦憂惱何以故以有所得爲方便故憍尸迦菩薩摩訶薩行般若波羅蜜多時不應住此是內空不應住此是外空內外空空空大空勝義空有爲空無爲空畢竟空無際空散空無變異空本性空自相空共相空一切法空不可得空無性空自性空無性自性空何以故以有所得爲方便故憍尸迦菩薩摩訶薩行般若波羅蜜多時不應住此是眞如不應住此是法界法性不虛妄性不變異性平等性離生性法定法住實際虛空界不思議界何以故以有所得爲方便故憍尸迦菩薩摩訶薩行般若波羅蜜多時不應住此是布施波羅蜜多不應住此是淨戒安忍精進靜慮般若波羅蜜多何以故以有所得爲方便故憍尸迦菩薩摩訶薩行般若波羅蜜多時不應住此是四靜慮不應住此是四無量四無色定何以故以有所得爲方便故憍尸迦菩薩摩訶薩行般若波羅蜜多時不應住此是八解脫不應住此是八勝處九次第定十遍處何以故以有所得爲方便故憍尸迦菩薩摩訶薩行般若波羅蜜多時不應住此是四念住不應住此是四正斷四神足五

根五力七等覺支八聖道支何以故以有所得爲方便故憍尸迦菩薩摩訶薩行般若波羅蜜多時不應住此是空解脫門不應住此是無相無願解脫門何以故以有所得爲方便故憍尸迦菩薩摩訶薩行般若波羅蜜多時不應住此是五眼不應住此是六神通何以故以有所得爲方便故憍尸迦菩薩摩訶薩行般若波羅蜜多時不應住此是佛十力不應住此是四無所畏四無礙解大慈大悲大喜大捨十八佛不共法何以故以有所得爲方便故憍尸迦菩薩摩訶薩行般若波羅蜜多時不應住此是無忘失法不應住此是恒住捨性何以故以有所得爲方便故憍尸迦菩薩摩訶薩行般若波羅蜜多時不應住此是一切陀羅尼門不應住此是一切三摩地門何以故以有所得爲方便故憍尸迦菩薩摩訶薩行般若波羅蜜多時不應住此是一切智不應住此是道相智一切相智何以故以有所得爲方便故憍尸迦菩薩摩訶薩行般若波羅蜜多時不應住此是聲聞乘不應住此是獨覺乘無上乘何以故以有所得爲方便故憍尸迦菩薩摩訶薩行般若波羅蜜多時不應住此是預流果不應住此是一來不還阿羅漢果獨覺菩薩如來何以故以有所得爲方便故憍尸迦菩薩摩訶薩行般若波羅蜜多時不應住此是極喜地不應住此是離垢地發光地焰慧地極難勝地現前地遠行地不動地善慧地法雲地何以故以有所得爲方便故憍尸迦菩薩摩訶薩行般若波羅蜜多時不應住此是異生地不應住

此是種性地第八地具見地薄地離欲地已辦地獨覺地菩薩地如來地何以故以有所得爲方便故復次憍尸迦菩薩摩訶薩行般若波羅蜜多時不應住色若常若無常不應住受想行識若常若無常不應住色若樂若苦不應住受想行識若樂若苦不應住色若我若無我不應住受想行識若我若無我不應住色若淨若不淨不應住受想行識若淨若不淨不應住色若寂靜若不寂靜不應住受想行識若寂靜若不寂靜不應住色若遠離若不遠離不應住受想行識若遠離若不遠離不應住色若空若不空不應住受想行識若空若不空不應住色若有相若無相不應住受想行識若有相若無相不應住色若有願若無願不應住受想行識若有願若無願何以故以有所得爲方便故復次憍尸迦菩薩摩訶薩行般若波羅蜜多時不應住眼處若常若無常不應住耳鼻舌身意處若常若無常不應住眼處若樂若苦不應住耳鼻舌身意處若樂若苦不應住眼處若我若無我不應住耳鼻舌身意處若我若無我不應住眼處若淨若不淨不應住耳鼻舌身意處若淨若不淨不應住眼處若寂靜若不寂靜不應住耳鼻舌身意處若寂靜若不寂靜不應住眼處若遠離若不遠離不應住耳鼻舌身意處若遠離若不遠離不應住眼處若空若不空不應住耳鼻舌身意處若空若不空不應住眼處若有相若無相不應住耳鼻舌身意處若有相若無相不應住眼處若有願若無願不應住耳鼻舌身意處若有願若無

願何以故以有所得爲方便故復次憍尸迦菩薩摩訶薩行般若波羅蜜多時不應住色處若常若無常不應住聲香味觸法處若常若無常不應住色處若樂若苦不應住聲香味觸法處若樂若苦不應住色處若我若無我不應住聲香味觸法處若我若無我不應住色處若淨若不淨不應住聲香味觸法處若淨若不淨不應住色處若寂靜若不寂靜不應住聲香味觸法處若寂靜若不寂靜不應住色處若遠離若不遠離不應住聲香味觸法處若遠離若不遠離不應住色處若空若不空不應住聲香味觸法處若空若不空不應住色處若有相若無相不應住聲香味觸法處若有相若無相不應住色處若有願若無願不應住聲香味觸法處若有願若無

願何以故以有所得爲方便故復次憍尸迦菩薩摩訶薩行般若波羅蜜多時不應住眼界若常若無常不應住色界眼識界及眼觸眼觸爲緣所生諸受若常若無常不應住眼界若樂若苦不應住色界乃至眼觸爲緣所生諸受若樂若苦不應住眼界若我若無我不應住色界乃至眼觸爲緣所生諸受若我若無我不應住眼界若淨若不淨不應住色界乃至眼觸爲緣所生諸受若淨若不淨不應住眼界若寂靜若不寂靜不應住色界乃至眼觸爲緣所生諸受若寂靜若不寂靜不應住眼界若遠離若不遠離不應住色界乃至眼觸爲緣所生諸受若遠離若不遠離不應住眼界若空若不空不應住色界乃至眼觸爲緣所生諸受若空若不空不應住眼界

若有相若無相不應住色界乃至眼觸爲緣所生諸受若有相若無相不應住眼界若有願若無願不應住色界乃至眼觸爲緣所生諸受若有願若無願何以故以有所得爲方便故復次憍尸迦菩薩摩訶薩行般若波羅蜜多時不應住耳界若常若無常不應住聲界耳識界及耳觸耳觸爲緣所生諸受若常若無常不應住耳界若樂若苦不應住聲界乃至耳觸爲緣所生諸受若樂若苦不應住耳界若我若無我不應住聲界乃至耳觸爲緣所生諸受若我若無我不應住耳界若淨若不淨不應住聲界乃至耳觸爲緣所生諸受若淨若不淨不應住耳界若寂靜若不寂靜不應住聲界乃至耳觸爲緣所生諸受若寂靜若不寂靜不應住耳界若遠離若不遠離不應住聲界乃至耳觸爲緣所生諸受若遠離若不遠離不應住耳界若空若不空不應住聲界乃至耳觸爲緣所生諸受若空若不空不應住耳界若有相若無相不應住聲界乃至耳觸爲緣所生諸受若有相若無相不應住耳界若有願若無願不應住聲界乃至耳觸爲緣所生諸受若有願若無願何以故以有所得爲方便故復次憍尸迦菩薩摩訶薩行般若波羅蜜多時不應住鼻界若常若無常不應住香界鼻識界及鼻觸鼻觸爲緣所生諸受若常若無常不應住鼻界若樂若苦不應住香界乃至鼻觸爲緣所生諸受若樂若苦不應住鼻界若我若無我不應住香界乃至鼻觸爲緣所生諸受若我若無我不應住鼻界若淨若不淨不應住香界乃至

鼻觸爲緣所生諸受若淨若不淨不應住鼻界若寂靜若不寂靜不應住香界乃至鼻觸爲緣所生諸受若寂靜若不寂靜不應住鼻界若遠離若不遠離不應住香界乃至鼻觸爲緣所生諸受若遠離若不遠離不應住鼻界若空若不空不應住香界乃至鼻觸爲緣所生諸受若空若不空不應住鼻界若有相若無相不應住香界乃至鼻觸爲緣所生諸受若有相若無相不應住鼻界若有願若無願不應住香界乃至鼻觸爲緣所住諸受若有願若無願何以故以有所得爲方便故復次憍尸迦菩薩摩訶薩行般若波羅蜜多時不應住舌界若常若無常不應住味界舌識界及舌觸舌觸爲緣所生諸受若常若無常不應住舌界若樂若苦不應住味界乃至舌觸爲緣所生諸受若樂若苦不應住舌界若我若無我不應住味界乃至舌觸爲緣所生諸受若我若無我不應住舌界若淨若不淨不應住味界乃至舌觸爲緣所生諸受若淨若不淨不應住舌界若寂靜若不寂靜不應住味界乃至舌觸爲緣所生諸受若寂靜若不寂靜不應住舌界若遠離若不遠離不應住味界乃至舌觸爲緣所生諸受若遠離若不遠離不應住舌界若空若不空不應住味界乃至舌觸爲緣所生諸受若空若不空不應住舌界若有相若無相不應住味界乃至舌觸爲緣所生諸受若有相若無相不應住舌界若有願若無願不應住味界乃至舌觸爲緣所生諸受若有願若無願何以故以有所得爲方便故復次憍尸迦菩薩摩訶薩行

般若波羅蜜多時不應住身界若常若無常不應住觸界身識界及身觸身觸爲緣所生諸受若常若無常不應住身界若樂若苦不應住觸界乃至身觸爲緣所生諸受若樂若苦不應住身界若我若無我不應住觸界乃至身觸爲緣所生諸受若我若無我不應住身界若淨若不淨不應住觸界乃至身觸爲緣所生諸受若淨若不淨不應住身界若寂靜若不寂靜不應住觸界乃至身觸爲緣所生諸受若寂靜若不寂靜不應住身界若遠離若不遠離不應住觸界乃至身觸爲緣所生諸受若遠離若不遠離不應住身界若空若不空不應住觸界乃至身觸爲緣所生諸受若空若不空不應住身界若有相若無相不應住觸界乃至身觸爲緣所生諸受若有相若無相不應住身界若有願若無願不應住觸界乃至身觸爲緣所生諸受若有願若無願何以故以有所得爲方便故復次憍尸迦菩薩摩訶薩行般若波羅蜜多時不應住意界若常若無常不應住法界意識界及意觸意觸爲緣所生諸受若常若無常不應住意界若樂若苦不應住法界乃至意觸爲緣所生諸受若樂若苦不應住意界若我若無我不應住法界乃至意觸爲緣所生諸受若我若無我不應住意界若淨若不淨不應住法界乃至意觸爲緣所生諸受若淨若不淨不應住意界若寂靜若不寂靜不應住法界乃至意觸爲緣所生諸受若寂靜若不寂靜不應住意界若遠離若不遠離不應住法界乃至意觸爲緣所生諸受若遠離若不遠離

不應住意界若空若不空不應住法界乃至意觸爲縁所生諸受若空若不空不應住意界若有相若無相不應住法界乃至意觸爲縁所生諸受若有相若無相不應住意界若有願若無願不應住法界乃至意觸爲縁所生諸受若有願若無願何以故以有所得爲方便故復次憍尸迦菩薩摩訶薩行般若波羅蜜多時不應住地界若常若無常不應住水火風空識界若常若無常不應住地界若樂若苦不應住水火風空識界若樂若苦不應住地界若我若無我不應住水火風空識界若我若無我不應住地界若淨若不淨不應住水火風空識界若淨若不淨不應住地界若寂靜若不寂靜不應住水火風空識界若寂靜若不寂靜不應住地界若遠離若不遠離不應住水火風空識界若遠離若不遠離不應住地界若空若不空不應住水火風空識界若空若不空不應住地界若有相若無相不應住水火風空識界若有相若無相不應住地界若有願若無願不應住水火風空識界若有願若無願何以故以有所得爲方便故復次憍尸迦菩薩摩訶薩行般若波羅蜜多時不應住苦聖諦若常若無常不應住集滅道聖諦若常若無常不應住苦聖諦若樂若苦不應住集滅道聖諦若樂若苦不應住苦聖諦若我若無我不應住集滅道聖諦若我若無我不應住苦聖諦若淨若不淨不應住集滅道聖諦若淨若不淨不應住苦聖諦若寂靜若不寂靜不應住集滅道聖諦若寂靜若不寂靜不應住苦聖諦若遠離若

不遠離不應住集滅道聖諦若遠離若不遠離不應住苦聖諦若空若不空不應住集滅道聖諦若空若不空不應住苦聖諦若有相若無相不應住集滅道聖諦若有相若無相不應住苦聖諦若有願若無願不應住集滅道聖諦若有願若無願何以故以有所得爲方便故復次憍尸迦菩薩摩訶薩行般若波羅蜜多時不應住無明若常若無常不應住行識名色六處觸受愛取有生老死愁歎苦憂惱若常若無常不應住無明若樂若苦不應住行乃至老死愁歎苦憂惱若樂若苦不應住無明若我若無我不應住行乃至老死愁歎苦憂惱若我若無我不應住無明若淨若不淨不應住行乃至老死愁歎苦憂惱若淨若不淨不應住無明若寂靜若不寂靜不應住行乃至老死愁歎苦憂惱若寂靜若不寂靜不應住無明若遠離若不遠離不應住行乃至老死愁歎苦憂惱若遠離若不遠離不應住無明若空若不空不應住行乃至老死愁歎苦憂惱若空若不空不應住無明若有相若無相不應住行乃至老死愁歎苦憂惱若有相若無相不應住無明若有願若無願不應住行乃至老死愁歎苦憂惱若有願若無願何以故以有所得爲方便故復次憍尸迦菩薩摩訶薩行般若波羅蜜多時不應住內空若常若無常不應住外空內外空空空大空勝義空有爲空無爲空畢竟空無際空散空無變異空本性空自相空共相空一切法空不可得空無性空自性空無性自性空若常若無常不應住內空若樂若苦不應

住外空乃至無性自性空若樂若苦不應住內空若我若無我不應住外空乃至無性自性空若我若無我不應住內空若淨若不淨不應住外空乃至無性自性空若淨若不淨不應住內空若寂靜若不寂靜不應住外空乃至無性自性空若寂靜若不寂靜不應住內空若遠離若不遠離不應住外空乃至無性自性空若遠離若不遠離不應住內空若空若不空不應住外空乃至無性自性空若空若不空不應住內空若有相若無相不應住外空乃至無性自性空若有相若無相不應住內空若有願若無願不應住外空乃至無性自性空若有願若無願何以故以有所得爲方便故復次憍尸迦菩薩摩訶薩行般若波羅蜜多時不應住真如若常若無常不應住法界法性不虛妄性不變異性平等性離生性法定法住實際虛空界不思議界若常若無常不應住真如若樂若苦不應住法界乃至不思議界若樂若苦不應住真如若我若無我不應住法界乃至不思議界若我若無我不應住真如若淨若不淨不應住法界乃至不思議界若淨若不淨不應住真如若寂靜若不寂靜不應住法界乃至不思議界若寂靜若不寂靜不應住真如若遠離若不遠離不應住法界乃至不思議界若遠離若不遠離不應住真如若空若不空不應住法界乃至不思議界若空若不空不應住真如若有相若無相不應住法界乃至不思議界若有相若無相不應住真如若有願若無願不應住法界乃至不思議界若有願若無

願何以故以有所得為方便故復次憍尸迦菩薩摩訶薩行般若波羅蜜多時不應住布施波羅蜜多若常若無常不應住淨戒安忍精進靜慮般若波羅蜜多若常若無常不應住布施波羅蜜多若樂若苦不應住淨戒乃至般若波羅蜜多若樂若苦不應住布施波羅蜜多若我若無我不應住淨戒乃至般若波羅蜜多若我若無我不應住布施波羅蜜多若淨若不淨不應住淨戒乃至般若波羅蜜多若淨若不淨不應住布施波羅蜜多若寂靜若不寂靜不應住淨戒乃至般若波羅蜜多若寂靜若不寂靜不應住布施波羅蜜多若遠離若不遠離不應住淨戒乃至般若波羅蜜多若遠離若不遠離不應住布施波羅蜜多若空若不空不應住淨戒乃至般若波羅蜜多若空若不空不應住布施波羅蜜多若有相若無相不應住淨戒乃至般若波羅蜜多若有相若無相不應住布施波羅蜜多若有願若無願不應住淨戒乃至般若波羅蜜多若有願若無願何以故以有所得為方便故復次憍尸迦菩薩摩訶薩行般若波羅蜜多時不應住四靜慮若常若無常不應住四無量四無色定若常若無常不應住四靜慮若樂若苦不應住四無量四無色定若樂若苦不應住四靜慮若我若無我不應住四無量四無色定若我若無我不應住四靜慮若淨若不淨不應住四無量四無色定若淨若不淨不應住四靜慮若寂靜若不寂靜不應住四無量四無色定若寂靜若不寂靜不應住四靜慮若遠離若不遠離不應住四

無量四無色定若遠離若不遠離不應住四靜慮若空若不空不應住四無量四無色定若空若不空不應住四靜慮若有相若無相不應住四無量四無色定若有相若無相不應住四靜慮若有願若無願不應住四無量四無色定若有願若無願何以故以有所得爲方便故復次憍尸迦菩薩摩訶薩行般若波羅蜜多時不應住八解脱若常若無常不應住八勝處九次第定十遍處若常若無常不應住八解脱若樂若苦不應住八勝處九次第定十遍處若樂若苦不應住八解脱若我若無我不應住八勝處九次第定十遍處若我若無我不應住八解脱若淨若不淨不應住八勝處九次第定十遍處若淨若不淨不應住八解脱若寂靜若不寂靜不應住八勝處九次第定十遍處若寂靜若不寂靜不應住八解脱若遠離若不遠離不應住八勝處九次第定十遍處若遠離若不遠離不應住八解脱若空若不空不應住八勝處九次第定十遍處若空若不空不應住八解脱若有相若無相不應住八勝處九次第定十遍處若有相若無相不應住八解脱若有願若無願不應住八勝處九次第定十遍處若有願若無願何以故以有所得爲方便故復次憍尸迦菩薩摩訶薩行般若波羅蜜多時不應住四念住若常若無常不應住四正斷四神足五根五力七等覺支八聖道支若常若無常不應住四念住若樂若苦不應住四正斷乃至八聖道支若樂若苦不應住四念住若我若無我不應住四正斷乃至八聖道支

若我若無我不應住四念住若淨若不淨不應住四正斷乃至八聖道支若淨若不淨不應住四念住若寂靜若不寂靜不應住四正斷乃至八聖道支若寂靜若不寂靜不應住四念住若遠離若不遠離不應住四正斷乃至八聖道支若遠離若不遠離不應住四念住若空若不空不應住四正斷乃至八聖道支若空若不空不應住四念住若有相若無相不應住四正斷乃至八聖道支若有相若無相不應住四念住若有願若無願不應住四正斷乃至八聖道支若有願若無願何以故以有所得爲方便故復次憍尸迦菩薩摩訶薩行般若波羅蜜多時不應住空解脫門若常若無常不應住無相無願解脫門若常若無常不應住空解脫門若樂若苦不應住無相無願解脫門若樂若苦不應住空解脫門若我若無我不應住無相無願解脫門若我若無我不應住空解脫門若淨若不淨不應住無相無願解脫門若淨若不淨不應住空解脫門若寂靜若不寂靜不應住無相無願解脫門若寂靜若不寂靜不應住空解脫門若遠離若不遠離不應住無相無願解脫門若遠離若不遠離不應住空解脫門若空若不空不應住無相無願解脫門若空若不空不應住空解脫門若有相若無相不應住無相無願解脫門若有相若無相不應住空解脫門若有願若無願不應住無相無願解脫門若有願若無願何以故以有所得爲方便故復次憍尸迦菩薩摩訶薩行般若波羅蜜多時不應住五眼若常若無常不應住六

神通若常若無常不應住五眼若樂若苦不應住六神通若樂若苦不應住五眼若我若無我不應住六神通若我若無我不應住五眼若淨若不淨不應住六神通若淨若不淨不應住五眼若寂靜若不寂靜不應住六神通若寂靜若不寂靜不應住五眼若遠離若不遠離不應住六神通若遠離若不遠離不應住五眼若空若不空不應住六神通若空若不空不應住五眼若有相若無相不應住六神通若有相若無相不應住五眼若有願若無願不應住六神通若有願若無願何以故以有所得爲方便故復次憍尸迦菩薩摩訶薩行般若波羅蜜多時不應住佛十力若常若無常不應住四無所畏四無礙解大慈大悲大喜大捨十八佛不共法若常若無常不應住佛十力若樂若苦不應住四無所畏乃至十八佛不共法若樂若苦不應住佛十力若我若無我不應住四無所畏乃至十八佛不共法若我若無我不應住佛十力若淨若不淨不應住四無所畏乃至十八佛不共法若淨若不淨不應住佛十力若寂靜若不寂靜不應住四無所畏乃至十八佛不共法若寂靜若不寂靜不應住佛十力若遠離若不遠離不應住四無所畏乃至十八佛不共法若遠離若不遠離不應住佛十力若空若不空不應住四無所畏乃至十八佛不共法若空若不空不應住佛十力若有相若無相不應住四無所畏乃至十八佛不共法若有相若無相不應住佛十力若有願若無願不應住四無所畏乃至十八佛不共法若有願

若無願何以故以有所得爲方便故

大般若波羅蜜多經卷第七十九

大般若波羅蜜多經卷第八十

唐三藏法師玄奘奉　詔譯

初分天帝品第二十二之四

復次憍尸迦菩薩摩訶薩行般若波羅蜜多時不應住無忘失法若常若無常不應住恒住捨性若常若無常不應住無忘失法若樂若苦不應住恒住捨性若樂若苦不應住無忘失法若我若無我不應住恒住捨性若我若無我不應住無忘失法若淨若不淨不應住恒住捨性若淨若不淨不應住無忘失法若寂靜若不寂靜不應住恒住捨性若寂靜若不寂靜不應住無忘失法若遠離若不遠離不應住恒住捨性若遠離若不遠離不應住無忘失法若空若不空不應住恒住捨性若空若不空不應住無忘失法若有相若無相不應住恒住捨性若有相若無相不應住無忘失法若有願若無願不應住恒住捨性若有願若無願何以故以有所得爲方便故

復次憍尸迦菩薩摩訶薩行般若波羅蜜多時不應住一切陀羅尼門若常若無常不應住一切三摩地門若常若無常不應住一切陀羅尼門若樂若苦不應住一切三摩地門若樂若苦不應住一切陀羅尼門若我若無我不應住一切三摩地門若我若無我不應住一切陀羅尼門若淨若不淨不應住一切三摩地門若淨若不淨不應住一切陀羅尼門若寂靜若不寂靜不應住一切三摩地門若寂靜若不寂靜不應住一切陀羅尼門若遠離若不遠離不應住一切三摩地門若遠離若不遠離不應住一切陀羅尼門若空若

不空不應住一切三摩地門若空若不空不應住一切陀羅尼門若有相若無相不應住一切三摩地門若有相若無相不應住一切陀羅尼門若有願若無願不應住一切三摩地門若有願若無願何以故以有所得爲方便故復次憍尸迦菩薩摩訶薩行般若波羅蜜多時不應住一切智若常若無常不應住道相智一切相智若常若無常不應住一切智若樂若苦不應住道相智一切相智若樂若苦不應住一切智若我若無我不應住道相智一切相智若我若無我不應住一切智若淨若不淨不應住道相智一切相智若淨若不淨不應住一切智若寂靜若不寂靜不應住道相智一切相智若寂靜若不寂靜不應住一切智若遠離若不遠離不應住道相智一切相智若遠離若不遠離不應住一切智若空若不空不應住道相智一切相智若空若不空不應住一切智若有相若無相不應住道相智一切相智若有相若無相不應住一切智若有願若無願不應住道相智一切相智若有願若無願何以故以有所得爲方便故復次憍尸迦菩薩摩訶薩行般若波羅蜜多時不應住聲聞乘若常若無常不應住獨覺乘無上乘若常若無常不應住聲聞乘若樂若苦不應住獨覺乘無上乘若樂若苦不應住聲聞乘若我若無我不應住獨覺乘無上乘若我若無我不應住聲聞乘若淨若不淨不應住獨覺乘無上乘若淨若不淨不應住聲聞乘若寂靜若不寂靜不應住獨覺乘無上乘若寂靜若不寂靜不應住聲聞

乘若遠離若不遠離不應住獨覺乘無上乘若遠離若不遠離不應住聲聞乘若空若不空不應住獨覺乘無上乘若空若不空不應住聲聞乘若有相若無相不應住獨覺乘無上乘若有相若無相不應住聲聞乘若有願若無願不應住獨覺乘無上乘若有願若無願何以故以有所得爲方便故復次憍尸迦菩薩摩訶薩行般若波羅蜜多時不應住預流若常若無常不應住一來不還阿羅漢若常若無常不應住預流若樂若苦不應住一來不還阿羅漢若樂若苦不應住預流若我若無我不應住一來不還阿羅漢若我若無我不應住預流若淨若不淨不應住一來不還阿羅漢若淨若不淨不應住預流若寂靜若不寂靜不應住一來不還阿羅漢若寂靜若不寂靜不應住預流若遠離若不遠離不應住一來不還阿羅漢若遠離若不遠離不應住預流若空若不空不應住一來不還阿羅漢若空若不空不應住預流若有相若無相不應住一來不還阿羅漢若有相若無相不應住預流若有願若無願不應住一來不還阿羅漢若有願若無願何以故以有所得爲方便故復次憍尸迦菩薩摩訶薩行般若波羅蜜多時不應住預流向預流果若常若無常不應住一來向一來果不還向不還果阿羅漢向阿羅漢果若常若無常不應住預流向預流果若樂若苦不應住一來向一來果乃至阿羅漢向阿羅漢果若樂若苦不應住預流向預流果若我若無我不應住一來向一來果乃至阿羅漢向阿羅漢果若我若

無我不應住預流向預流果若淨若不淨不應住一來向一來果乃至阿羅漢向阿羅漢果若淨若不淨不應住預流向預流果若寂靜若不寂靜不應住一來向一來果乃至阿羅漢向阿羅漢果若寂靜若不寂靜不應住預流向預流果若遠離若不遠離不應住一來向一來果乃至阿羅漢向阿羅漢果若遠離若不遠離不應住預流向預流果若空若不空不應住一來向一來果乃至阿羅漢向阿羅漢果若空若不空不應住預流向預流果若有相若無相不應住一來向一來果乃至阿羅漢向阿羅漢果若有相若無相不應住預流向預流果若有願若無願不應住一來向一來果乃至阿羅漢向阿羅漢果若有願若無願何以故以有所得爲方便故復次

憍尸迦菩薩摩訶薩行般若波羅蜜多時不應住獨覺若常若無常不應住獨覺向獨覺果若常若無常不應住獨覺若樂若苦不應住獨覺向獨覺果若樂若苦不應住獨覺若我若無我不應住獨覺向獨覺果若我若無我不應住獨覺若淨若不淨不應住獨覺向獨覺果若淨若不淨不應住獨覺若寂靜若不寂靜不應住獨覺向獨覺果若寂靜若不寂靜不應住獨覺若遠離若不遠離不應住獨覺向獨覺果若遠離若不遠離不應住獨覺若空若不空不應住獨覺向獨覺果若空若不空不應住獨覺若有相若無相不應住獨覺向獨覺果若有相若無相不應住獨覺若有願若無願不應住獨覺向獨覺果若有願若無願何以故以有所得爲方便故復次

憍尸迦菩薩摩訶薩行般若波羅蜜多時不應住菩薩如來若常若無常不應住菩薩如來法若常若無常不應住菩薩如來若樂若苦不應住菩薩如來法若樂若苦不應住菩薩如來若我若無我不應住菩薩如來法若我若無我不應住菩薩如來若淨若不淨不應住菩薩如來法若淨若不淨不應住菩薩如來若寂靜若不寂靜不應住菩薩如來法若寂靜若不寂靜不應住菩薩如來若遠離若不遠離不應住菩薩如來法若遠離若不遠離不應住菩薩如來若空若不空不應住菩薩如來法若空若不空不應住菩薩如來若有相若無相不應住菩薩如來法若有相若無相不應住菩薩如來若有願若無願不應住菩薩如來法若有願若無願何以故以有所得爲方便故復次憍尸迦菩薩摩訶薩行般若波羅蜜多時不應住極喜地及極喜地法若常若無常不應住離垢發光焰慧極難勝現前遠行不動善慧法雲地及離垢乃至法雲地法若常若無常不應住極喜地及極喜地法若樂若苦不應住離垢地及離垢地法乃至法雲地及法雲地法若樂若苦不應住極喜地及極喜地法若我若無我不應住離垢地及離垢地法乃至法雲地及法雲地法若我若無我不應住極喜地及極喜地法若淨若不淨不應住離垢地及離垢地法乃至法雲地及法雲地法若淨若不淨不應住極喜地及極喜地法若寂靜若不寂靜不應住離垢地及離垢地法乃至法雲地及法雲地法若寂靜若不寂靜不應住極喜地及

極喜地法若遠離若不遠離不應住離垢地及離垢地法乃至法雲地及法雲地法若遠離若不遠離不應住極喜地及極喜地法若空若不空不應住離垢地及離垢地法乃至法雲地及法雲地法若空若不空不應住極喜地及極喜地法若有相若無相不應住離垢地及離垢地法乃至法雲地及法雲地法若有相若無相不應住極喜地及極喜地法若有願若無願不應住離垢地及離垢地法乃至法雲地及法雲地法若有願若無願何以故以有所得爲方便故復次憍尸迦菩薩摩訶薩行般若波羅蜜多時不應住異生地及異生地法若常若無常不應住種性第八具見薄離欲已辦獨覺菩薩如來地及種性乃至如來地法若常若無常不應住異生地

及異生地法若樂若苦不應住種性地及種性地法乃至如來地及如來地法若樂若苦不應住異生地及異生地法若我若無我不應住種性地及種性地法乃至如來地及如來地法若我若無我不應住異生地及異生地法若淨若不淨不應住種性地及種性地法乃至如來地及如來地法若淨若不淨不應住異生地及異生地法若寂靜若不寂靜不應住種性地及種性地法乃至如來地及如來地法若寂靜若不寂靜不應住異生地及異生地法若遠離若不遠離不應住種性地及種性地法乃至如來地及如來地法若遠離若不遠離不應住異生地及異生地法若空若不空不應住種性地及種性地法乃至如來地及如來地法若空若不空不應住

異生地及異生地法若有相若無相不應住種性地及種性地法乃至如來地及如來地法若有相若無相不應住異生地及異生地法若有願若無願不應住種性地及種性地法乃至如來地及如來地法若有願若無願何以故以有所得爲方便故復次憍尸迦菩薩摩訶薩行般若波羅蜜多時不應住預流果是無爲相不應住一來不還阿羅漢果是無爲相何以故以有所得爲方便故憍尸迦菩薩摩訶薩行般若波羅蜜多時不應住獨覺菩提是無爲相何以故以有所得爲方便故憍尸迦菩薩摩訶薩行般若波羅蜜多時不應住阿耨多羅三藐三菩提是無爲相何以故以有所得爲方便故復次憍尸迦菩薩摩訶薩行般若波羅蜜多時不應住預流是福田不應住一來不還阿羅漢是福田何以故以有所得爲方便故憍尸迦菩薩摩訶薩行般若波羅蜜多時不應住獨覺是福田何以故以有所得爲方便故憍尸迦菩薩摩訶薩行般若波羅蜜多時不應住菩薩如來應正等覺是福田何以故以有所得爲方便故復次憍尸迦菩薩摩訶薩行般若波羅蜜多時不應住初地殊勝事不應住第二地乃至第十地殊勝事何以故以有所得爲方便故復次憍尸迦菩薩摩訶薩行般若波羅蜜多時不應住初發心已便作是念我當圓滿布施波羅蜜多不應住初發心已便作是念我當圓滿淨戒安忍精進靜慮般若波羅蜜多何以故以有所得爲方便故憍尸迦菩薩摩訶薩行般若波羅蜜多時不應住我當圓滿

四靜慮不應住我當圓滿四無量四無色定何以故以有所得爲方便故憍尸迦菩薩摩訶薩行般若波羅蜜多時不應住我當圓滿八解脫不應住我當圓滿八勝處九次第定十遍處何以故以有所得爲方便故憍尸迦菩薩摩訶薩行般若波羅蜜多時不應住我當圓滿四念住不應住我當圓滿四正斷四神足五根五力七等覺支八聖道支何以故以有所得爲方便故憍尸迦菩薩摩訶薩行般若波羅蜜多時不應住我當圓滿空解脫門不應住我當圓滿無相無願解脫門何以故以有所得爲方便故憍尸迦菩薩摩訶薩行般若波羅蜜多時不應住我脩加行既圓滿已當入菩薩正性離生不應住我已得入正性離生當住菩薩不退轉地何以故以有所得爲方便故憍尸迦菩薩摩訶薩行般若波羅蜜多時不應住我當圓滿菩薩五神通不應住我當圓滿五神通已當遊無量無數世界禮敬瞻仰供養承事諸佛世尊聽聞正法如理思惟廣爲有情宣說開示何以故以有所得爲方便故憍尸迦菩薩摩訶薩行般若波羅蜜多時不應住我當嚴淨如十方佛所居淨土不應住我當成熟諸有情類令得無上正等菩提或般涅槃或人天樂何以故以有所得爲方便故憍尸迦菩薩摩訶薩行般若波羅蜜多時不應住我當往詣無量無數諸佛國土供養恭敬尊重讚歎諸佛世尊復以無邊花香瓔珞寶幢幡蓋衣服臥具飲食燈明百千俱胝那庾多數天諸妓樂及無量種上妙珍財而爲供養不應住我當安立

無量無數無邊有情令於無上正等菩提得不退轉何以故以有所得爲方便故憍尸迦菩薩摩訶薩行般若波羅蜜多時不應住我當成辦清淨肉眼不應住我當成辦清淨天眼慧眼法眼究竟佛眼何以故以有所得爲方便故憍尸迦菩薩摩訶薩行般若波羅蜜多時不應住我當成辦究竟圓滿神境智通不應住我當成辦究竟圓滿天眼天耳他心宿住漏盡智通何以故以有所得爲方便故憍尸迦菩薩摩訶薩行般若波羅蜜多時不應住我當成辦佛十力不應住我當成辦四無所畏四無礙解大慈大悲大喜大捨十八佛不共法何以故以有所得爲方便故憍尸迦菩薩摩訶薩行般若波羅蜜多時不應住我當成辦無忘失法不應住我當成辦恒住捨性何以故以有所得爲方便故憍尸迦菩薩摩訶薩行般若波羅蜜多時不應住我當成辦一切智不應住我當成辦道相智一切相智何以故以有所得爲方便故憍尸迦菩薩摩訶薩行般若波羅蜜多時不應住我當成辦一切陀羅尼門於無量無邊所作事業總持自在不應住我當成辦一切三摩地門於無量無邊等持差別遊戲自在何以故以有所得爲方便故憍尸迦菩薩摩訶薩行般若波羅蜜多時不應住我當成辦三十二相所莊嚴身令諸有情見者歡喜不應住我當成辦八十隨好所莊嚴身令諸有情觀無猒倦何以故以有所得爲方便故復次憍尸迦菩薩摩訶薩行般若波羅蜜多時不應住此是隨信行者此是隨法行者此是第八補特

伽羅不應住此是預流果此是極七返有不應住此是家家此是一間不應住此是齊首補特伽羅乃至壽盡煩惱方盡不應住此是預流定不墮流法此是中間般涅槃法不應住此是一來向此是一來果一來此間得盡苦際不應住此是不還向此是不還果往彼方得般涅槃者不應住此是阿羅漢向此是阿羅漢果現在必入無餘涅槃不應住此是獨覺向此是獨覺果現在必入無餘涅槃不應住此是超聲聞獨覺地住菩薩地者何以故以有所得為方便故復次憍尸迦菩薩摩訶薩行般若波羅蜜多時不應住我當具足一切智道相智一切相智覺一切法一切相已永斷一切相續煩惱及諸習氣不應住我當證得阿耨多羅三藐三菩提轉妙法輪作諸佛事度脫無量無數有情令得涅槃畢竟安樂何以故以有所得為方便故憍尸迦菩薩摩訶薩行般若波羅蜜多時不應住我當善修四神足已安住如是殊勝等持由此等持增上勢力令我壽命如殑伽沙大劫而住不應住我當獲得壽量無邊何以故以有所得為方便故憍尸迦菩薩摩訶薩行般若波羅蜜多時不應住我當成就最勝圓滿三十二種大士夫相是一一相百福莊嚴不應住我當成就最勝圓滿八十隨好一一好中有無數量希有勝事而為莊嚴何以故以有所得為方便故憍尸迦菩薩摩訶薩行般若波羅蜜多時不應住我當安住一嚴淨土其土寬廣於十方面如殑伽沙世界之量不應住我當安坐一金剛座其座廣大量等三千大

千佛土何以故以有所得爲方便故憍尸迦
菩薩摩訶薩行般若波羅蜜多時不應住我
當依止大菩提樹其樹高廣衆寶莊嚴所出
妙香有情聞者貪瞋癡等心疾皆除無量無
邊身病亦愈不應住有情聞此菩提樹香離
諸聲聞獨覺作意必得無上正等菩提何以
故以有所得爲方便故復次憍尸迦菩薩摩
訶薩行般若波羅蜜多時不應住願我當得
淨佛土中無色名聲無受想行識名聲何以
故以有所得爲方便故憍尸迦菩薩摩訶薩
行般若波羅蜜多時不應住願我當得淨佛
土中無眼處名聲無耳鼻舌身意處名聲何
以故以有所得爲方便故憍尸迦菩薩摩訶
薩行般若波羅蜜多時不應住願我當得淨
佛土中無色處名聲無聲香味觸法處名聲
何以故以有所得爲方便故憍尸迦菩薩摩
訶薩行般若波羅蜜多時不應住願我當得
淨佛土中無眼界名聲無色界眼識界及眼
觸眼觸爲緣所生諸受名聲何以故以有所
得爲方便故憍尸迦菩薩摩訶薩行般若波
羅蜜多時不應住願我當得淨佛土中無耳
界名聲無聲界耳識界及耳觸耳觸爲緣所
生諸受名聲何以故以有所得爲方便故憍
尸迦菩薩摩訶薩行般若波羅蜜多時不應
住願我當得淨佛土中無鼻界名聲無香界
鼻識界及鼻觸鼻觸爲緣所生諸受名聲何
以故以有所得爲方便故憍尸迦菩薩摩訶
薩行般若波羅蜜多時不應住願我當得淨
佛土中無舌界名聲無味界舌識界及舌觸
舌觸爲緣所生諸受名聲何以故以有所得

爲方便故憍尸迦菩薩摩訶薩行般若波羅蜜多時不應住願我當得淨佛土中無身界名聲無觸界身識界及身觸身觸爲緣所生諸受名聲何以故以有所得爲方便故憍尸迦菩薩摩訶薩行般若波羅蜜多時不應住願我當得淨佛土中無意界名聲無法界意識界及意觸意觸爲緣所生諸受名聲何以故以有所得爲方便故憍尸迦菩薩摩訶薩行般若波羅蜜多時不應住願我當得淨佛土中無地界名聲無水火風空識界名聲何以故以有所得爲方便故憍尸迦菩薩摩訶薩行般若波羅蜜多時不應住願我當得淨佛土中無苦聖諦名聲無集滅道聖諦名聲何以故以有所得爲方便故憍尸迦菩薩摩訶薩行般若波羅蜜多時不應住願我當得淨佛土中無無明名聲無行識名色六處觸受愛取有生老死愁歎苦憂惱名聲何以故以有所得爲方便故憍尸迦菩薩摩訶薩行般若波羅蜜多時不應住願我當得淨佛土中無內空名聲無外空內外空空空大空勝義空有爲空無爲空畢竟空無際空散空無變異空本性空自相空共相空一切法空不可得空無性空自性空無性自性空名聲何以故以有所得爲方便故憍尸迦菩薩摩訶薩行般若波羅蜜多時不應住願我當得淨佛土中無眞如名聲無法界法性不虛妄性不變異性平等性離生性法定法住實際虛空界不思議界名聲何以故以有所得爲方便故憍尸迦菩薩摩訶薩行般若波羅蜜多時不應住願我當得淨佛土中無布施波羅

蜜多名聲無淨戒安忍精進靜慮般若波羅蜜多名聲何以故以有所得爲方便故憍尸迦菩薩摩訶薩行般若波羅蜜多時不應住願我當得淨佛土中無四靜慮名聲無四無量四無色定名聲何以故以有所得爲方便故憍尸迦菩薩摩訶薩行般若波羅蜜多時不應住願我當得淨佛土中無八解脫名聲無八勝處九次第定十遍處名聲何以故以有所得爲方便故憍尸迦菩薩摩訶薩行般若波羅蜜多時不應住願我當得淨佛土中無四念住名聲無四正斷四神足五根五力七等覺支八聖道支名聲何以故以有所得爲方便故憍尸迦菩薩摩訶薩行般若波羅蜜多時不應住願我當得淨佛土中無空解脫門名聲無無相無願解脫門名聲何以故以有所得爲方便故憍尸迦菩薩摩訶薩行般若波羅蜜多時不應住願我當得淨佛土中無五眼名聲無六神通名聲何以故以有所得爲方便故憍尸迦菩薩摩訶薩行般若波羅蜜多時不應住願我當得淨佛土中無佛十力名聲無四無所畏四無礙解大慈大悲大喜大捨十八佛不共法名聲何以故以有所得爲方便故憍尸迦菩薩摩訶薩行般若波羅蜜多時不應住願我當得淨佛土中無無忘失法名聲無恒住捨性名聲何以故以有所得爲方便故憍尸迦菩薩摩訶薩行般若波羅蜜多時不應住願我當得淨佛土中無一切陀羅尼門名聲無一切三摩地門名聲何以故以有所得爲方便故憍尸迦菩薩摩訶薩行般若波羅蜜多時不應住願我

當得淨佛土中無一切智名聲無道相智一切相智名聲何以故以有所得爲方便故憍尸迦菩薩摩訶薩行般若波羅蜜多時不應住願我當得淨佛土中無聲聞乘名聲無獨覺乘無上乘名聲何以故以有所得爲方便故憍尸迦菩薩摩訶薩行般若波羅蜜多時不應住願我當得淨佛土中無預流及預流向果名聲無一來不還阿羅漢及一來不還阿羅漢向果名聲何以故以有所得爲方便故憍尸迦菩薩摩訶薩行般若波羅蜜多時不應住願我當得淨佛土中無獨覺及獨覺菩提名聲無菩薩如來及菩薩如來法名聲何以故以有所得爲方便故憍尸迦菩薩摩訶薩行般若波羅蜜多時不應住願我當得淨佛土中無極喜地及法名聲無離垢地發光地焰慧地極難勝地現前地遠行地不動地善慧地法雲地及法名聲何以故以有所得爲方便故憍尸迦菩薩摩訶薩行般若波羅蜜多時不應住願我當得淨佛土中無異生地及法名聲無種性地第八地具見地薄地離欲地已辦地獨覺地菩薩地如來地及法名聲何以故以有所得爲方便故所以者何一切如來應正等覺得阿耨多羅三藐三菩提時覺一切法都無所有名字音聲皆不可得憍尸迦是爲菩薩摩訶薩於般若波羅蜜多如所應住不應住相憍尸迦菩薩摩訶薩於般若波羅蜜多隨所應住不應住相以無所得而爲方便應如是學時舍利子作是念言若菩薩摩訶薩於一切法不應住者云何應住般若波羅蜜多具壽善現知舍利子

心之所念即謂之曰於意云何諸如來心爲何所住舍利子言諸佛之心都無所住所以者何善現如來之心不住色不住受想行識何以故以色蘊等不可得故善現如來之心不住眼處不住耳鼻舌身意處何以故以眼處等不可得故善現如來之心不住色處不住聲香味觸法處何以故以色處等不可得故善現如來之心不住眼界不住色界眼識界及眼觸眼觸爲緣所生諸受何以故以眼界等不可得故善現如來之心不住耳界不住聲界耳識界及耳觸耳觸爲緣所生諸受何以故以耳界等不可得故善現如來之心不住鼻界不住香界鼻識界及鼻觸鼻觸爲緣所生諸受何以故以鼻界等不可得故善現如來之心不住舌界不住味界舌識界及舌觸舌觸爲緣所生諸受何以故以舌界等不可得故善現如來之心不住身界不住觸界身識界及身觸身觸爲緣所生諸受何以故以身界等不可得故善現如來之心不住意界不住法界意識界及意觸意觸爲緣所生諸受何以故以意界等不可得故善現如來之心不住地界不住水火風空識界何以故以地界等不可得故善現如來之心不住苦聖諦不住集滅道聖諦何以故以苦聖諦等不可得故善現如來之心不住無明不住行識名色六處觸受愛取有生老死愁歎苦憂惱何以故以無明等不可得故善現如來之心不住內空不住外空內外空空空大空勝義空有爲空無爲空畢竟空無際空散空無變異空本性空自相空共相空一切法空

不可得空無性空自性空無性自性空何以故以內空等不可得故善現如來之心不住眞如不住法界法性不虛妄性不變異性平等性離生性法定法住實際虛空界不思議界何以故以眞如等不可得故

大般若波羅蜜多經卷第八十